안나 카레니나 2

안나 카레니나 2

레프 니콜라예비치 톨스토이 지음 | 장영재 옮김

더클래식

제3부

1

세르게이 이바노비치 코즈니셰프는 정신노동에서 벗어나 좀 쉬고 싶었다. 그래서 그는 항상 외국으로 가던 것을 포기하고 5월 말경 시골에 있는 동생을 찾아갔다. 평소 그의 신념에 의하면 전원생활이야말로 가장 멋진 생활이었다. 그는 이 생활을 즐기고 싶어 동생 집을 찾은 것이다. 콘스탄친 레빈은 굉장히 기뻐했다. 특히나 올여름에는 니콜라이 형이 오지 않을 것이라고 생각했기 때문에 더 기뻤다. 하지만 콘스탄친 레빈은 형을 사랑하고 존경했으나 함께 시골에서 생활하는 것은 거북했다. 형이 시골에 대해 갖고 있는 생각은 그를 불쾌하게 만들었다. 콘스탄친 레빈에게 시골은 말 그대로 삶의 장소였다. 기쁨과 고통과 노동이 함께 하는 장소였다. 하지만 세르게이 이바노비치에게는 그저 노동에서 벗어나 휴식을 취하는 공간이나 타락의 독소를 제거하는 해독제로서의 기능만을 할 뿐이었다. 세르게이 이바노비치는 그 해독제를 만족스럽게 복용하면서 그 효과를 느끼곤 했다. 콘스탄친 레빈이 시골을 좋아하는 것은 시골이 순전히 유익한 노동의 무대이기 때문이었지만 세르게이 이바노비치가 시골을 특별히 좋아하는 이유는 이곳에 있으면 아무 일도 할 필요가 없고 굳이 하지 않아도 되기 때문이었다. 농민을 대하는 형의 태도도 마음에 들지 않았다. 세르게이 이바노비치는 농민을 사랑하고 이해한다고 하면서 농부들과 가끔씩 이야기를 나누었는데 이럴 때면 위선을 떨거나 거드름을 피우지 않고 그들과의 대화에서 농민에게 유익한 자료들과 자신이 농민을 잘 이해한다는 증거를 끌어냈다. 콘스탄친 레빈은 형의 그런 태도가 마음에 들지 않았다. 콘스탄친은 물론 농민을 대단히 존경하고 그들을 혈육처럼 사랑하기는 했지만 그들은 그저 노동에 참여하는 사람일 뿐이었다. 그들에 대한 사랑은 콘스탄친 레빈이 스스로 말하는 것처럼 어쩌면 농가 아낙이었던 유모의 젖을 통해 그의 몸속으로 들어왔을지도 모른다.

또한 콘스탄친 레빈은 그들과 공동 작업을 하면서 가끔씩 그들의 힘, 온순함, 정직함에 흠뻑 빠지곤 했는데 특히 그 일이 여러 다른 자질을 요구할 때 그런 기분을 많이 느끼곤 했다. 하지만 그들의 만사태평과 방종, 지나친 음주와 거짓말 때문에 적의를 느끼기도 했다. 누군가 콘스탄친 레빈에게 그들을 사랑하느냐고 물었다면, 그는 대답할 말을 찾지 못해 난감해했을 것이다.

다른 모든 사람에 대해서도 마찬가지지만, 그는 농민을 사랑하기도 했고 사랑하지 않기도 했다. 물론 착한 성품을 가진 그는 사람을 사랑할 때가 더 많았고, 그것은 농민에 대해서도 마찬가지였다. 하지만 그에게는 농민을 어떤 특별한 존재로서 사랑하거나 사랑하지 않는 것은 불가능한 일이었다. 그 자신이 농민과 함께 살고 있는 데다가 모든 이해관계가 농민과 결합되어 있었고, 스스로를 농민의 일부로 생각해 자신과 농민 안에서 어떤 특별한 성질이나 단점을 찾으려 하지 않았기에 농민을 자신과 대립된 존재로도 생각하지 않았던 것이다. 게다가 그는 오랫동안 주인이자, 중재자, 특히 조언자로—그를 신뢰한 농부들은 사십 베르스타 떨어진 곳에서도 그에게 조언을 구하러 왔다.—살아왔으면서도 농민에 대해 어떠한 틀에 박힌 견해도 갖지 않았다. 따라서 농민을 이해하느냐는 질문은 농민을 사랑하느냐는 질문만큼이나 그를 난처하게 했을 것이다. 그에게는 농민을 안다고 하는 것이나 인간을 안다는 것이나 똑같은 것이었다. 그는 모든 종류의 인간을 끊임없이 관찰하며 그들을 이해하려 애썼다. 그 가운데에는 훌륭하고 흥미로운 사람이라고 생각하는 농부들도 있었다. 콘스탄친 레빈은 인간들 안에서 끊임없이 새로운 특징을 찾아내어 그들에게 가졌던 이전의 생각을 바꾸고 새로운 견해를 확립하곤 했다. 세르게이 이바노비치는 정반대였다. 그는 자신이 사랑하지 않는 생활과 비교해서 시골을 사랑하고 찬양하는 것처럼, 농민에 대해서도 그가 좋아하지 않는 계급의 사람들과 비교해 그들을 사랑하고 그들을 다른 사람들과 대조되는 어떤 것으로 파악했다. 그의 사고 체계에는 농민의 생활에 대한 일정한 형식이 뚜렷하게 자리 잡고 있었다. 그 형식은 어느 정도 농민의 생활 속에서 끌어내기도 했지만 주로 대조를 통해 얻은 것이었다. 그는 농민에 대한 자신의 생각과 그들에게 공감하는 태도를 결코 바꾸려 하지 않았다.

농민을 둘러싸고 형제 사이에 의견이 대립될 경우, 언제나 세르게이 이바노비치가 논쟁에서 이겼다. 세르게이 이바노비치에게는 농민과 그들의 성격, 특징, 취향 등에 대한 뚜렷한 견해가 있었기 때문이다. 그와 달리 콘스탄친 레빈은 어떤 일정하고 고정된 견해를 전혀 갖지 않았기에 이런 논쟁을 할 때면 늘 자기모순을 드러냈다.

세르게이 이바노비치의 눈에 그의 막냇동생은 심성이 반듯한─그는 이 말을 프랑스어로 했다.─매우 훌륭한 청년이었다. 하지만 이성적인 면에서는 꽤 민첩하긴 해도 순간적인 인상에 쉽게 흔들리고 그것 때문에 많은 모순을 드러냈기 때문에 세르게이 이바노비치는 때때로 동생과의 논쟁에서 즐거움을 찾을 수 없었다.

콘스탄친 레빈은 형을 굉장한 지성과 교양을 갖춘 사람, 고결하다는 말에 딱 맞는, 공익을 위해서 천부적인 활동 능력을 지닌 사람으로 보았다.

그러나 나이가 들어 형을 더 잘 알게 될수록, 그의 마음속에서는 자신에게는 완전히 결여된 것으로 생각한 형의 이런 활동 능력이 장점이 아닌 어떤 것의 결핍일지도 모른다는 생각이 점점 더 자주 떠올랐다. 그리고 그 결핍이란 것은 선하고 정직하고 고결한 열망이나 취향의 결핍이 아니라 생명력의 결핍, 즉 마음이라고 부르는 것의 결핍, 인간으로 하여금 다양한 삶의 길 가운데 하나를 선택해 그 하나만을 바라게 만드는 갈망의 결핍이었다. 형을 더 많이 알게 되면서, 콘스탄친은 세르게이 이바노비치를 비롯해 공익을 위해 일한다고 하는 많은 활동가들이 가슴 깊숙이 공익에 대한 사랑에 이끌린 것이 아니라 오직, 이 일을 하는 것이 좋다는 이성적인 판단에 따른 것이라는 사실을 더욱더 분명히 깨닫게 되었다. 세르게이 이바노비치가 공익이나 영혼 불멸이라는 문제를 대하는 태도가 체스 게임이나 새로운 기계의 정교한 구조를 살피는 모습과 특별히 다르지 않음을 알게 된 것도 레빈의 이런 추측이 맞다는 사실을 확인시켜 주었다.

게다가 콘스탄친 레빈이 형과 시골에서 지내는 것을 불편하게 느끼게 된 것은 또 다른 이유가 있었다. 시골에서는 특히 여름철만 되면 레빈은 농사일로 쉴 새 없이 바빠 그날에 해야 할 일을 모두 끝내기에도 여름날의 긴 하루가 부족할 지경인데, 세르게이 이바노비치는 그저 쉬기만 했다. 지금은 저술 작업을 하고 있지 않아 쉬는 중이라 해도, 정신노동에 너무나도 길들여진 그는 머리에 떠오른 생각을 아름답고 함축적인 형식으로 표현하는 것과 그것을 누군가에게 들려주기를 좋아했다. 그의 일상에서 만날 수 있는 가장 가까운 청취자는 자연스레 동생이 되었고 두 사람의 관계가 다정하고 허물없는 사이이긴 해도 콘스탄친 레빈은 그런 형을 혼자 내버려 두기가 거북했다. 세르게이 이바노비치는 풀밭에 누워 따사로운 햇볕을 쬐며 한가롭게 이야기하기를 좋아했다.

"너는 이런 농촌의 게으름이 내게 얼마나 큰 즐거움을 주는지 모를 거야. 머릿속이 아무 생각도 없이 텅 빈 게 공이라도 굴릴 수 있을 것 같다니까."

그가 동생에게 말했다. 하지만 콘스탄친 레빈은 한가롭게 앉아 그의 말을 듣는 것이 따분했다. 특히 자기가 없으면 농부들이 아직 다 갈지도 않은 밭에 거름을 갖다 둔다든가 자기가 지켜보지 않는 사이에 거름을 제멋대로 뿌리는 것을 잘 알고 있었기에 그 자리가 더욱 지루했다. 게다가 농부들은 쟁기 보습을 나사로 꽉 죄어 두는 것을 잊었다가 나중에야 쟁기는 아무 쓸모없는 발명품이라는 둥, 안드레예브나의 구식 나무 쟁기가 더 낫다는 둥 지껄일 것이다.

"그만하면 뙤약볕에 충분히 돌아다닌 거 아니니?"

세르게이 이바노비치가 말했다.

"아냐, 사무실에 금방 뛰어갔다 올게."

레빈은 이렇게 말하며 밭으로 뛰어갔다.

2

6월 초 보모이자 가정부인 아가피야 미하일로브나가 소금에 갓 절인 버섯이 든 단지를 저장실로 옮기다 미끄러져 손목을 삐었다. 이제 막 공부를 마친 젊고 말 많은 의사가 왔다. 그는 진찰하고 난 뒤 손목뼈가 탈골된 것은 아니라면서 압박붕대로 묶어 주었다. 그리고 식사를 하고 가려고 잠시 머무는 동안, 그는 유명한 세르게이 이바노비치 코즈니셰프와의 대화가 즐거웠던지 사물에 대한 자신의 진보적인 시각을 드러내고자 젬스트보의 추악한 상황을 비난하며 시내에 돌고 있는 온갖 소문을 들려주었다. 세르게이 이바노비치는 그의 이야기를 신중하게 듣다가 몇 가지 질문을 던졌다. 세르게이 이바노비치는 새로운 청취자를 만난 것에 흥분해 열심히 대화를 나누었고 몇 가지 예리하고 무게 있는 견해를 제시하는 것으로 젊은 의사에게 정중한 존중을 받았다. 그러고는 동생이 익히 아는, 눈부시고 생기 넘친 대화 뒤에 늘 찾아오는 활기찬 기분에 젖었다. 의사가 돌아간 뒤, 세르게이 이바노비치는 강으로 낚시를 가겠다고 말했다. 그는 낚시를 좋아했는데, 마치 이런 무익한 일을 좋아할 수 있다는 것이 자랑스러운 것 같았다.

콘스탄친 레빈은 밭과 목초지로 가야 했기 때문에 이륜마차로 형을 데려다 주겠다고 일어섰다. 일 년 중 여름이 지나가는 때였다. 올해의 수확량은 이미 결정되었고, 이듬해 파종을 걱정하고 풀베기가 다가오는 시기, 호밀마다 이삭이 패고 바람이 불 때마다 회색빛 도는 초록색 호밀이 채 영글지 않은 가벼운 이삭을 흔들어 물결치는 시기, 초록색 귀리 사이로 덤불을 이룬 누런 풀이 점점이 흩어져 늦갈이 밭을 따라 들쑥날쑥 보이는 시기, 철 이른 메밀이 무성하게 자라 땅을 뒤덮는 시기, 가축들에게 짓밟혀 길이 나서 쟁기 날도 들어가지 않는 휴한지를 반쯤은 갈아엎어 놓은 시기, 밭으로 옮겨 놓은 거름 더미가 꾸덕꾸덕하게 마르며 달콤한 풀 냄새와 어우러져 노을 속으로 퍼지는 시기, 낫을 기다리는 아래쪽의 무성한 풀밭이 끝없는 바다처럼 펼쳐지고 그 사이로 땅에서 뽑힌 괭이밥 줄기의 거무스름한 무더기가 군데군데 쌓여 있는 그런 시기였다.

해마다 되풀이되고 해마다 농민들의 온 힘을 불러내는 수확을 앞두고, 짧은 휴식이 시작되는 그런 때였다. 작황은 훌륭했고 이슬에 젖은 짧은 밤과 더불어 맑고 무더운 여름날이 계속되었다.

풀밭 쪽으로 가기 위해서는 숲을 지나쳐야만 했다. 세르게이 이바노비치는 가는 내내 나뭇잎에 뒤덮인 고요한 숲의 아름다움에 감탄하면서, 이제 곧 꽃을 피우려고 누렇게 바랜 떡잎으로 알록달록한 그늘진 쪽의 검은 보리수 고목을 가리키기도 하고, 금년생 나무의 에메랄드처럼 반짝이는 새싹을 가리키기도 했다. 콘스탄친 레빈에게 말이란 그가 본 사물의 아름다움을 앗아 가는 것이었기 때문에 자연의 아름다움에 대해 말하거나 듣는 것을 좋아하지 않았다. 그는 형의 말에 맞장구를 치면서도 자기도 모르게 다른 생각을 하곤 했다.

그들이 숲에 도착했을 때, 그는 온통 낮은 언덕 위에 펼쳐진 휴한지의 풍경에 시선을 빼앗겼다. 풀에 뒤덮여 누렇게 된 곳, 바둑판무늬로 반듯하게 구획이 나뉜 곳, 거름 더미가 쌓인 곳, 밭갈이가 된 곳도 있었다. 들판에는 짐마차가 줄을 지어 움직이고 있었는데 레빈은 짐마차가 몇 대인지 세어 보고는 필요한 만큼 모두 운반해 나가고 있다는 사실에 만족했다.

풀밭이 보이자 그는 풀베기에 대한 생각으로 옮겨 갔다. 그는 건초를 추수할 때면 늘 아픈 데를 찌르는 듯한 무언가를 느끼곤 했다. 풀밭으로 다가가서 레빈은 말을 세웠다.

무성하게 자란 풀 밑에는 아직 아침 이슬이 맺혀 있었다. 세르게이 이바노비치는 발이 젖지 않게, 풀밭 사이로 이륜마차를 몰아 버드나무 덤불 아래 농어가 잡히는 곳에 데려다 달라고 했다. 콘스탄친 레빈은 자신의 풀을 짓밟는 것이 너무나 안타까웠지만 풀밭 속으로 마차를 몰았다. 마차 바퀴와 말의 다리를 부드럽게 휘감은 키 큰 풀들이 축축해진 바퀴살과 바퀴통에 씨앗을 붙였다.

형은 낚시 도구를 정리한 다음 덤불 아래 앉았다. 레빈은 말을 매어 두고 와서 바람에도 흔들리지 않는 너른 바다, 회색과 초록색의 풀밭이 만들어 낸 바다 속으로 들어갔다. 봄철에 물이 넘쳐 잠긴 곳에 이르자, 씨앗이 여물어 가는 비단결 같은 풀들이 허리까지 닿았다.

콘스탄친 레빈은 풀밭을 가로질러서 큰길로 나오다가 한쪽 눈이 퉁퉁 부은 채 벌통을 들고 오던 노인과 마주쳤다.

"뭐야? 잡은 거야, 포미치?"

그가 물었다.

"잡다니요, 콘스탄친 드미트리치! 그저 내 것이나 잘 지키면 다행이죠. 이놈들은 벌써 두 번째 달아난 거예요……. 고맙게도 녀석들이 쫓아가 주었답니다. 나리의 밭을 가는 녀석들 말이에요. 말을 풀어 벌을 쫓아가고 있는데……."

"아무튼, 포미치, 말해 보게. 풀을 베는 게 좋을까 아니면 기다리는 게 좋을까?"

"아, 좋습니다! 저희는 성 베드로 축일까지 기다리는 것이 관습이지만 나리는 언제나 일찍 풀을 베시니까요. 괜찮습니다. 다행히 풀이 좋으니 가축을 먹이기에 넉넉할 겁니다."

"날씨는 어떨까?"

"그거야 하느님의 뜻이죠. 아마 날씨도 좋을 겁니다."

레빈은 형에게 다가갔다. 세르게이 이바노비치는 물고기를 한 마리도 못 잡았지만 지루하기보다 기분이 몹시 좋은 것 같았다. 레빈은 의사와 대화하는 것에 자극받은 형이 계속 대화를 이어 가고 싶어 하는 것을 알았지만, 얼른 집으로 돌아가 내일까지 풀 베는 일꾼들을 모으도록 지시를 내린 다음 풀베기 문제를 해결하고 싶었다. 그는 풀베기에 신경이 온통 쏠려 있었다.

"자, 돌아가자."

레빈이 말했다.

"도대체 어딜 가려고 그렇게 서두르는 거야? 여기 앉았다 가자. 그런데 넌 왜 이렇게 젖었어? 물고기는 못 잡았지만 좋아. 어떤 종류의 수렵이든 자연을 상대로 한다는 점이 마음에 들어. 불그스름한 이 물은 정말 아름답잖아!"

그가 말했다.

"이 강기슭을 보면 언제나 수수께끼가 떠오르지. 알겠어? 풀이 물에게 말하는 거야. 우리는 흔들릴 거야, 흔들릴 거야."

"난 그런 수수께끼 몰라."

레빈은 우울하게 대답했다.

3

"난 말이야, 네 생각을 하고 있었어."

세르게이 이바노비치가 말했다.

"그 의사 말을 들어 보니까, 너희 시골에서 정말 황당한 일이 벌어지고 있다면서? 그 의사는 꽤 똑똑한 청년이더라. 내가 언젠가 말한 적 있을 거야. 그 말을 지금 또 해야겠다. 네가 젬스트보의 모임에 나가지도 않고 그걸 멀리하는 것은 좋지 않아. 성실한 사람들이 젬스트보를 멀리할 때, 모든 것이 어떻게 될지는 하느님만이 아시지. 우리가 지불하는 돈은 봉급으로 다 나가 버리잖아. 그래서 학교도, 간호사도, 산파도, 약국도 없는 거야. 아무것도 없지."

"나도 노력했어."

레빈은 낮은 목소리로 마지못한 듯 대답했다.

"하지만 내 힘으로는 어려워! 어쩔 도리가 없어!"

"그래, 넌 뭘 할 수 없다는 거야? 솔직히 이해할 수가 없어. 무관심이나 무능력 때문이라면 인정할 수 없어. 그저 귀찮아서 그런 거니?"

"모두 아니야. 노력해 봤지만 이제야 내가 아무것도 할 수 없다는 걸 깨달은 거야."

레빈이 말했다.

그는 형이 말한 내용을 깊이 생각해 보지 않고 강 건너 밭을 바라보다 검은 형체를 발견했지만 그것이 말인지 말을 탄 집사인지 분간하기 어려웠다.

"넌 도대체 무엇 때문에 아무것도 할 수 없다는 거냐? 넌 그저 시험 삼아 한번 해 보다가 뜻대로 안 되니까 내버려 두고 만 거야. 넌 자존심도 없어?"

"자존심?"

형의 말이 레빈의 아픈 곳을 찔렀다.

"난 모르겠어. 만약 대학에서 적분계산을 할 때 다른 사람들은 이해하고 나만 이해하지 못한다면, 그땐 자존심이 발동하겠지. 하지만 이 경우에는 먼저 이런 일을 위해 어떤 재능이 있다는 신념이 필요해. 무엇보다 이 모든 일이 매우 중요하다는 확신이 있어야 한다는 말이야."

"그래서! 넌, 이 일이 중요하지 않다는 거냐?"

세르게이 이바노비치는 동생이 자기가 관심 갖는 일을 중요하게 생각하지도 않는 데다 자기 말을 제대로 안 듣는 것에 화가 났다.

"내가 보기엔 별로 중요하지 않고 끌리지도 않아. 형이 바라는 건 도대체 뭐야……?"

레빈은 그가 본 것이 집사이며 집사가 농부들에게 쟁기질을 그만두게 한 것 같다고 생각하며 이렇게 대답했다. 그들은 쟁기를 뒤집어 놓았고 그는 '정말로 다 간 걸까?' 하고 생각했다.

"하지만 들어 봐라."

형은 아름답고 지적인 얼굴을 일그러뜨리며 말했다.

"모든 것에는 한계가 있는 법이야. 괴짜로 살거나 진실한 사람으로 살면서 허위를 미워한다는 것은 아주 좋은 일이라는 걸 나도 알아. 네가 한 말은 사실 별 뜻이 없거나 매우 나쁜 뜻이거나 둘 중 하나야. 어째서 넌 중요하지 않다고 생각하는 거지? 네 입으로 사랑한다고 말했던 그 농민들이······."

'난 한 번도 그렇게 말한 적이 없는데.'

콘스탄친 레빈은 생각했다.

"아무 도움도 받지 못하고 죽어 가고 있어. 잔인한 아낙네들은 아이들을 굶겨 죽이고 무지한 농민들은 서기의 손에 놀아나고 있지. 네 손에는 이들을 도울 수단이 있는데도 넌 이게 중요하지 않다면서 도우려 하지 않잖아."

세르게이 이바노비치는 넌 네가 할 수 있는 것을 깨닫지 못할 만큼 모자란 거냐, 아니면 그 일을 하기 위해 자신의 평안과 허영을 포기하고 싶지 않은 것이냐, 난 어느 쪽인지 모르겠다면서 그를 딜레마에 빠뜨렸다.

콘스탄친 레빈은 형의 말에 복종하든지 공익에 대한 애정이 부족하다고 인정하든지, 둘 중 하나를 택할 수밖에 없다고 생각했다. 이런 생각을 하자 그는 모욕과 슬픔을 느꼈다.

"어느 쪽이든 상관없어."

그는 단호하게 말했다.

"난 그런 일이 가능하다고 생각하지 않거든······."

"왜? 돈을 잘 분배해도 의료적인 도움을 줄 수 없는 거야?"

"불가능하지. 내가 보기엔 그래······. 사천 제곱 베르스타인 우리 마을에는 눈이 쌓이거나, 눈보라가 몰아치고, 농사철일 때도 있어. 난 이 지역 전체에 의료적 도움을 주는 것이 가능하다고 생각하지 않아. 게다가 난 의학을 별로 안 믿어."

"잠깐, 그건 옳지 않은 거야······. 너한테 천 가지라도 예를 들어 주지······. 그럼 학교는?"

"학교가 왜 필요해?"

"무슨 소리야? 과연 교육의 효용에 의문을 달 수 있는 걸까? 교육이 너에게 유익하다면 다른 이들에게도 그런 거야."

콘스탄친 레빈은 자신이 도덕적으로 궁지에 몰렸다는 것을 깨달았다. 그래서 그는 흥분한 나머지 자기도 모르게 공공사업에 무관심하게 된 가장 큰 이유를 말하고 말았다.

"어쩌면 그 모든 게 다 좋은 일인지도 몰라. 하지만 어째서 내가 나조차도 결코 이용할 것 같지 않은 의료 시설이나, 나나 농부들이 아이들을 결코 보내고 싶어 하지 않는 학교를 세우는 데 신경 써야 해? 게다가 난 아직 그들을 그곳에 보내야 한다는 확신도 없어."

그가 말했다. 세르게이 이바노비치는 예상하지 못한 그의 생각에 잠시 놀랐지만 곧 새로운 공격 계획을 세웠다.

그는 잠시 말없이 낚싯대를 하나 꺼내 다시 줄을 드리우고 씩 웃으며 동생을 돌아보았다.

"잠깐……. 첫째, 의료 시설은 필요한 거야. 우리도 아가피야 미하일로브나 때문에 군에 있는 의사를 데려오라고 사람을 보냈잖아."

"글쎄, 내 생각에는 그 손은 굽은 채로 남을 것 같아."

"그건 두고 보면 알겠지. 그런데 말이야, 읽고 쓸 줄 아는 농부나 일꾼이 네게도 더 필요하고 귀중하지 않을까?"

"아니야, 누구 하나 붙잡고 물어봐."

콘스탄친 레빈이 단호하게 대답했다.

"교육을 받은 사람은 일꾼으로 쓰긴 별로야. 길 수리도 못할 거고 다리를 세워 놓으면 그 인간들이 눈 깜짝할 사이에 다 뜯어 가 버릴걸."

"하지만."

세르게이 이바노비치는 얼굴을 찌푸리며 말했다. 그는 모순을 싫어할 뿐더러 특히 이 이야기, 저 이야기로 마구 건너뛰거나 아무 관련도 없는 새로운 논거를 끌어들여 어떻게 대답해야 할지 알 수 없게 만드는 게 싫었다.

"하지만 그건 중요하지 않아. 잠깐, 넌 농민에게 교육이 필요하다는 건 인정하는 거야?"

"인정해."

레빈은 무심코 이렇게 말했지만 곧바로 마음에도 없는 말을 내뱉었다는 생각이 들었다. 그는 만일 자신이 이것을 인정할 경우 지금까지 아무 의미도 없는 헛소리를 지껄인 게 된다는 것을 깨달았다. 그는 이것이 어떤 식일지는 모르지만 그것이 분명 논리적으로 입증되리라는 것만은 알고 있었고 그래서 그 논증을 기다렸다.

논증은 콘스탄친 레빈이 예상한 것보다 훨씬 단순하게 시작되었다.

"너도 교육이 유익하다는 점을 인정했으니까……."

세르게이 이바노비치가 말했다.

"넌 정직한 사람으로서 그 사업에 애정과 공감을 느끼지 않을 수 없을 것이고 그러다 보면 그 사업을 위해 일하고 싶다는 열망이 생겨날 거야."

"하지만 난 아직 그 사업을 하는 게 좋은 일을 하는 것이라고 인정할 수 없어."

콘스탄친 레빈은 얼굴을 붉히며 말했다.

"왜? 네가 방금 그렇다고 말했잖아……."

"음, 난 그 사업이 좋은 일이라거나 가능한 일이라고 생각하지 않아."

"노력도 안 해 봤으면서 어떻게 알아?"

"그냥 그렇다고 쳐."

레빈은 전혀 그렇게 생각하지 않으면서도 그렇게 말했다.

"그렇다고 가정하잔 말이야. 하지만 내가 무엇 때문에 그 문제를 신경 써야 하는지 모르겠군."

"왜냐고?"

"아니, 말이 나온 김에 철학적인 관점에서 설명해 줘."

레빈이 말했다.

"여기서 왜 철학이 나와야 하는지 모르겠군."

세르게이 이바노비치는 마치 동생이 철학을 논할 자격이 없다는 듯한 말투로 이야기했고 이것이 레빈을 자극했다.

"뭣 때문이냐고?"

그는 흥분하며 이야기를 시작했다.

"난 개인의 행복이 우리가 하는 모든 행위의 원동력이 된다고 생각해. 귀족인 나로서는 오늘날의 젬스트보 제도에서 나의 행복에 도움이 될 만한 것을 하나도 찾을 수 없어. 도로 사정이 좋아지지도 않았고 더 나아질 것 같지도 않아. 하지만 내 말은 그 열악한 길에서도 나를 태우고 잘 달린다고. 나는 의사나 병원이 필요 없어. 치안판사도 그렇고. 난 한 번도 치안판사에게 도움을 청한 적이 없을 뿐더러 앞으로도 그럴 거야. 학교는 아까도 말했지만 아무 소용도 없고 오히려 해를 끼치기만 해. 나에게 젬스트보 제도란 그저 토지 일 제샤치나당 십팔 코페이카의 세금을 지불해야 할 의무, 도시로 가서 빈대와 함께 잠을 자고 온갖 헛소리와 추악한 이야기를 들어야 할 의무를 의미하지. 난 거기서 나의 개인적인 이해(利害)를 찾을 수 없어."

"잠깐만."

세르게이 이바노비치는 웃으며 레빈의 말을 막았다.

"우리가 농노해방을 위해 일하도록 움직인 것은 개인적인 이해에 따른 게 아니야. 그렇지만 우리는 그 일을 했지."

"아냐!"

콘스탄친은 더욱더 흥분해 형의 말을 가로막았다.

"농노해방은 별개의 문제야. 거기엔 개인적인 이해가 얽혀 있어. 우리는 우리 자신과 모든 착한 사람들을 짓누르던 이 짐을 벗어던지길 원했어. 하지만 시의원이 되어 내가 살지도 않는 도시에 변소 청소부가 얼마나 필요한지 하수구는 어떻게 묻어야 하는지를 의논하거나, 배심원이 되어 햄을 훔친 농부의 재판을 위해 여섯 시간 동안 변호사와 검사가 지껄이는 온갖 헛소리를 듣고 판사가 내 밑에서 일하는 멍청한 알료샤 영감과 '피고, 햄을 훔친 사실을 인정합니까?' '네?' 뭐 이런 얘기를 주고받는 걸 듣는 것 따위……."

콘스탄친 레빈은 주제에서 벗어나 판사와 멍청한 알료샤 흉내를 냈다. 그에게는 모든 게 직접적인 관계가 있는 듯했다. 하지만 세르게이 이바노비치는 어깨를 으쓱거렸다.

"그래, 그래서 너는 뭘 말하고 싶은 거냐?"

"난 그저 나와…… 내 이해와 권리를 위해 늘 온 힘을 다하겠다는 말을 하고 싶은 것뿐이야. 대학교를 다닐 무렵 헌병들이 우리 몸을 수색하고 편지를 검문할 때, 내가 가진 교육과 자유의 권리를 온 힘을 다해 지킬 각오가 되어 있었어. 내 아이와 형제와 나 자신의 운명과 관련된 병역의 의무를 이해해. 난 나와 관련된 문제에 대해 깊이 생각할 준비가 되어 있어. 하지만 젬스트보의 자금 사만 루블을 어떻게 분배해야 하는지, 멍청한 알료샤를 어떻게 재판해야 하는 건지는 도대체 모르겠어. 알 수도 없고."

콘스탄친 레빈은 댐이라도 무너뜨릴 듯 강렬하게 말을 쏟아 냈다. 세르게이 이바노비치는 미소 지었다.

"내일 네가 재판을 받는다고 치면, 넌 예전의 형사 재판소에서 재판을 받는 편이 더 낫다는 말이야?"

"난 재판 따위는 받지 않아. 아무도 죽이지 않을 거니까 나한텐 그런 게 필요 없다니까. 정말이야!"

그는 다시 새로운 화제로 옮겨 가서 말을 계속했다.

"우리 제도와 이 모든 것은 우리가 삼위일체 축일에 꽂아 놓는 자작나무 가지 같다는 생각이 들어. 그 가지는 유럽의 울창한 숲을 흉내 내는 것뿐이야. 난 이 자작나무 가지에 정성껏 물을 주면서 그것을 숲이라고 믿을 수는 없어!"

세르게이 이바노비치는 그저 어깨를 으쓱거렸다. 그는 동생이 하고 싶은 말이 무엇인지 금방 알아차렸지만 이런 몸짓으로 지금 그들의 대화에 이 따위 자작나무가 왜 등장하는지 놀라울 뿐이라는 표현을 했다.

"잠깐만, 이런 식으로 하면 토론이 안 되잖아."

그가 지적했다. 그러나 콘스탄친 레빈은 자신도 알고 있는 결점인 공익에 대한 무관심을 정당화하고 싶었기 때문에 계속 말했다.

"내 생각에는……."

콘스탄친은 말했다.

"개인의 이해를 바탕에 깔지 않은 활동은 결코 오래갈 수 없어. 이게 보편적 진리, 철학적인 진리야."

그는 단호하게 철학적이라는 단어를 되풀이하며 말했다. 마치 그에게도 모든 사람과 마찬가지로 철학을 논할 자격이 있다는 것을 보여 주려는 것 같았다.

'이 녀석도 자신의 경향에 충실한 나름대로의 철학이 있군.'

세르게이 이바노비치가 다시 미소 지으며 생각했다.

"자, 철학 이야기는 그만하면 됐어."

그가 말했다.

"모든 시대를 통틀어서 철학이 풀어야 할 중요한 숙제는 바로 개인과 공공의 이해 사이에 필연적인 연관성을 찾아내는 거지. 하지만 그것보다 중요한 건, 내가 너의 비교를 바로잡는 거야. 자작나무 가지는 누가 꽂아 둔 게 아니라 심거나 씨를 뿌려서 얻은 거니까 조심스럽게 다루어야 해. 자신이 살고 있는 제도에서 중요한 게 무엇이고 무엇이 의미 있는 것인지에 대한 감각을 갖고 있고 그것을 소중하게 여기는 민족, 그런 민족만이 미래를 가질 자격이 있고, 그런 민족만이 역사적이라는 말을 들을 수 있는 거야."

세르게이 이바노비치는 콘스탄친 레빈이 접근하기 어려운 철학사의 영역으로 논점을 옮기고 콘스탄친이 가진 견해의 그릇된 점을 차례로 지적했다.

"그게 네 마음에 안 든다고 했지. 미안한 말이지만, 네 태도는 우리 러시아의 나태와 오만을 드러내는 건데 난 네가 일시적으로 오해했을 뿐이고 또 금방 사라질 거라고 믿어."

콘스탄친은 침묵했다. 그는 자신이 이 논쟁에서 완전히 패했다는 것을 깨달았지만 동시에 자기가 하려고 했던 말을 형이 이해하지 못했다고 느꼈다. 그는 형이 왜 그것을 이해하지 못하는지 알 수 없었다. 그가 자기의 생각을 분명하게 말하지 못한 탓인가, 아니면 형이 그의 말을 이해하려 하지 않았거나 이해하지 못해서일까? 하지만 그는 이 생각에서 금방 빠져나왔다. 그는 형의 말에 반론하지 않고 엉뚱하게도 자신의 개인적인 일을 생각하기 시작했다.

"그럼 이제 갈까?"

세르게이 이바노비치는 마지막 낚싯대를 걷고, 콘스탄친은 말고삐를 풀었다. 그런 다음 두 사람은 마차를 타고 떠났다.

4

형과 대화를 나누는 동안 레빈의 마음을 사로잡았던 개인적인 문제란 이런 것이었다. 지난해 어느 날, 풀 베는 곳에 갔다가 집사에게 화가 난 레빈은 농부의 손에서 낫을 가로채 풀을 베는 것으로 마음을 가라앉혔다. 그게 그만의 비법이었는데 그 일이 무척 마음에 든지라 그 후에도 여러 번 풀을 베곤 했다. 언젠가는 집 앞에 있는 풀밭의 풀을 전부 베어 버리기도 했다. 그래서 올해에는 풀 베는 기간 내내 농부들과 함께 풀을 베겠다고 봄부터 벼르던 참이었다. 그런데 형이 온 다음에는 풀베기를 할까 말까 망설이고 있었다. 날마다 형을 혼자 남겨 두는 것도 미안한 데다, 형이 그 일로 자기를 비웃지 않을까 겁이 났던 것이다. 하지만 풀을 베러 가야겠다고 거의 마음을 굳힌 참이었다. 형과 짜증스러운 대화를 나눈 다음, 그는 다시 이 계획을 떠올렸다.

'육체적인 운동을 해야 해. 그렇지 않으면 내 성격을 망가뜨릴 것 같아.'

그는 이런 생각을 하며 형과 사람들 앞에서 풀을 베는 게 아무리 거북하더라도 꼭 하겠다고 결심했다.

저녁 무렵 콘스탄친 레빈은 사무실에 가서 작업 지시를 내린 다음, 다음 날 가장 넓고 좋은 칼리노프 풀밭을 벨 일꾼을 모으기 위해 마을마다 사람을 보냈다.

"그럼, 내 낫을 치트에게 보내고 내일 올 때 갈아서 가져오라고 하세요."

그는 당황한 모습을 보이지 않으려 애쓰면서 말했다.

"알겠습니다."

집사가 미소 지으며 말했다.

"날씨가 좋아진 것 같아. 난 내일부터 풀베기를 할 생각이야."

저녁때 차를 마시면서 레빈은 형에게 이야기했다.

"나도 그 일을 무척 좋아해."

세르게이 이바노비치가 말했다.

"난 엄청나게 좋아해. 가끔 농부들과 직접 풀베기도 해 봤어. 내일은 하루 종일 해 보고 싶어."

"어떻게? 농부들과 똑같이 하루 종일하겠다고?"

세르게이 이바노비치는 고개를 들고 호기심 어린 얼굴로 동생을 바라보았다.

"운동으로 아주 좋지. 그런데 네가 그 일을 버텨 낼 수 있을까?"

세르게이 이바노비치는 조금도 비웃는 기색 없이 말했다.

"시험 삼아 해 본 적 있어. 처음에는 힘들지만 나중에는 익숙해져. 남들에게 뒤처지지는 않을 것 같은데……."

"진짜로 그럴까! 그건 그렇다 치고 농부들이 그걸 어떻게 생각할까? 말해 봐. 틀림없이 주인이 이상한 짓을 한다고 비웃을 거야. 음, 어떻게 일꾼들과 점심을 먹을 거야? 라피르(샤토 라피르. 최상품의 보르도산 적포도주 가운데 하나_옮긴이), 구운 칠면조 고기 따위를 그곳에 보내라는 것도 이상하잖아?"

"아니야, 농부들이 쉴 때 내가 집에 잠깐 다녀갈 거야."

이튿날 아침, 콘스탄친 레빈은 평소보다 일찍 일어났지만 농사 지시를 내리느라 시간을 지체하는 바람에, 풀 베는 곳에 도착했을 때는 일꾼들이 이미 두 번째 구획을 베고 있었다.

언덕 위에 올라서자, 그 아래로 풀베기가 끝난 그늘진 풀밭과 일꾼들이 첫 번째 구획에 벗어 둔 카프탄이 회색 줄과 검은 무더기를 이루고 있었다.

말을 타고 풀 베는 곳으로 점점 더 가까이 다가가자, 긴 줄을 이루며 다양한 방법으로 낫을 휘두르는 농부들이 보였다. 카프탄을 입은 농부들이 있는가 하면 루바슈카만 걸친 농부들도 있었다. 수를 세어 보니 모두 마흔두 명이었다.

그들은 옛 저수지 자리였던 울퉁불퉁한 아래쪽을 따라 천천히 움직였다. 레빈은 자기 집 일꾼 몇 명을 알아볼 수 있었다. 아주 긴 하얀 루바슈카를 입고 등을 구부정하게 숙인 채 낫을 휘두르는 사람은 예르밀 영감, 맹렬한 기세로 한 줄 한 줄 풀을 베고 있는 사람은 한때 레빈의 집에서 마부 노릇을 했던 젊은 반카(이반의 애칭_옮긴이)였다. 그곳에는 레빈의 풀베기 스승인 치트도 있었다. 그는 왜소하고 비쩍 마른 농부였는데 허리를 굽히지도 않고 마치 낫을 가지고 노는 것처럼 자기가 맡은 넓은 줄을 쓱쓱 베면서 앞서 나아갔다.

레빈은 말을 길가에 매어 두고 치트에게 갔다. 그는 덤불에서 다른 낫을 꺼내 레빈에게 건넸다.

"나리, 준비해 놓았습니다. 이놈은 면도날처럼 저 스스로 풀을 벨 겁니다."

치트는 모자를 벗고 낫을 건네며 빙그레 웃었다. 레빈은 낫을 받아 쥐고 감각을 익히기 위해 시험 삼아 휘둘렀다. 자기가 맡은 줄을 다 벤 일꾼들이 땀에 흠뻑 젖은 채 밝은 표정으로 줄지어 길로 나와 비웃는 듯한 얼굴로 주인에게 인사했다. 주름투성이 얼굴에 수염이 없고 양가죽 재킷을 걸친 키 큰 노인이 길에 나와 그에게 말을 건넬 때까지도 그들은 쳐다보기만 할 뿐, 아무도 입을 열지 않았다.

"조심하십쇼, 나리. 일단 시작하면 그만둘 수 없습니다요!"

그가 이렇게 말하는 순간 레빈은 일꾼들 틈에서 킥킥대며 웃음을 참는 소리를 들었다.

"중간에 그만두지 않도록 애써 보지."

그는 치트 뒤에서 풀베기가 시작되기를 기다리며 말했다.

"조심하십쇼."

노인이 거듭 당부했다.

치트가 자리를 내어 주어 레빈이 뒤따라갔다. 길가에 나 있는 풀은 길이가 짧았다. 오래전에 풀을 베어 본 데다 온통 자기만 바라보는 시선에 당황한 레빈은 한동안 낫만 힘껏 휘둘렀을 뿐 풀을 베는 솜씨는 신통치 않았다. 뒤에서 이런 소리가 들려왔다.

"낫자루를 서툴게 달았어. 자루도 너무 길고. 허리 굽힌 꼴을 좀 보라지."

한 사람이 말했다.

"발뒤꿈치에 더 힘을 줘야 되는데."

다른 사람이 말했다.

"괜찮아. 곧 익숙해져."

노인이 계속 말했다.

"봐, 가잖아……. 한 번에 너무 많이 베려 들면 피곤해질 텐데……. 주인이잖아. 걱정할 것 없지. 저렇게 열심히 하는걸! 고용한 일꾼들 좀 보라고! 우리가 저렇게 해 놓으면 야단을 맞았을 거야."

풀은 점점 부드러워졌다. 레빈은 농부들의 말을 들으면서도 대꾸하지 않고 어떻게든 더 잘 베려고 애쓰면서 치트를 따라갔다. 그들은 백 걸음 정도 나아갔다. 치트는 조금도 피로한 기색 없이 쉬지 않고 계속 나아갔다. 하지만 레빈은 자신이 끝까지 버티지 못할 것 같은 생각에 벌써부터 두려워졌다. 그럴 정도로 그는 지쳤다.

그는 자기가 마지막 힘을 쥐어짜서 낫을 휘두른다는 것을 느끼고 치트에게 잠시 쉬자는 말을 해야겠다고 결심했다. 때마침 치트가 하던 일을 멈추었다. 그는 허리를 굽혀 풀을 뜯어 낫을 닦은 뒤에 갈기 시작했다. 레빈은 허리를 펴고 깊은 숨을 몰아쉬며 주위를 둘러보았다. 바로 뒤에서 오던 농부도 많이 지쳤는지 레빈이 있는 곳으로 다가오지 않고 그 자리에 앉아 낫을 갈기 시작했다. 치트는 레빈의 낫까지 갈았다. 그들은 다시 앞으로 나아갔다.

두 번째도 마찬가지였다. 치트는 지치지도 않고 잠시도 쉬지 않은 채 계속 낫을 휘둘렀다. 레빈은 뒤처지지 않으려고 애쓰며 그를 따라 작업했지만 움직이는 것조차 점점 더 힘들어졌다. 마침내 레빈이 자기 몸에 더 이상 힘이 남아 있지 않다고 느낀 바로 그 순간, 치트가 멈추고 낫을 갈았다.

그런 식으로 그들은 처음 한 줄을 다 베어 냈다. 레빈에게는 이 긴 줄이 유난히 힘들었다. 한 줄을 다 베고 나서, 치트는 어깨에 낫을 둘러메고 자신이 남겼던 발자국을 따라 느릿느릿 되돌아갔고 레빈도 자기가 벤 줄을 따라 똑같은 모습으로 되돌아갔다. 비록 레빈의 얼굴을 타고 땀이 비 오듯 흘러 코 아래로 방울방울 떨어지고 물에 빠진 것처럼 등은 온통 젖어 축축했지만 그는 굉장히 기분이 좋았다. 특히 이제는 자기도 이런 일을 하면서 끝까지 버틸 수 있다는 것을 알게 되어 더욱 기뻤다.

다만 그가 작업한 줄이 삐뚤빼뚤한 것이 그의 만족을 방해했다.

'앞으로 팔은 조금만 휘두르고 몸을 전체적으로 더 많이 흔들어야겠군.'

그는 화살처럼 곧게 벤 치트의 줄과 구불구불하고 울퉁불퉁하게 작업한 자기의 줄을 비교하면서 이렇게 생각했다.

레빈도 눈치챘지만, 치트가 첫 줄을 특별히 빨리 벤 건 주인을 시험해 보기 위한 것이었고 그런 탓에 줄도 길어졌지만 다음 줄부터는 일하기가 훨씬 더 쉬워졌다. 그렇지만 레빈이 농부들에게 뒤처지지 않기 위해서는 온 힘을 다 쏟아 부어야 했다. 그는 농부들에게 뒤처지지 않고 최대한 잘해 보려는 것 외에는 아무것도 생각하지 않았고 바라는 것도 없었다. 귀에는 낫이 부딪히는 소리만 들렸다. 그는 앞으로 자꾸만 멀어져 가는 치트의 꼿꼿한 뒷모습, 풀을 벤 자리에 나타난 반달형 모양과 자신의 낫 주위에서 물결처럼 천천히 기울어지는 풀과 꽃송이, 휴식이 시작된 것을 알리는 줄의 끝자락을 보았다.

일을 하다가, 그는 문득 땀이 송글송글 맺힌 후끈한 어깨 언저리에 산뜻하고 서늘한 감촉을 느꼈다. 그는 그것이 무엇인지, 어디에서 온 것인지 몰라서 낫을 가는 동안 하늘을 쳐다보았다. 묵직한 구름이 낮게 깔려 몰려들며 굵직한 빗방울이 떨어졌다. 어떤 농부들은 카프탄을 벗어 놓은 곳으로 가서 그것을 몸에 걸쳤지만 다른 농부들은 레빈과 똑같이 기분 좋은 상쾌함에 흡족해하며 어깨를 으쓱할 뿐이었다.

그들은 한 줄 한 줄 차례로 베어 갔다. 그들은 긴 줄과 짧은 줄을 누비고 다녔는데 그 속에는 좋은 풀도 있고 나쁜 풀도 있었다. 레빈은 시간 감각을 완전히 잃어버려 지금이 이른 시각인지 늦은 시각인지 알 수가 없었다. 드디어 그에게 커다란 만족을 안겨 준 변화가 생겨나기 시작했다. 한참 일을 하고 있으면 자신이 무엇을 하고 있는지조차 완전히 잊게 되고 갑자기 일이 쉬워지는 순간이 찾아오곤 했는데 바로 그런 순간에는 그가 벤 줄도 치트가 벤 줄처럼 고르고 훌륭해졌다. 하지만 그가 자신이 무엇을 하고 있는지 떠올리고 더 잘해 내려고 애쓰면, 힘든 노동의 맛이 고스란히 느껴졌고 줄도 비뚤비뚤해지고 말았다.

한 줄을 더 베고 나서 그가 다시 되돌아가려 할 때 치트가 하던 일을 멈추고 노인에게 다가가 무언가 낮게 속삭였다. 두 사람은 해를 쳐다보았다.

'저 둘은 무슨 이야기를 하는 걸까? 왜 다시 일하지 않는 거지?'

레빈은 농부들이 이미 네 시간이나 쉬지 않고 풀을 베었고 어느새 아침을 먹을 시간이 되었다는 것도 깨닫지 못하고 이렇게 생각했다.

"아침 먹을 시간입니다요, 나리."

노인이 말했다.

"벌써? 그럼 밥을 먹어야지."

레빈은 낫을 치트에게 건네주고, 카프탄을 벗어 둔 곳으로 빵을 가지러 가는 농부들과 함께 비에 촉촉하게 젖은 풀 벤 줄을 따라 말을 매어 둔 곳으로 다가갔다. 그때서야 그는 날씨에 대한 그의 예상이 틀렸다는 것, 그의 풀이 비에 젖었다는 것을 깨달았다.

"풀이 썩겠군."

그가 말했다.

"걱정 마세요, 나리. 비가 올 때 베서 날 좋을 때 긁어모으라는 말도 있습니다요!"

노인이 말했다.

레빈은 말을 타고 커피를 마시기 위해 집으로 향했다. 세르게이 이바노비치가 막 일어난 참이었다. 레빈은 커피를 마시고 세르게이 이바노비치가 옷을 입고 식당에 들어오기도 전에 다시 풀 베던 곳으로 떠났다.

5

아침을 먹고 난 뒤, 레빈은 처음 자리에서 바뀌어 자기를 옆자리로 부른 익살스러운 영감과, 지난해 가을 결혼하고 올여름 처음으로 풀을 베러 나온 젊은 농부 사이에 서게 되었다.

노인은 몸을 꼿꼿이 세운 채 구부정한 다리를 일정한 보폭으로 성큼성큼 옮기며 손을 휘두르며 걷는 것보다 더 가벼워 보이는, 정확하고도 규칙적인 동작으로 마치 장난이라도 하는 것처럼 길고 고른 풀들을 베고 있었다. 정확히 말하면, 그가 아닌 날카로운 낫 한 자루가 저절로 싱싱한 풀을 베고 있는 것 같았다.

레빈의 뒤에는 젊은 미슈카가 따라오고 있었는데 싱싱한 풀을 엮어서 머리에 동여맨 젊고 사랑스러운 얼굴이 고단함으로 일그러졌다. 그러면서도 그는 사람들이 쳐다보면 금방 미소를 지었는데 일이 힘든 것을 인정하는 것보다 차라리 죽는 게 낫다고 생각하는 듯했다.

레빈은 그들 사이에서 풀을 베었다. 가장 더울 때였지만 풀베기가 그다지 힘들게 느껴지지 않았다. 온몸에 흐른 땀이 시원함을 느끼게 했고, 등과 머리와 팔꿈치까지 걷어 올린 팔에 쏟아지는 태양은 노동에 단단함과 끈기를 더해 주는 듯했다. 무아의 순간이 점점 더 자주 찾아왔고, 그럴 때면 자기가 무엇을 하고 있는지 아무런 생각도 나지 않았다. 낫이 저절로 풀을 벴다. 행복한 순간이었다. 노인이 냇가로 내려가 젖은 두툼한 풀로 낫을 닦고 맑은 냇물에 날을 헹군 다음 숫돌 상자로 물을 떠 레빈에게 대접했을 때는 더욱 행복했다.

"자, 내 크바스(일종의 맥주 같은 음료_옮긴이)를 드셔 보세요! 어때요, 기가 막히죠?"

그는 눈을 찡긋하며 말했다. 사실 레빈은 풀잎이 동동 떠 있는 데다 양철통의 녹 냄새가 섞인 이런 미지근한 물 같은 음료는 한 번도 마셔 본 적이 없었다.

물을 마시고 나서 한 손에 낫을 든 채 느릿느릿 움직이는 행복한 산책이 시작되었다. 그러는 동안 그는 흐르는 땀을 닦고 가슴 가득히 공기를 들이마실 수도 있었으며 긴 행렬을 이룬 풀 베는 일꾼들이나 주변 숲과 들판에서 일어나는 일들도 바라볼 수 있었다.

레빈은 풀을 벨수록 망각의 순간을 점점 자주 느끼게 되었다. 그럴 때는 손이 낫을 휘두르는 것이 아니라, 낫이 끊임없이 스스로를 의식하는 생명으로 충만한 그의 몸을 움직이게 했으며, 그가 일에 대해 아무런 생각을 하지 않아도 마치 마법에 걸린 듯 저절로 정확하고 시원스럽게 진행되었는데 이런 때가 제일 행복한 순간이었다.

하지만 이렇게 무의식적으로 이루어지는 동작을 멈추고 뭔가를 생각할 때나 작은 풀숲이나 괭이밥 덤불을 깎아 내야 할 때는 일이 힘들게 느껴졌다. 노인은 이 일을 손쉽게 해냈다. 작은 풀숲이 나타나면 그는 자세를 바꿔 가면서 어떤 곳에서는 발뒤꿈치로, 어떤 곳에서는 낫 끝으로 양쪽에서 짧게 치면서 작은 풀숲을 없앴다. 그러면서도 그는 계속 눈앞에 나타나는 것들을 바라보며 신중히 살폈다. 그는 노랑붓꽃 열매를 따서 자기가 먹기도 하고 레빈에게 주거나, 낫 끝으로 가지를 쳐 내기도 하고, 메추라기의 둥지를 들여다보기도 했는데 그럴 때면 낫 아래 둥지에 있던 암컷이 후다닥 날아오르곤 했다. 길에서 독사를 마주쳤을 땐 마치 포크로 찌르듯 낫으로 찍어 올려 레빈에게 보여 주고는 다시 던져 버리기도 했다.

노인 뒤에 있던 레빈과 젊은 농부에게는 이렇게 동작을 바꾸는 일이 어려웠다. 그 두 사람은 긴장된 동작 하나만을 반복하며 일에 몰두해 있었기 때문에, 동작을 바꾸면서 동시에 눈앞에 있는 것을 관찰하는 것은 불가능한 일이었다.

레빈은 시간이 얼마나 지났는지 알 수 없었다. 누가 그에게 몇 시간이나 풀을 뺐느냐고 물으면, 삼십 분 정도라고 대답했을 테지만 시간은 벌써 점심때가 되어 있었다. 한 줄을 다 베고 되돌아오면서, 노인은 높은 풀과 길을 따라 사방에서 일꾼들을 향해 보이다가 안 보이다가 하면서 걸어오는 사내아이들과 계집아이들에게로 레빈의 주의를 돌렸다. 그들의 축 늘어진 손에는 빵을 넣은 보따리와 누더기 조각으로 입구를 막은 작은 크바스 병이 들려 있었다.

"보십쇼, 딱정벌레들이 기어 오고 있습니다요!"

그는 그들을 가리키며 손을 눈언저리에 대고 해를 바라보았다.

두 줄을 더 베고 나서 노인이 멈추었다.

"자, 나리, 점심을 먹읍시다!"

그가 단호하게 말했다. 냇가에 이른 일꾼들은 풀 벤 자리를 가로질러 카프탄을 놓아둔 곳으로 향했는데 거기에는 점심을 가져온 아이들이 둘러앉아 기다리고 있었다. 농부들이 모여들었다. 멀리 있는 사람들은 짐마차 아래로, 가까이 있는 사람들은 풀을 던져둔 버드나무 덤불 아래에 모였다.

레빈은 그들 옆에 가서 앉았다. 그곳을 떠나고 싶지 않았다.

주인 앞이라 느끼던 거북함은 이미 사라졌다. 농부들은 점심 먹을 준비를 했다. 손과 얼굴을 씻는 이들도 있었고, 젊은이들은 냇가에서 몸을 씻었으며, 또 어떤 이들은 쉴 장소를 찾은 뒤 빵이 든 작은 자루를 풀고 크바스 병을 열었다. 노인은 찻잔에 빵을 잘게 썰어 놓고 숟가락으로 부드럽게 짓이긴 뒤 숫돌 상자에 든 물을 따르고 빵을 더 잘게 부순 다음 소금을 뿌렸다. 그러고는 동쪽을 향해 기도했다.

"자, 나리, 제가 만든 츄라(부스러뜨린 빵과 양파를 크바스와 소금물에 타서 만든 수프_옮긴이)를 드시지요."

그는 찻잔을 앞에 두고 무릎을 꿇고 앉아 말했다.

츄라가 너무나 맛있어서 레빈은 점심을 먹기 위해 집으로 가려던 생각을 바꾸었다. 노인과 식사를 하는 동안 그의 집안일에 큰 관심을 보이며 이야기를 나누었고, 자기 일이나 집안일 가운데 노인이 흥미롭게 생각할 만한 것을 모두 들려주었다. 그는 노인에게서 형보다 더 친밀한 감정을 느꼈고 그렇게 느낀 다정함에 자기도 모르게 미소를 지었다. 노인이 다시 일어나 기도를 드린 다음 덤불 바로 아래에 풀을 베개 삼아 누웠고, 레빈도 따라했다. 뜨거운 태양 아래 지겹게 달라붙는 파리와 땀으로 끈적한 얼굴과 몸을 간질이는 딱정벌레도 신경 쓰지 않고 금방 잠이 들어 해가 덤불 건너편으로 돌아 그를 비추기 시작할 때에야 일어났다. 노인은 이미 일어나 젊은이들의 낫을 두들겨서 펴고 있었다.

레빈은 주위를 둘러봤지만 그곳이 어디인지 알 수 없었다. 그만큼 모든 것이 바뀌어 있었다. 풀을 벤 드넓은 목초지는 기우는 저녁 햇살을 받으며 독특한 향을 풍기는 건초 더미들과 함께 신비롭고 새로운 광채로 빛나고 있었다. 풀을 다 베어 낸 냇가 덤불, 전에는 안 보였지만 이제는 강철처럼 반짝이면서 굽이쳐 흐르는 시냇물, 움직이거나 자리에서 일어나는 사람들, 아직 베지 않은 풀밭이 만들어 낸 가파른 풀의 벽, 텅 빈 풀밭 위를 맴도는 매, 이 모든 것이 완전히 새롭게 보였다. 레빈은 정신을 차린 뒤 지금까지 풀베기를 얼마나 했는지, 오늘 안에 더 벨 수 있는 양은 얼마나 되는지 생각했다.

마흔두 명의 일꾼이 한 일치곤 굉장히 많았다. 농노제 시대에는 낫 서른 개로 이틀 동안 작업했던 큰 풀밭 전체가 거의 다 베어 있었다. 풀을 베지 않은 곳은 줄이 짧은 모퉁이뿐이었다. 하지만 레빈은 가능하면 오늘 안에 더 많이 베고 싶었다. 그래서 너무나 빨리 지는 해가 원망스러웠다. 그는 조금도 피곤하지 않았다. 그저 조금이라도 빨리, 가능한 한 많이 베고 싶은 생각뿐이었다.

"어떻게 생각하는가? 마슈킨 언덕도 벨 수 있을까?"

그가 노인에게 물었다.

"글쎄요, 해가 얼마 남지 않아서요. 젊은 녀석들에게 돌릴 보드카라도 좀 있다면 또 모르지만……."

쉬는 참에 일꾼들이 자리를 잡고 앉아 담배를 피우기 시작하자, 노인이 "마슈킨 언덕을 베면 보드카가 나온다."고 젊은이들에게 알려 주었다.

"아, 베어야지! 가자, 치트! 빨리 해치우자고! 밥은 밤에 먹으면 되는 거야. 가자!"

여기저기서 이런 말들이 들렸다. 일꾼들은 빵을 얼른 먹어 치우고 풀 베는 곳으로 돌아갔다.

"자, 젊은이들, 잘해 보세!"

치트는 이렇게 말하며 거의 뛰다시피 앞으로 나아갔다.

"가자, 가자!"

노인이 서둘러 그의 뒤를 쫓더니 손쉽게 제치고 앞으로 나섰다.

"내가 다 베어 버릴 테다! 조심해!"

그렇게 젊은이들과 노인들은 서로 뒤질세라 풀을 베었다. 그들은 아무리 서둘러도 결코 풀을 망치는 법이 없었다. 베어 낸 풀은 깨끗하고 반듯하게 한 줄로 쌓였다. 농부들은 구석에 남은 구획을 오 분 만에 깨끗이 끝냈다. 뒤쪽 일꾼들이 자기 줄을 미처 다 베기도 전에, 앞쪽 일꾼들은 카프탄을 어깨에 걸치고 마슈킨 언덕을 향해 길을 건너고 있었다.

그들이 숫돌 상자를 달그락대며 마슈킨 언덕의 울창한 계곡에 들어섰을 때는 이미 해가 나무 위에 걸려 있었다. 협곡 한가운데는 풀이 허리에 닿을 만큼 길었는데 연하고 부드러웠으며 잎이 넓었다. '이반과 마리야'라는 별명을 가진 삼색오랑캐꽃이 숲 안에 점점이 흩어져 있었다.

세로 방향으로 작업을 할 것인지, 가로 방향으로 할 것인지를 두고 짧은 회의를 한 뒤, 프로호르 예르밀린이 앞장섰다. 그 역시 가무잡잡한 농부였는데 먼저 한 줄을 베고 뒤로 되돌아와 다시 베어 나갔다. 그러자 다들 그를 따라 줄을 지어, 어떤 사람들은 언덕 아래로 협곡을 따라 내려가고 어떤 사람들은 언덕 위 산등성이 쪽으로 움직였다. 해가 숲 너머로 기울어 가고 벌써 이슬이 내리기 시작했다. 언덕 위 일꾼들 쪽에만 햇빛이 보일 뿐, 안개가 피어오르기 시작한 아래쪽과 건너편은 이슬 내린 상쾌한 그늘 속에 있었다. 일은 활기차게 진행되었다.

물기가 털리는 소리와 함께 베인 풀들은 매콤한 냄새를 풍기며 여러 줄로 높이 쌓여 갔다.

사방에서 짧은 줄을 따라 모여든 일꾼들이 숫돌 상자를 달그락거리는 소리, 낫들이 부딪치는 소리, 날카롭게 갈린 낫이 숫돌에 스치는 소리, 서로를 독려하는 유쾌한 고함도 들려왔다.

레빈은 계속 젊은이와 노인 사이에서 풀을 벴다. 양가죽 옷을 입은 노인은 여전히 유쾌하고 재미있었으며 움직임이 자유로웠다. 숲에서는 물기로 축축한 풀 틈에서 솟아오른 자작나무 버섯이 낫에 베어 자꾸만 바닥에 떨어졌다. 노인은 버섯을 발견할 때마다 주워서 품속에 집어넣으면서 "또 할멈에게 줄 선물이 생겼군."하고 중얼거리곤 했다.

축축하고 부드러운 풀을 베는 건 쉽다고 쳐도, 협곡의 가파른 비탈을 따라 올라갔다가 내려갔다 하는 일은 무척 고되었다. 하지만 이것 역시 노인에게는 큰 문제가 되지 않는지 계속 똑같은 모습으로 낫을 휘두르며 커다란 짚신을 신은 발을 작은 보폭으로 힘 있게 떼면서 험한 비탈 위를 천천히 기어올랐다. 비록 온몸이 후들거려 루바슈카 아래 축 늘어진 바지가 떨리긴 했어도, 그는 걸어가는 동안 풀 한 포기, 버섯 한 개도 놓치지 않으며 계속 농부들과 레빈에게 농담을 건넸다. 레빈은 그를 따라가면서, 낫 없이도 오르기 힘든 이 가파른 언덕을 이렇게 낫을 들고 오르다간 틀림없이 떨어지겠다는 생각을 떠올리곤 했다. 하지만 끝까지 올라가 할 일을 다 끝냈는데 어떤 외부의 힘이 그를 움직이는 듯한 느낌을 받았다.

6

농부들은 마슈킨 언덕의 풀을 모두 베고 카프탄을 걸친 다음 즐겁게 집으로 향했다. 레빈은 농부들과의 작별을 아쉬워하며 집으로 말을 몰았다. 그는 언덕 위에서 주위를 둘러보았지만 아래쪽에서 피어오르는 안개 때문에 그들이 보이지는 않고 그저 쾌활하고 거친 목소리와 웃음소리, 낫이 부딪치는 소리들만 들려왔다.

세르게이 이바노비치는 한참 전에 식사를 마치고 자기 방에서 얼음을 넣은 레몬수를 마시며 방금 우편으로 도착한 신문과 잡지를 읽고 있었다. 그때 레빈이 땀에 젖고 헝클어진 머리카락을 이마에 찰싹 붙이고 축축한 등과 가슴을 드러낸 채 유쾌하게 떠들어 대며 형의 방에 불쑥 들어섰다.

"우리가 풀밭을 몽땅 벴어! 아, 정말 멋지고 대단했다고! 그런데 형은 오늘 어떻게 보냈어?"

레빈은 어제 불쾌한 대화를 나눈 것도 잊고 이렇게 말했다.

"큰일이군! 이게 대체 뭐람!"

세르게이 이바노비치는 동생을 보는 순간 불쾌한 듯 말했다.

"빨리, 문, 문을 닫으라고!"

그가 소리쳤다.

"틀림없이 열 마리는 들어왔을 거야!"

세르게이 이바노비치는 파리를 끔찍하게 싫어해서 방에 있을 때는 방문을 늘 꼭꼭 닫아 놓고 밤에만 창문을 열었다.

"한 마리도 없어. 맹세해. 혹시라도 들어왔으면 내가 잡을게. 내가 오늘 얼마나 즐거웠는지 형은 짐작도 못 할 거야. 오늘 어떻게 보냈냐니까?"

"잘 지냈어. 그건 그렇고 너 정말 하루 종일 풀을 벴어? 늑대처럼 굶주린 상태겠네. 쿠지마가 널 위해 음식을 푸짐하게 준비했더라."

"아니, 별로 배고프지 않아. 그곳에서 먹었거든. 난 좀 씻어야겠어."

"그래, 가 봐, 가. 나도 금방 갈게."

세르게이 이바노비치는 고개를 저으며 동생을 보았다.

"가, 어서 가라니까."

그는 미소 지었다. 그 역시 갑자기 기분이 좋아져 동생과 헤어지고 싶지 않은 마음에 책을 주섬주섬 모아 놓고 나갈 준비를 했다.

"아까 비오던데 넌 어디에 있었어?"

"무슨 비? 별로 오지도 않았어. 그럼 금방 올게. 어쨌든 형도 오늘 즐겁게 보냈다는 거지? 음, 좋아."

레빈은 옷을 갈아입으러 나갔다.

오 분 후 형제는 식당에서 만났다. 레빈은 뭘 먹고 싶은 생각은 없었지만, 쿠지마의 기분을 생각해서 식탁에 앉았다. 하지만 막상 음식이 입에 들어가자 너무나 맛있게 느껴졌다. 세르게이 이바노비치는 미소 지으며 그를 바라보았다.

"아, 참, 너한테 편지가 왔더라. 쿠지마, 아래층에서 편지를 가져다주게. 그리고 잊지 말고 방문을 잘 닫도록 해."

편지는 오블론스키에게서 온 것이었다. 레빈은 소리 내어 편지를 읽었다. 오블론스키는 페테르부르크에서 편지를 보내왔다.

'돌리에게 편지를 받았다네. 그녀는 지금 예르구쇼보에 있는데, 무슨 이유에선지 모든 게 잘 풀리지 않는 것 같아. 부탁이니 그녀를 찾아가 조언을 해 주게나. 자네는 모르는 게 없잖아. 그녀는 자네를 만나면 무척 기뻐할 걸세. 그녀는 가엾게도 완전히 혼자야. 장모님은 다른 가족들과 아직 외국에 있거든.'

"잘됐군! 꼭 보러 가야겠어."

레빈이 말했다.

"괜찮으면 형도 같이 가자. 정말 훌륭한 여자잖아. 그렇지 않아?"

"가까운 데 있어?"

"삼십 베르스타 떨어진 곳이야. 사십 베르스타일지도 몰라. 하지만 길이 좋아서 쉽게 갈 수 있어."

"아주 반가운 얘기군."

세르게이 이바노비치는 계속 미소 지으며 말했다. 그는 동생을 보자 즐거워졌다.

"그건 그렇고, 정말 잘 먹는다!"

그는 접시 위로 코를 박고 있는 동생의 적갈색 얼굴과 목을 바라보았다.

"훌륭해! 형은 이런 생활 습관이 온갖 어리석음에 얼마나 효과적인지 알 수 없을 거야. 난 노동요법이라는 새로운 용어로 의학을 풍성하게 만들고 싶어."

"글쎄, 너 같은 사람한텐 그런 건 없어도 될 것 같은데."

"그건 그렇지. 하지만 여러 종류의 신경증을 앓는 사람들한테는 필요할 거야."

"그래, 그건 해 볼 만한 일이지. 난 정말로 너를 보러 풀 베는 곳에 가보려 했는데 어찌나 더운지 숲에서 더 갈 수가 없더라. 거기 잠시 앉아 있다가 숲을 지나 마을로 가서 네 유모를 만나 농부들이 너를 어떻게 생각하고 있는지 들어 봤지. 너도 이해하겠지만, 그들은 네가 그렇게 행동하는 걸 좋아하지 않아. 유모가 그러더라. '그건 주인님이 할 일이 아니에요.' 대체로 내가 보기에, 농민들의 머릿속에는 이른바 '주인님'의 일에 관해 아주 확고부동하게 정의된 뭔가가 있는 것 같아. 그래서 그들은 주인이 그들이 만들어 놓은 개념의 영역에서 벗어나는 것을 용납하기 싫은 거지."

"그럴지도 몰라. 그렇지만 이건 정말 내가 지금까지 살면서 한 번도 경험해 보지 못한 기쁨이었다니까. 정말로 나쁠 게 전혀 없어. 안 그래?"

레빈이 대답했다.

"그들이 내 모습을 불편하게 여긴 대도 할 수 없지. 하지만 난 아무 문제 없다고 생각하는데, 어때?"

"전반적으로……. 내가 볼 때 넌 오늘 하루를 아주 만족스럽게 보낸 것처럼 보여."

"아주 만족스럽지. 우리가 풀밭 전체를 다 베어 버렸다니까. 게다가 그곳에서 굉장히 멋진 노인과 친해졌어! 얼마나 매력이 넘치는 사람인지 형은 상상도 할 수 없을 거야!"

"그래, 오늘 하루가 정말로 만족스러웠나 보구나. 나도 그랬어. 우선 두가지 체스의 수를 풀었는데, 그 가운데 하나는 대단히 절묘한 거야. 그 수는 졸(卒)로 시작해. 너한테도 보여 줄게. 그다음엔 어제 우리가 나눈 대화에 대해 생각해 보았어."

"뭐? 어제 나눈 대화?"

식사를 끝내고 나른한 행복에 젖어 실눈을 뜬 채 숨을 몰아쉬던 레빈에게는 어제의 대화를 떠올릴 기운조차 없었다.

"난 네가 어느 정도는 옳다고 봐. 넌 개인의 이해를 원동력으로 내세우고, 난 어느 정도 교양을 갖춘 사람들에게는 공익에 대한 관심이 있어야 한다고 생각하는 게 우리 의견이 충돌하는 지점이지. 물질적인 이해관계에서 비롯된 활동이 더 바람직하다는 면에서는 어쩌면 네 생각도 옳을지 모르지. 프랑스인의 표현대로 하자면, 대체로 넌 지나치게 충동적이야. 넌 열정적이고 격렬한 활동을 원하거나, 그게 아니면 아예 아무것도 바라지 않으니까 말이지."

레빈은 형의 말을 듣긴 했지만 아무것도 이해할 수 없었고, 또 이해하고 싶지도 않았다. 그는 그저 자기가 형이 하는 말을 전혀 듣지 않았다는 사실을 들킬 만한 질문을 받게 될까 봐 두려웠다.

"그런 거야, 친구."

세르게이 이바노비치가 레빈의 어깨를 건드리며 말했다.

"그럼, 물론이지. 어쨌든 말이야! 난 꼭 내 의견을 고집하는 건 아냐."

레빈은 잘못을 저지른 어린애처럼 웃으며 말했다.

'그런데, 내가 무엇에 대해 논쟁한 거였지?'

그는 생각했다.

'물론 나도 옳고 형도 옳아. 모든 것이 훌륭하군. 사무실에 가서 지시만 내리면 되겠어.'

그는 미소 지으며 기지개를 켜면서 일어났다. 세르게이 이바노비치도 미소 지었다.

"산책할 거면 함께 가자."

그는 싱그러움과 활기를 내뿜는 동생과 헤어지고 싶지 않았다.

"같이 가자. 사무실에 가야 한다면 거기도 같이 가자."

"아, 이런!"

레빈은 세르게이 이바노비치가 깜짝 놀랄 만큼 큰 소리로 외쳤다.

"왜 그래?"

"아가피야 미하일로브나의 손은 어때?"

레빈은 자기 머리를 때리면서 말했다.

"그녀에 대해 잊고 있었어."

"많이 좋아졌어."

"그래? 그렇대도 빨리 가 봐야겠어. 형이 모자를 쓰기도 전에 돌아올 거야."

그러더니 그는 딸랑이 장난감처럼 뒤축을 요란하게 울리며 계단을 뛰어 내려갔다.

7

스테판 아르카지치가 관리가 아닌 사람들은 절대 이해할 수 없고 모든 관리들은 익히 아는 지극히 자연스러운 의무, 하지 않으면 관청에서 근무하는 것조차 불가능한 가장 절실한 의무, 내각 관료들에게 자신의 존재를 상기시키기를 위해 페테르부르크를 방문해 집안 돈을 거의 다 끌어다 경마장과 별장을 들락거리며 유쾌하고 즐거운 시간을 보내는 동안, 돌리는 가능한 한 지출을 줄이려고 아이들과 시골로 옮겨 갔다. 그녀는 결혼할 때 친정에서 상속받은 예르구쇼보 마을로 왔는데 올봄에 스테판 아르카지치가 숲을 처분했고, 레빈이 사는 포크로프스코예에서 오십 베르스타 가량 떨어진 곳이었다.

예르구쇼보에 있던 크고 낡은 저택은 이미 오래전에 헐렸고, 공작이 개조하고 확장해 놓은 별채만 남아 있었다. 이 별채는 다른 별채들처럼 정면의 가로수 길이나 남쪽을 향해 비스듬한 방향으로 놓여 있었지만, 돌리가 어릴 때인 이십여 년 전만 해도 넓고 편리한 곳이었다. 그러나 이제는 이 별채도 낡고 몰락한 상태였다. 스테판 아르카지치가 올봄에 숲을 처분하러 갈 때 돌리는 그에게 집을 잘 둘러본 다음 사람들을 시켜 수리를 해 달라고 부탁했다. 어딘가 떳떳하지 못한 남편들이 그렇듯, 스테판 아르카지치도 아내가 편하게 지낼 수 있도록 굉장히 신경을 쓰면서 직접 집을 둘러보고 필요하다 싶은 것은 모두 지시를 내렸다. 그가 보기에 크레톤 사라사 천으로 가구를 씌우고 커튼을 달고 정원을 깨끗이 손질하고 연못에 다리를 놓고 꽃을 심어야 할 것 같았다. 하지만 그는 꼭 필요한 많은 일들을 잊고 있었고, 이런 것들이 나중에 다리야 알렉산드로브나를 괴롭혔다. 스테판 아르카지치는 사려 깊은 아버지와 남편이 되려고 애썼지만 자신에게 아내와 아이들이 있다는 사실을 자꾸만 잊어 버렸다. 그에게는 독신자의 성향이 있었고, 그는 그러한 성향에 맞춰 살아갔다. 모스크바로 돌아온 그는 아내에게 모든 것이 마련되었으며 집이 장난감처럼 예쁘니 그곳에 꼭 가 보라고 자신 있게 말했다. 스테판 아르카지치에게는 아내가 시골로 떠나는 것이 여러 면에서 반길 만한 일이었다. 아이들에게도 유익하고 지출도 줄어들 뿐더러 그 자신도 훨씬 자유롭기 때문이었다. 다리야 알렉산드로브나도 시골에서 여름을 보내는 게 아이들을 위해, 특히 성홍열을 앓고 나서 아직 건강을 회복하지 못한 딸을 위해 꼭 필요하다고 생각했다. 그리고 그녀는 자신을 괴롭히던 장작 가게, 생선 가게, 구두 가게에 진 자질구레한 빚이나 사소한 굴욕에서 벗어나기 위해서라도 여름을 시골에서 보내야겠다고 생각했다. 그녀가 시골로 가는 것을 기뻐한 이유가 한 가지 더 있었다. 그녀는 한여름에 외국에서 돌아오는 동생 키티를 자기가 있는 시골에 불러들이는 상상을 했던 것이다. 거기다 의사도 키티에게 요양을 하라고 처방 내린 터였다. 키티는 두 사람의 어린 시절 추억이 가득한 예르구쇼보에서 돌리와 여름을 보내는 것만큼 자신을 행복하게 하는 것은 없다고 온천에서 편지를 써 보냈다.

돌리는 처음 얼마간은 전원생활이 너무나 힘들었다. 어린 시절을 시골에서 보낸 데다, 그녀의 머릿속에는 시골은 도시의 모든 불쾌한 것으로부터의 구원이며 비록 생활은 우아하지 않지만—돌리는 이 점은 쉽게 받아들였다.—그 대신 돈이 적게 들고 편리한 곳이라는 인상이 남아 있었다. 뭐든지 다 있고 뭐든지 값싸고 뭐든지 구할 수 있으면서 아이들에게도 좋은 그런 곳. 그러나 안주인이 되어 시골에 내려온 지금은 그 모든 것이 자신이 생각했던 것과 전혀 다르다는 사실을 깨달았다.

그들이 도착한 다음 날, 비가 억수같이 쏟아졌다. 밤이 되자 복도와 아이들 방에 비가 새서 침대를 응접실로 옮겨야 했고 집에는 요리사도 없었다. 가축을 돌보는 하녀가 아홉 마리 암소 중에 어떤 것은 새끼를 뱄고 어떤 것은 막 첫 새끼를 낳았으며 어떤 것은 늙었고 어떤 것은 젖이 별로 나지 않는다고 했다. 아이들에게 먹일 버터와 우유도 부족했다. 달걀도 없었으며 암탉을 구할 수도 없었다. 그래서 보라색의 늙고 질긴 수탉들을 구워 먹거나 삶아 먹어야 했다. 다들 감자밭에 나가 있어서 마루 닦을 아낙도 구할 수 없었다. 말 한 마리가 성격이 괴팍해서 수레 채를 매기만 하면 목을 잡아 빼는 통에 마차를 타고 다닐 수도 없었다. 냇가는 온통 가축들에 짓밟힌 데다 길에서 훤히 들여다보여 멱을 감을 수도 없었다. 게다가 가축들은 허물어진 울타리를 뚫고 정원으로 들어오고 황소 한 마리는 사람을 뿔로 받을 기세로 울어 대서 산책도 할 수 없었다. 변변한 옷장도 없었는데 그나마 있는 것도 문이 아예 닫히지 않거나 누가 옆을 지나갈 때마다 저절로 열리곤 했다. 냄비도, 항아리도 없었다. 빨래를 삶을 솥은 물론이고 하녀 방에는 다리미판도 없었다.

처음 얼마 동안, 다리야 알렉산드로브나는 평온과 휴식을 누리는 대신 보기에도 끔찍한 이런 불행에 빠진 것을 한탄했다. 그녀는 있는 힘껏 일했지만 도저히 어떻게 해 볼 도리가 없는 자신의 처지를 생각하면서 순간순간 눈에 핑 도는 눈물을 겨우 참았다. 한때 기병 특무상사였던 관리인은—스테판 아르카지치는 잘생기고 예의 바른 모습에 끌려 그를 수위에서 관리인으로 발탁했다.—다리야 알렉산드로브나의 불행에 전혀 동정을 느끼지 않았으며 정중히 이렇게 말할 뿐이었다.

"어쩔 수 없습니다. 이곳의 비루한 인간들은……."

그러면서 그는 아무것도 도우려 하지 않았다.

절망적인 상황이었지만 어느 집안에나 그런 사람이 있기 마련이듯, 오블론스키의 집안에도 눈에는 안 띄지만 가장 중요하고 가장 도움이 되는 사람이 있었다. 바로 마트료나 필리모노브나였다. 그녀는 마님을 안심시키고 다 잘될 거라고—이 말은 그녀가 입버릇처럼 하는 말이었는데 마트베이가 이 말을 그대로 배웠다.—말하며, 그 자신은 서두르거나 동요하는 일 없이 일을 해 나갔다.

그녀는 집사 부인과 금세 친해져 그곳에 온 첫날부터 집사 부부와 아카시아 나무 아래서 차를 마시며 모든 문제를 의논했다. 얼마 후엔 아카시아 나무 아래 마트료나 필리모노브나의 클럽이 생겼다. 집사 부인과 촌장과 서기가 참여하는 이 클럽을 통해서 어려움들이 조금씩 풀리기 시작했으며, 일주일이 지나자 모든 것이 다 잘 해결되었다. 지붕은 수리되었으며, 촌장의 대모가 요리사로 들어왔다. 암탉들을 샀고, 암소들은 젖을 내기 시작했다. 정원에는 말뚝으로 울타리를 만들었고, 목수가 빨래판을 만들어 주고 옷장에는 고리를 달아 제멋대로 열리지 않게 되었다. 군복 천을 씌운 다리미판을 안락의자의 팔걸이에서 옷장 위로 가로놓아 하녀의 방에서도 다림질하는 냄새를 맡을 수 있었다.

"자, 보세요! 그런데도 마님은 내내 안 된다고만 하셨죠."

마트료나 필리모노브나가 다리미판을 가리키며 말했다.

벽을 짚으로 마감한 목욕탕도 생겨서 릴리는 목욕을 할 수 있게 되었다. 그리고 비록 평온한 상태는 아니지만 편리한 전원생활을 기대한 다리야 알렉산드로브나의 꿈은 어느 정도 이루어졌다. 다리야 알렉산드로브나가 여섯 아이들과 평온히 지낸다는 것은 꿈에서도 불가능한 일이었다. 한 아이가 아프면 다른 아이가 병에 걸릴 징후가 보였고, 또 한 아이에게 부족한 게 보인다 싶으면 다른 아이는 나쁜 성격을 드러내는 등, 아이들 걱정이 끊일 날이 없었다. 아주 가끔은 짧긴 하지만 평온한 시간이 찾아오기도 했다.

하지만 다리야 알렉산드로브나에게는 이런 귀찮은 일들과 걱정하는 일들이 그녀가 누릴 수 있는 유일한 행복이었다. 만약 이런 것마저 없었다면, 그녀는 자기를 사랑하지 않는 남편 생각에 홀로 빠져 있었을 것이다. 어머니로서 병에 대한 두려움을 느끼거나 병 자체가 괴롭다거나, 아이들에게서 안 좋은 징후를 보는 괴로움이 아무리 크다 해도, 이제는 아이들 자체가 주는 작은 기쁨이 그녀의 슬픔에 대한 보답이 되었다. 이런 기쁨은 너무나 작아서 모래 속에 섞인 금처럼 잘 보이지 않았다. 그녀는 기분이 나쁠 때면 오직 슬픔만을, 오직 모래만을 보았지만 때로는 기쁨만을, 황금만을 보는 즐거운 순간도 있었다.

요즘 그녀는 시골의 적막함 속에서 이런 기쁨을 점점 더 자주 느낄 수 있었다. 그녀는 가끔 아이들을 바라보며 그녀가 잘못 생각했다는 것, 어머니인 그녀가 아이들을 편파적으로 대했다는 것을 스스로에게 납득시키기 위해 가능한 모든 노력을 기울였다. 그렇지만 그녀는 여섯 아이들이 저마다 다르긴 하지만 흔히 찾아볼 수 없는 훌륭한 아이들이라고 인정하지 않을 수 없었다. 그래서 그녀는 아이들에게서 행복을 느꼈고 아이들이 자랑스러웠다.

8

이미 모든 것이 어느 정도 정리된 5월 말에 그녀는 시골의 불편함을 하소연했던 자신의 편지에 대해 남편이 쓴 답장을 받았다. 그는 모든 것을 깊이 헤아리지 못한 점에 대해 용서를 빌며 기회가 되는 대로 곧 내려가겠다는 약속을 편지에 썼다. 하지만 그런 기회는 오지 않았고, 다리야 알렉산드로브나는 6월 초까지 시골에서 혼자 지내야만 했다.

다리야 알렉산드로브나는 성 베드로 축일 주간 일요일에 아이들 모두 성찬을 받을 수 있도록 마차를 타고 예배에 다녀왔다. 다리야 알렉산드로브나가 동생과 어머니, 친구들과 철학에 대한 대화를 허물없이 주고받을 때면 종교에 대한 그녀의 자유로운 생각이 그들을 놀라게 할 때가 많았다. 그녀는 윤회라는 그녀만의 묘한 종교를 갖고 있었다. 그녀는 교회에서 가르치는 교리는 거의 팽개치고 윤회설을 굳게 믿었다. 하지만 집안에서는 모범을 보이기 위해서뿐만 아니라 진심으로 교회에서 요구하는 모든 것을 엄격히 따랐다. 그 때문인지 아이들이 한 해가 넘도록 성찬을 받지 않았다는 사실이 그녀를 불안하게 만들었다. 그래서 그녀는 마트료나 필리모노브나의 적극적인 찬성과 공감 아래 올여름에 이 일을 끝내리라 다짐했다.

다리야 알렉산드로브나는 며칠 전부터 아이들에게 입힐 옷에 대해 고민했다. 옷을 새로 장만하고 고치고 빨고 솔기와 소매의 주름 장식을 넓히고 단추를 달고 리본을 마련했다. 다만 영국인 가정교사가 만든 타냐의 옷 한 벌이 다리야 알렉산드로브나의 마음을 상하게 했다. 그녀는 옷을 수선하면서 허리 주름을 제 위치에 달지도 않고 소매 구멍을 너무 크게 파는 바람에 옷을 거의 쓸 수 없는 지경으로 만들었다. 소매는 타냐의 어깨에 너무 꽉 조여 보는 것만으로도 불쾌할 정도였다. 하지만 마트료나 필리모노브나가 옷에 섶을 대고 두건을 만들어 달면 된다는 생각을 해 내 일은 잘 수습되었지만, 그 일로 영국인 가정교사와 싸우다시피 했다. 어쨌든 이튿날 아침에는 모든 준비가 끝났고, 아홉 시—그들은 신부에게 그때까지 예배를 늦춰 달라고 부탁한 참이었다.—가 되자 곱게 차려 입은 아이들이 기쁨으로 빛나는 얼굴로 현관 계단 앞에 세워 놓은 마차 앞에서 어머니를 기다리고 있었다.

마트료나 필리모노브나가 애써 준 덕분에 다루기 힘든 보론 대신 집사의 말 부로이를 마차에 맸다. 마침내 몸단장을 하느라 시간을 끈 다리야 알렉산드로브나가 하얀 모슬린 옷을 입고 마차를 타기 위해 나타났다.

다리야 알렉산드로브나는 걱정과 흥분이 뒤섞인 마음으로 머리를 빗고 옷을 입었다. 한때는 그녀도 자신을 위해, 즉 사람들에게 아름답게 보이고 싶어서 옷을 차려입었다. 하지만 나이가 들어갈수록 서서히 몸치장하는 것을 좋아하지 않게 되었고 자신이 매력을 잃기 시작했다고 생각했다. 하지만 지금은 다시 즐거움과 흥분을 느끼며 몸치장을 했다. 지금 그녀는 자신이나 자신의 아름다움을 위해서가 아니라, 이 사랑스러운 아이들의 어머니로서 전체적인 그림을 망치고 싶지 않았기 때문에 몸치장을 한 것이다. 마지막으로 거울을 바라보고 그녀는 자신의 모습에 만족했다. 그녀는 아름다웠다. 그 아름다움은 예전에 그녀가 무도회에서 보이고 싶어 하던 그런 아름다움이 아닌, 지금 그녀 마음속 목적에 어울리는 아름다움이었다.

교회에는 농부들과 집 관리인들과 그들의 아낙들 외에는 아무도 없었지만 다리야 알렉산드로브나는 자신과 자신의 아이들이 가져다준 감탄의 빛을 보았다. 아니, 보았다고 느꼈다. 아이들은 예쁜 옷을 차려입어 아름다운 데다 반듯한 몸가짐 때문에 더욱 사랑스러웠다. 사실 알료샤는 그다지 반듯하게 서 있지 않았다. 재킷의 뒤쪽을 보고 싶어서 계속 뒤를 돌아보았지만 그래도 무척 사랑스러웠다. 타냐는 어른스럽게 서서 동생들을 바라보는 모습이, 막내딸 릴리는 모든 것에 천진난만한 놀라움을 드러내는 모습이 사랑스러웠다. 릴리가 성찬을 받으며 영어로 '조금만 더 주세요.'라고 말할 때는 미소가 저절로 떠올랐다.

집으로 돌아오는 동안 아이들은 뭔가 엄숙한 일이 이루어졌다고 느꼈는지 무척 조용했다. 집에 들어와서도 모든 것이 마음에 들었다. 하지만 점심을 먹는 동안 그리샤가 휘파람을 불어 대기 시작했고 더욱 나쁜 일은 그리샤가 가정교사의 말을 듣지 않아 달콤한 피로그를 받지 못한 것이다. 만약 다리야 알렉산드로브나가 거기에 있었다면, 이런 날 벌을 주는 일은 허락하지 않았을 것이다. 하지만 그녀는 가정교사의 지시도 존중하지 않을 수 없었기 때문에, 그리샤에게 달콤한 파이를 주지 않겠다는 결정을 허락했다. 그 일은 가족들의 기쁨을 조금 망쳐 놓았다.

그리샤는 니콜렌카(니콜라이의 애칭_옮긴이)도 휘파람을 불었는데 그 애한테는 벌을 주지 않는다면서 울었다. 그리샤는 피로그 때문에 우는 게 아니며 피로그 따위는 아무래도 좋지만 자기만 부당한 대우를 받아서 운다고 말했다. 그 모습이 너무나 불쌍해서, 다리야 알렉산드로브나는 영국인 가정교사와 의논한 뒤 그리샤를 용서해 주기로 하고 아이에게 가 보았다. 그러나 응접실을 지나갈 때 그녀의 마음을 기쁨으로 꽉 채워 주는 장면을 보게 되어 눈물이 날 것 같았다. 그래서 그녀는 죄인을 용서해 주었다.

벌을 받은 소년은 응접실의 구석 창가에 앉아 있었고 그 옆에는 타냐가 접시를 들고 서 있었다. 타냐는 인형에게 밥을 먹인다는 구실로 가정교사에게 자기 몫의 피로그를 어린이 방으로 가져가도 좋다는 허락을 받고, 대신 그것을 동생에게 가져온 것이다. 소년은 자기가 부당한 벌을 받았다고 계속 훌쩍거리면서도 누나가 가져온 파이를 먹었고, 울먹이는 소리로 말했다.

"누나도 먹어, 같이 먹자……. 같이."

처음에 타냐는 그리샤에 대한 동정심으로 마음이 움직였으나, 나중에는 자신이 착한 행동을 했다는 생각이 들면서 감동에 젖어 들어 그녀의 눈에도 눈물이 글썽거렸다. 하지만 그녀는 동생의 말을 거절하지 않고 자기 몫을 먹었다.

어머니를 보고 아이들은 깜짝 놀랐지만 어머니의 얼굴에서 자기들이 착한 행동을 했다는 것을 깨닫고는, 피로그를 입 안 가득 문 채 까르르 웃음을 터뜨리며 입술을 두 손으로 닦기 시작했다. 그러자 아이들의 빛나는 얼굴이 온통 눈물과 잼으로 얼룩졌다.

"어머! 하얀 새 옷을! 타냐! 그리샤!"

어머니는 옷을 더럽히지 못하게 말리면서도 눈물을 글썽이며 행복하고 기쁨에 찬 미소를 지었다.

그녀는 아이들의 새 옷을 벗기고 여자아이에게는 블라우스를, 남자아이에게는 헌 재킷을 입히라 하고, 버섯 따기와 목욕을 하러 갈 예정이니 마차에 다시 부로이를 매라고 지시했다. 집사는 괴로워했지만 어린이 방에서 기쁨에 넘친 환호가 터져 나왔고, 그 소리는 마차를 타고 떠나는 순간까지 계속되었다.

그들은 바구니 하나 가득 버섯을 땄는데, 릴리까지 자작나무 버섯을 찾아냈다. 예전에는 미스 굴리가 버섯을 찾아 릴리에게 보여 주곤 했는데, 이젠 릴리가 커다란 자작나무 버섯을 찾아낸 것이다. 그래서 다들

"릴리가 버섯을 찾아냈다!"며 기쁨에 찬 소리를 질렀다.

그런 다음 그들은 냇가로 내려가 말들을 자작나무에 매어 두고 냇물 안 울타리를 친 욕장으로 갔다. 마부 체렌치는 말파리를 쫓느라 여념이 없는 말들을 나무에 매고 풀을 밟아 뭉갠 뒤 자작나무 그늘에 누워 싸구려 잎담배를 피웠다. 욕장에서 그치지 않고 터져 나오는 아이들의 쾌활한 소리는 그가 있는 곳까지 들려왔다.

비록 아이들 전부를 돌보고 아이들이 장난치지 못하게 막는 일이 귀찮긴 했지만, 그리고 그 많은 양말과 바지, 발 크기가 다 다른 부츠들이 서로 뒤섞이지 않도록 잘 기억해 두거나 그 많은 끈과 단추를 풀어 주고 끌러 주고 다시 매 주는 일들이 힘들었지만 다리야 알렉산드로브나도 언제나 목욕하는 것을 좋아했고 그것이 아이들에게도 좋은 일이라고 생각했기 때문에 아이들과 이렇게 목욕하는 것만큼 즐거운 일은 없었다. 작고 포동포동한 아이들의 발을 차례로 잡아 긴 양말을 신기는 일이나, 벌거벗은 작은 몸을 품에 안아 물에 담그거나, 즐겁거나 놀라서 외치는 아이들의 비명을 듣거나, 놀라움과 즐거움이 가득 담긴 눈을 동그랗게 뜨고 거친 숨을 몰아쉬며 물장구 치는 작은 천사들을 보는 일이 그녀에게는 큰 기쁨이었다.

아이들 중 절반이 옷을 입었을 때, 안젤리카와 우유풀을 뜨러 다니던 옷차림이 아름다운 아낙들이 조심스럽게 다가왔다. 마트료나 필리모노브나는 물에 젖은 수건과 루바슈카를 말려 달라고 하기 위해 아낙 한 명을 소리쳐 불렀다. 그렇게 해서 다리야 알렉산드로브나는 아낙들과 이야기를 나누게 되었다. 처음에 아낙들은 손으로 가리고 웃기만 할 뿐 다리야 알렉산드로브나의 질문을 전혀 못 알아듣는 듯 행동했지만, 조금씩 대담하게 이야기를 나누기 시작했고, 아이들을 보며 진심 어린 감탄을 했기 때문에 얼마 지나지 않아 다리야 알렉산드로브나의 마음에 들었다.

"애 좀 봐, 정말 예쁜 아이잖아. 설탕처럼 하얗군."

한 아낙이 타네치카(타치야나의 애칭_옮긴이)에게 반한 듯 보면서 고개를 끄덕였다.

"그런데 야위었어……."

"그래, 그 앤 병을 앓았거든."

"얘 봐, 얘도 목욕을 했나봐요."

또 한 아낙이 젖먹이를 보며 말했다.

"아니야, 이 앤 태어난 지 겨우 석 달밖에 안 됐는걸."

다리야 알렉산드로브나가 자랑스럽게 대답했다.

"어머, 이것 봐."

"자네도 아이들이 있나?"

"원래 넷이었는데, 둘만 남았습니다. 사내아이 하나 여자아이 하나예요. 여자아이는 지난 사순절에 젖을 뗐답니다."

"몇 살인데?"

"두 살이요."

"왜 그렇게 오래 젖을 먹인 건가?"

"저희들 관습이랍니다. 사순절을 세 번……."

이렇게 해서 대화는 차츰차츰 다리야 알렉산드로브나에게 가장 흥미로운 화제로 이어졌다. 아이를 어떻게 낳았나? 아이들이 무슨 병을 앓지는 않았나? 남편은 어디에 있나? 남편이 집에 자주 들러 주나?

다리야 알렉산드로브나는 아낙들과 헤어지기 싫었다. 그들과의 대화가 상당히 재미있기도 했지만 관심 분야가 너무나 똑같았기 때문이었다. 다리야 알렉산드로브나는 다른 무엇보다도 아이들이 많다는 사실과 아이들이 하나같이 귀엽다는 사실에 대해 아낙들이 감탄하는 것을 지켜보며 이루 말할 수 없이 행복했다. 아낙들은 영국인 가정교사를 웃음거리로 만들었는데 그녀는 사람들이 왜 웃는지조차 알 수 없어서 화를 냈고 다리야 알렉산드로브나는 웃었다.

"저것 봐, 감고, 또 감고, 그런데도 아직 다 못 감았어!"

가장 나중에 옷을 입던 가정교사를 유심히 바라보던 젊은 아낙들 가운데 한 명이 그녀가 세 번째 페티코트를 입자 더 이상 참지 못하고 이렇게 떠들었다. 다들 큰 소리로 웃음을 터뜨렸다.

9

다리야 알렉산드로브나는 목욕으로 머리카락이 젖은 아이들에게 에워싸여 머리를 수건으로 감싼 채 집으로 돌아왔다.

"어떤 신사분이 오십니다. 포크로프스코예에서 오신 분 같습니다."

마차가 집 가까이에 왔을 때, 마부가 말했다. 다리야 알렉산드로브나는 마부가 가리킨 방향을 바라보다가, 회색 모자와 회색 외투를 입고 맞은편에서 걸어오는 레빈의 낯익은 모습을 알아보고 기뻐했다. 그를 보는 일은 언제나 기뻤지만, 지금은 특히 그에게 무척 행복한 자신의 모습을 보여 줄 수 있어 기뻤다. 레빈만큼 그녀의 훌륭함을 세심하게 이해해 주는 사람은 없었다.

그녀를 보자, 레빈은 언젠가 자신이 상상했던 가족생활의 한 장면을 보고 있는 것 같은 느낌을 받았다.

"알을 품은 암탉 같군요, 다리야 알렉산드로브나."

"아, 정말 기뻐요!"

그녀가 손을 내밀며 말했다.

"반갑습니다. 그런데 당신은 여기 와 있으면서 제게 알리지도 않았군요. 저희 집에는 형님이 와 계십니다. 스티바가 당신이 이곳에 있다는 편지를 보냈어요."

"스티바가요?"

다리야 알렉산드로브나가 놀라서 말했다.

"네, 당신이 이곳으로 거처를 옮겼다고 썼어요. 그는 당신이 제 도움을 기꺼이 받을 거라고 하더군요."

레빈은 이렇게 말하고는 갑자기 당황하며 말을 멈추고 보리수 새순을 따서 잘근잘근 씹으며 마차 옆에서 말없이 계속 걸어갔다. 그는 남편이 마땅히 해야 할 일을 타인으로부터 도움을 받아야 한다는 사실에 다리야 알렉산드로브나가 불쾌감을 느낄 수도 있다는 생각이 들어 당황했던 것이다. 다리야 알렉산드로브나는 사실 이렇게 자기 가족 일을 남에게 떠넘기는 스테판 아르카지치의 방식이 못마땅했다. 그리고 그녀는 레빈도 그것을 알고 있다는 것을 금방 알아차렸다. 다리야 알렉산드로브나는 레빈의 그런 세심한 이해와 섬세함을 좋아했다.

"물론 나도 압니다. 그 말은 단지 당신이 날 만나고 싶어 한다는 의미라는 것을 말입니다. 그래서 무척 기쁩니다. 물론 당신 같은 도시 부인한테는 이곳이 야만스럽게 보일 거라고 생각합니다. 그러니 필요한 것이 있다면 뭐든지 말씀해 주십시오."

레빈이 말했다.

"오, 아니에요! 처음에는 조금 불편했는데 늙은 보모 덕분에 모든 게 잘 정리됐어요."

그녀는 마트료나 필리모노브나를 가리키며 말했다. 마트료나는 두 사람이 자기 이야기를 하고 있다는 것을 알아채고, 레빈에게 밝고 다정한 미소를 지어 보였다. 그녀는 그를 잘 알았고, 막내 아가씨의 좋은 배필감이라는 것도 알고 있었기 때문에 그 혼사가 꼭 이루어지기를 바랐다.

"타세요. 우리가 이쪽으로 좁혀 앉으면 돼요."

그녀가 그에게 말했다.

"아닙니다. 좀 걷겠습니다. 얘들아, 나랑 말과 경주해 볼 사람?"

아이들은 레빈에 대해 잘 몰랐고, 그를 본 기억도 없었다. 하지만 아이들은 그에게 수줍음과 혐오가 뒤섞인 기묘한 감정을 보이지 않았다. 아이들은 위선적인 어른을 대할 때 그런 감정을 잘 보였는데, 그로 인해 자주 엄한 벌을 받곤 했다. 위선은 통찰력이 뛰어난 가장 현명한 사람도 어떻게든 속일 수 있었지만 아이들은 설사 그 사람이 아무리 교묘하게 위장한다 해도 가장 둔한 아이조차 위선자를 알아보고 외면해 버린다. 레빈의 결점이 무엇이든 그에게는 위선의 기미가 보이지 않았기 때문에 아이들은 자신들이 어머니 얼굴에서 보곤 했던 그런 다정함을 그에게 보여 주었다. 그의 초대에 큰 아이 둘이 응해 곧장 뛰어내리더니, 보모나 미스 굴리 또는 어머니와 함께 달릴 때처럼 꾸밈없는 모습으로 그와 함께 달리기 시작했다. 릴리도 그에게로 가겠다고 졸라 대서 어머니는 아이를 그에게 건넸고, 그는 아이를 어깨 위에 앉히고 함께 달렸다.

"걱정하지 마세요, 걱정하지 마세요, 다리야 알렉산드로브나! 아이를 다치게 하거나 떨어뜨리는 일은 절대로 없을 겁니다."

그는 아이들 어머니에게 밝은 미소를 지어 보이며 말했다.

빈틈없고 힘차고 조심스러우면서도 지나치게 긴장된 동작을 보자, 어머니는 마음을 놓으며 그에게 밝은 격려의 미소를 보냈다. 이 마을에서 그에게 호의를 보이는 다리야 알렉산드로브나와 아이들과 함께 있는 동안 레빈은 자신에게 종종 찾아오곤 하던 어린아이 같은 명랑한 기분에 빠져들었다. 다리야 알렉산드로브나는 특히 그의 이런 점을 좋아했다. 아이들과 달리면서, 그는 그들에게 체조를 가르쳐 주기도 하고 서툰 영어로 미스 굴리를 웃기기도 하고 다리야 알렉산드로브나에게 자신이 시골에서 하는 일을 이야기해 주었다.

점심을 먹고 다리야 알렉산드로브나는 그와 발코니에 앉아 키티에 대해 이야기를 주고받았다.

"그거 아세요? 여름을 함께 보내려고 키티가 이곳에 올 거예요."

"정말이요?"

그는 얼굴을 붉혔다.

"그럼 암소 두 마리를 보내 드릴까요? 만약 대금을 치르고 싶으시다면, 한 달에 오 루블씩 주시면 됩니다. 당신이 그 일을 부끄럽게 여기지 않는다면……."

그는 화제를 바꾸기 위해 이렇게 말했다.

"아니 괜찮아요, 하지만 고마워요. 이곳도 안정이 됐답니다."

"그럼 소들을 살펴볼까요? 괜찮으시다면, 소를 어떻게 먹여야 하는지 지시해 두겠습니다. 모든 건 여물을 어떻게 먹이느냐에 달려 있거든요."

그런 다음 레빈은 순전히 화제를 바꿀 요량으로 다리야 알렉산드로브나에게 암소란 그저 여물을 우유로 가공하는 기계에 불과하다는 등 낙농업 이론에 대한 설명을 시작했다. 그는 이런 이야기를 하는 동안에도 키티 소식을 자세히 듣고 싶은 마음과 동시에 그것을 두려워하는 마음이 번갈아 생겼다. 그는 그토록 힘겹게 만들어 놓은 평온함이 무너질까 봐 두려웠다.

"그래요, 그렇다고 해도 어쨌든 그 모든 걸 감독해야 할 텐데, 누가 하죠?"

다리야 알렉산드로브나는 시큰둥하게 대답했다.

그녀는 마트료나 필리모노브나 덕분에 잘 정돈된 살림을 아무것도 바꾸고 싶지 않았다. 게다가 그녀는 레빈이 갖고 있는 농업 지식을 신뢰할 수 없었다. 그녀는 암소가 우유를 만드는 기계라는 견해가 미심쩍었다. 그녀가 생각할 때, 그런 유의 견해는 혼동만 가져올 것 같았다. 그녀는 모든 것을 훨씬 단순하게 보았다. 마트료나 필리모노브나의 말대로, 페스트루하와 벨로파하에게 여물과 물을 더 많이 주고 요리사가 부엌에서 나오는 구정물을 세탁부의 암소에게 주는 것만 막으면 될 것 같았다. 그것만은 분명했다. 곡물 가루와 풀을 여물로 먹인다는 생각은 미덥지도 않고 확실한 것도 아니었다. 무엇보다 그녀는 키티 얘기를 나누고 싶었다.

10

"키티가 고독과 평온 외에는 아무것도 필요하지 않다고 썼더군요."

돌리가 침묵을 깨고 말했다.

"그런데 그녀의 건강은 좋아진 겁니까?"

레빈이 흥분해서 말했다.

"덕분에 완전히 회복됐답니다. 난 그 애가 폐병을 앓고 있다는 생각은 해 보지 않았어요."

"아, 정말 기쁘군요."

레빈이 이렇게 말하며 돌리를 말없이 바라본 순간, 그녀는 그의 얼굴에서 주체할 수 없는 감정을 본 것 같았다.

"들어 보세요, 콘스탄친 드미트리치. 당신은 무엇 때문에 키티에게 화를 내죠?"

다리야 알렉산드로브나는 그녀 특유의 선량하고 가볍게 놀리는 듯한 미소를 지었다.

"내가요? 화낸 적 없는데요."

레빈이 말했다.

"아니에요. 당신은 화를 내고 있어요. 당신은 어째서 모스크바에 있는 동안 우리 집에도 안 들르고, 우리 부모님 집에도 안 들르신 건가요?"

"다리야 알렉산드로브나. 당신처럼 선량한 분이 그것을 모르셨다니 정말 놀랍군요. 왜 날 전혀 가엾게 안 봐 주시는 겁니까? 다 아시면서……."

그는 머리까지 빨개져서 말했다.

"뭘 안다는 거지요?"

"아시잖아요, 내가 청혼을 했다 거절당한 것 말씀입니다."

레빈은 말을 마치자 방금 전 키티에게 느꼈던 그 부드러운 감정이 마음속에서 모욕을 받은 것에 대한 원한으로 바뀌었다.

"당신은 어째서 내가 그걸 알고 있다고 생각하시는 건가요?"

"다들 알고 있으니까요."

"그것 보세요. 당신은 오해하고 있는 거예요. 물론 짐작은 했지만 난 그 사실을 몰랐어요."

"아! 어쨌든 이젠 알게 되셨잖아요."

"난 그저 무슨 일이 있었다는 것만 알아요. 키티는 아무 얘기도 안 했어요. 내가 아는 건, 무슨 일이 있었고 키티가 그 일로 몹시 괴로워한다는 것, 그리고 그 애가 나한테 그 일에 대해 아무 말도 말라고 부탁했다는 것뿐이에요. 그 애가 나한테도 안 한 얘기를 다른 사람에게 했을 리 없어요. 그런데 도대체 무슨 일이 있었던 건가요? 말해 보세요."

"무슨 일이 있었는지 이미 말씀드렸잖아요?"

"그게 언제였죠?"

"마지막으로 당신 집을 방문했을 때예요."

"그럼, 내가 무슨 말을 할지 짐작하시겠군요. 난 그 애가 너무 불쌍해요. 당신은 그저 자존심에 상처를 받아 괴로운 것뿐이겠지만……."

다리야 알렉산드로브나가 말했다.

"그럴지도 모르죠. 하지만……."

레빈이 말했다.

"하지만 그 애는 정말로 불쌍해요. 가여운 것, 이제야 모든 게 이해되는군요."

그녀가 그의 말을 막았다.

"다리야 알렉산드로브나, 그만 실례해야겠습니다. 안녕히 계십시오. 다음에 뵙겠습니다."

그는 자리에서 일어나며 말했다.

"아니, 잠시만. 잠깐만 앉아 보세요."

그녀는 그의 소맷자락을 붙잡고 말했다.

"제발, 부탁이니 그 일에 대해선 더 이상 말씀하지 마세요."

그는 이렇게 말하며 자리에 앉았다. 동시에 그는 이미 사라진 줄 알았던 희망이 자신의 마음속에 다시 나타나 꿈틀대는 것을 느꼈다.

"내가 당신을 좋아하지 않았다면……. 만일 내가 당신을 몰랐다면, 내가 아는 모습 그대로의 당신을……."

다리야 알렉산드로브나의 눈에 눈물이 글썽거렸다. 사라진 줄 알았던 감정이 점점 더 생생하게 되살아나 레빈의 마음을 점령했다.

"그렇군요. 이제야 모든 걸 알겠어요."

다리야 알렉산드로브나는 계속해서 말했다.

"당신은 이해하지 못할 거예요. 당신네 남자들은 자유롭게 선택하는 입장이라 자신이 누구를 사랑하는지가 언제나 분명하죠. 하지만 여성스럽고 처녀다운 수줍음으로 기다리는 처지인 아가씨들은, 당신 같은 남자들을 멀리서 바라보며 말만 듣고 모든 것을 믿어야 하는 아가씨들은, 자기가 누구를 사랑하는지, 무슨 말을 해야 좋을지 모르겠다고 느끼는 경우가 가끔 있고 또 그럴 수 있답니다."

"하지만 마음이 말하지 않으면……."

"아니, 마음은 말하고 있어요. 하지만 생각해 봐요. 당신네 남자들은 어느 아가씨에게 관심이 생기면, 그 집에 드나들면서 그녀와 가까이 지내고 요모조모 살펴보고 그녀에게서 자기가 좋아하는 점을 찾을 때까지 기다리지요. 그러다 그녀를 사랑한다는 확신이 들면 청혼을 하는 거예요……."

"글쎄요, 꼭 그런 것 같지도 않은데."

"상관없어요. 어쨌든 당신네들은 자신의 사랑이 무르익거나 선택을 기다리는 두 여자 사이에서 저울질이 끝나면 청혼을 하잖아요. 하지만 여자한테는 누구를 선택할 건지 안 물어봐요. 물론 다들 여자가 스스로 선택하기를 바라지만 여자에게는 선택권이 없죠. 그저 '네, 아니요.'라는 대답만 할 수 있답니다."

'맞아, 나와 브론스키 중에 선택을 한 거야.'

레빈은 생각했다. 그러자 그의 마음속에서 되살아났던 감정은 다시 죽어 버렸다. 이제 그저 그의 심장을 고통스럽게 옥죌 뿐이었다.

"다리야 알렉산드로브나, 옷이나 다른 것들을 구입할 땐 다들 그렇게 합니다만 사랑은 다르지요. 선택은 끝났고 그편이 훨씬 좋습니다……. 이제 두 번 다시 되풀이할 수 없습니다."

"아, 자존심! 자존심!"

다리야 알렉산드로브나는 여자들만이 아는 다른 감정들과 비교해 보면 그런 감정은 저급한 것이라며 그를 경멸하듯 말했다.

"당신이 키티에게 청혼할 무렵에 그 애는 대답할 수 없는 입장이었어요. 그 애는 망설였답니다. 당신과 브론스키 사이에서요. 브론스키는 매일같이 볼 수 있었지만 당신은 오랫동안 안 보였어요. 그 애가 좀 더 나이가 들었다고 가정해 보세요. 내가 그 애 입장이었다면 전혀 망설이지 않았을 거예요. 난 항상 그를 혐오스럽게 생각했거든요. 결국 그렇게 끝나고 말았죠."

"아뇨, 그럴 수 없어요……."

레빈은 키티의 대답을 떠올렸다.

"다리야 알렉산드로브나."

그는 메마른 어조로 말했다.

"당신이 나를 신뢰해 주는 것은 감사하게 생각하고 있습니다. 당신이 오해한 것 같지만요. 하지만 내가 옳든 아니든, 당신이 그렇게 혐오스러워하는 이 자존심은 내가 카체리나 알렉산드로브나를 전혀 생각할 수 없게 만들어 줍니다. 아시겠습니까? 그녀를 생각하는 것이 아예 불가능하단 말입니다."

"한 가지만 더 말하죠. 내 아이들만큼이나 사랑하는 내 동생에 대해 이야기하고 있다는 걸 당신은 아실 거예요. 그 애가 당신을 사랑했다고 말하려는 게 아니에요. 다만 그 순간 그 애가 거절한 것은 아무것도 증명하지 못한다는 말을 하고 싶을 뿐이에요."

"모르겠습니다!"

레빈이 벌떡 일어나며 말했다.

"당신이 날 얼마나 아프게 하는지 아십니까! 이건 마치 당신 아이가 죽었는데 사람들이 '그 아이는 이렇게 됐을지 모른다, 저렇게 됐을지 모른다, 어쩌면 살아날지도 모른다, 그러면 당신은 아이를 보며 기뻐할 텐데.'라고 당신한테 말하는 것과 같아요. 하지만 아이는 이미 죽었어요. 죽었단 말입니다……."

"당신은 참 우스운 사람이네요."

다리야 알렉산드로브나는 레빈이 흥분한 것은 아랑곳하지 않고 서글픈 미소를 지으며 말했다.

"그래요, 이젠 모든 게 이해되네요."

그녀는 걱정스러운 표정으로 계속 말했다.

"그럼 키티가 이곳에 오면 당신은 우리 집에 안 오실 건가요?"

"네, 오지 않을 겁니다. 물론 카체리나 알렉산드로브나를 피하지는 않겠지만 가능하면 그녀가 나 때문에 불쾌함을 느끼지 않도록 애쓰겠습니다."

"정말, 정말로 우스운 사람이네요."

다리야 알렉산드로브나가 그의 얼굴을 다정하게 쳐다보며 같은 말을 되풀이했다.

"네, 좋아요. 우리 서로 이 일에 대해 아무런 대화도 나누지 않은 것으로 하죠. 타냐, 왜 왔어?"

다리야 알렉산드로브나는 응접실에 들어온 딸에게 프랑스어로 말했다.

"엄마, 내 모종삽 어디 있어요?"

"엄마가 프랑스어로 얘기했으니, 너도 똑같이 해야지."

소녀는 프랑스어로 하려고 했지만 프랑스어로 모종삽을 뭐라고 부르는지 잊어버렸다. 어머니가 소녀에게 조그맣게 알려 주고는 프랑스어로 모종삽이 어디 있는지 알려 주었다. 이 모습을 보고 레빈은 불쾌해졌다. 이제는 다리야 알렉산드로브나의 가정과 아이들 안에 스며 있는 모든 것이 예전처럼 아름답게 보이지 않았다.

'이 사람은 왜 아이들과 프랑스어로 이야기하는 거지?'

그는 생각했다.

'부자연스럽고 어색하기 짝이 없군! 아이들도 그것을 느끼고 있어. 프랑스어를 가르친답시고 진실성을 몰아내고 있군.'

그는 혼자 이렇게 생각했다. 그러나 그는 다리야 알렉산드로브나가 이 문제를 두고 이미 스무 번이나 생각을 거듭한 끝에, 진실성을 잃더라도 이 방법이 아니면 도저히 아이들을 가르칠 수 없다고 결론 내린 것은 몰랐다.

"그런데 당신은 어디로 가시는 건가요? 잠깐 앉아 보세요."

레빈은 차 마시는 시간까지 머물러 있었지만 즐거운 기분이 사라지자 그 자리가 매우 거북했다.

차를 마신 뒤에 그는 말을 준비하라는 지시를 내리려고 현관으로 나갔다. 응접실로 다시 돌아온 그는 다리야 알렉산드로브나가 상심한 얼굴로 눈물을 글썽이며 흥분한 모습을 보았다. 다리야 알렉산드로브나에게는 오늘의 행복과 아이들에 대한 긍지를 한 번에 무너뜨린 끔찍한 사건이 레빈이 응접실에서 나간 바로 그 순간에 일어났다. 그리샤와 타냐가 작은 공 하나 때문에 서로 주먹질을 하며 싸웠던 것이다. 다리야 알렉산드로브나는 어린이 방에서 비명이 나기에 달려 나갔다가 끔찍한 몰골을 한 두 아이를 발견했다. 그리샤의 머리카락을 움켜쥔 타냐, 미움으로 일그러진 얼굴을 한 채 주먹으로 타냐를 닥치는 대로 때리는 그리샤를 본 순간, 그녀의 가슴에서 무언가가 찢어지는 것 같았으며 마치 어둠이 그녀의 삶을 덮친 것처럼 느껴졌다. 그녀는 자신이 그토록 자랑스러워했던 아이들이 사실은 지극히 평범할 뿐더러 거칠고 잔인한 기질을 가졌으며, 교육도 제대로 못 받은 나쁜 아이들이라는 것을 깨달은 것이다.

그녀는 다른 화제에 대해서는 말하는 것도 생각하는 것도 어려웠다. 그녀는 레빈에게 자신에게 닥친 불행에 대해 이야기했다.

레빈은 그녀가 불행해하는 것을 보고는, 이 일이 결코 나쁜 것을 증명하는 것은 아니며 어느 아이들이나 다 싸우기 마련이라는 말로 그녀를 위로하려 했다. 말은 그렇게 했지만 그는 속으로는 이렇게 생각했다.

'아니, 난 잘난 척하면서 아이들과 프랑스어로 말하는 짓 따위는 하지 않겠어. 내 아이들은 저렇게 되진 않을 거야. 아이들을 해롭게 하거나 아이들이 비뚤어지게 내버려 두지만 않으면 돼. 그러면 아이들은 훌륭하게 자랄 거야. 그래, 내 아이들은 저렇게 되지 않을 거야.'

그는 작별 인사를 하고 그곳을 떠났고 그녀도 그를 붙잡으려 하지 않았다.

11

7월 중순경 포크로프스코예에서 이십 베르스타 떨어진 누나네 영지를 관리하는 촌장이 일의 진행과 풀베기에 관해 보고를 하려고 레빈을 찾아왔다. 그 영지의 주요 소득원은 강변의 풀밭이었는데 전에는 농부들이 건초값으로 일 제샤치나당 이십 루블을 내고 풀을 베어 갔다. 이 지역의 관리권을 갖게 된 레빈은 풀밭을 둘러본 뒤 이곳의 값어치를 알게 되었고 그는 건초 가격을 일 제샤치나당 이십오 루블로 올렸다. 농부들은 이 값을 치르려고 하지 않았고, 레빈이 걱정한 대로 다른 구매자들의 발길도 뜸해졌다. 그래서 레빈은 그곳에 직접 찾아가 일부는 일꾼을 고용하고 일부는 할당제를 적용해 풀밭을 베도록 지시했다. 농부들이 갖은 방법으로 이 새로운 제도를 방해하려 했지만, 결국 일은 진행되었고 첫해에는 건초 판매로 거둔 수익이 두 배 가까이 되었다. 농부들은 재작년과 작년에도 방해를 계속했고, 수확은 똑같은 방식으로 진행되었다. 올해 농부들은 건초의 삼분의 일을 가져가는 값에 풀밭 전체를 맡았다. 그래서 지금 촌장이 풀베기가 끝났다는 것, 비가 올까 걱정이 되어 자신이 서기를 불렀고 그의 참석 아래 건초를 분배했으며 주인 몫으로는 열한 더미를 쌓아 놓았다는 것을 보고하러 온 것이다. 가장 큰 풀밭에서 수확한 건초가 얼마나 되느냐는 질문에 애매한 대답을 하고, 허락도 얻지 않고 건초를 분배한 촌장의 성급한 행동이나, 농부들의 태도를 보고 레빈은 이 건초 분배에 부정이 개입되어 있다는 것을 알아챘으며 직접 상황을 조사하러 가야겠다고 결심했다.

레빈은 점심때쯤 마을에 도착해서 형의 유모 남편이며 자신과는 친구처럼 지내는 노인 집에 말을 매어 두고, 그에게서 풀베기에 관한 자세한 내용을 알아볼 요량으로 그가 있는 양봉장 안으로 들어갔다. 수다스럽고 풍채 좋은 페르메니치 노인이 레빈을 반갑게 맞아 주었다. 그는 레빈에게 양봉장을 구석구석 보여 주며 벌들과 올해 양봉 작황에 대해 들려주었다. 하지만 레빈이 풀베기에 대해 질문하자 썩 내키지 않는 모습으로 애매하게만 대답했다. 이 모습을 본 레빈은 자신의 추측이 맞다는 확신이 들었다. 그는 들판으로 가서 건초 더미를 조사했다. 그 건초 더미에서는 쉰 수레가 나올 수 없었다. 그는 농부들의 비리를 밝히려고 건초를 운반했던 수레들을 즉시 가져오라 하고 한 더미를 헛간에 옮겨 보라고 지시했더니 겨우 서른두 수레밖에 안 나왔다. 촌장은 폭신폭신한 건초를 더미로 쌓아 올리면서 부피가 준 거라고 장담하면서 하느님한테 맹세하건대 모든 것이 공정하게 이루어졌다고 했다. 하지만 레빈은 자신의 명령도 없이 건초가 분배되었기 때문에 한 더미 당 쉰 수레가 자기 몫의 건초라는 것을 인정할 수 없다고 강하게 주장했다. 오래 씨름한 끝에, 이 문제는 농부들이 레빈 몫으로 놔둔 열한 더미를 더미 당 쉰 수레씩 계산해서 자기들이 인수하고 주인 몫의 건초는 다시 분배하는 것으로 결론이 났다. 건초 더미의 분배는 오후 휴식이 끝날 때까지 지속되었다. 마지막 건초가 분배되자, 레빈은 나머지는 서기에게 감독하라 이르고 버드나무 가지로 표시해 둔 건초 더미에 앉아 사람들로 붐비는 풀밭을 정신없이 바라보았다.

앞쪽 작은 늪을 휘감고 흐르는 강의 굽이에는 알록달록한 행렬을 이룬 아낙들이 낭랑한 목소리로 재잘거리며 움직이고, 여기저기 흩어진 건초가 만든 구불구불한 회색 파도가 새로 자란 연녹색 풀 사이로 빠르게 뻗어 나가고 있었다. 아낙들의 뒤를 따라 쇠스랑을 든 농부들이 지나가자 파도에서 폭이 넓은 높고 푹신푹신한 건초 더미들이 쑥쑥 올라왔다. 그의 왼쪽으로는 이미 풀베기가 끝난 들판으로 짐수레가 덜컹거리며 지나가고 들판에 있던 건초 더미는 커다란 쇠스랑에 들려 하나둘 사라졌다. 짐수레에는 말 엉덩이까지 닿을 정도로 향기로운 건초가 묵직하게 쌓여 올라갔다.

"풀을 거두기에 딱 맞는 날씨군요! 좋은 건초가 될 겁니다!"

레빈 옆에 앉아 있던 노인이 말했다.

"이건 건초가 아니라 차(茶)라니까요! 마치 땅에 흩어진 이삭을 따라가는 새끼 오리들처럼 건초를 거둬들이고 있어요! 점심때 이후로 반가량은 충분히 날랐어요."

그가 쌓여 올라가는 건초 더미를 가리키며 이렇게 덧붙였다.

"그게 마지막 건초냐?"

노인은 수레 앞에 선 채 삼으로 꼰 고삐 끝을 흔들며 짐마차를 몰고 가는 젊은이에게 소리쳤다.

"마지막이에요, 아버지!"

젊은이는 말을 세우면서 외치고는, 짐마차 수레 안에 앉아 발그레한 얼굴로 싱글거리고 있는 아낙을 돌아보며 씩 웃더니 다시 마차를 몰았다.

"누군가? 아들?"

레빈이 물었다.

"제 막내아들입니다."

노인은 온화한 미소를 지었다.

"훌륭한 젊은이로군!"

"괜찮은 녀석입죠."

"벌써 장가를 간 모양이군?"

"네, 이 년 전 대림 주간에 식을 올렸답니다."

"그럼, 아이들도 있나?"

"아이들이라뇨! 저 녀석은 일 년 내내 아무것도 모르고 살았답니다. 게다가 수줍음도 많아서요."

노인이 대답했다.

"아, 훌륭한 건초예요! 진짜 차 같아요."

그는 화제를 바꾸려고 아까 했던 말을 다시 했다.

레빈은 반카 파르메노프와 그의 아내를 더 자세히 바라보았다. 두 사람은 그다지 멀지 않은 곳에서 건초를 쌓아 올리고 있었다. 이반 파르메노프는 짐마차 수레 앞에 서서 젊고 아름다운 아내가 처음에는 한 아름씩 주다가, 나중에는 능숙하게 쇠스랑으로 건네는 커다란 건초 다발을 받아 평평하게 고른 뒤 발로 밟았다. 젊은 아낙은 명랑하고 능숙하게 일했다. 건초는 딱딱하고 두껍게 뭉쳐져 있어서 쇠스랑으로 단번에 집을 수 없었다. 그녀는 먼저 건초를 가지런히 편 다음 쇠스랑을 찔러 넣고 경쾌하고 빠른 동작으로 그 위에 자신의 몸무게를 싣더니 빨간 허리띠를 졸라 맨 허리를 굽혔다가 곧게 폈다. 그런 다음 하얀 앞치마 아래로 풍만한 가슴을 드러낸 채 능숙하게 두 손으로 쇠스랑을 거머쥐고서 건초 다발을 수레 위로 높이 던져 올렸다. 그러면 이반은 재빨리 양팔을 넓게 벌려 아내가 던진 다발을 받아 수레 위에 가지런히 폈다. 그는 그녀가 불필요한 노동을 하지 않게 애쓰는 듯이 보였다. 쇠스랑으로 마지막 건초를 던진 아낙은 목덜미에 붙은 건초 부스러기를 떨고 볕을 피해 간 하얀 이마 위로 비스듬히 내려온 빨간 머릿수건을 바로잡더니, 수레에 실린 풀을 밧줄로 묶기 위해 마차 아래로 기어들어 갔다. 이반은 그녀에게 굴대에 밧줄 고리를 어떻게 거는지 가르쳐 주기도 하고, 그녀의 말에 큰 소리로 웃음을 터뜨리기도 했다. 두 사람의 표정에는 이제 막 눈을 뜨기 시작한 강렬하고 풋풋한 사랑이 엿보였다.

12

 이반은 짐이 다 꾸려지자 훌쩍 뛰어내려 살이 오른 건강한 말의 고삐를 잡아끌었다. 아낙은 수레 위로 쇠스랑을 던져 놓고 둥글게 모여드는 아낙들을 향해 두 팔을 흔들며 기운차게 걸어갔다. 이반은 큰길로 나와 짐마차 대열로 끼어들었다.

 아낙들은 선명하게 반짝거리는 쇠스랑을 어깨에 메고 낭랑하고 명랑한 목소리로 재잘거리면서 수레 뒤를 따라갔다. 아낙 한 명이 거칠고 투박하게 노래를 부르기 시작했다. 그러다가 후렴 부분에 이르자, 투박한 목소리, 가는 목소리, 건장한 목소리 등 쉰 가지 정도 되는 다양한 목소리가 어울려 똑같은 노래를 사이좋게 처음부터 이어 부르기 시작했다.

 노래하는 아낙들이 레빈이 있는 쪽까지 왔다. 그는 마치 시끌벅적한 우레를 동반한 먹구름이 자신을 서서히 덮치는 느낌을 받았다. 먹구름이 밀려와 그를 삼켰고 그가 누운 건초 더미를 비롯한 다른 건초 더미들, 짐마차, 저 멀리 들판까지 이어진 풀밭 전체, 이 모든 것이 고함 소리와 휘파람 소리와 온갖 소리가 뒤섞인 투박하고 신나는 노래의 장단에 잠겨 흔들리기 시작했다. 레빈은 이 건강한 즐거움이 부러워졌다. 그는 삶의 기쁨이 담긴 이런 표현에 참여하고 싶었지만 아무것도 하지 못하고 그대로 누워서 보고 들을 수밖에 없었다. 노랫소리와 함께 사람들이 시야와 귓가에서 사라지자, 고독과 육체적 게으름과 이 세상에 대해 자신이 갖고 있는 적대감에서 비롯된 무거운 우수가 레빈을 휘감았다.

건초 때문에 그와 가장 심하게 싸운 농부들 중 몇 사람, 그에게 모욕적인 대우를 받기도 하고 그를 속이려 들기도 했던 사람들, 바로 그 농부들이 그에게 밝은 얼굴로 인사를 건넸다. 그들은 어떠한 악의도 품지 않은 것 같았고, 품을 수도 없는 것 같았다. 그들에게는 뉘우침도 없고 그를 속이려 한 일에 대한 기억도 없는 것 같았다. 이 모든 것은 공동 노동이 만들어 낸 유쾌한 바다 속에 잠겼다. 하느님은 하루를 주고, 힘을 주었다. 하루도 힘도 노동에 바쳤고, 보수는 노동 그 자체였다. 그렇다면 누구를 위한 노동이지? 노동의 열매는 뭐란 말인가? 그런 생각은 부차적이고 쓸데없다.

레빈은 가끔씩 이런 생활을 동경했고, 이런 삶을 사는 사람들에게 질투를 느끼기도 했다. 그런데 특히 이반 파르메노프와 젊은 아내에게서 본 인상 때문인지, 이날 처음으로 레빈은 '너무나 비참하고 게으르고 인위적이고 개인적인 지난 생활에서 벗어나 이렇게 순수하고 아름다운 노동의 생활에 가까이 들어서는 것은 나에게 달려 있구나.'라는 생각을 선명하게 떠올렸다.

그의 옆에 앉아 있던 노인은 이미 집으로 돌아갔으며 사람들도 모두 뿔뿔이 흩어졌다. 가까이 사는 사람들은 집으로 갔고, 멀리 사는 사람들은 저녁 식사와 잠자리 마련을 위해 풀밭으로 모였다. 사람들의 눈에 띄지 않은 채 레빈은 계속 건초 더미에 누워 이것저것 보고 들으며 생각에 잠겼다. 풀밭에서 밤을 보내는 사람들은 짧은 여름밤을 거의 뜬눈으로 지새웠다. 저녁 식사를 마칠 무렵에는 그저 재미있는 이야기와 더불어 요란한 웃음소리가 들리더니, 나중에는 노랫소리와 더욱 큰 웃음소리로 바뀌었다.

길고 긴 노동의 하루는 그들 안에서 유쾌함 말고는 다른 흔적은 남지 않았다. 새벽이 밝아 오기 직전에서야 모든 것이 잠잠해졌다. 밤새 쉬지 않고 울어 대는 늪의 개구리 소리와 먼동이 트기 직전 안개 자욱한 풀밭에서 말들이 콧김을 뿜어 대는 소리만 들려왔다. 레빈은 문득 정신을 차리고 건초 더미에서 일어났다. 그는 별을 보고 밤이 지난 것을 깨달았다.

'자, 그럼 난 뭘 하지? 난 이제 어떻게 해야 될까?'

그는 짧은 밤을 새워 가며 생각하고 느낀 것들을 자신을 위해 말로 표현해 보려 애쓰며 속으로 중얼거렸다. 그 생각들은 모두 세 갈래로 나뉘었다. 하나는 자신의 예전 생활과 아무 쓸모없는 지식과 자신의 교양에 대한 거부였는데 이런 거부가 그에게 큰 만족을 주었다. 그에게는 이런 거부가 쉽고도 단순한 일이었다. 또 하나는 그가 현재 살고 싶어 하는 삶에 대한 일이었다. 그는 그 삶이 지닌 소박함과 순결함과 적법성을 분명히 느끼고 있었고, 그 삶 속에서 자신에게 결핍되어 있다는 것을 너무나잘 알고 있어 고통스럽기까지 한 만족과 평온과 품위를 찾을 수 있으리라 굳게 믿었다. 그러나 세 번째 생각은 옛 생활에서 새로운 생활로 나아가려면 어떻게 해야 하나라는 질문에서 답을 찾지 못했다. 이 지점에 이르자, 그에게는 어느 것도 분명해 보이지 않았다.

'아내를 구해 볼까? 노동과 노동의 필요성을 갖게 되는 건? 포크로프스코예를 떠나 볼까? 땅을 사? 공동체에 끼어 봐? 농가의 여자와 결혼해 볼까? 도대체 이 문제를 어떻게 해결해야 하지?'

그는 또다시 스스로에게 질문을 던졌지만 해답을 찾지 못했다.

'난 밤새 못 자서 생각을 제대로 할 수 없는 게 분명해.'

그는 속으로 중얼거렸다.

'이 문제는 나중에 정리하기로 하자. 어쨌든 이 밤이 나의 운명을 결정했다는 건 분명해. 예전에 내가 가정에 대해 꿈꾸던 것들은 쓸모없는 공상일 뿐 제대로 된 생각이 아니었어. 이 모든 게 훨씬 더 단순하고 홀

룡해…….'

그는 혼잣말을 했다.

'얼마나 아름다운지!'

그는 하늘 한가운데, 자기 머리 바로 위에 떠 있는 하얀 양떼구름 속에서 진주조개 같은 묘한 모양을 바라보며 생각에 잠겼다.

'아름다운 밤에는 모든 게 아름답네! 그런데 저 조개 모양은 언제 생겼을까? 조금 전에 볼 때는 두 개의 하얀 띠밖에 없었는데. 맞아, 삶에 대한 나의 시각도 바로 저런 식으로 어느새 바뀌어 버린 거야!'

그는 풀밭에서 나와 큰길을 따라서 마을을 향해 걸어갔다. 산들바람이 불고 주위는 잿빛으로 우울하게 변해 갔다. 어둠에게 빛이 완전히 승리하는 새벽이 밝기 전에 흔히 찾아들곤 하는 우울한 순간이 시작되었다.

레빈은 추위로 몸을 움츠리며 땅만 바라보며 빠르게 걸었다.

'저게 뭘까? 누가 오나 보군.'

그는 작은 방울 소리에 고개를 들었다. 마흔 발자국 정도 떨어진 맞은편에서 풀에 덮인 큰길을 따라 지붕에 트렁크를 실은 사륜마차가 달려오고 있었다. 수레에 비끄러맨 짐말은 바퀴 자국에서 밀려나 수레의 채쪽으로 짓눌려 있었다. 하지만 숙련된 마부가 마부석에 비스듬히 앉아 바퀴 자국과 바퀴가 나란히 되도록 채를 붙잡고 있었기 때문에 마차는 다시 평평한 길을 따라 달렸다. 레빈은 겨우 그 정도만 알아차렸을 뿐, 마차에 탄 사람이 누군지 생각하지 않고 무심코 마차 안을 바라보았다.

마차 한구석에서 노파가 졸고 있었고, 창가에는 이제 막 잠에서 깬 것 같은 젊은 아가씨가 두 손으로 하얀 두건에 달린 작은 리본을 붙잡고 앉아 있었다. 생각에 잠긴 듯 맑은 얼굴을 보이는 그녀, 레빈은 생각할 수 없는 우아하고 복잡한 내적인 삶으로 꽉 차 보이는 그녀, 그녀가 그의 너머로 아침노을을 바라보고 있었다.

그 광경이 사라졌을 때 그를 향하고 있던 진지한 눈동자가 그를 알아보았고 놀라움과 기쁨이 얼굴에 번지더니 그녀 얼굴이 환하게 밝아졌다.

그 눈동자를 가진 사람은 이 세상에 오직 한 사람뿐이니 그가 착각했을 리 없다. 그에게 삶의 모든 빛과 의미를 집중시킬 수 있는 존재란 이 세상에 단 한 사람뿐이었다. 그는 그녀가 기차에서 내려 예르구쇼보로 가는 길이라는 것을 깨달았다. 잠 못 들던 그 밤에 레빈의 마음을 송두리째 휘젓던 모든 것, 그가 했던 생각과 모든 결심, 그 모든 것이 한순간에 사라져 버렸다. 그는 농사꾼 딸과 결혼하려던 자신의 공상에 혐오감을 느꼈다. 요즘 그를 그토록 괴롭게 억압하던 삶의 실타래가 풀릴 가능성은 오직 반대편 길로 빠르게 멀어져 가는 마차 안에 있었던 것이다.

그녀는 더 이상 밖을 내다보지 않았으며 삐걱대는 용수철 소리도 더 이상 들리지 않고 작은 방울 소리만 희미하게 들려왔다. 개 짖는 소리가 마차가 마을을 지나쳐 갔다는 것을 알려 주었다. 이제는 텅 빈 들판과 앞쪽에 보이는 마을, 황량한 큰길을 따라 혼자 걸으며 모든 것에 낯설어하는 고독한 그 자신만이 남아 있을 뿐이었다.

그는 하늘을 바라보며 거기에서 자신이 넋을 잃고 바라보던 조개껍데기, 그날 밤 그의 생각과 감정을 모두 담아낸 것 같은 조개껍데기를 찾게 되기를 바랐지만 하늘에서는 이제 조개껍데기를 닮은 것을 전혀 찾아볼 수 없었다. 도달할 수 없는 그 높은 곳에서 일어났던 신비한 변화는 이미 끝난 상태였다. 조개껍데기는 흔적조차 없고, 하늘의 절반을 점령하고 점점 더 잘게 흩어지는 양탄자 같은 양털구름만 남아 있었다. 하늘은 점차 푸르게 빛나기 시작했고, 한결같은 부드러움과 아득함으로 뭔가 묻는 듯한 그의 눈길에 대답했다.

'아냐.'

그는 혼잣말을 했다.

'이렇게 소박하게 노동하는 생활이 아무리 멋지다 해도, 난 그 생활로 돌아갈 수 없어. 난 그녀를 사랑해.'

13

그와 가장 가까운 사람을 제외하곤 그 누구도 겉보기에 지극히 냉정하고 신중해 보이는 알렉세이 알렉산드로비치가 그 기질과 모순되는 한 가지 약점을 갖고 있다는 사실을 알지 못했다. 그는 어린아이나 여자가 눈물을 보이는 것을 무심하게 지나지 못했다. 그는 눈물만 보면 어쩔 줄을 모르며 판단력을 잃곤 했다. 그의 사무장과 서기는 이 사실을 잘 알고 있었기 때문에, 여자 청원자들에게 일을 망치지 않으려거든 절대 울지 말라고 미리 귀띔을 해 주곤 했다.

"그분은 화를 내고 당신 말을 안 들으려고 할 거예요."

그들은 이렇게 말했다. 사실 그럴 경우 알렉세이 알렉산드로비치에게 눈물이 불러일으킨 정신적 혼란은 초조한 분노로 표현되기 마련이었다.

"난 못 해요. 아무것도 할 수 없습니다. 그만 나가 주십시오!"

그런 경우에 대부분 이렇게 소리치곤 했다.

경마장에서 돌아오는 동안 안나가 그에게 브론스키의 관계를 털어놓고 곧 두 손으로 얼굴을 가린 채 울기 시작했을 때, 알렉세이 알렉산드로비치는 그녀에 대한 적의가 솟구치는 것을 느끼면서도, 동시에 눈물이 그에게 불러일으키곤 하던 정신적 붕괴가 밀물처럼 밀려오는 것을 느꼈다. 그는 그것을 잘 알았기 때문에, 그 순간 그의 감정을 표현하는 것은 상황에 맞지 않는다고 판단해, 생명의 온갖 현상들을 억누르려고 애쓰며 꼼짝도 하지 않았으며 그녀를 쳐다보지도 않았다. 이런 이유로 그의 얼굴에는 시체와도 비슷한 기묘한 표정이 떠올랐고, 이 표정을 본 안나는 큰 충격을 받았다.

집에 도착하자, 그는 그녀를 마차에서 내려 주고 자신을 억누르면서 늘 하듯 정중하게 작별 인사를 나누고는 자신에게 어떤 의무도 지우지 않을 말 몇 마디를 남겼다. 내일 그녀에게 자신의 결정을 알리겠다고 말한 것이다.

의심했던 최악의 일이 사실임을 확인해 준 아내의 말은 알렉세이 알렉산드로비치 가슴속에 큰 고통을 가져왔다. 그 고통은 그의 기이한 감정, 즉 그녀의 눈물이 가져온 그녀에 대한 육체적 연민으로 인해 더욱더 강해졌다. 하지만 마차 안에 홀로 남게 되자 알렉세이 알렉산드로비치는 이런 연민으로부터, 근래 그를 괴롭히던 의심과 질투의 고통으로부터 자신이 완전히 해방된 것을 느끼며 놀라기도 하고 기뻐하기도 했다.

그는 오랫동안 앓던 이를 뺀 사람이 느꼈을 것 같은 감정을 맛보았다. 지독한 고통과 함께 자기 머리보다 더 큰 거대한 뭔가가 턱에서 쑥 빠져나가는 것을 느낀 후 아직 자신의 행복을 믿지 못하는 환자가 갑자기 이젠 자신을 그렇게 오래 괴롭히고 모든 주의를 집중하게 만든 무언가가 사라졌으며 다시 자신의 이에 신경 쓰지 않고 생활하고 생각할 수 있게 되었다는 것을 느꼈을 때의 그런 감정이었다. 아픔은 낯설고도 지독했지만 이제 사라져 버렸다. 그는 다시 삶을 되찾았으며 아내만을 생각하지 않아도 된다는 것을 깨달았다.

'명예심도, 마음도, 종교도 없는 타락한 여자 같으니! 비록 내가 그녀를 가엾게 여기며 나 스스로를 속이려고 노력했지만, 언제나 그 사실을 잘 알고 있었고 늘 봐 왔다고.'

그는 속으로 중얼거렸다. 실제로 그는 자신이 그 사실을 항상 지켜본 것처럼 느껴졌다. 그는 지난날들을 하나하나 떠올려 보았다. 예전에는 그가 추하게 생각하지 않았던 모습들이었다. 그런데 이제 그 세세한 점들이 그녀가 언제나 타락한 여자였음을 분명히 보여 주었다.

'그녀와 삶을 함께 하다니, 내 실수야. 하지만 실수에 나쁜 점은 전혀 없었으니까 내가 불행할 리는 없다. 내가 잘못을 저지른 게 아니라…… 그녀야. 하지만 난 그녀와 전혀 상관없어. 그녀는 나에게 더 이상 아무런 존재가 아니다…….'

그는 혼잣말을 했다.

그녀와 아들─그가 아들에게 가졌던 감정도 그녀에게 그랬듯 똑같이 변하고 말았다.─에게 닥칠 그 모든 일들에 더 이상 관심 없었다. 지금 그가 마음을 쓰는 단 한 가지는, 그녀의 타락으로 인해 그에게 튀게 된 진흙을 떨어내고 활동적이고 정직하고 유익한 자신의 길을 계속 걸어 나가려면 어떻게 하는 것이 가장 좋고 점잖으며 가장 편리한, 즉 가장 정당한 방식이 될까 하는 문제였다.

'경멸받아 마땅한 여자가 죄를 지은 것으로 내가 불행해질 수는 없지. 나는 그녀가 내게 넘긴 이 괴로운 상황을 벗어날 수 있는 가장 좋은 출구를 찾아내는 일만 하면 돼. 그리고 난 그것을 찾아낼 것이다.'

그는 얼굴을 더욱더 찌푸리며 중얼거렸다.

'내가 처음도, 마지막도 아니다.'

그러자 역사적인 예들은 말할 것도 없고, 〈아름다운 헬레네〉로 인해 모든 사람의 기억에 새롭게 떠오른 메넬라오스를 비롯해 부정한 아내를 둔 오늘날 상류사회의 남편들이 알렉세이 알렉산드로비치 머릿속에 차례대로 떠올랐다.

'다리얄로프, 폴타프스키, 카리바노프 공작, 파스쿠진 백작, 드람……, 그래, 드람……, 그렇게 정직하고 유능한 사람도……. 세묘노프, 챠긴, 시

고닌.'

알렉세이 알렉산드로비치는 그들의 이름을 기억해 냈다.

'혹시라도 그 사람들에게 어떤 불합리한 비웃음이 보내졌다 해도 내가 그들에게서 본 건 불행뿐이야. 언제나 그들을 동정했지.'

알렉세이 알렉산드로비치는 속으로 중얼거렸지만 사실이 아니었다. 그는 결코 그런 불행에 빠진 이들에게 동정을 보낸 적이 없으며, 남편을 배신한 아내들이 많아질수록 스스로를 더욱더 높이 평가했다.

'이건 누구에게나 닥칠 수 있는 불행이다. 그런 불행이 나에게 닥쳤어. 문제는 다만 어떻게 하는 게 이 상황을 극복하는 가장 좋은 방법이냐는 거지.'

그런 다음 그는 자신과 똑같은 처지에 놓인 사람들이 어떻게 행동했던가를 세세하게 떠올리기 시작했다.

'다리얄로프는 결투를 했지……'

젊을 때 알렉세이 알렉산드로비치는 특히 결투에 마음이 끌렸다. 왜냐하면 그는 육체적인 면으로는 자신이 없었고 스스로도 이를 잘 알고 있었기 때문이다. 알렉세이 알렉산드로비치는 자기를 겨눈 피스톨을 떠올릴 때마다 늘 공포에 떨었으며, 지금까지 한 번도 무기를 사용해 본 적이 없었다. 이런 공포는 젊은 시절부터 그가 결투에 대해 자주 생각하게 만든 이유가 되었고, 자신의 생명을 위험에 처하게 할 수밖에 없는 상황에 익숙해지도록 이끌었다. 확고한 지위에 올라서고 성공을 거둔 후, 그는 오랫동안 이 감정을 잊고 있었는데 그 감정이 다시 제자리로 돌아왔다. 이제는 자신의 소심함에 대해 두려움을 너무나 강하게 느꼈기 때문에, 알렉세이 알렉산드로비치는 결투 문제를 오랫동안 모든 면에서 꼼꼼하게 따져 가며 부드럽게 어루만졌다. 그러나 그는 어떤 상황에서도 결투는 하지 않을 것을 이미 알고 있었다.

'생각해 볼 것도 없이, 우리 사회는 영국과 달리 아직도 너무나 야만 적이어서 대부분의 사람들—그중에는 알렉세이 알렉산드로비치가 특별히 훌륭한 견해를 가졌다고 높이 평가하는 이들도 있었는데—은 결투를 긍정적으로 보았어. 하지만 어떤 결과를 얻었지? 가령 내가 결투를 신청한다고 하자.'

알렉세이 알렉산드로비치는 계속 생각했다. 그리고 결투 신청을 하고 자신이 보내게 될 밤과 자신을 겨눈 피스톨을 생생하게 떠올리고는 몸서리쳤다. 그는 자신이 결코 결투를 하지 않으리라는 것을 깨달았다.

'설혹 내가 그에게 결투 신청을 한다고 치자. 사람들이 내게 그 방법을 가르쳐 준다고 하자. 그들은 날 정해진 위치에 세울 테고, 난 방아쇠를 당기겠지.'

그는 눈을 감으며 속으로 중얼거렸다.

'내가 그를 죽인 게 밝혀진다.'

알렉세이 알렉산드로비치는 이런 어리석은 생각을 떨쳐 버리기라도 하듯 머리를 흔들었다.

'죄지은 아내와 아들에 대한 태도를 명확히 하려고 사람을 죽이는 게 무슨 의미가 있지? 여전히 아내 문제를 어떻게 처리할지 결정해야 한다. 하지만 훨씬 더 가능성이 높고 틀림없이 일어날 만한 일은……. 내가 죽거나 상처 입는다는 것이다. 내가, 아무 죄도 없는 내가, 희생을 당한 건 난데 내가 죽거나 상처를 입는다. 이건 더 의미가 없는 일이지. 그뿐이 아니다. 내가 결투를 신청하는 건 정직하지 못한 행동이다. 내 친구들이 내가 결투하는 걸 절대로 내버려 두지 않으리라는 것을, 내가 과연 모른다고 할 수 있을까? 그들은 러시아에 없어서는 안 될 한 정치가의 생명이 위험해지는 걸 보고만 있지 않을 것이다. 그렇다면 앞으로 어떻게 될까? 난 상황이 결코 위험수위까지 가지 않으리라는 것을 이미 알면서도 이 결투를 신청하면서 그저 거짓 영광을 스스로에게 부여하기만 바라는 셈이다. 이건 정직하지 못할 뿐더러 위선이고, 다른 사람들과 나 자신에 대한 기만이다. 결투라니, 있을 수도 없는 일이지. 아무도 내게 그걸 기대하진 않아. 나는 아무런 방해 없이 활동을 계속하는 데 필요한 나의 명예를 지키는 것이 목표다.'

예전에도 알렉세이 알렉산드로비치는 공직 활동에 큰 의미를 두었지만, 지금은 그것이 특별히 중요하게 여겨졌다.

결투에 대해 곰곰이 생각해 보고 이를 포기한 다음, 알렉세이 알렉산드로비치는 그가 떠올린 남편들 가운데 몇몇 사람이 선택한 또 다른 출구인 이혼으로 생각을 돌렸다. 알렉세이 알렉산드로비치는 세상에 알려진 이혼 사례들을—이혼 사례는 그가 잘 알고 있는 상류사회에 너무나 많았다.—차례로 떠올려 보았지만, 이혼 목적이 그와 같은 경우는 찾지 못했다. 모든 경우에 남편들은 잘못을 저지른 아내를 양도하거나 팔아넘겼다. 그리고 자신이 지은 죄로 결혼할 권리를 잃은 그 여자들은 새 배우자와 합법적인 척 부부의 관계를 맺었다. 알렉세이 알렉산드로비치는 합법적인 이혼, 즉 죄를 지은 아내가 버림받는 것에 그치는 그런 식의 이혼은 자신에게는 불가능한 일이라고 생각했다. 그는 알고 있었다. 그가 속한 삶의 여러 사정이 아내의 죄를 드러내기 위해 법이 요구하는 그런 추잡한 증거가 세상에 버젓이 제시되도록 내버려 두지 않는다는 것과 설사 그런 증거가 있다고 해도 이런 생활에 깃든 어떤 품위가 그 증거의 적용을 허용하지 않는다는 것을 알고 있었다. 그리고 그런 일은 그녀보다 오히려 자신의 사회적 평판을 떨어뜨린다는 것도 알고 있었다.

이혼을 시도하는 것은 단지 높은 사회적 지위를 지닌 그를 헐뜯고 비방하려는 적들에게 좋은 기회를 주는 수치스러운 법정 소송으로 이어질 수 있었다. 가장 중요하게 생각하는, 최소한의 소동으로 상황을 마무리 짓는 것은 이혼을 통해서도 이뤄질 수 없었다. 게다가 이혼을 하거나 이혼을 하려는 시도만으로도, 아내는 분명 남편과의 관계를 끊어 버리고 연인과 결합할 것이다. 그리고 알렉세이 알렉산드로비치는 지금 자신이 아내를 볼 때 경멸에 가까운 완전한 무관심으로 대한다고 여겼지만, 마음속에는 아내에 대한 한 가지 감정이 아직 남아 있었다. 그것은 바로 그녀가 방해받지 않고 브론스키와 결합하는 것을 바라지 않는 감정, 그녀가 지은 죄로 오히려 이익을 받게 되는 것을 바라지 않는 감정이었다. 이한 가지 생각이 알렉세이 알렉산드로비치를 어쩌나 지독하게 괴롭혔던지, 그는 이 생각을 떠올리는 것만으로도 고통스러운 신음을 내며 마차 안에서 벌떡 일어나 자리를 바꿔 앉았다. 그러고는 추위에 약한 앙상한 다리를 푹신한 덮개로 감싸고 앉아 한동안 찌푸린 인상을 펴지 않았다.

'정식으로 이혼하는 것 말고, 카리바노프와 파스쿠진과 그 착한 드람처럼 행동하는 방법도 있지. 바로 아내와 별거하는 거야.'

그는 마음을 가라앉히고 계속 생각에 잠겼다. 하지만 이 방법도 이혼과 똑같이 치욕이라는 불편이 뒤따랐다. 그리고 중요한 것은 이 방법도 정식 이혼처럼 아내를 브론스키의 품 안에 던져 주는 게 된다는 것이다.

'아니, 그럴 수는 없지. 그렇게는 안 돼!'

"난 결코 불행해질 수 없어. 그녀나, 그도 결코 행복해지면 안 되지."

그는 다시 덮개를 쥔 채 안절부절못하면서 큰 소리로 말했다. 사실을 모를 때 그를 괴롭히던 질투심은 아내가 한 말 때문에 이가 고통스럽게 뽑혀 나간 것 같은 그 순간 싹 사라져 버렸다. 하지만 다른 감정이 이 자리를 차지했는데 그것은 그녀가 승리하지 않기를 바라는 마음, 그녀가 자신이 저지른 죄에 대한 벌을 받기를 바라는 열망이었다. 그는 이 감정을 인정하지 않았지만, 마음속 깊은 곳에서는 그의 평온과 명예를 망가뜨린 벌로 그녀가 고통을 겪기를 바라고 있었다. 그래서 다시 결투, 이혼, 별거의 조건들을 하나씩 떠올려 보고 또다시 그것들을 차례로 거부한 끝에, 알렉세이 알렉산드로비치는 오직 하나의 방법밖에 없다고 확신했다. 즉 이미 벌어진 일은 사교계에 알려지지 않게 은폐하고 두 사람의 관계를 끊어 놓고, 무엇보다 그녀를 벌하기 위해―그 자신은 이것을 인정하지 않았지만—할 수 있는 모든 방법을 찾으면서 그녀를 자기 옆에 붙잡아 두는 것이었다.

'난 내 결심을 알려야 해. 그녀가 가족에게 안겨 준 그 괴로운 상황을 되짚어 본 결과, 양쪽 입장을 고려해 봐도 어떤 방법을 취하든 표면적인 현상 유지만 못하다는 것과 그녀가 애인과의 관계를 끊겠다는 엄격한 조건 아래서만 현상 유지에 동의한다는 것을 알려야 해.'

결심을 굳히며 최종적으로 그것으로 결정하려고 했을 때, 문득 알렉세이 알렉산드로비치에게 중요한 생각이 하나 더 떠올랐다.

'오직 그런 결정을 내릴 때에만 내 행동이 종교에 따른 것이라 할 수 있어.'

그는 속으로 중얼거렸다.

'이런 결정을 통해서만, 난 죄지은 아내를 내치지 않고 그녀에게 개선의 기회를 줄 수 있는 거지. 그리고 나한테는 너무나 괴로운 일이 되겠지만, 그녀의 개선과 구원을 위해 내 힘의 일부를 바칠 거야.'

알렉세이 알렉산드로비치는 자신이 아내에게 도덕적 영향을 끼칠 수 없다는 것, 그녀를 개선하려는 이런 시도로는 거짓 말고 아무것도 얻을 수 없다는 것을 잘 알고 있었다. 이 괴로운 몇 분이 지나는 사이, 그는 종교에서 도움을 얻을 생각은 단 한 번도 하지 않았다. 그런데 그가 내린 결정이 종교에서 요구하는 것과 맞아떨어지는 것처럼 보이게 된 지금, 그가 내린 결정에 더해진 종교적 승인은 그에게 충만함과 약간의 평안을 가져다주었다. 이렇게 중요한 인생 문제에 대해서도 그가 종교 교리에 따라 행동하지 않는다고 비난할 사람이 아무도 없을 것이라는 생각을 하자 그는 기뻤다. 그는 사람들의 무관심과 홀대에도 늘 종교의 기치를 높이 들곤 했던 것이다! 세부적인 것들에 생각을 몰두하는 동안, 알렉세이 알렉산드로비치는 자신과 아내의 관계가 왜 예전과 비슷하게 될 수 없는지조차 깨닫지 못했다. 다시 생각해 볼 것도 없이 그는 더 이상 그녀를 존중하지 못할 것이다. 그러나 그는 그녀가 품행이 나쁘고 부정한 아내라고 해서 자신의 생활을 망치거나 괴로워할 이유도 전혀 없었고, 또한 그런 일은 있을 수도 없었다.

'그래, 시간이 가면, 모든 것을 바꿔 버리는 시간이 흐르면, 관계도 예전처럼 회복될 거야.'

알렉세이 알렉산드로비치는 혼잣말을 했다.

'그러니까, 내가 생활하는 데 불쾌함을 느끼지 않을 만큼은 회복될 거야. 그녀는 불행해져야만 해. 하지만 내가 죄를 지은 건 아니니까 난 절대로 불행해질 수 없어.'

14

알렉세이 알렉산드로비치가 페테르부르크에 도착할 무렵에는 이 결정을 완전히 굳혔을 뿐 아니라 머릿속에서 이미 아내한테 보낼 편지를 완성해 놓은 상태였다. 알렉세이 알렉산드로비치는 수위실에 들러 중앙 관청에서 온 편지와 서류를 대충 보고는 서재로 가져오라고 일렀다.

"말을 풀어 주고 아무도 들여보내지 말게."

그는 약간 흡족한 얼굴로 '들여보내지 말게.'라고 힘주어 말하면서 수위의 질문에 대답해 주었다. 그런 표정을 짓는다는 것은 기분이 좋다는 뜻이었다.

알렉세이 알렉산드로비치는 서재 안을 두어 번 거닐다가 커다란 책상 앞에 멈춰 섰다. 그 위에는 시종이 먼저 들어와 불을 켜둔 여섯 자루의 초가 있었다. 그는 손가락을 딱딱 꺾으며 책상 앞에 앉아 필기구를 정리했다. 그는 팔꿈치를 책상 위에 얹고 머리는 옆으로 기울인 채 잠시 생각을 한 다음 단숨에 편지를 써 내려갔다. 그는 편지에 그녀를 일컫는 호칭 대신 프랑스어로 '당신'이라는 뜻의 존칭 대명사를 사용했다. 이 대명사에는 러시아어 존칭 대명사가 갖고 있는 냉정함은 느껴지지 않았다.

우리가 나눈 마지막 대화에서 난 당신에게 그 대화 주제에 대한 내 결심을 알리겠다는 뜻을 표현했었소. 모든 것을 면밀하게 깊이 생각해 본 후, 난 지금 그 약속을 지킬 목적으로 이 편지를 쓰고 있소. 나는 다음과 같은 결정을 내렸소. 당신이 어떤 행동을 했든, 난 하느님의 권능 아래 맺어진 우리 인연을 끊을 권리가 내게 있다는 생각은 하지 않소. 가령 부부 가운데 한 사람이 죄를 지었다 해도 일시적인 변덕이나 독단에 의해 가족이 파괴될 수는 없는 것이오. 그러니 우리 생활은 예전처럼 지속되어야 하오. 이것은 나를 위해서도, 당신을 위해서도, 우리의 아들을 위해서도 불가피한 일이오. 난 당신이 이 편지의 원인이 된 일에 대해 이미 뉘우쳤으며 지금도 뉘우치고 있고, 당신이 불화의 원인을 끊어 버리고 과거를 잊기 위해 나에게 협조해 줄 것을 굳게 믿고 있소. 그렇게 하지 않으면 무엇이 당신과 당신 아들을 기다리고 있을지 스스로도 짐작할 수 있을 거요. 이 모든 것에 관해 당신과 직접 만나 더 자세히 의논했으면 좋겠소. 별장 시즌도 끝나가고 있으니, 가능하면 빨리, 늦어도 화요일까지는 페테르부르크로 돌아와 주었으면 하오. 당신이 거처를 옮기는 데 필요한 모든 것을 미리 일러두리다. 이 부탁이 실현되는 것에 특별한 의미를 두고 있다는 것을 잘 생각해 주었으면 하오.

A. 카레닌

p.s 당신이 필요할 것 같아 돈을 보내오.

그는 편지를 죽 읽어 보고, 그 내용에 만족했다. 특히 돈을 함께 보낼 생각을 해낸 것이 무척이나 만족스러웠다. 가혹한 말이나 비난도 없었지만 관대함도 찾을 수 없었다. 중요한 것은 이것이 귀환을 위한 황금 다리라는 것이었다. 편지를 접어 상아로 만든 크고 묵직한 페이퍼 나이프로 반듯하게 밀어 돈과 함께 봉투에 넣은 후, 그는 잘 정돈된 필기구를 사용할 때면 늘 마음 한구석에서 일어나는 만족감을 느끼며 벨을 눌렀다.

"급사한테 이것을 내일 별장에 있는 안나 아르카지예브나에게 전하라고 하게."

그는 이렇게 말하며 일어섰다.

"알겠습니다, 각하. 서재로 차를 가져올까요?"

알렉세이 알렉산드로비치는 그러라고 하고는, 묵직한 페이퍼 나이프를 만지작거리며 안락의자 쪽으로 갔다. 그 옆에는 램프와 그가 이제 막 읽기 시작한 에우구비움의 비문(碑文)에 대한 프랑스어로 된 책이 있었다. 안락의자 위에는 유명 화가가 타원형 캔버스에 훌륭하게 그려 낸 안나의 초상화가 황금빛 액자에 끼워져 걸려 있었다. 알렉세이 알렉산드로비치는 그 초상화를 바라보았다. 두 사람이 대화를 나눈 그 밤처럼, 속을 알 수 없는 두 눈동자가 비웃는 듯한 표정으로 뻔뻔스럽게 그를 쏘아보고 있었다. 검은 레이스를 걸친 검은 머리카락, 네 번째 손가락에 여러 개의 보석 반지를 낀 희고 아름다운 손, 화가가 빼어나게 그려 낸 그 모습이 알렉세이 알렉산드로비치의 눈에는 견딜 수 없이 오만하고 도도하게 보였다. 잠시 초상화를 바라보던 알렉세이 알렉산드로비치는 입술에서 '부르르' 소리가 날 만큼 온몸을 부들부들 떨고 고개를 돌려 버렸다. 그는 황급히 안락의자에 앉아 책을 펼쳐 읽으려고 했지만, 도저히 에우구비움의 비문에 대해 예전처럼 강렬한 흥미를 느낄 수 없었다. 그는 책을 보며 다른 것을 생각했다. 그것은 아내 일이 아니라 최근에 그의 직무상 생긴 어떤 복잡한 일에 대한 것이었는데 요즘 그의 가장 중요한 관심사였다. 그는 지금 자신이 이 복잡한 일을 그 어느 때보다 깊이 관여하고 있으며 머릿속에는 모든 문제를 해결해 정치계에서 자신의 지위를 높여 적들에게 타격을 입힐 뿐만 아니라 국가에 막대한 이익을 가져올 것이라는 생각이 자라는 것을 느꼈다.—그는 조금도 잘난 척을 하지 않고 그렇게 말할 수 있었다.—하인이 차를 놓아두고 서재에서 나가자마자, 알렉세이 알렉산드로비치는 안락의자에서 일어나 책상 앞으로 갔다. 곧 해결해야 서류가 든 손가방을 책상 한가운데로 끌어와, 그는 가볍게 자기

만족의 미소를 띤 채 받침대에서 연필을 집어 들고 그 복잡한 문제에 관해 *그가* 요청했던 복잡한 서류들을 읽기 시작했다.

복잡한 문제란 바로 이런 것이었다. 출세 가도에 있는 관리라면 누구나 그런 특징을 갖고 있었다. 정치가로서 알렉세이 알렉산드로비치의 특성은, 집요한 야심과 자제력, 성실함과 자기 과신, 더불어 그의 경력을 만들어 준 그 특성은 오직 그만이 갖고 있었는데, 서류 행정에 대한 경멸, 서신의 간소화, 가능한 한 현실 문제에 직접 부딪치는 태도, 검소함 등이었다. 그 유명한 6월 2일의 위원회에서 자라이스크 현의 토지에 관개 사업을 하는 문제가 제기되었는데 이것은 알렉세이 알렉산드로비치의 부서가 다루는 사업으로 비생산적인 지출과 탁상행정을 잘 보여 준 예였다. 알렉세이 알렉산드로비치는 문제 제기가 옳다는 것을 잘 알고 있었다. 자라이스크 현의 토지에 관개수로를 놓는 사업은 알렉세이 알렉산드로비치의 전전임자가 시작한 일이었다. 이 사업에는 막대한 돈이 들어갔고 지금도 여전히 들어가고 있지만 아무런 성과도 보여 주지 못하고 있었다. 앞으로 어떤 성과도 볼 수 없다는 것은 자명한 일이었다. 알렉세이 알렉산드로비치는 지금 자리에 부임하자마자 곧 그것을 알고 그 일을 처리하고 싶었다. 하지만 자신의 위치가 아직 미미하다고 느끼던 부임 초기에는 그 일에 너무나 많은 이해관계가 얽혀 있으므로 그것을 손대는 일이 분별 있는 행동이 아니라는 것을 알았다. 그 후 그는 다른 일에 몰두하느라 그 문제를 깨끗이 잊었고 모든 사업이 그렇듯 그 일도 관성에 의해 저절로 굴러가고 있었다.—이 사업이 많은 사람들을 먹여 살리고 있었다. 특히 그 가운데에는 매우 도덕적이고 음악을 사랑하는 한 가족도 있었는데 그 집안 딸들은 모두 현악기를 연주할 줄 알았다. 알렉세이 알렉산드로비치는 이 가족을 잘 아는 데다 딸들 가운데 한 명이 결혼할 때는 아버지 역할을 대신하기도 했다.—알렉세이 알렉산드로비치 생각에는 그를 적대시하는 부서가 이 문제를 제기한 것은 부당하게 보였다. 어느 부서에나 그보다 못한 사업이 있었지만, 해당 부서의 체면을 생각해서 아무도 그것을 문제 삼지 않았기 때문이었다. 그들은 그에게 결투 장갑을 던졌고, 이제 그는 과감하게 장갑을 주워 들고 자라이스크 현 관개 사업 위원회의 일을 검토하고 조사하기 위한 특별 위원회를 제정하자고 요구했다. 그렇게 하는 대신 그는 더 이상 그 사람들에게 한 치의 양보도 허락하지 않았다. 그는 이민족 정착 문제를 위한 특별 위원회도 소집할 것을 요구했다. 이민족 정착 문제도 6월 2일의 위원회에서 우연히 제기되었는데, 알렉세이 알렉산드로비치는 이민족의 비참한 상태를 지적하며 더 이상 지체할 수 없는 문제라며 강력히 지지했던 것이다. 이 문제는 위원회에서 몇몇 부서들 간의 논쟁거리를 던져 준 셈이 되었다. 알렉세이 알렉산드로비치에게 적의를 품은 부서는 이민족이 매우 행복하게 지내고 있으며 위원회가 제안한 계획이 반대로 그들의 번영을 파괴할 수도 있다고 주장했다. 그리고 혹시라도 나쁜 점이 있다면 그것은 단지 알렉세이 알렉산드로비치의 부서가 법이 정한대로 실행하지 않았기 때문이라고 주장했다. 이제 알렉세이 알렉산드로비치는 다음 사항들을 요구할 작정이었다.

첫째, 현지에서 이민족 상태를 조사할 새 위원회 구성하기.

둘째, 이민족의 상태가 실제로 위원회가 가지고 있는 공문의 자료와 같다고 밝혀질 경우, 이민족이 이러한 비관적인 상태에 놓이게 된 원인을 1)정치적, 2)행정적, 3)경제적, 4)인종학적, 5)물질적, 6)종교적 시각에서 조사할 다른 새 학술 위원회 제정하기.

셋째, 반대파 부서가 오늘날 이민족이 감당해야 할 불리한 조건들을 사전에 방지하기 위해 지난 십 년간 어떤 조치를 취했는지 보고할 것을 요구하기.

마지막으로 넷째, 1863년 12월 5일과 1864년 6월 7일자로 위원회에 제출된 제17015호와 제18308호 보고서를 통해 알 수 있듯, 해당 부서가 어째서 근본적이고 본질적인 법률인 제18조 및 제36조의 주석의 의미에 완전히 위배되는 행동을 취했는지에 대한 해명 요구.

알렉세이 알렉산드로비치가 떠오르는 생각들의 개요를 빠르게 메모하는 동안, 그의 얼굴에 생기 가득한 홍조가 넘쳤다. 종이 한 장을 빽빽하게 채우고 나서야, 그는 자리에서 일어나 벨을 누르고 사무실 서기에게 필요한 자료를 보내 달라는 내용의 편지를 건넸다. 자리에서 일어나 방 안을 이리저리 거닐다가 또다시 초상화를 바라보고 인상을 찌푸리고는 입가에 비웃음을 흘렸다. 알렉세이 알렉산드로비치는 다시 에우구비움의 비문에 대한 책을 잡아 그것에 대한 흥미를 되살려 읽은 다음 열한 시에 침실로 향했다. 그가 침대에 누워 아내의 일을 떠올렸을 때는 더 이상 그 일이 음울하게 느껴지지 않았다.

15

브론스키가 계속 이 상태로 있는 것은 불가능하니 남편에게 모든 것을 밝히라고 안나를 설득했을 때, 그녀는 비록 화를 내고 강력하게 거부했지만 마음속으로는 자신이 위선적이고 정직하지 못하다는 생각에 그러한 처지를 진심으로 바꾸고 싶어 했다. 그래서 남편과 경마장에서 돌아오는 길에 흥분한 나머지 모든 것을 털어놓았고 비록 그때는 고통스러웠지만, 오히려 이렇게 된 것이 기뻤다. 남편이 그녀를 두고 가 버린 후에 그녀는 속으로 중얼거렸다.

'나는 기뻐, 이젠 모든 게 분명해질 거야. 적어도 앞으로 거짓과 기만은 없겠지.'

그녀의 처지가 영원히 결정되리라는 점은 분명해 보였다. 이런 새로운 상황은 나쁘게 흘러갈 수 있을지 모른다. 하지만 어쨌거나 결정될 것이고, 그 속에 모호함이나 거짓은 없을 것이다. 그녀가 그 말을 함으로써 자신과 남편에게 준 고통은 모든 것이 분명해진다는 사실로 보답받을 것이다. 그녀는 그렇게 생각했다. 바로 그날 밤에 그녀는 브론스키와 만났다. 그녀는 상황을 분명히 하기 위해 자기와 남편 사이에 일어난 일을 알렸어야 했지만 그에게 말하지 않았다.

이튿날 아침 일어났을 때 그녀의 머릿속에는 자신이 남편에게 했던 말이 가장 먼저 떠올랐다. 그 말이 너무나도 끔찍하게 느껴졌고, 자신이 어떻게 그런 낯설고 천박한 말을 내뱉을 생각을 했는지 이해할 수도 없었고, 또한 그 일이 앞으로 어떤 일을 몰고 올지 상상도 할 수 없었다. 하지만 그녀는 이미 말을 한 뒤였고, 알렉세이 알렉산드로비치는 아무 말도 없이 떠나 버렸다.

'난 브론스키를 만났으면서도 그에게는 그 일을 말하지 않았어. 그가 떠나려는 순간에 다시 그를 불러 세워서 말하고 싶었어. 하지만 처음에 그 이야기를 하지 않은 게 이상하게 느껴져 생각을 바꿨던 거야. 어째서 난 말을 하고 싶었는데도 안 한 걸까?'

그러자 그 질문에 대한 대답인 것처럼 그녀의 얼굴에 타는 듯 붉은 기운과 함께 수치심이 어렸다. 그로 인해 그녀는 자신을 억누르고 있던 정체를 알아차렸다. 자신이 수치스러워한다는 것을 깨달은 것이다. 어젯밤에는 자신의 처지가 꽤나 분명한 것처럼 보였는데 이제는 막막하기만 했다. 그녀는 예전에는 생각하지도 못한 치욕스러움 때문에 두렵기까지 했다. 남편이 어떻게 행동할지 생각만 해도 너무나 끔찍한 생각들이 꼬리를 물었다. 당장 관리인이 달려와 그녀를 집에서 쫓아내고 온 세상이 그녀의 수치를 알게 되는 모습이 머릿속에 떠올랐다. 그녀는 집에서 쫓겨나면 어디로 가야 할지 스스로에게 물었지만 답을 찾지 못했다.

브론스키를 생각하는 동안, 그가 이제 자신을 사랑하지도 않을 뿐더러 이미 자기에게 부담을 느끼기 시작했고 자신도 그에게 몸을 맡길 수 없을 것 같다는 생각을 하자 그에게 적개심이 느껴졌다. 자신이 남편에게 했던 말들, 자기가 상상 속에서 끝없이 되뇌었던 말들, 그녀는 그 말들을 모든 사람에게 했고 그 모든 사람이 그 말을 들은 것처럼 느껴졌다. 그녀는 한집에 사는 사람들의 눈을 쳐다볼 수 없을 것 같았다. 그녀는 하녀를 부르고 싶지도 않았고, 더욱이 아래층으로 내려가 아들과 가정교사를 만난다는 생각조차 하기 싫었다.

한참 전부터 그녀의 방문 앞에서 귀를 기울이면서 동정을 살피던 하녀가 그녀의 방에 들어왔다. 안나는 그녀의 눈을 의아하게 바라보다가 깜짝 놀라서 얼굴을 붉혔다. 하녀는 벨이 울린 줄 알았노라고 방에 들어온 변명을 했다. 그녀는 옷과 벳시가 보낸 편지를 가져왔다. 벳시는 오늘 아침 리자 메르칼로바와 슈톨츠 남작 부인이 각각 자신들의 숭배자인 스트레모프 노인과 칼루슈키를 데리고 크로케 시합을 하러 그녀의 집에 온다는 것을 안나에게 다시 한 번 알렸다.

'풍속을 연구한다 치고 아무 생각도 말고 보러 와요. 기다릴게요.'

벳시는 이렇게 끝을 맺었다. 안나는 편지를 읽고 무겁게 한숨을 쉬었다.

"아무것도, 다 필요 없어. 그만 가. 곧 옷을 갈아입고 나갈 거야. 아무것도 필요 없어. 아무것도."

그녀는 화장대 위에 놓인 화장수 병과 브러시를 정리하는 안누슈카에게 말했다.

안누슈카가 방에서 나갔지만 안나는 옷을 갈아입으려 하지 않고 머리를 숙이고 두 손은 늘어뜨린 채 똑같은 자세로 앉아만 있었다. 그러고는 가끔씩 어떤 동작을 하려는 듯, 무언가 말하려는 것처럼 온몸을 바르르 떨다가 다시 꼼짝도 않고 앉아 있었다. 그녀는 끊임없이 되뇌었다.

'나의 하느님! 나의 하느님!'

그러나 '하느님'도 '나의'라는 말도 그녀에게는 아무런 의미를 갖지 못했다. 물론 종교적 환경에서 자라난 그녀는 종교에 대해 한 번도 의심해 본 적이 없었지만 종교에서 자신의 처지에 대한 구원을 찾는다는 것은 알렉세이 알렉산드로비치에게서 구원을 찾는 것만큼이나 어색하게 느껴졌다. 안나는 삶의 모든 의미가 되어 버린 것을 포기해야만 종교적 구원이 가능하다는 것을 이미 알고 있었다. 그녀는 지금까지 한 번도 경험하지 못한 상태에서 괴로움과 함께 두려움을 느끼기 시작했다. 눈이 피로할 때면 가끔씩 사물이 이중으로 보이는 것처럼, 그녀는 자신의 정신 속에서도 모든 것이 이중으로 보이기 시작했다는 것을 느꼈다. 그녀는 이따금 자신이 무엇을 두려워하는지, 자신이 무엇을 바라는지 알 수 없었다. 자신이 두려워하거나 바라는 것들이 과거의 일인지 미래의 일인지, 자신이 바라는 게 과연 무엇인지조차 알지 못했다.

'아, 내가 뭘 하고 있는 거지!'

그녀는 갑자기 머리 양쪽에 통증을 느끼며 혼잣말을 했다. 문득 정신을 차렸을 때, 그녀는 두 손으로 관자놀이 주위의 머리카락을 쥔 채 머리를 꽉 누르고 있다는 것을 알아차렸다. 그녀는 벌떡 일어나 방 안을 거닐기 시작했다.

"커피가 준비됐습니다. 가정교사가 세료쟈와 함께 마님을 기다리고 있어요."

다시 돌아온 안누슈카는 여전히 같은 모습인 안나에게 말했다.

"세료쟈? 세료쟈가 왜?"

안나가 갑자기 생기를 띠며 물었다. 그녀는 이날 처음으로 아들이 생각났다.

"세료쟈가 잘못을 저질렀나 봐요."

안누슈카가 미소를 띠며 말했다.

"무슨 잘못?"

"구석방에 복숭아가 몇 개 있었는데, 세료쟈가 몰래 하나 먹은 모양이에요."

아들에 대한 생각을 하자 그녀는 지금까지 처해 있던 막막한 상황에서 벗어날 수 있었다. 그녀는 자신이 지난 세월 떠맡았던 아들을 위해 살아가는 어머니의 역할을 기억해 냈다. 비록 그 역할 안에는 과장된 면도 있었지만 어느 정도 그녀의 진심이 담겨 있기도 했다. 그러자 그녀는 자신이 처한 상황 속에도 앞으로 남편이나 브론스키와 맺게 될 관계와는 상관없이 그녀만의 세계가 있다는 것이 기뻤다. 그 세계는 바로 아들이었다. 자신이 어떤 처지가 된다고 해도 그녀는 아들을 버릴 수 없을 것이다. 남편이 그녀를 모욕하고 내쫓아도, 브론스키가 그녀에게 냉담하고 계속 독립적인 생활을 해 나간다 해도—그를 생각하자마자 마음속에서 또다시 짜증과 비난이 솟아났다.—그녀는 아들을 버릴 수 없었다. 그녀에게는 삶의 목적이 있으니 행동해야만 했다. 아들과 함께 있는 지금 상황을 지켜야 했고 아들을 빼앗기지 않기 위해 행동해야만 하는 것이다. 그것도 서둘러서, 아들을 빼앗기기 전에 되도록 빨리 행동해야만 했다. 아들을 데리고 떠나야만 했다. 그녀는 마음을 가라앉히고 이 고통스러운 상황에서 벗어날 필요가 있었다. 아들과 직접 관련된 문제와 아들을 데리고 지금 당장 어디론가 떠나야 할 것을 생각하니 마음이 진정되었다.

그녀는 재빨리 옷을 갈아입고 아래층으로 내려가 단호한 걸음으로 응접실로 들어갔다. 그곳에는 늘 그랬듯 커피와 세료쟈와 가정교사가 그녀를 기다리고 있었다. 세료쟈는 하얀 옷을 입고 거울 아래 테이블 옆에 서서 허리와 머리를 굽힌 채 집중한 표정으로 자기가 가져온 꽃을 가지고 뭔가를 만들고 있었다. 그녀는 아들의 그러한 표정을 잘 알고 있었는데 그럴 때면 아버지와 쏙 빼닮은 것처럼 보였다. 가정교사는 유난히 엄격한 표정을 짓고 있었다.

"아, 엄마!"

세료쟈는 가끔 하듯 날카롭게 소리를 지르고는 꽃을 팽개친 채 엄마에게 인사를 하러 달려가야 하는 것인지, 화환을 마저 만들어 들고 가야 하는 것인지 망설이면서 그 자리에 가만히 서 있었다.

가정교사는 인사를 한 뒤에 세료쟈가 잘못한 것을 조목조목 자세하게 늘어놓기 시작했다. 하지만 안나는 그녀의 말을 듣지 않고 가정교사를 데리고 가야 하나 말아야 하나 생각하고 있었다.

'아니, 데리고 가지 말자. 아들만 데리고 가는 게 낫겠어.'

그녀는 결심했다.

"그래, 그건 정말로 나쁜 행동이었어."

안나는 아들의 어깨를 잡고 이렇게 말하고는, 엄격한 게 아니라 오히려 겁을 먹은 듯한 눈길로 아들을 바라보며 입을 맞추었다. 소년은 그런 엄마의 모습에 당황하면서도 기뻐했다.

"이 아이와 둘이 있겠어요."

그녀는 깜짝 놀란 가정교사에게 이렇게 말하고는 아들의 손을 그대로 잡은 채 커피가 마련된 탁자 앞에 앉았다.

"엄마! 난, 난 아무 짓도……."

그는 그녀의 표정을 살피며 자신이 복숭아 때문에 어떤 벌을 받아야 하는지 알아내려고 애썼다.

"세료쟈. 그건 나쁜 행동이란다. 하지만 앞으로 그렇게 하지 않을 거지? 넌 엄마 사랑하지?"

그녀는 가정교사가 응접실에서 나가자마자 이렇게 말했다. 그녀는 눈물이 차오르는 것이 느껴졌다.

'과연 내가 이 아이를 사랑하지 않을 수 있을까?'

그녀는 놀라움과 기쁨이 깃든 아들의 시선을 뚫어지게 바라보며 속으로 중얼거렸다.

'이 아이는 아버지와 한편이 돼서 나를 벌할까? 이 아이가 나를 동정하지 않는 일이 생기려나?'

그녀의 얼굴을 따라 눈물이 흘렀다. 그녀는 눈물을 감추려고 재빨리 일어나 거의 뛰다시피 테라스로 갔다.

며칠 동안 벼락을 동반한 비가 쏟아진 뒤로 맑고 쌀쌀한 날씨가 시작되어 깨끗하게 씻긴 나뭇잎 사이로 눈부신 햇살이 비치긴 했지만 공기에는 쌀쌀한 기운이 감돌았다.

그녀는 흠칫 몸을 떨었는데 한기 탓이기도 했지만 맑은 공기 속에서 새로운 힘으로 그녀를 사로잡은 내면의 공포 탓이기도 했다.

"가, 마리에트에게 가 보렴."

그녀는 뒤따라 나온 세료쟈에게 이렇게 말하고는 테라스의 밀짚 깔개를 따라 걷기 시작했다.

'정말로 그들은 나를 용서해 주지 않을까? 모든 일이 이렇게 흐를 수밖에 없다는 걸 이해해 주지 않을까?'

그녀는 속으로 중얼거렸다.

그녀는 가만히 서서 바람에 흔들리는 사시나무 꼭대기와 차가운 햇살을 받아 눈부시게 빛나는 말간 나뭇잎들을 바라보았다. 그녀는 그들이 용서하지 않으리라는 것과 저 하늘과 푸른 잎들처럼 이 세상 그 무엇도, 그 누구도 지금의 자신에게는 자비를 베풀지 않으리라는 것을 깨달았다. 그러자 또다시 자신의 영혼 안에서 사물이 이중으로 보이기 시작했다.

'안 돼. 생각하지 말자.'

그녀는 속으로 중얼거렸다.

'떠날 준비를 해야지. 어디로 갈까? 언제? 누구를 데리고 가지? 그래, 모스크바로 가는 거야. 밤기차를 타고 가야지. 안누슈카와 세료쟈를 데리고 꼭 필요한 물건만 챙겨서 가자. 하지만 먼저 그 두 사람에게 편지를 쓰자.'

그녀는 서둘러 집 안으로 들어가 테이블 앞에 앉아 남편에게 편지를 썼다.

그런 일이 생겼으니, 난 더 이상 당신 집에 머물 수 없어 떠나겠습니다. 아들은 내가 데리고 갈게요. 난 법에 대해서는 모릅니다. 그래서 아들이 부모 중 누구와 살아야 하는지도 모르지만 그래도 그 애를 데리고 가겠습니다. 그 아이 없이는 살 수 없으니까요. 넓은 아량으로 아이는 내가 데리고 있게 해 주세요.

그녀는 여기까지 빠르고 쉽게 써 내려갔다. 하지만 그에게서 찾아볼 수 없었던 관대함에 호소해야 하고 뭔가 감동적인 문구로 편지를 끝맺음해야 한다는 생각이 그녀의 손을 붙들었다.

지은 죄와 내가 후회하는 것에 대해서는 할 말이 없습니다. 왜냐하면…….

그녀는 자신의 생각 속에서 길을 잃고 또다시 펜을 멈추었다.
'아냐. 아무것도 필요 없어.'
그녀는 혼잣말을 하고 편지를 찢어 버린 뒤 관대함을 운운한 부분을 뺀 채 다시 편지를 써서 봉했다.

브론스키에게도 편지를 써야 했는데 '난 남편에게 알렸어요.'까지 쓰고 나서는 더 이상 쓸 기운이 없어 한동안 그대로 앉아 있었다. 이것은 너무나 조잡한 데다 여성스럽지 못한 표현이었다.
'더 이상 뭐라고 쓸 수 있겠어?'
또 한 번 수치심으로 얼굴이 붉어졌다. 침착한 그의 모습이 떠오르자, 그녀는 분노가 치밀어 올라 몇 글자 적은 종이를 갈기갈기 찢어 버렸다.
'아무것도 필요 없어.'
그녀는 속으로 중얼거리며 압지철을 접고 2층으로 올라가 가정교사와 하인들에게 오늘 모스크바로 떠나겠노라고 말한 뒤 곧장 짐을 꾸리기 시작했다.

16

관리인과 정원사와 하인들이 별장의 방마다 물건을 나르며 돌아다녔다. 옷장과 서랍장이 모두 열려 있고, 하인들은 가게에 삼끈을 사러 두 번이나 다녀왔고, 마루에는 신문지가 여기저기 뒹굴었다. 트렁크 두 개, 손가방 여러 개, 끈으로 묶은 덮개 여러 장이 현관으로 실려 나왔고 사륜마차 한 대와 삯마차 두 대가 현관 계단 앞에 서 있었다. 안나는 짐을 꾸리느라 불안한 마음도 잊고 자기 방 테이블 앞에 서서 여행 가방을 싸고 있었다. 그때 안누슈카가 별장으로 마차가 다가온다고 얘기해 주었다. 안나는 창문으로 알렉세이 알렉산드로비치의 급사가 현관 계단에서 벨을 누르는 것을 보았다.

"내려가서 무슨 일인지 알아보렴."

그녀가 말했다. 그녀는 침착하게 마음의 준비를 하고서 안락의자에 앉아 두 손을 무릎에 얹었다. 하인이 두툼한 봉투를 들고 왔는데 겉봉에 알렉세이 알렉산드로비치의 필체가 보였다.

"주인님이 마님의 답변을 받아 오라고 급사에게 지시하셨답니다."

그가 말했다.

"알았어."

그녀는 하인이 밖으로 나가자마자 떨리는 손으로 겉봉을 뜯었다. 띠지로 묶은 빳빳한 지폐 다발이 봉투 속에서 툭 떨어졌다. 그녀는 편지를 꺼내 끝에서부터 읽기 시작했다.

'당신이 거처를 옮기는 데 필요한 모든 것을 미리 일러두리다. 이 부탁이 실현되는 것에 특별한 의미를 두고 있다는 것을 잘 생각해 주었으면 하오.'

그녀는 편지를 거꾸로 읽으면서 전체 내용을 훑어본 다음, 다시 처음부터 전체를 읽어 보았다. 편지를 다 읽고 나서 그녀는 한기를 느꼈는데 미처 예상치 못한 어마어마한 불행이 닥쳐왔다는 것을 깨달았다.

오늘 아침에 그녀는 남편에게 이야기를 털어놓은 것을 후회했다. 그 말을 하기 전으로 돌아갈 수만 있다면 그녀는 더 이상 바랄 게 없다고 생각했었다. 이 편지는 그 말을 없던 것으로 되돌리고 그녀가 바라는 것을 그녀에게 주고 있었다. 그러나 그녀가 상상할 수 있는 그 어떤 것보다 무섭게 느껴졌다.

'그가 옳지! 그가 옳아!'

그녀는 같은 말을 되뇌었다.

'물론 그는 언제나 옳았어. 그는 그리스도교 신자에다 관대하기까지 하지! 그래, 비열하고 나쁜 사람 같으니! 나 말고는 아무도 이 사실을 모르지. 앞으로도 그럴 거야. 나도 그걸 설명할 수는 없어. 사람들은 그가 두터운 신앙심을 가지고 있고 도덕적이며 정직하고 총명한 사람이라고 하지. 그렇지만 그 사람들은 내가 본 것을 못 본 것뿐이야. 그들은 지난 팔 년 동안 그 사람이 내 삶을 얼마나 숨 막히게 만들었는지, 내 안에 살아 있던 모든 것을 얼마나 억압했는지 몰라. 그들은 그가 단 한 번도 내가 사랑이 필요한 살아 있는 여자라고 생각한 적이 없다는 걸 모르지. 그들은 그가 항상 날 모욕해 놓고 스스로에게 만족했다는 것을 몰라. 내가 노력을 안 한 걸까? 최선을 다해 내 삶의 정당성을 찾으려 애쓰지 않았나? 하지만 이젠 때가 된 거야. 난 더 이상 나를 속이며 살 수 없어. 난 살아 있고 내겐 죄가 없어. 하느님은 날 사랑하며 살아야 하는 그런 여자로 만드신 걸 이제야 알겠어. 그런데 지금 도대체 이게 뭐람? 남편이 날 죽이거나 그를 죽인다면, 난 모든 걸 견뎌 내고 모든 걸 용서할 수 있을 텐데. 하지만 아니지, 그는……..

어떻게 난 그가 이렇게 나올지 전혀 짐작도 못했을까? 그는 그 비열한 성격에 딱 맞는 짓을 할 거야. 그는 여전히 올바른 사람으로 남을 테고 나를, 이렇게 타락해 버린 나를, 더욱 나쁘고 더욱 비열한 여자로 만들어 파멸시키고 말 거야……..'

'무엇이 당신과 당신 아들을 기다리고 있을지 스스로도 짐작할 수 있을 거요.'

그녀는 편지에 있던 말을 떠올렸다.

'이건 아들을 빼앗겠다는 협박이다. 아마 그들의 멍청한 법률로 그렇게 할 수 있을지도 몰라. 하지만 그가 이런 말을 하는 이유를 내가 정말로 모르고 있는 건 아닐까? 그는 아들을 사랑하는 내 마음을 안 믿거나 그가 언제나 비웃은 것처럼 이런 감정을 경멸하고 있어. 그래, 경멸하는 거야. 하지만 그는 내가 아들을 버리지 않을 거라는 것, 아니, 버릴 수 없다는 것을 알지. 설령 사랑하는 사람과 함께 있다고 해도 아들이 없으면 내 삶이 존재할 수 없다는 걸 알아. 만약 내가 아들을 버리고 달아난다면, 난 가장 수치스럽고 추악한 여자가 되는 거야. 그는 이 사실도 알고 내가 그렇게 하지 못할 거라는 것도 알아.'

'우리 생활은 예전처럼 지속되어야 하오.'

그녀는 편지에 있던 다른 문구를 떠올렸다.

'그 생활은 전에도 고통스러웠고 최근에는 아주 끔찍했어. 이젠 어떻게 되는 걸까? 그는 그 모든 걸 알고 있어. 난 숨을 쉴 수밖에 없었고 사랑을 했어. 그것에 대해서는 후회 따윈 할 수 없어. 그는 그 점을 잘 알지.

또, 거짓과 기만 외에 아무것도 얻을 수 없다는 것도 알아. 하지만 그는 날 계속 괴롭혀야만 할 거야. 난 그를 알아! 그는 물속의 물고기처럼 거짓 속을 헤엄치며 즐거워하고 있을 거야. 하지만 안 돼. 난 그가 그런 기쁨을 느끼도록 놔두지 않을 거야. 난 무슨 일이 있어도 그가 내 주위를 휘감아 버리고 싶어 하는 거짓으로 만든 거미줄을 찢어 놓고 말 거야. 뭐든 거짓과 기만보다야 나을 거야!'

'하지만 어떻게 해야 하지? 나의 하느님, 나의 하느님! 나처럼 불행한 여자가 또 있을까?……'

"아냐, 찢어 놓을 거야. 찢어 놓고 말 거야."

그녀는 벌떡 일어나 눈물을 참고 소리쳤다. 그리고 남편에게 보낼 편지를 쓰기 위해 책상으로 다가갔다. 그러나 그녀는 자신이 아무것도 찢어 놓지 못하리라는 것과 아무리 위선적이고 솔직하지 못하다 해도 자신이 예전 상황에서 벗어날 수 없다는 것을 마음 깊이 느꼈다.

그녀는 책상 앞에 앉았지만 편지를 쓰는 대신 책상에 두 손을 얹고 그 위에 머리를 기댄 채 울음을 터뜨렸다. 그녀는 어린아이처럼 가슴까지 들먹거리며 흐느꼈다. 그녀는 자신의 처지가 분명해지고 명백해졌으면 하고 바라던 꿈이 영원히 깨진 것에 눈물지었다.

그녀는 모든 것이 예전 그대로 남게 될 거라는 사실, 아니 예전보다 더욱 나쁘게 될 거라는 사실을 이미 알고 있었다. 그녀는 지금까지 자신이 누리며 살았던 사회적 지위, 오늘 아침까지만 해도 별것 아닌 듯 보이던 그 지위가 자신에게는 소중하다는 것을 깨달았다. 그리고 자신이 남편과 아들을 버리고 정부와 살림을 차린 여자라는 수치스러운 지위를 위해 지금의 지위를 버리지 못할 거라는 사실을 깨달았다. 결국 자신이 아무리 노력한다고 해도 본래의 자신보다 더 강해질 수 없다는 것을 깨달은 것이다. 그녀는 이제 다시는 사랑의 자유를 맛보지 못할 것이다. 그녀는 매 순간 언제 들킬지 모르는 두려움을 갖은 채 자신과 함께 살 수도 없는 정부와의 부끄러운 관계를 위해 남편을 속이는 부정한 아내로 영원히 남을 것이다. 결국 그렇게 되리라는 것을 잘 알고 있었으면서도 그녀는 어떤 결말을 생각도 할 수 없을 만큼 그 일이 두려웠다. 그래서 그녀는 벌받는 어린아이처럼 소리 내어 펑펑 울었던 것이다.

그녀는 하인의 발소리가 들리자 정신을 차린 뒤 얼굴을 가리고 편지 쓰는 시늉을 했다.

"급사가 답장을 바라고 있습니다."

하인이 보고했다.

"답장? 알았어. 기다리라고 해. 내가 벨을 울릴 테니까."

안나가 말했다.

'무슨 말을 쓰지? 나 혼자 무슨 결정을 내릴 수 있을까? 내가 아는 건 뭘까? 내가 원하는 건? 내가 사랑하는 건?'

또다시 그녀는 자신의 마음속에서 사물이 이중으로 보이기 시작했다. 그녀는 또 한 번 이런 감정에 깜짝 놀라면서, 다른 것을 떠올려 스스로에 대한 생각을 떨쳐 버리고자 가장 먼저 떠오른 것에 집중했다.

'알렉세이를—그녀는 마음속으로 브론스키를 이렇게 불렀다.—만나자. 내가 뭘 해야 좋을지는 오직 그 사람만이 말해 줄 수 있을 거야. 벳시를 찾아가면 거기서 그를 볼 수 있을 거야.'

그녀는 속으로 중얼거렸다. 그녀가 어제 그에게 트베르스카야 공작 부인 집에 가지 않겠다고 말해서 그도 가지 않겠다고 한 것을 까맣게 잊고 있었다.

'당신의 편지를 잘 받았습니다. A.'

그녀는 남편에게 편지를 쓰고는 벨을 눌러 하인에게 편지를 건넸다.

"우리는 안 떠날 거야."

그녀는 방으로 들어온 안누슈카에게 말했다.

"아예 안 떠나실 건가요?"

"아니, 내일까지 짐은 풀지 말고 그대로 두고 마차도 그대로 둬. 난 공작 부인을 만나러 갈 거야."

"어떤 옷을 준비할까요?"

17

트베르스카야 공작 부인이 주도한 크로케 시합 모임은 안나와 귀부인
두 명, 그들의 숭배자들로 구성될 예정이었다. 이 두 귀부인은 뭔가를 모
방한 것을 다시 모방함으로써 새롭게 떠오르던 페테르부르크의 어느 소
수 모임의 대표적 인물이었다. 이 모임은 프랑스어로 '세계의 7대 불가
사의'라고 불렸다. 이 귀부인들은 최상류층 모임에 속해 있었는데, 안나
가 가끔 참석하던 모임에 완전히 적대적인 모임이었다. 게다가 페테르부
르크의 영향력 있는 인물들 가운데 한 명이면서 리자 메르칼로바의 숭
배자라고 스스로 떠벌리고 다니던 스트레모프 노인은 업무상 알렉세이
알렉산드로비치의 적이었다. 이런 것들이 떠오르자, 안나는 그곳에 가고
싶지 않았다. 트베르스카야 공작 부인은 바로 이런 거절 상황을 편지에
서 암시한 것이었다. 하지만 지금 안나는 브론스키를 만난다는 희망 하
나로 그곳으로 가고 싶었다.

안나는 다른 사람들보다 먼저 트베르스카야 공작 부인 집에 도착했다.
그녀가 집 안에 막 들어섰을 때, 하급 시종처럼 차리고 구레나룻을 곱게
빗은 브론스키의 하인도 들어오는 참이었다. 그는 문가에 서서 모자를
벗고는 길을 비켜 주었는데 안나는 그를 알아보고 나서야 비로소 어제

브론스키가 이곳에 오지 않겠다고 했던 말을 기억해 냈다. 그래서 그가 편지를 보낸 모양이었다.

그녀는 현관에서 웃옷을 벗으면서, 브론스키의 하인이 'R' 발음마저 하급 시종을 흉내 내는 것을 들었다. 그는 "백작님이 공작 부인께 보내는 편지입니다."라고 하며 편지를 건넸다.

그녀는 그의 주인이 어디 있느냐고 묻고 싶었다. 집으로 다시 돌아가 그에게 자기 집으로 와 달라는 편지를 보내든지, 자신이 직접 그가 있는 곳으로 가고 싶었다. 하지만 아무것도 할 수 없었다. 그런 일을 하기도 전에 그녀가 도착했음을 알리는 벨 소리가 울렸고, 이미 트베르스카야 공작 부인의 하인이 열린 문 앞에서 반쯤 몸을 내밀고 그녀가 들어가기를 기다리고 있기 때문이었다.

"공작 부인은 정원에 계십니다. 지금 공작 부인께 알리겠습니다. 혹시 정원에 가 보시겠습니까?"

다른 방에 있던 또 다른 하인이 말해 주었다.

이곳이나 집이나 아무것도 결정할 수 없는 불확실한 상황은 매한가지였다. 아니, 오히려 더 안 좋았다. 이곳에서는 아무런 대책을 마련할 수도 없고 브론스키도 만날 수 없을 뿐더러 그녀의 기분에 어울리지도 않는 낯선 사람들 사이에서 어쩔 수 없이 남아 있어야 했기 때문이었다. 하지만 그녀는 굉장히 잘 어울리는 옷차림을 하고 있었고 그런 사실을 그녀도 알고 있었다. 그녀는 혼자가 아니었다. 그녀에게 익숙한, 느슨하고 축제 같은 분위기가 만들어졌고, 그 때문인지 그녀는 집에 있을 때보다 한결 마음이 편했다. 그녀가 뭘 해야 좋을지 생각하지 않아도 모든 것이 저절로 굴러갔다. 안나는 그녀 쪽으로 걸어오는 벳시와 마주치자 언제나처럼 미소를 지어 보였다. 벳시는 깜짝 놀랄 만큼 우아한, 하얀 옷을 입고 있었다. 트베르스카야 공작 부인은 먼 친척뻘의 젊은 아가씨, 투슈케비치와 함께 걸어왔다. 시골에 사는 그녀의 부모님은 유명한 공작 부인 댁에서 그녀가 여름을 보내게 된 것을 큰 행복으로 생각했다.

벳시는 안나에게 뭔가 특별한 게 있다는 것을 금방 알아차렸다.

"잠을 잘 못 잤어요."

안나는 맞은편에서 걸어오는 하인에게 눈길을 주며 대답했다. 브론스키의 편지를 가져온 것이라는 생각이 들었다.

"당신이 와 줘서 너무 기뻐요."

벳시가 말했다.

"난 좀 피곤해서 여러분이 오시기 전에 차를 한잔 마시려던 중이었어요. 당신은……."

그녀는 투슈케비치를 돌아보았다.

"마샤와 함께 저기 크로케 그라운드 검사 좀 해 주세요. 저기 풀을 벤 곳이에요. 그동안 우리는 차를 마시며 편안하게 재미있는 이야기나 나눠요. 어때요?"

그녀는 안나를 돌아보며 미소를 짓고 나서 양산을 쥔 안나의 손을 잡았다.

"안 그래도 당신 집에서 오래 있지 못하니, 그럴 수 있으면 좋죠. 브레제 노부인 댁에 들러야 해요. 간다고 약속한 게 벌써 백 년이나 된걸요."

안나는 사교계 모임에서 자신의 천성에 전혀 안 맞는 거짓말도 너무나 자연스럽고 쉽게 해냈고 심지어 거짓말을 하면서 즐거움을 느끼기도 했다.

그녀가 무슨 이유로 조금 전까지만 해도 생각지도 않은 얘기를 한 것인지 그녀 자신도 도저히 설명할 수 없을 것이다. 그녀는 단지 이곳에서 브론스키를 못 만난다면 자리를 피할 이유를 만들어서 어떻게든 그를 만나야 한다는 생각밖에 없었다. 하지만 하필이면 그녀가 늙은 궁중 시녀 브레제를 콕 집어 말했는지, 다른 많은 사람들을 제쳐 두고 꼭 그녀가 필요했던 것인지는 그녀도 설명할 수 없을 것이다. 하지만 생각해 보면 브론스키와 만나기 위한 가장 좋은 방법을 찾던 그녀가 그보다 더 나은 방법을 발견하기는 어려웠을 것이다.

"안 돼요. 무슨 일이 있어도 당신을 안 놓아줄 거예요."

벳시는 안나의 얼굴을 유심히 쳐다보았다.

"정말 내가 당신을 좋아했기 망정이지 아니면 틀림없이 화를 냈을 거예요. 당신은 내 모임이 당신의 명예를 더럽히기라도 할까 두려운 모양이군요. 자, 작은 응접실로 차를 가져와요."

그녀는 항상 그렇듯 눈을 가늘게 뜨고 하인을 돌아보며 말했다.

"알렉세이가 우리 앞에서 재주를 넘는군요."

그녀는 하인에게서 편지를 받아 들고 읽은 다음 프랑스어로 말했다.

"오늘 못 온답니다."

그녀는 너무나 자연스럽고 꾸밈없는 말투로 덧붙였는데 마치 브론스키가 안나에게 크로케 시합의 파트너 이외에 어떤 다른 의미를 갖고 있다고는 한 번도 생각해 본 적 없는 말투였다.

안나는 벳시가 모든 것을 알고 있다는 것을 알았지만 벳시가 자기 앞에서 브론스키에 관해 이야기할 때면, 언제나 그 순간만큼은 그녀가 아무것도 모른다고 믿게 되었다.

"아!"

안나는 얼굴에 미소를 띠고 이런 것에 별로 흥미가 없다는 듯 무심한 투로 계속 말을 이었다.

"당신 모임이 어떻게 누군가의 명예를 더럽히겠어요?"

안나도 다른 여자들처럼 이런 말장난을 하거나 비밀을 은폐하는 것에서 큰 매력을 느꼈다. 그리고 숨겨야 할 필요성이나 숨기는 목적보다 숨기는 과정 자체가 그녀의 마음에 들었다.

"난 교황보다 더 독실한 가톨릭 신자는 될 수 없답니다. 스트레모프와 리자 메르칼로바는 사교계에서 꽃 중의 꽃이라고 할 수 있죠. 게다가 그들은 가는 곳마다 환영을 받아요. 나도……."

그녀는 나라는 단어를 특히 강조했다.

"한 번도 딱딱하고 편협하게 굴지는 않았어요. 다만 시간이 없어서 그래요."

"아뇨. 당신은 아마 스트레모프와 부딪치는 게 싫을걸요? 그와 알렉세이 알렉산드로비치가 위원회에서 서로 싸우든 말든 신경 쓰지 마세요. 그건 우리와 상관없는 일이에요. 하지만 그는 내가 아는 한 사교계에서 가장 정중하고 그저 크로케에 푹 빠진 사람일 뿐이라는 걸 이제 당신도 알게 될 거예요. 지긋한 나이에 리자에게 빠져 있는 게 좀 우스꽝스럽지만, 그가 이 우스운 상황을 얼마나 잘 벗어나는지 봐야만 해요! 그는 정말 사랑스러운 사람이라니까요. 사포 슈톨츠도 모르시죠? 그녀는 색다른 분위기를 가졌답니다. 정말로 새로워요."

그들은 작은 응접실에 있었는데 벳시가 이런 얘기를 하는 동안, 안나는 그녀가 자신의 입장을 어느 정도 이해하고 있으며 뭔가 궁리 중이라는 것을 그녀의 쾌활하고도 총명한 눈길에서 느낄 수 있었다.

"그건 그렇고 알렉세이에게 편지를 써야 해요."

벳시는 테이블 앞에 앉아 몇 줄 쓰고는 봉투에 넣었다.

"그에게 식사하러 오라고 썼답니다. 우리 집에 온 귀부인 한 명이 파트너가 되어 줄 남자도 없이 식사를 하게 되었다고 했지요. 보세요. 절실해 보이나요? 미안한데 잠시 자리를 비워야겠는데 부탁이니 당신이 봉인해서 보내 줄래요?"

그녀는 방문을 나서며 말했다.

"난 몇 가지 지시를 좀 해야 하거든요."

안나는 잠시도 머뭇거리지 않고 벳시의 편지를 들고 테이블 앞에 앉아 내용도 확인해 보지 않고 아래쪽에 덧붙여 썼다.

'당신을 꼭 만나야겠어요. 브레제 댁 정원으로 와 줘요. 여섯 시에 거

기서 기다릴게요.'

안나가 편지를 봉하자, 응접실로 돌아온 벳시가 그녀 앞에서 편지를 하인에게 건넸다.

시원하고 작은 응접실에서 차를 마시는 동안, 실제로 두 여자는 다른 손님들이 올 때까지 트베르스카야 공작 부인이 약속한 재미있는 이야기를 시작했다. 그들이 그곳에 올 사람들을 헐뜯는 동안, 화제는 리자 메르칼로바에게까지 이르렀다.

"그녀는 무척 사랑스럽죠. 난 언제나 그분한테 호감을 느꼈답니다."

안나가 말했다.

"당신은 그녀를 사랑해야 하고말고요. 그녀가 당신한테 푹 빠졌거든요. 어제 경마 후에 우리 집에 왔다가 당신이 없는 걸 보고 매우 실망했답니다. 그녀는 진짜로 당신이 소설 속 여주인공 같대요. 만약 자기가 남자였다면 당신을 위해 바보 같은 짓을 수도 없이 저질렀을 거라고 했는데 스트레모프가 그녀한테 지금도 그렇게 행동하고 있는 거 아니냐고 했답니다."

"하지만 난 도저히 이해할 수 없는 게 있어요. 말해 줘요."

안나는 잠시 가만히 있다가 자기가 쓸데없는 질문을 하는 것도 아니고 그녀 자신에게 보통 이상의 중요한 의미를 띠는 질문을 하고 있다는 것을 분명히 보여 주려는 듯한 말투로 말했다.

"제발 얘기해 줘요. 그녀는 미슈카라는 분과, 그러니까 칼루슈키 공작과 어떤 관계인 거예요?"

"새로운 방식이랍니다. 그들 모두 이 방식을 택한 거예요. 그들은 풍차위로 모자를 내던져 버린 거죠(관습을 무시한다는 프랑스 속담_옮긴이). 하지만 모자를 내던지는 데에도 다양한 방법이 있긴 하죠."

벳시는 눈웃음을 지으며 안나를 뚫어지게 바라보았다.

"그렇군요, 그런데 그녀와 칼루슈키는 도대체 어떤 관계예요?"

벳시는 갑자기 도저히 참을 수 없다는 듯 유쾌하게 웃어 댔는데 이런 일은 그녀에게 매우 드물었다.

"당신은 지금 먀흐카야 공작 부인의 영역을 침범하고 있어요. 무서운 아이들이나 그런 질문을 하는 거예요."

그러면서도 벳시는 아무리 참으려 해도 도저히 참을 수 없는 것처럼, 좀처럼 웃지 않던 사람이 웃어 댈 때 보이는 그런 전염성 강한 웃음을 터뜨렸다.

"그런 건 본인들에게 물어봐야죠."

그녀는 눈물까지 흘리며 웃으면서 말했다.

"아뇨, 당신은 웃지만……."

안나는 말하면서 자기도 모르게 그 웃음에 전염되었다.

"하지만 그럴 때 남편의 입장이 어떨지 모르겠어요."

"남편이요? 리자 메르칼로바의 남편은 그녀의 뒤를 졸졸 따라다니며 무릎 덮개를 들고 있다가 언제든 모실 준비를 하고 있죠. 하지만 사실 아무도 그 이상의 일들은 알고 싶어 하지 않아요. 당신도 아는 것처럼 훌륭한 사교계 사람들은 화장법의 세세한 부분에 대해 떠들거나 생각하지 않죠. 이 문제도 비슷해요."

"롤란다키 축하연에 갈 거예요?"

안나는 화제를 바꾸려고 다른 질문을 했다.

"아뇨."

벳시는 친구를 보지 않은 채 작고 투명한 찻잔에 향기로운 차를 조심스럽게 따랐다. 그녀는 찻잔을 안나 쪽에 놓고, 옥수수 잎으로 만 궐련을 꺼내 은제 담배물부리에 꽂아 피우기 시작했다.

"자, 보시다시피 난 행복한 입장이에요."

그녀는 웃음을 거두고 찻잔을 들었다.

"난 당신도 이해하고 리자도 이해해요. 리자는 천성이 순진해서 어린

아이처럼 좋고 나쁜 걸 구분하지 않는 사람이에요. 그녀가 아주 젊었을 때는 그걸 몰랐지만 이제는 그런 무지가 자기에게 잘 어울린다는 것을 알고 있어요. 지금은 일부러 모르는 척하는 것인지도 몰라요."

벳시는 묘한 미소를 지으며 말했다.

"어쨌든 그녀에게는 그런 모습이 잘 어울려요. 당신도 알다시피, 똑같은 사물을 보면서도 비극적으로 보고 고통을 느끼기도 하고 그것을 단순하게, 심지어 즐겁게 볼 수도 있잖아요. 아무래도 당신은 지나치게 비극적으로 보는 입장인 것 같군요."

"자신을 아는 것처럼 다른 사람을 알 수 있다면 얼마나 좋을까요? 난 다른 사람보다 나쁜 사람일까요, 좋은 사람일까요? 난 나쁜 사람 쪽이라는 생각이 들어요."

안나는 깊은 생각에 잠긴 모습으로 진지하게 말했다.

"무서운 아이라고요, 무서운 아이."

벳시는 같은 말을 되풀이했다.

"그건 그렇고, 저기 사람들이 오네요."

18

발소리가 들리고 남자 목소리가 들리더니 뒤이어 여자 목소리, 웃음소리와 함께 기다리던 손님들이 들어왔다. 사포 슈톨츠와 함께 들어온 이는 무척 건강해 보이는 바시카(바실리의 애칭_옮긴이)라 불리는 젊은이였다. 육즙이 흐르는 쇠고기, 트뤼프, 부르고뉴산 포도주 등이 그에게 도움이 된 것 같았다. 바시카는 부인들에게 인사하고 그들을 흘깃 보기는 했으나 그것도 잠시, 사포를 따라 응접실로 들어온 뒤에는 마치 그녀에게 묶여 있기라도 한 듯 그녀 뒤를 졸졸 따라다니며 그녀를 삼킬 듯 빛나는 두 눈으로 잠시도 눈을 떼지 않고 바라보았다. 금발에 검은 눈동자를 가진 사포 슈톨츠는 굽이 높은 구두를 신고 종종걸음으로 날렵하게 들어오더니 남자처럼 부인들의 손을 꽉 쥐었다.

안나는 이 새로운 유명 인사를 처음 보았는데 그녀의 아름다움과 극단적인 화장과 대담한 태도 때문에 깜짝 놀랐다. 가채가 섞인 부드러운 금빛 머리칼로 올린 머리장식은 어찌나 큰지 앞을 훤히 드러낸 그녀의 아름답고 볼록한 가슴 크기와 똑같을 정도였다. 게다가 걸음걸이도 시원스러워서, 그녀가 움직일 때마다 옷자락 아래로 무릎과 허벅지 윤곽이 선명하게 드러났다. 그러자 안나의 머릿속에는 저렇게 상반신은 훤히 드러내고 등과 하반신은 꼭꼭 숨기다니, 그녀의 작고 아름다운 몸은 저 우뚝 솟은 높은 산 뒤편 어디쯤에서 끝나는 것일까 하는 궁금증이 일었다.

벳시가 서둘러 그녀를 안나에게 소개했다.

"상상이 되세요? 우리가 하마터면 군인 두 명을 치어 죽일 뻔 했답니다."

그녀는 방에 들어서면서 이야기를 시작했다. 그러면서 한쪽 눈을 찡긋하고 미소 지어 보이며 한쪽으로 치우친 치맛자락을 다시 끌어당겼다.

"난 바시카와 함께 왔…… 아, 참, 당신은 모르시겠네요."

그녀는 안나에게 청년의 성을 부르며 다시 소개하고는, 모르는 사람 앞에서 그를 바시카라고 부른 자신의 실수에 얼굴이 빨개지며 소리 내어 웃었다.

바시카는 안나에게 다시 한 번 인사했지만 아무 말도 하지 않고 사포를 돌아보았다.

"당신이 내기에 졌어요. 우리가 먼저 도착했잖아요. 자, 벌칙을 따르셔야죠."

그가 싱긋 웃으며 말했다.

사포는 더욱 명랑하게 웃음을 터뜨렸다.

"지금은 곤란해요."

그녀가 말했다.

"괜찮아요. 나중에 받기로 하지요."

"좋아요, 좋아. 아, 참!"

그녀가 갑자기 안주인을 돌아보았다.

"아, 잊고 있었어요…… 손님을 한 분 데리고 왔답니다. 이분이에요."

사포가 데려와 놓고 깜빡 잊은 이 뜻밖의 손님은 젊지만 신분이 대단히 높은 인물이라 두 부인은 그를 맞이하기 위해 자리에서 일어났다.

이 사람은 사포의 새로운 숭배자로, 바시카처럼 사포의 뒤를 졸졸 따라다니는 중이었다.

바로 칼루슈키 공작이, 뒤이어 리자 메르칼로바와 스트레모프가 도착했다. 리자 메르칼로바는 피부가 가무잡잡하고 머리카락과 눈동자가 검은 늘씬한 여자였다. 그녀는 동양 여인처럼 나른해 보이는 얼굴과 사람들이 흔히 말하는 것처럼 깊이를 헤아릴 수 없는 아름다운 눈동자를 가졌다. 그녀의 독특한 검은 옷차림은—안나는 금방 그것을 알아보았고 이를 높이 평가했다.—그녀의 아름다움을 더욱 빛나게 해 주었다. 사포가 야무지고 단정해 보인다면, 리자는 부드러우면서 퇴폐적이었다.

하지만 안나가 보기에는 리자 쪽이 훨씬 더 매력적이었다. 벳시는 리자가 일부러 천진난만한 어린아이처럼 행동하는 것이라고 했지만, 안나는 그녀를 보자 그 말이 사실이 아니라는 것을 느꼈다. 그녀는 확실히 천진난만하고 퇴폐적인 데가 있었지만 사랑스럽고 온순한 여자였다. 사실 그녀는 사포와 비슷한 태도를 보였다. 사포와 똑같이 그녀 뒤에도 마치 실로 꿰맨 듯 졸졸 따라다니며 그녀를 뚫어지게 바라보는 두 숭배자가 있었는데 청년과 노인 한 명이었다. 하지만 그녀 안에는 그녀의 겉모습보다 더 고귀한 무언가가 있었다. 그녀 안에는 유리 한가운데서 진짜 물방울 다이아몬드처럼 빛나는 광채가 있었다. 그 광채는 형언하기 어려운 그녀의 매혹적인 눈동자에서 은은하게 흘러나왔다. 검은 원에 에워싸인 그 눈동자가 지친 듯 열정적인 시선으로 바라보면 더할 나위 없는 진실한 인상을 주었다. 그 시선을 마주한 사람이라면 누구나 그녀의 모든 것을 알게 된 것 같은 느낌을 받았고, 그녀를 안 뒤에는 그녀를 사랑하지 않을 수 없었다. 안나를 발견하자, 그녀의 얼굴 전체가 갑자기 기쁨의 미소로 환하게 빛났다.

"아, 당신을 만나 너무 기뻐요!"

그녀는 안나에게 다가가며 이렇게 말했다.

"어제 경마장에서 당신이 있는 쪽으로 가려 했는데 어느새 가 버리셨더군요. 정말 당신을 만나고 싶었는데 말이에요. 어제는 정말 끔찍했죠?"

그녀는 자신의 마음을 활짝 열어 보이는 듯한 눈길로 안나를 바라보며 이렇게 말했다.

"네, 나도 그 일이 그렇게 사람을 조마조마하게 만들 줄은 미처 몰랐어요."

안나는 얼굴을 붉히며 말했다. 바로 그때 사람들이 정원으로 간다며 일어났다.

"난 안 갈래요."

리자는 미소 지으며 안나 옆으로 다가앉았다.

"당신도 안 가실 거죠? 크로케 시합 같은 걸 왜 하고 싶겠어요!"

"하지만 난 좋아해요."

안나가 말했다.

"어머, 어떻게 지루해하지 않을 수 있어요? 당신을 보고 있으니 기분이 좋아져요. 당신은 활기 있는데, 난 너무 따분해요."

"따분하다고요? 당신은 페테르부르크에서 가장 즐거운 모임을 하고 있잖아요."

안나가 말했다.

"어쩌면 우리 모임에 끼지 못하는 사람들이 훨씬 더 따분할지도 몰라요. 하지만 우리는, 아니, 나는 하나도 즐겁지 않아요. 끔찍할 정도로 따분하다니까요. 정말 끔찍해요."

사포는 담배에 불을 붙이고 두 청년과 함께 정원으로 나가고 벳시와 스트레모프는 그대로 남아 차를 마셨다.

"뭐가 지루하다는 거예요? 사포는 어제 당신 집에서 모두 무척 즐거웠다고 하던데요."

벳시가 말했다.

"아, 얼마나 우울했는데요! 경마가 끝나고 다들 우리 집에 모였어요. 똑같은 사람들! 똑같은 모습! 저녁 내내 소파에서 빈둥거렸으니 무슨 재미가 있겠어요? 아니, 당신은 지루해하지 않고 어떻게 살아요?"

그녀는 다시 안나를 돌아보았다.

"사람들이 당신을 봐야 해요. 당신을 보면, 여기 행복이나 불행을 느끼더라도 따분해하지 않는 여자가 있구나 하고 생각하게 되거든요. 어떻게 그럴 수 있는 건지 가르쳐 줘요."

리자 메르칼로바가 말했다.

"아무것도 하지 않아요."

안나는 끈질기게 계속되는 이 질문에 얼굴을 붉히며 대답했다.

"그게 최상의 방법이죠."

스트레모프가 대화에 끼어들었다.

스트레모프는 머리가 반쯤 세고 쉰 살 정도 된 사내로 아직 건강해 보였고, 비록 굉장히 못 생겼지만 개성적이고 영리한 얼굴이었다. 리자 메르칼로바는 그의 처조카였는데 그는 자신의 자유 시간을 모두 그녀와 보냈다. 그는 안나 카레니나를 만나자, 업무상 알렉세이 알렉산드로비치와 적이지만 사교적이고 영리한 사람답게 적의 아내인 그녀에게 특별히 정중하게 대하려고 노력했다.

"아무것도 하지 않는 게 바로 최상의 방법이죠. 내가 오래전부터 말했을 텐데요."

그는 야릇한 미소를 지으며 안나의 말을 받고는 리자 메르칼로바를 돌아보았다.

"지루해하지 않으려면 지루해질 거라고 생각해서는 안 된다고 했잖아요. 그것은 불면증이 두려울 때 잠을 못 잘까 봐 겁내서는 안 되는 것과 똑같은 거예요. 안나 아르카지예브나도 당신에게 이 말을 하려던 거예요."

"제가 그렇게 말할 수 있었다면 얼마나 좋았을까요. 지혜로울 뿐 아니라 진실한 말이기도 하네요."

안나는 미소 지으며 말했다.

"아뇨, 잠을 이루지 못하고 지루해할 수밖에 없는 이유를 제발 말해 줘요."

"잠을 자기 위해서는 일을 해야죠. 또 지루해지지 않기 위해서도 역시 일을 해야 합니다."

"만약 내가 하는 일이 아무런 도움이 안 된다면, 대체 어떤 것을 위해 일을 하죠? 난 일부러 일하는 척을 할 수도 없고 또 그렇게 하고 싶지도 않아요."

"당신은 정말 어쩔 수 없는 사람이군요."

스트레모프는 그녀는 쳐다보지 않고 다시 안나를 돌아보았다.

그는 안나를 볼 기회가 좀처럼 없었기 때문에 평범한 화제 말고는 이야기를 건네기 어려웠다. 하지만 그녀가 페테르부르크로 돌아갈 시기나, 리디야 이바노브나 백작 부인이 그녀를 얼마나 아끼는지 따위의 평범한 이야기를 늘어놓는 그의 표정에서, 진심으로 그녀에게 좋은 인상을 남기고 싶어 한다는 것과, 그녀를 존경하며 그 이상의 마음까지도 표현하고 싶어 한다는 것이 비쳤다.

그때 투슈케비치가 들어와 크로케 시합이 시작되는 것을 모두 기다리고 있다고 말해 주었다.

"아, 제발 가지 말아요."

리자 메르칼로바는 안나가 가려고 하자 이렇게 간청했다. 스트레모프도 그녀의 말에 맞장구를 쳤다.

"이 모임에 있다가 브레제 노부인 댁에 가다니 너무 심한 대조 아닙니까? 당신이 방문한다면 그녀는 남을 흉볼 수 있는 기회를 얻을 뿐이에요. 하지만 이곳에서 당신은 험담과는 정반대인 지극히 아름다운 감정만을 불러일으키거든요."

그가 그녀에게 말했다.

안나는 잠시 망설이며 생각했다. 이 영리한 사내가 보여 주는 기분 좋은 아침, 리자 메르칼로바의 어린아이 같은 천진난만한 호감의 표시, 이 친숙한 사교계의 분위기 모두가 그녀에게는 편안했다. 반면에 그녀 앞에 기다리고 있는 것은 이곳에 남아 있으면 안 될까, 고통스러운 해명의 순간을 좀 더 미루면 안 될까 계속 망설이게 만들 정도로 괴로운 일이었다. 그런데 그녀의 머릿속에 자신이 어떤 결정도 내리지 않았을 때 집에서 자기를 기다릴 일이 떠올랐고 그녀로서는 생각만 해도 끔찍한 그 무서운 몸짓, 그녀가 두 손으로 머리카락을 움켜쥐는 그 몸짓이 떠오르자, 그녀는 작별 인사를 하고 그곳을 떠났다.

19

브론스키는 경박해 보이는 사교계 생활을 하지만 무질서는 꽤나 싫어했다. 육군사관학교에 다니던 젊은 시절에 궁지에 몰려 남에게 돈을 빌려 달라고 했다가 거절당하는 수모를 겪은 후로 그는 한 번도 자신을 그러한 처지로 만들지 않았다.

그는 상황에 따라 달랐지만 일 년에 다섯 차례 정도는 언제나 자신의 일을 잘 정리해 두기 위해 혼자 집 안에 틀어박혀 모든 일을 정리하는 시간을 갖곤 했다. 그는 이러한 일을 결산, 또는 '세탁(faire de lessive)'이라고 불렀다.

경마가 있던 다음 날 늦게 일어난 브론스키는 면도도 목욕도 하지 않고 여름 제복 차림으로 책상 위에 돈, 주판, 편지를 쭉 늘어놓고 일을 시작했다. 잠에서 깬 페트리츠키는 브론스키가 그럴 때는 유난히 화를 잘낸다는 것을 잘 알고 있기 때문에 그를 방해하지 않기 위해 조용히 옷을 갈아입고 집에서 나갔다.

누구나 자신을 둘러싸고 일어나는 온갖 복잡한 상황을 지극히 사소한 것까지 자세히 알게 되면, 자신도 모르게 그런 복잡한 상황과 그것을 이해하는 데 따르는 어려움을 자신에게만 우연히 일어나는 특수한 것이라고 생각하고, 다른 사람들도 그에 못지않은 나름의 복잡한 상황에 직면해 있다는 사실을 전혀 생각지 못하는데 브론스키도 그런 것 같았다. 그는 어느 정도의 오만과 근거를 가지고 만약 다른 사람이 그렇게 어려운 상황에 처했다면 이미 오래전에 어찌할 바를 모르고 비열한 행동을 할 수밖에 없었을 거라고 생각했다. 하지만 그는 혼란에 휘말리지 않으려면 지금 당장 자신의 상태를 결산하고 정리하지 않으면 안 된다고 느꼈다.

브론스키는 돈 문제를 가장 쉬운 일로 여겨 첫 번째로 매달렸다. 그는 특유의 작은 글씨로 자기가 진 빚을 편지지에 쓴 다음 전부 합해 보았다. 그 결과 자신이 갚아야 할 빚이 일만 칠천 루블이나 되고, 그 밖에도 알아보기 쉽게 따로 떼어 둔 몇백 루블이 더 있다는 것을 알게 되었다. 돈과 통장의 예금을 계산한 다음, 그는 자기에게 천팔백 루블밖에 없다는 것을 깨달았지만 새해가 되기 전까지 돈이 들어올 가능성은 전혀 없었다. 그는 갚아야 할 빚 목록을 다시 읽으면서 그것을 세 가지 범주로 다시 분류했다. 당장 갚아야 되거나 갚아 달라고 하면 지체하지 않고 무슨 수를 쓰든 바로 지불해야 하는 빚을 첫 번째 범주에 넣었는데 그런 빚이 약 사천 루블이었다. 천오백 루블은 말 값이었고, 이천오백 루블은 그가 젊은 동료 베네프스키의 보증을 섰다가 진 빚이었다. 그는 브론스키가 있는 자리에서 사기도박꾼에게 그 돈을 잃었는데 그 당시에 브론스키는 그만한 돈이 있었기 때문에 그 돈을 갚으려 했지만 베네프스키와 야쉬빈은 그 돈을 갚아야 할 사람은 도박판에 끼지도 않았던 브론스키가 아니라 자기들이라고 고집을 부려 그렇게 마무리되었다. 하지만 브론스키는 비록 말로만 베네프스키의 보증을 서는 정도로 추잡한 일에 연관되었지만 더 이상 사기꾼과 엮이지 않으려면 언제라도 그에게 내던져 줄 수 있는 이천오백 루블이 필요하다는 것을 잘 알고 있었다. 그런 이유로 첫 번째로 중요한 범주를 위한 사천 루블을 마련해 두어야 했다. 두 번째 범주에 속한 팔천 루블은 그나마 덜 중요한 빚이었다. 주로 경마용 마구간,

귀리와 건초를 납품하는 상인, 영국인 조마사, 마구 판매상 등에게 진 것으로 이천 루블 정도는 지불해야 잡음을 없앨 수 있었다. 마지막 범주의 빚은 여러 상점과 호텔, 재단사에 진 것으로 당장 급하게 지불할 필요는 없었다. 결국 그가 필요한 돈은 최소한 육천 루블 정도였다. 하지만 당장 지불할 수 있는 돈은 천팔백 루블밖에 없었다. 사람들은 브론스키의 수입이 연간 십만 루블 정도 될 거라고 생각했다. 그 정도의 수입이라면 그만한 빚에 곤란을 느끼지 않을 테지만 문제는 그의 수입이 결코 십만 루블이 안 된다는 것이었다. 연간 이십만 루블의 수입은 가볍게 올리는 막대한 아버지의 재산은 아직 형제들에게 분배되지 않았다. 형이 엄청난 빚을 진 채 재산이라고는 한 푼도 없이 어느 데카브리스트(1825년 12월에 러시아에서 차르의 전제주의를 반대하고 입헌군주제를 옹호하며 무장봉기를 일으킨 자유주의자들_옮긴이)의 딸인 바랴(바르바라의 애칭) 치르코바와 결혼할 때, 알렉세이는 자기에게 매년 이만 오천 루블만 주면 된다고 하면서 아버지 영지에서 나오는 모든 수입을 형에게 양보했다. 그때 알렉세이는 형에게 자기는 결혼할 때까지 이 돈만으로도 충분하며 그가 결혼하는 일은 결코 없을 거라고 말했다. 형은 가장 돈이 많이 드는 연대(당시 지휘관들은 상징적인 의미에서 보수를 받았을 뿐 연대를 자신의 비용으로 운영하도록 요구받았다._옮긴이) 가운데 하나로 파견되기도 했고 결혼한 지 얼마 안 되었기 때문에 이 선물을 받아야만 했다. 재산을 따로 가지고 있던 어머니는 알렉세이가 말한 이만 오천 루블 이외에도 매년 이만 루블을 더 얹어 주었고, 알렉세이는 그 돈을 모두 생활비로 유용했다. 최근 그의 연애 문제와 그가 모스크바를 떠난 일로 말다툼을 한 끝에 어머니는 더 이상 그에게 돈을 보내 주지 않았다. 그러는 바람에 이미 사만 오천 루블로 생활하는 데 익숙해진 브론스키는 올해 이만 오천 루블밖에 받지 못하자 요즘 무척 곤란한 처지였다. 이 궁지에서 벗어나기 위해서는 어머니에게 돈을 달라고 해야 했지만 전날 어머니에게 받은 마지막 편지는 특히 그의 분노를 자극했다. 어머니가 그 편지에서 자신이 아들을 기꺼이 도우려는 이유는 아들이 사교계와 군대에서 성공하도록 만들기 위한 것이지 추문으로 온 사교계를 발칵 뒤집으며 살도록 만들려는 것이 아니라고 암시했기 때문이다. 그는 자신을 돈으로 매수하려는 어머니의 바람에 영혼 깊은 곳까지 모욕을 느꼈다. 그 일로 어머니를 향한 그의 마음은 더욱더 식어 버렸다. 그렇다고 해서 형에게 이미 뱉은 그 관대한 말들을 취소할 수는 없었다. 하지만 이제 그는 자신과 카레니나의 관계에서 일어날 몇 가지 일들을 불안한 마음으로 상상하면서 그런 관대한 말들을 한 것은 경솔했으며 결혼을 안 한 그에게도 십만 루블의 수입이 모두 필요하다는 것을 깨달았다. 그렇다고 해도 자신이 한 말을 취소할 수는 없었다. 형수를 생각하는 것만으로도 이미 준 것을 빼앗을 수 없다는 사실을 받아들이기에 충분했다. 사랑스럽고 훌륭한 바랴는 그의 행동을 높이 평가하고 있다고 자주 말했기 때문이었다. 그러므로 그런 짓을 한다는 것은 여자를 때리거나 도둑질을 하거나 거짓말을 하는 것만큼이나 있을 수 없는 일이었다. 그가 할 수 있고 해야만 하는 일은 오직 한 가지였고 브론스키는 조금도 망설이지 않고 그것을 결심했다. 우선 고리대금업자에게 만 루블을 빌려야 하는데 그것은 크게 어렵지 않을 것이다. 또한 자신의 씀씀이를 줄이고 경마용 말들을 팔아야 한다. 이런 결심 끝에 그는 그동안 브론스키의 말을 사겠다며 여러 번 사람을 보냈던 롤란다키에게 보낼 편지를 썼다. 그런 다음 그는 영국인과 고리대금업자를 부르기 위해 사람을 보냈으며 가지고 있는 돈을 계산서에 따라 나누었다. 일을 다 끝낸 후, 그는 어머니 앞으로 차갑고 신랄한 답장을 썼다. 그러고는 지갑에서 안나가 보낸 편지 세 통을 꺼내 다시 읽어 본 다음 태워 버렸다. 그는 어제 그녀와 나눈 대화를 떠올리며 생각에 잠겼다.

20

    모든 일을 해야 할 일과 하지 말아야 할 일로 명확히 구별해 놓는 그 나름의 규칙이 있었기에, 브론스키의 삶은 특별히 행복했다. 이 규칙은 매우 사소한 범주의 항목들로 채워져 있었지만, 그 대신 그 규칙은 명확했다. 그래서 브론스키는 지금까지 단 한 번도 이 범주를 벗어나지 않았고, 꼭 해야 할 일을 할 때는 한순간도 주저하지 않았다. 이 규범들이 규정짓고 있는 것들은 다음과 같았다. 사기도박꾼에게는 돈을 갚아야 하고 재단사에게는 갚지 않아도 된다. 남자는 거짓말을 하면 안 되고 여자는 거짓말을 해도 된다. 어느 누구도 속이는 것은 안 되지만 남편은 속여도 된다. 모욕을 용서하면 안 되지만 남을 모욕하는 것은 괜찮다 등등. 이런 규범들이 현명하거나 훌륭하다고 말하기는 어렵지만 그는 확실하다고 여겼다. 그래서 브론스키는 그 규범들을 지키면서 평화로움을 느꼈고, 당당하게 머리를 들고 다닐 수 있었다. 다만 최근에 자신과 안나의 관계를 보며 브론스키는 자신이 만든 규범이 모든 조건을 충분히 규정하지 못한다는 느낌을 받았다. 그리고 앞으로 그에게 더 이상 해결책을 찾을 수 없는 어려움과 의혹이 나타날 것 같다는 생각도 들었다.

    지금 자신이 안나와 그녀의 남편을 대하는 태도는 단순하고 분명한 것처럼 생각되었다. 그가 지금까지 지침으로 삼고 살아온 규범은 그런 관계에 대해 분명하고 정확하게 규정하고 있었기 때문이었다.

그녀는 자신의 사랑을 바친 훌륭한 여인이었고 그 또한 그녀를 사랑했다. 따라서 그에게 그녀는 법적인 아내만큼, 아니 그 이상으로 존중할 만한 가치가 있었다. 그는 그녀에게 모욕을 주거나 한 여인이 기대하는 존경을 충분히 전하지 못하는 말이나 암시를 전하느니, 차라리 그 전에 자신의 손을 잘라 버렸을 것이다.

사교계에 대한 관계도 명확했다. 모든 사람이 그 사실에 대해 의심을 할 수는 있지만 그 누구도 이 일을 감히 입에 담아서는 안 된다. 그렇지 않으면, 그는 함부로 입을 놀리는 사람들의 입을 막아 버리고 자기가 사랑하는 여인의 사라진 명예를 존중하도록 강요할 준비가 되어 있었다.

남편에 대한 관계는 그 무엇보다도 명확했다. 안나가 브론스키를 사랑한 그 순간부터, 그는 그녀에 대한 자신의 권리만은 절대적인 것이라 여겼다. 남편은 그저 불필요한 방해꾼일 뿐이었으며 남편이 불쌍한 처지라는 것은 말할 것도 없었다. 그러나 어쩌겠는가? 남편이 가진 유일한 권리는 손에 무기를 들고 결투를 신청하는 것이라 브론스키는 처음부터 마음의 준비를 하고 있었다.

하지만 요즘 들어 둘 사이에 새롭고 내적인 관계가 나타났고, 이 관계의 불분명함이 그를 불편하게 만들었다. 바로 어제 그녀는 자신이 임신한 사실을 그에게 알렸다. 그런데 그는 그 소식이나 안나가 자기에게 기대하는 것이 자신이 삶의 지침으로 만들어 놓은 규정들에 걸맞지 않는 그 무언가를 요구한다고 생각했다. 그래서 그녀가 자신의 임신을 알린 그 순간, 갑작스러운 습격을 받은 그의 마음이 그녀에게 남편을 버리도록 요구하라고 부추겼다. 그런 말을 하긴 했지만, 지금 다시 그 말을 곱씹어 보니 그 말을 하지 않는 게 더 좋았다는 생각이 들었다.

'그녀에게 남편을 버리라는 건 곧 나와 결합하자는 뜻이야. 나는 준비가 되어 있는 걸까? 가진 돈도 하나 없는 지금, 내가 어떻게 그녀를 데려가지? 설사 그 문제를 해결했다고 치자……. 군에 매여 있는 내가 어떻게 그녀를 데리고 떠나지? 그렇지만 그렇게 말했으니, 그것에 대한 대비를 해야 해. 돈을 마련한 다음 퇴역을 하는 거야.'

그는 자신에게 이런 말을 하면서 두려워했다. 그리고 그는 생각에 잠겼다. 퇴역을 해야 하나 말아야 하나의 문제는 오직 자신만이 아는 은밀한 관심이자, 마음속에 감춰 두었어도 그의 삶에서 가장 중요하다고 말할 수 있는 관심으로 그를 데리고 갔다.

명예심은 그의 유년 시절과 청년 시절을 지배한 오래된 꿈으로 그가 자신에게도 고백하지 않은 꿈이었다. 하지만 지금도 그것에 대한 열정이 그의 사랑과 겨룰 만큼 너무나도 강렬한 것이었다. 그는 사교계와 군대에 성공적인 첫발을 내디뎠다. 그러나 이 년 전 그는 큰 실수를 저질렀는데 자신의 독립심을 과시하고 빨리 출세하고 싶은 마음 때문에 자신에게 들어온 자리를 거절해 버린 것이었다. 그는 이 거절이 그의 가치를 높여 주기를 바랐지만 그의 지나친 대담성을 입증하는 것이 되어 버렸고 사람들은 그를 내버려 두었다. 그래서 좋든 싫든 독립적인 인간이라는 입장 아래 그는 빈틈없이 영리하게 처신하며 그 상황을 견뎌 냈다. 그는 마치 아무한테도 화나 있지도 않고, 그 누구에게도 모욕받지 않고, 그저 사람들이 즐겁게 지내는 그를 조용히 내버려 두기만 하면 된다는 듯 행동했다. 사실은 지난해 모스크바로 떠났을 때부터 그의 마음속에는 즐거움이 사라졌다. 모든 것을 할 수 있지만 아무것도 원하지 않는 인간의 독립적인 지위, 그는 이미 이 지위가 별 볼 일 없음을 깨달았다. 그리고 많은 사람들이 자신을 정직하고 착하지만 아무것도 할 줄 모르는 청년으로 생각한다는 것도 깨달았다. 세간에 물의를 일으키고 관심을 불러 모았던 그와 카레니나의 관계는 그에게 새로운 후광을 달아 주었고 그를 갉아먹던 명예심이라는 벌레를 잠시나마 달래 주었다. 하지만 일주일

전에 그 벌레는 새로운 힘을 가지고 눈을 떴다. 어린 시절부터 친구였던 세르푸호프스키가 얼마 전 두 계급 승진을 한 데다 그렇게 젊은 장교에게는 좀처럼 주어지지 않는 훈장을 받고 중앙아시아에서 돌아왔던 것이다. 계층도 부의 수준도 같고 육군사관학교 동료이면서 졸업 동기였던 두 사람은 교실에서나 체육관에서나 장난을 칠 때나 명예심을 꿈꿀 때나 늘 서로 경쟁자 관계였다.

그가 페테르부르크에 오자마자, 사람들은 그가 새롭게 떠오른 일등성(一等星)이라도 되는 양 떠들어 대기 시작했다. 브론스키와 동갑이자 동급생이던 그가 이제 장군이 되어 국정의 흐름에 영향을 미칠 수 있는 관직을 기다리는 중이었다. 하지만 브론스키는 비록 자유롭고 눈부시게 빛날 뿐 아니라 아름다운 여인의 사랑까지 받고 있었지만, 겨우 자기가 하고 싶은 대로 할 수 있는 만큼의 독립을 허용받는 기병 대위일 뿐이었다.

'물론 내가 세르푸호프스키를 시기하는 것도 아니고 그를 시기할 수도 없지. 하지만 그의 출세는 때를 기다릴 필요가 있다는 것, 나 같은 사람은 어쩌면 매우 빨리 출세할 수도 있다는 걸 말해 주는 거야. 삼 년 전에 그는 나와 똑같은 입장이었어. 내가 퇴역한다면, 나 자신이 타고 갈 배를 불태우는 것과 마찬가지가 되는 거야. 군대에 남는다면, 난 아무것도 잃지 않겠지. 그녀도 자신의 처지를 바꾸고 싶지 않다고 말했잖아. 그리고 그녀의 사랑을 가진 내가 세르푸호프스키를 시기할 수는 없어.'

그는 천천히 수염을 꼬며 책상 앞에서 일어나 방 안을 거닐었다. 그의 눈동자가 유난히 환하게 빛났다. 그는 자신의 입장을 정리한 다음이면 언제나 찾아오는 의연하고 평안하고 즐거운 기분에 빠져들었다. 결산을 한 뒤는 항상 그렇듯이, 모든 것이 깔끔하고 분명해졌다. 그는 면도를 하고 차가운 물로 목욕을 한 뒤 옷을 갈아입고 밖으로 나갔다.

21

"자네를 데리러 가던 길이네. 오늘은 세탁이 오래 걸렸어. 어때, 다 끝난 건가?"

페트리츠키가 말했다.

"끝났지."

브론스키는 눈웃음을 지으며 수염 끝을 매우 정성 들여 꼬았다. 마치 자신의 문제를 질서 정연하게 만든 다음에 지나치게 과감하고 빠르게 행동하는 것은 그 질서를 무너뜨릴 것 같아 겁난다는 태도였다.

"자네가 세탁을 끝내고 나올 때면 언제나 목욕을 하고 나온 것처럼 보인다네. 난 그리츠카의─그들은 연대장을 그렇게 불렀다.─집에 있다 오는 길이야. 다들 자네를 기다리고 있지."

페트리츠키가 말했다.

브론스키는 대답 없이 동료의 얼굴만 바라보며 다른 것을 생각했다.

"그래, 이 음악 소리는 그의 집에서 나는 건가? 무슨 축하연이라도 하나?"

그는 폴카와 왈츠를 연주하는 귀에 익은 튜바 소리에 가만히 귀를 기울이며 말했다.

"세르푸호프스키가 왔어."

"아! 전혀 몰랐어."

브론스키가 말했다. 그의 눈에 어린 미소가 더욱 밝게 빛났다. 일단 자신이 사랑 때문에 행복하고 그 사랑을 위해 자신의 명예를 희생한 것이라고 단정 짓고 나니—적어도 그런 역할을 자신의 것으로 받아들이고 나니—더 이상 세르푸호프스키에게 질투심을 느끼지 않았고, 그가 자기 연대에 왔으면서 자기를 가장 먼저 찾지 않았다는 일로 화가 나지도 않았다. 세르푸호프스키는 좋은 친구였고, 브론스키는 그를 만날 일이 기뻤다.

"아, 정말 기쁘군."

연대장 제민은 지주의 커다란 저택을 빌려 살고 있었다. 사람들은 모두 아래층에 있는 넓은 발코니에 있었다. 작은 보드카 술통 옆에 선 하복을 입은 가수들, 그리고 장교들에게 둘러싸인 건강하고 쾌활한 모습의 연대장이 가장 먼저 브론스키 눈에 띄었다. 그는 발코니의 가장 높은 계단에 서서 큰 소리로 구석에 있는 병사들에게 뭔가를 지시하며 팔을 휘둘렀는데 오펜바흐의 카드리유를 연주하는 악단이 무색할 정도였다. 병사들 한 무리와 기병 특무상사와 하사관 몇 명이 브론스키와 함께 발코니로 다가갔다. 다시 테이블 쪽으로 간 연대장은 샴페인 잔을 들고 현관 계단으로 나와 건배를 제안했다.

"우리의 옛 동료이자 용맹한 장군인 세르푸호프스키 공작의 건강을 위해. 우라!(러시아에서 만세, 혹은 와! 등의 함성을 뜻하는 감탄사_옮긴이)"

연대장 뒤를 따라 세르푸호프스키도 샴페인 잔을 들고 밖으로 나왔다.

"자네는 점점 젊어지는군, 본다렌코."

그는 바로 앞에 서 있는 상사에게 말을 걸었는데 붉은 빰에 체격이 좋은 그 상사는 지금 두 번째 임기를 보내는 중이었다.

브론스키는 삼 년 동안이나 세르푸호프스키를 만나지 못했다. 그는 구레나룻을 길러 훨씬 남자다워진 것 같았지만 여전히 균형 잡힌 몸매며 얼굴과 체격에서 풍기는 부드러움과 고상함이 잘생긴 외모보다 더 인상 깊었다. 브론스키가 그에게서 한 가지 변한 것을 발견했는데, 성공을 거두고 모든 이들이 그 성공을 인정했다고 확신하는 사람들의 얼굴에서 흔히 볼 수 있는 한결같은 고요한 빛이 그것이었다. 브론스키는 그 빛을 잘 알고 있었기 때문에 세르푸호프스키의 얼굴에서 풍기는 그 빛을 바로 알아챘다.

세르푸호프스키는 계단을 내려오다가 브론스키를 알아보고 기쁨의 미소로 얼굴이 환해졌다. 그는 머리를 젖히며 샴페인 잔을 치켜들고는 브론스키에게 인사를 건넸다. 그는 그런 몸짓으로 아까부터 몸을 쭉 펴고 입을 맞추기 위해 입술을 꽉 다물고 있는 기병 상사 쪽으로 먼저 가지 않으면 안 된다는 의미도 나타냈다.

"아니, 자네도 왔군! 야쉬빈이 자네가 침울해한다고 그러던데."

연대장이 외쳤다.

세르푸호프스키는 젊은 기병 상사의 축축하고 건강한 입술에 입을 맞추고 나서 손수건으로 입을 닦으며 브론스키에게 다가갔다.

"이렇게 기쁠 수가 있나!"

그는 브론스키의 손을 잡아 옆으로 끌었다.

"이 친구를 부탁하네!"

연대장은 브론스키를 가리키며 야쉬빈에게 소리치고는 아래 있는 병사들에게로 내려갔다.

"어젠 왜 경마에 오지 않았나? 난 거기서 자네를 볼 수 있을 줄 알았다네."

브론스키는 세르푸호프스키를 쳐다보며 말했다.

"갔지만 좀 늦었어. 미안해."

그는 이렇게 덧붙이고 부관을 돌아보았다.

"내가 주는 거라고 하고 사람들에게 나누어 주세요. 얼마가 나가든 괜찮으니 모두에게 골고루 주세요."

그는 황급히 지갑에서 백 루블짜리 지폐 석 장을 꺼내며 얼굴을 붉혔다.

"브론스키! 뭘 좀 먹을 텐가, 아니면 마실 것을 줄까?"

야쉬빈이 물었다.

"어이, 여기 있는 백작님께 먹을 것 좀 갖다 드리게! 자, 한잔하지."

연대장 집에서 열린 주연은 오랫동안 계속되었다.

모두 엄청나게 마셨다. 사람들은 세르푸호프스키를 여러 차례 헹가래 치고 그다음에는 연대장을 헹가래 쳤다. 그러고 나서 연대장은 가수들 앞에서 페트리츠키와 춤을 추었다. 조금 지쳤는지 연대장은 뜰에 있는 벤치에 앉아 야쉬빈에게 러시아가 프러시아보다 우월한 점, 특히 기병대의 공격이 우월한 점에 대해 증명하기 시작했다. 그 바람에 주변이 잠시 조용해졌다. 세르푸호프스키는 손을 씻으러 집 안 화장실에 들어갔다가 그곳에서 브론스키를 발견했다. 브론스키는 몸에 물을 끼얹고 있었는데 하복을 벗은 채 털로 뒤덮인 붉은 목덜미를 세면대의 흐르는 물 아래 댄채 두 손으로 목과 머리를 씻었다. 브론스키는 다 씻은 다음 세르푸호프스키 옆에 앉았다. 작은 소파에 나란히 앉아 그들 모두에게 공통적인 흥밋거리에 대해 이야기를 나누기 시작했다.

"아내에게 자네 소식을 전해 들었어. 내 아내를 가끔 만나 줘서 고맙네."

세르푸호프스키가 말했다.

"자네 부인이 바랴와 친하잖아. 그 두 사람이야말로 내가 페테르부르크에서 기분 좋게 만날 수 있는 유일한 여인들이지."

브론스키는 웃음 띤 얼굴로 대답했다. 그가 미소를 지은 까닭은 앞으로 무슨 이야기가 나올지 예상했고 그 화제가 그에게 즐거움을 가져다 주기 때문이었다.

"유일해?"

세르푸호프스키는 웃으며 되물었다.

"그래, 나도 자네에 대해 알고 있지. 하지만 자네 부인한테서만 들은 건 아닐세. 난 자네가 성공한 걸 무척 기뻐하고 있지만 전혀 놀랍지는 않아. 난 그 이상을 기대했거든."

브론스키는 엄한 표정으로 그의 암시를 막으며 말했다.

세르푸호프스키는 미소 지었다. 분명 자신에 대해 이렇게 말하는 게 듣기 좋았던 것이다. 게다가 굳이 그것을 숨겨야 할 이유도 없었다.

"솔직히 고백하지만, 난 오히려 그것보다는 잘 안 될 거라고 생각했어. 하지만 기쁘다네. 정말 기뻐. 내가 야심이 좀 큰가? 그게 또 내 약점이지. 그건 나도 인정하네."

"만일 자네가 성공하지 않았다면 그런 고백 따위는 하지 않았을걸."

브론스키가 말했다.

"그렇게 생각하지 않네."

세르푸호프스키는 다시 미소 지으며 말했다.

"물론 야심 없이 사는 삶이 가치가 없다고 말하지는 않겠지만 그런 삶은 따분할 거야. 내가 잘못 생각하고 있는지도 모르지만 내가 선택한 영역에서는 얼마간 재능이 있는 것 같아. 그리고 내게 어떤 권력이든 주어지면 내가 아는 많은 이들이 차지할 때보다 훨씬 더 유용하게 사용할 것 같단 말일세. 그래서 권력에 가까워질수록 난 더욱 만족을 느끼지."

그는 성공에 대해 스스로 인식하며 이렇게 말했다.

"아마 자네는 그럴지 모르지. 하지만 모든 사람이 다 그렇지는 않네. 나도 예전에는 자네처럼 생각했어. 하지만 난 보다시피 잘 살고 있기도 하고 오로지 그것만을 위한 삶은 가치가 없다는 것을 깨닫게 됐다네."

브론스키가 말했다.

"그렇지! 바로 그거야!"

세르푸호프스키는 웃으며 말했다.

"난 처음에 자네 소식을 들었다는 말부터 시작했어. 그러니까 자네의 거절……. 물론 난 자네 생각에 찬성이야. 하지만 모든 일에는 방법이라는 게 있잖은가. 그래서 말이지만, 자네의 행동 자체는 좋았을지 모르지만 그 행동이 적당하지는 않은 것 같아."

"끝난 일은 끝난 일일세. 자네도 알겠지만, 난 결코 내 행동에 대해 부정하지 않아. 더구나 난 지금 잘 지내고 있어."

"잘 지낸다, 그것도 잠시뿐일 거야. 하지만 자네는 거기에 만족하지 못해. 난 자네 형에게 말하고 있는 게 아닐세. 자네 형은 그저 사랑스러운 어린애 같아. 이 집 주인하고 비슷해. 저기 있군!"

그는 "우라!"라는 외침에 귀를 기울이며 이렇게 덧붙였다.

"저 사람은 이런 일을 즐겁게 생각하지만, 자네는 만족하지 못하지."

"만족한다는 말은 하지 않았네."

"그래, 그게 다가 아냐. 자네 같은 사람이 필요해."

"누구한테?"

"누구냐고? 사회에 필요하지. 러시아에는 사람도 필요하고 당이 필요해. 그게 안 되면 모든 것이 개들에게 돌아갈 걸세. 지금도 그런 상황이고."

"그러니까 뭔가? 러시아 코뮤니스트들을 반대하는 베르체네프 당을 말하는 건가?"

"아니."

그는 자신이 그렇게 멍청한 소리를 해 대는 사람으로 취급받은 게 불만스럽다는 표정으로 얼굴을 찡그렸다.

"그런 건 웃음거리에 지나지 않아. 그런 건 언제나 있었고 앞으로도 그럴 거야. 코뮤니스트 따윈 존재하지도 않는다고. 하지만 음모를 꾸미는 사람들에게는 언제나 유익하지는 않고 위험하기만 한 당을 만들 필요가 있겠지. 그런 건 오래된 농담에 지나지 않아. 내 말은 자네나 나처럼 독립적이면서 힘을 가진 사람들이 만든 당이 필요하다는 걸세."

"하지만 왜?"

브론스키는 힘을 가진 사람들을 몇 명 읊었다.

"하지만 왜 이 사람들은 독립적인 사람이 아니라는 건가?"

"그건 단지 그 사람들이 독립적인 재산이 없거나 그런 재산을 타고난 게 아니기 때문이지. 그들은 가문도 없을뿐더러 우리처럼 태양 가까이에서 태어나지도 못했다네. 그런 사람들은 돈이나 호의에 매수될 수 있어. 그들은 자기 자리를 지키기 위해 유파를 만들어야 하지. 그래서 그들은 자신도 안 믿고 해악만 끼치는 어떤 사상과 유파를 내세우게 되는 걸세. 결국 그 모든 유파는 단지 관저와 약간의 봉급을 받기 위한 수단에 불과한 거지. 그들의 카드를 들여다보면, 그다지 복잡하지도 않아. 아마 내가 그들보다 더 못나고 어리석을 수도 있어. 물론 내가 그들보다 못나야 할 이유 같은 건 찾을 수 없겠지만 말일세. 하지만 나와 자네에게는 한 가지 중요한 장점이 있는데 바로 쉽게 매수되지 않는다는 거야. 지금은 그 어느 때보다 그런 사람이 필요하다니까."

브론스키는 주의 깊게 들었지만 그의 마음을 사로잡은 것은 내용 자체보다는 그러한 문제를 대하는 세르푸호프스키의 태도였다. 그는 이미 권력과 싸울 생각을 하는 데다 그 세계에서 그 나름의 찬성과 반대 의견도 갖고 있었다. 그에 비해 브론스키는 자신의 직무에서 기병 중대에 대한 것 말고는 다른 흥미를 느끼지 못했다. 또한 세르푸호프스키가 사물을 고찰하고 이해하는 능력과 그가 속한 세계에서는 찾아보기 힘든 지성과 언변까지 갖추고 있으므로 유력 인사가 되리라는 것을 분명히 깨달았다. 그러자 너무나 수치스럽기는 했지만 세르푸호프스키에 대한 질투가 생겼다.

"어쨌든 내겐 중요한 한 가지가 빠져 있어."

브론스키가 대답했다.

"나는 권력에 대한 욕망이 없단 말이야. 한때는 있었는데 이젠 사라져 버렸어."

"미안하지만 그건 진실이 아니야."

세르푸호프스키는 빙긋 웃었다.

"아니, 정말이야. 정말이라니까! 솔직히 지금은 그렇다니까."

브론스키가 덧붙였다.

"그래, 사실일 테지. 지금은. 그건 다른 문제일세. 하지만 자네가 말하는 지금이 영원하지는 않으니까."

"어쩌면."

브론스키가 대답했다.

"자네는 '어쩌면'이라고 말하는군."

세르푸호프스키는 마치 브론스키의 생각을 알아맞히기라도 한 듯 계속해서 말했다.

"난 자네에게 '분명히'라고 말하겠네. 내가 자네를 보고 싶어 한 이유도 바로 그것 때문이야. 자네는 마땅히 해야 할 일을 했어. 나도 그 점은 알고 있지만 자네가 그걸 참고 견디는 건 안 되네. 내가 자네에게 말해 주고 싶은 건 그저 백지 위임장(carte blanche)뿐이야. 내가 자네를 보호하는 건 아니지만……. 내가 자네를 후원해서는 안 될 이유가 뭐 있겠나? 자네도 나를 몇 번이나 도와주었잖은가! 난 우리 우정이 그 이상이었으면 한다네. 그래."

그는 여자처럼 부드럽게 미소 지었다.

"내게 백지 위임장을 주게. 연대에서 나오면 내가 자네를 눈에 띄지 않게 끌어 주겠네."

"하지만 자네가 날 이해해 줬으면 좋겠네. 나는 아무것도 필요 없어. 모든 것이 있던 그대로 있기만 한다면 말이야."

브론스키가 말했다.

세르푸호프스키는 자리에서 일어나 그를 마주 보고 섰다.

"모든 것이 있던 그대로라고 했나? 나도 무슨 뜻인지 알지만 내 말 좀 들어 봐. 우리는 동갑일세. 그리고 아마 숫자상으로 따진다면 자네가 나보다 여자를 더 많이 알겠지."

세르푸호프스키의 미소와 몸짓은 자기가 아픈 곳을 부드럽고 조심스럽게 건드릴 테니 화를 내지 말라고 말하고 있었다.

"하지만 난 결혼을 했지. 그러니 내 말을 믿어 주게. 여자 천 명을 안다고 해도, 사랑하는 아내 한 명을 제대로 알 때 모든 여자를 더 잘 알 수 있다고 누군가 그러더군."

"곧 갈게요!"

브론스키는 화장실 안을 들여다보며 연대장이 두 사람을 찾는다고 알려 준 장교에게 소리쳤다. 브론스키는 지금 세르푸호프스키가 하려는 말을 끝까지 듣고 싶었다.

"이것이 자네에 대한 내 생각일세. 여자들이란 남자의 활동을 가로막는 큰 방해물이야. 여자를 사랑하면서 뭔가를 동시에 하기는 힘들어. 그래서 방해받지 않고 편하게 사랑하는 방법은 딱 한 가지 결혼뿐이지. 음, 어떻게 해야 내 생각을 자네에게 제대로 전할 수 있을까."

비유적인 표현을 좋아하는 세르푸호프스키가 말했다.

"잠깐, 기다려! 그래, 짐(fardeau)을 지고 양손으로 무언가를 할 수 있는 경우는 짐을 등에 묶었을 때뿐이라네. 바로 그게 결혼이지. 나도 결혼한 후에 그것을 깨달았는데 갑자기 내 손이 홀가분해지더군. 결혼을 하지 않고 이 짐을 질질 끌고 다니면, 손이 꽉 차서 아무것도 할 수 없게 되는 거야. 마잔코프와 크루포프를 보게. 그들은 여자 때문에 스스로 출셋길을 짓밟은 꼴이 되어 버렸잖은가."

"멋진 여자들이지!"

브론스키는 그 두 남자와 관계를 맺었던 프랑스 여인과 여배우를 떠올리며 말했다.

"사교계에서 그 여자가 확고한 지위를 가질수록 문제는 더욱 심각해지는 법이지. 더욱 심각해지고말고. 그건 짐을 두 손으로 잡고 질질 끌고 가는 정도가 아니라 남에게서 그걸 뺏어 오는 것과 똑같은 일이라니까."

"자넨 한 번도 사랑을 해 본 적이 없지."

브론스키는 앞을 물끄러미 바라보고 안나를 떠올리며 조용히 말했다.

"아마. 하지만 내가 지금 말한 것을 잘 기억하게. 그리고 또 한 가지 기억할 것은 여자들은 전부 남자들보다 형이하학적이라는 거야. 우리 남자들은 사랑으로 중요한 뭔가를 만들어 내지만, 여자들은 언제나 세속적이지."

"곧 간다니까, 곧!"

그는 화장실에 들어온 하인을 돌아보았다. 그러나 하인은 그가 생각한 것처럼 그들을 다시 부르러 온 게 아니었다. 하인은 브론스키에게 편지를 건넸다.

"트베르스카야 공작 부인의 하인이 가져왔습니다."

브론스키는 봉투를 뜯어 편지를 읽고는 갑자기 얼굴을 붉혔다.

"머리가 아파서 집에 가야겠네."

"그래, 그럼 잘 가게. 자네, 백지 위임장을 주는 건가?"

"나중에 이야기하도록 하지. 페테르부르크로 자네를 찾아갈 테니."

22

이미 다섯 시가 넘은 까닭으로 시간에 늦지 않고, 아울러 누구나 알아볼 수 있는 자기 말을 타지 않기 위해, 브론스키는 야쉬빈의 삯마차를 타고 최대한 빨리 달리라고 지시했다. 그는 낡았지만 넓은 사 인승 삯마차 구석에 앉아 앞좌석에 다리를 뻗고 생각에 잠겼다.

어렴풋하게 일이 정리되었다는 생각과, 그를 필요한 인간이라고 추어올려 준 세르푸호프스키의 우정과 듣기 좋은 칭찬에 대한 기억, 무엇보다 밀회에 대한 기대, 이 모든 것들이 삶의 기쁨이라는 것으로 귀결되었다. 이 감정이 너무나 강렬해서 그는 자기도 모르게 미소 지었다. 그는 어제 말에서 떨어져 타박상을 입은 다리를 다른 쪽 다리의 무릎 위로 올려 한 손으로 잡은 후 탄력 있는 종아리를 만져 보았다. 그리고 몸을 뒤로 젖히고 몇 차례 가슴 가득 숨을 들이마셨다가 내뱉고는 했다.

'좋아, 아주 훌륭하군!'

그는 스스로에게 말했다. 그는 예전에도 가끔씩 자신의 육체에 대해 생각할 때마다 흡족했지만 지금처럼 자신의 육체를 사랑한 적은 없었다. 그는 강인한 다리에서 이런 가벼운 통증을 느끼는 것이나, 숨을 쉴 때마다 가슴 근육이 움직이는 것을 느끼는 것도 즐거웠다. 안나에게는 그토록 절망적으로 느껴진 그 맑고 차가운 8월이 그에게는 마음을 휘저어 놓을 만큼 상쾌하게 느껴졌고 물을 끼얹었는데도 벌겋게 달아오른 그의 얼굴과 목에 산뜻한 느낌마저 주었다. 수염에 바른 향유는 이런 상쾌한 공기 속에서 유난히 기분 좋게 느껴졌다. 그가 마차 창문 너머로 바라본 모든 것, 이 맑고 서늘한 공기와 지는 해가 뿌리는 창백한 빛 속에 있는 모든 것들이 그 자신처럼 너무나 산뜻하고 유쾌하고 활기차 보였다. 빛 속에서 반짝이는 지붕들과 울타리, 건물 모서리의 날카로운 윤곽, 가끔씩 마주치는 행인과 마차, 반듯한 고랑의 감자밭과 움직이지 않는 초목이 만들어 낸 푸르름, 집과 나무와 덤불과 감자 고랑이 만들어 낸 비스듬한 그림자. 이 모든 것들이 이제 완성한 뒤 광택제를 뿌린 풍경화만큼이나 아름다웠다.

"더 빨리, 더 빨리!"

그는 창밖으로 고개를 내밀어 마부에게 말을 하고는 주머니에서 삼 루블짜리 지폐를 꺼내 뒤를 돌아보는 마부에게 쥐어 주었다. 마부 손이 초롱불 옆에서 뭔가를 만지작거리더니 채찍 소리가 들리고 마차는 포장도로를 따라 빠르게 달리기 시작했다.

'난 아무것도, 아무것도 필요 없어. 이 행복만 있으면.'

그는 창과 창 사이에 있는 상아로 만든 벨의 손잡이를 바라보며 그가 마지막으로 본 안나의 모습을 생각했다.

'시간이 흐를수록 그녀를 더욱더 사랑하게 돼. 저기 브레제의 국유 별장 정원이 보이는군. 그녀는 어디에 있지? 어디에? 왜? 그녀는 왜 이곳에서 만나자고 한 걸까? 왜 벳시의 편지에 글을 적어 보냈을까?'

그는 그제야 비로소 그런 것에 생각이 미치기 시작했다. 하지만 이미 생각할 틈이 없었다. 그는 가로수 길로 들어서기 전에 마차를 세우라고 하고 문을 연 뒤 아직 달리는 마차에서 뛰어내려 별장을 향한 가로수 길로 걸어갔다. 가로수 길에는 아무도 없었지만 오른쪽을 돌아보니 그녀가 보였다. 그녀의 얼굴은 베일에 가려져 있었으나 그는 기쁨이 가득한 눈으로 그녀만의 독특한 걸음걸이, 어깨선과 머리의 위치를 알아차렸다. 그 순간 그의 몸을 타고 전기가 흐르는 것 같았다. 그는 다리의 경쾌한 움직임부터 시작해서 호흡할 때 폐의 움직임에 이르기까지 새로운 힘으로 가득 차는 자신을 느꼈다. 그러자 무언가 그의 입술을 간질이기 시작했다.

그를 만나자 그녀는 그의 손을 꼭 쥐었다.

"내가 불러내서 화난 건 아니죠? 당신을 꼭 만나야 했어요."

그녀가 말했다. 그는 베일 아래로 보이는 진지하고 딱딱한 입매를 보고 기분이 금방 바뀌었다.

"내가? 내가 화를 내다니요! 그런데 당신은 어떻게 이곳에 온 거예요? 이제 어디로 가려고요?"

"그런 건 아무래도 상관없어요."

그녀는 그의 손 위에 자기 손을 얹으며 말했다.

"가요, 당신에게 할 말이 있어요."

그는 무슨 일인가 일어났으며 이 밀회가 즐거운 만남이 되지 못할 것을 깨달았다. 그녀 앞에 서자 그의 의지가 마비되었다. 그는 그녀가 불안해하는 이유를 몰랐지만 이미 똑같은 불안이 어느새 자신에게 전해지는 것을 느꼈다.

"무슨 일인데, 왜 그래요?"

그는 팔꿈치로 그녀의 팔을 조이며 그녀 얼굴에서 답을 찾아내려고 애썼다.

그녀는 숨을 돌리려고 말없이 몇 발자국 걷다가 갑자기 걸음을 멈추었다.

"어제 당신에게 하지 못한 말이 있어요."

그녀는 재빨리 무거운 한숨을 쉬며 이야기를 시작했다.

"알렉세이 알렉산드로비치와 집으로 돌아오는 길에 모든 걸 이야기 했어요……. 난 말했어요. 그의 아내로 남을 수 없다고. 그리고…… 모두 털어놓았어요."

그는 자기도 모르게 온몸을 숙이며 들었다. 마치 그렇게 하는 것이 그녀의 괴로운 처지를 덜어 주었으면 하는 마음인 것 같았다. 하지만 그녀가 말을 끝내자마자 그는 갑자기 몸을 쭉 폈고 오만하고 딱딱한 표정을 띤 얼굴이 되었다.

"그래, 그래, 차라리 더 잘됐네. 천 배나 더 나아! 당신이 얼마나 괴로웠을지 알아요."

그가 말했다. 하지만 그녀는 그의 말을 듣고 있지 않았다. 그녀는 그의 표정 속에서 그의 생각을 읽었다. 그녀는 그 표정이 브론스키가 맨 처음 했던 생각, 즉 이제 결투를 피할 수 없다는 생각과 관련되어 있다는 것을 알 수 없었다. 지금까지 그녀의 머릿속에 결투에 대한 생각이 떠오른 적은 한 번도 없었기 때문에 그녀는 순간적으로 스쳐간 그 딱딱한 표정을 다르게 해석했다.

남편의 편지를 받았을 때, 그녀는 이미 영혼의 깊은 곳에서부터 모든 게 예전 그대로일 것이며, 자신한테는 지위와 아들을 다 버리고 애인과 결합할 힘이 없다는 것을 알고 있었다. 트베르스카야 공작 부인 집에서 보낸 아침 한때는 그녀의 이런 생각을 더욱 확실한 것으로 만들었다. 하지만 그녀는 이 밀회를 너무나 소중하게 생각했다. 그녀는 이 밀회로 상황이 바뀌고 그녀가 구원받기를 원했다. 만일 그가 이 소식을 듣고 한순간의 망설임조차 없이 단호하고 열정적으로 '모든 걸 버리고 나와 함께 떠나자.'라고 말했다면, 그녀는 아들을 버리고 그와 떠났을 것이다. 하지만 이 소식은 그녀가 기대한 것을 가져다주지 못했다. 그는 그저 모욕감을 느끼는 것처럼 보였다.

"난 하나도 괴롭지 않았어요. 일이 그냥 그렇게 되어 버렸거든요."

그녀는 초조하게 말했다.

"이거예요⋯⋯."

그녀는 장갑에서 남편이 보낸 편지를 꺼냈다.

"알아요, 알아요."

그는 그녀가 하려던 말을 막았다. 그는 편지를 받았지만 읽으려고 하지 않고 그녀를 진정시키려 애썼다.

"내가 바라고 원하는 건 오직 하나예요. 당신이 행복할 수 있다면 내 생명을 바쳐 이런 상황을 없애 버리는 거예요."

"당신은 내게 왜 그런 말을 하는 거예요? 내가 어떻게 당신 마음을 의심할 수 있겠어요? 혹시 내가 의심했다면⋯⋯."

그녀가 말했다.

"누가 오는 모양인데?"

브론스키가 갑자기 맞은편에서 걸어오는 두 부인을 가리키며 말했다.

"혹시 우리를 아는 사람인지도 몰라요."

그는 그녀를 자기 뒤로 잡아끌며 급하게 옆길로 갔다.

"아, 상관없어요!"

그녀의 입술이 떨렸다. 그는 그녀의 눈동자가 베일 아래서 묘하게 적대적으로 그를 바라본다고 느꼈다.

"내가 말한 것처럼 그런 건 문제가 아니에요. 내가 어떻게 그 점을 의심하겠어요? 하지만 여기 남편이 보낸 편지가 있으니 읽어 보세요."

그녀는 다시 걸음을 멈췄다.

그녀와 남편의 불화 소식을 처음 들은 것처럼, 브론스키는 편지를 읽으면서 자기도 모르게 모욕당한 남편에 대한 느낌이 그에게 불러일으키는 자연스러운 감정으로 또다시 빠져들었다. 남편의 편지를 손에 쥐자, 그는 오늘이나 내일쯤 자기 집에 날아올 도전장과 결투를 상상했다. 결투의 순간에 그는 지금 자신의 얼굴에 떠오른 그 차갑고 오만한 표정으로 허공에 총을 쏜 다음에 모욕당한 남편이 발사하기를 기다릴 것이다. 그 생각이 떠오른 그 순간, 조금 전 세르푸호프스키가 들려준 이야기와 그가 아침에 떠올린 생각이 머릿속에서 반짝였다. 바로 자신을 얽매지 않는 편이 낫다는 생각이 들었지만 이 생각을 그녀에게 전할 수 없다는 것을 잘 알고 있었다.

편지를 다 읽은 후 그는 그녀를 바라보았다. 그러나 그의 눈길에는 굳은 결심 따위는 보이지 않았다. 순간 그녀는 그가 이미 오래전부터 이 문제에 대해 생각하고 있었다는 것을 깨달았다. 안나는 그가 그녀에게 무슨 말을 하더라도 생각을 전부 털어놓지는 않으리라는 것을 알았다. 안나는 그녀가 기대했던 마지막 희망이 배반당했다는 것을 깨달았다. 그녀는 이런 것을 바란 게 아니었다.

"당신도 이젠 그가 어떤 사람인지 아시겠죠."

그녀는 떨리는 목소리로 말했다.

"그는……."

"날 용서해 줘요. 하지만 이렇게 된 것이 오히려 기뻐요."

브론스키가 말을 가로막았다.

"제발 내 말을 끝까지 들어 봐요."

그는 자신의 말을 해명할 시간을 달라고 애원하는 눈빛으로 덧붙였다.

"난 기쁩니다. 그가 제안한 것처럼 계속 이 상태일 수는 없으니까요. 그건 정말 불가능하잖아요."

"어째서 불가능하다는 거예요?"

그녀는 겨우 눈물을 참으며 말했다. 그녀는 이미 그가 어떤 말을 하든 의미를 부여하지 않는 것 같았다. 그녀는 자신의 운명이 결정되었다고 느꼈다.

브론스키는 도저히 피하지 못할 것 같은 결투 이후에 이대로 계속 있을 수 없다고 말하고 싶었지만 입 밖으로는 다른 말을 뱉어 버리고 말았다.

"이대로 있을 수는 없어요. 난 당신이 당장 그를 떠나기를 바라요. 내가 바라는 것은……."

그는 당황하며 얼굴을 붉혔다.

"내가 우리의 삶을 계획하고 신중하게 생각할 수 있도록 해 줘요. 내일……."

그가 말을 꺼냈다.

그녀는 그가 끝까지 말할 틈을 주지 않았다.

"아들은요? 그가 뭐라고 썼는지 봤죠? 그렇게 되면 아들을 버려야 해요. 난 그럴 수도 없고 그렇게 하고 싶지도 않아요."

그녀가 소리쳤다.

"하지만 제발, 어떻게 해야 좋을지 생각해 봐요. 아들을 두고 가는 게 좋을지, 아니면 이런 모욕적인 상황을 계속 유지하는 게 좋을지."

"누구에게 모욕적인 상황인데요?"

"모두에게, 누구보다 당신에게."

"당신은 모욕적이라고 하지만……. 그런 식으로 말하지 말아요. 그건 내게 아무런 의미도 없어요."

그녀는 떨리는 목소리로 말했다. 그녀는 그가 이 순간 거짓을 말하지 않았으면 했다. 이제 그녀에게는 그의 사랑만이 남았고 그녀는 그를 사랑하고 싶었다.

"당신이 이해해 주면 좋겠어요. 당신을 사랑한 그날부터, 모든 것이, 모든 것이 바뀌었어요. 이제 내게 남은 건 오직 하나뿐이에요. 오직 하나, 바로 당신의 사랑이에요. 당신의 사랑만 내 것이라면, 나 자신이 너무나도 고귀하고 강하게 느껴져 그 어떤 것도 모욕적이지 않을 거예요. 내 처지가 자랑스러워요. 왜냐하면…… 자랑스러우니까…… 자랑스러우니……."

그녀는 수치와 절망의 눈물이 목소리를 짓눌러 왜 자랑스러운지 미처 말을 끝내지 못하고 흐느끼기 시작했다.

그 역시 뭔가 목구멍으로 치밀어 올라 코끝이 찡해지는 느낌을 받았다. 그는 난생처음 금방이라도 울음이 터질 것 같은 기분이 되었다. 그는 무엇이 그렇게 그의 마음을 감동시키는지 탁 집어 말할 수는 없었지만 그녀가 애처로웠다. 그는 자신이 그녀를 도울 수 없다는 것을 느낌과 동시에, 그녀가 불행하게 된 것이 자신의 책임이며 자신이 뭔가 나쁜 짓을 저질렀다는 것을 알았다.

"이혼은 정말 불가능한 건가요?"

그가 힘없이 말했다. 그녀는 말없이 고개만 끄덕였다.

"어떻게든 아들을 데리고 남편을 떠날 수는 없는 건가요?"

"네, 모든 게 남편에게 달려 있어요. 지금 그에게 가야 돼요."

그녀는 메마른 목소리로 말했다. 모든 것이 예전 그대로일 것만 같았던 그녀의 예감은 틀리지 않았다.

"화요일에 페테르부르크로 갈게요. 그때쯤이면 모든 게 결정되겠지요."

"그래요."

그녀가 말했다.

"하지만 이 문제에 대해선 더 이상 이야기하지 않기로 해요."

그녀가 아까 브레제 댁 정원의 울타리 쪽으로 오라고 일러두었던 그녀의 마차가 다가왔다. 안나는 그와 작별하고 집으로 향했다.

23

6월 2일 월요일 위원회 정기 회의가 열렸다. 알렉세이 알렉산드로비치는 회의실에 들어가 평소처럼 위원들과 의장에게 인사를 하고, 자기 자리에 앉아 앞에 준비된 서류에 한 손을 얹었다. 이 서류에는 그에게 필요한 참고 자료와 오늘 그가 발표하려는 내용의 대략적인 개요가 들어 있었다. 하지만 그는 모든 내용을 기억했다. 말할 내용을 기억 속에서조차 되풀이할 필요를 느끼지 않으니 참고 자료는 필요 없었다. 그는 때가 되면, 그리고 자기 앞에서 쓸데없이 냉담한 표정을 지으려 애쓰는 반대자들의 얼굴을 보게 되면, 자기가 지금 준비할 수 있는 것보다 더 멋진 말들이 자연스럽게 흘러나오리라는 것을 이미 알고 있었다.

그는 자신이 하는 연설이 너무 위대한 내용이라 말 한 마디 한 마디가 모두 중요한 의미를 갖게 될 거라고 생각했다. 하지만 그는 늘 똑같은 보고를 들으며 지극히 온순하고 순진한 표정을 하고 있었다. 핏줄이 두드러져 보이는 희고 기다란 손가락으로 앞에 놓인 하얀 서류를 너무나도 부드럽게 만지작거리고, 머리를 한쪽으로 기울인 채 지친 표정인 그를 보며, 이제 곧 그의 입에서 위원들이 상대방의 말을 막느라 소리 지르고 의장이 정숙하라고 소리 지르는 일이 벌어지게 만든 무시무시한 폭풍과도 같은 연설이 쏟아지리라는 것은 아무도 생각하지 못했다. 보고가 끝난 뒤 알렉세이 알렉산드로비치는 특유의 작고 날카로운 목소리로 이민족의 정착 문제에 대해 자신의 생각을 피력하겠다고 말했다. 사람들이 그에게 관심을 보였다. 알렉세이 알렉산드로비치는 헛기침을 한 후, 연설을 할 때면 늘 그러듯이 바로 앞에 앉은 몸집이 작고 조용하며 위원회에서 한 번도 자신의 의견을 발표한 적이 없었던 노인을 똑바로 쳐다보며 자신의 의견을 발표하기 시작했다. 문제가 근본적인 기본 법규에 이르자, 반대편 위원들이 자리에서 벌떡 일어나 반박하기 시작했다. 같은 위원회 소속이자 똑같이 급소를 공격당한 스트레모프도 자신을 정당화하기 바빴다. 결국 회의는 아수라장이 되고 말았지만 알렉세이 알렉산드로비치는 승리를 거두었고 그의 안건은 결국 채택되었다. 그 결과 새로운 위원회 세 개가 생겨났다. 그다음 날, 페테르부르크의 일부 사교계에서는 이 회의에 대한 이야기가 화제였다. 알렉세이 알렉산드로비치의 성공은 그가 기대한 것 이상이었다.

이튿날인 화요일 아침, 알렉세이 알렉산드로비치는 눈을 뜨자마자 만족스러운 기분으로 어제의 승리를 다시 생각해 보았다. 그리고 사무장이 그에게 아첨할 요량으로 위원회에서 벌어진 일과 관련한 소문을 보고했을 때, 그는 무심한 척하려 애썼지만 미소를 감추지 못했다.

알렉세이 알렉산드로비치는 사무장과 업무를 보는 동안에 오늘이 화요일, 즉 안나 아르카지예브나에게 돌아오라고 한 바로 그날이라는 사실을 깜빡 잊고 있었다. 그래서 하인이 그녀가 도착했음을 알리러 왔을 때, 그는 깜짝 놀란 나머지 불쾌하기까지 했다.

안나는 아침 일찍 페테르부르크에 도착했다. 그녀가 미리 전보를 보냈기 때문에 마차가 마중을 나와 있었다. 그러니까 알렉세이 알렉산드로비치도 그녀의 도착을 알고 있었을 텐데 막상 그녀가 도착했을 때, 그는 그녀를 맞으러 나오지 않았다. 그녀는 그가 아직 출근 전이며 사무장과 업무를 보는 중이라는 얘기를 들었다. 그녀는 자기가 온 것을 남편에게 알리라고 지시하고 자기 방으로 가서 그를 기다리며 짐을 풀었다. 하지만 한 시간이 지나도록 그는 오지 않았다. 그녀는 뭔가 지시를 내린다는 구실로 식당으로 내려가 그가 오길 기대하며 일부러 큰 소리로 말했다. 그녀는 그가 사무장을 배웅하느라 서재의 문가까지 나오는 소리를 들었지만 그는 결국 서재에서 나오지 않았다. 그녀는 그가 평상시처럼 조금 있으면 출근한다는 것을 알았으며 그 전에 두 사람의 관계를 분명히 하기 위해서 그를 만나고 싶었다.

그녀는 홀을 잠시 거닐다 결단을 내리고 그의 서재로 향했다. 그녀가 들어가자, 그는 제복 차림으로 작은 테이블 앞에 앉아 있었는데 출근할 준비를 다 끝낸 것 같았다. 그는 테이블 위에 팔꿈치를 괸 채 우울한 표정으로 정면을 바라보고 있었다. 그가 그녀를 보기 전에 그녀가 먼저 그를 보았다. 그녀는 그가 자신을 생각하고 있었다는 사실을 알아차렸다.

그는 자리에서 일어서려다 말았는데 그 순간 그의 얼굴이 갑자기 붉어졌다. 안나가 예전에는 한 번도 보지 못한 모습이었다. 그는 재빨리 일어나 그녀를 맞으러 나왔지만 그녀의 눈을 바라보지 않고 그녀의 이마와 틀어 올린 머리에 시선을 주었다. 그는 그녀에게 다가와 손을 잡고 앉으라고 말했다.

"당신이 돌아와 줘서 정말 기쁘군."

그는 그녀 옆에 앉으며 말했다. 그는 무언가 말하고 싶은 것 같았지만 더듬거렸다. 그는 몇 번이고 말을 꺼내려다가 그만두었다. 안나는 이 만남을 준비할 때는 그를 만나면 경멸과 비난을 쏟아 주어야겠다고 다짐했지만, 막상 그를 보자 무슨 말을 해야 할지도 몰랐고 심지어는 그가 가엾다는 생각까지 들었다. 침묵이 꽤 오랫동안 계속됐다.

"세료쟈는 건강한 거요?"

그는 대답을 채 기다리지 않고 이렇게 덧붙였다.

"오늘은 집에서 식사를 하지 않겠소. 난 지금 나가 봐야 하오."

"모스크바로 가려고 했어요."

그녀가 말했다.

"아니, 당신이 돌아온 건 정말, 정말이지 잘한 일이오."

그는 이렇게 말하고 다시 입을 다물었다.

그녀는 그가 하지 못할 것을 알고 먼저 말을 꺼냈다.

"알렉세이 알렉산드로비치."

그녀는 자기의 머리를 바라보는 그를 바라보며 눈을 떼지 않고 말했다.

"난 부정하고 추악한 여자예요. 하지만 난 예전과 똑같아요. 그때 당신에게 말했던 그대로예요. 내가 당신한테 온 건 나로서는 아무것도 바꿀 수 없다는 걸 알려 주기 위해서예요."

"난 그 문제에 대해서 묻지 않았소."

그가 갑자기 증오에 찬 눈을 들어 그녀의 눈을 똑바로 쳐다보며 강하게 말했다.

"나도 그 정도는 예상했소."

그는 분노 때문에 다시 자신의 모든 능력을 되찾은 것처럼 보였다.

"하지만 그때 당신에게 말한 것처럼, 그리고 편지에도 썼지만……."

그는 격렬하고 날카롭게 말하기 시작했다.

"지금 다시 한 번 말해 두지만, 나는 그 일을 알아야 할 의무가 없소. 난 그 일에 대해서는 신경 쓰고 싶지 않소. 그런 유쾌한 소식을 남편에게 그토록 서둘러 알려 주다니. 세상 모든 아내들이 당신처럼 그렇게 친절하진 않지."

그는 특히 '유쾌한'이라는 단어를 힘주어 말했다.

"세상이 이 일을 알기 전까지, 내 이름이 모욕받기 전까지, 난 이 일에 대해 입을 다물고 있을 것이오. 난 다만 당신에게 이 점을 미리 경고해 두겠소. 우리 관계는 예전 그대로여야만 하고, 당신이 스스로의 명예를 더럽히게 되면 난 내 명예를 지키기 위해 어떤 조치를 취할 거라는 사실 말이오."

"하지만 우리 관계가 예전 같을 수는 없어요."

안나는 놀란 눈으로 그를 쳐다보며 겁먹은 듯 말했다.

또다시 그의 침착한 동작과 어린애같이 날카롭고 비웃는 듯한 목소리를 듣자, 그에 대한 혐오감이 일어나 조금 전 그녀가 품었던 연민이 사라져 버렸다. 그녀는 이제 두려울 뿐이었다. 하지만 무슨 일이 있어도 자신의 처지는 분명하게 정하고 싶었다.

"난 당신의 아내로 남아 있을 수 없어요. 내가……."

그녀가 말을 꺼냈다.

그의 입가에 악의에 찬 싸늘한 웃음이 흘렀다.

"분명 당신이 선택한 종류의 삶이 당신의 이념에도 영향을 미쳤을 거요. 그게 어느 쪽이든 너무나 존경하기도 하고 경멸하기도 하오……. 난 당신 과거는 존경하지만 당신의 현재는 경멸하오……. 당신이 내 말에 내린 해석은 내 생각과 전혀 다르다고……."

안나는 한숨을 쉬며 고개를 숙였다.

"하지만 정말 이해할 수 없군. 당신처럼 독립심 강한 여자가……."

그는 흥분해서 말을 계속했다.

"남편에게 자신의 부정함을 사실적으로 털어놓고 그러면서도 아무런 죄책감도 느끼지 않으면서, 남편에게 아내로서의 의무를 지키는 것은 왜 비난받을 짓이라고 생각하는 거요?"

"알렉세이 알렉산드로비치! 당신은 내게 뭘 원하는 거예요?"

"내가 원하는 건 이 집에서 그 남자와 마주치지 않는 것, 당신이 사교계나 하인들에게 비난받지 않도록 처신하는 것…… 그리고 당신이 그를 만나지 않는 거요. 별로 요구가 많다고는 생각지 않소. 그 대신 당신은 아내의 의무를 지키지 않으면서도 정숙한 아내에게만 허락된 모든 권리를 누리게 될 거요. 내가 당신에게 하고 싶은 말은 다 했소. 이제 난 나가 봐야겠소. 식사는 집에서 하지 않을 거요."

그는 일어나 문으로 향했고 안나도 일어섰다. 그는 말없이 허리를 굽히고 그녀에게 길을 비켜 주었다.

.

24

레빈이 건초 더미에서 보낸 밤은 헛되지 않았다. 그는 그동안 해 왔던 농사일에 넌더리가 나서 농사에 대한 흥미를 완전히 잃었다. 굉장한 풍작이었지만, 그와 농부들 사이가 올해처럼 과오와 적대감으로 날카로웠던 적은 한 번도 없었다. 적어도 그는 그렇게 생각했다. 그리고 그는 그 과오와 적대감의 원인을 이제는 완전히 깨달았다. 그가 노동 그 자체에서 맛본 매력과 그 결과로 얻어 낸 농부들과의 친밀한 관계, 그가 농부들과 그들의 생활에까지 느낀 부러움, 그런 생활에 뛰어들고 싶은 열망—그날 밤, 그 열망은 그에게 더 이상 꿈이 아니라 계획 자체가 되었고, 그는 그 계획을 실현하기 위한 세부적인 부분들까지 곰곰이 생각했다.—같은 것들이 농사에 대한 그의 시각을 완전히 바꾸어 버려, 그는 더 이상 그 일에서 예전처럼 흥미를 느낄 수 없었고 모든 문제의 발단이 된 그와 노동자의 불쾌한 관계를 생각하지 않을 수 없었다. 파바와 같은 우량종 암소 떼, 거름을 주고 쟁기로 갈아엎은 땅, 버드나무로 에워싼, 균일하게 나누어진 밭 아홉 뙈기, 땅을 깊이 갈아 거름을 묻은 구십 제샤치나의 밭, 한 줄로 나란히 씨를 뿌리는 파종기 같은 모든 것들이 그 혼자만의 힘이라든가, 또는 그에게 공감하는 사람들과 동료들의 힘으로 이루어졌다면 무척 좋았을 것이다. 그러나 그는 이제 분명히 깨달았다. 농업의 주요 요소는 노동자여야 한다는 내용의 저술 작업이 그에게 많은 도움을 주었다. 그는 자기가 해 온 농업이라는 게 그저 자기와 노동자 사이의 지독하고 끈질긴 투쟁일 뿐이라는 것, 그 투쟁의 한쪽인 자신에게는 모든 것을 가장 뛰어나다고 여겼던 모델로 고치려는 부단하고 긴박한 노력이 있었고, 다른 한쪽에는 사물의 자연스러운 질서가 있었다는 것을 분명히 깨달았다. 또한 그가 온 힘을 기울이는 데 반해서 상대는 아무 노력이나 계획조차 하지 않으면 농사는 그 어느 쪽으로도 진행되지 않고 훌륭한 농기구와 가축과 토지는 완전히 쓸모없는 것이 될 뿐이라는 사실도 깨달았다. 무엇보다 그 일에 쏟아부은 모든 힘이 완전히 헛수고로 밝혀졌을 뿐 아니라 그가 해 온 농사일이라는 게 자신에게 어떤 의미였는지가 분명해진 지금에 와서는 자신이 쏟아부은 힘의 목적이 너무나도 무가치한 것이었음도 함께 느꼈다.

구체적으로 무엇을 위한 투쟁이었을까? 그는 자기 몫으로 남겨질 한 푼 한 푼을 위해 싸웠다.—그렇게 하지 않으면 노동자들에게 지불할 돈이 모자랐기 때문이다.—하지만 그들은 그저 편안하고 즐겁게, 즉 그들에게 익숙한 방식으로만 일을 하려고 했다. 모든 노동자들이 가능한 한 많은 일을 하고, 분별 있게 행동하고 키와 써레와 탈곡기를 망가뜨리지 않도록 주의하고 자기가 하는 일에 대해 곰곰이 생각하는 것, 이런 것들이 그의 이익과 직결된 것이었다. 하지만 농부들은 될 수 있으면 쉬엄쉬엄 즐겁게 일하기를 원했다. 무엇보다 그들은 모든 것을 잊은 상태에서 아무 생각 없이 편안하게 일하고 싶어 했다. 올여름에 레빈은 여기저기서 이런 모습을 확인할 수 있었다. 그는 잡초와 쑥이 무성하게 자라 씨 뿌리기에 알맞지 않은 최악의 밭을 골라 건초로 만들 토끼풀을 베어 오라고 사람들을 보냈다. 그들은 종자용으로 구분해 둔 가장 좋은 밭을 몇 제샤치나 연달아 베어 왔으면서도 집사가 그렇게 시켰노라는 변명을 늘어놓으며 훌륭한 건초가 만들어질 거라는 말로 얼버무리려 했다. 하지만 그는 그들이 그저 풀을 베기 쉬워서 그 땅을 택했다는 것을 잘 알고 있었다. 그는 풀을 흔들어 말리는 데 쓰는 건초 건조기를 보냈지만 일꾼들은 첫 줄을 벰과 동시에 그것을 망가뜨렸다. 농부들은 발 아래쪽에서 날개가 돌아가는 그런 기계에 마냥 앉아 있는 것을 지루해했기 때문이었다.

"걱정 마세요. 아낙네들이 순식간에 끝낼 겁니다."

그들이 그에게 말했다. 쟁기도 역시 쓸모가 없었다. 일꾼들은 위로 들린 쟁기 날을 낮추어야 한다는 생각을 미처 못 했기 때문에 말만 혹사시키고 땅도 못 쓰게 만들었다. 그러고도 그들은 그에게 염려 말라는 소리만 했다. 그들은 밀밭에 밀을 방치해 두기도 했다. 그렇게 하지 말라고 분명히 말했건만 밤에 불침번을 서려는 일꾼이 하나도 없자 일꾼들이 교대로 불침번을 서다가 하루 종일 일한 반카가 깜빡 잠들어 버렸기 때문이다. 반카는 자기 잘못을 뉘우치며 뜻대로 하라고 말했다. 그들은 또 물 먹일 곳도 없는 토끼풀 밭에 가장 좋은 송아지 세 마리를 풀어 놓아 송아지들이 과식해서 죽게 만들었다. 그런 일이 일어났는데도 그들은 그 송아지들이 토끼풀을 과식해서 죽었다는 사실을 전혀 믿으려고 하지 않았다. 그들은 오히려 위로한다고 이웃집은 사흘 만에 백열두 마리가 죽었다고 말하기도 했다. 이 모든 일은 누군가가 레빈이나 그의 농사일에 나쁜 뜻을 품고 저지른 게 아니었다. 오히려 그는 사람들이 자신을 좋아하고 소탈한 주인 나리로—그것은 최고의 찬사였다.—생각한다는 것을 잘 알고 있었다. 이런 일이 일어난 까닭은 그저 그들이 아무 걱정 없이 즐겁게 일하는 것을 좋아했으며, 레빈이 관심을 기울이는 일들이 그들에게는 낯설고 이해하기 어려운 일이었을 뿐 아니라 그들 자신의 정당한 이익과 운명적으로 대립했기 때문이다. 오래전부터 레빈은 농사일에 대한 자신의 태도에 불만을 느끼고 있었다. 그는 자기 보트가 새는 것을 알고 있었지만 물이 새는 곳을 찾지 못했고, 찾으려고도 하지 않았다. 하지만 이제 그는 더 이상 자신을 속이는 것이 불가능했다. 지금까지 해 온 농사일은 이제 그에게 흥미를 불러일으키지도 못했고 혐오스럽기까지 했다. 그래서 그는 더 이상 농사일에 전념하기 어려웠다.

더구나 그가 무척 보고 싶어 하면서도 볼 수 없는 키티 쉐르바츠카야가 삼십 베르스타 떨어진 곳에 있었다. 그가 다리야 알렉산드로브나 오블론스카야를 찾아갔을 때, 그녀는 그에게 다음에 또 오라고 초대했는데 그 말은 자기 여동생에게 다시 한 번 청혼하러 오라는 뜻이었다. 다리야는 레빈에게 키티가 이제는 그를 받아들일 거라고 느끼게 만들었다. 레빈 자신도 키티 쉐르바츠카야를 본 이후로 자신이 아직도 그녀를 사랑하고 있다는 사실을 깨달았지만 그녀가 오블론스키의 집에 와 있다는 것을 알면서도 그곳에 찾아갈 수 없었다. 그가 청혼하고 그녀가 그를 거절한 일이 둘 사이에 극복할 수 없는 장애물이 되었던 것이다.

'그녀가 자신이 원한 사람의 아내가 되지 못했다고 해서, 내 아내가 되어 달라고 청해서는 안 돼.'

그는 자신에게 이렇게 말했다. 이런 생각을 하는 동안 그녀에 대한 마음이 차갑게 식는 것을 느꼈고 적대심마저 갖게 되었다.

'내가 그녀에게 말을 건네면 비난의 감정이 담길 테고 내가 그녀를 바라보는 시선에는 노여움이 묻어날 거야. 그러면 그녀는 날 더욱 증오하게 되겠지. 틀림없어. 게다가 다리야 알렉산드로브나에게서 그런 말까지 들었는데, 내가 어떻게 찾아가? 나는 그녀에게 들은 이야기를 모른 척하고 있을 수 있을까? 내가 너그러운 마음으로 그녀를 찾아가서 그녀를 용서하고 자비를 베푼다고……? 내가 그녀 앞에서 그녀를 용서하고 그녀를 사랑하는 역할을 하게 되다니……! 다리야 알렉산드로브나는 내게 왜 그런 말을 했을까? 우연히 그녀와 마주쳤더라면 모든 게 저절로 정리됐을 텐데……. 하지만 이제는 불가능해, 불가능하다고!'

다리야 알렉산드로브나는 그에게 키티가 사용해야 한다면서 여성용 안장을 빌려 달라는 편지를 보냈다.

'당신 집에 안장이 있다는 말을 들었어요. 당신이 직접 그것을 가지고 오셨으면 좋겠어요.'

레빈은 도저히 참을 수 없었다. 그렇게 현명하고 세심한 여자가 자기 여동생을 이런 식으로 모욕하다니! 그는 편지를 열 통이나 썼지만 모두 찢어 버리고 답장 없이 안장만 달랑 보냈다. 그곳에 갈 수 없기 때문에 그곳에 가겠다고 쓸 수 없었다. 그렇다고 일이 있어서, 혹은 가 봐야 할 데가 있어서 못 간다고 하는 것은 더욱 못할 짓이었다. 그는 답장 없이 안장만 보낸 그 이튿날, 뭔가 부끄러운 짓을 하고 있다는 생각을 하며 이젠 지겨워진 농사일을 전부 집사에게 맡기고 멀리 사는 친구 스비야슈스키를 만나러 가 버렸다. 그 친구 집 근처에는 도요새가 많은 늪이 있었다. 얼마 전 스비야슈스키는 레빈에게 오래전부터 자기 집을 방문하겠다고 한 약속을 지키라며 편지를 보내왔다. 수로프 군에 있는 도요새 늪지는 오래전부터 레빈을 유혹했지만 농사일 때문에 계속 이 여행을 미루어 온 것이다. 지금 그는 쉐르바츠키가의 곁에서, 무엇보다 농사일에서 벗어나고 슬플 때마다 그에게 최고의 위안을 안겨 준 사냥을 떠나게 되어 기뻤다.

25

수로프 군에는 기차는커녕 역마차도 없었다. 그래서 레빈은 자기의 타란타스(러시아의 여행마차_옮긴이)를 타고 그곳으로 갔다.

절반쯤 되는 곳에 도착했을 때, 그는 말에게 줄 먹이 때문에 어느 부유한 농가를 찾아갔다. 뺨 언저리가 희끗희끗하고 붉은 턱수염을 덥수룩하게 기른 건장한 대머리 노인이 대문을 열어 주고 트로이카가 지나가도록 대문 기둥에 몸을 바짝 붙여 섰다. 노인은 불에 단단하게 그을린 나무 쟁기가 늘어선 크고 깨끗한 뜰의 처마 아래를 마부에게 가리키고, 레빈은 집 안으로 청했다. 깨끗한 옷을 입고 맨발에 덧신을 신은 젊은 여자가 허리를 숙여 젖은 걸레로 현관 마루를 닦고 있다가 레빈을 뒤따라 들어온 개에 깜짝 놀라 소리를 질렀다. 그러나 곧 개가 자기를 건드리지 않는 것을 알고는 방금 전 놀란 것에 깔깔거렸다. 그녀는 소맷자락을 걷어 올린 한쪽 손으로 레빈에게 안으로 들어가는 문을 가리켜 주고 다시 허리를 구부려 아름다운 얼굴을 감춘 채 계속 마루를 닦았다.

"차를 드시겠어요?"

그녀가 물었다.

"네, 부탁합니다."

레빈이 들어간 곳은 네덜란드식 난로와 칸막이가 딸린 커다란 방이었다. 성화 밑에는 색색의 무늬가 있는 테이블과 벤치와 의자 두 개가 놓여 있었고 입구에는 식기가 든 작은 찬장이 있으며 덧문은 닫혀 있고 파리도 거의 보이지 않았다. 방 안이 너무 깨끗해서 레빈은 길을 달려오느라 흙탕물을 뒤집어쓴 라스카가 마루를 밟을까 걱정이 되어 문가의 한쪽 구석을 가리키며 그곳에 앉아 있도록 지시했다. 레빈은 방 안을 둘러보고 나서 뒤뜰로 나갔다. 덧신을 신은 아름다운 젊은 여자는 멜대에 달린 빈 물통을 흔들면서 우물물을 길어 오기 위해 그의 앞으로 뛰어갔다.

"빨리 움직여야지!"

노인은 그녀를 향해 쾌활하게 외치고는 레빈에게로 다가왔다.

"나리, 니콜라이 이바노비치 스비야슈스키 댁으로 가십니까? 그분도 댁으로 가는 길에는 우리 집에 들르곤 하신답니다."

그는 층계 난간에 팔꿈치를 괴고 수다스럽게 떠들기 시작했다.

노인이 스비야슈스키와의 친분에 대해 이야기를 하는 도중, 대문이 다시 삐걱 소리를 내더니 나무 쟁기와 써레를 든 일꾼들이 밭일을 마치고 안마당으로 들어왔다. 나무쟁기와 써레에 매인 말들은 살지고 덩치가 컸다. 일꾼들은 가족인 것 같았다. 젊은 두 사람은 사라사 천으로 지은 루바슈카를 입고 테 없는 모자를 썼다. 고용인으로 보이는 다른 두 사람은 삼베로 지은 루바슈카를 입었는데, 한 사람은 노인이고 한 사람은 새파란 젊은이였다. 층계참에 있던 노인은 말에게 다가가 마구를 벗겼다.

"저 사람들은 무엇을 갈다 온 건가?"

레빈이 물었다.

"감자밭을 갈았지요. 저희가 땅도 좀 갖고 있거든요. 얘야, 페도트, 거세한 말은 마구를 풀지 말고 여물통으로 끌고 가라. 다른 말에게 마구를 채우는 것은 우리가 할 테니."

"그런데 아버지, 제가 쟁기 날을 갖다 달라고 했는데 가져오셨어요?"

키가 크고 건장한 젊은이가 말했다. 노인의 아들인 듯싶었다.

"저기, 썰매 안에 뒀다."

노인은 말에서 벗긴 고삐를 둘둘 감아 땅바닥에 던지며 대답했다.

"다른 사람들이 점심 먹는 동안 정리해 둬라."

아름다운 젊은 여자가 어깨를 축 늘어뜨린 채 물이 가득 든 물통을 메고 현관으로 갔다. 그리고 어디선가 다른 아낙들도 하나둘 나타났다. 젊고 아름다운 아낙들, 중년의 아낙들, 추하게 생긴 늙은 아낙들, 아이가 딸린 아낙들, 아이가 없는 아낙들.

사모바르에서 물 끓는 소리가 들리기 시작했다. 일꾼들과 가족들은 마구를 정리한 후 점심을 먹으러 갔다. 레빈은 마차 안에서 먹을 것을 꺼내 와 노인에게 함께 차를 들자고 권했다.

"저런, 우리는 벌써 다 마셨는데."

노인은 말은 그렇게 하면서도 이 제의를 기쁘게 받아들였다.

"그럼 말 상대라도 되어 드릴 겸 조금만 마실까요?"

차를 마시는 동안, 레빈은 노인이 해 온 농사일에 대해 전부 들었다. 노인은 십 년 전 어느 여지주에게서 백이십 제샤치나의 땅을 빌려 농사를 짓다가 지난해에 그 땅을 사들이고, 다시 이웃의 지주에게서 삼백 제샤치나의 땅을 더 빌렸다고 한다. 그는 그 토지 가운데 가장 척박한 일부는 남에게 소작을 주었다. 그리고 사십 제샤치나의 밭은 가족들과 일꾼 두 명이 직접 경작하고 있었다. 노인은 일이 순조롭지 않다고 불평했다. 그러나 레빈은 그가 예의를 차리느라 불평하는 것뿐이지 실제로는 그의 농사가 번창하고 있다는 것을 알아차렸다. 정말로 농사일이 잘 안 됐다면, 그는 백오십 루블에 땅을 사지도, 세 아들과 조카를 결혼시키지도, 화재 후에 집을 두 차례 개축—그것도 매번 더 좋게—하지도 못했을 것이다.

노인은 투덜대면서도 자신이 재산을 불린 것을 자랑스러워하고, 자기의 아들들과 조카와 며느리들과 말과 소를 보며 뿌듯해하는 것 같았다.

특히 이 집안을 잘 꾸려 가고 있다는 것에 대해 자랑스러워하는 것 같았다. 레빈은 노인과 이야기하면서 그가 새로운 농사 방법 사용을 꺼리지 않는다는 것을 알게 되었다. 노인은 감자를 많이 재배했는데 레빈이 마차를 몰고 오다 보니, 레빈의 감자밭은 이제 겨우 꽃을 피우기 시작했는데 노인의 감자는 벌써 꽃이 지고 알이 맺히기 시작했다. 노인은 지주에게서 빌려 온 쟁기를 플루크라고 불렀는데 이것으로 감자밭을 깊게 갈았다. 그는 밀도 재배했는데 레빈은 노인이 호밀을 솎은 다음 그 솎아 낸 알곡을 말에게 먹인다는 별것 아닌 이야기에서 특히 감동을 받았다. 레빈은 훌륭한 사료로 쓰일 알곡이 땅에 떨어지는 것을 보면서 몇 번이나 모으려 했지만 그 노력은 언제나 실패로 돌아갔다. 그런데 농부의 집에서는 그렇게 하고 있었다. 노인은 이 사료가 가진 장점을 침이 마르도록 자랑했다.

"아낙들은 뭘 한답니까? 솎아 낸 호밀을 다발로 묶어 길에다 내놓기만 하면 수레가 와서 실어 가잖아요."

"그런데 우리 지주들은 늘 일꾼들과 잘 맞지 않는다는 게 문제지."

레빈은 그에게 찻잔을 내밀며 말했다.

"감사합니다."

노인이 찻잔을 받아 들었다. 그러나 레빈이 내미는 설탕은 사양하고 자신이 갉아 먹다 남은 설탕 덩어리를 내보였다.

"일꾼들과 뭘 할 수 있겠습니까? 망하기밖에 더 하겠어요. 스비야슈스키 댁을 보십시오. 우리는 그 땅을 잘 알아요. 마치 양귀비 씨처럼 검지만 수확량은 자랑할 만한 수준은 아니지요. 모든 게 다 부주의한 탓입니다."

"하지만 자네도 일꾼을 부리며 집안을 끌어가는 것 같은데?"

"우리 일이라고 해 봐야 모두 농사꾼 일이니까요. 우리는 모든 것을 직접 합니다. 일을 못하는 녀석은 쫓아 버리고, 우리 힘으로 처리하지요."

"아버님, 피노겐이 타르를 달라는데요."

덧신을 신은 아낙이 들어와 말했다.

"오냐. 그럼, 나리!"

노인은 자리에서 일어나 연신 성호를 그으며 레빈에게 감사의 말을 하고 나갔다.

레빈은 자기 마부를 부르러 일꾼들이 쉬는 오두막에 갔다가 집안 모든 사내들은 식탁 앞에 앉아 있고 아낙들은 서서 시중드는 모습을 보았다. 젊고 건장한 아들이 입 안 가득 죽을 넣고 무언가 우스운 이야기를 하자, 다들 소리 내어 웃었다. 덧신을 신은 아낙이 그릇에 양배추 수프를 퍼 주며 유난히 명랑하게 웃어 댔다.

그 농가에서 레빈이 맛본 행복함에는 어쩌면 덧신을 신은 아낙의 아름다운 얼굴이 크게 작용했을지도 모른다. 하지만 그 행복한 인상이 너무나도 강렬해 레빈은 그것을 도저히 떨칠 수가 없었다. 노인의 집에서 스비야슈스키 집으로 가는 동안, 그는 그 농가를 떠올렸다. 마치 그 인상 안에 깃든 무언가가 유난히 그의 관심을 끌어당기는 것처럼 느껴졌다.

26

　스비야슈스키는 수로프 군의 귀족 단장으로 레빈보다 다섯 살이 많았고 오래전에 결혼했다. 그 집에는 그의 젊은 처제도 함께 살았는데, 그녀는 레빈에게 무척 호감을 갖고 있었다. 레빈도 스비야슈스키와 그의 아내가 그녀를 자신한테 무척이나 시집보내고 싶어 한다는 것을 알고 있었다. 비록 그 사실을 누구에게도 말한 적 없었지만, 소위 신랑감이 된 젊은이라면 으레 알고 있듯 그도 분명히 알고 있었다. 또한 그는 자신이 비록 결혼을 원하고, 모든 점에서 매우 매력적인 이 아가씨가 틀림없이 훌륭한 아내가 될 것 같았지만, 만약 자신이 키티 쉐르바츠카야를 사랑하지 않는다 해도, 이 아가씨와 결혼하는 것은 하늘로 날아오르는 것만큼이나 불가능한 일이라는 것을 알고 있었다. 그리고 이 사실이 그가 스비야슈스키 집으로 가는 여행에서 누릴 수 있는 기쁨을 망쳐 버렸다.

　스비야슈스키에게 사냥하러 오라는 편지를 받았을 때, 레빈은 이 일을 머리에 떠올렸다. 그러나 그는 스비야슈스키가 그런 생각을 하고 있다는 사실은 아무 근거 없는 자신만의 추측일 뿐이라고 여겨 그곳에 가야겠다고 결심했다. 더구나 마음 깊은 곳에는 자신을 시험해 보고 그 아가씨에 대한 마음도 헤아려 보고 싶다는 생각도 있었다. 게다가 스비야슈스키의 집은 말할 수 없이 유쾌했고, 레빈이 아는 한 가장 뛰어난 유형의 젬스트보 활동가인 스비야슈스키도 언제나 강렬한 호기심을 불러일으키는 사람이었다.

스비야슈스키는 레빈이 언제나 놀랍게 여기는 부류로 사상과 삶이 전혀 일치하지 않는 인물이었다. 그런 사람들의 사상은 독창적인 면은 전혀 없지만 매우 일관된 형태를 띤다. 하지만 그렇게 뚜렷하고 확고한 목표가 있어도, 그들의 삶은 이 사상과 전혀 무관하게, 거의 늘 정반대로 흘러가는 것이다. 스비야슈스키는 대단히 자유주의적인 사람으로 귀족계급을 경멸했다. 그리고 그는 대부분의 귀족이 소심하기 때문에 겉으로 표현하는 것을 자제할 뿐 농노제를 은밀하게 찬성하는 옹호자라고 생각했다. 그는 러시아를 터키처럼 몰락한 나라로 생각했고, 정부의 정책에 대한 진지한 비판조차 하지 않을 정도로 러시아 정부를 못마땅해했다. 그러나 동시에 그는 관리이자 모범적인 귀족 단장이었고, 여행할 때는 언제나 잊지 않고 휘장과 붉은 테가 달린 군모를 썼다. 그는 외국에서만 인간다운 삶이 가능하다고 생각해서 기회가 생기면 언제나 외국에 나가 살았다. 그러면서도 그는 러시아에 매우 복잡하고 개량화된 농업 방식을 들여왔으며 굉장한 호기심으로 모든 것을 주시해 러시아에서 일어나는 일이라면 모르는 게 없을 정도였다. 그는 러시아 농부들을 원숭이에서 인간으로 옮겨가는 단계에 있는 존재로 치부했지만 젬스트보 선거에서 누구보다도 기꺼이 농부들과 악수를 하고 그들의 의견에 귀를 기울였다. 그는 악마도 죽음도 안 믿으면서 수도사들의 생활을 개선하고 교구를 축소하는 문제에 매우 관심이 많았으며, 특히 그의 마을 교회를 존속시키려고 바쁘게 활동하기도 했다.

여성 문제에서는 여성의 완전한 자유, 특히 노동에 대한 여성의 권리를 열렬히 지지했지만, 모든 사람들이 아이 없는 이 부부의 다정한 생활을 부러워할 정도로 자기 아내와는 행복하게 살았으며, 아내가 남편을 내조하는 일과 어떻게 하면 더 멋지고 즐거운 시간을 보낼까 하는 걱정만 하고 아무것도 하지 않도록, 아니 할 수도 없게 만들었다.

레빈이 사람의 가장 좋은 면을 보려는 특성이 없었다면, 스비야슈스키의 성격은 레빈에게 어떠한 어려움이나 의문점을 제시하지 않았을 것이다. 스비야슈스키는 스스로를 평가해 바보나 쓰레기라고 말했을 것이고, 그러면 모든 것이 명확해졌을지도 모른다. 그러나 그는 바보라 할 수 없었다. 스비야슈스키는 의심할 것도 없이 총명하고 상당한 교양을 갖췄지만 그 교양을 소탈하게 표현하는 사람이었기 때문이다. 그는 모든 주제에 대해 알고 있었지만 꼭 필요할 때에만 자신의 지식을 드러냈다. 스비야슈스키를 쓰레기라고 말하는 것은 레빈으로서는 더욱더 못할 일이었다. 스비야슈스키는 분명 정직하고 선량하고 총명한 사람이었기 때문이다. 그는 즐겁고 활기차게 꾸준히 일했으며, 그가 한 일은 주위 사람들에게 모두 높은 평가를 받았다. 그는 분명히 의식적으로 나쁜 말이나 행동을 하지도 않았고 할 수도 없는 사람이었다.

레빈은 그를 이해하려고 노력해 봤지만 결국 아무것도 이해하지 못하고, 마치 살아 있는 수수께끼를 보듯 언제나 그와 그의 생활을 지켜보기만 했다.

그와 친구 사이인 레빈은 스비야슈스키에게 이것저것 물어보면서 그의 인생관의 토대가 무엇인지를 이해해 보려고 했으나 언제나 헛수고로 끝나곤 했다.

레빈은 자신이 스비야슈스키가 자랑하는 모든 사람에게 활짝 개방된 지성의 응접실 너머로 좀 더 파고들려고 할 때마다 그가 살짝 당황한다는 것을 알아챘다. 마치 레빈이 그를 알아차릴까 봐 두려워하는 것처럼 그의 시선에는 묘한 불안이 담겨 있었다. 그렇게 그는 선량하고 유쾌한 저항을 했다.

농사일에 진저리를 느낀 다음이라 레빈은 스비야슈스키의 집에 머물게 되어 더욱 기분이 좋았다. 자신과 모든 사람들에게 만족스러워하는 행복한 부부의 모습과 그들이 잘 가꿔 놓은 둥지가 그에게 즐거운 인상을 준 것은 말할 것도 없다. 현재 자신의 삶이 너무나 불만스러웠던 레빈은 스비야슈스키가 이토록 선명하고 분명하며 유쾌한 일상을 보내는 비밀을 꼭 알아내고 싶었다. 그리고 스비야슈스키의 집에서 근처에 있는 지주들을 보게 되리라는 것도 알고 있었다. 그들과 만나 수확과 일꾼을 고용하는 문제 등 농사에 대한 이야기를 나누는 것에 흥미를 느꼈다. 레빈은 그런 것들이 매우 저속하게 받아들여지리라는 것을 잘 알았지만, 지금 레빈에게는 오로지 그것만이 중요했다.

'아마 이런 건 농노제 시대에는 중요하지 않았을 테고, 어쩌면 영국에서도 중요하지 않을지 몰라. 두 경우 모두 정해진 조건이 있었으니까. 하지만 이 모든 것이 몽땅 뒤집혀 이제야 겨우 자리를 잡아 가는 지금 우리나라에서는 이러한 조건들을 어떻게 수습해야 하는 것인가가 가장 중요한 문제야.'

레빈은 생각했다.

사냥은 레빈의 기대를 충족하지 못했다. 늪은 바짝 마르고 도요새는 한 마리도 보이지 않았다. 하루 종일 돌아다녔지만 세 마리를 잡은 게 고작이었다. 하지만 대신에 사냥터에서 돌아올 때면 늘 그런 것처럼 왕성한 식욕과 근사한 기분, 격렬한 육체 활동 뒤에 따라오는 약간 흥분된 정신 상태를 안고 돌아왔다. 그리고 사냥터에서 잠시 잊고 있던, 노인과 그의 가족이 다시 그의 머릿속에 떠올랐다. 그들에게서 받은 인상은 그들에게 주의를 집중시켜 줄 뿐 아니라 마치 그와 관련된 무언가를 해결하라고 요구하는 것 같았다.

그날 저녁 차 마시는 시간에 후견 문제로 찾아온 두 지주가 있는 자리에서 레빈이 그토록 기다리던 흥미진진한 대화가 시작되었다.

레빈은 티 테이블에서 안주인의 옆자리에 앉는 바람에 안주인과 그의 맞은편에 앉은 그녀의 여동생과 함께 대화를 나눠야만 했다. 안주인은 얼굴이 둥글고 키가 알맞은 금발 여인이었다. 그녀의 보조개와 미소가 그녀의 온몸을 화사하게 빛나도록 만들었다. 레빈은 그녀를 보면서 그녀의 남편이 던져 준 수수께끼, 레빈 자신이 그처럼 중요하게 생각하던 수수께끼를 풀어 보려고 했다. 하지만 그는 괴로울 정도로 거북해서 생각을 위한 충분한 자유를 누릴 수 없었다. 그가 그처럼 거북해한 이유는 맞은편에 앉은 안주인의 여동생이 새하얀 가슴께를 사다리꼴로 판 요란스러운 옷을 입고 있었기 때문이다. 레빈이 생각할 때 그녀는 특별히 그를 위해 그 옷을 입은 것 같았다. 가슴이 희지만, 어쩌면 가슴이 너무 희어서 그런지도 모르지만, 어쨌든 가슴을 네모나게 판 그 옷은 레빈에게서 생각을 할 엄두를 못 내게 만들었다. 어쩌면 레빈의 착각에 불과할지 모르나, 그는 그렇게 옷을 판 것이 자신을 염두에 둔 것이라 상상했고, 자신이 그것을 볼 이유가 없다고 생각해 보지 않으려 애썼다. 그러나 그는 옷이 그렇게 만들어진 게 자기 탓이라고 느꼈다. 레빈은 자신이 누군가를 속이고 있는 것 같았으며, 뭔가 해명해야 하는데 도저히 그럴 수 없을 것 같았다. 그래서 그는 계속 얼굴을 붉히고 불안해하고 안절부절못했다. 그가 거북해하는 마음은 안주인의 예쁜 여동생에게도 전해졌다. 그러나 안주인은 그것을 모르는 것인지 일부러 그를 대화 속으로 이끌었다.

"당신은⋯⋯."

안주인은 화제를 계속 이어 갔다.

"제 남편이 러시아 문물에 전혀 흥미를 느끼지 못한다고 하셨지만 그 반대랍니다. 남편은 외국 생활을 즐거워해요. 하지만 이곳에 있을 때만큼은 아니에요. 남편은 이곳에 있을 때 비로소 자신의 영역에 있다고 느끼죠. 그는 할 일이 너무 많아요. 그 사람은 모든 일에 흥미를 느끼는 재능을 가졌어요. 아, 우리 학교에는 아직 못 가 보셨죠?"

"보긴 했습니다만⋯⋯. 담쟁이가 둘러싼 작은 건물이죠?"

"네, 나스챠(나스타시야의 애칭)가 그곳에서 일을 하고 있답니다."

그녀는 동생을 가리키며 말했다.

"당신이 직접 가르치시나요?"

레빈은 파인 가슴께를 외면하려 애쓰며 물었다. 그러나 그는 그쪽을 보기만 해도 어디를 바라보든 가슴이 파인 부분만 눈에 들어올 것 같다고 느꼈다.

"네, 제가 직접 학생들을 가르쳤고 지금도 가르칩니다. 하지만 우리 학교에는 훌륭한 여자 선생님이 계세요. 우리는 학생들에게 체조도 가르친답니다."

"아뇨, 고맙지만 차는 그만 들도록 하죠."

레빈은 이렇게 말하고는 실례인 줄 알면서도 더 이상 이 대화를 계속해 나갈 자신이 없어 얼굴을 붉힌 채 일어났다.

"매우 흥미로운 화제가 들려서요."

그는 이렇게 덧붙이고 테이블의 다른 쪽 방향으로 다가갔다. 거기에는 주인과 두 지주가 앉아 있었다. 스비야슈스키는 테이블 쪽으로 비스듬히 앉아 팔꿈치를 괸 한 손으로는 찻잔을 빙빙 돌리고 다른 손으로는 콧수염을 그러쥐고서 냄새라도 맡는 것처럼 코끝에 댔다가 내려놓곤 했다. 그는 희끗희끗한 수염을 가진 지주가 검은 눈동자를 반짝이면서 흥분하는 모습을 똑바로 바라보았다. 아마도 지주가 하는 말이 재미있다고 느끼는 모양이었다. 지주는 농민에 대해 불평을 늘어놓고 있었는데, 레빈이 보기에 스비야슈스키는 분명 그 말의 모든 의미를 단번에 격파할 수 있는 답변을 알면서도 자신의 입장 때문에 그 답변을 감춘 채 지주의 우스꽝스러운 말을 나름대로 즐기는 듯했다.

수염이 희끗희끗한 지주는 분명 고집스럽게 농노제를 옹호하는 입장에다 마을의 터줏대감이고 열정적인 촌주인 것 같았다. 레빈은 그의 옷, 즉 평소에 잘 입지 않는 듯한 낡아 빠진 구식 프록코트에서 그 증거를 찾았다. 거기다 미간을 찌푸린 반짝이는 눈동자, 유창한 러시아 말, 자연스럽게 몸에 밴 듯한 명령조의 말투, 약지에 옛날 약혼반지를 낀 크고 아름다우며 햇볕에 그은 손을 단호하게 움직이는 것에서도 그 증거를 찾을 수 있었다.

27

"지금까지 해 온 일을…… 그토록 많은 수고를 들였는데…… 버리는 것이 아쉽지만 않아도 이 모든 것에 인사를 하고 그것들을 팔아 치워 니콜라이 이바노비치처럼 훌쩍 떠나 버릴 텐데요…… 헬레네를 보러 말입니다."

지주는 그의 총명하고 늙수그레한 얼굴을 밝은 미소로 빛내며 말했다.

"그래요. 하지만 당신은 그것을 그냥 놔두었지요. 그것은 곧 뭔가 이득이 있다는 거겠죠?"

니콜라이 이바노비치 스비야슈스키가 말했다.

"한 가지 이득을 찾자면 집에서 산다는 겁니다. 난 아무것도 사지 않고 아무것도 빌리지 않아요. 그건 그렇고, 다들 농민들이 이성적으로 살기를 바랄 겁니다. 안 믿을지도 모르지만, 농민들은 술에 절어 있고 타락에 푹 빠져 있어요! 다들 말 한 마리, 암소 한 마리도 나눠 받지 못했죠. 굶어 죽을 지경에 있는 인간을 데려다 일꾼으로 써 보세요. 그 인간은 당신에게 해를 입히려고 기회를 노리다가 결국은 치안판사에게 당신을 고발할 겁니다."

"그럼 당신도 치안판사에게 고발하세요."

스비야슈스키가 말했다.

"고발을 해요? 세상에 아무 쓸모도 없는 짓이에요. 말들만 무성해서, 고발한 걸 후회하고야 말 겁니다. 공장에서 일어난 일만 해도 그렇죠. 그 인간들이 선금만 챙기고 도망갔잖아요. 그런데도 치안판사가 어떻게 했는지 아세요? 그들에게 무죄를 선언했다니까요. 그나마 모든 게 이렇게 유지되는 이유는 직공장이 관여하는 읍내 재판소 덕분입니다. 그곳에서는 옛날 방식으로 매질을 하거든요. 그런 것마저 없다면, 우리는 몽땅 버리고 세상 끝으로 몸을 피해야만 한다니까요."

지주는 스비야슈스키를 조롱하고 있는 게 분명했지만 스비야슈스키는 화를 내기는커녕 그가 하는 말을 재미있어하는 것 같았다.

"그렇다고 해도, 우리는 거기에 의지하지 않고도 농사를 잘 꾸려 가고 있답니다. 나뿐만 아니라 레빈도, 여기 이분도 그렇게 하고 있어요."

그는 미소 지으며 다른 지주를 가리켰다.

"그래요, 미하일 페트로비치의 집도 그럭저럭 괜찮은 편이죠. 하지만 그것이 과연 합리적인 농업인지 그에게 한번 물어봅시다."

지주는 으스대듯 '합리적'이란 말을 했다.

"우리 집 농사는 단순해요. 하느님께 감사할 뿐이죠. 가을에 세금으로 낼 돈을 준비해 두는 것이 경영 방법의 전부입니다. 농부들이 찾아와 이렇게 말해요. 아버지, 우리를 구해 주세요! 이 농부들은 모두 나의 이웃이잖아요? 참 불쌍한 사람들이지요. 그러면 난 처음 삼분의 일을 지불할 수 있는 돈을 주고 말합니다. 여보게, 기억하게. 내가 자네들을 도왔으니 자네들도 필요한 경우에는 날 도와야 하네. 귀리를 심을 때나 건초를 거두어들일 때나 곡물을 수확할 때 말이야. 그런 뒤에 돈에 해당하는 만큼 부역할 양을 말해 주는 겁니다. 그들 가운데에도 역시 염치없는 놈들이 있어요. 정말입니다."

레빈은 오래전부터 이런 가부장적 수법을 알고 있었으므로 스비야슈스키와 눈짓으로 미하일 페트로비치의 말을 가로막은 뒤에 수염이 희끗희끗한 지주에게 다시 말을 걸었다.

"당신은 어떻게 생각하나요? 이제 농사를 어떻게 지어야 할까요?"

그가 물었다.

"글쎄요, 미하일 페트로비치와 똑같이 해도 되겠죠. 아니면 땅을 빌려준 뒤에 농작물의 반을 소작료로 받는다든지 농부들에게 세를 받고 임대해 줄 수도 있고요. 하지만 그런 방법은 그저 국가의 전반적인 부에 해로울 뿐입니다. 농노들과 훌륭한 경영 방법을 이용했을 때 아홉 배의 수확이 나오던 내 땅에서, 수확을 반씩 나누기로 하니까 겨우 세 배의 수확만이 나오더라는 겁니다. 농노 해방이 러시아를 파멸시켰어요."

스비야슈스키는 미소를 띤 눈으로 레빈을 바라보았고 심지어 희미한 조소의 빛마저 보였다. 하지만 레빈은 지주의 말이 우습다고 생각되지 않았다. 스비야슈스키가 하는 말보다는 지주의 말이 더 이해하기 쉬웠다. 지주가 농노해방이 어째서 러시아를 파멸시켰는지 증거까지 대면서 했던 말들은 대부분 레빈에게 매우 신뢰할 만한 내용으로 들렸고, 그의 입장에서는 새롭기도 하고 반박할 여지가 없는 것으로 느껴졌다. 그는 분명 자기 자신의 생각을 말하고 있었는데 그런 일은 좀처럼 찾아보기 힘들었다. 게다가 그 생각이라는 것이 그가 나른한 지성을 무언가로 채우고자 하는 열망에서 나온 게 아니라, 그의 삶을 영위하는 데서 나온 것이며 시골의 고독 속에 칩거하며 모든 측면을 곰곰이 따져 보고 얻은 생각이었다.

"보세요. 모든 진보가 권력에 의해서만 일어난다는 게 문제입니다."

그는 자신도 교양 있는 사람이라는 것을 보여 주려는 생각에 이렇게 말했다.

"표트르 대제, 예카체리나 여제, 알렉산드르 2세의 개혁, 또 유럽의 개혁을 보십시오. 무엇보다 농업의 진보를 생각해 보세요. 예를 들어 감자만 해도 우리나라에 강제 도입되었잖습니까. 우리 시대만 해도 우리 지주들은 농노제 아래서 건조기, 키, 거름 운반기 등 개량 농기구로 농사를 지었어요. 우리는 그 모든 것을 자신의 권력으로 도입한 거예요. 농부들은 처음에만 저항을 하다가 나중에는 우리를 따라 하게 되었지요. 그런데 농노제가 폐지된 지금을 보면 우리는 권력을 잃었고, 최고 수준까지 올라갔던 우리 농업은 가장 야만스럽고 원시적인 상태로 되돌아가려고 해요. 난 그렇게 생각합니다."

"도대체 그 이유가 뭐라고 생각하나요? 그게 합리적이라면, 당신도 일꾼을 고용해서 그렇게 하면 되잖습니까."

스비야슈스키가 말했다.

"권력이 없으니까요. 이렇게 물어봐도 될까요? 도대체 내가 누구와 농사를 짓는 걸까요?"

'바로 그거지. 노동력이야말로 농업의 가장 중요한 요소니까.'

레빈은 생각했다.

"노동자들이죠."

"노동자들은 일을 잘하려고 하지 않아요. 좋은 농기구로 일하려는 생각도 없어요. 우리의 노동자들이 아는 거라곤 돼지처럼 진탕 마시고 취해 우리가 준 걸 망가뜨리는 일뿐입니다. 말에게 물을 잔뜩 마시게 하고, 좋은 마구는 망가뜨리고, 바퀴에서 쇠테를 뜯어 팔아서 술을 마시고, 탈곡기를 망가뜨리려고 그 안에 이음 볼트를 쑤셔 넣는다니까요. 그들은 자기들 방법에 안 맞는 건 뭐든지 싫어해요. 그것 때문에 전체적인 농업 수준이 낮아졌어요. 토지는 내팽개쳐지고 쑥 더미로 뒤덮였어요. 또, 백만 석을 내던 토지를 농부들에게 분배한 다음에 이제 겨우 이삼십만 석 정도 생산합니다. 그러니 전체적인 부는 줄어든 셈이에요. 똑같은 결과를 이루었다 해도, 계산상으로는……"

그는 해방에 대한 자신의 입장과 계획을 늘어놓기 시작했다. 그의 계획대로 이뤄진다면 이런 불편이 없어질지도 모른다.

그 얘기는 레빈에게 흥미롭지 않았다. 하지만 지주가 이야기를 마치자, 레빈은 그의 처음 화제로 돌아가서 스비야슈스키에게 말을 걸어 그가 자신의 진지한 의견을 말하도록 애썼다.

"농업 수준이 낮아지고 있고, 우리와 노동자의 관계에서 이익을 남기는 합리적인 농업을 할 수 없다는 말씀은 전적으로 옳습니다."

그가 말했다.

"난 그렇게 생각하지 않습니다."

스비야슈스키는 진지한 표정으로 반박했다.

"내 눈에는 우리가 농업을 꾸려 나가는 방법을 모른다는 것과, 우리가 농노제 시절에 했던 농사는 지나치게 수준이 높은 게 아니라 오히려 지나치게 수준이 낮았다는 사실만 보입니다. 우리에겐 기계, 좋은 가축, 실질적인 관리란 게 없어요. 우리는 계산을 할 줄도 몰라요. 아무 농장 주인이나 붙잡고 물어보세요. 어떤 게 이익이 되고 어떤 게 이익이 되지 않는지도 모를 겁니다."

"이탈리아 부기법 말입니까? 그런 걸로는 아무리 계산을 해 봐야 모든 게 엉망이 될 뿐이에요. 이익 따위는 없을 겁니다."

지주가 비꼬듯이 말했다.

"어째서 엉망이 된다는 겁니까? 쓸모없는 탈곡기나 당신네들의 러시아식 디딤판이나 망가지지, 내 증기식 기계는 멀쩡합니다. 러시아의 말은 또 어떻고요? 꼬리를 질질 끄는 게 전부인 게으른 말이 당신네 일을 망치는 겁니다. 페르슈롱이나 하다못해 러시아의 토종 짐말이라도 부려 보세요. 그 녀석들은 일을 망치는 법이 없죠. 모든 게 다 그런 식이에요. 우리는 농업의 수준을 한층 높여야만 합니다."

"그 돈이 어디서 나오는데요, 니콜라이 이바노비치! 당신이라면 그게 가능하겠죠. 하지만 우리 집에는 대학 다니는 아들이 한 명, 김나지움에 다니는 아들도 여럿 있어요. 그런데 어떻게 페르슈롱을 살 수 있겠습니까?"

"그래서 은행이라는 게 있는 거잖아요?"

"내 마지막 재산마저 경매에 붙이라는 얘깁니까? 아니요, 사양합니다!"

"난 농업 수준을 한층 높여야 하고 또 그렇게 할 수 있다는 말에는 동의하지 않습니다. 난 이 일에 관심을 가져 왔고 또 내겐 그렇게 할 만한 수단도 있지만 아무것도 해낼 수 없었어요. 난 은행이 누구에게 이익을 주는 건지 모르겠어요. 농업에 들인 돈을 모두 날렸거든요. 가축도 손해 보고, 기계도 손해 보고요."

레빈이 말했다.

"지당하신 말씀입니다."

희끗희끗한 지주는 만족한 듯 웃음까지 지으며 긍정했다.

"또, 나만 그런 게 아닙니다."

레빈이 계속 말을 이었다.

"난 합리적으로 농사를 꾸려 가는 모든 지주를 얘기하는 거예요. 이따금 예외도 있지만, 다들 손해를 보며 농사짓고 있어요. 자, 대답해 보시죠. 당신 영지는 이익을 내고 있나요?"

레빈이 말했다. 그 순간 레빈은 스비야슈스키의 눈에 그의 지성의 응접실 안으로 더 파고들려 할 때마다 느꼈던 그 불안함이 순간적으로 떠오른 것을 보았다.

레빈의 입장에서는 이 질문이 결코 양심적인 게 아니었다. 방금 전 안주인은 차를 마시면서 그들이 올여름에 모스크바에서 오백 루블을 주고 부기에 정통한 독일인을 초빙해 영지 손익을 계산한 결과 손해액이 무려 삼천 루블 정도 된다고 그에게 말했던 것이다. 그녀는 정확한 액수까지 기억하지 못했지만, 독일인은 사분의 일 코페이카까지 다 정산해 본 것 같았다.

지주는 스비야슈스키 영지의 이익이니 어쩌니 하는 말에 웃음을 지었다.

이웃인 귀족 단장이 얼마의 이익을 얻었는지 분명 잘 알고 있는 것 같았다.

"어쩌면 이익이 없었는지도 모릅니다. 하지만 그것은 다만 내가 무능한 영주라는 뜻이거나 도지를 올리려고 자금을 지출했다거나 하는 것을 입증할 뿐이에요."

스비야슈스키가 말했다.

"아니, 도지요?"

레빈은 놀라며 소리쳤다.

"유럽에는 도지라는 것이 가능할지도 모르죠. 그곳에서는 노동력을 들이면 토질이 좋아지니 말입니다. 하지만 우리나라에서는 노동력을 들여 오히려 더욱 토질이 악화되고 있어요. 비료 부족과 연작으로 토지가 메말라 가고 있단 말입니다. 그러니 도지라는 것은 어림도 없어요."

"어떻게 도지가 없을 수 있죠? 법률로 정해진 거잖아요."

"그렇다면 우리가 법률 밖에 있다는 얘기죠. 도지라는 건 우리에게 아무것도 설명해 주지 못해요. 오히려 혼란만 줄 뿐이죠. 아니, 당신이 말씀해 보세요. 도지 이론이 어떻게⋯⋯."

"여러분, 요구르트 좀 드시겠어요? 마샤, 우리에게 요구르트나 산딸기 좀 갖다 줘요."

그는 아내 쪽을 보며 말했다.

"올해는 꽤 늦게까지 산딸기가 열리네요."

그러더니 스비야슈스키는 무척 유쾌한 얼굴로 자리를 떴다. 레빈은 이제 겨우 이야기를 시작했는데 그에게는 다 끝난 것처럼 보인 모양이었다. 대화 상대를 잃은 레빈은 지주를 상대로 계속 이야기를 나누며 우리가 노동자들의 특성과 습성을 알고 싶어 하지 않기 때문에 모든 어려움이 발생한다는 사실을 입증하려고 애썼다. 그러나 지주는 홀로 꼼꼼하게 생각하는 습관이 있는 사람들이 다 그렇듯 다른 사람의 생각을 이해하는 것에는 둔하고 자신의 생각에만 유달리 집착했다. 그는 러시아 농부는 돼지이며 불결한 생활을 좋아한다, 그들을 그런 생활에서 끌어내기 위해 권력이 필요한데 권력이 없을 때에는 몽둥이가 약이다, 그런데 우리는 천 년이나 갖고 있던 몽둥이를 갑자기 변호사 나부랭이나 투옥 같은 것으로 뒤바꿀 만큼 맹렬한 자유주의자가 되어 버렸다, 그리고 감옥에 들어간 쓸모없고 악취나 풍기는 농부들에게 좋은 수프를 먹이고 그들에게 너무나 많은 제곱 피트의 공기를 산정해 준다……, 등등의 주장을 고집스럽게 펼쳤다.

"어째서 그렇게 생각하시는 겁니까? 노동을 생산적으로 만드는 노동력, 왜 그런 관계를 찾는 것이 불가능하다고 생각하시는 겁니까?"

레빈은 처음 질문으로 돌아가려고 애쓰며 말했다.

"몽둥이가 없다면 러시아 농민에게서 결코 그런 것을 기대하지 못할 겁니다! 권력이 없으니 말이죠."

지주가 대답했다.

"도대체 어떤 새로운 조건을 찾을 수 있다는 말씀이십니까?"

스비야슈스키는 요구르트를 먹고 담배에 불을 붙인 후, 다시 이들에게로 다가오며 말했다.

"노동력에 대한 가능한 모든 관계가 이미 정의되고 연구되었어요. 야만의 잔재로 남은 원시공동체는 연대책임과 더불어 저절로 무너지고 있어요. 농노제는 폐지되고 이제 자유로운 노동이 남았지요. 그 형식은 이미 정해지고 주어졌기 때문에 그것을 택해야 합니다. 날품팔이 농부, 일용 노동자, 소작농, 당신네들은 이런 것밖에 선택하지 못할 겁니다."

그가 말했다.

"유럽은 그 형식들에 불만을 품고 있습니다."

"불만을 느끼면서 새로운 것을 찾고 있고, 아마 찾아낼 겁니다."

"그게 바로 내가 한 말이잖아요? 왜 우리는 우리 입장에서 찾으려고 하지 않는 걸까요?"

레빈이 말했다.

"왜냐하면 그건 철도를 놓기 위해 새로운 방법을 찾는 것과 비슷하기 때문이에요. 그런 것들은 이미 고안되어 나와 있거든요."

"하지만 그것들이 우리에게 안 맞으면요? 어리석은 짓이라면 어떡하죠?"

레빈이 말했다.

그때 레빈은 다시 스비야슈스키의 눈에서 예의 불안함을 보았다.

"그래요, 그 말은 곧 누군가 말했듯이 '우리는 유럽이 모색하고 있던 방법을 모두 찾아냈다!'라는 건가요? 나도 그 모든 얘기는 알고 있어요. 하지만 당신은 노동자 조직 문제 때문에 지금 유럽에서 무슨 일이 벌어지고 있는지 알고 있습니까?"

"아니요, 잘 모릅니다."

"지금 유럽 최고의 지성들이 이 문제에 몰두하고 있어요. 슐체-델리츠 학파…… 그리고 가장 자유주의적인 라살레 학파가 저술한 노동 문제에 관한 방대한 문헌……, 뮐하우스 체제, 이러한 것들은 이미 나타나고 있어요. 아마 당신도 아실 겁니다."

"알긴 합니다만, 아주 대략적인 것만 알고 있어요."

"아뇨, 당신은 말만 그렇게 하시지, 분명 나 못지않게 알고 있을 겁니다. 물론 난 사회학 교수는 아닙니다만 이것에 흥미를 갖고 있습니다. 그리고 실제로 당신도 이것에 흥미를 느낀다면 한번 연구해 보세요."

"그래서 그들은 도대체 어떤 결론을 내린 겁니까?"

"실례합니다……."

지주들이 자리에서 일어났다. 그러자 스비야슈스키는 또다시 자신의 지성의 응접실 너머를 들여다보려 하는 레빈의 불쾌한 버릇을 막으며 손님들을 배웅하러 나갔다.

28

레빈은 이날 밤 부인들과 함께 자리를 하는 게 못 견디게 따분했다. 그가 지금 농업에 대해 느끼고 있는 불만은 자기만의 일이 아니라 러시아가 처한 일반적인 상황이라는 것, 어디에서 일하는 노동자든 그들과의 관계를 오는 길에 봤던 농가처럼 만드는 것은 공상이 아니라 반드시 이루어야 할 숙제라는 것, 그런 생각들이 그의 마음을 휘저었다. 게다가 이 문제를 해결할 수 있고, 또 그렇게 하기 위해 반드시 노력해야 할 것 같다는 생각이 들었다.

부인들과 작별 인사를 나누면서 내일 다 함께 말을 타고 국유림에 있는 흥미로운 낭떠러지 구경을 가기 위해 하루 더 머물기로 약속하고, 레빈은 스비야슈스키가 제안한 노동 문제에 대한 책을 가지러 그의 서재에 들렀다. 스비야슈스키의 서재는 책장이 빙 둘러싸고 있고 테이블 두 개가 놓인 큰 방이었다. 방 한가운데에는 책상으로 쓰는 엄청나게 큰 테이블이 있었다. 다른 둥근 테이블에는 최근 발행 호수가 찍힌 다양한 언어로 된 신문과 잡지가 램프 주위에 별 모양으로 놓여 있었다. 책상 옆에는 받침대가 있으며 그 위에는 여러 종류의 서류를 보관하기 위해 금빛 라벨로 구분한 상자들이 놓여 있었다.

스비야슈스키는 책을 꺼내 흔들의자에 앉았다.

"뭘 보는 중입니까?"

그는 둥근 테이블 옆에 서서 잡지를 들여다보는 레빈에게 물었다.

"참, 거기에 아주 흥미로운 논문이 실려 있어요."

스비야슈스키는 레빈이 손에 든 잡지를 보며 말했다.

"그 논문에서는⋯⋯. 폴란드 분할의 주범이 프리드리히가 아니라고 하더군요. 밝혀진 바로는⋯⋯."

그는 명랑하고 활기찬 목소리로 덧붙였다.

그리고 그는 특유의 명쾌한 말투로 매우 중요하고 흥미로운 이 새로운 발견에 대해 요약해서 들려주었다. 레빈은 지금 다른 어떤 것보다 농업에 대한 생각에 몰두하고 있었으므로 주인의 말을 들으며 스스로에게 물었다.

'그의 마음속에는 뭐가 들어 있는 걸까?'

"그래서, 그게 어쨌다는 얘깁니까?"

스비야슈스키 말이 끝나자, 레빈은 불만스럽게 물었다. 하지만 특별한 것 없이 '그렇게 밝혀졌다.'라는 게 재밌다는 말뿐이었다. 하지만 스비야슈스키는 이것이 왜 자신의 흥미를 끌었는지 설명하지 않았고 또한 설명할 필요도 느끼지 못했다.

"아무튼, 화를 잘 내던 그 지주는 매우 흥미롭더군요. 그는 똑똑한 사람이에요. 그가 한 말에는 많은 진실이 담겨 있어요."

레빈은 한숨을 쉬며 말했다.

"아니, 무슨 소리예요! 그는 다른 사람들처럼 그저 철저한 농노제 옹호자입니다!"

스비야슈스키가 말했다.

"당신은 그들의 귀족 단장이면서⋯⋯."

"그렇긴 하지만, 난 그저 그들을 다른 방향으로 이끌어 나갈 뿐이죠."

스비야슈스키는 웃으며 말했다.

"내 관심을 끈 것은 바로……. 그가 한 말이 사실이라는 겁니다. 그가 지적한 대로, 우리가 하는 합리적인 농업은 제대로 되지 않는데 그 지주가 하는 고리대금업식 농경이나 지극히 단순한 농사법은 되고 있잖아요. 그렇다면 누구에게 책임을 물어야 한다고 보십니까?"

레빈이 말했다.

"물론, 우리 자신이 책임져야죠. 그리고 합리적인 농업이 제대로 되지 않는다는 말은 옳지 않아요. 바실리치코프네서는 잘하고 있거든요."

"공장은……."

"하지만 난 당신이 어떤 것에 놀랐는지 잘 모르겠군요. 물질적으로나, 정신적으로 한참 뒤떨어진 농민이 자신한테 낯선 모든 것에 거부감을 느끼는 것은 당연하지 않습니까! 유럽에서 합리적인 농업이 가능한 건 농민들이 교육을 받았기 때문이에요. 그러니까 우리나라도 농민을 교육시켜야 해요. 그게 전부예요."

"하지만 어떻게 교육시킨단 말씀입니까?"

"농민을 교육시키기 위해서는 세 가지가 필요하죠. 첫째도 학교, 둘째도 학교, 셋째도 학교예요."

"하지만 당신도 농민들은 물질적인 발전 측면에서 너무나 뒤떨어져 있다고 말씀하셨잖아요? 그런데 학교가 도대체 어떤 도움을 줄 수 있다는 건가요?"

"음, 당신은 내게 어느 환자에게 충고하는 이야기를 떠올리게 만드는군요. '설사약을 써 보는 게 어떨까요?' '써 봤어요. 더 나빠졌어요.' '거머리를 써 보시든가요.' '그것도 써 봤어요. 더 나빠졌어요.' '그럼, 하느님께 기도할 수밖에 없네요.' '그것도 해 보았지만 더 나빠졌다고요.' 우리의 대화가 딱 그겁니다. 내가 경제 정책을 말하면 당신은 더 나빠질 뿐이라고 말하죠. 내가 사회주의를 말해도 당신은 더 나빠질 뿐이라고 하죠.

내가 교육을 말해도 당신은 또 더 나빠질 뿐이라고 하는군요."

"그럼, 도대체 학교가 어떤 도움을 줄 수 있습니까?"

"또 다른 필요성을 느끼게 만들지요."

"내가 결코 이해할 수 없는 부분이 바로 그겁니다."

레빈은 열띤 어조로 반박했다.

"도대체 어떤 방법을 써서 학교가 농민들의 물질적 상태를 개선하도록 돕는다는 겁니까? 당신은 학교와 교육이 농민에게 또 다른 필요성을 느끼게 만든다고 했습니다만 그렇게 하면 상황만 더 나빠질 뿐이에요. 농민이 느낀 필요를 충족시키지 못할 테니까요. 덧셈, 뺄셈, 교리문답 같은 지식이 무슨 수로 농민들의 물질적 상태를 개선하는 데 도움을 줄 수 있는지, 난 도저히 이해할 수 없군요. 그저께 저녁, 젖먹이를 안은 한 아낙과 마주쳤는데 그녀에게 어디에 다녀오는 길이냐고 물었어요. 그녀가 '산파 할머니 집에 다녀오는 길입니다. 아이가 경기를 일으켜 그것을 고쳐 달라고 데려갔었어요.' 하더군요. 난 그 산파가 어떻게 고치더냐고 물었습니다. '아기를 암탉들과 나란히 횃대에 올려놓은 다음 뭐라고 중얼거렸어요.' 그러더군요."

"그것 보세요. 당신 스스로도 그렇게 말하고 있잖아요! 아낙이 경기를 고친답시고 아기를 횃대에 올려놓는 그런 곳에 가지 않게 하려면……."

스비야슈스키는 유쾌하게 웃으며 말했다.

"아, 아니죠! 내가 보기에 이런 치료법은 학교로 농민을 치유하겠다는 것과 딱히 다를 게 없어요. 농민은 가난하고 무지합니다. 아낙이 우는 아이에게서 병을 보듯, 우리도 그 사실을 분명히 보고 있어요. 하지만 횃대의 암탉들이 경기를 고치는 데 어떻게 효과가 있다는 것인지 이해할 수 없는 것처럼, 어째서 학교가 이런 불행, 즉 가난과 무지를 벗어나는 데 기여할 수 있다는 것인지 이해할 수 없습니다. 구제해야 할 대상은 바로 농민들을 가난하게 하는 원인입니다."

레빈이 벌컥 짜증을 내며 말했다.

"음, 당신은 그런 면에서는 적어도 당신이 그렇게 싫어하는 스펜서(영국 철학자_옮긴이)와 견해가 같군요. 그도 읽고 셈하는 능력에서 교육이 시작되는 게 아니라, 큰 부와 편리한 생활, 가령 그가 하는 말처럼 자주 씻는 것에서 비롯될 수도 있다고 말하잖아요."

"음, 내가 스펜서와 견해가 같다니 기쁘지만 딱히 반갑지만은 않군요. 다만 난 오래전부터 농민을 도울 수 있는 건 학교가 아니라 그들을 더욱 부유하고 더욱 여유롭게 하는 경제 조직이라는 걸 알고 있었습니다. 그렇게 된 다음에는 학교도 생기겠죠."

"하지만 지금 유럽 모든 나라에서는 학교교육이 의무화되어 있어요."

"그럼 당신은 어떠십니까? 이 점에서 스펜서의 견해와 일치하시나요?" 레빈이 물었다.

"아니, 그렇지만 경기에 대한 이야기는 참으로 재미있군요! 정말 당신이 직접 들은 이야기입니까?"

스비야슈스키의 눈에는 불안해하는 표정이 엿보였지만 웃으며 이렇게 말했다.

레빈은 이런 방법으로는 이 사내의 삶과 그의 사상 사이의 관계를 찾아낼 수 없다는 결론을 내렸다. 분명 그는 자신의 논의가 어떻게 결과를 맺든 전혀 상관하지 않는 것 같았다. 그에게는 그저 논의의 과정이 필요할 뿐이었다. 그 논의의 과정이 그를 구석으로 몰고 가면 불쾌해했고 이런 것을 싫어했을 뿐만 아니라 화제를 다른 유쾌하고 명랑한 것으로 바꾸어 이를 피하려고 했다.

오는 길에 만난 농부부터 시작해서 이날 받은 모든 인상은 레빈의 마음을 강하게 움직였다. 특히 농부에게서 받은 인상은 이날 받은 모든 인상과 생각의 근본적인 밑바탕이 된 것 같았다. 공적인 것에만 사용하기 위해 사상을 간직하고 레빈은 알 수 없는 어떤 다른 삶의 원리를 가진 이

유쾌한 스비야슈스키, 그런데도 '다수'라는 이름의 농민과 더불어 자신과 무관한 사상으로 여론을 이끄는 스비야슈스키, 자신의 삶 속에서 고통스럽게 얻은 의견은 전적으로 옳지만 러시아 계급 전체와 최상 계급에 대한 적의의 측면에서는 옳다고 할 수 없는 그 격분에 찬 지주, 자신의 활동에 대한 불만과 이것을 개선하는 방법을 찾을 수 있다는 막연한 희망, 이 모든 것들이 내면의 불안과 함께 해결책이 눈앞에 있다는 기대감으로 어우러졌다.

배정받은 방에 혼자 남아, 레빈은 조금만 움직여도 팔다리까지 흔들리는 스프링 달린 매트리스에 누워 오랫동안 잠을 이루지 못하고 뒤척였다. 레빈은 스비야슈스키에게서 지적인 이야기를 많이 들었지만 아무것도 그의 흥미를 끌지 못했다. 그렇지만 지주의 논증은 더 많은 생각을 요구했다. 레빈은 자기도 모르게 그의 이야기를 다시 떠올리며 그에게 대답할 말을 머릿속에서 다듬었다.

'맞아, 난 그에게 이렇게 말해야 했어.

당신은 농부들이 개량을 증오하기 때문에 우리 농업이 제대로 되지 않으므로 권력으로 그들을 이끌어야 한다고 말합니다. 만일 농업이 그런 개량 없이 결코 제대로 굴러갈 수 없다고 한다면, 당신 말이 옳을 겁니다. 하지만 내가 오는 길에 들른 노인의 집처럼 노동자가 자신들의 습관에 따라 일하는 곳에서도 농사가 잘되고 있더란 말씀입니다. 농업에 대한 당신과 우리의 공통된 불만은 농부들이 아니라 당신이나 우리에게 잘못이 있다는 것을 증명하죠. 우리는 이미 오래전부터 노동력이 가진 특성에 대해서는 고찰해 보지 않고 우리 자신의 방식, 즉 유럽식으로 밀어붙여 왔어요. 관념적인 노동력이 아닌 본능을 가진 러시아 노동자로서 노동력을 받아들이고, 그것에 맞춰 농업을 정비해 보세요.

그리고 또 그에게 이렇게 말해야만 했지.

당신이 그 노인처럼 농사를 짓는다고 상상해 보십시오. 그리고 당신이 노동자 스스로 노동이 성공했을 때 흥미를 느끼게 할 방법과 그들이 받아들일 만한 개량의 합의점을 찾아냈다고 상상해 보는 겁니다. 그럼 당신은 토지를 망가뜨리지 않고도 예전보다 두 배, 세 배의 수확을 올리게될 겁니다. 그렇다면 그걸 반으로 나누어 노동자들에게 주는 겁니다. 그럼 당신이 얻는 액수도 커질뿐더러, 노동자들도 더 많은 것을 얻을 겁니다. 이렇게 하려면, 농업 수준을 낮춰서 노동자들이 농업의 성공에 흥미를 갖게 만들어야 됩니다. 이것을 어떤 식으로 할 것인가, 그건 세부적인 문제지만 이게 가능하다는 점만은 확실합니다.'

이런 생각은 레빈이 엄청나게 흥분하도록 만들었다. 그는 이 생각을 실천으로 옮기기 위한 구체적인 방법을 생각하느라 그날 거의 잠을 이루지 못했다. 처음에는 바로 다음 날 떠날 계획으로 온 게 아니었지만, 지금 그는 아침 일찍 집으로 가야겠다는 결심을 했다. 게다가 가슴이 파인 옷을 입은 스비야슈스키의 처제가 그의 마음속에, 나쁜 짓을 저질렀을 때의 수치와 후회 비슷한 감정을 생각나게 했다. 그는 지체 없이 떠나야 했다. 무엇보다 가을 파종 곡물을 뿌리기 전에 농부들에게 새로운 계획을 제안하고 새로운 토대 위에서 파종이 이루어지도록 만들어야 했기 때문이었다. 그는 지금까지 해 온 농업 방식을 완전히 바꿔 보기로 결심했다.

29

레빈의 계획은 여러 어려운 점 때문에 차질을 빚었다. 하지만 최선을 다해 노력한 결과, 비록 바라던 만큼은 아닐지라도 스스로를 속이지 않고서도 노력할 가치가 있다고 믿을 수 있을 만큼의 성과를 얻어 냈다. 가장 큰 어려움은 농사가 이미 진행 중이라 모든 것을 멈추고 처음부터 다시 시작할 수 없었기에 도중에 기계를 바꿔야만 했다는 점이다.

그날 밤 그가 집으로 돌아와 집사에게 자신의 계획을 알렸을 때, 집사는 그의 말 가운데서 지금까지 했던 모든 행동이 어리석고 무익한 짓이었다는 부분에 대해 노골적으로 만족스러워하며 맞장구를 쳤다. 집사는 자기가 이미 오래전부터 그렇게 말했지만 아무도 그의 말을 듣지 않았다고 했다. 하지만 레빈이 자신도 한 사람의 주주로서 노동자들과 함께 모든 농사 계획에 참여하겠다고 제안하자, 집사는 크게 실망한 표정만 지을 뿐 별다른 의견을 제시하지 않고, 내일은 남은 호밀 다발을 거둬들여야 하고 두벌갈이를 하러 사람을 보내야 한다고 급히 마무리 지었다. 그래서 레빈은 지금은 계획을 실행할 시기가 아니라는 것을 깨달았다.

농부들에게도 같은 이야기를 들려주고 그들에게 새로운 조건으로 토지를 임대하겠노라는 제안을 하는 동안, 그는 농부들이 하루하루 일로 너무 바빠서 그 제안이 이익인지 손해인지 따질 겨를이 없다는 중요한 장애물과 맞닥뜨렸다.

순박한 농부인 가축지기 이반은 그와 그의 가족을 축사에서 나오는 이익을 분배하는 데 동참시키겠다는 레빈의 제안을 충분히 이해했고 그 제안에 공감하는 것처럼 보였다. 그러나 레빈이 그에게 앞으로 얻을 이익에 대해 설명하자, 이반의 얼굴에는 불안감과 레빈의 말을 끝까지 들을 수 없어 죄송하다는 표정이 떠올랐다. 그러더니 그는 잠시도 미룰 수 없는 어떤 일을 급하게 찾아 마구간에서 건초를 꺼내려고 쇠스랑을 들기도 하고, 통에 물을 채우기도 하고, 두엄을 치우기도 했다.

또 다른 난관은 지주가 하는 일에는 자기들을 최대한 쥐어짜려는 욕심 말고는 다른 것이 없다는 농부들의 고집 센 불신이었다. 그들은 지주의 진짜 목적은, 그가 무슨 말을 하든 언제나 그가 그들에게 말하지 않은 다른 것에 있기 마련이라고 굳게 믿었다. 그래서 그들도 자신의 의견과 함께 많은 이야기를 하긴 했지만 자신들의 진짜 목적이 어떤 것인지는 절대로 말하지 않았다. 게다가─레빈은 그 신경질적인 지주가 한 말이 옳다는 것을 깨달았다.─농부들은 자신들에게 어떠한 새로운 농사 방법이나 새로운 농기구 사용을 강요하지 않을 것을 모든 계약의 첫 번째 절대 조건으로 내세웠다. 그들은 쇠로 된 쟁기가 땅을 더 잘 갈고 노면 파쇄기의 성능이 더 좋다는 사실에는 동의하면서도 어째서 그런 것들을 사용할 수 없는지에 대해 갖가지 이유를 들었다. 레빈은 농업의 수준을 낮춰야 한다는 확신이 있었으면서도 더 나은 방법이라고 여기는 그런 개량법을 포기하기는 아쉬웠다. 그러나 그 모든 난관을 뚫고 그는 자신의 희망을 이루었다. 그리하여 가을 무렵에는 일이 그럭저럭 잘 진행되는 것처럼 보였다. 적어도 그가 보기에는 그랬다.

레빈은 처음에 농사일을 새로운 농부들과 노동자들과 집사에게 완전히 맡기려고 생각했지만 그는 곧 그것이 불가능하다고 확신하고 축사,

과수원, 채소밭, 목초지, 몇 개의 구획으로 밭을 나눠 농사일을 구분할 결심을 했다. 레빈이 생각하기에 이 일을 누구보다 잘 이해한 순박한 가축 지기 이반은 조합원으로 자기 식구들을 주로 선출해 공동 경영자가 되었다. 또한 영리한 농부 표도르 레주노프의 도움으로 여섯 농가가 집단 경영이라는 새로운 방법 아래 팔 년 동안 휴경지로 내버려 둔 먼 밭을 맡았으며, 농부 슈라예프는 같은 조건으로 채소밭 전체를 빌리기로 했다. 나머지는 아직 예전 그대로였지만, 이 세 가지 항목은 새로운 체제를 시작하려는 레빈의 마음을 완전히 사로잡았다.

물론 아직까지 축사의 사정이 전보다 나아졌다고는 볼 수 없었다. 게다가 이반은 암소를 추운 곳에서 지내게 해야 여물이 덜 들고, 발효시킨 농축 크림으로 버터를 만들어야 더 이익이라며, 암소를 따뜻한 곳에 두는 것과 생크림으로 버터를 만드는 것을 반대했다. 게다가 그는 급료를 예전과 같은 방식으로 받기를 원했다. 그는 자신이 급료를 받는 게 아니라 앞으로 얻을 이익에서 그의 지분만큼 미리 선금을 받은 것이라는 사실은 알려고도 하지 않았다.

물론 표도르 레주노프의 조합도 시간이 부족하다는 핑계로 합의 사항이었던 '파종 전에 두벌갈이 하기'를 안 지켰다. 사실, 이 조합의 농부들은 새로운 토대 위에서 이 일을 하기로 약정을 하고도 이 토지를 공동의 것으로 여기는 게 아니고, 그저 지주와 농민이 수확을 반씩 나누는 것쯤으로 여겼다. 그래서 이 조합의 농부들뿐 아니라 레주노프까지도 레빈에게 여러 번 이런 식으로 말하곤 했다.

"나리가 도지를 받으면, 나리도 편하고 저희도 편하잖습니까."

거기다 농부들은 그 땅에 축사와 곡물 창고를 짓기로 한 약정을 온갖 핑계로 미루다 결국 겨울이 될 때까지 질질 끌었다.

물론 슈라예프도 자기가 빌린 채소밭을 작은 구획으로 나누어 농부들에게 빌려 주려고 했는데 그가 토지 임차 계약을 완전히 오해한 게 분명했다. 아니 어쩌면 고의로 그런 식으로 오해하는 것인지도 몰랐다.

농부들과 자주 대화하고 그들에게 새로운 계획이 가진 모든 좋은 점을 설명하면서, 레빈 역시 농부들이 그의 목소리에 귀를 기울이기는 하지만 그가 무슨 말을 하든 결코 그의 속임수에 넘어가지 않겠다고 굳게 다짐하는 듯한 느낌을 받았다. 특히 그는 농부들 가운데 가장 영리한 레주노프와 이야기를 나눌 때 이런 것을 강하게 느꼈다. 그는 레주노프의 눈동자에 스치는 번득임을 보았는데 분명 레빈에 대한 조롱도 있거니와 설사 레빈의 말에 속는 사람이 있다고 해도 레주노프 자신은 절대로 아니라는 굳은 확신이 담겨 있었다.

하지만 이 모든 상황에도 불구하고 레빈은 일이 순조롭게 되어 간다고 생각했다. 그리고 그는 계산을 정확하게 하고 자신의 입장을 지켜 나가면서 그들에게 그 방법이 낳을 미래의 이점을 증명해 보이겠으며, 그때에는 모든 일이 저절로 잘 진행될 것이라고 생각했다.

레빈은 여름 내내 이 일과 그가 해야 할 나머지 농사일과 책을 쓰는 작업에 온통 매달려 사냥도 거의 가지 않았다. 8월 말에 그는 안장을 돌려주러 온 하인을 통해 오블론스키 집안이 모스크바로 떠난 사실을 알게 되었다. 그는 다리야 알렉산드로브나의 편지에 답장도 하지 않고 무례하게 군 일을 떠올릴 때마다 부끄러워서 얼굴이 화끈거렸다. 그 스스로 자신의 배를 불태워 버렸으니 다시는 그들을 만나러 갈 수 없을 것이라고 생각했다. 그는 작별 인사도 하지 않고 떠나는 것으로 스비야슈스키에게도 똑같은 짓을 저질렀다. 하지만 그는 두 번 다시 스비야슈스키를 찾아가지 않을 테니 이제는 아무래도 상관없었다. 마치 자신의 인생에 아무 일도 없었던 것처럼, 새로운 농사 체계를 만드는 일에만 레빈의 관심이 쏠렸다. 그는 스비야슈스키에게 받은 책을 몇 번이고 반복해서 읽었다. 그는 자기에게 없는 내용들을 뽑아 정리하면서 그 주제에 맞는 정치경제학과 사회주의에 관련된 책들을 찾아 되풀이해 읽었지만, 예상했던 것처럼 자신이 착수한 일과 관련된 내용을 전혀 찾을 수 없었다. 정치경제학 책들 속에서, 가령 그가 처음에 엄청난 열의로 읽으면서 순간순간 그를 사로잡은 질문들의 해결점을 찾으려 했던 밀의 책에서, 그는 유럽의 농업 상황에서 이끌어 낸 법칙들을 발견했지만 그는 러시아에는 적용되지 않는 이 법칙을 왜 보편적인 것으로 받아들여야 하는지 이해할 수 없었다. 사회주의에 관한 책에서도 마찬가지였다.

그가 학창 시절에 흠뻑 빠지기도 했던 그 사회주의 이론은 아름다웠지만 현실에 맞지 않는 공상이었다. 또는 러시아 농업 현실과는 공통점이하나도 없이 그저 유럽이 처한 상황의 개선과 수정에 불과했다. 정치경제학은 유럽을 발전시켰고, 지금도 발전시키고 있는 법칙이 보편적이고 의심할 수 없는 명백한 법칙이라고 말했다. 사회주의 이론은 그러한 법칙을 따른 발전은 파멸로 끝나고 말 것이라고 했다. 그러나 그 어느 쪽도 레빈과 러시아 농부들과 지주들이 공공복지를 위해 그들의 수백만 노동력과 땅을 가장 생산적으로 이용하는 방법이 어떤 것인지에 대해 명쾌한 답은커녕 희미한 암시조차 주지 못했다.

일단 이 일에 집중한 레빈은 그가 생각하는 주제에 관한 책들을 열심히 읽었다. 그리고 이 문제에 관해서만큼은 더 이상 같은 곤란을 겪지 않도록 가을에는 외국으로 가 봐야겠다고 결심했다. 가끔씩 그가 상대방이 가진 사상을 이해하고 자신의 생각을 설명하려고 하면 사람들은 불쑥 이런 질문을 하곤 했다.

"카우프만, 존스, 뒤부아, 미첼리(권위에 의존해 논증하는 사람들을 비꼬기 위해 꾸며 낸 이름_옮긴이)는 어떻습니까? 당신은 그 사람들의 책을 안 읽었군요. 한번 읽어 보세요. 그 사람들이 그 문제에 대한 연구를 하고 있답니다."

그는 이제 카우프만과 미첼리가 자신에게 아무것도 말해 주지 않는다는 것을 분명히 깨달았다. 그는 자신이 무엇을 원하는지 알았다. 그는 러시아가 훌륭한 땅과 훌륭한 노동자들을 가졌다는 것, 가끔씩은 스비야슈스키의 집으로 가는 길에 만난 농부의 집처럼 노동자와 토지가 많은 것을 생산하기도 한다는 것, 반대로 유럽식으로 자금이 투입되는 대부분의 경우에는 적은 생산량이 나온다는 것, 그 이유는 단지 노동자들이 자신의 방식으로만 일하고 싶어 하고 또 그렇게 일하기 때문이라는 것, 이러한 반작용은 우연히 일어난 일이 아니라 민중의 정신에 근거한 항구적 현상이라는 것을 알게 되었다. 그는 광대한 미개척지에 살면서 개간할 운명을 지닌 러시아 민중이 그 땅들이 모두 개간될 때까지는 필요한 방법들을 의식적으로 고수할 것이며, 이런 방법들이 사람들이 일반적으로 비판하는 것처럼 그렇게 나쁘지는 않다고 생각했다. 그리고 그는 저술을 통해 이론적인 면을, 자신의 농업을 통해서는 실천적인 면을 증명하고 싶었다.

30

9월 말이 되자 조합에 분배된 땅에 축사를 짓기 위한 목재가 도착했고, 암소에게서 만들어진 버터가 판매되어 그 이익을 나누었다. 적어도 레빈이 보기엔 실천적인 측면인 농업에서는 일이 훌륭하게 진행되었다. 이제 그가 바라는 대로 이론적인 면에서 증명을 하기 위해서, 정치경제학의 대혁신을 일으키는 것에서 끝나는 게 아니라 그 학문을 완전히 폐지하고 농민과 토지의 관계에 대한 새로운 학문의 기초가 될 자신의 저서를 마무리하기 위해서는 이제 외국으로 나가 이 방면에서 이루어진 모든 것을 답사하고 그곳에서 시행한 모든 것이 불필요한 것이라는 증거만 발견하면 되었다. 레빈은 돈을 준비해 외국으로 나가기 위해 밀이 출하되기만을 기다렸다. 하지만 비가 내리기 시작해 밭에 남은 곡물과 감자를 추수하는 게 불가능하게 되고, 마지막에는 모든 작업과 밀의 출하까지 중단해야 했다. 길은 발이 빠질 정도로 점점 나빠졌고 제분기 두 대마저 큰비에 떠내려간 데다 날씨는 점점 더 나빠졌다.

9월 30일, 아침부터 해가 반짝하자 레빈은 좋은 날씨를 기대하며 단호하게 길을 떠날 준비를 했다. 그는 부대에 밀을 채우라는 지시를 내리고, 집사는 상인에게 보내 돈을 받아 오도록 시키고, 출발 전에 마지막 지시를 하기 위해 농장을 돌아보러 나갔다.

그러나 레빈은 일을 다 끝마치고 나서, 가죽옷을 따라 목덜미로 흘러드는 빗물과 부츠 속으로 흘러드는 빗물에 흠뻑 젖어 몹시 기운 넘치고 흥분된 상태로 저녁 무렵에서야 집으로 돌아왔다. 저녁이 되자 날씨가 더욱더 나빠졌다. 비에 젖어 귀와 머리를 덜덜 떨던 말은 세차게 떨어지는 우박에 똑바로 걷지도 못할 지경이 됐다. 레빈은 방한용 두건을 쓰고 있어 상관없었다. 그는 어떤 때는 바퀴 자국을 따라 흐르는 흙탕물, 어떤 때는 앙상한 가지에 맺힌 물방울, 어떤 때는 녹지 않고 다리 판자에 하얗게 쌓인 눈을, 또는 헐벗은 나무 주위에 수북하게 쌓인 통통하고 즙 많은 느릅나무 잎사귀를 보는 식으로 주위를 즐겁게 둘러보았다. 자연은 음울한 기운을 뿜어내고 있었지만, 그는 자신이 굉장히 흥분하고 있다는 것을 느꼈다. 멀리 있는 마을에서 농부들과 이야기를 나누며 그들이 자신들의 관계에 익숙해지기 시작했음을 깨달았는데, 그가 옷을 말리기 위해 잠깐 들른 집의 관리인 노인은 레빈의 계획에 적극적인 찬성을 보이며 자기도 가축을 사서 조합에 가입하겠다는 뜻을 넌지시 보였다.

'꿋꿋하게 자신의 목표를 향해 걸어가면 되는 거야. 그러면 그 목표에 도달하게 되는 거지.'

레빈은 생각했다.

'일하고 노력하는 건 그 나름대로 이유가 있는 거야. 이 일은 내 개인적 일이 아니라 공익에 관한 문제야. 농업 전체가, 무엇보다 농민의 처지가 완전히 바뀌어야 해. 가난 대신 부와 만족이, 적대적 감정 대신 화합과 이해의 일치가 필요하지. 한마디로 말하면 이건 무혈혁명이야. 처음에는 우리 군이라는 작은 영역에서 시작해서 나중에는 현과 러시아, 나아가 전 세계로 확산될 대혁명이 되겠지. 올바른 사상은 반드시 열매를 맺으니까. 맞아, 이거야말로 노력할 만한 가치가 있는 목표야. 게다가 이 일을 하는 사람이 바로 나 코스챠 레빈이라는 점, 검은 넥타이를 매고 무도회에 갔다가 쉐르바츠카야에게 거절을 당하고 나서 스스로를 가엾고 쓸모없는 존재로 생각하던 바로 그 사내라는 점, 이건 아무런 문제도 안 돼. 프랭클린도 나처럼 자신을 돌아보며 하찮게 생각하고 자신을 온전히 믿지 못했을 거야. 이건 아무 의미도 없지만 그에게도 분명 그만의 아가피야 미하일로브나가 있었을 테지. 그가 자신의 계획을 털어놓을 수 있는 그런 사람……'

레빈은 그런 생각을 하면서 날이 어두워져서야 집에 도착했다.

상인에게 다녀온 집사도 밀 값 일부를 받아 왔다. 가옥관리인과 계약도 맺었다. 그리고 집사가 도중에 확인한 것에 따르면 다른 집은 밭 곳곳에 곡물이 널려 있더라는 것, 그들과 비교하면 우리가 아직 못 거둔 백육십 더미쯤은 별것 아니라고 했다.

저녁을 먹고, 레빈은 평소처럼 안락의자에 앉아 책을 읽으면서 그 책과 관련된 자신의 여행을 계속 생각했다. 오늘은 유난히 그가 하고 있는 일의 의미가 분명하게 떠오르고 그의 사상의 본질을 나타낼 수 있는 문장들이 그의 머릿속에서 저절로 만들어졌다.

'이걸 기록해 둬야겠군. 전에는 필요 없다고 생각했던 짧막한 머리말로 삼아야지.'

그가 책상으로 가려고 자리에서 일어나자 발치에 누워 있던 라스카도 기지개를 켜며 덩달아 일어나더니 마치 어디에 가느냐고 묻는 것처럼 그를 쳐다보았다. 그러나 조합 책임자들이 한꺼번에 들어오는 바람에 생각을 기록할 시간이 없었다. 레빈은 그들을 맞으러 현관으로 나갔다.

레빈은 명령, 즉 내일 일에 대한 지시를 내리고 그에게 볼일이 있어 찾아온 농부들을 만나 본 다음에 서재로 가서 일을 시작했다. 라스카는 책상 밑에 누워 있고, 아가피야 미하일로브나는 긴 양말을 들고 자기 자리로 가서 앉았다.

잠시 글을 쓰고 난 뒤, 갑자기 레빈의 머리에 키티의 모습과 그녀의 거절, 마지막 만남이 너무나 선명하게 떠올랐다. 그는 자리에서 일어나 방 안을 거닐었다.

"지루해하지 마세요. 도대체, 왜 집에만 계시는 거예요? 온천에라도 다녀오시지요. 여행 갈 준비도 다 하셨으면서."

아가피야 미하일로브나가 말했다.

"안 그래도 모레 가려고요, 아가피야 미하일로브나. 아직 일을 못 끝냈어요."

"아니, 뭐가 또 남았다는 거예요! 농부들에게 그만큼 해 줬으면 됐지 뭐가 부족하다는 말씀이세요! 그렇지 않아도 사람들이 당신네 나리는 차르에게 은총을 받을 거라고 하더군요. 그런데 이상해요. 나리는 왜 농부들을 걱정하시는 거죠?"

"내가 그 사람들을 걱정해서가 아니라, 나를 위해서 하는 거예요."

아가피야 미하일로브나는 레빈의 농사 계획을 모두 알았다. 레빈은 자주 그녀에게 자신의 생각을 미주알고주알 늘어놓았고 이따금 그녀와 말다툼도 하며 그녀가 하는 설명에 반기를 들기도 했다. 하지만 지금 그녀는 그의 말을 완전히 다르게 이해했다.

"그건 당연한 일이에요. 사람은 다른 어떤 것보다 자신의 영혼에 대해 깊이 생각할 줄 알아야 해요."

그녀는 한숨을 쉬며 말했다.

"저 파르펜 제니시치는 무식했지만 하느님이 모든 사람에게 주시는 그런 죽음을 맞았답니다. 그는 성찬식도 받고 성유식도 받은걸요."

그녀는 얼마 전에 죽은 하인에 대해 말했다.

"난 그런 얘기를 하는 게 아니에요. 내가 나 자신의 이익 때문에 일한다는 말이에요. 농부들이 일을 잘해 주면 나한테도 이득이라는 거죠."

"나리가 일을 아무리 한다고 해도 농부가 게으름을 부리면 모든 게 제대로 되지 않을 거예요. 양심이 있다면 일을 하겠지만, 그게 아니라면 아무엇도 안 할걸요."

"그건 그렇죠. 하지만 당신도 이반이 축사를 훨씬 더 잘 돌보게 됐다고 말했잖아요."

"한 가지만 말하죠. 나리는 결혼을 해야 해요. 그게 중요해요!"

우연히 한 말이 아니라, 엄격하고 계산된 생각에서 나온 말이 틀림없었다. 그는 지금 막 머릿속에서 떠오른 것을 아가피야 미하일로브나가 정확하게 지적하자 화가 나기도 하고 모욕감을 느끼기도 했다. 레빈은 이마를 잔뜩 찌푸리고 그녀에게 대답도 하지 않은 채 다시 책상 앞에 앉아 이 작업의 의미에 대해 생각한 것들을 하나씩 되짚어가며 일을 하기 시작했다. 이따금 그는 그저 조용한 가운데 아가피야 미하일로브나가 움직이는 뜨개질바늘 소리에 귀를 기울이다가 기억하고 싶지 않은 것을 떠올리며 얼굴을 또 찌푸렸다.

아홉 시가 될 무렵, 작은 방울 소리와 진창길을 따라 흔들리는 둔탁한 마차 소리가 들렸다.

"어머나, 손님이 오셨나 봐요. 지루해하지 않아도 되겠는걸요."

아가피야 미하일로브나가 자리에서 일어나 문 쪽으로 걸어갔지만 레빈이 그녀를 앞질러 갔다. 마침 작업도 잘 안 되던 참이라 레빈은 누구든 상관없이 손님을 맞게 된 게 기뻤다.

31

계단을 반쯤 뛰어 내려갔을 때, 레빈은 현관 근처에서 들려오는 기침 소리가 익숙한 느낌이 들었다. 자기 발소리 때문에 제대로 듣지 못했지만 그는 자신이 잘못 들었기를 바랐다. 바로 그 순간, 길쭉하고 앙상하며 익숙한 형체가 눈에 들어오자, 그는 이제 더 이상 자신을 속일 수 없었다. 그러면서도 그는 여전히 자신이 착각했기를, 외투를 벗으며 기침을 하는 키 큰 사나이가 니콜라이 형이 아니기를 바랐다.

레빈이 형을 사랑하는 것은 사실이었지만, 그와 함께 있는 것은 언제나 고통스러웠다. 더욱이 자신에게 떠오른 생각과 아가피야 미하일로브나가 한 충고 때문에 모호하고 착잡한 기분에 잠긴 지금 형과 만날 생각을 하니 유난히 괴로웠다. 그는 은근히 유쾌하고 건강한 손님을 맞아 자신의 모호한 기분을 잊을 수 있기를 바랐으나 현실은 자신의 속을 꿰뚫어 보고 자신의 마음속에 든 온갖 생각을 끄집어내어 전부 털어놓게 만드는 형과 마주해야 했다. 그것은 그가 바라던 게 아니었다.

레빈은 자신의 혐오스러운 감정에 화를 내며 뛰어 내려갔다. 그렇지만 형을 가까이에서 본 순간, 환멸감은 눈 녹듯이 사라지고 연민이 그의 마음에서 피어났다. 비쩍 마르고 병든 니콜라이 형은 예전에도 섬뜩하게 보였지만, 지금은 더욱 마르고 약해져서 마치 살가죽을 씌운 해골처럼 보였다.

그는 현관에 서서 길고 앙상한 목을 경련하듯 떨며 목도리를 풀다가 묘하고 애처로운 미소를 지었다. 그의 온화하고 순종적인 미소를 보자, 레빈은 목구멍에 경련이 일어 꽉 조이는 것 같았다.

"그래, 널 보러 이렇게 왔구나."

니콜라이는 한시도 동생의 얼굴에서 시선을 거두지 않고 웅얼거리는 듯한 목소리로 말했다.

"오래전부터 찾아오고 싶었지만 몸이 계속 안 좋았어. 이제 많이 좋아진 거야."

그는 크고 앙상한 손바닥으로 턱수염을 쓰다듬으며 말했다.

"그래, 정말 그러네."

레빈이 대답했다. 레빈은 형에게 입 맞추면서 그의 메마른 육체를 입술로 느끼고 묘하게 빛나는 큰 눈동자를 가까이에서 보니 더욱 무서운 느낌이 들었다.

레빈은 몇 주 전에 지금까지 분배되지 않은 재산을 약간 매각해 이제 곧 형의 몫으로 약 이천 루블 정도가 돌아갈 것이라는 편지를 형에게 보냈다.

니콜라이는 그 돈을 받기 위해서, 아니 다른 것보다 자신의 옛 둥지에 머물며 대지와 호흡하고 영웅서사시에 나오는 영웅들처럼 앞으로 활동하기 위한 힘을 저장하기 위해 왔노라고 했다. 전보다 더 많이 굽은 허리와 큰 키 때문에 마른 몸이 더 말라 보이긴 했지만, 그의 움직임은 여느 때처럼 민첩하고 성급했다. 레빈은 그를 서재로 안내했다.

형은 평소와 달리 정성껏 옷을 갈아입고 숱이 적은 뻣뻣한 머리카락을 가지런히 빗고 미소 띤 얼굴로 2층으로 올라갔다.

레빈이 어린 시절에 자주 보던 것처럼 형은 너무나도 부드럽고 유쾌한 기분에 젖어 있었다. 그는 세르게이 이바노비치를 언급해도 언짢은 기색을 보이지 않았다. 아가피야 미하일로브나를 보자, 그녀와 농담을 주고받기도 하고 나이 든 하인들의 안부를 묻기도 했다. 파르펜 제니시치가 죽었다는 소식은 그에게 충격적이었는지 그의 얼굴에 공포가 떠오르는 듯 했으나 곧 평정을 되찾았다.

"하긴, 전에도 이미 나이가 많았지."

그는 이렇게 말하며 화제를 바꾸었다.

"그건 그렇고, 난 여기에서 한두 달가량 있다가 모스크바로 갈까 생각 중이야. 왜냐면, 먀흐코프가 내게 일자리를 약속했거든. 곧 취직을 하게 될지 몰라. 앞으로는 지금까지와는 전혀 다른 삶을 살 거야. 그래서 그 여자도 쫓아 버렸어."

"마리야 니콜라예브나? 어째서? 왜?"

"아, 못된 여자야! 그 여자가 내게 얼마나 불쾌한 짓을 많이 했는지 알아?"

하지만 그는 그 불쾌한 짓이 뭔지는 말하지 않았다. 그는 마리야 니콜라예브나가 차를 연하게 타고, 무엇보다 자기를 환자 다루듯 해서 내쫓았다고는 차마 말할 수 없었다.

"그랬더니 이제는 내 생활을 완전히 바꾸고 싶어. 물론 나도 다른 사람들처럼 어리석은 행동을 좀 했지. 하지만 재산은 맨 나중의 일이야. 난 재산은 별로 아깝지 않아. 몸만 건강하다면……. 아무튼 내 건강도 하느님 덕분에 완전히 회복됐어."

레빈은 형의 말을 들으며 열심히 생각했지만 적당히 대꾸할 만한 말을 찾을 수 없었다. 아마 니콜라이도 똑같이 느낀 모양인지 동생에게 농사 일에 관해 물었다. 레빈은 자신의 이야기를 하는 게 기뻤다. 그 문제만큼은 가식 없이 말할 수 있기 때문이었다. 그는 형한테 자신의 계획과 활동을 들려주었다. 형은 듣기는 했지만 관심이 없는 게 분명했다. 이 두 사람은 서로를 무척 사랑하는 친밀한 관계였기에 아주 작은 몸짓이나 음색만으로도 말할 때보다 더 많은 것을 표현하는 게 가능했다.

지금 두 사람은 똑같이 니콜라이의 병, 그리고 가까이 다가온 그의 죽음을 생각했다. 이 생각이 다른 생각들을 짓눌렀다. 그러나 아무도 그것을 소리 내어 말하지 못했다. 따라서 그들이 자신의 마음을 빼앗은 그 생각에 대해 이야기하지 않으면, 무슨 말을 해도 거짓일 수밖에 없었다. 레빈은 잠자리에 들어야 할 만큼 밤이 깊어진 것을 지금처럼 기뻐한 적이 없었다. 누구와 있든지, 공적인 어떤 모임에 가든지 지금처럼 부자연스럽고 거북한 적은 없었다. 이런 부자연스러움을 스스로 느끼는 것과 회환은 레빈을 더욱더 부자연스럽게 만들었다. 그는 이렇게 죽어 가고 있는 사랑하는 형을 위해 울고 싶었지만 형이 하는 말을 들으며 형이 앞으로 살아갈 방법을 듣고 있어야만 했다.

집에 습기가 많고 난로를 피운 방이 하나밖에 없어서, 레빈은 자기 침실에 칸막이를 놓고 형을 그 방에서 자게 했다.

형이 잠자리에 들었다. 그가 잠이 들었는지 알 수 없었지만, 그는 병자처럼 계속 몸을 뒤척이며 기침을 했고, 기침이 안 멎으면 뭐라고 중얼거리곤 했다. 때때로 그는 힘겹게 숨을 몰아쉬며 "아, 하느님!"이라고 했으며 가끔 가래로 숨이 막힐 때면 짜증을 내면서 "에잇! 빌어먹을 악마!"라고 했다. 레빈은 그런 말을 들으며 오랫동안 잠을 이루지 못했다. 그의 머릿속에 갖은 생각들이 다 떠올랐지만 그 생각들의 종착역은 오직 하나, 바로 죽음이었다.

모든 것의 피할 수 없는 종말인 죽음은 저항할 수 없는 힘을 가지고 처음으로 그의 앞에 나타났다. 이 죽음, 잠결에 신음하면서 그저 습관적으로 하느님을 찾고, 때로는 악마를 부르는 저기 사랑하는 형 안에 있는 이 죽음은 그가 예전에 생각했던 것처럼 그리 멀리 있는 게 아니었다. 죽음은 바로 그 자신에게도 있었다. 그것을 느낄 수 있었다. 오늘이 아니면 내일, 내일이 아니면 삼십 년 후, 결국은 마찬가지였다. 이 피할 수 없는 죽음이 과연 무엇인지, 그는 그것에 대해 몰랐고 지금까지 생각해 본 적도 없었으며, 그 문제에 대해 생각할 능력도, 용기도 없었다.

'난 일을 하고 있고 무언가를 하고 싶어 해. 하지만 난 모든 것에 끝이 있다는 것, 그게 바로 죽음이라는 건 잊고 산 거야.'

그는 어둠에 잠긴 침대 위에서 무릎을 끌어안은 웅크린 자세로 앉아 긴장한 채 숨을 죽이며 생각에 잠겼다. 하지만 정신을 모을수록, 이것은 너무나도 분명한 사실이며 자신이 이것을 정말로 잊고 있었고 인생의 작은 한 가지 측면, 즉 죽음은 오기 마련이고 모든 것에는 끝이 있으며, 그 무엇도 시작할 가치가 없다는 것, 이것을 구할 방법은 전혀 없다는 것을 잊고 있었다는 생각이 그의 머릿속에서 점점 확실해졌다. 그래, 이것은 무섭지만 틀림없는 사실이다.

'그래, 난 아직 살아 있어. 지금 난 뭘 해야 되지, 뭘 해야 할까?'

그는 절망적으로 중얼거렸다. 그는 초를 켜고 조심조심 일어나 거울 앞에 서서 얼굴과 머리카락을 바라보았다. 음, 관자놀이 부분이 희끗희끗해졌어. 입을 벌리니 어금니가 썩기 시작한 게 보였다. 그는 근육이 탄탄하게 솟은 팔뚝을 드러냈다. 그래, 힘은 충분해. 하지만 저기 폐의 남은 부분으로 숨 쉬고 있는 니콜렌카 형도 한때는 건강한 육체를 가졌었지. 갑자기 레빈의 뇌리에 어린 시절 그들이 함께 침대에 누운 채, 서로 베개를 던지면서 마음껏 깔깔댈 수 있도록 표도르 보그다니치가 얼른 방에서 나가기를 기다렸던 일이 떠올랐다. 그렇게 깔깔거리며 놀다 보면 표도르 보그다니치에 대한 두려움도 그들의 가슴속에 솟구치는 삶에 대한 행복을 막지 못했다.

'그런데 이제는 저렇게 구부러진 텅 빈 가슴이라니……. 그리고 앞으로 무슨 일이 어떤 이유로 일어날지도 알지 못하는 난…….'

"하! 하! 아, 빌어먹을 악마! 넌 왜 안 자고 꾸물대는 거냐?"

형이 그를 불렀다.

"나도 모르겠어. 그냥 잠이 안 오네."

"난 푹 잤어. 이제 식은땀도 흘리지 않는단다. 이것 봐라, 루바슈카를 만져 봐. 땀에 안 젖었지?"

레빈은 루바슈카를 만져 보고 칸막이 너머로 돌아와 촛불을 껐지만 여전히 오래도록 잠을 잘 수 없었다. 어떻게 살아야 할지 어느 정도 풀린다 했는데, 해결할 수 없는 새로운 문제, 바로 죽음이 그의 앞에 나타난 것이다.

'아, 형은 죽어 가고 있어. 아마 내년 봄쯤 죽겠지. 어떻게 해야 형을 도울 수 있을까? 형한테 무슨 말을 할 수 있을까? 내가 죽음에 대해 알고 있는 게 뭐지? 난 그게 존재한다는 사실조차 잊고 있었어.'

32

레빈은 지나치게 겸손하고 복종적이던 사람이 갑자기 까다롭게 변해 트집을 잘 잡아 상대방을 못 견디게 만드는 일이 흔히 있다는 것을 전부터 알고 있었다. 그는 이런 모습이 형에게서도 발견되리라 예상했다. 그리고 사실 니콜라이 형이 가졌던 온화함은 그다지 오래가지 않았다. 그는 이튿날 아침부터 툭하면 화를 내고 동생의 가장 아픈 곳을 건드리며 계속 시비를 걸었다.

레빈은 자신에게 잘못이 있다고 느꼈지만 그것을 고칠 수는 없었다. 그는 두 사람이 거짓을 털어 버리고 진심으로 말하려고 한다면, 즉 그들이 생각하고 느끼는 것을 있는 그대로 솔직히 털어놓으려 한다면, 그저 서로 눈을 마주치기만 해도 콘스탄친은 '형은 죽어 가고 있어. 형은 죽어 가고 있어.'라고 했을 테고, 니콜라이도 '나도 내가 죽는다는 것을 알지만 두려워, 두려워, 두렵다고!'라는 말만 반복했을 것이다. 만일 진심만을 말해야 한다면, 그들은 더 이상 아무 말도 하지 않을 것이다. 하지만 그렇게 지낼 수는 없었다. 그래서 콘스탄친은 자신이 평생 노력했어도 도저히 하지 못한 것, 자신이 볼 때는 많은 사람들이 훌륭히 해내고 있고 그렇게 하지 않으면 도저히 살 수 없을 것처럼 보이는 그것을 해 보려고 노력했다. 그것은 그가 자신의 생각을 말하지 않는 것이었다. 그러나 그는 이런 노력이 결국 위선이 되고 말았으며, 형이 그것을 알아채고 화를 낸다는 것을 계속해서 느꼈다.

사흘이 지나자, 니콜라이는 동생에게 그가 세운 계획을 다시 이야기하게 만든 다음 그것을 비난했을 뿐 아니라 일부러 코뮤니즘과 연관시켜 비웃었다.

"넌 그냥 다른 사람의 생각을 가져다가 그걸 왜곡해서 부적절한 곳에 적용해 보고 싶은 것뿐이야."

"아니, 내 계획은 코뮤니즘과 공통점이 하나도 없어. 그들은 소유와 자본과 상속의 정당성을 거부하지만, 난 그 중요한 스티뮬러스를—레빈은 그런 단어를 쓰는 자신이 짜증 났지만 책 쓰는 작업을 한 뒤부터는 자신도 모르게 러시아어가 아닌 단어를 사용하는 일이 빈번해졌다.—부인하는 건 아니야. 난 그저 노동을 조절하고 싶은 거라니까."

"그러니까 말이야! 넌 다른 사람의 생각을 가져와서 그 생각에서 근거가 되는 건 모두 잘라 버리고 나머지를 가지고선 뭔가 새로운 것이라고 믿고 싶어 하는 거야."

니콜라이는 화가 난 말투로 넥타이를 잡아당기며 말했다.

"아니, 그건 내 생각과 공통점이 하나도 없어……."

"거기에는……."

니콜라이 레빈은 무섭게 눈을 번득이고 비꼬듯이 웃으며 말했다.

"거기에는 적어도 흔히 말하는 기하학적인 아름다움이 있지. 선명함과 확실성 같은 것. 어떻게 보면 그건 유토피아일지도 몰라. 그렇지만 과거의 모든 것으로부터 타불라 라사(로크의 철학에서 정신의 백지 상태를 가리킨다._옮긴이)를 만들어 낼 수 있다고 가정하는 거야. 그런 식으로 소유가 없어지고 가족도 없어지면, 노동도 정리가 될 수 있겠지만 네 생각 안에는 아무것도 없어……."

"형은 왜 그것들을 섞어 버리는 거지? 난 코뮤니스트였던 적이 한 번도 없다니까."

"난 한때 코뮤니스트였어. 그리고 지금은 코뮤니즘이 아직 이르긴 해도, 초창기 그리스도교처럼 이성적인 데다 장래성도 있다고 생각해."

"난 그저 자연과학적 시각에서 노동력을 따져 봐야 한다고 생각하는 거라고. 다시 말하면 노동력을 연구해 그 특성을 알아내고……."

"아니, 그건 완전히 쓸데없는 일이야. 그 힘 자체는 자신의 발전 단계에 따라 일정한 활동 형식을 찾아내는 거야. 예전에는 어디나 노예들이 있었고, 그다음에 소작인이 등장했지. 그리고 우리나라에는 수확을 반씩 나누는 노동자가 있고, 임대 노동자도, 일용 노동자도 있어. 대체 네가 추구하는 건 뭐냐?"

레빈은 이 말을 듣자 갑자기 화를 냈다. 그의 마음속 깊은 곳에 그 말이 사실일지도 모른다는 두려움이 있었기 때문이었다. 자신이 코뮤니즘과 기존 형식들의 균형을 추구하고 싶어 한다는 것, 그것은 아마 불가능할지도 모른다는 것, 이 모든 게 사실일지도 모른다는 두려움…….

"난 나와 노동자들을 위해 생산적으로 일할 수 있는 방법을 찾는 거야. 내가 만들고 싶은 것은……."

그는 열띤 어조로 말했다.

"넌 어떤 것도 만들고 싶은 게 아니야. 다만 지금까지 살아온 것처럼 괴짜 노릇을 하면서 네가 그저 농부들을 착취하는 것이 아니라 이상을 갖고 그 일을 한다는 것을 보여 주고 싶을 뿐이라고."

"그래, 맘대로 생각해. 그러니 이제 그 이야기는 그만해!"

레빈은 왼쪽 뺨의 근육이 경련을 일으키는 것을 느꼈다.

"넌 신념이란 걸 가진 적이 없어. 지금도 마찬가지고. 그저 네 자존심을 만족시키는 걸로 그만이지."

"그래, 아주 훌륭해. 이제 날 그냥 내버려 둬!"

"내버려 둘 거야! 진작 갔어야 하는데. 여길 오는 게 아니었어. 정말 미안하군!"

그런 일이 있은 다음에는 레빈이 아무리 달래려고 해도 니콜라이는 어떤 말도 들으려 하지 않고 서로 헤어지는 편이 훨씬 낫다는 말만 되풀이할 뿐이었다. 콘스탄친은 산다는 것이 형에게는 그저 견딜 수 없는 것이 되어 버렸다는 사실을 깨달았다.

콘스탄친이 다시 그를 찾아가 형을 화나게 한 일이 있다면 용서해 달라고 어색하게 빌었을 때, 니콜라이는 이미 떠날 준비를 다 끝낸 상태였다.

"아, 참으로 관대하군! 만약 네가 옳다고 믿고 싶으면, 내가 그 기쁨을 줄 수도 있어. 네가 옳아. 그래도 어쨌든 난 가야겠구나!"

니콜라이는 이렇게 말하며 빙긋 웃었다.

니콜라이는 길을 떠나기 직전에 동생과 입맞춤을 하고는 갑자기 이상하리만치 진지한 모습으로 동생을 바라보며 말했다.

"아무튼, 날 나쁜 사람으로는 기억하지 말아 주렴, 코스챠!"

그의 목소리가 떨렸다. 이것은 진심에서 우러나온 유일한 말이었다. 레빈은 이 말에 담긴 뜻을 이해했다.

'넌 내 건강이 좋지 못하다는 걸 눈으로 봐서 알잖아. 어쩌면 우리는 이제 못 만날지도 모르겠다.'

레빈은 그것을 깨닫자 눈물이 쏟아졌다. 그는 형에게 한 번 더 입을 맞췄지만 한마디 말도 할 수 없었다.

형이 떠나고 사흘 뒤에 레빈도 외국으로 떠나 버렸다. 기차역에서 마주친 키티의 사촌 오빠 쉐르바츠키는 침울한 레빈을 보고 무척 놀랐다.

"무슨 일 있어?"

쉐르바츠키가 물었다.

"아니, 아무 일도 없어. 그냥 세상에는 즐거운 일이 별로 없다 싶어서."

"별로 없다니? 뮐하우스로 가지 말고 당장 나랑 파리로 가자. 그곳에선 얼마든지 즐거운 걸 볼 수 있을 거야."

"아냐, 난 이미 끝이야. 죽을 때가 됐어."

"무슨 그런 농담을! 난 이제 막 시작하는 참인데."

쉐르바츠키는 웃으며 말했다.

"그래, 나도 얼마 전에는 그렇게 생각했어. 그런데 이젠 내가 머지않아 죽게 되리라는 걸 알지."

레빈은 자신이 최근에 진심으로 생각하고 있던 것을 말했다. 그는 모든 것에서 죽음이나 죽음으로의 접근만을 보았다. 그러나 그가 계획하고 있는 일이 그의 마음을 더욱 사로잡았다. 죽음이 다가오기 전까지는 어떻게든 삶을 살아야 했다. 어둠이 모든 것을 뒤덮은 것 같았지만 바로 이런 어둠 때문에, 그는 자신이 하는 일이 이 어둠 속에서 그를 이끌어 줄 유일한 끈이라 생각하며 온 힘을 다해 그것을 붙잡고 그 뒤를 따라가고 있었다.

제4부

1

카레닌 부부는 여전히 한집에서 살며 매일같이 얼굴을 보았지만 완전히 남남처럼 지내고 있었다. 알렉세이 알렉산드로비치는 하인들이 제멋대로 추측할 구실을 만들지 않기 위해 매일 규칙처럼 아내를 보았지만 집에서 식사하는 것만큼은 피했다. 브론스키는 알렉세이 알렉산드로비치의 집을 한 번도 찾아오지 않았지만, 안나는 다른 곳에서 그를 만나고 있었고 남편도 그 사실을 알고 있었다.

이런 상황은 그들 세 사람 모두에게 괴로웠다. 만일 이 상황이 곧 바뀔 수 있고, 그저 곧 지나갈 일시적인 슬픈 난관이라는 기대마저 없었다면, 그들 가운데 어느 한 사람도 이런 상황에서 단 하루도 살아 나가기 힘들었을 것이다. 알렉세이 알렉산드로비치는 모든 것에 끝이 있는 것처럼 이런 열정도 곧 사라지기를, 사람들이 이 일을 잊고 자신의 이름을 더럽히는 일이 없기를 기대했다. 이 상황의 주도권을 쥔 데다 그 누구보다 괴로운 처지에 놓여 있던 안나는 모든 게 곧 해결되고 분명해지기를 기대하고 그렇게 되리라고 굳게 믿었기 때문에 지금을 조용히 견뎌 냈다. 그녀는 무엇이 이러한 상황을 해결해 줄 수 있는지 정확하게 알지는 못했지만, 이제 곧 그녀가 기다리던 그것이 찾아오리라고 확신했다. 브론스키는 그녀의 영향을 받아 자신도 모르게 전혀 그와는 상관없는 어떤 것이 이 어려움을 해결해 줄 것이라 믿었다.

한겨울에 브론스키는 매우 짜증 나는 한 주를 보내야 했다. 어느 외국 왕자의 안내를 맡아 페테르부르크의 명승지를 보여 주어야 했는데 브론스키는 풍채가 당당할 뿐 아니라 기품 있게 처신하는 솜씨 또한 훌륭하고 존경할 만했기에 이런 사람들을 대하는 데 익숙했다. 그래서 그가 왕자의 안내를 맡게 되었지만 그 임무는 그에게 몹시 괴로웠다. 왕자는 고국 사람들이 러시아에서 보았느냐고 물어볼 만한 것들을 하나도 빼놓고 싶어 하지 않았다. 게다가 그는 러시아의 환락을 가능한 한 많이 즐기고 싶어 했기 때문에 브론스키는 그에게 이 양쪽 모두를 안내해 줘야 했다. 아침에는 러시아 명승지를 보러 다녔고, 저녁에는 러시아 고유의 향락에 취했다. 그 왕자는 왕자들 가운데서도 보기 드물게 건강한 사람이었는데, 체조와 성실한 몸 관리 덕분에 강인한 체력을 비축하고 있어서 무절제한 향락을 즐기고도, 윤기가 흐르는 큼직한 네덜란드산 초록색 오이처럼 생기가 넘쳐 났다. 왕자는 많은 곳을 다니면서 오늘날 교통수단이 주는 중요한 이점 중 하나가 각 나라의 향락을 쉽게 접하게 된 것이라고 생각했다. 그는 스페인에도 갔었는데 그곳에서 세레나데를 부르기도 하고 만돌린을 연주하는 스페인 여자와 사귀기도 했다. 스위스에서는 겜제(알프스 지역에 사는 영양_옮긴이)를 사냥했고, 영국에서는 붉은 연미복 차림으로 울타리를 뛰어넘는 일도 했으며 내기를 건 사냥에서 꿩 이백 마리를 잡은 적도 있었다. 터키에서는 하렘을 찾았고, 인도에서는 코끼리를 타고 다녔고 이제 러시아에서는 러시아 특유의 모든 향락을 즐기고 싶어 했다.

이른바 수석 의전관의 자격으로 왕자와 동행하던 브론스키에게는 다양한 사람들이 왕자에게 제공하는 온갖 러시아적 향락을 분류하는 것도 큰일이었다. 경마, 블린(일종의 팬케이크로 사육제의 주요 음식_옮긴이), 곰 사냥, 트로이카, 집시 여자들, 그릇을 깨뜨리면서 즐기는 러시아식 주연도 있었는데 왕자는 너무나도 쉽게 러시아 기질에 빠져들어 그릇이 쌓인 쟁반을 통째로 깨뜨리기도 하고 집시 여자를 무릎에 앉히기도 하면서 '더 없는 건가? 러시아 정신은 고작 이것뿐인 게야?' 하고 묻는 듯했다.

사실 러시아의 온갖 향락 중에 왕자가 가장 마음에 들어 한 것은 프랑스 여배우들과 발레리나와 하얀 인장이 찍힌 샴페인이었다. 브론스키는 왕자들을 대하는 데 익숙했지만 그 자신이 최근에 변한 탓인지, 이 왕자와 너무 지나치게 가까이 지낸 탓인지, 이 일주일이 끔찍하게 괴로웠다. 일주일 내내 그는 위험한 미치광이를 시중드는 사람이 느꼈을 만한 감정, 즉 미치광이를 두려워하면서도 그와 함께 있는 동안 자신의 정신까지도 걱정해야 하는 그런 느낌을 계속 가져야 했다. 브론스키는 멸시받지 않으려면 엄격하고 공적인 경의를 단 한 순간도 늦춰서는 안 된다는 것을 항상 느끼고 있었다. 브론스키는 왕자가 그에게 러시아의 향락을 제공하려 무던히도 애쓰는 그 사람들을 깔보는 듯한 태도를 보이는 것에 놀랐다. 브론스키는 왕자가 연구하고 싶어 하는 러시아 여성들에 대한 그의 생각을 들으면서 여러 번 분노로 얼굴이 빨개졌다. 그러나 브론스키가 이 왕자를 유난히 불쾌하게 느낀 가장 중요한 이유는 어느 순간 왕자에게서 자기 자신의 모습을 보았기 때문이었다. 게다가 그가 이 거울에서 본 것은 그의 자존심을 상하게 했다. 그것은 너무 어리석고 너무 자신만만하고 너무 건강하고 너무 매끈한 사내에 불과했다. 왕자는 신사였다. 그것은 사실이었으며 브론스키도 그 점을 부인하기 어려웠다. 그는 최고상류층한테는 아첨하지 않는 당당한 태도, 신분이 대등한 사람한테는 자유롭고 소탈한 태도, 신분이 낮은 이에게는 지나치리만큼 친절한 태도를 보였다. 브론스키 자신도 그런 사람이었고 그런 것을 훌륭한 미덕으로 여겼다. 하지만 왕자와의 관계에서 보자면 그는 신분이 낮은 쪽이었고 그런 상황이 닥치자 모욕적으로 생각될 만큼 친절한 왕자의 태도가 몹시 거슬렸다.

'쇠고기같이 멍청한 놈 같으니라고! 나도 정말 저런 모습일까?'

아무튼 일주일 후 모스크바로 떠나는 왕자와 작별 인사를 나누고 그에게서 감사하다는 말을 들었을 때, 브론스키는 그 거북한 처지와 불쾌한 거울을 다시 보지 않아도 되는 게 기뻤다. 두 사람은 밤새도록 러시아적 용맹을 과시하면서 곰 사냥을 한 뒤에 역에서 작별 인사를 나누었다.

2

브론스키는 집으로 돌아와 자기 방에서 안나가 보낸 편지를 발견했다.

'난 지금 아프고 불행해요. 외출할 수도 없어요. 하지만 당신을 보지 못하고 더 이상은 버틸 수가 없어요. 저녁에 와 주세요. 알렉세이 알렉산드로비치는 일곱 시에 회의하러 나가면 열 시까지는 그곳에 있을 거예요.'

그를 집 안에 들여놓지 말라는 남편의 요구에도 불구하고 그녀가 그를 집으로 불러들이는 것이 한순간 이상했지만, 그는 안나의 집으로 가기로 했다.

브론스키는 올겨울에 대령으로 진급한 뒤 연대에서 나와 혼자 살고 있었다. 아침 식사를 끝내고 곧바로 소파에 드러눕자 약 오 분 동안 최근에 본 추악한 장면이, 안나와 곰 사냥에서 중요한 역할을 한 몰이꾼 농부 얼굴과 서로 얽혀 뒤죽박죽이 되었다. 그러다 깜빡 잠이 들었다. 그는 두려움에 떨며 어둠 속에서 눈을 번쩍 뜨고 급히 초에 불을 붙였다.

'그게 뭐였을까? 뭐지? 꿈에서 본 그 무시무시한 건 도대체 뭘까? 그래, 맞아. 덥수룩한 턱수염에 작고 지저분한 몰이꾼 농부가 허리를 굽히고 무슨 일인가 하다가 갑자기 프랑스어로 뭔가 이상한 말을 내뱉은 것 같은데. 맞아, 꿈은 그렇게 끝났어.'

그는 혼잣말을 했다.

'하지만 도대체 왜 그 말이 그렇게 무서웠을까?'

다시 농부와 그 농부가 내뱉은 뜻 모를 프랑스 단어들이 생생하게 떠올랐다. 그러자 싸늘한 공포가 그의 등줄기를 따라 퍼졌다.

'이런 어리석은 생각에 빠지다니!'

브론스키는 시계를 보았다.

벌써 여덟 시 반이었다. 그는 벨을 울려 하인을 불러서 허둥지둥 옷을 갈아입고 꿈은 새까맣게 잊고 약속 시간에 늦은 것만 걱정하면서 현관 계단으로 나갔다. 카레닌가 현관에 도착할 즈음, 그는 아홉 시 십 분 전이라는 것을 확인했다. 회색 말 한 쌍을 맨 높고 좁다란 마차가 현관 앞에 있었는데 그는 그것이 안나의 마차임을 알아차렸다.

'그녀가 내게로 오려 했나 보군.'

브론스키는 생각했다.

'그러는 편이 더 나을 거야. 난 이 집에 들어가기 싫으니까. 하지만 뭐 어때. 이제 와서 몸을 숨길 수도 없고.'

그는 속으로 중얼거렸다. 그러고는 어릴 때부터 몸에 밴, 부끄러워할 게 전혀 없는 사람 같은 태도로 당당하게 썰매에서 내려 문 쪽으로 다가갔다. 그때 문이 열리고 한쪽 팔에 덮개를 두른 수위가 마차를 불렀다. 사소한 것을 잘 알아채지 못하는 브론스키였지만 이때만은 수위가 그를 흘긋 쳐다볼 때 놀랐다는 것을 알아차렸다. 브론스키는 문가에서 알렉세이 알렉산드로비치와 부딪칠 뻔했다. 가스등이 검정색 모자 아래 핏기 없는 마른 얼굴과 비버 털가죽 외투 안에서 빛나는 하얀 넥타이를 똑바로 비추었다. 카레닌의 흔들림 없는 흐릿한 눈동자가 브론스키의 얼굴을 쏘아보았다. 브론스키가 인사를 하자 알렉세이 알렉산드로비치는 입술을 몇 번 깨물더니 한 손을 모자에 갖다 대고 지나갔다. 브론스키는 그가 뒤도 돌아보지 않고 마차에 오른 뒤 창문으로 덮개와 오페라글라스를 받고 나서 몸을 숨기는 것을 보았다. 브론스키는 현관 안으로 들어갔는데 눈썹은 찌푸려지고 눈동자는 악의에 찬 오만한 빛으로 번득였다.

'이게 무슨 꼴이람! 만약 그가 나와 싸워 자신의 명예를 지키려고 한다면, 나도 행동을 취하고 감정을 표현할 수도 있을 텐데. 하지만 저리 유약하고 비겁하니 원……. 그는 나를 사기꾼으로 만들고 있는 거야. 난 예전에도 사기꾼 따위는 되고 싶지 않았고 지금도 되고 싶지 않아.'

브레제 댁의 정원에서 안나와 대화를 나눈 뒤, 브론스키의 생각도 많이 바뀌었다. 자신의 모든 것을 맡긴 채 오직 그가 자신의 운명을 결정해주길 기다리는 안나의 연약함에 그도 모르게 굴복했으며 앞으로 일어날 모든 일을 담담하게 받아들이기로 마음먹었다. 그래서 그들의 관계가 언젠가 끝날 수도 있다는 생각은 더 이상 하지 않았다. 그의 야심찬 계획은 다시 뒷걸음질 쳤다. 그는 모든 것이 분명하게 정해진 일정한 활동 범위를 벗어났음을 느끼며 자신의 감정에 매몰되었다. 그러자 이런 감정은 그를 그녀에게 더욱더 강하게 밀어붙이는 결과를 낳았다.

아직 현관에 있던 그는 멀어지는 그녀의 발소리를 들었다. 그녀가 그를 기다리며 귀를 기울이다가 지금 막 응접실로 되돌아갔다는 것을 깨달았다.

"싫어!"

그녀는 그를 보자 소리쳤다. 그리고 목소리가 입 밖으로 나오자마자 그녀의 눈에서 눈물이 흘러내렸다.

"싫어요, 계속 이런 식으로 놔두면 그 일이 훨씬, 훨씬 더 빨리 닥치고 말 거예요!"

"무슨 일이에요?"

"무슨 일이냐고요? 난 괴로운 마음으로 당신을 기다렸단 말이에요. 한 시간, 두 시간……. 아냐, 그만둬요! 당신과 싸울 수는 없어요. 당신도 어쩔 수 없었을 거예요. 아니, 더 이상 말하지 않을래요!"

그녀는 두 손을 그의 어깨에 얹은 뒤 깊고도 기쁨 어린, 그러면서도 뭔가를 알아내려는 듯한 날카로운 시선으로 오랫동안 그를 바라보았다. 그녀는 그를 보지 못한 시간을 만회하려는 듯 그의 얼굴을 뚫어지게 바라보았다. 그를 만날 때면 항상 하듯, 그녀는 자기가 상상한, 비할 데 없이 뛰어나고 현실에서는 존재할 수 없는 그의 모습과 보이는 대로의 그의 모습을 하나로 합쳤다.

3

"그 사람하고 마주쳤어요?"

두 사람이 램프 아래 테이블 앞에 앉았을 때 그녀가 물었다.

"늦게 온 벌이에요."

"알았어요. 그런데 어떻게 된 거예요? 회의에 간다고 했잖아요?"

"나갔다 돌아와서 또 어디론가 가는 길이에요. 하지만 상관없어요. 이제 그 얘긴 그만해요. 어디 있었어요? 그 왕자와 계속 함께 있었던 거예요?"

그녀는 그의 생활을 속속들이 알고 있었다. 그는 밤새 한숨도 못 자서 깜빡 잠이 들었다고 말하고 싶었지만, 막상 활기차고 행복한 그녀의 얼굴을 보자 부끄러워져서 왕자의 출발을 보고해야만 했다고 말했다.

"하지만 이젠 다 끝난 거죠? 왕자는 떠났잖아요?"

"감사하게도 다 끝났죠. 당신은 안 믿겠지만, 나는 그 일이 정말 견디기 힘들었거든."

"왜요? 그건 당신처럼 젊은 남자들한테는 흔한 일이잖아요."

그녀는 눈썹을 찡그리며 말했다. 그리고 테이블에 놓인 뜨개질감을 집어 들어 브론스키를 쳐다보지도 않고 뜨개질바늘을 꺼냈다.

"난 그런 생활을 청산한 지 오래예요."

그는 그녀의 표정이 변하는 것을 보고 놀라면서 의미를 알아내려고 애썼다.

"그리고 솔직하게 말해서……."

그는 하얗고 가지런한 이를 드러내며 웃었다.

"지난 일주일 동안 그 생활을 옆에서 보고 있으니까 마치 거울을 보는 것 같은 기분이 들어서 안 좋더군요."

그녀는 뜨개질감을 손에 쥐기만 하고 뜨개질은 하지 않은 채 이상하게 적대적인 눈빛으로 그를 바라봤다.

"오늘 아침에 리자가 우리 집에 찾아왔어요. 그 사람들은 여전히 리디야 이바노브나 백작 부인이 있어도 상관하지 않고 별로 두려워하는 기색도 없이 날 찾아온답니다. 그녀가 당신네들이 보낸 아테네의 밤(러시아에서는 방탕한 행위가 난무하는 모임을 뜻하는 말로 유명했다._옮긴이) 이야기를 해 주었어요. 어찌나 추악하던지!"

"나도 막 그 얘길 하려던……."

그녀가 그의 말을 가로막았다.

"그 테레즈라는 여자는 당신이 전부터 알던 여자였다고요?"

"내가 말하려고 한 건……."

"당신네 남자들은 정말 추악해요! 어떻게 남자들은 여자들이 그런 일을 결코 잊지 못한다는 걸 생각하지 못하는 거죠?"

그녀는 화를 더 많이 내면서 그에게 자기가 화난 이유를 알려 주려 했다.

"당신의 생활을 알 수 없는 여자는 더욱 그렇죠. 내가 아는 게 뭐가 있어요? 아니, 내가 알고 있는 게 있긴 한가요? 당신이 내게 말해 준 것뿐이에요. 당신이 한 말이 사실인지 아닌지 내가 어떻게 알 수 있겠어요……."

"안나! 당신은 나를 모욕하고 있군요. 정말 날 못 믿는 건가요? 내가 당신에게 말하지 않았나요? 내게는 당신에게 밝히지 못할 생각 같은 건 없다고 했잖아요."

"네, 그랬죠."

그녀는 질투심을 몰아내려 안간힘을 쓰면서 말했다.

"하지만 당신이 내가 얼마나 괴로운지 안다면! 난 당신을 믿어요, 믿고……. 그런데 당신은 무슨 말을 하려고 했어요?"

하지만 그는 자신이 하려던 말이 얼른 생각나지 않았다. 요즘 들어 그녀가 점점 더 자주 보여 주는 이런 질투의 발작은 그를 몸서리치게 했다. 그가 아무리 숨기려 해도, 그녀의 그런 모습은 그의 마음을 차갑게 만들었다. 물론 그에 대한 사랑 때문에 질투를 한다는 것을 알았다. 그는 자신에게 그녀의 사랑이 곧 행복이라고 무수히 되뇌었다. 그리고 안나는 인생의 모든 행복보다 사랑을 소중하게 여기는 여인만이 할 수 있는 그런 사랑을 그에게 주었다. 그러나 그는 안나를 쫓아 모스크바를 떠날 때보다 행복하다고 느껴지지 않았다. 그때 그는 자신이 불행하다고 생각되면서도 미래에 행복이 있다고 믿었는데 이제는 최고의 행복은 이미 과거가 되어 버렸다고 생각하고 있었다. 그녀는 처음 보았을 때와는 전혀 다른 사람이 되어 정신적으로나 육체적으로나 추하게 변해 버렸다. 안나의 몸은 옆으로 푹 퍼져 버린 데다 그녀가 여배우에 대해 말하는 순간에는 그녀 얼굴에 표독스러운 표정이 떠오르며 얼굴마저 일그러져 버렸다. 그는 자신이 꺾어서 시들어버린 꽃을 보며 꽃을 꺾을 수밖에 없게 만든 사라져버린 그 꽃의 아름다움을 찾으려고 애쓰는 사람처럼 그녀를 바라봤다. 그는 자신이 지금보다 사랑하는 마음이 더 뜨거웠을 때는 그렇게 하려는 의지만 있으면 자신의 가슴에서 그 사랑을 빼낼 수도 있었을 것이라고 느꼈지만, 지금처럼 그녀에게 사랑을 느끼지 못하는 이런 때에는 그녀와의 관계를 도저히 끊을 수 없다는 것을 깨달았다.

"음, 그러니까, 당신이 왕자에 대해 하려던 말이 뭐예요? 난 이제 다 쫓아냈다고요. 악마를 쫓아 버렸어요."

두 사람 사이에서 질투는 악마로 불렸다.

"그래, 당신은 왕자에 대해 무슨 말을 하려던 거예요? 당신은 왜 그렇게 괴로웠어요?"

"아, 정말 견디기 힘들더군!"

그는 놓쳐 버린 생각의 끈을 다시 잡으려고 애쓰며 말했다.

"그 왕자는 가까운 사람들에게 좋은 소리는 듣지 못할 사람이더군요. 꼭 정의를 내려야 한다면, 품평회에서 일등 메달을 받을 만한 기름진 동물 정도, 그저 그뿐이죠."

그는 이렇게 말하며 분통을 터뜨렸다. 그런데 그가 화내는 모습이 그녀의 흥미를 끌었다.

"아니, 왜요? 어찌 됐든 그는 많은 것을 본 사람이고 교양도 갖추었잖아요?"

그녀가 그의 말에 반박했다.

"그건 전혀 다른 별개의 교양이에요. 그런 인간들의 교양 따위! 그는 그저 깔보기 위한 권리를 얻기 위해 교양을 쌓은 게 분명해요. 그런 사람들이 동물적 쾌락 말고는 모든 것에 경멸을 나타내는 것처럼 말이죠."

"하지만 당신네 남자들은 모두 그런 동물적 쾌락을 좋아하잖아요?"

그녀는 말했다. 그는 또다시 그를 피하는 그녀의 어두운 시선을 느꼈다.

"왜 그렇게 그를 변호하는 거예요?"

그는 미소 지으며 말했다.

"그를 변호하는 게 아니에요. 그건 나와 전혀 상관없죠. 하지만 당신이 그런 쾌락을 좋아하지 않았다면 그걸 거절할 수도 있었잖아요. 이브의 옷을 걸친 테레즈를 보는 것이 당신에게도 즐거움을 주었을 테죠……."

"또, 또 악마가 나타났군!"

브론스키는 테이블 위에 놓인 그녀의 손을 잡고 입을 맞추었다.

"그래요, 하지만 나도 참기 힘들어요! 내가 당신을 기다리며 얼마나 괴로웠는지 모를 거예요! 난 내가 질투가 심하다는 생각은 하지 않아요. 난 질투심이 강한 여자가 아니에요. 당신이 나와 이렇게 함께 있을 때는 당신을 믿지만 당신이 어디선가 혼자서 내가 모르는 당신의 생활을 누리고 있을 때면⋯⋯."

그녀는 그의 손에서 손을 빼내고 뜨개질감에서 가까스로 뜨개질바늘을 꺼내 집게손가락으로 램프 아래 하얗게 빛나는 털실을 한 코 한 코 빠르게 떠 나갔다. 자수를 놓은 소매 안에서 그녀의 가느다란 손이 빠르고 신경질적으로 움직였다.

"그래서 어떻게 됐나요? 당신은 어디쯤에서 알렉세이 알렉산드로비치를 만났어요?"

갑자기 그녀의 목소리가 부자연스러워졌다.

"문가에서 마주쳤지요."

"그가 혹시 이렇게 인사하지 않았어요?"

그녀는 얼굴을 길게 늘이고 눈을 반쯤 감더니 재빨리 얼굴 표정을 바꾼 다음 두 손을 포갰다. 브론스키는 문득 아름다운 그녀 얼굴에서 그에게 인사하던 알렉세이 알렉산드로비치의 표정을 찾았다. 그가 빙긋 웃자 그녀도 그녀의 매력 가운데 하나인 가슴에서 울려 나오는 사랑스러운 웃음소리로 명랑하게 웃었다.

"난 정말 그를 이해할 수 없어요. 만약 그가 별장에서 당신의 고백을 듣고 나서 당신과 헤어졌다면, 만일 그가 내게 결투를 신청했다면⋯⋯. 하지만 이건 이해가 안 된다니까요. 그는 어떻게 이 상황을 견딜 수 있는 거죠? 그는 괴로워하고 있어요. 그건 분명해요."

"그 사람이요?"

그녀는 냉소를 지으며 말했다.

"그는 완전히 만족한 상태예요."

"모든 일이 아주 잘 해결될 수도 있는데, 왜 우리는 모두 이렇게 괴로워해야 하지요?"

"그 사람은 아니에요. 내가 그 사람을, 그 사람한테 가득 밴 그 거짓을 모를까 봐요? 그가 뭔가를 느낀다면 이렇게 나랑 함께 사는 게 가능할까요? 그는 아무것도 이해 못 하고 아무것도 느끼지 못해요. 뭔가를 느끼는 사람이 과연 부정한 아내와 한집에서 살 수 있을까요? 그런 아내와 대화를 나눈다고요? 그런 아내에게 '여보'라는 말을 할 수 있겠어요?"

"여보, 마 셰르, 안나!"

그녀는 자기도 모르게 그를 흉내 냈다.

"그는 남자도 아니고 사람도 아니에요. 그저 인형이죠! 누구도 그런 사실을 모르지만, 난 알아요. 아, 내가 그의 입장이라면, 누군가 그의 입장에 있다면, 난 나 같은 아내 같은 건 오래전에 죽였을 거예요. 아니, 갈기갈기 찢어 버렸을 거예요. 그리고 '마 셰르, 안나.' 하고 부르지도 않죠. 그는 사람이 아니라 관청에 있는 기계예요. 그 사람은 몰라요. 내가 당신의 아내라는 것, 그는 남이고 불필요한 존재라는 것……. 이제 그 얘긴 그만하기로 해요! 그만!"

"안나, 아니에요, 그런 말은 옳지 않아요."

브론스키는 그녀를 진정시키려 애썼다.

"하지만 아무래도 상관없어요. 그 얘긴 그만하죠. 당신이 뭘 하고 있었는지 말해 봐요. 무슨 일이 있었어요? 그 병이란 건 도대체 뭐죠? 의사가 뭐라고 했어요?"

그녀는 비웃는 듯 즐거운 눈빛으로 그를 바라보았다. 분명 그녀는 남편의 우스꽝스럽고 추한 면을 더 꺼내서 말할 기회를 찾는 것 같았다.

"내 생각에 병은 아닌 것 같은데, 그냥 당신 몸 상태가 그런 것 같아요. 그건 언제쯤이 될까요?"

그녀의 눈동자에서 조롱의 빛이 사라지고 그로서는 알 길 없는 무언가에 대한 인식과 고요한 슬픔이 어린 미소가 대신 자리 잡았다.

"곧, 얼마 안 남았어요. 당신은 우리 처지가 괴롭다고, 그 문제를 어서 풀어야 된다고 말했죠. 이런 처지가 내게 얼마나 힘든지 당신은 아시나요? 당신을 자유롭고 당당하게 사랑할 수만 있다면 내가 뭐든지 다 줘버리고 싶다는 걸 아시나요? 난 괴롭지도 않을 거고 질투로 당신을 괴롭히지도 않을 텐데…… 그 일은 곧 오겠지만 우리가 생각하는 그런 식으로는 안 될 거예요."

그 일이 어떻게 닥칠지 생각하자, 그녀는 자신이 너무나 가엾게 느껴져서 눈물이 그렁그렁 맺혀 더 이상 이야기를 계속할 수 없었다. 그녀는 램프 아래에서 반지와 하얀 살결로 반짝이는 손을 그의 소매에 얹었다.

"그 일은 우리 생각대로 되지는 않을 거예요. 당신에게 이런 말은 하고 싶지 않았는데, 당신이 말하게 만들었군요. 곧, 곧 모든 게 해결될 거예요. 그러면 우리 모두, 모두 편안해지고 더 이상 괴로워하지도 않겠죠."

"무슨 말인지 모르겠군요."

브론스키는 그 말이 무슨 뜻인지 알면서도 이렇게 말했다.

"언제쯤이냐고 물었죠? 이제 얼마 안 남았어요. 그리고 난 그 일을 무사히 넘기지 못할 거예요. 내 말을 막지 마세요!"

그녀는 서둘러 말을 이었다.

"난 알아요. 분명히 알아요. 난 죽게 될 거예요. 난 내가 죽어서 나와 당신에게서 벗어날 걸 생각하면 참 기뻐요."

그녀의 눈에서 눈물이 흘렀다. 그는 자신이 흔들리는 것을 감추려 애쓰면서 몸을 굽혀 그녀의 손에 입을 맞추었다. 그는 그러한 동요가 어떤 근거도 없다는 것을 잘 알고 있었지만 참을 수가 없었다.

"그렇게 될 거예요. 그러는 편이 더 나을 거예요. 그게 우리한테 남은 유일한 길이에요."

그녀는 그의 손을 세게 붙잡고 말했다.

"무슨 쓸데없는 소리를! 왜 그런 말도 안 되는 소리를 하는 거예요!"

그는 냉정을 되찾고 고개를 들었다.

"아니에요, 이게 진실이에요."

"뭐가, 뭐가 진실이란 말이에요?"

"내가 죽는다는 거요. 꿈에서 봤어요."

"꿈?"

브론스키는 그 말을 되풀이하는 순간 꿈속에서 본 농부가 떠올랐다.

"네, 꿈을 꾸었어요. 그 꿈은 벌써 오래전에 꾸었어요. 난 꿈에서 뭔가를 가지러, 뭔가 확인하려고 내 침실로 뛰어들어 갔어요. 당신도 알 거예요. 꿈에서는 그런 일이 잘 일어나잖아요. 그런데 침실 한구석에 뭔가가 서 있었어요."

그녀는 두려움으로 눈을 크게 뜬 채 말했다.

"아, 바보 같은 소리를! 당신이 어떻게 그런 걸 믿을 수 있는……."

하지만 그녀는 자기의 말을 가로막게 두지 않았다. 지금 하고 있는 얘기는 그녀에게 너무나 중요했기 때문이었다.

"그런데 그 뭔가가 갑자기 돌아섰어요. 가만히 보니까, 덩치가 작고 수염이 덥수룩한데 무섭게 생긴 농부였어요. 난 도망치고 싶었는데 농부가 자루 위로 허리를 굽히고 그 안에서 두 손으로 무언가를 뒤적거렸죠……."

그녀는 농부가 자루를 뒤적거리던 모습을 흉내 냈다. 그녀의 얼굴에 공포가 떠올랐고, 브론스키도 자기 꿈을 떠올리며 똑같은 공포가 자신의 영혼을 옥죄는 것을 느꼈다.

"그가 자루를 뒤지면서 'R' 발음을 잔뜩 굴린 프랑스어로 아주 빠르게 중얼대더군요. '쇠를 두들겨 부수어서 잘게 만들어야 해…….(Il faut le barre le fer, le pétrir.)' 너무 무서워서 꿈에서 깨고 싶다고 느꼈는데 그 순간, 잠에서 깼어요……. 하지만 꿈속에서 잠을 깬 것뿐이었죠. 난 그 말이 무슨 뜻인지 나한테 물어봤어요. 그러자 코르네이가 말했어요. '산고(産苦)로, 산고로, 죽을 거예요, 산고로 말입니다, 부인……' 그 소리에 진짜로 깼어요……."

"터무니없는 소리예요, 말도 안 돼요!"

브론스키는 말은 그렇게 했지만 스스로도 자신의 목소리에 확신이 전혀 없다는 것을 느꼈다.

"그렇지만 이제 그 얘긴 그만해요. 벨을 울려서 차를 내오라고 해야겠어요. 아, 잠깐만, 지금 곧 내가……"

갑자기 그녀가 말을 멈췄고 순간적으로 그녀의 표정이 변했다. 공포와 흥분이 갑작스레 고요하고 진지하면서도 행복한, 집중하는 표정으로 바뀐 것이다. 그는 이 변화가 무엇을 의미하는지 알 수 없었다. 그녀는 자기 안에서 새 생명의 움직임을 감지한 것이다.

4

알렉세이 알렉산드로비치는 자기 집 현관에서 브론스키를 만난 다음 예정대로 이탈리아 오페라를 보러 가서 2막이 끝날 때까지 머물며 만나야 할 사람들을 모두 만났다. 집으로 돌아온 그는 옷걸이를 유심히 보면서 군인 외투가 없다는 것을 확인하고 평상시처럼 자기 방으로 갔다. 하지만 여느 때와 다르게 그는 잠자리에 들지 못하고 새벽 세 시까지 방 안을 왔다 갔다 했다. 예의를 지키려는 마음도 없이 자기가 제시했던 유일한 조건인 집에 정부를 끌어들이지 말라고 한 당부마저도 지키지 않는 아내에 대한 분노가 그에게서 평온함을 빼앗아 간 것이다. 그녀가 그의 요구를 따르지 않았으니 그녀에게 벌을 주고 자신의 위협을 실제 행동으로 보여 줘야 했다. 즉 이혼을 청구하고 아들을 빼앗아야 했다. 그는 이 일과 관련된 어려움을 잘 알고 있지만 그렇게 하겠다고 말을 했기 때문에 이제는 그 위협을 행동으로 옮겨야 했다. 리디야 이바노브나 백작 부인은 그가 지금의 처지에서 벗어날 수 있는 최선의 길은 바로 이런 방법이라고 여러 번 암시를 주었다. 게다가 요즘 들어 이혼 절차가 이런 문제를 거의 완벽하리만치 처리해 주었기 때문에 알렉세이 알렉산드로비치는 형식적인 어려움을 충분히 극복할 수 있을 것이라고 생각했다. 엎친

데 덮친 격으로 이민족 정착과 자라이스크 현의 관개에 대한 문제가 알렉세이 알렉산드로비치를 업무상 몹시 어려운 지경으로 만들어, 그는 최근에 계속해서 극도로 초조한 기분에 시달리고 있었다.

그는 밤새 한숨도 못 잤다. 그 결과 끝없이 되풀이되며 점점 커져 버린 그의 분노가 아침이 될 무렵에는 폭발할 지경이 되었다. 그는 서둘러 옷을 갈아입고 마치 분노가 가득 찬 잔을 들고 그것을 엎지를까 두려운 사람처럼, 또한 분노와 함께 아내와의 담판에 필요한 힘을 잃을까 두려운 사람처럼 그녀가 일어난 것을 확인하자마자 그녀의 방으로 들어갔다.

남편에 대해 속속들이 잘 안다고 생각했던 안나는 자기 방으로 들어오는 그를 보고 깜짝 놀랐다. 이마에는 주름이 잡혀 있었고, 그의 눈동자는 그녀의 눈길마저 피하며 우울하게 앞만 바라보고 있었다. 경멸의 빛을 보이며 굳게 닫혀 있는 입과 그의 걸음걸이, 몸짓, 목소리에는 아내인 그녀가 지금까지 한 번도 본 적 없는 단호함과 결연함 따위가 담겨 있었다. 그는 방으로 들어와 그녀에게 인사도 건네지 않고 곧바로 그녀의 책상으로 걸어가 열쇠로 서랍을 열었다.

"뭐가 필요한 거예요?"

그녀가 소리쳤다.

"당신 정부가 보낸 편지."

그가 말했다.

"그런 건 여기 없어요."

그녀가 서랍을 닫으며 말했지만 그는 그녀가 보인 몸짓에서 자신의 추측이 맞았다는 걸 알아차렸다. 그는 아내의 손을 거칠게 밀치고 재빨리 서류철을 집었다. 그는 그녀가 그 안에 가장 중요한 서류들을 보관하고 있다는 것을 알고 있었다. 그녀가 서류철을 빼앗으려고 하자, 그는 그녀를 밀쳤다.

"앉아요! 당신한테 해야 할 말이 있으니까!"

그는 이렇게 말하면서, 서류철을 겨드랑이 밑에 끼우더니 한쪽 어깨가 올라갈 만큼 그것을 팔꿈치로 꽉 눌렀다.

그녀는 너무 놀라고 겁에 질려 말없이 그를 바라보기만 했다.

"당신한테 당신 정부를 내 집에 들이지 말라고 얘기했소."

"그를 만나야만 했어요. 왜냐하면⋯⋯."

하지만 그녀는 핑계를 찾을 수 없어 말을 멈췄다.

"아내가 정부를 만나야 할 이유 같은 건 듣고 싶지 않소."

"그러고 싶었어요. 난 단지⋯⋯."

그녀는 얼굴을 확 붉혔다. 그의 거친 태도가 그녀를 자극하는 바람에 그녀는 오히려 대담해졌다.

"당신이 얼마나 쉽게 나를 모욕하는지, 당신은 정말 느끼지 못하는 건가요?"

그녀가 말했다.

"정직한 남자나 정직한 여자한테는 모욕이 될 수도 있겠지만 도둑한테 도둑이라고 부르는 것은 단지 사실의 확인일 뿐이지."

"당신한테 그런 새로운 면이, 그런 잔인한 면이 있는 줄 미처 몰랐어요."

"남편이 단지 예의를 지켜 달라는 조건을 걸고 아내에게 자유를 주고 가문의 명예로운 보호를 베풀어 주었는데, 당신은 그걸 잔인함이라고 부르고 싶은 모양이군. 그게 잔인한 건가?"

"그건 잔인함보다 더 나쁘죠. 당신이 굳이 알고 싶다면 말해 드리죠. 그건 비겁한 거예요."

안나는 증오를 담아 이렇게 소리치고는 자리에서 일어나 밖으로 나가려고 했다.

"안 돼!"

그는 특유의 날카로운 목소리로 소리 질렀다. 그 목소리는 평상시보다 한층 더 높게 나왔다. 그는 커다란 손가락으로 팔찌 자국이 벌겋게 남도록 그녀의 손목을 세게 잡아 그녀를 억지로 자리에 앉혔다.

"비겁해? 당신이 구태여 그 말을 사용하고 싶다면 얘기해 주지. 비겁하다는 것은 정부 때문에 남편과 아들을 버린 다음에도 남편의 빵을 먹는 것, 그런 행위를 두고 하는 말이오!"

그녀는 고개를 숙였다. 그녀는 어제 정부에게 했던 말, 그가 그녀의 남편이고 지금의 남편은 쓸모없는 사람이라는 그 말을 할 수 없었을 뿐 아니라, 생각조차 할 수 없었다. 그녀는 그가 한 말이 모두 옳다고 느꼈기 때문에 조용한 목소리로 이렇게만 말했다.

"당신이 내 처지를 아무리 악담하더라도, 내가 내 처지를 생각하는 것보다 더 심하게 하긴 어려울 거예요. 그런데도 당신은 왜 그런 말을 하는 거죠?"

"왜 그런 말을 하냐고 물었소? 왜냐고?"

그는 여전히 분노로 가득 차서 말을 이었다.

"당신이 예의를 지켜 달라는 내 요구를 지키지 않았으니까, 나도 이런 상황을 끝내기 위해 모종의 조치를 취하겠다는 것을 당신에게 알리기 위한 거요."

"그냥 내버려 둬도 머지않아 곧 끝날 거예요."

그녀는 이렇게 말했다. 곧 다가올 죽음, 이제는 차라리 희망이 되어 버린 그 죽음이 떠오르자, 그녀의 눈에 또다시 눈물이 고였다.

"당신과 당신 정부가 생각한 것보다 훨씬 빨리 끝날 거요! 당신들은 동물 같은 욕정을 만족시켜야만 할 테니……."

"알렉세이 알렉산드로비치! 당신 행동이 관대하지 않다는 게 아니에요. 하지만 쓰러진 사람을 때리는 건 별로 좋은 행동은 아니잖아요."

"그래, 당신은 오직 당신만 생각하고, 당신 남편이었던 사람이 어떤 고통을 느끼는지에 대해서는 전혀 관심이 없군. 당신한테는 그 사람 인생이 모두 무너져도, 그가 아무리 게로, 개로, 게로워해도 상관없을 거야."

알렉세이 알렉산드로비치는 너무 급하게 말한 나머지 당황해서 단어를 제대로 발음하지 못하고 결국 그 단어를 '게로워해도'라고 말해 버렸다. 그녀는 우스웠지만 곧 이런 순간에 자신이 뭔가를 보며 우스워할 수 있다는 게 부끄러웠다. 그리고 처음으로 그녀는 잠시나마 그를 동정하며 그의 입장이 되어 생각해 보았고 그가 가엾게 느껴졌다. 하지만 도대체 그녀가 어떤 말을 하고 무엇을 할 수 있단 말인가? 그녀는 말없이 고개를 숙였고 그도 잠시 말이 없었다. 그러고는 아까보다는 덜 날카롭지만 여전히 싸늘한 목소리로 그다지 필요 없는 말들을 입에서 나오는 대로 힘주어 지껄였다.

"내가 이렇게 온 건 당신에게 할 말이 있어서……."

그녀는 그를 쳐다보았다.

'아니야, 이건 아닌 것 같아.'

그녀는 그가 '게로워해도'라고 말하면서 당황하던 표정을 떠올렸다.

'아냐, 저렇게 꿈꾸는 듯한 눈을 가진 사람이, 저렇게 자기만족에 빠진 사람이 과연 뭔가를 느낄 수나 있겠어?'

"난 아무것도 바꾸지 못해요."

그녀가 소곤거리듯 말했다.

"난 내일 모스크바로 떠나 다시는 이 집에 돌아오지 않을 생각이오. 당신은 이혼소송을 의뢰한 내 변호사를 통해 결정을 듣게 될 것이고 내 아들은 누님에게 맡기겠소. 내가 당신에게 온 것은 이 말을 하기 위해서요."

알렉세이 알렉산드로비치는 아들에 대해 말하려 한 용건을 가까스로 기억해 내며 말했다.

"당신은 날 벌주기 위해 세료쟈를 원하는 거예요. 그 아이를 좋아하는 것도 아니면서……. 세료쟈를 두고 가세요!"

그녀는 그를 의심하는 눈으로 쳐다보며 중얼거렸다.

"맞소, 난 아들에 대한 사랑마저 잃었지. 당신에 대한 혐오가 그 아이에게까지 연결되어 있기 때문이오. 그래도 그 아이를 데리고 갈 거요. 이제 그만 가 보겠소!"

그가 말을 끝내고 일어나려 했지만 이번에는 그녀가 그를 붙잡았다.

"알렉세이 알렉산드로비치, 세료쟈를 두고 가세요!"

그녀는 한 번 더 속삭이듯 말했다.

"난 더 이상은 할 말이 없어요. 난 곧 아기를 낳을 거예요. 그러니 그때까지만이라도 세료쟈를 이곳에 있게 해 주세요. 세료쟈를 두고 가세요!"

알렉세이 알렉산드로비치는 얼굴을 확 붉히고 그녀의 손을 뿌리친 뒤 말없이 방에서 나가 버렸다.

5

알렉세이 알렉산드로비치가 페테르부르크에서 유명한 변호사의 응접실에 들어섰을 때, 그곳에는 사람들이 꽉 차 있었다. 노파와 젊은 부인, 상인의 아내, 그리고 신사 세 명이 더 있었다. 한 명은 보석 반지를 낀 독일인 은행가였고, 또 한 명은 수염을 기른 상인이었다. 문관 제복 차림에 십자가를 목에 두른 세 번째 사내는 꽤 오랫동안 기다린 모양인지 화난 얼굴을 하고 있었다. 두 비서는 책상 앞에 앉아 펜으로 뭔가를 쓰고 있었다. 평소 문방구에 관심이 많은 알렉세이 알렉산드로비치는 대단히 좋은 펜이라는 것을 알아챘다. 비서 가운데 한 명이 자리에 앉은 채로 눈을 가느다랗게 뜨고 화난 표정으로 알렉세이 알렉산드로비치를 돌아보았다.

"무슨 일로 오셨습니까?"

"변호사를 만나러 왔습니다."

"변호사님은 바쁘십니다."

비서는 기다리는 사람들을 펜으로 가리키며 딱딱하게 대답하고는 계속 글 쓰는 데 열중했다.

"잠시 만나 뵐 수 없겠습니까?"

알렉세이 알렉산드로비치가 말했다.

"그분에겐 한가한 시간이란 게 없습니다. 늘 바쁘시니 기다리세요."

"그럼 내 명함을 좀 전해 주시겠습니까?"

알렉세이 알렉산드로비치는 자신의 신분을 밝혀야겠다고 생각하고 근엄하게 말했다.

비서는 명함을 받아 들고 그 내용을 어떻게 받아들여야 할지 모르겠다는 태도를 보이며 안으로 들어갔다.

알렉세이 알렉산드로비치는 기본적으로는 공개재판에 찬성했지만, 자신이 아는 상층부의 공식적 태도 탓에 러시아에서 그 제도를 적용하는 방식 중 몇 가지 세부적인 부분에 대해서는 충분히 공감하기 어려웠다. 그리고 그는 최고위층에서 허가한 어떤 것을 비판해야 할 때는 자신이 할 수 있는 범위 안에서만 그렇게 했다. 그에게는 행정 활동이 곧 생활이었기 때문에 그가 어떤 것에 대해 찬성하지 않는 경우, 모든 일에는 실수가 있기 마련이며 얼마든지 그것을 고쳐 나갈 수 있다는 인식으로 그 반감을 완화하곤 했다. 그는 새로운 재판 제도에서 변호사 제도를 설정한 조항은 찬성할 수 없었지만 지금까지는 변호사에게 볼일이 없었기 때문에 그는 이론상으로 그 조항에 반대했을 뿐이다. 그러나 지금 변호사 응접실에서 받은 불쾌한 인상 때문에 반감이 더욱 심해졌다.

"곧 나오실 겁니다."

비서가 말했다. 그러고 나서 정말 이 분쯤 지나자 문가에 상담을 끝낸 길쭉해 보이는 늙은 법률가와 변호사가 나타났다.

변호사는 검붉은 수염과 밝은색의 기다란 눈썹과 툭 튀어나온 이마를 지닌 왜소하고 자그마한 대머리 사내로, 넥타이부터 두 겹의 시곗줄과 에나멜 구두까지 전부 갓 결혼한 신랑처럼 차려입었다. 영악한 농부처럼 생긴 얼굴에, 옷차림에서는 사치스럽고 저속한 취향이 풍겼다.

"들어오십시오."

변호사는 알렉세이 알렉산드로비치를 돌아보며 말했다. 그리고 우울한 표정으로 카레닌에게 길을 비켜 주고는 문을 닫았다.

"무슨 일이라도?"

그는 서류가 놓인 책상 옆 안락의자를 가리키고 자신은 상석에 앉아 하얀 털이 북실북실한 뭉툭한 손가락들과 자그마한 손을 비비며 고개를 옆으로 기울였다. 하지만 그가 이렇게 앉자마자, 나방 한 마리가 책상 위를 날아다녔다. 변호사는 생각지도 못한 날렵한 동작으로 양손을 뻗어 나방을 잡고는 다시 본래의 자세대로 앉았다.

"용건을 말하기 전에……."

알렉세이 알렉산드로비치는 놀란 눈으로 변호사의 동작을 지켜보다가 이렇게 말했다.

"다짐이 필요합니다. 지금부터 내가 말하는 용건을 비밀에 부쳐 주시지요."

보일 듯 말 듯 희미한 미소를 짓자 변호사의 축 늘어진 붉은 콧수염이 둘로 나뉘었다.

"만일 내가 남이 털어놓은 비밀을 지키지 못했다면 처음부터 변호사가 되지도 않았을 겁니다. 하지만 굳이 확실한 증거가 필요하시다면……."

알렉세이 알렉산드로비치는 그의 얼굴을 흘깃 쳐다보았다. 웃음을 띠고 있는 영리한 회색 눈동자를 바라보자 변호사가 이미 모든 것을 알고 있다는 것을 깨달았다.

"내 이름을 알고 계십니까?"

알렉세이 알렉산드로비치가 말을 이었다.

"알고 있습니다. 그리고 당신의 유익한……."

그는 다시 나방을 잡았다.

"활동에 대해서도 알고 있지요. 러시아 사람이라면 누구나 아는 사실입니다."

변호사는 고개를 숙이며 말했다.

알렉세이 알렉산드로비치는 마음을 진정시키기 위해 숨을 들이쉬었다. 하지만 일단 결심을 하자, 그는 겁을 내지도 않고, 말을 더듬지도 않고 단어 몇 개를 강조하기도 하면서 특유의 날카로운 목소리로 이야기를 시작했다.

"불행하지만……."

알렉세이 알렉산드로비치는 말을 꺼냈다.

"난 배신당한 남편입니다. 그래서 합법적으로 아내와의 관계를 끊고 싶습니다. 즉 이혼을 하고 싶습니다. 이혼을 하되, 아들을 엄마에게서 떼어 놓아야 합니다."

변호사의 회색 눈은 웃지 않으려고 안간힘을 썼지만 주체할 수 없는 기쁨으로 빛났다. 그 순간 알렉세이 알렉산드로비치는 그 눈에서 유리한 주문을 받은 사람의 기쁨과 함께 승리감과 환희까지 볼 수 있었다. 그리고 아내의 눈에서 본 것과 비슷한 사악한 번득임도 보았다.

"당신은 이혼하기 위해서 저의 도움을 구하시는 겁니까?"

"맞습니다. 하지만 당신에게 미리 알려 둬야 할 게 있습니다. 내가 당신의 배려를 남용하는 일이 생길지도 모릅니다. 난 단지 당신과 미리 의논차 온 겁니다. 난 이혼을 원합니다. 하지만 내가 중요하게 생각하는 것은 이혼을 실현하는 형식이에요. 그 형식이 내가 요구하는 것과 맞지 않는다면 아마 법적인 방법을 포기할지도 모릅니다. 그럴 가능성이 많습니다."

"오, 언제나 그런 식으로 합니다. 그리고 이 문제도 역시 당신이 원하시는 대로 할 겁니다."

변호사가 말했다. 변호사는 자신의 눈빛에서 억누를 수 없는 기쁨이 드러나 고객의 기분이 상할 수도 있겠다고 생각해서 알렉세이 알렉산드로비치의 발치를 바라보았다. 그는 코앞으로 날아가는 나방을 향해 한 손을 쑥 내밀었지만 알렉세이 알렉산드로비치의 지위에 대한 존경심으로 그것을 잡지는 않았다.

"이 문제에 대한 우리나라의 법률적 상황은 나도 대충 알고 있소만."

알렉세이 알렉산드로비치는 계속해서 말했다.

"이런 종류의 문제가 구체적으로 어떻게 처리되는 건지 그 형식에 대해 전반적인 것을 알고 싶습니다."

"당신은……."

변호사는 여전히 눈을 내리깐 채 싫은 내색을 하지 않고 고객의 말투를 받아들이며 이렇게 대답했다.

"당신이 원하는 것을 실현할 수 있는 방법을 제시해 주길 바라시는 군요."

알렉세이 알렉산드로비치가 긍정의 뜻으로 고개를 끄덕이자, 변호사는 붉은 반점으로 뒤덮인 알렉세이 알렉산드로비치의 얼굴을 슬쩍슬쩍 보면서 말을 이었다.

"우리나라 법률에 따르면 이혼은……."

그는 러시아 법률에 대한 비난을 가볍게 풍기며 말했다.

"당신도 아시는 것처럼 다음과 같은 경우에 가능합니다……. 기다리라고 해!"

그는 문으로 몸을 쑥 들이민 비서에게 말했다. 그러면서도 그는 일어나 몇 마디 더 하고는 다시 자리에 앉았다.

"다음과 같은 경우란, 배우자에게 육체적 결함이 있을 때, 오 년 동안 아무 연락도 없이 행방불명일 때……."

그는 털이 북실북실한 뭉툭한 손가락을 꼽으며 말했다.

"그리고 간통을—그는 이 단어를 만족스러운 듯 발음했다.—했을 때입니다. 그 경우를 또다시 세분하면 다음과 같습니다.—경우와 세분을 동시에 분류하는 것이 어떻게 가능한지 의아했지만 그는 통통한 손가락을 계속해서 꼽아 나갔다.—남편이나 아내의 육체적 결함, 남편이나 아내의 간통."

더 이상 꼽을 손가락이 없자, 그는 다시 손가락을 전부 펴고 계속 말을 이어 갔다.

"이것은 이론적인 견해입니다. 하지만 송구스럽게도 당신이 이렇게 날 찾아오신 것은 그런 견해들이 실제로 어떻게 적용되는지 알고 싶으신 거라고 생각합니다. 따라서 판례에 의하면, 이혼소송은 다음과 같은 경우에만 가능하다는 점을 알려 드립니다. 제가 생각하기에 육체적 결함은 없을 것 같군요? 그리고 행방불명도 아니시죠?"

알렉세이 알렉산드로비치는 긍정의 뜻을 담아 고개를 끄덕였다.

"그럼 다음과 같은 경우로 좁혀지는군요. 배우자 가운데 한 명이 간통을 저질러 상호 합의에 따라 부정한 당사자를 폭로하는 경우, 또는 합의 없이 당사자를 폭로하는 경우입니다. 그런데 실제 소송에서는 후자의 경우는 좀처럼 볼 수 없지요."

이렇게 말한 변호사는 알렉세이 알렉산드로비치를 슬쩍 쳐다보고 입을 다물었다. 그 모습은 마치 다양한 무기들의 성능을 줄줄이 늘어놓은 다음 구매자가 선택하기를 기다리는 총기류 상인처럼 보였다. 하지만 알렉세이 알렉산드로비치는 말이 없었다. 그래서 변호사가 다시 말을 이었다.

"제가 생각할 때 가장 통상적이고 평범하고 분별 있는 방법은 상호 합의에 따른 간통의 증명입니다. 저도 모자란 인간들과 이야기하는 거라면 이런 식으로 표현하지 않습니다. 하지만 당신은 제 말을 이해하실 거라고 생각합니다."

변호사가 말했다.

그러나 알렉세이 알렉산드로비치는 너무나 혼란스러운 나머지 상호 합의에 따른 간통의 증명이라는 게 사리에 맞기나 한지 금방 이해가 되지 않아 의심스러운 눈초리로 바라보았다. 그러자 변호사가 곧 그를 도와주었다.

"사실이 제시된 다음에는 어느 누가 같이 살 수 있겠습니까. 그러니 양측이 여기에 동의하면, 세부적인 부분이나 형식적인 절차는 특별히 문제가 되지 않습니다. 동시에 이것이 가장 간단하고 확실한 방법입니다."

그제야 알렉세이 알렉산드로비치는 완전히 이해할 수 있었다. 그러나 그에게는 그러한 방법을 허락하지 않는 종교적 요구가 있었다.

"지금의 경우 그건 불가능하니 한 가지 경우만 남는 셈이군요. 당사자의 의사와는 별도로 내가 확보한 편지로 폭로하는 겁니다."

알렉세이 알렉산드로비치가 말했다. 변호사는 편지라는 말을 듣자 입술을 꽉 다물고 동정과 멸시가 함께 섞인 날카로운 소리를 냈다.

"생각해 보세요. 당신도 아시는 것처럼, 이런 종류의 문제는 종무성에서 맡고 있습니다. 사제들은 이런 문제라면 아주 세세한 것까지도 열광한답니다."

그는 사제장들의 취향에 공감한다는 듯 빙긋 웃었다.

"편지는 분명 어느 정도 증거가 될 수 있지만 증거란 것은 직접적인 방법, 즉 증인을 통해 확보되어야 합니다. 만일 당신이 나에게 당신의 믿음을 얻을 영광을 베풀기로 결정하셨으면, 어떤 방법으로 해결할지에 대해서는 저에게 맡겨 주시지요. 결과를 원하는 사람은 방법도 용납하는 법이거든요."

"만약 그렇다면……."

갑자기 얼굴이 창백해진 알렉세이 알렉산드로비치가 입을 열었다. 그러나 그 순간, 비서가 문을 열어 말을 가로막자 변호사가 벌떡 일어났다.

"그 부인에게 우리는 헐값으로는 변호를 맡지 않는다고 말해 줘요."

그는 이렇게 말하고 알렉세이 알렉산드로비치에게 돌아왔다. 제자리에 돌아온 변호사는 잽싸게 나방을 또 한 마리 잡았다.

'여름엔 멋진 가구가 생기겠군!'

그는 눈썹을 찌푸리며 생각했다.

"그럼 말씀해 보시죠……."

그가 말했다.

"내 결정은 서면으로 알려 드리겠습니다."

알렉세이 알렉산드로비치는 자리에서 일어나며 이렇게 말하고는 책상을 붙잡았다. 잠시 말없이 서 있다가 마침내 입을 열었다.

"난 당신 말을 듣고 이혼이 가능하다는 걸 알았습니다. 당신도 내게 당신의 조건을 알려 주시길 바랍니다."

"당신이 내게 전적으로 행동의 자유를 주신다면 뭐든 할 수 있습니다."

변호사는 상대방의 질문에는 대답하지 않고 이렇게 말했다.

"언제쯤 연락을 받을 수 있을까요?"

변호사는 문 쪽으로 걸어가며 말했다. 그의 눈동자와 에나멜 구두가 같이 반짝반짝 빛났다.

"일주일 후쯤. 그럼 당신이 이 소송을 맡을 건지, 어떤 조건인지 알려 주시면 고맙겠습니다."

"좋습니다."

변호사는 정중하게 고개를 숙이고 고객을 문밖으로 안내해 주었다. 드디어 혼자 남게 되자, 그는 자신의 즐거운 감정에 흠뻑 빠졌다. 그는 너무 기쁜 나머지 자신이 세운 원칙을 저버리고 수임료를 깎아 달라는 부인의 요구를 들어주었다. 그리고 내년 겨울에는 시고닌의 사무실처럼 가구를 벨벳으로 씌워야겠다고 굳게 다짐하며 나방 잡는 짓도 그만두었다.

6

알렉세이 알렉산드로비치는 8월 17일에 열린 위원회 회의에서 엄청난 승리를 거두었지만, 그 성공의 결과는 그를 힘 빠지게 만들었다. 알렉세이 알렉산드로비치의 제안으로 이민족의 생활상을 연구하기 위한 새 위원회는 대단히 빠르고 맹렬한 기세로 조직되어 현지에 파견되었고 석 달 후에는 보고서가 제출되었다. 이민족의 생활상은 정치적, 행정적, 경제적, 민속학적, 물질적, 종교적 측면에서 연구되었고 다방면에 걸쳐 훌륭한 답변이 제시되었다. 그 답변들은 항상 오류에 빠지기 쉬운 인간의 사상에서 나온 게 아니라 직무 활동의 결과물이었기 때문에 의심할 여지가 없었다. 모든 답변은 공적인 자료, 즉 군수와 교구장의 보고를 바탕으로 한 현지사와 주교들의 보고였고, 군수와 교구장의 보고는 읍장과 교구사제의 보고를 바탕으로 만들어진 것이었다. 그러기에 의심할 여지가 없었다. 예를 들면, 왜 흉작이 되었는지, 왜 주민들이 자신들의 신앙을 고집하는지 등 공공 기관이라는 편리한 제도가 없다면 해결할 수 없는, 아니 몇 세기가 걸려도 해결할 수 없는 그런 문제들이 명백하고 분명한 해답을 얻은 것이다. 더구나 그 해답은 알렉세이 알렉산드로비치의 소견에 유리한 것이었지만 지난번 회의에서 약점을 찔렸다고 생각한 스트레모프는 위원회의 보고를 받은 후 알렉세이 알렉산드로비치가 생각지도 못할 계략을 썼다. 스트레모프는 다른 위원 몇 명을 끌어들여 갑자기 알렉세이 알렉산드로비치의 편에 선 채 그가 제안한 정책을 실행할 것을 열광적으로 두둔했을 뿐 아니라, 같은 취지에서 다른 극단적인 방침까지 제시했다. 알렉세이 알렉산드로비치의 근본적인 사상에서 벗어나서 더욱 강화된 이 방침은 결국 선택되었는데 그제야 비로소 스트레모프의 술책이 드러났다. 극단으로 몰아붙인 이 정책이 갑자기 너무나 어리석은 것으로 밝혀지면서, 각료들, 여론, 총명한 부인들, 신문 등은 일제히 이 정책을 공격했고 정책 자체뿐 아니라 그 정책을 제안한 것으로 알려진 알렉세이 알렉산드로비치에게 분노를 표현했다. 스트레모프는 자기는 다만 카레닌의 정책을 무조건적으로 따랐을 뿐이고 자신도 지금 그 결과에 깜짝 놀라 격노하고 있노라면서 발뺌을 했다. 이것은 알렉세이 알렉산드로비치를 맥 빠지게 했다. 그러나 알렉세이 알렉산드로비치는 건강이 쇠약해져 가고 가정이 불행해도 굴복하지 않았다. 위원회에 분열이 생겨 스트레모프를 우두머리로 한 일부 위원들은 자신들은 그저 알렉세이 알렉산드로비치가 주도하는 감사 위원회와 그 위원회가 제출한 보고서를 믿었을 뿐이라는 말로 자신들의 잘못을 합리화했고, 더불어 그 위원회의 보고서가 엉터리이며 휴지 조각에 불과하다는 말까지 했다. 알렉세이 알렉산드로비치는 서류를 비약하는 태도의 위험을 깨달은 일부 위원들과 함께 감사 위원회가 작성한 자료를 계속 지지했는데 그 때문에 상류사회는 물론 일반 사회까지도 다들 혼란스러워했다. 또 모든 사람이 이 문제에 많은 관심을 보였지만, 실제로 이민족들이 가난한지, 멸망해 가는 건지, 아니면 발전되어 가는지에 대해서는 누구도 알지 못했다. 이런 이유로, 그리고 어느 정도는 아내의 부정으로 쏟아진 멸시 때문에, 알렉세이 알렉산드로비치의 위치는 상당히 불안했다. 그런 상황 속에서 알렉세이 알렉산드로비치는 중요한 결단을 내렸고 그의 결정은 위원들을 깜짝 놀라게 만들었다. 그가 직접 현지로 내려가 그 문제를 조사할 수 있도록 허가를 요청하겠다고 선언했기 때문이다. 알렉세이 알렉산드로비치는 결국 허가를 얻어 멀리 떨어진 현들을 향해 출발했다.

그의 출발은 큰 소동을 일으켰다. 거기에다가 출발에 앞서 행선지까지 여비로 보내 준 역마 열두 필의 대금을 서류를 통해 공식적으로 반납했기 때문에 더욱 난리였다.

"상당히 점잖은 행동이에요. 모두 지금은 어디에나 철도가 있다는 것을 아는데, 무슨 이유로 역마 대금을 주는 걸까요?"

벳시는 먀흐카야 공작 부인과 이 일에 대해 이야기했다. 먀흐카야 공작 부인은 그 의견에 찬성하지 않으며 반대로 트베르스카야 공작 부인의 의견에 화를 냈다.

"당신이야 얼마든지 그렇게 말할 수 있을 거예요. 당신은 몇백만인지도 모를 재산을 가지고 있잖아요. 하지만 난 남편이 여름에 시찰을 떠난다고 하면 너무 좋아요. 여행이 남편의 건강이나 기분 전환에도 좋고 나는 나대로 남편의 출장비를 내 마차와 마부의 유지비로 쓸 수 있거든요."

그녀가 말했다.

알렉세이 알렉산드로비치는 멀리 떨어진 여러 현으로 가는 길에 모스크바에서 사흘간 머물렀다.

모스크바에 도착한 그다음 날 그가 총독을 방문하려고 길을 나섰는데 마차와 마부로 붐비는 가제트니 거리의 교차로에서, 문득 자기 이름을 부르는 너무나 우렁차고 쾌활한 목소리에 뒤를 돌아보지 않을 수 없었다. 보도 한구석에 최신 유행하는 짧은 외투를 입고 최신 유행의 납작한 모자를 비스듬히 쓰고 씩 웃으며 붉은 입술 사이로 하얀 이를 빛내는 젊고 쾌활하고 눈부신 스테판 아르카지치가 서 있었다. 그는 알렉세이 알렉산드로비치에게 거기 서 있으라며 완강하고도 고집스럽게 소리를 질렀다. 그는 길모퉁이에 세운 마차 창문을 한 손으로 잡고 있었고 벨벳 모자를 쓴 부인과 두 아이가 창밖으로 머리를 내밀고 있었다. 그들은 바로 돌리와 아이들이었다. 스테판 아르카지치와 부인은 미소를 지으며 그에게 손을 흔들었다.

알렉세이 알렉산드로비치는 모스크바에서 아무도 만나고 싶지 않았는데 특히 처남은 더더욱 만나고 싶지 않았다. 그는 모자만 들어 올리고 지나치려고 했지만 스테판 아르카지치는 마부에게 마차를 세우게 하고 눈밭을 가로질러 그에게 달려왔다.

"아니, 왔으면서 연락도 안 하다니 너무하군그래! 온 지는 오래된 거야? 어제 듀소 호텔에 갔다가 게시판에서 '카레닌'이라는 이름을 봤지만 그 사람이 자네일 줄은 미처 몰랐다네!"

스테판 아르카지치는 마차 창문 안으로 머리를 들이밀며 말했다.

"자네인 줄 알았다면 들렀을 거야. 아무튼 이렇게라도 만나니 너무 반갑군."

그는 발에서 눈을 떨어내려고 발과 발을 맞부딪쳤다.

"왔다는 걸 알리지도 않다니 너무했어!"

그는 같은 말을 반복했다.

"시간이 없었어요. 너무 바빴거든요."

알렉세이 알렉산드로비치는 무뚝뚝하게 말했다.

"자, 저기로 가자고. 집사람이 자네를 많이 보고 싶어 한다네."

알렉세이 알렉산드로비치는 추위에 민감한 다리를 덮어 둔 덮개를 걷고 마차에서 나와 눈밭을 지나 다리야 알렉산드로브나에게 다가갔다.

"알렉세이 알렉산드로비치, 어찌 된 일이에요, 왜 우리를 그렇게 피하시는 건가요?"

돌리가 서글프게 웃으며 말했다.

"너무 바빴어요. 당신을 만나니 정말 기쁘군요. 건강은 어떠세요?"

말은 그렇게 했지만 그의 말투에는 이 만남이 괴롭다는 게 분명히 드러났다.

"그건 그렇고 나의 사랑스러운 안나는 어떻게 지내나요?"

알렉세이 알렉산드로비치는 대충 얼버무리고는 그 자리를 뜨려고 했지만 스테판 아르카지치가 그를 붙잡았다.

"내일 이렇게 하는 게 어떨까? 돌리, 이 사람을 식사에 초대하자! 코즈니셰프와 페스초프도 불러서 이 사람에게 모스크바 인텔리겐치아들의 환대를 보여 주자고!"

"그래요, 꼭 오세요. 다섯 시까지 오시면 되는데 원하신다면 여섯 시에 오셔도 괜찮아요. 아무튼, 나의 사랑스러운 안나는 어떻게 지내고 있어요? 하도 오래전에 봐서……."

돌리가 말했다.

"건강합니다."

알렉세이 알렉산드로비치는 미간을 찌푸리며 중얼거렸다.

"정말 반가웠습니다!"

그는 이렇게 말하고는 자기 마차를 향해 걸어갔다.

"오실 거죠?"

돌리가 큰 소리로 말했다. 알렉세이 알렉산드로비치가 뭐라고 말하는 것 같았지만 돌리는 지나가는 마차들이 내는 소음으로 알아들을 수가 없었다.

"내일 들르지!"

스테판 아르카지치가 그를 향해 소리쳤다. 알렉세이 알렉산드로비치는 마차에 올라타고 자기도 밖을 보지 않고 남도 자신을 보지 못하도록 깊숙하게 몸을 묻었다.

"이상한 사람이군!"

스테판 아르카지치는 아내에게 말하고는 시계를 보더니, 아내와 아이들에게 사랑한다는 손짓을 해 보이고는 보도를 따라 기운차게 걸어갔다.

"스티바, 스티바!"

돌리가 얼굴을 붉히며 소리치자 그가 고개를 돌렸다.

"그리샤와 타냐에게 외투를 사 줘야 하니 돈 좀 주세요!"

"괜찮아, 내가 나중에 갚을 거라고 말하면 돼."

그는 마침 마차를 타고 지나가던 지인을 향해 유쾌하게 고개를 끄덕여 인사를 하고는 자취를 감췄다.

7

다음 날은 일요일이었다. 스테판 아르카지치는 볼쇼이 극장의 발레 리허설을 보러 갔다. 그곳에서 그가 후원해 새로 입단하게 된 예쁘장한 무용수 마샤 치비소바에게 전날 약속했던 산호 목걸이를 건네주고, 대낮의 어두컴컴한 극장 안에서 선물을 받아 환하게 빛나는 그녀의 귀엽고 작은 얼굴에 키스했다. 그는 산호 목걸이뿐만 아니라, 발레가 끝난 뒤에 만날 약속을 해야만 했다. 그는 발레가 시작할 때에 맞춰 올 수 없게 된 것에 대해 변명을 하고, 그 대신 마지막 막이 진행될 때 와서 그녀를 저녁 식사에 데려가겠노라는 약속을 했다. 스테판 아르카지치는 극장에서 나온 뒤 오호트니 상가에 들러 만찬에 사용될 생선과 아스파라거스를 직접 골랐고, 열두 시 무렵에는 벌써 듀소 호텔을 어슬렁대고 있었다. 그는 세 사람을 만나야 했는데 다행스럽게도 세 사람 모두 그 호텔에 묵고 있었다. 한 사람은 얼마 전 외국에서 돌아온 레빈이었고, 또 한 사람은 그의 새로운 상관으로 바로 얼마 전 그 지위에 올라 모스크바를 시찰하는 중이었으며, 나머지 한 사람은 매제 카레닌이었는데 오늘 만찬에 꼭 데리고 가야 했다.

스테판 아르카지치는 만찬을 좋아했는데 특히 간단하면서도 식사와 음료, 손님의 수준이 세련된 만찬을 즐겨 베풀었다. 오늘 그는 만찬 계획에 몹시 만족했다. 오늘 나올 음식은 살아 있는 농어, 아스파라거스, 메인 요리로는 훌륭하면서도 깔끔한 로스트비프, 그리고 그에 어울리는 몇 가지 술이었다. 키티와 레빈이 손님으로 올 예정이었다. 그리고 두 사람이 있는 게 눈에 띄지 않도록 사촌 누이와 젊은 쉐르바츠키를 초대했다. 오늘 손님의 메인이라면 세르게이 코즈니셰프와 알렉세이 알렉산드로비치였다. 세르게이 이바노비치는 모스크바의 철학자이고, 알렉세이 알렉산드로비치는 페테르부르크의 정치가이다. 거기에 스테판 아르카지치는 유명한 괴짜 정열가 페스초프도 초대했다. 페스초프는 자유주의자이자 달변가이고 음악가이자 역사가인 사랑스러운 쉰 살 청년이었다. 그는 코즈니셰프와 카레닌을 위한 소스나 장식을 위한 채소가 될 것이다. 그는 그들을 자극하고 부추겨서 싸움을 붙일 예정이었다.

상인에게 두 번째 산림 대금을 받았고 그게 아직 수중에 남아 있었으며 돌리는 요즘 무척 사랑스럽고 다정했다. 거기다 만찬에 대한 생각은 모든 면에서 스테판 아르카지치에게 만족스러웠다. 그는 더 바랄 게 없을 정도로 유쾌한 기분에 젖어 있었다. 약간 마음에 걸리는 점이 두 가지 있긴 했으나 그 두 가지도 스테판 아르카지치의 마음속에서 물결치는 선량한 유쾌함의 바다에 잠겨 버렸다. 첫 번째는, 어제 길에서 알렉세이 알렉산드로비치를 만났을 때 그가 자신에게 냉정하고 딱딱하게 굴던 점이었다. 스테판 아르카지치는 알렉세이 알렉산드로비치의 표정과 그가 자신을 찾아오지도 않고, 왔다는 기별조차 하지 않은 것을 안나와 브론스키 소문과 연결해서 부부 사이에 뭔가 문제가 있는 것이라고 추측했다. 그것이 한 가지 불쾌한 사정이었다. 마음에 걸리는 또 한 가지의 일은 신임 상관이 모든 신임 상관이 그렇듯 여섯 시에 일어나 말처럼 일하고 아랫사람들에게도 그렇게 할 것을 요구하는 무서운 사람으로 이미 소문이 파다하다는 점이었다. 또 이 신임 상관은 사람을 대하는 태도가 곰 같기로 유명하고, 전임 상관과 스테판 아르카지치 자신이 지금까지 고수해 온 경향과 정반대를 지향하는 사람이었다. 어제 스테판 아르카지치가 제복을 입고 출근했는데 신임 상관은 무척 친절하게 마치 지인을 대하듯 오블론스키에게 이야기를 걸었다. 그래서 스테판 아르카지치는 오늘도 프록코트 차림을 하는 것이 자신의 의무라고 생각했다. 하지만 신임 상관이 이를 이상하게 여길 수도 있겠다는 생각이 두 번째 불쾌한 상황이었다. 하지만 스테판 아르카지치는 본능적으로 모든 게 잘될 거라고 생각했다.

'그들도 다 우리 같은 죄인과 별 다를 게 없는 사람이고 인간이야. 서로 화내고 싸울 이유가 뭐 있겠냐고?'

그는 호텔에 들어서며 생각했다.

"잘 있었나, 바실리."

그는 모자를 비스듬히 쓰고 복도를 걸어가면서 친숙한 사환에게 말을 걸었다.

"구레나룻을 길렀구먼. 레빈은 칠 호실에 있나? 날 그리로 안내해 줄 수 있겠나? 그리고 아니치킨 백작을—이 사람이 신임 상관이었다.—방문해도 좋을지 알아봐 주게."

"알겠습니다. 오랜만에 오셨습니다."

바실리가 빙긋 웃으며 대답했다.

"어제도 왔었네. 다른 출입구로 들어왔지. 이 방이 칠 호실인가?"

스테판 아르카지치가 방에 들어가니, 레빈은 트베리 농부와 방 한가운데 서서 금방 벗겨 낸 곰 가죽을 자로 재고 있었다.

"아, 자네가 잡은 건가? 멋진 가죽이군! 암놈인가? 어이, 반갑네. 아프히프!"

스테판 아르카지치가 소리쳤다. 그는 농부와 악수를 한 뒤 외투와 모자를 벗지 않은 채 의자에 털썩 주저앉았다.

"모자라도 벗고 앉아!"

레빈은 스테판 아르카지치의 모자를 벗기며 말했다.

"아니야, 시간이 별로 없거든. 조금 있다 갈 거야."

스테판 아르카지치가 대답했다. 그러나 그는 외투의 앞섶을 조금 풀었다가 아예 벗어 던지고는 레빈과 한 시간 가량 사냥이며 좋아하는 화제들을 이야기했다.

"자, 말 좀 해 보게. 외국에서 뭘 한 건가? 어디 어디를 다녀온 거야?"

농부가 나가자 스테판 아르카지치가 말했다.

"독일, 프로이센, 프랑스, 영국을 둘러봤어. 하지만 수도에는 안 가고 공업 도시만 돌아다녔다네. 새로운 것을 많이 봤어. 잘 다녀온 것 같아."

"그렇군. 나도 노동자 조직에 대한 자네의 생각이 어떤 건지 알지."

"그게 아닐세. 러시아에는 노동자 문제라는 것이 있을 수 없지. 러시아에서 문제가 되는 건 노동하는 농민과 토지의 관계란 말이야. 물론 그 문제는 외국에도 있긴 해. 그러나 그곳에서는 손상된 것을 수리하는 정도에 그치지만, 우리나라는……."

스테판 아르카지치는 레빈이 하는 말을 신중하게 들었다.

"그래, 맞아. 자네가 옳을지도 몰라."

그가 계속해서 말했다.

"어쨌든 난 자네의 활기찬 모습을 보게 된 게 더 기쁘다네. 곰을 쫓는가 하면, 일도 하고 또 뭔가에 골몰하니 말일세. 그런데 쉐르바츠키가 자네를 만났다며……. 그 사람 얘기로는 자네가 왠지 모르게 우울해 보이고 죽음에 대한 얘기만 했다고……."

"그게 뭐? 난 지금도 계속 죽음에 대해 생각하고 있다네. 죽을 때가 가까워지는 건 사실이잖아. 이 모든 것들이 죄다 무의미하다는 것도. 자네에게 솔직하게 말할게. 난 내 사상과 일을 너무도 사랑한다네. 하지만 자네도 한번 생각해 보게. 사실 우리가 사는 이 세상 전체는 아주 작은 혹

성에 핀 곰팡이에 지나지 않거든. 그런데도 우리는 우리 세상에 무언가 굉장한 것이 있을 거라고 생각해. 사상이나 일 따위 말일세! 이 모든 건 모래알에 불과하다네."

레빈이 말했다.

"이보게, 친구. 그런 생각은 이 세상만큼이나 케케묵은 생각이라니까."

"그래, 케케묵은 생각이지. 하지만 우선 이걸 분명히 깨닫고 나면 어찌 된 영문인지 모든 게 하찮게 되어 버리거든. 내가 오늘이나 내일 죽고 나면 아무것도 남지 않을 거라는 사실을 알게 되면, 모든 게 무의미해지고 말아. 그래서 난 내 사상을 아주 소중하게 생각한다네. 그렇지만 그 사상까지도 똑같이 부질없어지겠지. 가령 그 사상을 실현에 옮긴다 해도 그럴 걸세. 마치 이 암곰을 쫓는 것처럼 말이야. 결론적으로 사람은 단지 죽음에 대한 생각을 하지 않으려고 사냥이나 일에 몰두하면서 살아가는 거라니까."

스테판 아르카지치는 레빈의 말을 들으며 다정하고 희미한 미소를 지었다.

"여부가 있나! 자네도 내 편으로 넘어왔군. 기억나나? 자네는 내가 삶에서 쾌락만을 추구한다고 나를 공격했었지? 오, 도덕주의자여! 그리 딱딱하게 굴지 마오……."

"아니야, 어쨌든 삶에도 좋은 점이 있기는 하지……."

레빈은 당황했다.

"그래, 난 잘 모르겠네. 하지만 내가 아는 건 단지 우리가 곧 죽게 된다는 점일세."

"왜 곧이라고 말하는 건가?"

"죽음에 대해 생각할수록 삶의 매력이 줄어든다는 건 알지만 마음은 더 평온해진다네."

"그 반대라네. 마지막 날에 가까울수록 더 즐거운 법이지. 어쨌든 난 그만 일어나야겠군."

스테판 아르카지치가 열 번째로 일어나면서 말했다.

"아니, 조금 더 있다 가게! 이제 우리가 언제 또 보겠나? 난 내일 떠난다네."

레빈이 그를 붙들었다.

"내 정신 좀 봐! 그것 때문에 온 건데……, 오늘 우리 집 만찬에 꼭 오게, 자네 형이랑 나의 매제 카레닌도 올 걸세."

"그 사람이 여기 있나?"

레빈은 말했다. 그는 키티에 대해 묻고 싶었다. 그녀가 초겨울에 페테르부르크로 가서 외교관 아내인 언니 집에 머문다는 소식은 들었는데 그 뒤로 그녀가 돌아왔는지 어떤지는 잘 몰랐다. 하지만 그는 그녀에 대해 물어보는 것을 포기했다.

'오거나 말거나 무슨 상관이야.'

"그럼 올 거지?"

"물론."

"그럼 다섯 시에 프록코트를 입고 오게."

그런 뒤에 스테판 아르카지치는 자리에서 일어나 아래층에 있는 신임 장관을 찾아갔다. 본능은 스테판 아르카지치를 속이지 않았다. 신임 상관은 매우 친절한 사람이었다. 그래서 스테판 아르카지치는 그와 함께 점심을 먹고 그곳에 계속 앉아 있다가 세 시가 되어서야 겨우 알렉세이 알렉산드로비치를 만나러 갔다.

8

알렉세이 알렉산드로비치는 예배를 보고 돌아온 뒤 오전 내내 호텔에만 있었다. 이날 아침에 그는 두 가지 일을 처리해야 했다. 하나는 페테르부르크로 향하는 도중 현재 모스크바에 머물고 있는 이민족 대표단을 맞이해 지도하는 일이었고, 또 한 가지는 변호사에게 약속했던 편지를 쓰는 일이었다. 대표단은 알렉세이 알렉산드로비치의 제안에 따라 호출된 사람들이었지만 많은 곤란한 상황과 위험마저 일으켰기 때문에, 알렉세이 알렉산드로비치는 모스크바에서 이들을 만나게 된 것을 매우 다행스럽게 여겼다. 이 대표단 임원들은 자신들의 역할과 임무가 무엇인지 아무런 생각이 없었다. 그들은 순진하게도 자신들의 임무가 단지 자신들의 가난과 실상을 변론하고 정부의 원조를 구하는 것이라고 확신할 뿐, 그들의 일부 성명과 요구가 도리어 반대파를 도와주는 일이 되어 모든 일을 망칠 수도 있다는 것을 전혀 이해하지 못했다. 알렉세이 알렉산드로비치는 오랜 시간 그들과 있으면서 그들에게 결코 벗어나서는 안 될 방침을 써 준 뒤 돌려보내고, 대표단의 지도를 부탁하는 편지를 써서 페테르부르크로 보냈다. 그 일을 도와줄 최고의 적격자는 리디야 이바노브나 백작 부인밖에 없었다. 그녀는 대표단 업무에 관해서는 전문가였으며,

그녀만큼 대표단을 잘 다루고 적절히 지도할 수 있는 사람 또한 없었다. 그 일을 끝내 놓고, 알렉세이 알렉산드로비치는 변호사에게 보낼 편지도 썼다. 그는 조금의 망설임도 없이 변호사가 마음대로 행동할 것을 허락했다. 그는 편지에 브론스키가 안나에게 보낸 편지 세 통도 함께 보냈다. 그것들은 그가 안나에게서 빼앗은 서류철에 있던 편지였다.

알렉세이 알렉산드로비치가 가족에게 돌아가지 않을 마음으로 집을 나온 뒤, 그리고 변호사를 만나 적어도 한 사람에게 자신의 의중을 밝힌 뒤부터, 특히 이 삶의 문제를 서류상의 문제로 바꿔 버린 후로, 그는 점점 자신의 의도에 익숙해졌고 이제는 그 실행 가능성이 분명하게 엿보였다.

그가 변호사에게 보낼 편지를 봉하고 있을 때, 스테판 아르카지치의 커다란 목소리가 들렸다. 스테판 아르카지치는 알렉세이 알렉산드로비치의 하인과 말다툼을 해 가며 자신이 온 것을 전하라고 고집을 부렸다.

'어떻게 되든 상관없어. 차라리 잘됐군. 이제 그의 여동생에 대한 내 입장을 얘기하고 만찬에 참석할 수 없는 이유를 설명해 줘야겠군.'

알렉세이 알렉산드로비치는 생각했다.

"안으로 모시게!"

그는 종이를 모아 압지대에 끼우며 큰 소리로 말했다.

"이것 보라고, 자네가 거짓말을 했군그래. 저렇게 안에 있잖은가!"

자신을 들여보내지 않은 하인에게 호통치는 스테판 아르카지치의 목소리가 들렸다. 오블론스키는 외투를 벗으며 방 안으로 들어왔다.

"아, 자네를 보니 정말 반가워! 그래서 말이야, 나는……."

스테판 아르카지치가 유쾌하게 말을 꺼냈다.

"난 못 갑니다."

알렉세이 알렉산드로비치는 서서 손님에게도 앉으라는 말도 없이 싸늘한 어조로 말했다. 알렉세이 알렉산드로비치는 이혼소송을 시작하려던 차에 아내의 오빠에 대해서 당연히 냉담한 태도를 보여야 한다고 생각했다. 그러나 그는 스테판 아르카지치의 마음속 해안에서 흘러나오는 온화함이라는 바다를 채 생각하지 못했다.

스테판 아르카지치는 빛나는 눈을 크게 떴다.

"왜 올 수 없다는 건가? 무슨 말을 하고 싶은 거야?"

그는 머뭇거리며 프랑스어로 말했다.

"안 되네, 이미 약속했잖은가. 우리 모두 자네가 올 거라고 기대를 하고 있단 말일세."

"내가 하고 싶은 말은, 우리 사이의 친척 관계가 끊어질 수밖에 없기 때문에 당신 집에 갈 수 없다는 얘깁니다."

"뭐? 아니, 어떻게? 왜?"

스테판 아르카지치가 미소 띤 얼굴로 말했다.

"당신 누이, 즉 내 아내와 이혼소송을 시작할 겁니다. 난 어쩔 수 없이……."

하지만 알렉세이 알렉산드로비치가 말을 마치기도 전에 스테판 아르카지치는 전혀 상상외의 행동을 했다. 한숨을 쉬며 안락의자에 털썩 앉은 것이다.

"아니, 알렉세이 알렉산드로비치, 무슨 말을 하는 건가!"

오블론스키가 외쳤다. 그의 얼굴에 괴로움이 가득했다.

"사실입니다."

"미안하네만, 난 믿을 수가 없네. 도저히 그 말을 믿을 수 없어……."

알렉세이 알렉산드로비치는 자리에 앉았다. 그는 자기가 한 말이 기대한 만큼 효과를 거두지 못했다는 것, 반드시 설명하고 넘어갈 필요가 있다는 사실, 자신이 어떻게 설명하든 자신와 처남의 관계는 여전하리라는 것을 깨달았다.

"맞습니다. 난 이혼을 요구하지 않을 수 없는 괴로운 처지입니다."

"한 가지만 말하겠네. 알렉세이 알렉산드로비치, 난 자네를 훌륭하고 공정한 사람이라고 보네. 안나에 대해선, 미안하군. 누이에 대한 내 생각을 바꿀 수가 없네. 아무튼 난 안나도 아름답고 훌륭한 여자라고 생각한다네. 그러니 용서해 주게나. 난 자네 말을 믿을 수 없어. 오해가 있는 게 틀림없어."

"그래요, 그것이 그저 오해라면……."

"잠깐만, 나도 이해하네."

스테판 아르카지치가 가로막았다.

"하지만 물론……, 한 가지만 말하겠네. 섣불리 행동해서는 안 되네. 그러면 안 되지. 절대로 성급하게 굴지 말게."

"난 성급하게 행동하지 않았습니다. 그런 문제는 어느 누구에게도 조언을 구할 수 없는 법입니다. 난 굳게 결심했습니다."

알렉세이 알렉산드로비치가 차갑게 말했다.

"끔찍한 일이군!"

스테판 아르카지치는 탄식을 내뱉었다.

"자네가 해 줬으면 하는 게 한 가지 있네. 알렉세이 알렉산드로비치. 부탁이니, 제발 그렇게 해 주게! 내 생각에 소송은 아직 제기되지 않은 것 같은데 소송을 하기 전에, 내 아내를 만나 이야기를 나눠 보게. 아내는 안나를 친동생처럼 사랑하고 자네도 사랑하고 있어. 그녀는 훌륭한 여자라네. 제발 내 아내와 이야기를 해 보게! 내게 그 정도의 우정은 보여 줄 수 있잖은가. 부탁일세!"

알렉세이 알렉산드로비치는 잠깐 생각에 잠겼다. 스테판 아르카지치도 그를 방해하지 않고 동정 어린 눈으로 그를 바라만 보았다.

"아내와 만나 주겠지?"

"글쎄요, 잘 모르겠습니다. 내가 당신 집에 갈 수 없는 것도 그 때문인데 난 우리 관계가 변해야 한다고 생각하거든요."

"왜 그래야 하나? 난 그렇게 생각하지 않네. 우리의 인척 관계는 접어

두더라도, 내가 자네에게 늘 품고 있는 우정이라는 감정을 자네도 어느 정도 느끼고 있다고 생각해도 될까……. 진심 어린 존경도……."

스테판 아르카지치가 그의 손을 잡았다.

"자네가 하는 최악의 가정이 사실이라 쳐도, 앞으로도 그럴 테지만 난 절대로 어느 쪽에 대해서도 판단하지 않네. 그리고 나는 왜 우리의 관계가 바뀌어야 하는지 이유를 모르겠네. 어쨌든 지금은 내 말대로 해 주게. 내 아내를 만나 달란 말일세."

"글쎄요. 우리는 이 문제를 다른 식으로 보는 것 같네요. 아무튼 이 문제는 더 이상 거론하지 말죠."

알렉세이 알렉산드로비치는 냉담하게 말했다.

"아니, 왜 안 오겠다는 건가? 오늘 저녁 식사만이라도 안 될까? 아내가 자네를 기다리고 있네. 제발 와 주게. 다른 것보다 아내와 이야기를 나눠 보라니까. 훌륭한 여자일세. 제발, 이렇게 무릎 꿇고 빌겠네!"

"정 그렇게 원하신다면 가겠습니다."

알렉세이 알렉산드로비치는 한숨을 쉬며 말했다.

그런 뒤에 그는 화제를 바꾸기 위해 두 사람 모두가 관심을 가지고 있는, 아직 많지 않은 나이에 갑자기 높은 지위에 오른 스테판 아르카지치의 신임 상관에 대해 물었다.

알렉세이 알렉산드로비치는 전부터 아나치킨 백작을 좋아하지 않았고 그와는 늘 의견이 어긋나곤 했다. 그러나 지금 그는 직장에서 큰 실패를 맛본 사람이 승진한 사람을 보며 느끼는 증오심, 공직에 있는 사람이라면 누구나 이해할 수 있는 그 증오심을 도저히 억누르기 어려웠다.

"그래, 그 사람을 만나 봤어요?"

알렉세이 알렉산드로비치는 악의 가득한 냉소를 지으며 말했다.

"물론이지. 어제 우리 사무실에 나왔으니까. 그 사람은 업무도 잘 알고 있고 매우 활동적으로 보이더군."

"그래요, 하지만 그가 하는 활동은 어떤 것을 지향하는 걸까요? 일을 하는 걸까요, 아니면 이미 남이 해 놓은 일을 다시 고치는 걸까요? 우리 정부의 불행은 서류 행정이라는 겁니다. 그 사람은 그 분야에서 존경할 만한 대표 인물이고요."

알렉세이 알렉산드로비치가 말했다.

"솔직히 난 그에게 비난할 만한 게 있는지 잘 모르겠네. 그의 경향에 대해선 잘 모르거든. 하지만 한 가지만은 알 수 있어. 그가 훌륭한 사나이라는 것 말일세. 방금 그의 방에 있다 오는 길인데, 정말 훌륭한 사나이였어. 우리는 함께 점심 식사를 하고 그에게 술을 만드는 법도 알려 줬다네. 자네도 알지? 오렌지를 섞은 포도주 말일세. 정말 산뜻한 맛이 나지. 그런데 놀랍게도 그는 그 사실을 모르고 있더군. 그는 그 술을 무척 좋아했다네. 그래, 그는 멋진 사람일세."

스테판 아르카지치는 슬쩍 시계를 쳐다보았다.

"앗, 큰일났군, 벌써 네 시잖아. 돌고부쉰에게도 들러야 하는데. 그럼 부탁하네. 저녁 식사 하러 오게. 자네가 안 보이면 나와 내 아내가 얼마나 슬퍼할지 자네는 상상도 못 할 걸세."

알렉세이 알렉산드로비치가 처남을 배웅하는 모습은 그를 맞이할 때와는 많이 달랐다.

"약속을 했으니 가겠습니다."

그는 우울하게 대답했다.

"내가 자네에게 고마워한다는 것을 믿어 주게. 자네가 후회하지 않았으면 좋겠네."

스테판 아르카지치가 웃으며 대답했다. 그리고 그는 걸어가면서 옷을 입다가 한 손이 하인 머리에 부딪치자 웃음을 터뜨리며 밖으로 나갔다.

"다섯 시일세. 프록코트 차림으로 와 주게. 부탁하네!"

그는 문 쪽을 돌아보며 한 번 더 큰 소리로 외쳤다.

9

집주인이 도착했을 때는 이미 다섯 시가 지난 뒤라 손님 몇 명이 와 있
었다. 그는 현관 입구에서 세르게이 이바노비치 코즈니셰프와 페스초프
를 만나 함께 안으로 들어왔다. 오블론스키의 표현에 따르면 이 사람들
은 모스크바의 인텔리겐치아를 대표하는 양대 산맥이었다. 두 사람은 성
품이나 지성으로 봤을 때 존경받을 만한 인물들이었다. 그들은 서로 존
중했지만 부득이하게 거의 모든 부분에서 서로 의견이 달랐다. 두 사람
이 서로 대립되는 유파에 속해 있기 때문이 아니라, 같은 진영에 속해 있
으면서도—반대파들은 그들을 하나로 혼동하곤 했다.—각자 미묘한 차
이를 갖고 있는 탓이었다. 반(半)추상적인 문제처럼 의견의 일치를 보기
가 힘든 것도 없는 만큼, 그들은 한 번도 의견의 일치를 보인 적이 없었
다. 거기에다가 그들은 이미 오래전부터 화내지 않고도, 바로잡을 수 없
는 상대방의 오해를 그냥 웃고 넘기는 것에 익숙했다.

그들이 날씨에 관한 이야기를 하면서 문으로 들어설 때, 스테판 아르
카지치가 그들을 따라잡았다. 오블론스키의 장인인 알렉산드르 드미트
리예비치 공작, 젊은 쉐르바츠키, 투로프친, 키티, 카레닌은 이미 응접실
에 앉아 있었다.

스테판 아르카지치는 자기가 없기 때문에 응접실 분위기가 삭막하다는 것을 금방 깨달았다. 화려한 회색 실크 드레스를 입은 다리야 알렉산드로브나는 방에서 따로 밥을 먹어야 하는 아이들과 아직 집에 돌아오지 않은 남편 때문에 신경을 쓰는 것 같았다. 그녀는 남편 없이 그 모임 전체를 잘 어울리게 하기가 어려웠다. 사람들은 노공작의 표현에 의하면 손님으로 온 사제의 딸처럼 어쩌다 이런 자리에 오게 된 건지 모르겠다는 표정으로 침묵이 싫어서 말을 쥐어짜고 있는 형편이었다. 착한 투로프친은 분명 자기가 있을 곳이 아니라고 생각하는 것 같았다. 그가 스테판 아르카지치를 보며 두툼한 입술에 보인 미소는 '이보게, 친구, 자네가 날 현자들 틈에 앉혀 놓았구먼. 샤토 데 플뢰르에서 한잔하는 건 어떤가. 그거라면 내 전공이잖은가.' 이런 말을 하는 것처럼 보였다. 노공작은 조용히 앉아 눈동자를 빛내며 카레닌을 힐끔힐끔 바라보고 있었다. 스테판 아르카지치는 그가 철갑상어 요리나 되는 것처럼 주목받고 있는 이 정치가에게 어떤 말을 할 건지 이미 생각해 냈다는 것을 깨달았다. 키티는 문 쪽을 바라보면서 콘스탄친 레빈이 들어와도 얼굴을 붉히지 않게 용기를 끌어모으고 있었다. 카레닌에게 소개받지 못한 젊은 쉐르바츠키는 그 일을 전혀 신경 쓰지 않는 것처럼 보이려 애썼다. 카레닌은 페테르부르크에서 하던 습관대로 프록코트에 하얀 넥타이 차림으로 부인들과 함께하는 만찬에 참석했다. 스테판 아르카지치는 그의 얼굴에서 그가 단지 약속을 지키려고 왔다는 것과 이 모임에 참석하는 것으로 괴로운 의무를 실행하려 한다는 것을 알아챘다. 스테판 아르카지치가 도착하기 전까지 손님들을 얼어붙게 한기를 내뿜은 사람은 바로 그였던 것이다.

스테판 아르카지치는 응접실로 들어서며 어떤 공작에게 붙잡혀 있느라 늦었노라고 설명하며 손님들에게 사과했는데 그 공작은 스테판 아르카지치가 모임에 늦거나 참석하지 못할 때마다 늘 속죄양이 되곤 했다. 그는 순식간에 사람들을 서로 소개했고, 알렉세이 알렉산드로비치와 세르게이 코즈니셰프를 한자리에 묶어 그들에게 폴란드의 러시아화(化)라는 주제를 던져 주었는데 그들은 바로 페스초프와 함께 그 주제에 빠져들었다. 스테판 아르카지치는 투로프친의 어깨를 가볍게 치고 뭔가 우스갯소리를 속삭이고는 그를 아내와 공작 옆자리에 앉혔다. 그다음에는 키티에게 오늘따라 무척 아름답다고 말해 준 뒤 쉐르바츠키를 카레닌에게 소개했다. 그가 이 사교의 반죽을 눈 깜짝할 사이에 얼마나 잘 섞었는지 응접실은 곧 근사한 분위기에, 사람들의 목소리도 생동감 있게 울려 퍼졌다. 콘스탄친 레빈은 아직 오지 않았는데 그것은 되려 잘된 일이었다. 스테판 아르카지치가 식당에 갔을 때 곤란하게도 포트와인과 셰리 주가 레베 상점이 아닌 테프레 상점에서 가져온 것이었기 때문이었다. 그래서 그는 마부를 최대한 빨리 레베 상점에 보내라고 일러 놓고는 다시 응접실로 향했다. 그러다가 식당에서 콘스탄친 레빈과 마주쳤다.

"내가 늦은 건가?"

"자네가 안 늦을 리가 없잖은가!"

스테판 아르카지치가 그의 손을 잡고 말했다.

"사람들이 많이 온 모양이군? 누가 온 건가?"

레빈은 장갑으로 모자에 쌓인 눈을 떨며 자기도 모르게 얼굴을 붉혔다.

"우리가 아는 사람들이지. 키티도 왔다네. 자, 들어가자고. 카레닌을 소개해 주지."

스테판 아르카지치는 자유주의적 성향을 가졌지만 누구나 카레닌과의 친분을 영광으로 여기지 않을 수 없다는 것을 잘 알고 있었기 때문에 가장 친한 친구들에게 카레닌을 소개하곤 했다. 하지만 그 순간 콘스탄친 레빈은 그런 만남의 기쁨을 누릴 기분이 아니었다. 큰길에서 키티를 본 것을 빼곤, 그가 브론스키를 만난 그 잊지 못할 저녁 이후로 그녀를 한 번도 보지 못했기 때문이었다. 그는 마음속 깊은 곳으로부터 오늘 이곳에 오면 그녀를 보게 된다는 것을 이미 알고 있었다. 하지만 그는 생각의 자유를 지키면서 자신은 그것을 모르노라고 스스로에게 이해시키려 애써 왔다. 그렇지만 그녀가 와 있다는 말을 들은 순간, 그는 갑자기 숨이 멎을 듯 크나큰 기쁨과 무시무시한 두려움을 동시에 느꼈고, 그것 때문에 하고 싶은 말이 나오지 않았다.

'그녀는 어떨까? 어떨까? 예전 모습 그대로이려나, 아니면 마차에 있을 때 그 모습일까? 만일 다리야 알렉산드로브나의 말이 사실이라면 어쩌지? 하지만 사실이 아닐 이유는 뭐람?'

그는 생각했다.

"어, 그래, 카레닌을 소개해 주게."

그는 간신히 이 말을 하고는 필사적이고 결연한 걸음으로 응접실에 들어가 그녀를 보았다.

그녀는 예전 그녀도, 마차에 있던 그녀도 아니었고 전혀 다른 모습이었다.

그녀는 놀라고 머뭇거리면서 부끄러워했지만 그런 탓에 더욱 아름답게 보였다. 그가 응접실에 들어서자, 그녀가 그를 보았다. 그녀는 그를 기다리고 있었기 때문에 기뻤다. 그리고 그가 안주인에게 다가와서 그녀를 향해 다시 눈길을 돌린 그때, 그녀는 기쁨을 어쩌지 못한 나머지 그녀 자신도, 레빈도, 그들을 지켜본 돌리도 그녀가 참지 못하고 울음을 터뜨리면 어쩌나 생각할 만큼 당황해했다. 그녀의 얼굴은 붉어지나 싶었는데 창백해지고 다시 또 붉어지더니 얼어붙었다. 그녀는 입술을 바르르 떨며 그가 다가오기를 기다렸다. 그는 그녀에게 다가가 허리를 굽혀 인사를 하고 말없이 손을 내밀었다. 만약 희미하게 떨리는 입술, 눈동자에 어린 물기와 그로 인한 반짝임이 없었다면, 그녀가 말하면서 보인 미소는 평온해 보였을 것이다.

"정말 오랜만이네요!"

그녀는 필사적이면서도 단호하게 차가운 손으로 그의 손을 쥐었다.

"당신은 날 못 봤겠지만, 난 당신을 본 적이 있어요. 당신이 기차역에서 예르구쇼보로 가는 것을 봤어요."

레빈은 행복한 미소를 보이면서 말했다.

"언제요?"

그녀가 놀라서 물었다.

"당신은 마차를 타고 예르구쇼보로 가고 있었어요."

레빈은 자신의 영혼이 행복으로 가득 차 숨이 막히는 것을 느꼈다.

'내가 어떻게 이 감동적인 존재를 불결한 생각과 연결시킬 수 있었을까! 맞아, 다리야 알렉산드로브나의 말이 사실인 모양이군.'

스테판 아르카지치는 그의 손을 잡아 카레닌에게 데려갔다.

"소개하지."

그는 두 사람의 이름을 서로에게 말해 주었다.

"다시 만나게 돼서 반갑습니다."

알렉세이 알렉산드로비치는 레빈의 손을 잡으며 차갑게 말했다.

"서로 아는 사이였나?"

스테판 아르카지치가 깜짝 놀라 물었다.

"같은 객차에서 세 시간 정도 함께 보냈지만 가면무도회에서 빠져나오는 사람들처럼 호기심만 간직하고 객차를 나섰지. 적어도 난 그랬다네."

레빈이 미소를 지으며 말했다.

"그랬었군! 이쪽으로 가세."

스테판 아르카지치는 식당 쪽을 가리켰다.

남자들은 식당으로 들어가 자쿠스카가 놓인 테이블로 다가갔는데 그곳에는 보드카 여섯 종류와 그 수만큼 다양한 종류의 치즈—은제 나이프가 딸린 것과 나이프가 없는 것도 있었다.—와 캐비어, 청어, 각종 통조림, 얇게 썬 프랑스 빵이 담긴 접시들이 놓여 있었다.

남자들이 향기로운 보드카와 자쿠스카 주위에 서자, 식사를 기다리는 동안 세르게이 이바노비치 코즈니셰프와 카레닌과 페스초프 사이에 오가던 폴란드의 러시아화에 관한 이야기도 점점 잠잠해져 갔다.

보통 사람과 달리 세르게이 이바노비치는 대단히 추상적이고 진지한 논쟁을 마무리 짓기 위해 아테네의 소금(품위 있는 유머를 뜻하는 관용어_옮긴이)을 뿌려 상대방의 기분을 바꿀 줄 아는 사람이었고 지금도 이 방법을 사용했다.

알렉세이 알렉산드로비치는 러시아 정부가 도입해야 할 최고 방침의 결과로서만 폴란드의 러시아화가 이루어질 수 있다고 증명했다.

페스초프는 인구밀도가 높은 민족만이 다른 민족을 동화시킬 수 있다는 주장을 펼쳤다. 코즈니셰프는 양쪽 주장을 모두 인정했지만, 제한적인 인정이었다. 그들이 응접실에서 나올 때, 코즈니셰프는 대화를 마무리하기 위해 미소를 지으며 이렇게 말했다.

"따라서 이민족을 러시아화하는 방법은 딱 한 가지입니다. 가능한 한 아이들을 많이 낳는 겁니다. 그런 측면에서는 나나 이 친구는 제 역할을 가장 못 한 사람들이라고 볼 수 있습니다. 그런데 여러분처럼 결혼하신 신사분들, 특히 스테판 아르카지치는 대단한 애국자인 셈입니다. 애들이 몇이나 됩니까?"

그는 주인을 돌아보고 다정하게 웃으며 그에게 작은 술잔을 내밀었다.

다들 웃음을 터뜨렸는데 그중에서도 스테판 아르카지치가 가장 유쾌한 듯 웃어 댔다.

"맞아, 그게 가장 좋은 방법이라고 할 수 있지!"

그는 치즈를 우물거리며 코즈니셰프가 내민 술잔에 어떤 특별한 종류의 보드카를 따랐다. 그런 농담이 오고 가는 바람에 그 대화는 사실 끊어져 버렸다.

"이 치즈, 꽤 좋죠. 더 드시겠습니까?"

주인이 말했다.

"자네는 다시 운동을 시작했나?"

그는 왼손으로 레빈의 근육을 만져 보며 말을 걸었다. 레빈이 씩 웃으며 팔에 힘을 주니 스테판 아르카지치의 손가락 아래 프록코트의 얇은 나사 천에서 단단한 알통이 둥근 치즈처럼 불끈 솟아올랐다.

"이게 바로 이두박근이라는 거군! 삼손 같구먼!"

"곰 사냥을 하려면 체력이 좋아야겠어요."

사냥에 대해서는 초라한 지식을 자랑하는 알렉세이 알렉산드로비치가 빵에서 거미줄처럼 얇고 말랑말랑한 부분에 치즈를 발라 그것을 찢으며 말했다.

레빈은 미소를 지었다.

"전혀 그렇지 않아요. 아이들도 곰을 죽일 수 있답니다."

그는 자쿠스카 테이블로 다가온 안주인과 부인들에게 가볍게 인사를 한 뒤 옆으로 비켜 주었다.

"곰을 잡으셨다고요?"

키티는 미끄러워 잘 잡히지 않는 버섯을 쓸데없이 포크로 찍으려 애썼다. 그 바람에 팔이 하얗게 내비치는 레이스 자락이 흔들렸다.

"당신이 사는 마을에 정말 곰이 있어요?"

그녀는 아름다운 얼굴을 그에게 반쯤 돌리고는 미소를 지으며 덧붙였다.

그녀의 말에 특별한 의미는 없는 것 같았다. 하지만 그에게는 그녀의 입술과 눈동자와 손의 움직임 하나하나, 그녀의 말에서 울려 나오는 소리 하나하나가 뭐라고 형언할 수 없는 어떤 의미를 가진 것처럼 느껴졌다. 그 안에는 용서를 바라는 마음, 그에 대한 믿음, 애무, 부드러우면서도 수줍은 듯한 애무, 약속과 희망, 그에 대한 사랑이 담겨 있었다. 그는 그 사랑을 믿지 않을 수 없었고, 그 사랑 때문에 숨이 막힐 것만 같았다.

"아니에요, 우리는 트베리 현으로 간 겁니다. 거기서 돌아오는 길에 객차 안에서 당신의 보프레르(처남, 매형, 매제 등을 뜻하는 프랑스어를 러시아 음가로 표현한 것_옮긴이), 아니 당신의 보프레르의 매제를 만난 거예요. 좀 우스꽝스러운 만남이었죠."

그는 미소를 지으며 말했다.

그는 뜬눈으로 밤을 지새우다 털가죽으로 만든 반코트 차림으로 알렉세이 알렉산드로비치가 탄 객차 안에 뛰어든 이야기를 유쾌하고 재미있게 들려주었다.

"속담과 다르게 차장은 내 옷차림을 보고 내쫓으려고 했답니다. 그때 난 고상하고 과장된 말투로 이야기를 늘어놓았지요. 그리고…… 당신도……."

그는 이름이 생각나지 않아 카레닌을 돌아보며 말했다.

"당신도 처음에는 털가죽 반코트를 보고 날 내쫓으려 했지만, 나중에는 내 편을 들어주셨어요. 그 점 무척 감사하게 생각합니다."

"일반적으로 승객의 좌석 선택권이라는 것이 애매하거든요."

알렉세이 알렉산드로비치는 손수건으로 손가락 끝을 닦았다.

"난 당신이 나를 어떻게 대할까 주저하는 것을 봤지만 내 반코트에 대한 인상을 지우기 위해 급히 지적인 얘기를 꺼낸 겁니다."

레빈은 선량한 미소를 보이며 말했다.

세르게이 이바노비치는 안주인과 계속 이야기를 나누는 동안에도 한쪽 귀로는 동생 말에 귀를 기울이며 동생을 곁눈질했다.

'저렇게 의기양양한 모습이라니. 오늘 저 녀석이 어떻게 된 거지?'

그는 생각에 잠겼다. 그는 레빈이 날개라도 돋은 것 같은 기분이라는 사실을 몰랐다. 레빈은 그녀가 그의 말을 듣고 있으며 그가 하는 말을 듣는 것을 즐거워한다는 것을 알았다. 오직 이 한 가지 사실만이 그의 마음을 온통 사로잡았다. 그에게는 이 방, 아니 온 세상을 통틀어 스스로에게 엄청난 의미와 중요성을 띠게 된 그와 그녀만이 존재하는 것처럼 여겨졌다. 그는 자신이 현기증이 날 정도로 높은 곳에 있으며, 저 아래 까마득하게 먼 어딘가에 이 모든 선량한 사람들, 오블론스키 같은 사람들이, 그리고 온 세계가 존재하는 것 같았다.

스테판 아르카지치는 아무도 눈치채지 못하도록 두 사람은 쳐다보지도 않고 마치 그들을 앉힐 자리가 없어서 그런 것처럼 레빈과 키티를 나란히 앉혔다.

식기가 훌륭한 것처럼 식사도 훌륭했다. 스테판 아르카지치는 식기류 애호가였다. 마리 루이즈 수프는 굉장히 훌륭했으며 작은 피로그는 입안에서 살살 녹았고 흠잡을 데가 없었다. 하얀 넥타이를 맨 하인 두 명과 마트베이는 눈에 안 띄게 조용하고 재빠르게 음식과 술을 날랐다. 만찬은 물질적인 면에서도 성공적이었고, 비물질적인 면에서도 성공적이었다. 때로는 보편적이고, 때로는 특수하게 진행된 대화는 잠시도 그치지 않았으며, 만찬이 끝나갈 때까지도 활기차게 이어졌다. 남자들은 테이블에서 일어나는 순간까지도 계속 이야기를 나눌 정도였다. 심지어 알렉세이 알렉산드로비치까지도 활기차 보였다.

10

페스초프는 끝까지 논쟁을 하고 싶었고 세르게이 이바노비치가 하는 말에도 만족할 줄 몰랐다. 자신의 의견이 옳지 않다는 것을 느꼈기 때문에 그런 마음이 더욱 간절했다.

"난 절대로…… 인구밀도만을 말하는 게 아니에요. 그리고 원칙을 말하는 게 아니라 근본적인 토대와 결부해서 하는 말이에요."

그는 수프를 떠먹으며 알렉세이 알렉산드로비치에게 말했다.

"내가 볼 때에는……."

알렉세이 알렉산드로비치는 느긋하고 무심하게 대답했다.

"그게 그거인 것 같군요. 다른 민족한테 영향을 미칠 수 있는 건 보다 발전된 민족만이 할 수 있는 일이라고 생각하거든요. 그리고……."

"하지만 바로 그게 문제예요."

페스초프는 특유의 저음으로 상대방의 말을 막았다. 그는 언제나 급하게 말을 하는 편이었고 자기가 하는 말에 온 정신을 쏟는 것처럼 보였다.

"보다 발전했다는 건 어떤 뜻입니까? 영국, 프랑스, 독일 가운데 어느 민족이 가장 수준 높은 문화를 갖고 있다고 봐야 합니까? 어느 민족이 다른 민족을 동화시키게 될까요? 우리는 라인 지방이 프랑스화된 것을 압니다. 그렇다고 해서 독일인이 더 열등하다는 소리는 아닙니다!"

그는 소리쳤다.

"거기에는 다른 법칙이 있어요."

"내가 생각하기로는 영향력이란 언제나 참된 교양을 가진 쪽이 갖고 있기 마련입니다."

알렉세이 알렉산드로비치가 눈썹을 살짝 치키며 말했다.

"하지만 참다운 교양을 갖고 있다는 증거를 도대체 어디에서 찾아야 합니까?"

페스초프가 말했다.

"그런 것들이 충분히 알려져 있다고 할 수 있겠어요?"

세르게이 이바노비치가 엷은 미소를 띠며 이야기에 끼어들었다.

"오늘날에는 순수하게 고전적인 것만을 진정한 교양으로 인정합니다만 우리는 양쪽의 격렬한 논쟁을 다 보고 있어요. 그리고 반대파 진영도 자신을 위한 유력한 논거를 갖고 있다는 것을 인정해야만 합니다."

"당신은 고전파로군요, 세르게이 이바노비치. 적포도주를 드시겠습니까?"

스테판 아르카지치가 말했다.

"난 어떤 종류의 교양에 대한 의견을 말하려는 게 아닙니다."

세르게이 이바노비치는 잔을 내밀면서 어린아이를 대할 때처럼 너그러운 미소를 보였다.

"난 그저 양쪽 모두 저마다 유력한 논거를 갖고 있다는 말을 하려던 것뿐이에요."

그는 알렉세이 알렉산드로비치를 돌아보며 말을 이었다.

"난 고전주의에 입각한 교육을 받았지만, 이 논쟁에서는 개인적으로 내가 있을 만한 자리는 없는 것 같군요. 어째서 고전주의 학문이 실제적인 학문보다 우위에 있다고 보는 건지, 난 그 분명한 이유를 모르겠습니다."

"자연과학도 그에 못지않게 교육적이고 발전적인 영향을 미친답니다."

페스초프가 그의 말을 받아 말했다.

"천문학만 해도 그렇죠. 그리고 일반 법칙의 체계를 갖춘 식물학과 동물학도 한번 보세요."

"난 그 말에 모두 동의할 수는 없어요. 내 생각에는 언어 형식을 연구하는 과정 자체가 정신 발달에 특히 이롭다는 사실을 인정해야 될 것 같습니다. 게다가 고전주의 작가의 영향은 지극히 도덕적이지만, 자연과학의 가르침은 불행하게도 우리 시대의 해악을 만드는 해롭고 거짓된 학설과 결부되어 있죠."

알렉세이 알렉산드로비치가 대답했다.

세르게이 이바노비치가 뭔가 말하려 했지만 페스초프 특유의 굵은 저음으로 그의 말을 가로막고는 이 견해가 부당하다는 것을 열심히 증명하기 시작했다. 세르게이 이바노비치는 침착하게 그가 말을 끝내기를 기다렸는데 이미 상대의 기를 꺾어 놓을 반박을 준비해 둔 모양이었다.

"하지만······."

세르게이 이바노비치는 옅은 미소를 띠며 카레닌을 돌아보았다.

"두 학문의 장점과 단점을 놓고 어느 쪽이 우위에 서는지를 따지는 것은 어렵다는 점에 동의하지 않을 수 없을 겁니다. 그리고 만일 고전주의적 교양에 당신이 지금 말한 우월성, 즉 도덕적이고, 다시 말해 안티니힐리즘적 영향력이 없다면 어느 학문을 우위에 두어야 할지에 대한 문제도 그렇게 빨리 해결되지는 않을 거라는 데 동의해야만 할 겁니다."

"물론입니다."

"고전주의 학문에 이런 안티니힐리즘적 우월성이 없다면, 우리는 좀 더 많이 생각하고 양쪽 논거를 저울질해 봤을 것입니다."

세르게이 이바노비치는 보일락 말락 미소를 띠며 말했다.

"그리고 양쪽 모두에게 여지를 주었을 테지요. 하지만 지금 우리는 고전주의 교양이라는 알약에 안티니힐리즘의 효능이 있다는 것을 알고 있어요. 그래서 우리는 과감하게 그것을 우리 환자들에게 제공해 주는 거지요……. 그런데 만일 효능이 없다면 어떻게 되나요?"

그는 아테네의 소금을 뿌리며 말을 끝냈다.

세르게이 이바노비치가 알약이라는 말을 꺼냈을 때, 모두 웃음을 터뜨렸다. 특히 대화를 들으면서 재미있는 이야기를 기다리던 투로프친이 가장 큰 소리로 유쾌하게 웃어 댔다.

스테판 아르카지치가 페스초프를 초대한 것은 잘못이 아니었다. 페스초프 덕분에 지적인 대화가 끊이지 않고 이어졌다. 세르게이 이바노비치가 농담으로 대화를 끝내자마자, 페스초프가 금세 다른 화제로 건너갔다.

"동의할 수 없는 게 또 있어요."

그가 말했다.

"정부가 이런 목적을 갖고 있었다니. 정부는 분명히 그들이 채택한 정책이 어떤 영향을 끼칠지는 관심도 없고 일반적인 판단을 근거로 삼고 있습니다. 예를 들어, 여성 교육 문제는 매우 해로운 것으로 여겨야 하는데도, 정부는 여성들에게 강습회와 대학을 개방하고 있다니까요."

그러자 대화는 바로 여성의 교육이라는 새로운 주제로 옮겨 갔다.

알렉세이 알렉산드로비치는 여성의 교육이 대부분 여성 해방이라는 문제와 혼동되는 바람에 해로운 것으로 받아들여질 수 있다는 자신의 생각을 이야기했다.

"난 오히려 이 두 문제가 서로 밀접하게 결합된 거라고 봅니다."

페스초프가 말했다.

"이것은 하나의 악순환이죠. 여성은 부족한 교육으로 권리를 박탈당했고, 교육의 부족은 또 권리의 결핍에서 나오는 겁니다. 여성의 종속은 너무나 오래된 뿌리 깊은 문제이기 때문에, 종종 그들과 우리 남성들을 분리하는 그 원인을 이해하려 들지 않죠."

그가 말했다.

"당신은 권리라고 말씀하시는데……."

세르게이 이바노비치는 페스초프가 말을 멈추기를 기다리고 있다가 말했다.

"배심원, 시의원, 의장의 직위를 맡을 권리, 공직을 맡을 권리, 국회의원이 될 권리 등을 말씀하시는 건가요?"

"물론입니다."

"하지만 설사 아주 드문 예외를 적용해서 여성이 이런 직위를 갖는다 해도, 내가 보기에 당신이 '권리'라는 말을 사용한 것은 적절하지 않은 것 같습니다. 정확히 표현하자면, 그것은 의무라고 봐야죠. 배심원이나 시의원, 전신국원 같은 어떤 직무를 수행할 때, 우리는 의무를 이행한다고 느끼잖아요. 이 점에는 모두 동의하실 거예요. 그러니 여성들이 의무를 찾고 있다고 말해야 더 정확할 겁니다. 그리고 그것은 완전히 합법적인 행동이라고 봐야지요. 그러니까 남성들의 일반적인 노동을 도와주려는 그들의 이러한 소망에 공감하지 않을 수가 없는 겁니다."

"굉장히 옳은 말씀입니다."

알렉세이 알렉산드로비치가 그 말에 동의했다.

"내 생각에는 여성들에게 이 의무를 수행할 능력이 있느냐 없느냐가 관건인 것 같군요."

"여성들은 아마도 꽤 잘 해낼 겁니다."

스테판 아르카지치가 끼어들었다.

"여성들에게 교육이 보급된다면 말이지요. 우리도 알고 있듯이……."

"이런 속담은 어떨까요?"

아까부터 대화에 귀를 기울이며 비웃듯이 작은 눈을 반짝이던 공작

이 말했다.

"내 딸들도 앞에 있지만 상관없어. 머리카락이 길면(머리가 길면 머리가 나쁘다는 속담_옮긴이)……."

"흑인 해방 전에는 흑인에 대해서도 똑같이 생각했지요!"

페스초프가 화가 난 듯 말했다.

"나는 다만 여성들이 새로운 의무를 찾는다는 게 의문이에요. 불행하게도 우리는 남성들이 대개 의무를 회피한다는 것을 알고 있으니까요."

세르게이 이바노비치가 말했다.

"의무는 권리와 뗄 수가 없죠. 권력, 돈, 명예. 여성들은 바로 이런 것들을 추구하는 겁니다."

페스초프가 말했다.

"내가 유모가 될 권리를 요구하면서 여자들은 보수를 받는데 나는 왜 못 받느냐고 화를 내는 꼴이로군."

노공작이 말했다.

투로프친이 큰 소리로 웃어 대자, 세르게이 이바노비치는 자신이 이 말을 하지 못한 것을 안타까워했다. 알렉세이 알렉산드로비치조차 빙긋 웃었다.

"맞습니다. 남자는 젖을 먹일 수 없죠. 하지만 여자는……."

페스초프는 말했다.

"아닙니다. 어떤 영국인 남자는 배 위에서 자기 아이를 길렀답니다."

노공작은 자기 딸들 앞에서 이런 이야기를 스스럼없이 했다.

"그런 영국 남자들의 수만큼 여성 권리도 생기는 거겠죠."

세르게이 이바노비치가 말했다.

"그래, 하지만 가정이 없는 아가씨들은 어떻게 해야 되나?"

스테판 아르카지치가 불쑥 끼어들었다. 그는 늘 머리에서 맴돌고 있는 치비소바를 떠올리며 페스초프의 의견에 공감하며 지지했다.

"그런 여자의 과거를 잘 조사해 본다면, 그 여자가 자기 집이나, 언니 집, 어디건 간에 여자다운 일을 가질 수 있는 가정을 버렸다는 것을 밝힐 수 있을 거예요."

갑자기 다리야 알렉산드로브나가 화를 벌컥 내며 대화에 끼어들었다. 아마 스테판 아르카지치가 어떤 아가씨를 두고 한 말인지 알아차린 모양이었다.

"하지만 우리는 원칙과 이상의 편에 서 있잖아요!"

페스초프가 낭랑한 저음으로 반박했다.

"여성은 교육받은 독립된 존재가 될 권리를 갖고 싶어 하죠. 여성들은 이게 불가능하다는 인식 때문에 구속받고 있는 거예요."

"하지만 나는 보육원에서 날 유모로 받아 주지 않아서 억눌리고 구속받고 있구먼."

노공작이 이렇게 말하는 바람에 투로프친이 즐거워하며 크게 웃다가 아스파라거스의 굵은 끝을 소스에 빠뜨리고 말았다.

11

키티와 레빈을 제외하곤 모두 이 공통된 화제에 참여했다. 처음에 한 민족이 다른 민족에게 영향력을 행사한다는 말이 나왔을 때, 레빈은 문 득 자신 또한 이 화제에 대해 할 말이 있다는 사실을 깨달았다. 하지만 예전에는 무척이나 중요하게 여겼던 생각들이 이제는 마치 상상 속 이 야기인 양 머릿속에서 떠오를 뿐 지금은 그에게 아무런 흥미를 불러일으 키지 않았다. 심지어 모든 사람들이 그 쓸데없는 이야기에 왜 그토록 관 심을 보이며 열을 올리는지도 이상했다. 키티도 마찬가지로 여성의 권리 와 교육에 관해 이야기할 때 분명 관심을 가져야 했다. 외국에서 타인에 게 의지해 살아가는 친구 바렌카와 이 문제를 얼마나 자주 생각했던가! 게다가 결혼을 안 하면 어떻게 될까 하고 자신에 대해서도 몇 번이고 생 각해 보았다. 그리고 이 문제로 언니와 얼마나 다투었던가! 하지만 지금 은 조금도 그녀의 관심을 끌지 못했다. 그녀와 레빈은 그들만의 대화를 나누고 있었다. 사실 그건 대화가 아니라 비밀스러운 소통이었고 시간이 지날수록 그들을 더욱 가까워지게 하고 두 사람 모두에게 기쁨에 찬 두 려움을 불러일으켰다.

처음에 레빈은 지난해 그가 마차 안에 있던 자기를 어떻게 보았느냐는 키티의 질문에 풀베기를 하고 돌아오다 큰길에서 그녀를 보게 된 정황을 들려주었다.

"아주 이른 아침이었습니다. 당신은 잠에서 막 깬 것 같았지요. 당신의 어머니는 구석에서 주무시고 계셨죠. 무척이나 아름다운 아침이었습니다. 나는 걸어가면서 생각했지요. 저 마차에는 누가 타고 있을까? 작은 방울들이 달린 멋진 사륜마차였습니다. 그리고 당신의 모습이 보이더군요. 난 창문으로 보았죠. 당신은 바로 이 모습으로 앉아 모자 매듭을 두 손으로 잡고는 골똘히 무언가를 생각하고 있었습니다."

그는 빙그레 웃으며 말했다.

"그때 전 당신이 무슨 생각에 빠졌을까 하며 궁금해했지요. 중요한 것이었나요?"

'좀 흐트러진 모습이지 않았을까?'

그녀는 생각에 잠겼다. 하지만 이런 세세한 것들에 대한 추억이 그에게 불러일으킨 환희에 찬 미소를 보고, 그녀는 오히려 자기가 준 인상이 굉장히 좋았다는 것을 알았다. 그녀는 얼굴을 붉히며 기쁜 듯 환히 웃었다.

"도통 기억이 안 나요."

"투로프친은 참 잘 웃는군요!"

레빈은 그의 물기 어린 눈과 앞뒤로 흔들리는 몸을 감탄의 눈길로 바라보며 말했다.

"오래전부터 알던 분인가요?"

키티가 물었다.

"그를 모르는 사람이 어디 있겠습니까!"

"당신은 저분을 우둔한 사람이라고 생각하나요?"

"우둔한 사람은 아니지만 하찮은 사람이라고 생각합니다."

"옳지 않은 생각이에요! 당장 그런 생각은 버리세요."

키티가 말했다.

"나도 한땐 저분에 대해 좋지 않은 생각을 가졌어요. 하지만 저분은, 너무나도 좋은 분이었어요. 놀랍도록 선한 마음을 가진 사람이죠. 그는 마치 황금과도 같은 마음을 가지고 있어요."

"어떻게 그의 마음을 알게 됐죠?"

"우리는 저분과 가까운 친구 사이예요. 난 저분을 잘 알고 있어요. 지난해 겨울 그 일이 있고 나서 얼마 후, 그러니까 당신이 우리 집에 다녀간 얼마 후에…….."

그녀는 미안해하면서도 신뢰에 찬 미소를 보냈다.

"돌리 언니 아이들 모두가 성홍열에 걸렸어요. 그런데 그가 어느 날 언니 집에 왔어요. 상상할 수 있는 일인가요?"

그녀는 작은 목소리로 말했다.

"저분은 언니를 가엾게 여겼어요. 그래서 내내 집에 머물며 아이들 간호를 도왔어요. 맞아요, 저분은 이 집에 삼 주 동안이나 머물며 마치 보모처럼 아이들을 간호했어요."

"콘스탄친 드미트리치에게 아이들이 성홍열에 걸린 동안 투로프친이 한 일을 들려주고 있어."

그녀는 언니를 향해 몸을 돌리며 말했다.

"네, 매력적이고 훌륭한 분이에요!"

돌리가 투로프친을 바라보며 말했다. 또 투로프친은 자신의 이야기를 한다는 것을 알아채고는 수줍은 미소를 지었다. 레빈은 한 번 더 투로프친을 바라보며 어째서 자기가 예전에는 이 사람의 매력을 알지 못했는지 의아했다.

"미안합니다. 미안해요. 앞으로는 내 마음대로 사람들을 나쁘게 평가하지 않겠습니다."

그는 자신이 느낀 바를 솔직히 털어놓으며 명랑하게 말했다.

12

여성의 권리에 관해 시작된 대화에는 여성들 앞에서는 말하기 민감한 주제, 즉 결혼 생활에 따르는 권리 불평등에 대한 문제도 있었다. 페스초프는 식사를 하는 동안 몇 번이고 이 문제에 파고들었으나, 세르게이 이바노비치와 스테판 아르카지치가 조심스럽게 그를 다른 화제로 돌렸다.

사람들과 부인들이 테이블에서 일어나자 페스초프는 그들을 따라가지 않고 알렉세이 알렉산드로비치를 찾아가 불평등의 주요 원인에 관해 이야기하기 시작했다. 그의 의견에 따르면, 부부의 불평등은 아내의 부정과 남편의 부정이 법률상으로나 사회 통념상으로나 불평등한 처벌을 받는다는 데 기인했다.

스테판 아르카지치는 황급히 알렉세이 알렉산드로비치에게 다가가 담배를 권했다.

"아뇨, 안 피웁니다."

알렉세이 알렉산드로비치가 침착하게 대답했다. 그는 마치 자신은 이 화제를 두려워하지 않는다는 것을 보여 주려는 듯 일부러 차가운 미소를 보이며 부드럽게 페스초프에게 말했다.

"이런 시각의 근거는 바로 사물의 본질 자체에 있다고 생각합니다."

그는 이렇게 말하고 응접실에 가려고 했다. 그런데 그때 갑자기 투로 프친이 알렉세이 알렉산드로비치를 돌아보며 입을 열었다.

"그런데 당신은 프랴치니코프에 대한 이야기를 들었습니까?"

샴페인을 마시고 활기를 찾은 투로프친은 자신을 괴롭힌 침묵을 깨뜨릴 기회만 엿보다 이렇게 말했다.

"바샤 프랴치니코프 말입니다."

그는 오늘의 주빈인 알렉세이 알렉산드로비치를 돌아보며 촉촉한 붉은 입술에 선량한 미소를 띠었다.

"오늘 그 이야기를 들었어요. 그가 트베리에서 크비츠키와 결투를 벌이다 상대를 죽였다더군요."

사람들은 흔히 때려도 꼭 아픈 곳을 골라 때린다고 느끼듯, 지금 스테판 아르카지치도 오늘은 불행하게도 꺼내는 이야기마다 알렉세이 알렉산드로비치의 아픈 곳만 건드린다고 느꼈다. 그는 다시 매제의 관심을 다른 곳으로 돌리려 했으나, 알렉세이 알렉산드로비치 자신은 호기심을 보이며 이렇게 물었다.

"프랴치니코프가 무엇 때문에 결투를 한 겁니까?"

"아내 때문이었지요. 사나이다운 행동입니다! 결투를 신청해서 죽였으니까요!"

"아!"

알렉세이 알렉산드로비치는 무심하게 말하고는 눈썹을 찌푸리며 응접실로 갔다.

"여기까지 와 줘서 얼마나 기쁜지 몰라요."

대기실에서 그와 마주친 돌리는 놀란 듯 미소를 지으며 말했다.

"어서 여기 앉으세요. 당신에게 꼭 해야 할 이야기가 있어요."

알렉세이 알렉산드로비치는 여전히 눈썹을 찌푸린 채 무심한 표정으로 다리야 알렉산드로브나 옆에 앉아 억지 미소를 지었다.

"그럼 잘됐군요. 나도 당신에게 용서를 구한 뒤 바로 작별 인사를 하려고 했어요. 내일 떠나거든요."

그가 말했다. 안나의 결백을 굳게 믿는 다리야 알렉산드로브나는 얼굴이 창백해지고 입술이 떨리는 것을 느꼈다. 그녀의 분노는 자신의 무고한 친구를 파멸시키려는 이 차갑고 냉혹한 사내에게 향한 것이었다.

"알렉세이 알렉산드로비치."

그녀는 몹시 단호한 태도로 그의 눈을 바라보며 말했다.

"제가 당신에게 안나 안부를 물었지요. 하지만 당신은 아무 말도 하지 않았어요. 그녀는 잘 지내고 있나요?"

"잘 지내는 것 같습니다, 다리야 알렉산드로브나."

알렉세이 알렉산드로비치는 그녀의 시선을 피한 채 대답했다.

"알렉세이 알렉산드로비치, 용서해 주세요. 저에게 이럴 권리는 없지만……. 하지만 난 안나를 동생처럼 소중히 여기며 사랑하고 있어요. 부탁이에요, 대체 두 사람 사이에 무슨 일이 있었는지 말해 줘요. 당신은 도대체 무슨 일 때문에 그녀를 비난하는 거지요?"

얼굴을 찌푸린 알렉세이 알렉산드로비치는 눈을 감다시피 한 채 고개를 숙였다.

"제가 왜 안나 아르카지예브나와 관계를 끊을 수밖에 없다고 생각하는지 그 이유를 남편분에게 들으셨을 거라 생각하는데요."

그는 그녀의 눈을 피하며 이렇게 말한 뒤, 대기실 옆을 지나가는 쉐르바츠키를 흘끗 쳐다보았다.

"아, 그럴 리가……. 절대 그럴 리가 없어요. 난 그 말을 도무지 믿을 수가 없어요."

돌리는 가는 두 손을 모아 쥐고는 몸을 떨며 말했다. 그러고는 재빨리 일어나 알렉산드로비치의 소매에 한 손을 얹었다.

"여기는 사람들에게 방해를 받아요. 자, 이쪽으로 오세요."

다리야 알렉산드로브나의 흥분된 말투와 몸짓은 알렉세이 알렉산드로비치를 움직였다. 그는 자리에서 일어나 조용히 그녀 뒤를 따라 공부방으로 갔다. 그들은 책상 앞에 앉았다. 책상을 덮은 방수포에는 온통 주머니칼로 그은 흔적이 보였다.

"그럴 리 없어요. 그 말을 믿기 힘들어요."

돌리는 자신을 외면하는 그의 시선을 돌리려 애쓰며 중얼거렸다.

"사실을 믿지 않을 수는 없습니다, 다리야 알렉산드로브나."

그는 사실이라는 말에 힘을 주며 말했다.

"도대체 그녀가 무슨 짓을 했다는 말이죠? 어서 말씀해 보세요. 뭐예요?"

다리야 알렉산드로브나가 말했다.

"도대체 그녀가 무엇을 했나요?"

"그녀는 남편을 배신했습니다. 자신의 의무는 버린 채 말이지요. 이것이 바로 그녀가 한 행동입니다."

그가 말했다.

"아니요, 그럴 리 없어요. 아니에요, 제발. 당신이 오해한 거예요."

돌리는 두 손으로 관자놀이를 가볍게 누르며 눈을 감았다.

알렉세이 알렉산드로비치는 그녀는 물론 스스로에게도 자신의 결심이 확고하다는 것을 보여 주려는 듯 싸늘한 미소를 지었다. 하지만 그녀의 열띤 변호는 비록 그를 흔들어 놓지는 못했어도 그의 상처는 건드렸다. 그는 대단히 흥분한 어조로 말하기 시작했다.

"아내 스스로 남편에게 그 일을 대놓고 고백할 때는 오해를 하기도 어렵죠. 아내는 팔 년간의 삶도, 아들도, 이 모든 게 다 실수라며 처음부터 다시 살고 싶답니다."

그는 화가 나 코로 숨을 몰아쉬며 말했다.

"안나와 타락이라니요……. 저로서는 이 두 가지를 하나로 연결시키기가 어려워요. 믿을 수가 없어요."

"다리야 알렉산드로브나!"

그는 이제 선량하면서도 흥분이 뒤섞인 돌리의 얼굴을 정면으로 쳐다보며 말했다. 그는 혀가 제멋대로 돌아가는 것 같다고 느꼈다.

"아직도 의심할 여지가 있다면 얼마나 좋겠습니까! 계속해서 의심하는 동안에는 괴롭기는 했지만 지금보다는 괜찮았습니다. 의심할 때는 희망이라도 있으니까요. 하지만 지금은 아무런 희망이 없습니다. 심지어 난 이제 모든 것을 의심하게 되었습니다. 모든 것이 의심스러워서 난 아들을 증오하고, 어떨 때는 이 아이가 내 아들이 아니라는 의심까지 듭니다. 난 너무나 불행합니다."

그는 그 말을 할 필요도 없었다. 그가 다리야 알렉산드로브나의 얼굴을 바라보는 순간, 그녀는 그것을 깨달았다. 그러자 그녀는 그가 불쌍하게 느껴졌고, 그녀 안에서는 친구의 결백을 믿는 마음이 순간 흔들렸다.

"아! 정말 무서운 일이군요, 끔찍해요! 그런데 당신이 이혼을 결심했다는 말이 사실인가요?"

"이제 전 최후의 수단을 쓰기로 결심했습니다. 저로서도 더 이상 방법이 없습니다."

"방법이 없다, 어쩔 방법이 없다니요……."

그녀는 눈물을 글썽이며 중얼거렸다.

"방법이 있을 거예요."

그녀가 말했다.

"그것이 바로 이런 종류의 끔찍한 슬픔입니다. 상실이나 죽음 같은 경우에는 십자가를 짊어지고 가면 되지만, 이 경우는 어떻게든 행동을 취해야만 하기 때문이죠."

그는 그녀의 생각을 짐작이라도 한 듯 이렇게 말했다.

"지금은 자신이 빠진 구렁텅이에서 빠져나와야 합니다. 세 사람이 함께 살 수는 없어요.”

“알아요. 나도 잘 알아요.”

돌리는 이렇게 말하며 고개를 떨어뜨렸다. 그녀는 자신과 자기 가족의 고통을 생각하며 잠시 침묵하다가 갑자기 열정적으로 고개를 들고 애원하듯 두 손을 모았다.

“잠깐만요! 당신은 그리스도교 신자잖아요. 그녀를 생각해 보세요! 만약 당신이 그녀를 버린다면, 그녀는 어떻게 되겠어요?”

“나도 생각해 봤습니다, 다리야 알렉산드로브나. 그것도 아주 많이요.”

알렉세이 알렉산드로비치가 말했다. 그의 얼굴이 붉으락푸르락해졌다. 그는 흐릿한 눈동자로 그녀를 똑바로 쳐다봤다. 다리야 알렉산드로브나는 순간 그가 진심으로 불쌍하게 느껴졌다.

“그녀가 내게 나의 수치를 알렸을 때, 난 그렇게 했습니다. 난 모든 것을 예전 그대로 두었지요. 난 그녀가 뉘우칠 기회를 주고 그녀를 구원하려고 노력했습니다. 그런데 결과는 어떤가요? 그녀는 가장 쉬운 요구조차도 지켜 주지 않았습니다. 바로 예의를 지켜 달라는 요구였지요.”

그는 흥분하며 말했다.

“파멸을 원하지 않는 사람이라면 구할 수도 있겠죠. 하지만 그녀의 천성 자체가 너무도 망가지고 타락해 파멸 자체를 구원으로 여기고 있다면, 더 이상 무엇을 할 수 있겠습니까?”

“다 좋아요. 하지만 이혼만은 안 돼요!”

다리야 알렉산드로브나가 대답했다.

“하지만 다 좋다는 게 도대체 무슨 뜻입니까?”

“아니요. 그건 끔찍한 일이에요. 그녀는 누구의 아내도 되지 못하고 파멸하고 말 거예요!”

“내가 무엇을 할 수 있단 말입니까?”

알렉세이 알렉산드로비치는 어깨와 눈썹을 추켜올리며 말했다. 아내의 마지막 행동을 기억하자 그는 너무도 화가 나 처음 이야기를 할 때처럼 또다시 싸늘해지고 말았다.

"당신의 관심은 대단히 감사합니다. 하지만 이제는 가 봐야겠습니다."

그는 자리에서 일어나며 말했다.

"아뇨, 잠깐만요! 당신은 절대 그녀를 버려서는 안 돼요. 잠시나마 당신에게 내 얘기를 들려 드리고 싶어요. 전 결혼을 했어요. 한때 남편은 저를 배신했고요. 난 원망과 질투로 모든 것을 내던지고 싶었어요. 제 자신마저도……. 하지만 난 침착함을 찾았어요. 누구 때문인지 알아요? 안나가 날 구했어요. 그래서 지금 이렇게 제가 살아 있어요. 아이들은 커 가고, 남편은 가정으로 돌아왔어요. 게다가 남편은 자신의 잘못을 깨달아 전보다 더 믿음직한 사람이 되었어요. 그리고 난 이렇게 살고 있어요. 난 용서했어요. 그러니 당신도 안나를 용서해야 해요!"

알렉세이 알렉산드로비치는 그녀의 말을 듣고 있었다. 그러나 그녀의 말은 이미 그에게 아무런 영향도 미치지 못했다. 그의 마음속에는 그가 이혼을 결심하던 날의 원한이 또다시 고개를 들었다. 그는 부르르 떨더니 날카롭고 큰 소리로 외치기 시작했다.

"용서할 수 없습니다. 또 그러고 싶은 생각도 없습니다. 그리고 용서가 옳다고도 생각하지 않습니다. 난 그 여자를 위해 모든 것을 했습니다. 하지만 그녀는 자신이 가진 모든 것을 진흙탕에 내던졌습니다. 진흙탕이야말로 그녀의 타고난 본성이죠. 저는 나쁜 사람이 아닙니다. 지금까지 아무도 미워하지 않았습니다. 하지만 지금은 그녀가 죽도록 밉습니다. 그리고 그녀가 내게 한 그 모든 사악한 짓들이 너무나 원망스러워, 이제는 그녀를 용서할 수 없습니다."

이렇게 말하는 그의 목소리에서는 분노가 담긴 슬픔이 느껴졌다.

"당신을 미워하는 사람을 사랑해야……."

다리야 알렉산드로브나는 부끄러워하며 조용히 말했다.

알렉세이 알렉산드로비치는 싸늘한 미소를 지었다. 사실 그도 오래전부터 알고 있었지만 자신의 경우는 달랐다.

"나를 미워하는 사람을 사랑할 수는 있습니다. 하지만 내가 미워하는 사람을 사랑할 수는 없습니다. 당신에게 실망을 안겨 드려 유감입니다. 저마다 각자의 주체 못 할 슬픔이 있는 법이죠!"

그리고 평정심을 되찾은 알렉세이 알렉산드로비치는 침착하게 작별 인사를 하고 떠났다.

13

모두가 테이블에서 일어섰을 때, 레빈은 키티를 따라 응접실로 가고
싶었다. 하지만 그는 자기가 그녀를 너무 노골적으로 따라다녀 그녀를
불쾌하게 만들지는 않을까 걱정했다. 그는 남자들 사이에 남아 대화에
끼었다. 그는 키티를 보지 않았지만 그녀의 몸짓과 그녀의 시선 그리고
그녀가 응접실의 어디쯤에 있는지 느낄 수 있었다.

그는 이제 그녀에게 약속한 것, 즉 언제나 모든 사람들을 좋게 생각하
고 항상 모든 사람들을 사랑하겠다는 약속을 어려움 없이 실천하고 있
었다. 화제는 마을 공동체로 옮겨 갔다. 페스초프는 그 속에서 그가 합창
의 원칙이라고 부르는 어떤 특별한 원칙을 보았다. 레빈은 페스초프에
게도 동의하지 않았고, 그렇다고 자기 나름의 방식으로 러시아 공동체
의 중요성을 인정했다 인정하지 않았다 하는 형에게도 동의하지 않았다.
하지만 그들을 화해시키고 이견을 완화하려는 목적 하나로 대화를 시도
했다. 그는 자신이 하는 말에 전혀 관심이 없었고 그들이 나누는 이야기
에는 더욱 흥미가 없었다. 그가 원하는 것은 오직 한 가지였다. 그 두 사
람만이 아닌 주위의 모든 사람들이 기뻐하며 즐거운 기분을 느끼는 것
이었다. 지금 그는 한 사람만이 중요하다는 것을 알고 있었다. 그런데 그

사람은 처음에는 응접실에 있다가 차츰 움직이더니 문가에서 멈춰 섰다. 그는 돌아보지 않고도 자신을 향한 시선과 미소를 느낄 수 있었다. 그래서 고개를 돌리지 않을 수 없었다. 그녀는 쉐르바츠키와 문가에 서서 그를 바라보고 있었다.

"난 당신이 피아노 쪽으로 가는 줄 알았습니다."

그가 그녀에게 다가가며 말했다.

"내가 시골에서 아쉬워하는 것이 바로 음악이랍니다."

"아뇨, 우리는 단지 당신을 불러내기 위해 온 것뿐이에요. 고마워요."

그녀는 마치 선물을 주듯 그에게 미소를 보냈다.

"이렇게 와 줘서 말이에요. 무엇 때문에 논쟁을 하지요? 어차피 그 누구도 다른 사람을 설득하지 못할 거예요."

"네, 맞습니다."

레빈이 말했다.

"논쟁을 벌이는 이유는 단지 상대방이 무엇을 말하려는지 알 수 없기 때문이지요."

레빈은 무척이나 똑똑한 사람들의 논쟁에서 자주 이런 모습을 본 적이 있었다. 대단한 노력으로 이루어진 어마어마한 양의 정교한 논리와 말을 쏟아부은 후, 결국 논쟁하던 사람들은 서로 오랫동안 기를 쓰고 논쟁한 것이 아주 오래전 논쟁을 시작할 때부터 자기들이 이미 알던 것이며 다만 각자 선호하는 것이 다를 뿐이라는 사실을 깨닫는다. 그는 논쟁을 하면서도 상대방이 뭘 좋아하는지 이해하게 될 때가 가끔 있었고 스스로도 그것에 동의하며 고개를 끄덕인 적도 있었다. 그렇게 되면 논쟁은 쓸모없는 것이 되어 대화는 바로 시들었다. 때로는 그와 반대의 경험을 하기도 했다. 즉 무언가로부터 자신의 성향을 드러내는 논거를 말했을 때, 그것이 훌륭한 진실성을 드러내면 상대는 갑자기 자신의 말에 동의하며 논쟁을 그만두는 것이다. 그는 바로 이런 것들을 말하고 싶었다.

그녀는 미간을 찌푸리며 그의 말을 이해하려고 노력했다. 그리고 그가 설명을 하자, 그녀는 금방 이해했다.

"이제 알겠어요. 상대방이 무엇 때문에 논쟁을 하는지요. 또 그 사람이 선호하는 것이 무엇인지 알아야 하겠군요. 그리고 그렇게 되면……."

키티는 서툴게 표현된 그의 생각을 충분히 이해해 표현했다. 레빈은 기쁨에 찬 여유로운 미소를 지었다. 페스초프와 형을 상대로 나눈 복잡하면서도 장황한 논쟁에서 벗어나 거의 입을 떼지 않고도 그토록 복잡한 생각을 이처럼 간결하고 분명하게 전달하는 동안, 그는 깊은 감명을 받았다.

쉐르바츠키가 그들 곁을 떠나 다른 곳으로 가자, 키티는 카드 테이블에 가서 앉더니 백묵을 쥐고는 초록빛이 나는 새 테이블보에 동그라미를 그리기 시작했다.

그들은 식사 때 나온 여성의 자유와 교육이라는 화제를 다시 꺼냈다. 레빈은 결혼하지 않은 여성은 가정 안에서 스스로를 위한 일을 찾아야 한다는 다리야 알렉산드로브나의 견해에 동의했다. 그가 이 의견을 지지한 까닭은, 어느 가정이나 일을 돕는 여자 없이는 살림을 꾸려 갈 수 없으며 더불어 가난하든 부유하든 모든 가정에는, 고용인이건 친척이건 보모가 있고 또 있어야 한다고 생각했다.

"아니에요."

키티는 말했다. 그녀는 얼굴을 붉혔다. 하지만 한 점 거짓 없는 눈동자로 그를 거침없이 바라보았다.

"미혼 여성들은 굴욕감 없이는 다른 가정에 들어갈 수 없는 상황에 놓이기도 해요. 하지만 스스로……."

레빈은 그녀가 암시하는 바를 이해했다.

"아, 그렇죠!"

그는 말했다.

"그럼요, 네 그렇죠. 당신 말이 맞아요, 당신이 옳습니다!"

그리고 그는 식사 중에 페스초프가 여성의 자유에 대해 주장한 내용을 온전히 이해할 수 있었다. 그리고 그는 그녀를 사랑했기에 이러한 공포와 모욕을 감지하고 그 즉시 자신의 논거를 부정했다.

침묵이 흘렀다. 그녀는 계속 백묵으로 테이블에 선을 그렸다. 그녀의 눈동자는 잔잔한 빛으로 반짝였다. 그는 그녀의 기분에 동화되어 점점 더 강해지는 행복의 긴장을 온몸으로 느꼈다.

"어머, 내가 테이블에 마구 낙서를 해 버리고 말았어요!"

그녀는 이렇게 말하며 백묵을 내려놓고 일어서려는 듯 허리를 폈다.

'어떻게 나 혼자 있지……? 그녀도 없이?'

그는 두려움을 느끼며 백묵을 집었다.

"잠깐만요."

그는 테이블 앞에 앉으며 말했다.

"사실은 오래전부터 당신에게 묻고 싶었던 것이 하나 있었습니다."

그는 놀란 듯한 그녀의 부드러운 눈동자를 정면으로 바라보며 말했다.

"네, 물어보세요."

"여기."

그는 이렇게 말하며 머리글자를 썼다. 당, 그, 없, 내, 대, 그, 영, 그, 거, 뜻, 아, 그, 그, 뜻. 이 글자들은 이런 뜻이었다.

'당신이 그럴 수 없다고 내게 대답했을 때, 그것은 영원히 그럴 거라는 뜻이었습니까, 아니면 그때만 그렇다는 뜻이었습니까?'

그녀가 이 어렵고도 복잡한 문장을 알아차릴 가능성은 전혀 없었다. 하지만 그는 자기의 생명이 그녀가 이 말을 이해하느냐 마느냐에 달려 있다는 듯한 모습으로 그녀를 바라보았다.

그녀는 그를 진지하게 바라보았다. 그러고는 한 손으로 찡그린 이마를 만지작거리며 글자를 읽기 시작했다. 그리고 가끔씩 묻는 듯한 눈빛으로 그를 쳐다보았다.

'보세요, 내가 생각한 게 맞나요?'

"이해했어요."

그녀는 얼굴을 붉히며 말했다.

"이 단어는 뭡니까?"

그는 '영원히'를 뜻하는 '영'을 가리키며 말했다.

"그 단어는 '영원히'라는 뜻이에요."

그녀가 말했다.

"하지만 그건 사실이 아니에요."

그는 급히 글자를 지운 뒤 그녀에게 백묵을 건네고는 자리에서 일어섰다. 그녀는 이렇게 썼다. 그, 난, 그, 대, 수, 없.

이 두 사람의 모습을 보자, 돌리는 알렉세이 알렉산드로비치와의 대화에서 받은 슬픔을 완전히 잊을 수 있었다. 분필을 손에 쥔 키티는 수줍고 행복한 미소를 띠며 레빈을 올려다보고 있었고, 레빈은 테이블 위로 몸을 구부리고서 빛나는 눈으로 테이블과 그녀를 번갈아 보았다. 그의 얼굴이 갑자기 환해졌다. 글자의 뜻을 알아낸 것이다. 그것은 이런 뜻이었다.

'그때 난 그렇게 대답할 수밖에 없었어요.'

그는 무엇인가를 묻는 듯한 눈길로 머뭇거리며 그녀를 쳐다보았다.

'그때만 그랬나요?'

'네.'

그녀의 미소가 답했다.

"그럼, 지……그럼 지금은요?"

그가 물었다.

"저, 여기, 이걸 보세요. 내가 원하는 것을 말할게요. 간절히 원하는 것을요!"

그녀는 머리글자를 썼다. 당, 지, 일, 잊, 용. 그것은 이런 뜻이었다.

'당신이 지난날의 일을 잊고 용서해 주기를.'

백묵을 쥔 그의 손가락은 긴장으로 떨렸다. 그러고는 곧 백묵을 부러뜨리고 다음과 같은 문장의 머리글자를 썼다.

'내게는 잊고 용서할 것이 없습니다. 난 줄곧 당신만을 사랑했습니다.'

그녀는 입술에 미소를 머금고 그를 쳐다보았다.

"알겠어요."

그녀가 속삭이듯 말했다.

그는 자리에 앉아 긴 문장을 썼다. 그녀는 정말이냐고 묻지도 않고 모든 것을 이해했다. 그리고 백묵을 집어 들더니 곧바로 대답을 썼다.

그는 한참 동안 그녀가 쓴 것을 이해할 수 없어 몇 번이고 그녀의 눈을 쳐다보았다. 그는 행복으로 취해 머리가 아득해졌다. 그는 그녀가 생각한 말을 도저히 알아맞힐 수 없었다. 그러나 행복으로 빛나는 그녀의 눈동자를 보며 자신이 알아야 할 모든 것을 이해했다. 그래서 그는 세 글자를 썼다. 하지만 그의 손을 따라 글자를 읽어 나가던 그녀는 그가 글자를 미처 다 쓰기도 전에 그 뜻을 다 알아차리고 '네'라는 대답을 썼다.

"서기 놀이라도 하고 있는 건가?"

공작이 다가오며 말을 걸었다.

"자, 하지만 이젠 가야 해. 늦지 않게 극장에 도착하려면 말이야."

레빈은 일어나 키티를 문까지 배웅했다.

그들은 이 대화 속에서 모든 것을 말했다. 그녀가 그를 사랑한다는 것, 그녀가 아버지와 어머니에게 말하겠다는 것, 내일 아침 그가 방문하겠다는 것을 말이다.

14

레빈은 키티가 떠나고 혼자 남게 되자, 그녀가 없다는 것에 극심한 불안을 느꼈다. 그리고 그녀를 어서 빨리 만나 그녀와 영원히 결합하게 될 내일 아침까지의 시간이 좀 더 빨리 흘렀으면 하는 조급한 바람을 느꼈다. 그의 불안과 바람이 어찌나 컸던지, 그에게는 그녀 없이 보내야 할 열네 시간이 마치 죽음처럼 두렵게 느껴졌다. 그리고 혼자 남지 않기 위해 또한 시간을 때우기 위해, 함께 이야기를 나눌 상대가 필요했다. 스테판 아르카지치는 그에게 더할 나위 없이 좋은 말 상대였지만, 그는 만찬에 가기로 되어 있었다. 말로는 만찬에 간다고 했지만, 사실은 발레 공연에 갔다. 레빈은 그에게 "나는 행복하다네. 자네를 사랑해. 자네가 날 위해 해 준 일은 무슨 일이 있어도 절대 잊지 않겠어."라고밖에 말하지 못했다. 스테판 아르카지치의 눈길과 미소를 보니 그 또한 이 감정을 제대로 이해하고 있는 듯했다.

"그래, 아직 죽을 때가 된 건 아니지?"

스테판 아르카지치는 감동한 표정으로 레빈의 손을 힘주어 잡으며 이렇게 말했다.

"물론이지!"

레빈이 말했다.

다리야 알렉산드로브나는 그와 헤어지며 마치 축하라도 하듯 그에게 말했다.

"당신이 다시 키티와 만나서 얼마나 기쁜지 몰라요. 오랜 우정을 소중히 여겨야 해요."

하지만 다리야 알렉산드로브나의 말은 레빈에게 불쾌하게 들렸다. 그녀는 그 모든 것이 얼마나 고결한지 또 그녀에게는 불가능하다는 것을 이해하지 못했다. 그녀는 처음부터 그런 말을 하지 말아야 했다.

레빈은 그들과 작별했지만 혼자 남는 것이 싫어 형에게 달라붙었다.

"형, 어디 가?"

"모임에 가지."

"그럼, 나도 같이 가. 그래도 될까?"

"왜 그러는 거냐? 그럼 같이 가자."

세르게이 이바노비치는 미소 지으며 말했다.

"너, 오늘 대체 왜 그러는 거냐?"

"내가 왜 이러냐고? 내게도 행복이 찾아왔어!"

레빈은 마차의 창문을 내리며 말했다.

"열어도 괜찮지? 안 그러면 답답해서 말이야. 행복이 내게로 왔어. 형은 왜 결혼을 안 했어?"

세르게이 이바노비치는 빙그레 웃었다.

"나도 무척 기쁘다. 그녀는 훌륭한 아가씨인 것 같아 보……."

세르게이 이바노비치가 말을 꺼냈다.

"말하지 마, 말하지 마, 제발 말하지 마!"

레빈은 두 손으로 자신의 외투 깃을 부여잡고는 소리쳤다. '그녀는 참하고 훌륭한 아가씨'라는 말은 그의 감정과는 전혀 어울리지 않는 너무나 흔한 말이었다.

세르게이 이바노비치는 큰 소리로 웃었다. 이 모습은 좀처럼 보기 드
문 모습이었다.

"그래, 어찌 되었든 내가 그 일을 기뻐한다는 말 정도는 해도 괜찮다
고 생각한다."

"내일, 내일은 해도 괜찮아. 이제 더 이상 아무 말도 하지 말아 줘. 제발
아무 말도, 아무 말도 하지 마. 자, 침묵!"

레빈은 이렇게 말하고 그의 외투를 한 번 더 여미며 덧붙였다.

"난 형이 너무 좋아! 모임에 같이 가도 돼?"

"물론, 되고말고."

"오늘 회의에서는 무엇에 관해 토론하는데?"

레빈은 연신 웃으며 물었다.

그들은 회의장에 도착했다. 레빈은 비서가 회의록을 더듬더듬 읽는 소
리에 귀를 기울였다. 보아하니 비서 자신도 그 내용을 잘 모르는 것 같
았다. 하지만 레빈은 그 비서의 얼굴에서 그가 얼마나 다정하며 사람 좋
고 훌륭한 사람인지 알 수 있었다. 그것은 그가 회의록을 읽으면서 당황
해하며 부끄러워하는 모습으로 충분히 알 수 있었다. 그리고 연설이 시
작되었다. 사람들은 일정 금액의 분배와 무슨 관을 부설하는 문제에 대
해 논쟁을 했고, 세르게이 이바노비치는 두 위원을 비난하며 의기양양한
태도로 장황하게 오랫동안 떠들었다. 그러자 다른 회원이 종잇조각에 무
언가를 쓰더니, 처음에는 머뭇거리다가 나중에는 예리하면서도 거침없
이 답변했다. 그다음에는 스비야슈스키가―그도 그 자리에 있었다.―매
우 아름답고 고상하게 뭐라고 말했다. 레빈은 그들의 말을 들으며 분명
히 깨달았다. 애초부터 할당된 액수도 관청도 문제가 아니었다. 그들은
전혀 화내고 있지 않다는 것, 그들이 다들 너무나 선량하고 멋진 사람들
이라는 것, 따라서 그들 사이에서는 그 모든 것이 매끄럽게 진행되고 있
다는 것을 알게 되었다. 그들은 아무도 방해하지 않았고, 모두가 즐거워

보였다. 레빈이 놀랍다고 느낀 것은, 지금 자신은 그들 모두를 이해할 수 있다는 사실이었다. 또 전에는 전혀 눈치채지 못했던 사소한 특징을 통해 사람들 개개인의 영혼을 이해하게 되었고 그들 모두 착한 사람이라는 것을 분명히 알 수 있게 된 것이다. 특히 오늘은 사람들 모두가 레빈을 무척 사랑하고 있었다. 그것은 그들이 레빈에게 말하는 방식과 부드럽고 진심 어린 시선으로 그를 바라보는 모습에서 분명 알 수 있었다. 심지어는 그가 모르는 사람들까지도 그를 그렇게 대했다.

"그래, 어땠니? 만족스러웠어?"

세르게이 이바노비치가 그에게 물었다.

"응, 아주 좋았어. 난 모임이 이렇게 흥미롭고 재밌을 거라고는 생각지도 못했어! 훌륭해, 정말 멋져!"

스비야슈스키가 레빈에게 다가와 자기 집에 차를 마시러 가자고 초대했다. 레빈은 스비야슈스키의 집에서 자기가 무슨 일로 불쾌해했는지, 자기가 그에게서 무엇을 발견했었는지 도무지 이해할 수도 기억해 낼 수도 없었다. 그는 총명하고 대단히 선량한 사람이었다.

"아, 기꺼이 가지요."

그는 이렇게 말하고 그의 아내와 처제의 안부를 물었다. 그러자 그의 머릿속에서 생각이 기묘하게 가지를 뻗어 스비야슈스키의 처제에 대한 생각이 결혼과 결부되었고, 자신의 행복을 이야기하기에는 슈비야슈스키의 아내와 처제보다 나은 사람은 없을 것처럼 여겨졌기 때문에, 그는 스비야슈스키의 집을 방문하는 것이 매우 기뻤다.

스비야슈스키는 시골의 일에 관해 그에게 물었다. 그리고 언제나처럼 유럽에서 발견되지 않은 무언가를 찾아낸다는 것은 불가능하다는 말투였다. 하지만 그러한 모습은 레빈에게 불쾌감을 주지 않았다. 오히려 그는 스비야슈스키의 생각이 옳으며 그 모든 것들이 다 하찮은 것이라고 생각했다. 그리고 스비야슈스키가 무척 능숙하면서도 섬세한 태도로 자신이 옳다는 언급을 피하려 한다는 것을 느꼈다. 스비야슈스키가의 여인들은 유난히 사랑스러웠다. 레빈은 모두가 이미 알고 있지만 그에게 공감하면서도 다만 조심하느라 입을 다문 것이라고 생각했다. 그는 그들의 집에서 한 시간, 두 시간, 세 시간 죽치고 앉아 이런저런 화제에 대해 이야기했지만 자신의 영혼을 가득 채운 한 가지만을 염두에 두고 있었다. 그래서 그는 그들이 자기에게 몹시 따분함을 느끼고 있으며 그들이 잠자리에 들 시간이 한참 지났다는 것을 깨닫지 못했다. 스비야슈스키는 하품을 하며 그를 현관까지 배웅했다. 그는 친구의 이상한 정신 상태를 놀라워했다. 한 시가 넘은 시각이었다. 호텔에 돌아온 레빈은 이제 혼자 안절부절못하며 그에게 남은 열 시간을 어떻게 보내나 하는 생각에 겁을 집어먹었다. 밤 근무 때문에 아직 잠들지 않은 당직 사환이 그에게 촛불을 켜 주고 나가려 하자, 레빈은 그를 불러 세웠다. 레빈은 예고르라는 이 사환을 예전에는 알아보지 못했다. 그런데 그는 매우 똑똑하면서도 잘생겼고, 무엇보다 선량한 사람이었다.

"어때, 예고르, 잠을 못 자니 힘들지 않아?"

"방법이 없잖아요! 제가 할 일인걸요. 영주님들 댁에 있으면 더 편하기는 하지만, 대신 이곳은 벌이가 더 좋습니다."

알고 보니 예고르는 가정을 가진 사람으로 슬하에 아들 셋과 재봉사 딸이 하나 있었다. 그는 그 딸을 마구점의 점원에게 시집보내고 싶어 했다.

레빈은 이 기회를 통해 결혼에서 가장 중요한 것은 사랑이고 행복은 오직 사람의 마음속에 있으므로 사랑만 있으면 언제나 행복해질 수 있다는 자신의 생각을 예고르에게 말했다.

예고르는 주의 깊게 들었다. 그는 분명 레빈의 생각을 충분히 이해한 것 같았다. 그러나 그는 그 생각을 더 보태려는지 레빈이 생각지도 못한 말을 했다. 그는 좋은 주인들을 섬기는 동안에는 늘 그랬듯 주인에게 만족했고 지금도 비록 주인이 프랑스인이기는 하지만 주인에게 충분히 만족하고 있다고 말했다.

'정말 착한 사람이야.'

레빈은 생각했다.

"그럼, 예고르, 자네는 결혼할 때 아내를 사랑했나?"

"물론 사랑했지요."

예고르가 대답했다.

레빈은 예고르 또한 황홀한 기분에 젖어서 마음속 감정을 모두 털어놓고 싶어 한다는 것을 깨달았다.

"저의 인생도 근사하고 멋졌지요. 저는 어릴 때부터……."

그는 하품이 사람들 사이에 전염되듯 그렇게 레빈의 들뜬 기쁨에 전염되어 눈을 빛내며 말을 꺼냈다.

하지만 그때 종이 울렸다. 예고르는 방에서 나갔고 레빈만 홀로 남았다. 그는 만찬에서 거의 아무것도 먹지 않았고 스비야슈스키의 집에서도 차와 저녁 식사를 거절했다. 그런데도 무엇도 먹고 싶은 생각이 들지 않았다. 그는 지난밤을 새웠지만 자고 싶은 생각도 들지 않았다. 방 안 공기는 선선했지만 그는 더워 숨이 막혔다. 그는 작은 창문을 두 개 다 활짝 열고 그 앞에 놓인 테이블 가에 앉았다. 눈 덮인 지붕 너머로 사슬이 달린 무늬 있는 십자가가 보이고, 그 위로 마부자리의 세모꼴과 황금빛으로 빛나는 카펠라성이 보였다. 그는 잠시 십자가를 보다가 다시 별을 올려다보고는 방 안으로 일정하게 들어오는 영하의 상쾌한 공기를 한껏 들이마셨다. 그리고 마치 꿈속인 양 상상 속에 떠오르는 형상과 기억을 좇았다. 세 시가 지났을 즈음 레빈은 복도를 지나가는 발소리를 듣고 문밖을 내다보았다. 레빈도 익히 아는 도박꾼 먀스킨이 클럽에서 돌아오는 길이었다. 그는 얼굴을 찌푸리고 기침을 하면서 침울한 얼굴로 걷고 있었다.

'저런, 불쌍하고 불행한 사람 같으니!'

생각이 여기까지 미치자, 레빈의 눈에서 이 사내에 대한 사랑과 연민으로 눈물이 흘러내렸다. 레빈은 그와 이야기를 나누며 그를 위로하고 싶었지만, 자기가 루바슈카만 걸치고 있다는 것을 깨닫고는 생각을 바꾸었다. 그는 차가운 공기에 몸을 맡기고는, 의미로 가득한 십자가의 아름다운 모습과 높이 떠서 황금빛으로 빛나는 별을 바라보았다. 여섯 시가 지나자 마루 닦는 일꾼들이 웅성거리기 시작하는 소리와 예배를 알리는 종소리가 났다. 레빈은 몸이 차가워지는 것을 느꼈다. 그는 창문을 닫은 후, 세수를 하고는 옷을 갈아입고 거리로 나왔다.

15

거리는 조용했다. 레빈은 쉐르바츠키 집으로 걸어갔다. 정문은 닫혀 있고 모두 잠들어 있었다. 그는 발길을 돌려 다시 호텔 방으로 들어가 커피를 주문했다. 이제 예고르 대신 주간 근무를 하는 사환이 커피를 들고 왔다. 레빈은 사환과 이야기를 나누고 싶었지만 벨 소리가 울리자 그는 곧 자리를 떴다. 레빈은 커피를 마시며 흰 빵을 입 안에 넣으려 했지만, 그의 입은 흰 빵을 어떻게 해야 할지 도통 몰랐다. 레빈은 빵을 뱉어 내고는 외투를 입고 다시 밖으로 나섰다. 그가 두 번째로 쉐르바츠키 집의 현관 앞에 도착했을 때는 아홉 시를 넘긴 시각이었다. 집 안 사람들은 이제 막 잠자리에서 깨어나기 시작했고, 요리사는 식료품을 사러 집을 나서고 있었다. 적어도 두 시간은 더 기다려야 했다.

지난밤부터 아침까지 정신없이 지내서인지, 레빈은 자신이 물질적인 생활에서 완전히 벗어난 해방감을 느꼈다. 그는 하루 종일 아무것도 먹지 않았다. 이틀 밤을 잠을 자지 않고 영하의 추위 속에서 외투를 벗은 채 몇 시간이나 있었다. 하지만 그는 다른 날보다 더 활기찼고 건강한 기분을 맛보았다. 육체로부터 벗어난 완전한 자유로움을 느꼈다. 그는 힘들여 근육을 움직이지 않고도 손쉽게 움직였으며 무엇이든지 할 수 있다고 생각했다. 만일 필요하다면 하늘을 날아오를 수도, 혹은 건물의 한 귀퉁이를 움직일 수도 있을 것이란 확신이 들었다. 그는 남은 시간 동안 끊임없이 시계를 쳐다보며 거리를 돌아다녔다.

그때 그가 본 것은 그 이후로는 두 번 다시 보지 못할 것들이었다. 특히 학교 가는 아이들, 지붕에서 보도로 내려앉은 회색 비둘기들, 누군가의 손이 진열해 둔 가루 묻힌 흰 빵이 그를 감동시켰다. 빵과 비둘기와 두 소년은 이 세상의 존재가 아니었다. 모든 일은 동시에 일어났다. 소년은 비둘기에게 달려가다 레빈을 쳐다보며 빙그레 미소 지었다. 비둘기는 날개를 퍼덕이며 여기저기 날아다녔고 허공에 아른거리는 눈가루 사이에서 햇빛을 받아 반짝였다. 작은 창문 안쪽에서는 방금 구운 빵 냄새가 났고 곧이어 흰 빵들이 진열되었다. 레빈은 이 모든 것들이 너무도 기뻐 웃음을 터트리다 기쁨에 겨운 눈물을 흘렸다. 그는 가제트니 거리와 키스로프카를 따라 멀리 돌아서 다시 호텔로 돌아왔다. 그러고는 자기 앞에 시계를 놓고 열두 시가 되기를 기다렸다. 옆방의 사람들은 기계와 속임수에 관해 이야기했고 아침이면 으레 그렇듯 기침 소리를 냈다. 그들은 시곗바늘이 이미 열두 시를 향해 다가가고 있는 것을 알아차리지 못했다. 시곗바늘이 열두 시를 가리켰다. 레빈은 현관 계단으로 나갔다. 마부들은 그 모든 것을 알고 있는 듯했다. 그들은 기쁨에 겨운 행복한 표정으로 레빈을 둘러싸며 레빈을 자신의 썰매에 태우려고 몸을 부딪치며 다투었다. 레빈은 마부들의 마음을 상하게 하지 않으려고 애쓰며 그들 마차도 다음에 타겠다고 약속한 후, 한 썰매를 골라 쉐르바츠키 집으로 가라고 지시했다. 마부는 루바슈카의 흰 깃을 카프탄 밖으로 꺼내어 통통하면서도 붉은 목을 단단히 감싼 매력적인 사내였다. 이 마부의 썰매는 높직하고 편했다. 레빈은 그와 같은 썰매를 그 후로 두 번 다시 탈 수 없었다. 말도 훌륭했다. 말은 달리려고 애썼지만 마음만 급해 보였다. 마부는 쉐르바츠키 집을 알고 있었다. 그는 승객에 대한 존경의 표시로 양팔을 둥글게 모으고 "도착이요."라고 말하며 현관 앞에 말을 세웠다. 쉐르바츠키 집의 수위도 분명 모든 것을 알고 있는 듯했다. 그건 그의 눈웃음이나 말에서 분명히 알 수 있었다.

"오랜만에 오셨습니다, 콘스탄친 드미트리치!"

레빈이 보기에, 그는 모든 것을 알고 있을 뿐 아니라 뛸 듯이 기쁘면서도 기쁨을 감추기 위해 자신의 감정을 감추고 있는 것 같았다. 레빈은 노인의 다정한 눈동자를 보며 자신의 행복에 무언가 새로운 것이 더 남아 있다는 것을 느꼈다.

"다들 일어나셨나?"

"어서 들어가십시오. 그건 이곳에 두시고 가시지요."

레빈이 모자를 가지러 되돌아가려고 하자, 그가 다정하게 웃으며 말했다. 그 말은 무언가를 의미하는 것 같았다.

"어느 분에게 알릴까요?"

하인이 물었다.

그 하인은 신참 하인으로 젊고 멋 부리기를 좋아하나 무척 선량하고 좋은 사람이었다. 그런데 그 역시 모든 것을 알고 있었다.

"공작 부인께…… 공작님께…… 따님께……."

레빈이 말했다.

그가 첫 번째로 만난 사람은 마드무아젤 리농이었다. 그녀는 홀을 지나가고 있었는데 곱슬머리와 얼굴에서 환하게 빛이 났다. 그가 그녀와 막 이야기를 나누려는 순간, 갑자기 문 뒤에서 발걸음 소리와 옷자락이 스치는 소리가 들렸다. 그러자 레빈의 눈앞에서 마드무아젤 리농이 사라지고 자신의 행복이 지척에 있다는 즐거운 두려움이 그에게 몰려왔다. 마드무아젤 리농은 레빈을 남겨 둔 채 다른 문으로 가 버렸다. 그녀가 나가자마자, 마루를 걸어오는 가벼운 발소리가 들렸다. 그의 행복, 그의 생명, 그 자신, 아니 그 자신보다 더 좋은 것, 그가 그토록 오랫동안 찾고 원했던 것이 빠른 걸음으로 그에게 다가왔다. 그녀는 걸어오는 것이 아니라 눈에 보이지 않는 어떤 힘에 이끌려 그에게 다가오고 있었다.

레빈은 오직 그녀의 맑고 순수한 눈동자만 바라보았다. 그녀의 빛나는 눈동자는 그의 마음을 가득 채운 것과 똑같은 사랑의 기쁨으로 두려운 빛을 띠었다. 그 눈동자는 사랑의 빛으로 그의 눈을 멀게 하며 점점 더 가까이에서 빛났다. 그녀는 그에게 바짝 붙었다. 그리고 두 손을 올려 그의 어깨 위에 얹었다.

그녀 역시 밤잠을 설치며 아침 내내 그를 기다렸다. 아버지와 어머니도 아무 반대 없이 찬성하며 그녀의 행복을 기뻐했다. 그녀는 그를 기다렸다. 그녀는 누구보다 먼저 그에게 자신과 그의 행복을 알리고 싶었다. 그녀는 그와 단둘이 만날 준비를 하며 이런 생각에 기뻐하고 두려워하고 수줍어했다. 그러나 그녀 자신도 무엇을 해야 할지 몰랐다. 그녀는 그의 발소리와 목소리를 듣고 마드무아젤 리농이 방을 나가기를 문 뒤에서 기다렸다. 마드무아젤 리농이 나갔다. 그녀는 무엇을 어떻게 할지 생각도 않고, 또 스스로에게 물어보지도 않고 그에게 다가갔던 것이다.

"엄마에게 가요!"

그녀는 그의 손을 잡고 말했다. 그는 오랫동안 입을 떼지 않았다. 자신의 귀한 감정을 말로 망칠까 두려워서가 아니었다. 사실은 무엇이든 말하려 할 때마다 말보다 먼저 눈물이 쏟아질 것 같았다. 그는 그녀의 손을 잡고 입을 맞추었다.

"이게 정말 진짜일까?"

마침내 그가 조용히 말했다.

"당신이 날 사랑하다니…… 믿어지지 않아요!"

그녀는 다정한 말을 건네며 그녀를 바라보는 그의 수줍어하는 모습에 빙긋 미소를 지었다.

"그래요, 사실이에요!"

그녀는 의미심장하게 천천히 말했다.

"난 지금 너무 행복해요!"

그녀는 그의 손을 놓지 않고 응접실에 들어갔다. 그들을 본 공작 부인은 몇 번 숨을 가다듬더니 곧 울음을 터뜨리고는 이내 다시 웃음을 터뜨렸다. 그러고는 레빈이 전혀 예상치 못한 힘찬 걸음으로 두 사람에게 다가와, 레빈의 머리를 끌어안고 그에게 입을 맞추며 그의 뺨을 눈물로 적셨다.

"이제 모든 게 끝났군! 이렇게 기쁠 수 있단 말인가. 이 애를 사랑해 주게. 난 기뻐서……. 키티!"

"빨리도 끝냈군!"

노공작은 자신의 감정을 감추며 말했다. 그러나 레빈은 그를 돌아보는 공작의 눈동자가 촉촉하게 젖어 있음을 눈치챘다.

"난 이미 오래전부터 이렇게 되길 간절히 바랐다네!"

그는 레빈의 손을 잡아 자기 쪽으로 끌어당기며 말했다.

"난 이 변덕쟁이가 그런 생각을 할 때부터 말이야."

"아빠!"

키티가 소리치며 두 손으로 그의 입을 막았다.

"알았다, 말하지 않을게!"

그가 말했다.

"난 정말, 너무 기쁘다네. 아! 내가 얼마나 어리석었는지……."

그는 키티를 안고 딸의 얼굴과 손에, 그리고 다시 얼굴에 입을 맞추고 성호를 그어 주었다.

키티가 노공작의 살진 손에 오랫동안 애정 어린 입맞춤을 하자 레빈은 지금까지만 해도 타인이었던 노공작에게 새로운 애정을 느꼈다.

16

공작 부인은 말없이 안락의자에 앉아 미소 지었다. 공작도 그 옆에 앉았다. 키티는 여전히 아버지의 손을 놓지 않은 채 그가 앉은 안락의자 옆에 서 있었다. 모두 입을 떼지 않았다.

공작 부인이 가장 먼저 모든 것에 이름을 붙였고 모든 생각과 감정을 생활의 문제로 번역했다. 처음에는 모두가 이것을 이상하고 가슴 아프게 느꼈다.

"그럼 언제가 좋을까요? 축복식도 하고 선언식도 해야지요. 그리고 결혼식은 언제로 잡을까요? 어떻게 생각해요, 알렉산드르?"

"이 사람이 있잖아."

노공작은 레빈을 가리키며 말했다.

"여기 이 사람이 주인공이야."

"언제로 하느냐고요?"

레빈은 얼굴을 붉히며 말했다.

"내일로 하지요. 굳이 제 의견을 물어보신다면, 오늘 축복식을 하고 내일 결혼식을 하는 게 좋을 것 같은데……."

"아, 됐네, 이 사람, 바보 같은 소리를!"

"그럼 일주일 뒤에 하지요."

"이 사람이 정말 제정신이 아니군."

"아니, 왜요?"

"말도 안 돼!"

레빈의 성급한 모습을 보며 어머니는 기쁨의 미소를 지으며 말했다.

"그럼 지참금은 어떻게 하지?"

'과연 지참금이니 하는 것들이 꼭 있어야 하는 걸까?'

레빈은 불쾌한 마음이 들었다.

'하지만 지참금이니 축복식이니 하는 것들이 혹시라도 내 행복을 망치지는 않을까? 아니야, 그 무엇도 내 행복을 망칠 순 없어!'

그는 키티를 잠시 쳐다보았다. 그러고는 지참금에 대한 그의 생각이 그녀에게는 조금도 모욕감을 안기지 않았다는 사실을 깨달았다.

'그럼 이것이 필요한 모양이군.'

그는 생각했다.

"저는 정말 아무것도 모릅니다. 전 다만 제가 생각한 바를 말씀드렸을 뿐입니다."

그는 용서를 빌며 말했다.

"그렇다면 우리가 알아서 하겠네. 이제는 축복식이나 선언식을 할 수 있어. 그렇게 하세."

공작 부인은 남편에게 다가가 입을 맞추고 나가려고 했다. 그러나 그는 그녀를 붙잡아 끌어안고는 마치 사랑에 빠진 청년처럼 그녀를 부드럽게 안더니 미소를 지으며 몇 번이고 입을 맞추었다. 두 노인은 잠깐 혼란에 빠졌는지 다시 사랑에 빠진 이가 자기들인지 딸인지 혼동하는 것 같았다. 공작 부부가 나가자, 레빈은 약혼녀에게 다가가 그녀의 손을 잡았다. 그는 이제 제정신으로 돌아와 말을 할 수 있었고, 또 그녀에게 해야 할 말도 많았다. 그러나 그가 한 말은 해야 할 말이 아니었다.

"나는 이렇게 될 줄 알았어요! 기대는 전혀 하지 않았죠. 하지만 마음 속으로는 언제나 굳게 믿고 있었습니다."

그는 말했다.

"난 이것이 운명이라고 믿어요."

"난 말이에요."

그녀가 말했다.

"사실은 그때도⋯⋯."

그녀는 말을 멈췄다가 진실한 눈으로 단호히 그를 바라보며 다시 말을 이었다.

"내가 나 자신의 행복을 저버린 그때도⋯⋯, 난 오직 당신만을 사랑했어요. 하지만 난 뭔가에 홀려 있었죠. 이것만은 꼭 말해야 해요⋯⋯ 당신은 그 일을 잊어 줄 수 있나요?"

"오히려 더 잘된 일인지도 모릅니다. 난 당신에게 용서받아야 할 것들이 많아요. 당신에게 말할 것이⋯⋯."

그것은 레빈이 그녀에게 털어놓기로 결심한 것들 가운데 하나였다. 하나는 그가 그녀처럼 순결하지 않다는 것이고, 또 하나는 그가 무신론자라는 것이었다. 그 두 가지를 털어놓는 것이 그로서는 무척 괴로운 일이었다. 하지만 그는 그렇게 해야만 한다고 생각했다.

"아니, 지금 말고 나중에요!"

그가 말했다.

"좋아요, 그럼 나중에 해요. 하지만 꼭 말해 주세요. 전 아무것도 두렵지 않아요. 난 모든 것을 알고 싶어요. 이제는 모두 결정된 일이잖아요."

그는 이런 말까지 했다.

"나를 받아들이기로 결심한 건가요? 내가 어떤 사람이든, 당신은 날 거부하지 않겠지요? 그렇죠?"

"네, 네."

그들의 대화는 마드무아젤 리농 때문에 끊어졌다. 그녀는 어색하면서도 온화한 미소를 지으며 사랑하는 제자를 축하하러 들어왔다. 그리고 그녀가 미처 나가기도 전에 하인들이 축하하러 왔다. 그다음에는 친척들이 마차를 타고 속속 도착하면서 행복한 야단법석이 시작되었고, 레빈은 결혼식 다음 날까지 그 속에서 벗어날 수 없었다. 레빈은 무척이나 거북하고 지루했지만 행복의 긴장감은 점점 더 커져 갔다. 그는 모르는 일을 많이 요구받았지만 사람들이 원하는 대로 했고, 이 모든 것들은 그에게 행복을 안겨 주었다. 예전에 그는 자신의 약혼은 다른 사람들과는 다를 것이라 생각했고, 약혼의 관습으로 인해 자신의 특별한 행복을 망칠 것이라고 생각했다. 하지만 결국 그도 다른 사람들과 똑같이 행동했다. 그러나 그의 행복은 그 때문에 점점 커져 갔으며, 그 무엇과도 비교할 수 없는 특별한 것이 되어 가고 있었다.

"이제 다 함께 사탕을 먹어요." 하고 마드무아젤 리농이 말하자, 레빈은 사탕을 사러 나갔다.

"음, 정말 기쁘군요."

스비야슈스키가 이렇게 말했다.

"꽃다발은 포민 꽃집에서 사라고 권하겠습니다."

"아, 그런 겁니까?"

그리고 레빈은 포민 꽃집으로 갔다.

형은 그에게 돈을 빌려야 한다고 말했다. 왜냐하면 선물 등으로 돈이 많이 들기 때문이었다.

"선물도 해야 하는 겁니까?"

그런 다음 그는 풀데 보석점으로 말을 몰았다.

그는 과자점과 포민 꽃집과 풀데 보석점에서 모두가 그를 기다리고 있다가 그를 보면 기뻐하며 그가 최근에 만난 다른 사람들과 마찬가지로 그의 행복을 축하해 주는 것을 보았다. 그런데 이상한 점이 있었다. 예전에는 그에게 차갑게 대하는 것도 모자라 무관심했던 사람들이 이제는 그를 사랑해 줄 뿐만 아니라 그를 황홀하게 쳐다보고 모든 일에 그를 따르고 그의 감정을 부드럽고 섬세하게 받아 주고 완벽의 극치인 약혼녀를 둔 자신이야말로 세상에서 가장 행복한 사람이라는 그의 확신에 공감해 주고 있었다. 키티도 같은 생각에 사로잡혔다. 노르츠톤 백작 부인이 사실은 조금 더 괜찮은 신랑감을 기대했었다고 조심스레 돌려 말하자, 키티는 몹시 화를 내면서 이 세상에 레빈보다 훌륭한 사람은 없다고 확신에 차서 말했다. 결국 노르츠톤 백작 부인은 그녀의 말에 동의하지 않을 수 없었고 키티가 있는 자리에서는 늘 미소를 머금고 레빈을 맞이했다.

레빈이 약속한 고백은 유일하게 힘겨운 일 중 하나였다. 그는 노공작과 상의하고 그의 허락을 받은 뒤 키티에게 자신을 괴롭히는 내용이 적힌 일기장을 건넸다. 그는 당시 미래의 약혼녀를 생각하며 일기를 썼다. 그를 괴롭힌 것은 두 가지였다. 즉 그가 순결하지 않다는 것과 무신론자라는 것이었다. 그가 신을 믿지 않는다는 고백은 그다지 주의를 끌지 않고 지나갔다. 그녀는 신앙이 깊어 단 한 번도 종교의 진리를 의심해 본 적이 없었다. 하지만 그의 표면적인 불신앙은 그녀의 마음을 조금도 상하게 하지 않았다. 그녀는 사랑의 힘으로 그의 마음을 모두 알고 있었고 그의 영혼 속에서 그녀가 원하는 것을 보았다. 설사 그런 상태의 영혼을 불신앙이라 여긴다 해도 그녀는 상관없었다. 하지만 다른 고백을 접한 뒤 그녀는 슬프게 울었다.

레빈이 아무런 고민 없이 그녀에게 자신의 일기장을 건넨 것은 아니었다. 그가 자기와 그녀 사이에 비밀이란 있을 수 없고 있어서도 안 된다고 결정했기 때문이었다. 하지만 그는 이 일로 인해 어떤 일이 생길지 전혀 예상도 못 했고, 그녀의 입장에서 생각해 보지도 않았다. 그날 밤 극장에 가기 전 집에 들러 그녀의 방으로 들어가 그가 만들어 낸 돌이킬 수 없는 슬픔으로 불행에 빠진 그녀의 눈물 젖은 가련하고 사랑스러운 얼굴을 보고서야 자신의 창피한 과거와 그녀의 비둘기 같은 순결 사이에 놓인 심연을 깨달으며 자신이 저지른 짓에 당황하며 몸서리쳤다.

"가져가세요, 이 끔찍한 공책들을 모두 가져가세요!"

그녀는 자기 앞의 테이블에 놓인 공책들을 밀치며 말했다.

"어쩌서 당신은, 이런 것들을 왜 내게 준 거죠! 아니에요, 그래도 이렇게 하길 잘했어요."

그녀는 그의 절망에 찬 얼굴을 가엾게 느끼며 이렇게 덧붙였다.

"하지만 이건 끔찍한 일이에요! 아, 너무 끔찍해요!"

그는 고개를 숙인 채 입을 다물었다. 그는 아무 말도 할 수 없었다.

"당신은 나를 용서하지 않겠지요."

그가 속삭였다.

"아니에요, 난 용서했어요. 하지만 이건 끔찍한 일이에요!"

그러나 그의 행복감은 너무나 컸기에 그 고백은 행복을 파괴할 수 없었고 오히려 그것에 새로운 뉘앙스를 더할 뿐이었다. 키티는 레빈을 용서했다. 하지만 그 이후로 그는 더욱더 자신을 그녀와는 어울리지 않는 남자로 생각했고 정신적으로는 그녀에게 더욱더 고개를 숙였으며 자신의 분에 넘치는 행복을 더욱 소중하게 여기게 되었다.

17

알렉세이 알렉산드로비치는 만찬를 전후해 이야기한 대화를 곱씹으며 적막한 호텔 방으로 돌아왔다. 용서에 관한 다리야 알렉산드로브나의 말은 그에게 짜증과 노여움만을 불러일으켰다. 그리스도교 교리가 자신의 경우에 적용되는지 아닌지는 너무도 어려운 문제였다. 또 그렇기에 알렉세이 알렉산드로비치는 이미 오래전 이 문제에 대해 부정적인 결론을 내렸다. 사람들 입에서 나온 말들 가운데 그의 머릿속에 가장 깊이 새겨진 말은 멍청하면서도 마음씨 좋은 투로프친의 말이었다. 사나이다운 행동을 했지요! 결투를 신청해서 죽였으니까요! 예의상 입 밖에 내지는 않았지만, 다들 그 말에 동감하는 것 같았다.

'어찌 되었든 이 문제는 다 끝났어. 이 문제에 대해선 더 이상 생각할 것도 없어.'

알렉세이 알렉산드로비치는 속으로 중얼거렸다. 그는 앞으로 떠날 일과 조사 업무만을 생각하며 방으로 들어갔다. 그를 안내하는 수위에게 자기의 하인은 어디에 있느냐고 물었다. 수위는 하인이 방금 나갔다고 말했다. 알렉세이 알렉산드로비치는 차를 가져오라고 지시한 후 테이블 앞에 앉아 《프룸》을 꺼내고 여행 경로를 생각하기 시작했다.

"전보가 두 통 왔습니다."

하인이 방으로 들어서며 말했다.

"죄송합니다, 각하. 제가 잠시 자리를 비웠습니다."

알렉세이 알렉산드로비치는 전보를 받아 봉투를 뜯었다. 첫 번째 전보는 카레닌이 원하던 바로 그 직위에 스트레모프가 임명됐다는 소식이었다. 알렉세이 알렉산드로비치는 전보를 내던지고 벌겋게 달아오른 얼굴로 자리에서 일어나 방 안을 어지럽게 거닐었다.

'신은 파멸시키고자 하는 사람을 먼저 미치게 한다.(Quos deus vult perdere, prius dementat.)'

그는 이렇게 말했는데, 이때 '사람'은 이 임명에 협력한 사람들을 염두에 둔 말이었다. 그는 자신이 그 직위를 얻지 못해서, 자신이 사람들에게 따돌림을 받는 것이 분명해서 화를 낸 게 아니었다. 어떻게 사람들이 떠버리 허풍쟁이에 요설가인 스트레모프가 결코 그 직위에 적합한 사람이 아니라는 사실을 모를 수 있을까 하는 점 때문이었다. 그들은 이 임명이 스스로를 파멸시키고 위신을 무너뜨린다는 사실을 정말 모르고 있을까!

'이것도 똑같은 내용이겠지.'

그는 두 번째 전보를 뜯으며 신경질적으로 중얼거렸다. 전보는 아내가 보낸 것이었다. 파란색 연필로 쓴 '안나'라는 서명이 가장 먼저 그의 눈에 들어왔다.

'난 죽어 가고 있어요. 부탁이니 제발 와 줘요. 난 당신의 용서를 받고 편안히 죽고 싶어요.'

그는 전보를 읽었다. 그는 멸시하는 미소를 띠고는 전보를 내던졌다. 처음에 그는 이 모든 것이 분명 거짓과 치사한 속임수일 것이라고 생각했다.

'이제는 못 하는 거짓말이 없군. 아마도 지금쯤 출산을 코앞에 두고 있겠지. 그 병이라는 게 출산을 말하는 거겠지. 그런데 이런 속임수를 쓰는 목적은 뭘까? 아이를 호적에 올리고 내 명예를 훼손해서 이혼을 방해하

기 위해서일까?'

그는 생각했다.

'그런데 뭐라고 적혔더라? 죽어 가고 있어요…….'

그는 전보를 다시 읽었다. 그러자 문득 전보에 쓰인 말의 의미가 그에게 충격을 주었다.

'만일 이것이 사실이라면?'

그는 속으로 중얼거렸다.

'정말로 죽음의 고통 속에서 그녀가 진심으로 잘못을 뉘우치고 있다면, 그게 사실이라면, 그런데 내가 이 모든 것을 거짓말이라 여기고 돌아가지 않는다면? 그건 잔인한 행동일 뿐만 아니라 모두가 나를 비난할 것이다. 그리고 내 입장에서도 어리석은 짓이다.'

"표트르, 마차를 잡아라. 지금 페테르부르크로 갈 거야."

그는 하인에게 말했다.

알렉세이 알렉산드로비치는 페테르부르크에 가서 아내를 만나 보기로 결심했다. 만약 그녀의 병이 거짓이라면, 그는 말없이 그곳을 떠날 것이다. 그러나 만약 그녀가 정말로 아프다면 또 죽기 전 마지막으로 그를 보려는 것이라면, 그는 살아 있는 그녀를 만날 경우 그녀를 용서할 것이고, 만일 늦게 도착한다면 마지막 도리를 다할 것이다.

그는 가는 길 내내 자신이 무엇을 어떻게 할지 더 이상 생각하지 않았다.

알렉세이 알렉산드로비치는 열차에서 하룻밤을 보낸 탓에 지치고 불결한 느낌으로 아침 안개에 싸인 텅 빈 네프스키 거리를 따라 마차를 몰았다. 그는 자신을 기다리고 있는 것에 대해 생각지도 않고 앞만 바라보았다. 미래를 상상하면 그녀의 죽음이 그가 처한 모든 어려움을 단번에 해결해 주리라는 생각에서 벗어날 수 없었기 때문이다. 빵집들, 문이 잠긴 상점들, 야간 마차들, 보도를 쓰는 수위들이 그의 눈앞으로 지나쳤다.

그러면서 그는 자신을 기다리고 있는 것, 차마 자신이 원할 수는 없지만 그럼에도 원하게 되는 것 등에 대한 생각을 지우려 애쓰면서 이 모든 것을 유심히 바라보았다. 그는 현관 계단 앞에 이르렀다. 삯마차 한 대와 마부가 졸고 있는 사륜마차 한 대가 입구에 서 있었다. 알렉세이 알렉산드로비치는 현관 안으로 들어서며 마치 뇌의 깊숙한 곳에서 불러내기라도 하듯 결심한 바를 되새겼다.

'만일 거짓말일 경우, 조용히 무시하고 떠날 것. 사실일 경우, 예의를 지키도록 하자.'

알렉세이 알렉산드로비치가 벨을 누르기도 전에 수위가 문을 열어 주었다. 카티포니치라고도 불리는 문지기 페트로프는 넥타이를 매지 않은 낡은 양복에 신발을 신고 괴상한 표정을 짓고 있었다.

"마님은 어떠신가?"

"어제 무사히 해산하셨습니다."

알렉세이 알렉산드로비치는 그 자리에 섰다. 그의 얼굴은 곧 창백해지기 시작했다. 그는 지금 자신이 그녀의 죽음을 얼마나 간절히 바랐던가를 분명히 깨달았다.

"건강은?"

때마침 코르네이가 앞치마 차림으로 계단에서 뛰어 내려왔다. 그가 대답했다.

"아주 나쁘십니다. 어제 의사 선생님께서 왕진을 오셨습니다. 선생님은 지금 여기 계십니다."

"짐을 들여와."

알렉세이 알렉산드로비치는 말했다. 그는 아직 죽음이라는 희망이 남아 있다는 소식에 마음이 가벼워짐을 느끼며 현관으로 들어섰다.

옷걸이에 군복이 걸려 있었다. 알렉세이 알렉산드로비치는 상황을 알아채고 물었다.

"누가 와 있지?"

"의사 선생님, 산파, 그리고 브론스키 백작님이 계십니다."

알렉세이 알렉산드로비치는 안으로 들어갔다.

응접실에는 아무도 없었다. 그의 발소리를 듣고 안나의 방에서 라일락 빛깔의 리본이 달린 모자를 쓴 산파가 나왔다.

그녀는 알렉세이 알렉산드로비치에게 다가와서는 다가온 죽음에 악수한다는 투로 그의 손을 잡고 침실로 데려갔다.

"아, 고마우셔라, 오셨군요! 마님은 계속 주인님 이야기만 하고 계세요!"

그녀가 말했다.

"어서 얼음을 줘요!"

침실에서 명령조로 말하는 의사의 목소리가 들렸다.

알렉세이 알렉산드로비치는 안나의 방으로 들어갔다. 테이블 옆 낮은 의자에 브론스키가 옆으로 비켜 앉아 손으로 얼굴을 가린 채 울고 있었다. 그는 의사 말소리를 듣고 벌떡 일어나 얼굴에서 손을 떼다가 알렉세이 알렉산드로비치를 보았다. 안나의 남편을 본 그는 너무나 창피한 나머지 마치 어디론가 사라지고 싶기라도 한 듯 목을 움츠리며 다시 의자에 주저앉았다. 하지만 그는 자신의 감정을 억제하며 일어서서 말했다.

"이 사람이 죽어 갑니다. 의사들 말로는 가망이 없다고 합니다. 전 전적으로 당신의 처분에 따르겠지만, 이곳에 있도록 허락해 주십시오……. 어쨌거나 전 당신의 뜻대로 하겠습니다. 전 다만……."

브론스키의 눈물을 보자, 알렉세이 알렉산드로비치는 마음이 술렁였다. 다른 사람들이 고통스러워하는 모습이 그의 마음속에 불러일으키는 그런 정신적 혼란……. 그래서 그는 얼굴을 돌린 채 브론스키의 말을 끝까지 듣지 않고 다급히 문 쪽으로 걸어갔다. 침실에서 무언가를 말하는 안나의 목소리가 들렸다. 그녀의 목소리는 명랑하면서도 활기찼고 억양도 매우 또렷했다. 알렉세이 알렉산드로비치는 침실로 들어가 침대로 다가갔다. 그녀는 그가 있는 쪽으로 얼굴을 돌린 채 누워 있었다. 뺨은 홍조로 빨갰고 눈동자는 빛났으며 윗옷 소매 밖으로 나온 작고 하얀 손은 이불 끝자락을 만지작거리고 있었다. 그녀는 건강하고 생기 있을 뿐 아니라 기분도 더할 나위 없이 즐거워 보였다. 그녀는 빠르고 부드럽게, 그리고 유달리 정확하고 감정이 풍부하게 실린 어조로 말하고 있었다.

"왜냐하면 알렉세이는, 난 알렉세이 알렉산드로비치를 말하는 거예요.—두 사람 모두 알렉세이라니, 정말 기묘하고 무서운 운명이 아닌가?—알렉세이는 날 거부하지 않을 거예요. 난 잊고 그이는 용서했을 거예요……. 그런데 그이는 왜 오지 않는 거지? 그이는 착한 사람이에요. 그이는 자기가 얼마나 착한지 몰라요. 아, 하느님, 너무 괴로워요! 어서, 어서 물을 줘요! 아, 그것은 내 딸에게 해로울 거예요! 아, 그래요. 그럼 딸아이에게 유모를 붙여 줘요. 좋아요, 나도 동의해요. 그렇게 하는 편이 더 좋을 거예요. 그이는 돌아올 거예요. 그 아이를 보면 괴로워하겠죠. 아기를 데려가요."

"안나 아르카지예브나, 주인님이 오셨어요. 여기 주인님이 계세요!"

산파는 그녀의 관심을 알렉세이 알렉산드로비치에게 돌리려 애쓰며 말했다.

"아, 무슨 말도 안 되는 소리를!"

안나는 남편을 보지 않은 채 계속 말했다.

"아기를 데려와요, 내 딸을 데려와요! 그이는 아직 오지 않았어요. 당신은 그이가 용서하지 않을 거라고 말하지만, 그건 당신이 그이를 몰라서 하는 말이에요. 아무도 그를 몰라요. 오직 나만이 알고 있죠. 그런데 그 사실이 내게 힘들게 느껴지기 시작한 거예요. 그의 눈은요, 당신도 아셔야 해요. 세료쟈의 눈과 똑같아요. 그래서 난 도저히 그 눈을 못 보겠어요. 세료쟈에게 밥은 줬나요? 난 알아요. 사람들은 모두 잊을 거예요. 하지만 그이는 잊지 않을 거예요. 세료쟈를 구석방으로 데려가요. 그리고 마리에트에게 그 아이와 같이 자라고 말해요."

갑자기 안나는 몸을 움츠리며 입을 다물었다. 그러고는 공포에 질려 마치 주먹질을 예상하듯 손을 들어 얼굴을 가렸다. 남편을 본 것이다.

"아냐, 아냐."

그녀는 입을 열었다.

"난 그이가 무섭지 않아, 내가 무서워하는 건 죽음이야. 알렉세이, 이리 와요. 이렇게 서두르는 건 내게 시간이 없어서, 살날이 얼마 남지 않아서예요. 이제 곧 열이 오르면, 난 아무것도 이해하지 못할 거예요. 지금 난 이해할 수 있어요. 뭐든 이해하고 뭐든 볼 수 있어요."

주름진 알렉세이 알렉산드로비치의 얼굴에 고통스러운 표정이 떠올랐다. 그는 아내의 손을 잡고 무슨 말이라도 하고 싶었지만 입이 떨어지지 않았다. 그의 아랫입술이 덜덜 떨렸다. 그러나 그는 자신의 고통과 맞서 싸우며 이따금씩 아내에게 눈길을 던질 뿐이었다. 그리고 아내를 내려다볼 때마다 지금껏 한 번도 본 적 없는, 따뜻하면서도 매혹적인 부드러움을 띤 채 그를 올려다보는 그녀의 눈동자와 마주쳤다.

"기다려요, 당신은 몰라요……. 조금만 기다려요, 기다려 봐요……."

그녀는 생각을 가다듬으려는 듯 말을 멈췄다.

"그래요."

그녀가 말하기 시작했다.

"네, 그래요, 그래요. 내가 말하고 싶은 건 바로 이 말이랍니다. 나에게 놀라지 말아요. 난 아직 예전 그대로예요……. 하지만 내 안에 다른 내가 있어요. 난 그녀가 무서워요. 그녀는 그 남자와 사랑에 빠졌어요. 그래서 난 당신을 증오하려 했고, 예전에 있던 그녀를 도저히 잊을 수 없었어요. 그 여자는 내가 아니에요. 지금의 내가 진짜예요. 온전한 나라고요. 나는 지금 죽어 가고 있어요. 난 알아요, 내가 죽을 거라는 것을. 저 남자에게 물어봐요. 난 지금 느껴요. 여기에, 내 손 위에, 내 다리에, 내 손가락에 무거운 짐이 있어요. 이 손가락은 어떻고요, 엄청 크잖아요! 하지만 이것도 곧 끝날 거예요……. 내게 필요한 건 오직 하나랍니다. 날 용서해 줘요, 깨끗이 용서해 줘요! 난 무서운 여자예요. 하지만 보모가 내게 말했어요. 그 성스러운 순교자는, 그 여자 이름이 뭐더라, 아무튼 그 여자는 나보다 더 나쁜 여자라고 말했어요. 나도 로마에 가겠어요. 그곳에 광야가 있어요. 그리고 아무도 날 방해하지 않을 때 세례자와 딸만 데리고 갈 거예요……. 아니, 당신은 용서하지 못해요! 나도 알아요, 그런 짓은 용서받을 수 없잖아요! 아냐, 아냐, 가 버려요. 당신은 너무 착한 사람이에요!"

그녀는 열이 오른 한쪽 손으로는 그의 손을 잡고, 다른 손으로는 그를 밀쳤다.

알렉세이 알렉산드로비치는 심적 혼란이 점점 심해져 이제 그것과 씨름하는 것을 그만둘 지경에 이르렀다. 그러자 문득 그는 심적 동요라고 생각했던 것이 사실은 그때까지 한 번도 경험한 적이 없는 새로운 행복을 선사하는 황홀한 정신적 행복임을 깨달았다. 그는 자신이 평생 따르고자 했던 그리스도교의 가르침이 그에게 원수를 용서하고 사랑하라 명령한다고는 생각하지 않았다. 그러나 원수에 대한 사랑과 용서라는 기쁜 감정이 그의 영혼을 가득 채웠다. 그는 무릎을 꿇고 그녀의 팔꿈치 안쪽에 머리를 얹었다. 윗옷을 통해 느껴지는 열이 불같이 난 그녀의 팔이 그를 태우는 듯했다. 그는 어린아이처럼 소리 내며 서럽게 흐느꼈다. 그녀는 벗어진 그의 머리를 끌어안고 그에게로 가까이 몸을 붙이더니 오만한 눈길로 위를 쳐다보았다.

"이게 내가 아는 그이예요, 난 알아요! 이제 모두 안녕, 안녕! 다시 그들이 왔어요. 그들은 왜 나가지 않을까요? 자, 내 외투를 벗겨 줘요!"

의사는 그녀의 두 손을 떼고 그녀를 조심스럽게 베개 위에 눕힌 후 어깨까지 담요를 덮어 주었다. 그녀는 고분고분 뒤로 반듯이 눕고는 형형하게 빛나는 눈으로 앞을 응시했다.

"한 가지만 기억해 줘요, 내게 필요한 건 오직 용서랍니다……. 더 이상 아무것도, 아무것도 바라지 않아요……. 왜 '그'가 오지 않는 거죠?"

그녀가 문가의 브론스키에게 고개를 돌리며 말했다.

"이리 와요, 이리 오라니까요! 그이에게 손을 내밀어요."

브론스키는 침대 끝으로 다가오더니 그녀를 본 후 다시 두 손으로 얼굴을 가렸다.

"얼굴을 보여 줘요. 이분을 봐요. 이분은 성자예요."

그녀가 말했다.

"손을 치워요, 얼굴을 보이라니까요!"

그녀는 화를 내며 말했다.

"알렉세이 알렉산드로비치, 이 사람 얼굴을 보여 줘요. 이 사람 얼굴을 보고 싶어요."

알렉세이 알렉산드로비치는 고통과 수치로 인해 무섭게 변한 브론스키의 얼굴에서 두 손을 떼어 냈다.

"이 사람에게 손을 내미세요. 그를 용서해 줘요."

알렉세이 알렉산드로비치는 쏟아지는 눈물을 주체하지 못하며 브론스키에게 손을 내밀었다.

"하느님, 감사합니다. 하느님, 감사합니다."

그녀가 말했다.

"이제 모든 것이 준비됐군요. 다리를 조금만 뻗게 해 줘요. 그래요. 좋아요. 이 꽃들은 어쩜 이렇게 멋없이 만들어졌을까! 전혀 바이올렛을 닮지 않았어요."

그녀는 벽지를 가리키며 말했다.

"아, 하느님, 나의 하느님! 언제 이것이 끝날까요? 내게 모르핀 주사를 놔 주세요, 의사 선생님! 모르핀을 주세요! 하느님, 나의 하느님!"

그리고 그녀는 침대 위에서 몸부림치기 시작했다.

안나의 주의치와 다른 동료 의사들은 이것이 십중팔구 산욕열이며, 이 병에 걸릴 경우 백 명 중에 아흔아홉 명이 죽는다고 말했다. 하루 종일 안나는 열이 나고 헛소리를 했으며 의식이 없었다. 자정 무렵, 환자는 감각도 느끼지 못한 채 누워 있었고 맥박도 거의 뛰지 않았다.

사람들은 매 순간 임종을 기다렸다.

브론스키는 집으로 돌아갔으나 다음 날 아침 안나의 상태를 확인하러 왔다. 알렉세이 알렉산드로비치는 현관에서 그를 맞이하며 이렇게 말했다.

"이곳에 남아 주십시오. 안나가 당신을 찾을지도 모르니."

그러고 나서 그는 브론스키를 직접 아내의 방으로 안내했다.

동틀 무렵 안나는 생기를 찾고 다시 말과 사고를 찾았다. 그러나 다시 의식불명에 빠지고 말았다. 사흘째 되는 날도 마찬가지였다. 그런데 의사는 가망이 있다고 말했다. 그날 알렉세이 알렉산드로비치는 브론스키가 앉아 있는 방에 들어가 문을 잠그고 그의 맞은편에 앉았다.

"알렉세이 알렉산드로비치."

브론스키는 이제 담판할 때가 다가왔음을 느끼며 말했다.

"저는 할 말이 없습니다. 그리고 아무것도 모르겠습니다. 용서해 주십시오! 당신도 몹시 괴롭겠지만, 내 말을 믿어 주십시오, 난 훨씬 더 끔찍하고 힘이 듭니다."

그는 일어나려 했다. 하지만 알렉세이 알렉산드로비치가 그의 손을 잡았다.

"내 말을 끝까지 들어 주십시오. 당신은 꼭 들어야 합니다. 당신이 나에 대해 오해하지 않도록, 난 나 자신을 이끌었고 앞으로도 이끌어 갈 이 감정에 대해 당신에게 설명해야만 합니다. 당신도 알겠지만, 난 이혼을 결심했고 이미 그 절차를 밟기 시작했습니다. 솔직하게 말하겠습니다. 소송절차를 밟기 시작했을 때, 난 결단이 서지 않아 주저하며 괴로워했습니다. 당신에게 고백하지요. 난 당신과 아내에게 복수해야 한다는 생각에 사로잡혀 있었습니다. 전보를 받은 후, 난 여전히 변하지 않은 감정을 품고서 이곳을 향해 출발했습니다. 조금 더 자세하게 말한다면, 난 그녀가 죽기를 바랐습니다. 하지만……."

그는 자신의 감정을 털어놓을까 말까 망설이며 잠시 침묵했다.

"하지만 난 아내를 본 뒤 그녀를 용서했습니다. 그리고 용서의 행복이 내게 나의 의무를 보여 주었습니다. 난 완전히 용서했습니다. 나는 다른 뺨까지 내밀고 싶고 내게서 겉옷을 훔쳐 가는 사람에게 속옷까지 내주고 싶은 심정입니다. 그리고 난 하느님에게 그저 그분이 내게서 용서의 행복을 빼앗지 않기만 기도할 뿐입니다!"

그의 눈에 눈물이 고였다. 그의 맑고 평온한 시선이 브론스키에게 깊은 감동을 주었다.

"이것이 지금 나의 입장입니다. 당신은 나를 진흙탕 속에 밀어 넣고 짓밟을 수 있고 세상의 조롱거리로 만들 수도 있습니다. 난 아내를 버리지 않을 것이고 당신에게도 결코 비난의 말을 하지 않겠습니다."

그는 말을 계속했다.

"내 의무는 내가 정확하게 알고 있습니다. 난 그녀와 함께 있어야 하고 앞으로도 그럴 것입니다. 만약 그녀가 당신을 보고 싶어 하면, 당신에게 알려 드리겠습니다. 하지만 지금은 당신이 떠나는 편이 좋다고 생각합니다."

그는 일어섰다. 그러자 흐느낌이 그의 말을 가로막았다. 브론스키는 일어나 구부정한 자세로 흘깃 그를 올려다보았다. 그는 알렉세이 알렉산드로비치의 감정을 이해할 수 없었다. 하지만 그것이 뭔가 숭고한, 자신의 세계관으로는 접근이 불가능한 것임을 느꼈다.

18

알렉세이 알렉산드로비치와 대화를 마친 후, 브론스키는 카레닌 집의 현관 입구로 나왔다. 그는 그 자리에 서서 자신이 어디에 있는지, 그리고 어디로 가야 하는지를 힘겹게 떠올렸다. 그는 창피하고 수치스러웠으며 자신의 수치를 씻을 길이 없다는 생각이 들었다. 그때까지 자신이 그토록 당당하고 편안하게 걸어온 궤도에서 이탈된 것처럼 느껴졌다. 그토록 견고하게 여겨지던 자신의 모든 생활 습관과 규범이 갑자기 거짓되고 허망한 것으로 보였다. 지금까지는 불쌍한 존재로, 브론스키의 행복에 우연히 끼어든, 그리고 다소 우스꽝스러운 방해물로 생각되었던 배신당한 남편을 그녀가 갑자기 불러 복종심을 불러일으키는 위치로 들어올렸다. 그리고 그 정상에서 남편은 사악하고 위선적이고 우스꽝스러운 존재가 아니라 선하고 정직하고 위대한 존재로 모습을 드러냈다. 브론스키는 그 점을 느끼지 않을 수 없었다. 갑자기 역할이 뒤바뀌었다. 브론스키는 그의 고결함과 자신의 비굴함, 그의 정직함과 자신의 부정을 느꼈다. 남편은 슬픔 속에서도 너그러운 데 비해, 자신은 기만 속에서 비열하고 보잘것없이 느껴졌다. 하지만 그가 부당하게 경멸했던 사람 앞에서 자신의 비루함을 느끼는 것은 슬픔의 일부에 불과했다. 그가 지금 말할 수 없이 불행하다고 느끼는 이유는, 최근 들어 차갑게 식은 줄로만 알았던 안나에 대한 열정이 그녀를 영원히 잃게 됐다고 생각하자 어느 때보다 강렬해졌기 때문이다. 그는 안나가 아픈 동안 그녀의 모든 것을 보았고 그녀의 영혼을 이해하게 되었다. 그러자 자신이 지금껏 그녀를 한 번도 사랑하지 않은 것처럼 느껴졌다. 그러나 이제는 안나를 알게 되고, 당연히 그래야 했던 것처럼 그녀를 사랑하게 된 지금, 그녀 앞에서 초라해졌고 자신에 대한 수치스러운 기억만을 남긴 채 그녀를 영영 잃게 된 것이다. 무엇보다 끔찍한 일은, 알렉세이 알렉산드로비치가 무안해하며 자신의 얼굴에서 두 손을 떼어 놓았을 때 보인 우스꽝스럽고 창피했던 자신의 모습이었다. 브론스키는 카레닌 집의 현관 입구에 서서 어찌할 바를 몰랐다.

"삯마차를 부를까요?"

문지기가 물었다.

"그래, 삯마차를 불러 줘."

사흘 밤을 자지 못한 채 집으로 돌아온 브론스키는 외투도 벗지 않고 소파에 엎드려 두 팔을 포개고 그 위에 머리를 묻고서 잠이 들었다. 머리가 무거웠다. 상상과 기억, 기묘하기 짝이 없는 상념들이 대단히 빠르고 선명하게 꼬리를 물고 이어졌다. 그 상념은, 그가 환자를 위해 숟가락에 넘치도록 따르던 약이, 때로는 산파의 하얀 손이, 때로는 침대 앞의 마룻바닥에 있던 알렉세이 알렉산드로비치의 기묘한 자세가 되어 나타났다.

'자자! 자야 한다.'

그는 스스로에게 말했다. 피곤해서 자려 한다면 그 즉시 잠을 잘 수 있을 거라는, 건강한 사람이 믿는 확신이었다. 그리고 실제로 머릿속이 복잡해지자 그는 망각의 심연 속으로 빠져들었다. 무의식이라는 바다의 파도가 이미 그의 머리 위까지 차올랐다. 바로 그때 강한 전류가 관통한 듯 그는 소스라치게 놀라더니 소파의 용수철에서 온몸이 튀어 오를 만큼 몸을 떨다가 두 손에 의지해 벌떡 일어났다. 그는 조금도 자지 않은 것처럼 눈을 크게 뜨고 있었다. 일 분 전까지는 머리가 무겁고 몸이 나른했는데 순식간에 사라져 버렸다.

'당신은 나를 진흙탕 속에 밀어 넣을 수 있습니다.'

다시금 알렉세이 알렉산드로비치의 목소리가 들렸고 그의 모습이 눈앞에 떠올랐다. 그리고 열에 들뜬 홍조와 빛나는 눈동자를 지닌 안나의 얼굴, 다정하고 애정 어린 눈길로 그가 아닌 알렉세이 알렉산드로비치를 바라보는 안나의 얼굴을 보았다. 알렉세이 알렉산드로비치가 자신의 얼굴에서 손을 떼어 낼 때 보였던 자신의 어리석고 우스꽝스러웠던 모습이 떠올랐다. 그는 다시 다리를 쭉 뻗고 조금 전의 자세로 소파에 몸을 던진 후 눈을 감았다.

'자! 자라니까!'

그는 속으로 같은 말을 되뇌었다. 하지만 눈을 감자, 경마 경기를 하기 전 그날 밤 보았던 안나의 얼굴이 또렷하게 보였다.

"그런 일은 이제 존재하지 않고 앞으로도 없을 거야. 그리고 그녀는 자신의 기억에서 그 일을 지우고 싶어 해. 하지만 난 그녀 없이는 살 수 없어. 어떻게 해야 우리가 화해할 수 있을까? 도대체 어떻게 해야 우리가 화해할 수 있지?"

그는 소리 내어 말했고 무의식적으로 이 말을 되풀이하기 시작했다. 그러는 사이 새로운 생각과 회상이 떠오르는 것을 막을 수 있었다. 하지만 효과는 오래가지 않았다. 또다시 빠른 속도로 이런저런 생각이 떠오르며 행복했던 순간은 물론 최근에 겪은 수치스러움도 떠올랐다.

'손을 치워요.'

안나의 목소리가 말한다. 그는 손을 뗀다, 그리고 자신의 얼굴에 어린 수치스럽고 아둔한 표정을 느낀다.

그는 조금도 희망이 없다는 것을 느끼면서도 잠을 이루려 애쓰며 계속 누워 있었다. 아무 말이든 반복해 속삭이면서 새로운 이미지가 떠오르지 않기를 바라는 것이었다. 그는 들었다. 아니 기이하고 광기 어린 속삭임으로 반복되는 그 말이 들렸다.

"소중한 줄 모르고 누릴 줄 몰랐다. 소중한 줄 모르고, 누릴 줄 몰랐다."

'이게 무슨 소리지? 내가 미친 걸까?'

그는 속으로 중얼거렸다.

'그럴지도. 대체 사람들은 무엇 때문에 미치는 걸까? 도대체 왜 자살을 하는 거지?'

그는 스스로 묻고 대답했다. 그리고 눈을 떴을 때, 그는 깜짝 놀란 눈으로 머리 옆에 놓인 자수 쿠션을 바라보았다. 그 쿠션은 형수인 바랴가 만든 것이었다. 그는 쿠션의 술을 만지작거리며 바랴를 언제 마지막으로 봤는지, 바랴에 대해 기억하려고 애썼다. 하지만 아무 상관도 없는 무엇인가를 생각하는 것은 괴로운 일이었다.

'아냐, 자야 해!'

그는 쿠션을 끌어와 그것에 머리를 묻었다. 하지만 눈을 계속 감고 있는 것에도 노력이 필요했다. 그는 벌떡 일어나 앉았다.

'모든 게 끝났어.'

그는 속으로 중얼거렸다.

'뭘 어떻게 할지 곰곰이 생각해야 해. 뭐가 남았지?'

그는 안나에 대한 사랑 외에 자신의 인생에 무엇이 남아 있는지 급히 생각해 보았다.

'야망? 세르푸호프스키? 사교계? 궁정?'

모두 아니었다. 예전에는 의미를 지니고 있었지만 이제는 더 이상 아무것도 아니었다. 그는 소파에서 일어나 프록코트를 벗고 허리띠를 풀었다. 그리고 좀 더 편하게 숨을 쉬기 위해 털이 수북한 가슴을 드러내고 방 안을 왔다 갔다 했다.

‘사람들이 이러다 미치나 보군.’

그는 중얼거렸다.

‘이래서 자살을 하는 거야……. 수치를 모면하려고.’

그는 천천히 말을 덧붙였다.

그는 문을 잠갔다. 그러고는 시선을 고정하고 이를 악문 채 테이블로 다가가 권총을 들었다. 그는 권총을 살펴본 후 장전을 하고 생각에 잠겼다. 약 이 분 동안 그는 권총을 쥔 채 꼼짝도 않고 서서 오랫동안 생각했다.

‘물론이지.’

그는 마치 논리적이고 연속적이며 명확한 추론 과정을 통해 의심의 여지가 없는 결론에 다다른 것처럼 말했다. 하지만 사실은 그에게 확실한 것처럼 여겨졌던 이 ‘물론이지.’란 말은 그가 이 한 시간 동안 이미 수십 번이나 되풀이한 똑같은 범주의 기억과 관념을 또다시 반복한 결과에 지나지 않았다. 영원히 잃어버리게 된 행복의 기억도 마찬가지였고, 인생이 허망하다는 생각도 그랬다. 이러한 생각과 감정의 순서도 물론 마찬가지였다.

‘물론이지.’

그는 자신의 생각이 예의 홀린 듯한 기억과 사고의 원을 따라 세 번째로 돌기 시작하자 이렇게 중얼거렸다. 그러고는 왼쪽 가슴에 권총을 대고 그것을 주먹으로 꽉 움켜쥐기라도 하듯 갑자기 손을 세차게 떨더니 방아쇠를 당겼다. 그는 총이 발사되는 소리는 듣지 못했지만, 가슴을 치는 강한 일격에 쓰러지고 말았다. 그는 테이블 가장자리를 잡으려 애쓰다 권총을 떨어뜨렸다. 그는 비틀거리며 바닥에 주저앉아 놀란 눈으로 주위를 둘러보았다. 그는 구부러진 테이블 다리와 휴지통 그리고 호랑이 가죽 깔개를 올려다보면서도 그곳이 자기 방이라는 사실을 알지 못했다. 삐걱거리는 소리를 내며 응접실을 돌아다니는 하인들의 발소리에 그는 정신이 들었다. 그는 안간힘을 다해 생각을 집중한 결과 자신이 바닥에 쓰러져 있다는 것을 깨달았고, 호랑이 가죽에 묻은 피를 보며 자신이 자살하려 했다는 사실을 깨달았다.

"멍청하기는! 실패했잖아."

그는 권총을 찾으며 중얼거렸다. 권총은 그의 옆에 있었다. 하지만 그는 계속 찾았다. 그리고 찾는 와중에 다른 쪽으로 몸을 뻗다 균형을 잃어 그만 피를 흘리며 쓰러지고 말았다.

구레나룻을 기르고 세련미가 좋은 그의 하인은 종종 친구들에게 자신의 신경이 약하다며 불평을 하곤 했다. 그리고 바닥에 쓰러진 주인을 보자 얼마나 크게 놀랐는지 피를 흘리는 주인을 내버려 둔 채 도움을 청하러 밖으로 뛰쳐나갔다. 한 시간 뒤 형수인 바랴가 도착했다. 그녀가 사방으로 사람을 보내 불러온 의사 세 명도 같은 시간에 도착했다. 그녀는 다친 브론스키를 침대로 옮기고 그를 간호하기 위해 그의 집에 남았다.

19

알렉세이 알렉산드로비치가 저지른 실수는, 아내를 만날 준비를 하면서 진실한 고백에 그녀를 용서하게 되었으나 그녀가 죽지 않을 수도 있다는 가능성은 생각하지 않았다는 점이었다. 그 실수는 그가 모스크바에서 돌아온 지 두 달 만에 전모를 드러냈다. 하지만 그가 이런 실수를 저지른 까닭은 그가 이런 우연을 전혀 생각지 않았던 것이 아니라 죽어 가는 아내를 보기 전까지는 자신의 진짜 속마음을 잘 몰랐기 때문이었다. 아픈 아내의 병상 옆에서 그는 난생처음으로 부드러운 연민을 느꼈다. 타인의 고통을 볼 때면 생겨났던 것으로 예전에는 해로운 약점이라고 여기며 창피해했던 감정이었다. 그녀를 향한 연민, 그녀의 죽음을 바란 것에 대한 죄책감, 무엇보다 용서의 기쁨은 그로 하여금 예전에는 전혀 경험하지 못한 심정인 평온마저 느끼게 만들었다. 그는 불현듯 고통의 근원이 정신적 근원으로 변하는 것을 느꼈다. 또 자신이 비난하고 질책하고 증오할 때는 도저히 허용되지 않을 것이라 여겼던 것이 이제는 용서하고 사랑하게 되자 간단하고 명료해졌다.

그는 아내를 용서했고 그녀의 고통과 후회를 불쌍하게 생각했다. 또한 그는 브론스키를 용서했고, 특히 그가 절망에 빠져 있다는 소식을 들은 뒤로 그를 불쌍히 여겼다. 그는 아들도 예전보다 더욱 불쌍히 여겼고, 아들에게 거의 신경을 쓰지 않은 것에 대해 스스로를 자책하기까지 했다. 그러나 새로 태어난 어린 여자아이에게는 연민뿐 아니라 따뜻함이 깃든 어떤 특별한 감정을 느꼈다. 처음에 그는 단순한 연민의 감정에서 자신의 딸이 아닌 그 갓 태어난 연약한 여자아이에게 관심을 쏟았다. 그 여자아이는 그가 돌보지 않았더라면 죽었을지도 모른다. 그는 자신이 어떻게 그 여자아이를 사랑하게 됐는지 깨닫지 못했다. 그는 하루에도 몇 번씩 어린이 방으로 가서 오랫동안 그곳에 앉아 있었기 때문에, 처음에는 그를 겁내던 유모와 보모도 그를 꺼리지 않게 되었다. 가끔씩 그는 잠든 아기의 노랗고 빨간 빛을 띤 발그스름한 얼굴을, 솜털이 보송보송하고 쪼글쪼글한 그 자그만 얼굴을 말없이 삼십 분 정도 바라보며, 손가락을 구부린 채 손등으로 조그만 눈동자와 미간을 비비는 그 작고 포동포동한 두 손과 찡그린 이마를 문지르는 것을 관찰했다. 특히 그런 순간 알렉세이 알렉산드로비치는 평온하고 조화로운 감정을 느꼈으며 자신의 처지에 어떤 이상한 점이라곤 없다고, 바꿔야 할 것 역시 하나 없다고 생각했다.

하지만 자신의 처지를 아무리 자연스럽게 느낀다 해도 사람들이 그를 가만히 내버려 두지 않으리라는 것은 시간이 흐름에 따라 분명해졌다. 그는 자신의 영혼을 인도하는 영적인 힘 외에도 그에 못지않은, 어쩌면 그보다 더 강력한 힘, 그의 생활을 이끄는 또 다른 광폭한 힘을 느꼈다. 그리고 이 힘은 그가 바라는 소박한 평온을 허락하지 않는다는 것을 깨달았다. 그는 모두가 놀라워하며 그를 바라보고, 이해하지 못하며 또 무엇인가를 기대한다는 사실을 깨달았다. 특히 그는 아내와 자신의 관계가 견고하지 못하고 부자연스럽다는 것을 절감했다.

죽는다고 생각하고 마음이 약해졌던 순간이 지나자, 안나는 그를 두려워하고 부담스러워하며 바로 쳐다보지 못했고 그 역시 그 사실을 알아챘다. 마치 그녀는 무언가를 바라면서도 그에게 차마 말하지 못하는 것처럼 보였다. 그리고 그들 사이가 유지되지 못하리라는 것을 예감하고 그에게서 무언가를 기대하는 것처럼 보였다.

2월 말, 안나의 갓난아기에게—아기도 이름이 안나였다.—병이 났다. 아침에 어린이 방에 들른 알렉세이 알렉산드로비치는 의사를 부른 후에 관청에 출근했다. 그는 업무를 끝내고 네 시가 다 될 무렵 집으로 돌아왔다. 현관에 들어섰을 때, 그는 끈 장식과 곰 가죽 망토를 두른 잘생긴 하인이 아메리카산 개의 가죽으로 지은 하얀 민소매 외투를 쥐고 있는 것을 보았다.

"누가 왔나?"

알렉세이 알렉산드로비치가 물었다.

"엘리자베타 페도로브나 트베르스카야 공작 부인입니다."

하인이 미소 지으며 대답했다. 아니, 알렉세이 알렉산드로비치에게는 웃는 것처럼 보였다.

알렉세이 알렉산드로비치는 그를 아는 사교계의 지인들, 특히 여성들이 자기와 자기 아내에게 특별한 관심을 갖고 있음을 눈치챘다. 그는 이 지인들에게서 그들이 애써 감추는 어떤 기쁨을 알아챘다. 그는 그들이 느끼는 모종의 기쁨을 변호사의 눈에서, 지금은 이 하인의 눈에서 발견했다. 마치 누군가를 시집보내기라도 하듯 의기양양한 투였다. 그와 마주친 사람들은 간신히 기쁨을 숨기며 안나의 건강이 어떤지 물었다.

트베르스카야 공작 부인의 방문과 그녀와 관련된 기억 그리고 자신이 그녀를 전혀 좋아하지 않는다는 점이 알렉세이 알렉산드로비치에게 불쾌한 일이었다. 그래서 그는 곧장 아기를 보러 갔다. 첫 번째 어린이 방에는 세료쟈가 책상에 가슴을 붙이고 두 발을 의자에 올린 채 무언가를 그리며 명랑하게 종알거리고 있었다. 안나가 아픈 동안 프랑스인 가정교사의 후임으로 온 영국인 가정교사가 뜨개질감을 들고 아이 옆에 앉아 있었는데, 그녀는 황급히 일어났다가 자리에 앉아 세료쟈를 끌어당겼다.

알렉세이 알렉산드로비치는 손으로 아들의 머리를 쓰다듬고, 아내의 건강이 어떤지 묻는 가정교사의 물음에 답한 후 의사가 아기에 대해 무슨 말을 했는지 물었다.

"의사 선생님은 위험할 일이 전혀 없다고 하시며 목욕을 시키라고 지시하셨습니다, 주인님."

"하지만 아기가 내내 아파하지 않았습니까?"

알렉세이 알렉산드로비치는 옆방에서 들리는 아기의 울음소리에 귀를 기울이며 말했다.

"제 생각에는 유모에게 문제가 있는 것 같습니다, 주인님."

영국인 여자는 단호하게 말했다.

"왜 그렇게 생각합니까?"

그는 걸음을 멈추고 물었다.

"폴 백작 부인 댁에서도 그런 일이 있었습니다, 주인님. 의사들이 아기를 치료했는데 사실 알고 보니 아이는 단지 배가 고파서 그런 것뿐이었습니다. 유모의 젖이 말라 버렸던 거지요."

알렉세이 알렉산드로비치는 곰곰이 생각에 잠겼다. 그는 잠시 서 있다가 다른 문으로 들어갔다. 유모의 팔에 몸을 구부리고 누운 여자아이는 고개를 뒤로 젖힌 채 눈앞에 있는 풍만한 젖을 물려고도 하지 않았고, 몸을 숙인 유모와 보모가 아무리 얼러 봐도 울음을 그치려 하지 않았다.

"아직도 그대로입니까?"

알렉세이 알렉산드로비치가 말했다.

"몹시 불안해합니다."

보모가 작은 소리로 대답했다.

"미스 에드워드는 어쩌면 유모의 젖이 말랐을지 모른다고 하던데."

그가 말했다.

"저도 그렇게 생각합니다. 알렉세이 알렉산드로비치."

"그럼 왜 진작 그렇다고 말하지 않았습니까?"

"누구에게 말하나요? 안나 아르카지예브나는 계속 편찮으시고……."

보모는 통명스럽게 대답했다.

보모는 오랫동안 이 집의 하녀로 일했다. 그래서 알렉세이 알렉산드로비치는 그녀의 단순한 말이 자신의 처지를 암시한다고 느꼈다.

아기는 쉰 목소리로 칭얼대며 숨이 넘어가도록 울어 댔다. 보모는 손을 내젓더니 아기에게 다가가 유모의 팔에서 아기를 넘겨받고는 아기를 흔들며 왔다 갔다 하기 시작했다.

"의사에게 유모를 진찰해 달라고 부탁해야겠군."

알렉세이 알렉산드로비치가 말했다.

겉으로 보기에는 건강하고 멋지게 차려입은 유모는 해고당할까 두려워 입 속으로 뭐라고 중얼거리더니, 풍만한 젖가슴을 가리고는 자신의 젖을 의심하는 데 대해 경멸의 웃음을 지었다. 알렉세이 알렉산드로비치는 그 미소 속에서도 자신의 처지에 대한 비웃음을 발견했다.

"불쌍한 아가!"

보모는 이렇게 말하고는 아기의 울음을 그치게 하려고 쉬쉬 소리를 내며 계속 왔다 갔다 했다.

알렉세이 알렉산드로비치는 의자에 앉아 이리저리 걷고 있는 보모를 고통스럽고 침울한 얼굴로 바라보았다.

마침내 울음을 그친 아기를 보모는 작고 깊숙한 침대에 눕힌 뒤 베개를 고쳐 주고 자리를 떴다. 알렉세이 알렉산드로비치는 자리에서 일어나 살금살금 아기 곁으로 다가갔다. 잠깐 동안 그는 상심한 얼굴로 말없이 아기를 바라보았다. 그런데 어느새 그의 머리카락과 이마의 피부가 움직이면서 그의 얼굴에 미소가 떠올랐다. 그는 조용히 방에서 나갔다.

그는 식당에서 벨을 울린 뒤, 식당에 들어온 하인에게 다시 의사를 부르라고 지시했다. 그는 그처럼 귀여운 아기를 보살피지 않는 아내에게 화가 치밀었다. 그는 너무도 화가 나, 아내에게 가고 싶은 생각도 들지 않았고 벳시 공작 부인도 만나고 싶지 않았다. 하지만 아내는 평소처럼 그가 왜 자신에게 들르지 않는지 이상하게 생각할지도 몰랐다. 결국 그는 화를 억누르며 침실로 향했다. 그리고 부드러운 양탄자를 밟으며 문 앞까지 간 그는 듣고 싶지 않은 대화를 우연히 엿듣게 되었다.

"만일 그가 떠나지 않는다면, 나도 당신의 거절을 이해했을 거예요. 하지만 당신의 남편은 그런 것을 초월한 사람임이 분명해요."

벳시가 말했다.

"남편을 위해서가 아니에요. 나 자신을 위해서 그렇게 하지 않으려는 거예요. 이제 그런 이야기는 꺼내지 말아요!"

안나가 흥분한 목소리로 대답했다.

"알았어요. 하지만 당신 때문에 권총 자살을 기도한 사람에게 작별 인사도 하지 않다니……, 그건 있을 수 없는 일이에요……."

"그래서 싫다는 거예요."

알렉세이 알렉산드로비치는 너무도 당황스러워 잠시 멈춰 섰다가, 다시 아무도 모르게 되돌아가려고 했다. 하지만 그럴 필요가 없다는 생각이 들었다. 그는 다시 돌아서서는 헛기침을 하며 침실로 발길을 옮겼다. 말소리가 끊겼고 그는 안으로 들어갔다.

안나는 회색 잠옷을 입고 소파에 앉아 있었다. 둥근 머리에는 짧게 깎은 검은 머리카락이 무성한 솔처럼 삐죽삐죽 솟아 있었다. 언제나 그랬듯, 남편 얼굴을 보자 그녀의 얼굴에서 생기가 사라졌다. 그녀는 고개를 숙이고 불안한 눈초리로 벳시를 돌아보았다. 최신 유행으로 차려입은 벳시는 머리 위에는 마치 전등 갓 같은 모자를 썼다. 공작 부인은 빗금 모양의 가는 줄무늬가 몸통과 치마에서 반대 방향으로 새겨져 있는 옷을 입고 안나 옆에 앉아 있었는데, 평평하고 높다란 상반신을 꼿꼿이 세우고 고개를 떨어뜨린 채 비웃는 듯한 미소로 알렉세이 알렉산드로비치를 맞이했다.

"아!"

그녀는 깜짝 놀란 듯 말했다.

"당신이 집에 계셨다니 기뻐요. 안나가 아픈 뒤로 모습을 보기 힘들더군요. 하지만 모두 들었어요. 당신이 안나를 돌본다는 이야기를 말이지요. 정말 당신은 훌륭한 남편이에요!"

그녀는 알렉세이 알렉산드로비치의 관대한 행동에 훈장을 수여하기라도 하는 것처럼 의미심장하고 상냥한 표정으로 말했다.

알렉세이 알렉산드로비치는 차갑게 고개를 끄덕였다. 그러고는 아내의 손에 입을 맞춘 뒤 그녀의 건강에 대해 물었다.

"더 좋아진 것 같아요."

그녀는 그의 시선을 피하며 대답했다.

"하지만 당신 얼굴에 열이 있는 것 같아."

그는 '열'이라는 단어에 힘을 주며 말했다.

"우리가 너무 말을 많이 해서 그럴지도 몰라요."

벳시가 말했다.

"제가 이기적이었던 것 같군요. 이제 돌아가야겠어요."

그녀는 일어섰다. 그런데 안나가 갑자기 얼굴을 붉히며 재빨리 그녀의 손을 움켜잡았다.

"아니요, 제발 조금만 더 있어 줘요. 당신에게 할 말이 있어요……. 아니, 당신에게."

그녀는 알렉세이 알렉산드로비치를 돌아보았다. 순간 그녀의 목덜미와 이마가 새빨갛게 물들었다.

"난 당신에게 아무것도 숨기고 싶지 않고 또 그럴 수도 없어요."

그녀가 말했다.

알렉세이 알렉산드로비치는 손가락으로 뚝뚝 소리를 내며 고개를 숙였다.

"벳시 말로는 브론스키 백작이 타슈켄트로 떠나기 전에 작별 인사를 하러 우리 집에 오고 싶어 한다는군요."

그녀는 남편을 보지 않았고 그 말을 하기가 무척 어려워 서둘러 말을 마치려는 것이 분명했다.

"나는 그 사람을 만날 수 없다고 말했어요."

"그 문제는 알렉세이 알렉산드로비치에게 달려 있다고 하지 않았나요?"

벳시가 안나의 말을 정정했다.

"아, 아녜요. 절대 그 사람을 만날 수 없어요. 그렇게 해 봤자 아무 소용도……"

그녀는 갑자기 말을 멈추더니 의심스러운 눈초리로 남편을 처다보았다. 그는 그녀를 보고 있지 않았다.

"한마디로 난 원치 않아요……"

알렉세이 알렉산드로비치는 몸을 움직여 그녀의 손을 잡으려 했다.

처음 그녀는 굵은 핏줄이 솟은 그의 축축한 손을 피하려 했다. 하지만 애써 자신을 자제하며 그의 손을 잡았다.

"날 믿어 줘서 정말 고맙긴 하지만……"

그는 이렇게 말했다. 혼자서는 쉽고 분명하게 결정할 수 있는 일을 트베르스카야 공작 부인 앞에서는 제대로 판단할 수 없다고 느끼자, 그는 당혹스럽기도 하고 울화가 치밀기도 했다. 그에게 트베르스카야 공작 부인은 광폭한 힘, 사교계의 눈에 비치는 그의 삶을 지배하고 그가 사랑과 용서에 헌신하지 못하도록 하는 힘의 화신이었다. 그는 그 자리에 그대로 서서 트베르스카야 공작 부인을 처다보았다.

"그럼 잘 있어요, 나의 아름다운 친구."

벳시가 일어서며 말했다. 그녀는 안나에게 입을 맞추고 방에서 나갔다. 알렉세이 알렉산드로비치가 그녀를 배웅했다.

"알렉세이 알렉산드로비치! 난 당신이 정말 관대한 사람이라고 생각해요."

벳시는 작은 응접실에서 걸음을 멈추고 다시 한 번 그의 손을 힘주어 잡으며 말했다.

"난 아무 상관도 없는 사람이에요. 하지만 안나를 너무나 사랑하고 당신을 무척 존경하는 마음에서 이런 이야기를 하고 있는 거예요. 그 사람을 집으로 맞이하세요. 알렉세이 브론스키는 명예의 화신입니다. 그런 그가 이제 타슈켄트로 떠나려 해요."

"당신의 관심과 조언 감사드립니다, 공작 부인. 하지만 아내가 누구를 만나든 말든, 그 문제는 아내가 직접 결정할 문제입니다."

그는 습관대로 위엄 있게 눈썹을 추켜올리며 말했다. 그 순간 자신이 어떤 말을 하든 그의 처지에 위엄이라는 것은 있을 수 없다는 생각이 들었다. 또한 그의 말에 벳시가 자신을 쳐다보며 짓는 미소와 억지로 참는 듯한 사악한 조소에서도 그것을 느낄 수 있었다.

20

알렉세이 알렉산드로비치는 홀에서 벳시에게 인사를 하고 아내에게로 갔다. 그녀는 누워 있다가 그의 발소리를 듣고는 황급히 일어나 아까와 같은 자세로 앉아 두려움이 담긴 눈으로 그를 바라보았다. 그는 그녀가 울고 있었다는 것을 알아차렸다.

"당신이 날 믿어 줘서 무척 고맙소."

그는 벳시 앞에서 불어로 했던 말을 다시 러시아어로 부드럽게 되풀이하며 그녀 옆에 앉았다. 그가 그녀에게 러시아어로 '당신'이라고 다정하게 말하는 것이 안나의 신경을 건드렸다.

"당신의 결정도 무척 고마워하고 있어. 브론스키 백작이 떠난다니까……, 그가 이곳에 올 필요는 전혀 없겠지. 나도 그렇게 생각해. 하지만……."

"그래요, 이미 그렇게 말했잖아요. 그런데 왜 또 그 말을 반복하는 거예요?"

안나는 치밀어 오르는 화를 참지 못한 채 그의 말을 가로막았다.

'올 필요가 전혀 없다니!'

그녀는 생각했다.

'사랑하는 여자에게 작별 인사를 하러 오겠다잖아. 그 남자는 그 여자를 위해 목숨까지 끊으려 했잖아. 그 여자도 그 남자 없이는 살 수가 없어. 그런데 올 필요가 전혀 없다니!'

그녀는 입술을 꼭 다물고 번쩍이는 눈을 내리깔고 그의 손을 보았다. 그는 힘줄이 솟은 한 손으로 다른 한 손을 천천히 비비고 있었다.

"이제 그 이야기는 두 번 다시 꺼내지 마세요."

그녀는 한결 침착해진 목소리로 이렇게 덧붙였다.

"나는 그 문제에 대한 결정을 당신에게 맡겼소. 그리고 무척 기쁘게 생각하오. 당신이……."

알렉세이 알렉산드로비치가 말을 꺼냈다.

"내 희망과 당신의 희망이 일치한다는 것을 알게 돼서 말인가요?"

그녀가 재빨리 그의 말을 매듭지었다. 그녀는 자신이 무슨 말을 할지 뻔히 아는데 그가 너무 느릿느릿 말하자 짜증이 났다.

"맞아."

그는 인정했다.

"트베르스카야 공작 부인도 남의 곤란한 가정사에 너무 주제넘게 참견하는군. 특히 그 여자는……."

"남들이 그녀에 대해 뭐라고 말하든, 난 그 말에 신경 쓰지 않아요."

안나가 빠르게 말했다.

"난 그녀가 날 진심으로 사랑한다는 것을 알아요."

알렉세이 알렉산드로비치는 한숨을 쉬며 입을 다물었다. 그녀는 잠옷술을 불안하게 만지작거리며 그에 대한 육체적 혐오라는 고통스러운 감정을 품고 그를 쳐다보았다. 그녀는 그러는 자신을 탓했지만 어쩔 수가 없었다. 그녀가 바라는 것은 오직 한 가지였다. 견딜 수 없는 역겨운 그의 존재로부터 벗어나는 것이었다.

"지금 의사를 불러오라고 사람을 보냈어."

알렉세이 알렉산드로비치가 말했다.

"난 건강해요. 의사가 왜 필요해요?"

"아니, 아이가 너무 울어서 불렀어. 사람들의 말로는 유모의 젖이 부족해서 그런다고 말하더군."

"내가 그리도 간절히 부탁했는데, 당신은 어째서 내게 젖을 먹이도록 허락하지 않았나요? 아무래도 상관없지만—알렉세이 알렉산드로비치는 '아무래도 상관없다.'라는 말이 무엇을 의미하는지 알고 있었다.—그 애는 갓난아기예요. 그런데 사람들이 그 애를 죽이고 있어요."

그녀는 벨을 울려 아기를 데려오라고 지시했다.

"내가 젖을 먹이게 해 달라고 부탁했잖아요. 그때는 허락하지 않더니 이제 와서 날 탓하는군요."

"탓하는 것이 아니라……."

"아니요, 당신은 비난하고 있어요! 아, 하느님! 난 왜 죽지 않았을까!"

그녀가 흐느끼기 시작했다.

"미안해요, 내가 흥분했나 봐요. 내가 옳지 않았어요."

그녀가 냉정을 되찾으며 말했다.

"이제 나가요……."

'이건 아니야, 앞으로 계속해서 이렇게 지낼 순 없어.'

알렉세이 알렉산드로비치는 아내의 침실을 나서며 속으로 굳게 결심했다.

사교계의 눈에는 그의 태도가 결코 받아들여질 수 없다는 사실과 그에 대한 아내의 증오 그리고 그의 속마음과는 반대로 그의 삶을 조종하며 자신의 의지를 수행한 것과 그와 아내의 관계를 바꿀 것을 요구하는 그 비밀스럽고 광폭한 힘의 위력이 그의 앞에 지금처럼 명백히 모습을 드러낸 적은 없었다. 그는 사교계 전체가 아내와 자신에게 무엇인가를 요구하고 있음을 깨달았다. 하지만 그것이 무엇인지는 정확히 알 수 없었다.

그는 결국 이 때문에 마음속에 원한이 생겼고 그로 인해 자신의 평정이 깨졌으며 모든 영웅적 행동이 빛을 잃었음을 느꼈다. 그는 안나를 위해서는 브론스키와의 관계를 끊는 것이 좋다고 생각했다. 하지만 모든 이들이 그것을 불가능하다고 생각한다면, 그도 기꺼이 그들의 관계를 허락할 생각이었다. 하지만 아이들을 부끄럽게 하거나 아이들을 잃거나 자신의 처지를 바꾸는 일은 없어야 했다. 그것이 아무리 추하다 해도, 그녀를 절망적이고 치욕스러운 처지에 몰아넣고 그 자신에게서 사랑하는 모든 것을 앗아 가는 이혼보다는 더 나을 것이라 생각했기 때문이다. 하지만 그는 자신의 무력함을 느꼈다. 그는 이미 알고 있었다. 모든 사람들이 자신에게 반대하고, 그가 이토록 자연스럽고 만족스러워하는 일을 허락하지 않을 것이며 대신 나쁜 짓이지만 그들에게는 꼭 해야 하는 일로 여겨지는 일을 하도록 강요하리라는 사실을 내다보고 있었다.

21

벳시는 응접실에서 빠져나가기 전, 싱싱한 굴이 들어온 옐리세예프 음식점에 있다 이곳에 막 도착한 스테판 아르카지치와 마주쳤다.

"아! 공작 부인! 이렇게 반가울 수가!"

그가 말을 꺼냈다.

"당신 집에 들렀다 오는 길입니다."

"만나자마자 이별이군요. 지금 막 가려는 참이었거든요."

벳시는 미소를 지으며 장갑을 꼈다.

"잠깐만요, 공작 부인. 장갑을 끼기 전에 내가 당신의 작은 손에 키스하도록 허락해 주십시오. 손에 입을 맞출 때만큼은 옛 풍습의 부활이 언제나 고맙게 느껴지지요."

그는 벳시의 손에 입을 맞췄다.

"그럼 우리는 언제 또 만나지요?"

"당신과는 만날 이유가 없어요."

벳시가 미소 지으며 말했다.

"아니요, 난 충분히 자격이 있습니다. 왜냐하면 난 진실로 진중한 인간이 되었으니까요. 난 내 가정사뿐 아니라 남의 가정사까지 해결하고 있습니다."

그는 의미심장한 표정으로 말했다.

"아, 그렇다니 반갑네요."

벳시는 그의 말이 안나에 대한 것임을 즉시 알아채고 이렇게 대답했다. 그리고 그들은 홀로 돌아가 한쪽 구석에 섰다.

"그 사람은 안나를 죽이고 있어요."

벳시가 작은 목소리로 의미심장하게 말했다.

"이건 있을 수 없는 일이에요, 있을 수 없는 일이라고요……."

"부인이 그렇게 생각해 주니 기쁩니다."

스테판 아르카지치가 진지하면서도 고통과 연민에 찬 표정으로 머리를 흔들며 말했다.

"내가 페테르부르크에 온 것도 바로 이 일 때문입니다."

"온 도시가 이 일로 떠들썩하답니다."

그녀가 말했다.

"이것은 있을 수 없는 상황이에요. 안나는 점점 쇠약해지고 있어요. 안나는 자신의 감정을 하찮게 여기는 사람이 아닌데 남편은 그걸 이해하지 못해요. 둘 중 하나예요. 그가 그녀를 데리고 떠나는 것이지요. 즉 결단성 있게 행동하라는 말이에요. 아니면 이혼을 해 주든지 말이에요. 지금 이 같은 상황은 그녀의 목을 조르는 거예요."

"네, 그렇죠……. 바로 그겁니다……."

오블론스키가 한숨을 쉬며 말했다.

"내가 온 것도 그 때문입니다. 사실 뭐 꼭 그 때문은 아니고……. 내가 이번에 시종관이 되었답니다. 그래서 인사차 왔지요. 하지만 중요한 것은 그 문제를 해결하는 것입니다."

"그럼, 하느님이 도우시기를!"

벳시가 말했다.

현관까지 벳시 공작 부인을 배웅한 오블론스키는 장갑 위쪽, 맥박이 뛰는 바로 그 자리에 다시 한 번 입을 맞춘 뒤, 그녀가 화내야 할지 웃어야 할지 난처해할 정도로 헛소리를 지껄인 다음 누이에게로 갔다. 그곳에서 그는 울고 있는 안나를 보았다.

뛸 듯이 기뻤지만 스테판 아르카지치의 기분은 즉시 안나의 기분에 맞추어 연민과 시적인 흥분으로 자연스레 바뀌었다. 그는 누이에게 건강을 묻고 아침나절을 어떻게 보냈는지 물었다.

"아주, 아주 안 좋아요. 오후도, 오전도, 지나간 날들도, 다가올 날들도 모두요."

그녀가 말했다.

"우울해서 많이 힘든가 보구나. 그래도 몸을 추슬러야 한다. 인생을 똑바로 직시하도록 해. 네가 힘들다는 건 알지만……."

"여자들은 사람의 부족함을 보고 사랑하기도 한다고 하지만……."

안나가 불쑥 입을 열었다.

"난 그의 그런 선행 때문에 증오해요. 난 그와 살 수 없어요. 아시겠어요? 그의 얼굴만 봐도 신체적으로 거부감이 생겨요. 난 냉정을 잃고 말죠. 난 도저히, 도저히 그와 살 수 없어요. 도대체 어떻게 해야 하죠? 난 불행했고, 이보다 더 불행할 수는 없다고 생각했어요. 하지만 전에는 내가 지금 겪고 있는 이 끔찍한 상황을 상상도 못 했어요. 믿을 수 있겠어요? 남편이 착하고 훌륭한 사람이라는 것은 알지만, 그리고 내가 그의 손톱만도 못한 인간이라는 것을 알면서도, 난 그를 증오하고 있어요. 그의 관대함 때문에 그를 증오해요. 이제 내게 남은 것이라고는 오직……."

그녀는 죽음을 입에 담으려 했다. 그러나 스테판 아르카지치가 말을 가로막았다.

"넌 아픈 데다 신경이 예민해져 있어."

그가 말했다.

"내 말을 믿어라. 넌 과장하고 있어. 그렇게 무서울 것도 없는데 말이지."

그리고 스테판 아르카지치는 빙그레 웃었다. 스테판 아르카지치의 입장에 있는 사람이라면 그 누구도 그토록 절망적인 문제에 관여하며 미소를 짓지는 못했을 것이다.—미소는 무례하게 보였을 것이다.—하지만 그의 미소는 선량함으로 가득하고 거의 여성적인 부드러움이 넘쳤기에 감정을 상하게 하기는커녕 마음을 가라앉히고 평온하게 만들었다. 그의 조용하면서도 진정시키는 말과 미소는 아몬드 버터처럼 평온한 효과를 불러일으켰다. 안나도 곧 이것을 느꼈다.

"아니에요, 스티바."

그녀가 말했다.

"난 파멸했어요. 파멸했다고요! 아니, 파멸한 것보다 더 상태가 나빠요. 난 아직 파멸하지 않았어요. 모든 게 끝났다고 말할 수 없어요. 오히려 난 아직 끝나지 않았음을 느껴요. 난 팽팽하게 당겨진 줄 같아요. 그리고 언젠가는 끊어지고 말겠죠. 하지만 아직 끝나지 않았어요……. 이제 끔찍하고 무서운 결말을 맞게 될 거예요."

"괜찮아. 줄을 천천히 느슨하게 하면 돼. 탈출구가 없는 상황은 없어."

"난 생각하고 또 생각했어요. 방법은 오직 한 가지만이……."

또다시 그는 겁에 질린 그녀의 눈길에서 그녀가 생각하는 그 유일한 탈출구가 죽음이라는 것을 눈치채고 그녀의 말을 가로막았다.

"전혀 그렇지 않아."

그가 말했다.

"잠깐 말 좀 하자. 넌 네 상황을 나처럼 볼 수가 없어. 내 의견을 솔직히 말해도 되겠니?"

그는 다시 아몬드 버터 같은 미소를 조심스레 지었다.

"처음부터 말해 볼게. 넌 너보다 스무 살이나 연상인 남자와 결혼했어. 넌 사랑도 없이 결혼을 했고 어쩌면 사랑이 뭔지도 몰랐지. 그게 실수였던 거야."

"끔찍한 실수였어요!"

안나가 말했다.

"하지만 다시 한 번 말하마. 그것은 이미 일어난 사실이지. 그러고 나서 넌 이를테면 남편이 아닌 남자를 사랑하는 불행을 겪게 되었어. 그것은 불행이야. 하지만 그것 역시 이미 일어난 사실이야. 네 남편도 그것을 인정하고 용서했지."

그는 한 문장이 끝날 때마다 말을 멈추고는 그녀의 반박을 기다렸다. 그러나 그녀는 아무 대답도 하지 않았다.

"상황은 이렇단다. 이제 문제는 바로 네가 남편과 계속 살 수 있느냐 없느냐 하는 것이지. 넌 그렇게 되기를 바라니? 그가 그것을 원하니?"

"난 도무지 아무것도, 아무것도 모르겠어요."

"하지만 넌 네 입으로 그를 견디지 못하겠다고 말하지 않았니?"

"아니에요. 그렇게 말하지는 않았어요. 그 말은 취소할게요. 하지만 난 아무것도 모르겠어요. 정말 아무것도 모르겠어요."

"그래, 하지만 들어 봐⋯⋯."

"오빠는 모를 거예요. 지금 난 낭떠러지로 곤두박질치는 심정이에요. 하지만 난 구원받아서는 안 돼요. 물론 구원받을 수도 없겠지요."

"괜찮아. 우리가 손을 뻗어 너를 잡아 줄 테니까. 난 너를 이해해. 그래, 이해하고말고. 지금은 네가 결단력 있게 자신의 희망과 감정을 입 밖으로 낼 수 없다는 것을 이해한다."

"난 아무것도, 아무것도 바라지 않아요⋯⋯. 다만 모든 것이 어서 끝나기만 바랄 뿐이에요."

"하지만 네 남편도 이것을 보고 있어. 그 사람도 안단 말이야. 정말로 넌 그도 너 못지않게 이 일로 괴로워하고 있다고 생각하기는 하니? 너도 괴롭지만 그도 괴로워. 그런데 그래서 얻는 것이 뭘까? 이혼이 모든 문제를 해결하기는 하지만……."

스테판 아르카지치는 주된 의견을 힘들게 털어놓고 안나를 의미심장하게 바라보았다.

안나는 아무 대답도 하지 않고 거부의 뜻으로 짧게 깎은 머리를 흔들었다. 하지만 그녀의 표정이 일순간 예전의 아름다움을 발하는 것을 보고 그는 깨달았다. 그녀가 고개를 저은 것은 단지 그것이 그녀에게 불가능한 행복처럼 여겨졌기 때문이라는 것을.

"두 사람 모두 너무 불쌍하구나! 이 문제가 잘 풀린다면, 난 얼마나 행복할까!"

스테판 아르카지치는 더욱 대담하게 웃으며 말했다.

"됐다, 이제는 아무 말도 하지 마라! 하느님이 내가 느끼는 대로만 말할 수 있게만 해 주신다면 좋겠구나……. 그럼 이제 네 남편에게 가 봐야겠다."

안나는 생각에 잠긴 빛나는 눈으로 그를 바라보았으나 아무 말도 하지 않았다.

22

스테판 아르카지치는 관청의 상석에 앉을 때처럼 다소 엄숙한 얼굴로 알렉세이 알렉산드로비치의 서재에 들어갔다. 알렉세이 알렉산드로비치는 뒷짐을 지고서 방 안을 왔다 갔다 하며 스테판 아르카지치가 안나와 나눈 대화 내용에 대해 생각하고 있었다.

"내가 자네를 방해했나?"

스테판 아르카지치는 매제를 보자 문득 그에게 익숙하지 않은 당혹감을 느끼며 말했다. 그는 이 당황스러움을 감추기 위해 새로 산, 신식 걸쇠가 달린 담배 케이스를 꺼내 가죽 냄새를 맡으며 담배를 한 개비 뺐다.

"아니, 여기에 어쩐 일입니까?"

알렉세이 알렉산드로비치는 마지못해 대답했다.

"그게 말이야, 내가 하고 싶은 말이……해야 할 말이……. 그래, 자네에게 꼭 해야 할 말이 있어서 말이야."

스테판 아르카지치는 이 익숙하지 않은 자신의 소심한 감정에 놀라며 말했다.

너무나 생각지도 못한 상황이었기에 스테판 아르카지치는 지금 자신이 하는 짓이 나쁜 짓임을 말해 주는 양심의 소리를 듣지 못했다. 스테판 아르카지치는 자신을 억누르는 망설임을 어렵게 떨쳐 냈다.

"자네가 누이에 대한 내 사랑, 그리고 자네에 대한 나의 진심 어린 사랑과 존경을 믿어 주었으면 해."

그가 얼굴을 붉히며 말했다.

알렉세이 알렉산드로비치는 그 자리에 멈춰 서서 아무 대답도 하지 않았다. 하지만 그의 순종적인 제물 같은 표정은 스테판 아르카지치에게 깊은 감명을 주었다.

"내가 지금 말하려 하는 것은⋯⋯, 난 누이와 자네 부부의 처지에 대해 이야기를 하려고 해."

스테판 아르카지치는 여전히 익숙하지 않은 쑥스러움과 씨름하며 말했다.

알렉세이 알렉산드로비치는 서글프게 처남을 바라보며 웃었다. 그러고는 아무 대답 없이 테이블로 다가가 막 쓰기 시작한 편지를 집어 처남에게 건넸다.

"나도 그 문제에 대해서는 끊임없이 생각해요. 그래서 실은 편지를 쓰고 있었죠. 글을 써야 말을 더 잘할 수 있을 것이라 생각했고, 그녀도 내가 있으면 초조해한다는 생각이 들어서요⋯⋯."

그가 편지를 건네며 말했다.

편지를 받은 스테판 아르카지치는 당혹스러웠다. 자신에게 고정되어 움직이지 않는 그의 흐릿한 눈동자를 바라본 뒤 편지를 읽기 시작했다.

'내 존재가 당신을 괴롭힌다는 것을 알고 있소. 그것을 확인하는 것이 나에게 아무리 괴로운 일이라 해도, 난 그것이 사실이며 다른 상황이 있을 리 없다는 것을 잘 알고 있소. 나는 당신을 비난하지 않는다오. 난 아픈 당신을 보고 나서 우리 사이에 있었던 모든 일을 잊고 다시 새로운 생활을 시작하겠다고 진심으로 결심했소. 하느님이 나의 증인이오. 난 내가 한 일을 후회하지 않으며 앞으로도 결코 후회하지 않을 거요. 하지만 내가 바란 것은 오직 한 가지, 당신의 행복, 당신 영혼의 행복이었소. 그런데 이제 보니 그것을 이루지 못했음을 알고 있소. 무엇이 당신의 영혼에 참된 행복과 평화를 줄 수 있는지 당신이 직접 내게 말해 주오. 나는 당신의 의지와 정의감에 모든 것을 맡기겠소.'

스테판 아르카지치는 편지를 되돌려 주고도 할 말을 찾지 못해 여전히 당혹스러워하며 매제를 힐끔거렸다. 두 사람 모두 이러한 침묵이 어찌나 거북했던지, 스테판 아르카지치는 카레닌의 얼굴에서 눈을 떼지 못한 채 계속 침묵하는 동안 입술에 병적인 경련이 일어나는 것을 느꼈다.

"이것이 바로 내가 아내에게 하고 싶었던 말입니다."

알렉세이 알렉산드로비치는 눈길을 돌리며 말했다.

"그래, 그랬군……."

스테판 아르카지치는 눈물로 목이 메어 대답을 할 수 없었다.

"그래, 그래. 자네를 이해해."

그는 겨우 입을 떼며 대답했다.

"난 아내가 무엇을 원하는지 알고 싶어요."

알렉세이 알렉산드로비치는 말했다.

"안타깝지만 난 그 애 스스로도 자신의 처지를 모르고 있는 것 같아. 그 애는 심판관이 아니잖아."

스테판 아르카지치는 냉정을 되찾고 말했다.

"안나는 압도됐다네, 정확히 말하면 자네의 관대함에 압도되었지. 만약 그 애가 이 편지를 읽는다면, 그 애는 아무 말도 못 하고 그저 더 깊이 고개를 숙이고 말 거야."

"그렇군요. 그럼 지금 같은 경우엔 도대체 무엇을 어떻게 해야 할까요? 어떻게 설명해야……? 어떻게 하면 그녀가 바라는 것을 알 수 있을까요?"

"내 의견을 말해도 좋다면, 내 생각은 이렇다네. 이 상황을 끝내기 위해서는 자네가 필요하다고 판단하는 방법을 찾아야 하고 그건 자네에게 달려 있어."

"결국은 이 상황을 끝내야 한다고 생각하는군요?"

알렉세이 알렉산드로비치가 그의 말에 끼어들었다.

"하지만 어떻게?"

그는 자신의 눈앞에서 익숙하지 않은 손동작을 취해 보이며 이렇게 덧붙였다.

"나에게는 출구가 전혀 보이지 않습니다."

"어떤 상황에서든 출구는 있기 마련이야."

스테판 아르카지치는 일어서서 명랑하게 말했다.

"전에 자네가 이혼을 하려고 하던 때가 있었지……. 만약 자네가 지금도 두 사람이 더 이상 행복이 가능하지 않다고 확신한다면……."

"행복은 다양하게 해석될 수 있어요. 그렇지만 내가 모든 것에 동의하고 아무것도 원하지 않는다고 하잔 말입니다. 그렇다면 이런 상황에서 빠져나갈 출구를 기대할 수 있을까요?"

"만일 자네가 내 의견을 알고 싶다면……."

스테판 아르카지치는 안나와 이야기할 때처럼 아몬드 버터 같은 부드러운 미소를 지으며 말했다. 그의 선한 미소가 어찌나 믿음직스러운지 알렉세이 알렉산드로비치는 자기도 모르게 자신의 나약함을 느끼며 그 미소에 굴복하고 말았고, 스테판 아르카지치가 하는 말이라면 뭐든 믿을 수 있을 것 같다고 느꼈다.

"안나는 절대로 그것을 털어놓지 않을 거야. 하지만 한 가지 가능성이 있다네. 안나는 그걸 바랄 거야."

스테판 아르카지치는 계속해서 말했다.

"그것은 곧 두 사람의 관계는 물론 그것에 관련된 모든 기억을 끊어버리는 거야. 내 생각에 자네 상황에서는 쌍방 간 새로운 관계를 정립

해야만 하네. 그런데 그 관계는 양쪽이 모두 자유로워져야만 가능하다는 이야기지."

"이혼을 말하는군요."

알렉세이 알렉산드로비치는 혐오감을 드러내며 끼어들었다.

"맞아, 나도 그것이 이혼을 의미한다고 생각해. 그래, 이혼이야."

스테판 아르카지치는 얼굴을 붉히며 말을 되풀이했다.

"모든 점으로 보아 자네 같은 처지에 있는 부부에게는 그것이 가장 합리적인 방법이야. 부부가 더 이상 함께 살 수 없다고 생각한다면 달리 어떻게 할 수 있겠나? 이런 일은 언제라도 일어날 수 있는 일이야."

알렉세이 알렉산드로비치는 깊이 탄식하며 눈을 감았다.

"여기서 한 가지 고려할 점이 있어. 부부 가운데 한 명이 다른 사람과 재혼하기를 바라느냐 하는 것이지. 그런 경우만 아니라면, 이 일은 아주 간단한 문제이고."

스테판 아르카지치는 점점 더 대담해져서 말했다.

알렉세이 알렉산드로비치는 인상을 찌푸리며 혼자 뭐라고 중얼거리기만 할 뿐 아무 대답도 하지 않았다. 알렉세이 알렉산드로비치는 스테판 아르카지치에게는 너무나도 간단해 보이는 그 일을 이미 수천 번도 넘게 생각했다. 사실 그 모든 것은 간단하지 않은 정도가 아니라 불가능해 보였다. 그가 이미 세세히 알고 있는 이혼의 제반 사항이 이제는 불가능하게 생각되는 것이었다. 그의 자존심과 종교에 대한 경외심 때문에, 수치스러운 간통죄는 물론이고 자신이 용서하고 사랑하는 아내의 죄가 세상에 폭로되어 모욕당했다는 비난을 짊어지고 싶지 않았던 것이다. 이혼이 불가능하게 여겨지는 데는 또 다른 중요한 이유도 있었다.

이혼을 하게 되면 아들은 어떻게 될 것인가? 그를 어머니에게 보낼 수는 없었다. 이혼한 어머니는 법적 절차를 밟지 않고 가정을 꾸리겠지만, 그런 가정에서 의붓아들의 지위와 양육은 보나마나 정상적이지 못할 것이다. 그렇다면 내가 아들을 맡는다면? 그는 그의 편에서 볼 때 이것이야말로 복수가 되리라는 것은 알지만 그렇게 하고 싶지 않았다. 그러나 그것과는 별도로, 알렉세이 알렉산드로비치가 이혼을 있을 수 없는 일로 생각한 까닭은 무엇보다 이혼에 동의하는 것 자체가 안나를 돌이킬 수 없는 파멸로 몰아넣기 때문이었다. 그의 마음속에는 모스크바에서 다리야 알렉산드로브나가 한 말, 이혼하기로 작정한 것은 자기 자신만을 생각해 그녀를 철저히 파멸시킨다는 사실은 생각하지 않는다는 말이 각인되어 있었다. 그리고 용서와 아이들에 대한 애정과 연결해 그는 그 말을 자기 식대로 해석하기 시작했다. 이혼에 동의하고 그녀에게 자유를 준다는 것은, 자신한테서는 인생의 마지막 애착인 사랑하는 아이들을 빼앗는 것이고, 그녀에게는 선한 길로 나아가기 위한 최후의 보루를 빼앗아 그녀를 파멸에 빠뜨리는 것을 의미했다. 그녀는 이혼녀가 되면 분명 브론스키와 결합할 것이다. 그러나 그 관계는 법에 어긋나고 죄에 물든 관계가 될 것이다. 왜냐하면 교회법에 따르면 결혼한 여자는 남편이 살아 있는 동안 재혼할 수 없기 때문이다.

'안나는 그와 살림을 차릴 것이다. 그리고 한두 해가 지나면 그에게 버림을 받거나 다른 남자를 찾아 다시 관계를 맺겠지.'

알렉세이 알렉산드로비치는 생각했다.

'그러면 불법적인 이혼에 동의한 나도 그녀의 파멸에 원인을 제공한 사람이 되는 것이다.'

그는 이 모든 것을 수백 번을 넘게 생각한 끝에, 이혼 문제가 처남이 말하듯 그렇게 쉽고 단순한 문제가 아닐뿐더러 결코 있을 수 없는 일이라고 확신하기에 이르렀다. 그는 스테판 아르카지치의 말을 단 한 마디도 믿지 않았다. 그의 말 한 마디 한 마디마다 반론을 댈 수 있었지만 입을 열지 않았다. 자신의 말에는 그의 인생을 조종하고 복종해야만 하는 잔혹한 힘이 들어 있었다.

"문제는 단 하나뿐이라네. 자네가 이혼에 동의하는 조건이 무엇인가, 그것만 결정하면 된다네. 안나는 아무것도 바라지 않아. 자네에게 감히 부탁하지도 못할뿐더러, 그럴 용기도 없다네. 자네의 관대함에 모든 것을 맡기고 있지."

'하느님! 나의 하느님! 무엇 때문에?'

알렉세이 알렉산드로비치는 남편이 책임을 떠맡는 이혼의 세부 절차를 떠올리며, 브론스키가 자신을 감출 때와 똑같은 몸짓으로 수치심에 겨워 얼굴을 두 손으로 가렸다.

"자네, 흥분을 했군. 그래, 이해해. 하지만 잘 생각해 보면……."

'네 오른뺨을 치는 자에게 왼뺨을 내밀고, 카프탄을 빼앗는 자에게 루바슈카를 내어 주라.'

알렉세이 알렉산드로비치는 생각했다.

"좋아요, 좋아!"

그는 새된 목소리로 외쳤다.

"내가 치욕을 떠안고 아들까지 내어 주지요. 하지만……하지만 이대로 두는 것이 좋지 않을까요? 그렇지만 마음대로 해요……."

그는 처남이 자신을 보지 못하도록 상대를 외면한 채 창가 의자에 앉았다. 그는 비통하고 가슴이 아팠다. 수치스러웠다. 그러나 끔찍한 슬픔, 수치와 더불어 그는 자신의 고결한 겸손 앞에서 기쁨과 감동을 맛보았다.

스테판 아르카지치는 감동했다. 그는 잠시 침묵했다.

"알렉세이, 내 말을 믿어 주게. 안나도 자네의 관대함을 높이 인정할 거야."

그는 말했다.

"하지만 이건 어쩌면 하느님의 뜻인지도 몰라."

그는 이렇게 덧붙였다. 그러나 그는 이 말을 뱉고 나서 그것이 어리석은 말임을 깨닫고 자신의 어리석음에 웃음이 나려는 것을 간신히 참

왔다.

알렉세이 알렉산드로비치는 뭐라고 대답하려 했지만 눈물이 그의 말을 가로막았다.

"이건 운명적인 불행이야. 그러니 받아들여야 해. 난 이 불행을 이미 일어난 사실로 인정하고, 자네와 안나를 돕기 위해 노력하고 있는 거야."

스테판 아르카지치가 말했다.

스테판 아르카지치는 감동에 젖은 채 매제의 방에서 나왔다. 그러나 이런 감동이 성공적으로 마무리 지은 일로 느끼는 만족감을 사라지게 할 만큼은 아니었다. 왜냐하면 그는 알렉세이 알렉산드로비치가 자신의 말에 무책임한 사람이 아니라고 확신했기 때문이었다. 만족감에는 이런 생각도 함께 뒤섞여 있었다. 이 일이 해결되면, 그는 아내와 가까운 지인들에게 다음과 같은 질문을 던질 것이다.

'나와 군주 사이에 차이가 무엇인지 아는가? 군주는 군대 배치(라즈보드)를 지시했지만 그 때문에 이익을 보는 사람이 없었지. 하지만 나는 이혼(라즈보드)을 이끌어 냈고 그로써 세 사람이 이익을 보게 됐지…….'

아니면 '나와 군주 사이에 공통점이 무엇인지 아는가? 그건……. 아니군, 더 좋은 말을 생각해 보자.' 그는 미소를지으며 속으로 중얼거렸다.

23

총상은 브론스키의 심장을 비켜나긴 했지만 위험했다. 그는 며칠 동안 생사의 갈림길에 서 있었다. 그가 처음으로 말을 할 만한 상태가 되었을 때, 그의 방에는 형수 바랴만 있었다.

"바랴!"

그는 그녀를 엄숙한 눈길로 바라보며 말했다.

"내가 날 쏜 것은 뜻하지 않은 일이었어요. 그러니 제발 이 일에 대해서는 앞으로 아무 말도 하지 말아 주세요. 다른 사람들에게도 그렇게 해 줘요. 그렇지 않으면 난 너무 어리석게 보일 거야!"

바랴는 그의 말에 대답하지 않았다. 그녀는 그의 위로 몸을 숙이고 기쁜 미소를 지으며 그의 얼굴을 내려다보았다. 열이 떨어진 눈동자는 맑게 빛났으나 그 표정은 여전히 굳어 있었다.

"아, 하느님, 감사합니다! 이제 아프지 않아요?"

그녀가 말했다.

"여기가 조금."

그는 가슴을 가리켰다.

"그럼 내가 붕대를 갈아 줄게요."

그녀가 붕대를 가는 동안, 그는 말없이 자신의 넓은 턱뼈를 꽉 다물고 그녀를 올려다보았다. 그녀가 붕대를 다 갈자, 그는 말했다.

"헛소리를 하는 게 아니에요. 제발 부탁해요. 내가 자살하려 했다는 말이 나돌지 않게 해 줘요."

"아무도 그렇게 말하지 않아요. 난 그저 당신이 다시 자신을 쏘는 일이 없기를 바랄 뿐이에요."

그녀는 뭔가 묻고 싶은 듯한 미소를 지으며 말했다.

"아마 그런 일은 없을 거예요. 하지만 차라리……."

그는 어두운 미소를 지었다.

그의 말은 바랴를 놀라게 했다. 염증이 가라앉고 건강이 회복되기 시작하자 그는 자신이 고통의 일부에서 완전히 해방되었음을 느꼈다. 마치 그는 자살 시도를 통해 이전에 맛본 수치와 모욕을 자신에게서 씻어 내기라도 한 듯 후련했다. 그는 이제 편안한 마음으로 알렉세이 알렉산드로비치를 생각할 수 있었다. 그는 알렉세이 알렉산드로비치의 관대함을 전적으로 인정했고 더 이상 자신을 모욕당한 존재로 느끼지 않았다. 게다가 그는 또다시 예전의 생활 방식에 빠져들었다. 그는 이제 부끄러움 없이 사람들의 눈을 볼 수 있다고 생각했고 자신의 평소 습관에 따라 살수도 있게 되었다. 그가 자신의 심장에서 뜯어 낼 수 없었던 유일한 감정은 그녀를 영원히 잃었다는 절망에 가까운 회한이었다. 물론 그도 그 감정과 끊임없이 싸우기는 했지만……. 안나의 남편 앞에서 사면받았으니 이제는 그녀를 만나서는 안 되며 다시는 참회한 그녀와 남편 사이에 끼어들어서는 안 된다는 결심이 가슴속에 확고히 섰다. 그러나 그녀를 잃은 안타까움을 마음속에서 떨칠 수 없었고 그녀와 함께했던 행복했던 순간들이, 그 당시에는 소중한 줄 몰랐으나 이제는 다시 한껏 매력적인 모습으로 따라다니고 있었다.

세르푸호프스키는 브론스키에게 타슈켄트에서 근무할 것을 권유했고, 브론스키는 조금의 망설임도 없이 그 제안에 동의했다. 하지만 출발이 점점 다가오자, 자신이 희생하려 했던 생각이, 또 자기가 짊어지고 가는 것이 당연하다고 생각한 모든 것이 점차 무겁게 느껴졌다.

그는 상처가 아물자 타슈켄트로 떠날 준비를 하며 여기저기를 돌아다녔다.

'그녀를 한 번 봐야 자취를 감추든 죽든 할 수 있을 텐데……'

그는 이렇게 생각하고, 벳시에게 작별 인사를 하러 갔을 때 그 생각을 솔직하게 털어놓았다. 그리고 벳시는 이 사명을 띠고 안나를 찾아갔다. 그리고 그에게 거절의 뜻을 전했다.

'차라리 더 잘됐어.'

그 소식을 들은 브론스키는 이렇게 생각했다.

'내 마음이 약해서 그랬던 것이었는데, 하마터면 내 마지막 의지가 꺾일 뻔했어.'

이튿날 아침, 벳시는 스스로 그를 찾아와 오블론스키에게서 알렉세이 알렉산드로비치가 이혼에 동의했다는 긍정적인 소식을 받았다고 알렸다. 이제 그도 안나를 만날 수 있었다.

브론스키는 벳시를 배웅하는 배려조차 보이지 않았다. 대신 자신의 모든 결심을 몽땅 잊은 채 언제 안나를 만날 수 있는지, 어디에 남편이 있는지는 묻지도 않고 곧장 카레닌의 집으로 향했다. 그는 아무도, 아무것도 쳐다보지 않은 채 단숨에 계단을 뛰어 올라갔다. 그러고는 간신히 마음을 억누른 채 빠른 걸음으로 그녀의 방에 들어갔다. 그리고 방에 누가 있는지 없는지도 생각지도 않은 채 그녀를 와락 끌어안고 그녀의 얼굴과 두 손과 뺨에 키스를 퍼부었다.

안나는 이미 이런 만남을 각오하고 있었다. 그리고 그에게 무슨 말을 할지도 생각해 두었지만 막상 얼굴을 보자 아무 말도 할 수 없었다. 그의 열정이 그녀를 삼켜 버리고 만 것이다. 그녀는 그를 진정시키고 자신도 진정하려 했지만 이미 너무 늦어 버렸다. 그의 감정이 그녀에게로 옮겨 갔다. 그녀는 입술이 너무나 떨려서 오랫동안 아무 말도 할 수 없었다.

"그래요, 당신이 날 차지했어요. 그러니 난 당신의 것이에요."

마침내 그녀는 그의 손을 잡아 자기 가슴에 대며 이렇게 말했다.

"처음부터 이렇게 됐어야 해!"

그가 말했다.

"우리가 살아 있는 한, 이렇게 돼야만 해. 이제는 그걸 알 수 있어."

"당신 말이 옳아요."

그의 머리를 끌어안은 채 안나는 낯빛이 점점 더 창백해져서 말했다.

"그렇지만 이 모든 일이 일어난 후에 이렇게 되다니 조금은 끔찍하단 생각이 들어요."

"괜찮아질 거야. 그리고 모든 게 지나갈 거야, 모든 게 끝나고 우리는 너무나 행복해질 거야. 우리의 사랑이 더 강해진다면, 그것은 그 속에 무언가 끔찍한 것이 있기 때문이지."

그는 고개를 들고 튼튼한 이를 드러내며 웃었다.

그녀도 그의 말에 미소로 답했다. 말이 아닌 사랑에 빠진 그의 눈동자 때문이었다. 그녀는 그의 손을 잡고는 자신의 차가운 뺨과 짧게 깎은 머리칼을 어루만지게 했다.

"이렇게 머리를 짧게 깎으니 못 알아보겠군. 너무 예뻐졌어. 마치 소년 같아. 하지만 이렇게 얼굴이 창백해서야!"

"그래요, 난 무척 약해졌어요."

그녀는 미소 지으며 말했다. 그러자 그녀의 입술이 다시 떨리기 시작했다.

"우리 이탈리아로 가. 그럼 당신도 곧 건강을 회복할 거야."

그가 말했다.

"과연 우리가 남편과 아내로서 우리만의 가정을 이룰 수 있을까요?"

그녀는 그의 눈을 가까이 들여다보며 말했다.

"지금까지 그럴 수 없었다는 사실만이 놀라울 뿐이야."

"스티바 말이 그가 모든 것에 동의했다고 말하더군요. 하지만 난 그의 관대함을 받아들일 수 없어요."

그녀는 생각에 잠긴 얼굴로 브론스키의 얼굴을 외면하며 말했다.

"난 이혼하고 싶지 않아요. 나로서는 이제 어떻게 되든 상관없어요. 내가 알지 못하는 것은 다만 그 사람이 세료쟈에 대해 어떤 결정을 내렸는지, 그걸 모르겠어요."

그는 그녀가 이런 극적인 만남의 순간에 어떻게 아들과 이혼에 관한 일을 생각하고 떠올릴 수 있는지 도무지 이해가 되지 않았다. 그것은 어찌 되어도 상관없는 일이지 않는가?

"그 일에 대해서는 이야기하지 마. 생각지도 말고."

그는 자기 손안에 있는 그녀의 손을 돌리며 그녀의 관심을 자신에게 끌려 하면서 말했다.

"아, 어째서 난 죽지 않았을까? 그러는 편이 더 나았을 텐데!"

그녀가 말했다. 그러자 눈물이 두 뺨을 타고 흘러내렸다. 하지만 그녀는 그가 슬픔에 빠지는 것을 막으려고 억지로 미소 지었다.

영광과 위험이 따르는 타슈켄트로의 부임을 거절한다는 것, 그것은 브론스키의 예전 사고방식에 따르면 절대 있을 수 없는 불명예스러운 일이었다. 하지만 그는 주저 없이 그 자리를 거절해 버렸다. 또 자신의 상급자들이 자신의 행동을 비난하는 것을 눈치채고는 즉시 퇴역했다.

한 달 후, 알렉세이 알렉산드로비치는 아들과 함께 집에 남게 되었다. 그리고 안나는 이혼을 받아들이지 않은 채 그것을 단호히 거부하며 브론스키와 함께 외국으로 떠나 버렸다.

제5부

1

쉐르바츠카야 공작 부인이 생각하기에 오 주밖에 남지 않은 사순절 전에 결혼식을 치르는 것은 불가능했다. 그때까지는 혼수를 절반밖에는 준비하지 못할 것 같아서였다. 하지만 사순절 뒤는 너무 늦을 것이라는 레빈의 말에도 수긍하지 않을 수 없었다. 왜냐하면 쉐르바츠키 공작의 나이 많은 숙모가 병이 깊어 곧 죽을 수 있고, 그렇게 되면 상(喪) 때문에 결혼식을 더 미뤄야 하는 상황이 되기 때문이었다. 그래서 공작 부인은 혼수를 큰 것과 작은 것으로 나누기로 결정하고 사순절 전에 결혼식을 올리는 것에 동의했다. 그녀는 우선 작은 혼수부터 준비했다. 그리고 큰 혼수는 나중에 보내기로 결정했다. 그런데 레빈은 그런 결정에 아무런 답변도 해 주지 않아 그녀는 레빈에게 단단히 화가 나 있었다. 신혼부부는 결혼식이 끝나자마자 큰 혼수가 필요 없는 시골로 떠날 예정이라, 그녀의 판단대로 하는 게 더 편했기 때문이다.

레빈은 여전히 넋이 빠져 있었다. 그에게는 자신과 자신의 행복이, 존재하는 모든 것 중에 가장 중요하고 유일한 목적인 것 같았고, 자기로서는 더 이상 무언가에 대해 생각하거나 걱정할 필요가 없는 것 같았으며, 다른 사람들이 자신을 위해 무슨 일이든 하고 있고 앞으로도 해 줄 것이라 여겼다. 그는 심지어 미래의 삶에 대한 아무런 계획과 목적도 생각하지 않았다. 그는 모든 것이 잘되리라 판단했고 일에 대한 결정은 다른 사람에게 맡겨 두었다. 그의 형 세르게이 이바노비치와 스테판 아르카지치와 공작 부인은 그가 할 일을 알려 주었다. 그는 그저 그들이 제안하는 것에 대해 뭐든 흔쾌히 찬성했다. 형은 그를 위해 돈을 빌려 왔고, 공작 부인은 결혼식이 끝나면 모스크바를 떠나라고 조언했다. 스테판 아르카지치는 외국으로 가라고 권했다. 그는 모든 것에 동의했다.

'뭐든 좋을 대로 하십시오, 그렇게 하는 것이 당신들 마음에 든다면 난 행복합니다. 그리고 나의 행복은 당신들이 무엇을 하든 더 커지지도, 더 작아지지도 않을 겁니다.'

그는 생각했다.

그가 외국으로 가라는 스테판 아르카지치의 조언을 키티에게 전했을 때, 그는 몹시 놀랐다. 그녀는 찬성하지 않았고 또 자신만의 건실한 계획을 세워 두고 있었다. 그녀는 시골에 레빈의 일이 있고 그가 그 일을 사랑한다는 것을 알고 있었다. 그에게는 그녀가 그 일에 관해 이해도 못할 뿐 아니라 이해하고 싶어 하지도 않을 것이라 생각했다. 그렇다고 그 일이 중요하지 않다고 생각하는 것도 아니었다. 그녀는 시골이 자기들의 보금자리가 되리라는 것을 알고 있었다. 그렇기에 외국이 아니라 자기들의 집이 있는 시골로 가고 싶어 한 것이다. 그녀가 이처럼 분명하게 의사를 말하자 레빈은 놀랐다. 하지만 어디로 가든 레빈은 개의치 않았기에 바로 오블론스키에게—마치 이것이 의무나 되는 것처럼—시골 영지로 가서 모든 것을 그의 풍부한 취향에 맞춰 준비해 달라고 부탁했다.

스테판 아르카지치는 시골에서 그들이 사는 데 필요한 모든 것을 준비하고 돌아온 뒤에 한번은 이렇게 말했다.

"그런데 자네, 고해성사에 참석했다는 증명서 있어?"

"아니, 왜?"

"그 증명서 없이는 결혼할 수 없어."

"아, 아, 아!"

레빈은 소리쳤다.

"난 벌써 구 년 동안은 고해성사를 한 적이 없는 것 같은데. 할 생각도 없고 말이지. 성찬도 받지 않은 것 같은데."

"잘하는 짓이군!"

스테판 아르카지치는 웃으며 말했다.

"그러면서 나한테 니힐리스트라고 했단 말이지! 하지만 그렇게는 안 될걸. 자네는 성찬을 받아야 해."

"도대체 언제? 나흘밖에 안 남았는데."

스테판 아르카지치는 그 문제도 해결해 주었다. 그래서 레빈은 성찬을 받게 되었다. 신앙은 없지만 다른 사람들의 신앙을 존중하는 레빈에게는 교회 의식에 참석하는 일이 무척 괴로웠다. 더군다나 누그러진 기분으로 모든 일을 감성적으로 받아들이는 이때 가식적인 일을 해야 하다니, 레빈에게 이 일은 고역일 뿐만 아니라 전적으로 불가능하게 여겨졌다. 이토록 자랑스럽고 영광을 누리는 차에 거짓말을 하거나 신성모독을 해야만 하는 처지가 된 것이다. 그는 어느 것도 내키지 않았다. 그래서 스테판 아르카지치에게 성찬을 받지 않고 증명서를 받을 수는 없는지 몇 번이고 묻고 물었다. 그러나 스테판 아르카지치는 불가능하다고 딱 잘라 말했다.

"무슨 호들갑을 그리 떠는가? 고작 이틀 아냐? 게다가 그 사제는 너무나 친절하고 현명한 노인이야. 그는 자네가 미처 깨닫지도 못하는 사이에 자네 이를 뽑아 줄 거야."

첫 아침기도 시간에 레빈은 열여섯 살과 열일곱 살 사이에 느꼈던 강렬한 종교 체험의 기억을 새롭게 떠올리고자 애썼다. 그러나 그는 그것이 전적으로 불가능하다는 것을 곧 확인했다. 그는 이 모든 일을 아무

의미 없는 공허한 관습, 즉 방문하는 관습과 비슷한 것으로 간주하려 했다. 그러나 그는 이것마저도 할 수 없을 것 같다는 생각이 들었다. 종교에 대한 레빈의 입장은 동시대인들처럼 지극히 애매모호했다. 그는 믿을 수 없었다. 하지만 동시에 그것이 옳지 않다고 확신하지도 않았다. 결국 자신이 하는 일의 중요성도 믿지 못했고, 공허한 허례허식이나 되듯 차갑게 바라보는 것도 아닌 채로 고해성사 준비를 하는 내내 자신이 대체 뭘 하고 있는지를 이해하지 못했을 뿐만 아니라 불편했고 부끄러웠다.

예배를 보는 동안, 그는 자신의 견해와 어긋나지 않을 법한 의미를 부여하려고도 해 보고, 한편 이해할 수 없으니 비판해야겠다고 느끼며 자신의 사고와 관찰 그리고 회상에 몰두했다.

그는 아침 예배, 낮 예배와 저녁 예배까지 마쳤다. 그리고 이튿날에는 평소보다 일찍 일어나 차도 마시지 않은 채 아침기도와 고해성사를 위해 오전 여덟 시에 교회에 갔다.

교회에는 구걸하는 군사 한 명과 두 노파와 교회지기 외에 아무도 없었다.

얇은 사제복 아래로 기다란 등이 반으로 나뉘어 뚜렷이 드러나 보이는 젊은 부사제가 그를 맞았고 곧 벽에 붙은 작은 테이블에 다가가 기도문을 읽기 시작했다. 기도문을 읽는 도중 '주여 자비를 베푸소서.'(파밀루이)라는 말이 '용서하셨도다, 용서하셨도다.'(파밀로스)처럼 들리며 빠르게 반복되었다. 레빈은 자신의 사고가 닫히고 봉인되어 이제 그것을 건드리거나 흔들어서는 안 되며, 그랬다가는 혼란이 오리라 생각해 부사제 뒤에 서서 그의 말에 귀 기울이지 않은 채 줄곧 자신의 일만을 생각했다. '그녀의 손에는 놀랍도록 많은 표정이 있어.'

그는 어제 그들이 구석 테이블 옆에 앉아 있던 때를 떠올렸다. 요즘 들어 거의 언제나 그렇듯, 그들에게는 이야깃거리가 없었다. 그녀는 테이블 위에 손을 내려놓고 펼쳤다 쥐었다 했다. 그러고는 자신의 동작을 지켜보며 혼자 소리 내어 웃기 시작했다. 레빈은 그 손에 입을 맞춘 후 장밋빛 손바닥에 드러난 손금을 들여다보던 것을 떠올렸다.

'또 파밀로스군.'

레빈은 성호를 긋고 허리 굽혀 절하는 한편, 그와 똑같이 절하는 부사제의 등이 유연하게 움직이는 것을 바라보며 생각했다.

'그런 다음 그녀가 내 손을 잡고 손금을 봐 주었지. 당신은 멋진 손금을 갖고 있군요.'

그녀는 그렇게 말했었다. 그는 자신의 손과 부사제의 뭉툭한 손을 바라보았다.

'그래, 이제 곧 끝나겠군.'

그는 생각했다.

'아니야, 또 처음부터 시작하는군.'

그는 기도문에 귀를 기울이며 다시 생각에 잠겼다.

'아니야, 끝나겠어. 저기 사제가 땅에 절을 하고 있잖아. 이건 언제나 끝나기 직전에 하지.'

부사제는 벨벳 소맷부리에 싸인 손으로 삼 루블짜리 지폐를 몰래 받으며 등록을 해 두겠다고 말했다. 그러고는 새 장화 소리를 크게 울리며 텅 빈 교회의 바닥을 가로질러 제단 뒤로 들어갔다. 일 분 뒤, 그는 제단 뒤에서 얼굴을 내밀며 레빈을 손짓해 불렀다. 그동안 레빈의 머릿속에 눌려 있던 생각이 꿈틀대기 시작했다. 그러나 그는 황급히 생각을 쫓아 버렸다.

'어떻게든 되겠지.'

그는 이렇게 생각하며 설교대로 다가갔다. 계단을 올라가 오른쪽을 돌아보니 사제가 보였다. 희끗희끗하고 성긴 턱수염을 기른, 선량한 눈을 가진 노사제가 설교대 옆에 서서 기도문 책을 넘기고 있었다. 그는 레빈에게 가벼운 목례를 하고 곧 평소 때와 다름없는 목소리로 기도문을 읽기 시작했다. 기도문을 다 읽은 후, 그는 땅에 닿도록 절을 하고 레빈에게로 얼굴을 돌렸다.

"보이지는 않지만 그리스도가 우리 앞에 서서 당신의 고백을 들으십니다."

그는 그리스도의 수난상을 가리키며 말했다.

"당신은 성 사도들의 교회가 우리에게 가르친 모든 것을 믿습니까?"

사제는 레빈의 얼굴에서 눈을 돌리고 견대 밑으로 두 손을 포개며 계속해서 말했다.

"전 모든 것을 의심했고, 지금도 의심하고 있습니다."

레빈은 자기가 듣기에도 불쾌한 목소리로 내뱉고는 입을 다물었다.

사제는 그가 더 말하지 않을까 해서 몇 초 기다리다가 눈을 감고 'O'에 강세를 주는 블라디미르 지방 사투리로 빠르게 말했다.

"의심은 인간 고유의 특성이지요. 하지만 우리는 자비로우신 하느님이 우리를 강하게 만들어 주십사 기도해야 합니다. 당신은 특별히 어떤 죄를 지었습니까?"

그는 시간을 허비하지 않으려는 듯 조금도 뜸 들이지 않고 덧붙였다.

"저의 가장 큰 죄는 의심입니다. 저는 모든 것을 의심하고 있습니다. 언제나 의심 속에서 살아가고 있지요."

"의심은 인간 고유의 약점이지요."

사제는 똑같은 말을 반복했다.

"특별히 무엇을 의심하십니까?"

"저는 모든 것을 의심합니다. 가끔은 신의 존재마저도 의심하고 있습니다."

레빈은 무심결에 이렇게 말하고는 그 말의 무례함에 당황했다. 그러나 레빈의 말과는 달리 사제는 다른 반응을 보였다.

"신의 존재에 어떤 의심을 품을 수 있을까요?"

그는 희미한 미소를 지으며 서둘러 말했다.

레빈은 침묵했다.

"당신은 신의 창조물을 보면서 어떻게 창조주의 존재에 대해 의심을 가질 수 있습니까?"

사제는 평소처럼 빠른 말투로 계속해서 말했다.

"그렇다면 누가 우주를 별들로 장식해 놓았습니까? 누가 이 땅에 이런 아름다움을 부여했습니까? 창조주가 아니라면 어떻게 이런 것이 가능하겠습니까?"

그는 의심에 찬 눈빛으로 레빈을 쳐다보며 말했다.

레빈은 사제와 철학적 논쟁을 하는 것은 예의가 아니라 생각했다. 그래서 그는 그 질문과 직접 관련된 것에 대해서만 대답을 했다.

"모르겠습니다."

그가 말했다.

"모르다니요? 그렇다면 당신은 어떻게 하느님이 만물을 창조했다는 것을 의심합니까?"

사제는 못 믿겠다는 투로 명랑하게 물었다.

"난 아무것도 이해할 수 없습니다."

레빈은 얼굴을 붉히며 말했다. 그는 자신의 말이 어리석고, 또 이런 상황에서는 자기의 말이 어리석을 수밖에 없다고 생각했다.

"신에게 기도를 하고 구하십시오. 사제들도 의심을 품었습니다. 그들은 하느님께 자신의 믿음을 견고하게 해 달라고 빌었습니다. 악마는 강한 힘을 갖고 있습니다. 우리는 그 힘에 굴복해서는 안 됩니다. 신에게 기도를 하고 구하십시오. 신에게 기도하십시오."

그는 빠른 말투로 되풀이해 말했다.

사제는 생각에 잠긴 듯 잠시 침묵했다.

"내가 듣기로, 당신은 나의 교구 신자이자 참회자인 쉐르바츠키 공작의 딸과 결혼할 계획이라지요?"

그는 빙그레 웃으며 이렇게 덧붙였다.

"훌륭한 아가씨입니다!"

"네."

레빈은 사제의 말에 얼굴을 붉히며 대답했다.

'무엇 때문에 고해성사에서 이런 것을 묻는 거지?'

그는 생각했다.

그러자 마치 그의 생각에 대답이라도 하는 양, 사제가 그에게 말했다.

"당신은 곧 결혼을 할 겁니다. 그리고 하느님은 아마도 당신에게 자손을 선물하시겠지요. 안 그렇습니까? 그런데 만일 당신이 자신을 불신앙으로 이끄는 악마의 유혹을 이기지 못한다면, 당신은 어린 자녀들에게 어떤 교육을 시킬 겁니까?"

그는 가벼운 질책이 섞인 어조로 말했다.

"만일 당신이 자녀를 사랑한다면, 당신은 좋은 아버지로서 자녀들에게 부와 사치와 명예만 주고 싶어 하지는 않겠지요. 당신은 자녀들의 구원을, 자녀들이 진리의 빛으로 정신적 깨달음을 얻기를 바랄 것입니다. 그렇지요? 순진무구한 아이들이 당신에게 '아빠! 이 세상에서 내 마음을 빼앗는 모든 것들, 그러니까 땅, 물, 해, 꽃, 풀을 창조하신 분은 도대체 누구예요?'라고 물을 때, 당신은 뭐라고 대답할 생각입니까? 당신은 아이에게 '난 모른다.' 하고 대답할 건가요? 주 하느님이 크나큰 자비로써 당신에게 이것을 알려 주셨는데, 당신은 그것을 모를 리 없습니다. 혹 아이들은 당신에게 '죽음 저편에는 무엇이 날 기다리나요?' 하고 물을지 모릅니다. 만일 당신이 아무것도 모른다면, 당신은 아이에게 뭐라고 대답할 건가요? 세상의 유혹과 악마에게 아이를 내맡길 겁니까? 그것은 좋지 않아요!"

그는 이렇게 말한 후 고개를 옆으로 기울여 선하고 부드러운 눈으로 레빈을 바라보았다.

레빈은 아무 대답도 하지 않았다. 사제와 논쟁을 하고 싶지 않아서가 아니라 누구도 그에게 그런 질문을 한 적이 없었기 때문이었다. 그러나 그의 아이들이 이런 질문을 하게 될 때까지는 무슨 대답을 할지 생각할 시간이 충분히 있을 터였다.

"당신은 인생의 전성기에 들어서고 있습니다."

사제는 계속해서 말했다.

"자애로운 하느님께 기도하십시오. 당신을 도와 달라고, 가엾게 여겨 달라고 비십시오."

그는 말을 맺었다.

"우리 주님이고 아버지이신 예수 그리스도여, 인간에 대한 자애와 은총을 베푸시어 이 아들을 용서해 주시기를……."

사제는 면죄 기도를 마치고 나서 그를 축복하고 내보냈다.

그날 집으로 돌아온 레빈은 거북한 상황을 끝냈고, 더욱이 거짓말을 할 필요 없이 그 상황을 끝냈다는 것에 기쁜 감정을 느꼈다. 그 선량하고 친절한 노인의 말을 생각하면 뭔가 명확하지 않은 기분이었다. 하지만 노인의 말은 완전히 어리석지만은 않았으며, 그 속에는 명백히 이해하고 알아야 할 무언가가 있다는 생각이 들었다.

'물론 지금은 아니야.'

레빈은 생각했다.

'하지만 나중에 생각하자.'

그 어느 때보다 레빈은 마음속에 뭔가 불분명하고 불순한 것이 있다고 느꼈다. 종교에 대한 자신의 입장이 전에 다른 사람들을 대하며 그토록 분명히 인식하고 좋아하지 않던, 그러니까 친구인 스비야슈스키를 비난한 이유와 같은 처지에 놓였다고 느꼈다.

그날 저녁을 돌리네 집에서 약혼자와 함께 시간을 보내면서 레빈은 유난히 쾌활했다. 그는 스테판 아르카지치에게 자신의 흥분 상태를 설명하며, 자신은 고리를 통과하는 법을 배운 개처럼, 요구받은 바를 간신히 터득하고 그것을 해낸 후 멍멍 소리치고 꼬리를 흔들며 미칠 듯한 기쁨으로 테이블 위나 창턱 위로 뛰어오르는 개처럼 신이 나고 즐겁다고 말했다.

2

결혼식 날 레빈은 풍습에 따라—공작 부인과 다리야 알렉산드로브나는 모든 관습을 철저히 따르라고 주장했다.—약혼녀를 만나지 않고 호텔에서 그를 찾아온 총각 세 명과 식사를 했다. 이들은 코즈니셰프, 카타바소프, 치리코프였다. 카타바소프는 대학 동창으로 자연과학 교수인데 거리에서 우연히 마주쳐 레빈이 데리고 왔으며, 들러리이자 모스크바 민사 재판관인 치리코프는 레빈과 곰 사냥을 같이 다니는 사이였다. 식사는 매우 유쾌했다. 코즈니셰프는 무척 기분이 좋았으며 카타바소프의 기발한 말을 즐거워했다. 카타바소프는 사람들이 자신의 독창성을 알아줄 뿐 아니라 높이 사 준 것에 기분이 들떠 마음껏 과시하고 있었다. 치리코프는 유쾌하고 온화한 태도로 모든 대화에 맞장구를 쳤다.

"그래서 말입니다."

카타바소프는 학교에서 하던 버릇대로 말을 길게 늘이면서 말했다.

"우리의 벗인 콘스탄친 드미트리치는 정말로 유능한 청년이었습니다. 지금 전 존재하지 않는 사람에 대해 말하고 있는 것입니다. 왜냐하면 예전의 그는 더 이상 존재하지 않으니까요. 대학을 졸업할 당시에는 그도 학문을 사랑하고 인간에 대한 흥미를 갖고 있었습니다. 그런데 이제 그의 능력의 절반은 자기를 기만하는 것에 집중되고, 나머지 절반은 그 기만을 정당화하는 데 집중되어 있습니다."

"난 당신처럼 결혼을 단호하게 반대하는 사람을 본 적이 없습니다."

세르게이 이바노비치가 말했다.

"아닙니다. 난 결혼 반대자가 아니에요. 난 노동 분업의 찬성자일 뿐입니다. 아무것도 할 줄 모르는 사람은 인간이라도 만들어야 합니다. 하지만 나머지 사람들은 인간의 계몽과 행복에 힘써야 합니다. 이것이 내가 결혼을 이해하는 방식입니다. 많은 명상가들이 이 두 가지 직종을 혼동하고 있지만, 난 그런 부류의 사람이 절대로 아닙니다."

"당신이 사랑에 빠지면 정말 기쁠 거야!"

레빈이 말했다.

"그렇게 되면 제발 결혼식에 날 불러 주십시오."

"난 이미 사랑을 하고 있어."

"그렇겠지, 오징어하고 말이야. 형, 알아?"

레빈은 형을 돌아보았다.

"미하일 세묘니치는 영양에 대한 책을 쓰고 있어. 그리고……."

"이런, 문제를 뒤죽박죽으로 만들지 말아 주세요! 무엇에 관한 연구이건 아무래도 상관없습니다. 문제는 내가 분명 오징어를 사랑한다는 겁니다."

"그렇다고 당신이 아내를 사랑할 수 없는 건 아니잖나."

"오징어야 방해하지 않겠지만, 아내는 방해할걸요."

"왜 그런 거지?"

"곧 알게 될 겁니다. 당신은 농사와 사냥을 좋아하지요. 음, 그럼 두고 보세요!"

"그런데 오늘 아르히프가 와서 말하길 프루드노예에 큰 사슴이 굉장히 많다더군요. 곰도 두 마리 있고요."

치리코프가 말했다.

"그럼, 내가 빠지더라도 여러분이 잡아 오십시오."

"그럼 그렇지."

세르게이 이바노비치가 말했다.

"그럼 넌 앞으로 곰 사냥과는 안녕이구나. 아내가 놔주지 않을 테니 말이다."

레빈은 빙그레 웃었다. 아내가 그를 놔주지 않을 것이라는 생각이 어찌나 즐겁고 달콤한지 앞으로 곰 사냥의 기쁨을 영원히 포기할 생각까지 들었다.

"그런데 그 두 마리 곰을 당신 없이 잡는다고 생각하니 정말 아쉬운 생각이 드는군요. 가장 최근, 하필로보에서 했던 곰 사냥을 기억하세요? 멋진 사냥이 될 텐데."

치리코프가 말했다.

레빈은 사냥이 없어도 다른 어딘가에 좋은 무언가가 있을지 모른다는 말로 그를 실망시키고 싶지 않아 아무 말도 하지 않았다.

"독신 생활에 작별을 고하는 이런 총각 파티라는 풍습이 공연히 만들어진 게 아냐."

세르게이 이바노비치가 말했다.

"아무리 행복해도, 역시 자유가 그리워질 거야."

"자, 솔직히 말해 봐요. 고골의 구혼자처럼 창문에서 뛰어내리고 싶은 기분이 드나요?"

"틀림없이 그럴 겁니다. 하지만 인정하지는 않을걸요."

카타바소프는 이렇게 말하고 큰 소리로 웃기 시작했다.

"어때요, 창문은 열려 있는데……. 당장 트베리로 갑시다. 곰 한 마리는 암놈이니까 굴로 들어가면 됩니다. 정말로 다섯 시 기차를 타고 떠납시다! 여기 일은 알아서들 하시라고 하고요."

치리코프가 빙긋 웃으며 말했다.

"그런데 나는 맹세코……."

레빈은 웃으며 말했다.

"자유를 잃는다는 슬픔 따윈 내 마음속에서 찾을 수 없습니다."

"하지만 조금만 기다려 보십시오. 조금만 정신을 차리면 찾을 수 있습니다!"

카타바소프가 말했다.

"아뇨, 자유를 잃게 되었으니 안타까움이 조금이라도 남았을 것이라 생각했는데, 그러니까 내 감정—레빈은 그의 앞에서 사랑이라는 단어를 입에 담고 싶지 않았다.—이나…… 행복과는 별도로 전 자유를 잃게 된 것이 오히려 기쁩니다."

"상태가 안 좋은걸! 가망이 없는 사람일세!"

카타바소프가 말했다.

"자, 이 사람의 치료를 위해 건배를 합시다. 아니면 이 사람의 몽상이 백분의 일이라도 실현되기를 기원해 줍시다. 그렇게만 된다면 지금껏 지상에 존재한 적이 없는 행복이 이루어지지 않겠습니까!"

식사가 끝나자마자, 손님들은 결혼식에 늦지 않도록 옷을 갈아입으려고 서둘러 자리를 떴다.

레빈은 혼자 남아 그 독신자들의 이야기를 떠올리면서 다시금 스스로에게 물었다. 내 마음속에는 그들이 말한 것처럼 자유를 아쉬워하는 감정이 남아 있는 걸까? 그는 그 물음에 미소 지었다.

'자유? 무엇을 위한 자유일까? 행복은 오직 사랑하고 소망하는 데 있을 뿐이야. 그녀의 소망대로, 그녀가 바라는 대로 생각하는 데 행복이 있어. 즉 자유는 없어. 그게 바로 행복이야!'

'하지만 난 그녀의 생각과 희망과 감정을 알고나 있는 걸까?'

문득 또 다른 목소리가 그에게 속삭였다. 그러자 그의 얼굴에서 미소가 사라졌다. 그는 생각에 잠겼다. 불현듯 그에게 이상한 기분이 찾아왔다. 공포와 의심이 도진 것이다.

'만약 그녀가 날 사랑하지 않는다면 어쩌지? 그녀가 단지 결혼을 하기 위해 나를 선택했다면? 만일 그녀 스스로 자신이 무엇을 하고 있는지 모르고 있다면?'

그는 스스로에게 물었다.

'그녀는 냉정을 되찾을 수 있어. 그리고 결혼을 한 후에야 비로소 스스로가 나를 사랑하지 않음을, 그리고 사랑할 수도 없다는 것을 깨달을지도 몰라.'

그러자 그녀와 관련된 이상하고도 몹시 나쁜 생각이 떠오르기 시작했다. 그는 일 년 전처럼, 그녀와 브론스키를 본 그날 밤이 마치 어제이기라도 한 듯 그녀와 브론스키의 관계를 질투했다. 그는 그녀가 자기에게 털어놓은 이야기가 전부가 아닐지도 모른다는 생각이 들었다.

그는 벌떡 일어났다.

'안 돼, 이래서는 안 돼.'

그는 낙담한 채 혼잣말을 했다.

'그녀에게 가서 마지막으로 물어야겠어. 우리는 아직 자유로운 사람들입니다. 여기서 결혼을 그만두는 게 좋지 않을까요? 그 어떤 것도 영원한 불행, 모욕, 불신보다는 낫잖습니까!'

그는 절망을 안고는 호텔을 나와 그녀를 만나러 갔다.

아무도 그가 오리라고 예상하지 않았다. 그는 뒷방에서 그녀를 찾아냈다. 그녀는 트렁크에 앉아 하녀와 상의하며 의자와 바닥에 널린 각양각색의 옷가지를 정리하고 있었다.

"아!"

그녀는 그를 보더니 기쁨으로 얼굴을 빛내며 소리쳤다.

"당신이(떡) 어떻게, 당신이(브) 어떻게?—이 마지막 날까지도 그녀는 그를 때로는 친근한 호칭으로, 때로는 정중한 호칭으로 불렀다. ─생각도 못 했어요! 지금 난 처녀 때 입던 옷을 정리하고 있어요. 누구에게 어떤 옷을 줄까 하고……."

"아! 정말 잘했어!"

그는 하녀를 우울하게 쳐다보며 말했다.

"이제 가 봐, 두냐샤! 나중에 부를게."

키티가 말했다.

"당신이(띠), 무슨 일이에요?"

하녀가 나가자마자, 그녀는 격식을 버리고 물었다. 그녀는 흥분과 우울함에 싸인 그의 기묘한 얼굴을 눈치챘다. 그러자 두려움이 그녀를 엄습했다.

"키티! 난 괴로워. 그렇다고 나 혼자 고민할 순 없어."

그는 그녀 앞에 서서 애원하듯 그녀의 눈동자를 바라보며 간절함이 담긴 목소리로 말했다. 그녀의 사랑과 믿음으로 가득 찬 얼굴을 보고 자신이 하려던 말에서 아무 결과도 얻지 못하리라는 것을 그는 깨달았다. 그래도 그녀가 직접 그의 생각을 깨우쳐 주어야 한다고 생각했다.

"이 말을 하려고 왔어. 아직 늦지 않았다는 말을……. 지금이라도 이 모든 것을 취소하고 바로잡을 수 있어."

"뭐라고요? 무슨 말인지 하나도 모르겠어요. 무슨 일 있어요?"

"당신에게 천 번이나 말했지만 도무지 이 생각을 버릴 수가 없어……, 내가 당신에게 하잘것없는 존재라는 것. 당신이 나와의 결혼을 승낙했을 리 없어. 생각해 봐. 당신은 실수한 거야. 잘 생각해 봐. 당신은 날 사랑할 수 없어…… 만약……. 말하는 편이 나아."

그는 그녀를 보지 않고 말했다.

"난 불행해질 거야. 사람들이야 자기들 멋대로 떠들라지. 그 어떤 것도 불행보다는 훨씬 나을 테니……. 그게 무엇이든 아직 시간이 있는 지금

이 더 나을 거야……."

"도대체 무슨 말인지 모르겠어요."

그녀는 놀란 표정으로 대답했다.

"그러니까 당신은 결혼을 취소하고 싶다는 말인가요? 결혼을 해서는 안 된다고요?"

"맞아, 당신이 날 사랑하지 않는다면."

"당신, 미쳤군요!"

그녀는 화가 나서 얼굴을 붉히며 소리쳤다.

하지만 그의 얼굴이 너무나 참담했기에 그녀는 화를 꾹 참았다. 그리고 안락의자에서 옷가지를 집어 던지고는 그의 옆으로 좀 더 바짝 옮겨 앉았다.

"무슨 생각을 하는 거예요? 전부 말해 보세요."

"당신이 날 사랑할 리 없다는 생각이 들었어. 당신이 어떻게 나를 사랑할 수 있겠어?"

"아, 하느님! 어쩌면 좋아요?"

그녀는 이렇게 말하며 울음을 터뜨렸다.

"아, 내가 무슨 짓을 한 거야!"

그는 외쳤다. 그리고 그녀 앞에 무릎을 꿇고 그녀의 두 손에 입을 맞추기 시작했다.

오 분 후에 공작 부인이 방으로 들어왔을 때 그들은 이미 화해를 한 뒤였다. 키티는 자신이 그를 사랑한다는 사실을 확인해 주었을 뿐 아니라, 심지어는 그의 어떤 점을 사랑하느냐는 질문에 설명을 해 주기까지 했다. 그녀는 그에게 자기가 그를 사랑하는 것은 그의 모든 것을 이해하기 때문이라고 말했다. 그리고 그가 무엇을 사랑하는지 알고 있고, 그가 사랑하는 것들 모두가 훌륭하다는 것을 알기 때문이라고 덧붙여 말했다. 키티의 설명은 아주 명료하면서도 정확하다고 레빈은 생각했다.

공작 부인이 들어왔을 때, 두 사람은 나란히 트렁크에 앉아 옷을 정리하며 입씨름을 벌이고 있던 중이었다. 키티가 두냐샤에게 주려는 갈색 드레스는 레빈이 청혼을 했을 때 입고 있었던 옷이었다. 그래서 레빈은 그 옷을 아무에게도 주면 안 된다고 말하며 두냐샤에게 푸른색 옷을 주라고 설득하고 있었다.

"어째서 이해를 못 하는 거죠? 그 애는 살결과 머리가 검잖아요. 그래서 그 아이에게는 어울리지 않을 텐테……. 이 일은 이미 내가 다 생각했단 말이에요."

레빈이 찾아온 이유를 알게 된 공작 부인은 농담 반 진담 반으로 화를 냈다. 그리고 이제 곧 샤를이 오기 때문에 키티가 머리단장 하는 것을 방해하면 안 된다며 내쫓았다.

"애가 요즘 통 먹지를 않아서 이렇게 몸도 성치 않은데, 자네까지 바보 같은 소리로 애 속을 썩여야 하겠나."

그녀는 그에게 말했다.

"여보게, 어서 가게, 어서 가."

레빈은 미안하고 부끄러웠지만 다른 한편으로는 편안한 마음으로 호텔에 돌아왔다. 그의 형, 다리야 알렉산드로브나, 스테판 아르카지치는 모두 몸단장을 끝내고 성화로 그를 축복하기 위해 기다리고 있었다. 더 이상 지체할 시간이 없었다. 다리야 알렉산드로브나는 할 일이 또 있어 집에 가서 아들을 데리고 와야 했다. 포마드 기름으로 머리카락을 곱슬곱슬하게 만 아들은 신부와 함께 성화를 들고 갈 계획이었다. 그런 다음, 마차 한 대는 들러리를 데리러 가야 했고 세르게이 이바노비치를 태울 다른 마차 한 대를 다시 불러야 했다. 복잡한 일들이 너무도 많았다. 한 가지는 분명했다. 우물쭈물할 틈이 없었다. 벌써 여섯 시 반이었다.

성화 축복식은 신통치 않게 끝났다. 스테판 아르카지치는 우스꽝스러우면서도 엄숙한 자세로 아내와 나란히 성화를 잡고 섰다. 그리고 레빈에게 이마가 땅에 닿도록 절하라고 시킨 뒤, 선량하고도 조롱하는 듯한 미소를 지으며 그를 축복하고 그에게 세 번 입을 맞췄다. 다리야 알렉산드로브나도 그와 똑같이 하고는 서둘러 출발하려 했으나 또다시 마차의 행선지 배정을 헷갈리고 말았다.

"그럼, 이렇게 합시다. 당신은 우리 마차를 타고 가서 그 사람을 데려와요. 세르게이 이바노비치는, 혹시 친절이 넘치는 분이라면, 마차를 타고 갔다가 그 마차를 돌려보낼 수 있겠죠."

"물론입니다. 기꺼이 그렇게 하겠습니다."

"그럼 우리는 이제 이 사람을 데리고 가지. 짐은 다 보냈나?"

스테판 아르카지치가 말했다.

"다 보냈어."

레빈은 이렇게 대답하고 쿠지마에게 옷을 갈아입을 준비를 하라고 일렀다.

3

수많은 군중들이, 특히 여자들이 결혼식을 위해 환하게 밝힌 교회로 몰려왔다. 안으로 들어가지 못한 사람들은 창문 주위에 몰려들어 서로 밀치고 싸우며 창살 틈으로 엿보았다.

헌병들의 지휘 아래, 이미 스무 대 이상의 마차가 길을 따라 일렬종대로 나란히 정렬되어 있었다. 경관 한 명은 영하의 추위에도 아랑곳하지 않고 문 옆에 서서 제복을 빛내고 있었다. 쉴 틈 없이 마차가 도착했다. 간간이 군모나 검은 모자를 벗어 손에 든 남자들이 교회 안으로 들어갔다. 교회 안에는 이미 샹들리에 두 개와 곳곳의 성화 앞에 세워진 초들이 환한 빛을 밝히고 있었다. 이코노스타시의 붉은 배경에 어른거리는 황금빛과 성화의 금실, 샹들리에와 촛대의 은빛, 그리고 마룻바닥과 양탄자, 합창대 위쪽에 내걸린 깃발들, 설교단의 계단, 낡아서 때가 탄 거무스름한 책들, 성직자들의 옷과 장백의 등이 모두 빛에 잠겨 있었다. 따뜻한 기운이 도는 교회 오른편에는 연미복, 하얀 넥타이, 제복, 무늬가 돋아나게 짠 옷감, 벨벳, 새틴, 머리카락, 꽃, 훤히 드러낸 어깨와 팔, 목이 긴 장갑의 혼잡 속에서 조심스럽고도 명랑한 대화가 오갔고, 그 소리가 높고 둥근 천장에 부딪쳐 기묘하게 울려 퍼졌다. 그리고 문이 삐걱 소리를 내며 열릴 때마다, 군중들의 말소리가 잠잠해지며 모두가 신랑과 신부의 입장을 기대하며 주위를 두리번거렸다. 그러나 문은 벌써 열 번도 넘게 열렸고, 그때마다 들어오는 사람은 지각을 한 손님이거나 오른쪽의 초대석으로 가는 손님들, 혹은 경관을 속이거나 그의 동정심을 자극해 왼쪽의 일반 대중석에 끼려고 드는 구경꾼들이었다. 그러는 사이 친척들과 일반 구경꾼들은 이미 기다리다 지쳐 버렸다.

사람들도 처음에는 신랑과 신부가 곧 도착하리라 생각하고 이렇게 늦게 입장하는 것에 대해 별다른 의심을 하지 않았다. 그러나 시간이 지남에 따라 사람들은 무슨 일이 일어난 것이 아닐까 수군거리며 문 쪽을 향해 자주 눈길을 돌리기 시작했다. 그리고 더욱 시간이 흐른 뒤에는 심기가 불편해져서 친척이건 손님이건 간에 본인들만의 대화에 빠졌다.

주사제는 자신의 시간이 중요하다는 것을 상기시키려는 듯 마른기침을 하며 창문 유리를 흔들리게 했다. 성가대에서는 목소리를 가다듬는 소리와 함께 지루해하는 가수들의 코 푸는 소리도 들렸다. 사제는 쉴 새 없이 하급 신부나 부제를 보내어 신랑이 도착했는지를 알아보게 했고, 급기야는 보라색 법의를 입은 그 자신도 수놓은 띠를 두른 채 교회 옆문으로 자꾸만 나가 보았다. 마침내 부인들 가운데 한 명이 시계를 들여다보고 이렇게 말했다.

"아무래도 이상해요!"

그러자 손님들이 불안해하며 큰 소리로 놀라움과 불만을 토로하기 시작했다. 들러리 가운데 한 사람이 무슨 일인지 알아보러 갔다. 그때 키티는 벌써 오래전에 준비를 완전히 끝낸 상태였다. 그녀는 새하얀 드레스를 입고 긴 베일과 오렌지 꽃 화환을 쓴 채 결혼식 대모이자 언니인 리보바와 쉐르바츠키 집의 홀에 서서 들러리로부터 신랑이 교회에 도착했다는 소식을 듣게 되길 하릴없이 기다리며 이미 삼십 분 동안이나 창문을 안타깝게 바라보고 있었다.

한편 레빈은 바지는 입었지만 조끼도, 연미복도 입지 않은 채 연신 문 밖으로 고개를 내밀며 복도를 둘러보는 것도 모자라 방 안을 어지럽게 서성거렸다. 하지만 복도에는 그가 기다리는 사람이 보이지 않았다. 그 러면 그는 절망에 빠져 되돌아와 손을 내저으며, 편안하게 담배를 피우 고 있는 스테판 아르카지치에게 말을 걸었다.

"사람이 이렇게 끔찍할 정도로 어리석은 꼴에 빠져 있을 수 있을까!"

그는 말했다.

"맞아, 바보지."

스테판 아르카지치는 위로하듯 미소를 지으며 맞장구를 쳤다.

"흥, 그렇기도 하겠지!"

레빈이 미칠 듯한 분노를 억누르며 말했다.

"그리고 이 앞이 트인 멍청한 조끼는 어떻고! 정말이지 참을 수가 없어!"

그는 루바슈카의 구겨진 앞부분을 보며 말했다.

"그런데 짐을 이미 기차역으로 보냈으면 어떻게 하지!"

그는 절망스럽게 외쳤다.

"그럼 내 옷을 입어."

"처음부터 그렇게 했어야 해."

"우스꽝스럽게 보이는 것은 좋지 않아. 기다려 봐, 잘되겠지."

문제는 이러했다. 레빈이 옷을 갈아입겠다고 했을 때, 레빈의 늙은 하 인 쿠지마는 연미복과 조끼와 그 밖에 필요한 것들을 들고 왔다.

"루바슈카는!"

레빈이 소리쳤다.

"루바슈카는 주인님이 입고 있잖아요."

쿠지마는 온화한 미소를 띠며 대답했다.

쿠지마는 깨끗한 루바슈카 한 벌을 남겨 두어야 한다는 것을 미처 생 각지 못했다. 결국은 두 사람이 오늘 밤 출발할 장소인 쉐르바츠키 집으로 짐을 모두 챙겨 보내라는 지시를 받았을 때, 그는 연미복 한 벌을 제외하고는 모든 짐을 꾸려 지시대로 했던 것이다. 아침부터 입고 있던 루바슈카는 구김이 가서 요즘 유행하는 앞 트인 조끼를 받쳐 입을 수 없었다. 쉐르바츠키 집으로 사람을 보내기에는 거리가 너무 멀었다. 결국 그들은 루바슈카를 사 오라고 사람을 보냈다. 하인이 되돌아왔다. 일요일이라 상점이 전부 문을 닫았다고 했다. 그들은 스테판 아르카지치의 집으로 사람을 보내 루바슈카를 가져오게 했다. 그러나 그 루바슈카는 어찌 해 볼 도리가 없을 만큼 헐렁하고 짧았다. 결국 그들은 쉐르바츠키 집으로 사람을 보내 짐을 풀게 했다. 교회에서는 모두가 신랑을 기다리고, 신랑은 우리에 갇힌 짐승처럼 방 안을 왔다 갔다 하며 복도를 내다보기도 하고 두렵고 절망적인 심정으로 자신이 키티에게 지껄인 말이며 그녀가 지금 무슨 생각을 할지 고민에 빠지곤 했다.

마침내 잘못을 저질렀던 쿠지마가 숨을 헐떡이며 루바슈카를 들고 방으로 뛰어 들어왔다.

"간신히 찾았습니다. 이미 짐마차에 신고 있는 중이었습니다."

쿠지마가 말했다.

삼 분 후, 레빈은 시계도 보지 않고 잽싸게 복도를 전속력으로 달려갔다. 시계를 보면 속이 상할 것 같았다.

"그런다고 달라지지 않을 텐데 말이야."

스테판 아르카지치는 침착하게 그 뒤를 따라가며 씩 웃었다.

"잘될 거야, 잘될 거야……. 내 말을 믿으라고."

4

"왔다!"

"저기 사람이 왔어요!"

"어느 쪽이야?"

"저기 젊은 사람 말인가요?"

"어머, 저 신부가 가여워요, 살았는지 죽었는지 모르겠다는 얼굴이네요!"

레빈이 교회 입구에서 신부를 맞이해 안으로 들어가자, 군중들 틈에서 수군대는 소리가 들리기 시작했다.

스테판 아르카지치가 아내에게 늦은 이유를 설명하자, 손님들은 미소를 지으며 서로 속닥거렸다. 레빈에게는 아무것도, 그리고 아무도 눈에 들어오지 않았다. 그는 신부에게서 눈을 떼지 못했다.

모든 사람들은 그녀가 근래 들어 매력을 많이 잃었고 결혼식을 하는 오늘은 평소보다 훨씬 덜 예쁘다고 말했다. 하지만 레빈의 생각은 달랐다. 그는 길고 하얀 베일과 하얀 꽃 아래로 높이 틀어 올린 그녀의 머리, 주름을 많이 잡고 특히 처녀답게 양옆은 가리고 앞쪽 긴 목만 드러내며 높이 솟은 주름 잡힌 칼라 그리고 놀라울 정도로 가느다란 허리를 바라보았다. 그에게는 그녀가 그 어느 때보다 아름답게 보였다. 그것은 꽃과 베일 그리고 파리에서 주문한 드레스가 그녀의 아름다움에 무언가를 더해서가 아니었다. 그 이유는 온갖 치장에도 불구하고 그녀의 사랑스러운 얼굴 표정과 그녀의 시선과 그녀의 입술이 여전히 그녀 특유의 순결하고 진실한 표정을 띠었기 때문이었다.

"난 당신이 달아나고 싶어 한다고 생각했어요."

그녀는 이렇게 말하며 그를 향해 미소 지었다.

"너무 어이없는 일이라서 말하기도 부끄럽군!"

그는 얼굴을 붉히며 말했다. 그리고 다가오는 세르게이 이바노비치를 돌아봐야만 했다.

"너의 루바슈카 이야기는 정말 근사했어."

세르게이 이바노비치는 고개를 절레절레 저으며 빙긋 웃었다.

"그렇지! 응, 그래."

레빈은 사람들이 형에게 무슨 이야기를 하는지도 모르면서 이렇게 대답했다.

"그런데 코스챠, 이제 결정해야 해."

스테판 아르카지치는 짐짓 놀란 척하며 말했다.

"중요한 문제야. 당장 문제의 심각성을 자네는 알아야 하네. 사람들이 묻더군. 어떤 초를 쓸 건지. 자, 새 초를 쓸 텐가, 아니면 썼던 초를 쓰겠나? 차이는 십 루블이야."

그는 입술을 오므리고 웃으며 이렇게 덧붙였다.

"난 이미 결정했지만, 자네가 동의하지 않을까 봐 걱정이군."

레빈은 그의 말이 농담이라는 것을 알았지만 웃을 수 없었다.

"그러니 어떻게 하겠어? 새 양초인가, 헌 양초인가? 그것이 문제로다."

"알았어, 알았어! 새 양초로 해."

"그래, 정말 반가운 소리군. 문제가 해결됐어!"

스테판 아르카지치는 웃으며 말했다. 레빈이 그를 당황스럽게 쳐다보다 신부 쪽으로 가 버리자, 그는 치리코프에게 이렇게 말했다.

"이런 상황에서 사람들은 얼마나 멍청해지는지."

"키티야, 알겠지? 네가 먼저 양탄자를 밟는 거야."

노르츠톤 백작 부인이 다가오면서 말했다.

"멋지네요!"

그녀는 레빈에게 말을 걸었다.

"그래 어떠니, 두렵지 않니?"

연로한 친척 아주머니 마리야 드미트리예브나가 말했다.

"너 추운 건 아니니? 얼굴이 창백하구나. 잠깐, 고개를 숙여 봐!"

키티의 언니 리보바는 이렇게 말하며 통통하고 아름다운 두 팔을 둥글게 구부려 미소 띤 얼굴로 키티의 머리에 얹은 꽃을 고쳐 주었다.

돌리는 옆으로 와서 뭐라고 말을 하려 했으나, 아무 말도 못 하고 울음을 터뜨리다 다시 어색하게 웃었다.

키티는 레빈과 똑같이 멍한 눈으로 사람들을 바라보았다. 그녀는 사람들이 자기에게 던지는 말에 그저 행복의 미소로만 답할 뿐이었고 그 미소는 너무도 자연스러워 보였다.

그러는 사이 성직자들은 법의를 입었고 사제와 부제는 교회의 본당 입구에 마련된 성서대로 나왔다. 사제는 뭐라고 말한 후 레빈을 돌아보았다. 레빈은 사제의 말을 제대로 듣지 못했다.

"신부의 손을 잡고 인도하십시오."

들러리가 레빈에게 말했다.

레빈은 한참 동안이나 사람들이 자신에게 요구하는 것을 알아듣지 못했다. 사람들은 오랫동안 그의 잘못을 바로잡아 주려 하다가 그것을 포기할 생각까지 했다. 왜냐하면 아무리 설명을 해도 그가 계속 엉뚱한 손을 내밀거나 엉뚱한 손을 잡았기 때문이다. 마침내 그는 위치를 바꾸지 않은 채 자신의 오른손으로 신부의 오른손을 잡아야 한다는 것을 깨달았다. 드디어 그가 신부의 손을 제대로 잡자, 사제는 그들 앞으로 몇 걸음 나와 성서대 앞에 멈춰 섰다. 친지들이 수군대며 또 드레스를 스치는 소리를 내며 그들 뒤를 따랐다. 누군가 허리를 굽혀 신부의 치맛자락을 바로잡아 주었다. 교회 안은 촛농 떨어지는 소리가 들릴 정도로 조용해졌다.

체구가 작은 노사제는 카밀라프카를 쓰고 두 귀 너머 양 갈래로 희끗희끗 머리 타래를 은빛으로 빛내며 등에 황금 십자가가 달린 무거운 은빛 제의 밖으로 작고 늙수그레한 손을 내놓은 채 성서대 앞에서 무엇인가를 뒤적이고 있었다.

스테판 아르카지치는 조심스럽게 사제에게 다가가 뭐라고 속삭이더니 레빈에게 눈을 찡긋해 보이며 다시 제자리로 돌아갔다.

사제는 꽃으로 장식한 양초 두 개에 불을 붙이고는 촛농이 천천히 떨어지도록 두 양초를 왼손으로 비스듬히 쥔 채 신랑 신부에게 얼굴을 돌렸다. 레빈이 고해성사를 한 그 사제였다. 그는 지치고 슬픈 시선으로 신랑과 신부를 바라보며 한숨을 쉬었다. 그리고 제의 밖으로 오른손을 내밀어 신랑을 축복하고 그와 똑같은 방식으로, 그러나 조심스럽고 부드럽게 고개 숙인 키티의 머리에 손가락을 모아 얹었다. 그런 다음 그는 그들에게 양초를 건네고는 향로를 들고서 천천히 그들 곁을 떠났다.

'이것이 정말 진짜일까?'

레빈은 이렇게 생각하며 신부를 돌아보았다. 그녀의 옆모습이 약간 아래로 내려다보였다. 그는 그녀의 입술과 눈썹이 희미하게 떨리는 것을 보면서 그녀가 그의 시선을 느끼고 있음을 알았다. 그녀는 돌아보지 않았다. 그러나 주름 잡힌 높은 깃이 움직이며 장밋빛의 자그마한 귀 쪽으로 올라갔다. 그는 그녀의 가슴에서 숨이 멎고, 긴 장갑을 낀 채 양초를 든 자그마한 손이 떨리는 것을 보았다.

루바슈카와 지각을 둘러싼 소동, 친척들과 지인들과의 대화, 그들의 불만, 그의 우스꽝스러운 처지, 이 모든 것이 순식간에 자취를 감추면서 그는 기쁘면서도 두려운 기분을 느끼기 시작했다.

은빛 사제복을 입고 양옆으로 구불구불한 곱슬머리를 빗어 넘긴 키가 큰 수석 부사제가 경쾌한 걸음걸이로 앞으로 나오더니 능숙한 동작으로 두 손가락으로 천을 들어 올리고 사제 앞에 멈춰 섰다.

"축-복-하-소-서, 주-여!"

장중한 소리가 천천히 꼬리를 물고 울리며 공기를 진동시켰다.

"우리 주, 하느님은 언제나 찬양을 받으시도다. 지금도, 언제까지나, 영원히."

노사제는 줄곧 성서대 위에서 무언가를 뒤적이며 겸손하게 노래하듯 응답했다. 그러자 눈에 보이지 않는 교회 성가대의 완벽한 화음이 창문에서 천장까지 교회 전체를 꽉 채워 조화롭고 넓게 퍼지며 솟아오르다가 순간 멈추더니 다시 조용히 잦아들었다.

언제나 그렇듯이 하늘로부터의 평화와 구원을 위해, 시노드를 위해, 군주를 위해 기도했다. 그리고 오늘 약혼하는 하느님의 종 콘스탄친과 카체리나를 위해 기도했다.

"오, 주여, 기도하노니 이 두 사람에게 언제나 완전하고 평온한 사랑과 도움을 내려 주시옵소서. 주님께 간구하나이다."

마치 교회 전체가 수석 부사제의 목소리를 통해 숨 쉬고 있는 듯했다.

레빈은 그 말에 귀를 기울였다. 그리고 그 말은 그에게 깊은 감동을 주었다.

'사람들은 어떻게 그것이 도움이라는 것을, 다름 아닌 도움이라는 것을 깨달았을까?'

그는 최근에 경험했던 공포와 의심을 떠올리며 생각했다.

'내가 알고 있는 것은 대체 무엇일까? 이 무시무시한 일 속에서 내가

할 수 있는 것은 무엇일까?'

그는 생각했다.

'도움이 없다면? 지금 내게 필요한 것은 바로 도움이다.'

부제가 기도문 낭송을 마치자, 사제는 책을 들고 신랑 신부 쪽으로 몸을 돌렸다.

"떨어져 있는 이들을 하나로 모으시는 영원한 하느님."

그는 노래하는 듯한 부드러운 목소리로 읽었다.

"하느님이 맺어 주신 사랑의 결합은 깨지지 않을 것입니다. 이삭과 리브가를 축복하시고 그들에게 당신이 약속하신 자손을 보이신 하느님, 당신의 종 콘스탄친과 카체리나를 축복하시고 이들을 선한 길로 이끄소서. 당신은 자비롭고 인간을 사랑하는 하느님이시니 우리가 당신에게 영광을 돌립니다. 성부와 성자와 성령의 이름으로 지금도, 언제까지나, 영원토록."

"아-멘."

보이지 않는 합창 소리가 다시 공기 속에 울려 퍼졌다.

'떨어져 있던 이들을 하나로 모으시고 사랑의 결합을 정하신다. 이 얼마나 심오한 말인가! 지금 이 순간 사람들이 느끼는 것에 얼마나 잘 들어맞는 말인가!'

레빈은 생각했다.

'그녀도 나와 똑같은 감정을 느꼈을까?'

그렇게 생각하고 돌아본 순간, 그의 눈이 그녀의 시선과 부딪쳤다.

그는 그녀의 표정을 보고는 자신과 똑같은 생각을 했다고 결론 내렸다. 하지만 그것은 사실이 아니었다. 그녀는 예배 중에 나오는 말을 하나도 이해하지 못했고 심지어는 약혼의 기도에 귀를 기울이지도 않았다. 그녀는 그 말을 들을 수도 이해할 수도 없었다. 그녀의 영혼을 가득 채우며 점점 더 강해졌던 하나의 감정, 그것이 너무나 강렬했기 때문이다. 그건 다름 아닌 지난 한 달 반 동안 마음속에서 완성되고 기쁨과 함께 슬픔을 주기도 한, 완벽한 완성에 대한 기쁨이었다. 그날, 그녀가 아르바트 거리에 있는 자기 집 응접실에서 갈색 드레스 차림으로 말없이 그에게 다가와 몸을 맡긴 그날 그때에, 그녀의 마음은 이전의 생활과는 완전히 단절됐고 완전히 다르고 새로운, 완전한 미지의 생활이 시작되었다. 하지만 실제로는 예전의 생활이 지속되고 있었다. 지난 육 주는 그녀에게 가장 행복하고 가장 괴로운 시간이었다. 그녀의 모든 삶, 모든 바람과 희망이 그녀로서는 아직도 이해할 수 없는 이 한 남자에게 모두 집중되어 있었다. 그리고 그런 그와 그녀를 결합하는 것은 그 남자 자체보다 훨씬 더 이해하기 힘든 그녀의 어떤 감정, 때로는 그녀를 친밀하게 끌어당기고 때로는 그녀를 완강하게 밀어내는 감정이었다. 그리고 그러는 동안 그녀는 여전히 예전과 같은 삶의 조건 속에서 살고 있었다. 그녀는 예전과 똑같은 생활을 하면서 자신이 두렵게 느껴졌다. 그리고 자신의 과거 즉, 물건이며 습관들 그리고 자신을 사랑했고 지금도 사랑해 주는 사람들, 무관심에 상처받은 어머니, 이전에는 세상 그 누구보다 사랑했던 다정한 아버지에 대해 그녀 자신이 보이는 완벽한 무관심 때문에 당황했다. 그녀는 이런 무관심에 두려워하기도 했고, 때로는 그녀를 이런 무관심으로 이끄는 것에 기뻐하기도 했다. 이제 그녀는 이 남자와 함께하는 삶 이외에는 어떤 것도 생각하거나 소망할 수도 없었다. 하지만 그 새로운 생활이 아직 실현되지 않았기에, 그녀는 그러한 삶을 선명하게 그려 볼 수도 없었다. 오직 소망과 기대만이 그리고 새로운 미지에 대한 두려움과 기쁨만이 있을 뿐이었다. 그런데 이제 기대와 미지, 또 이전의 삶과 단절한 데서 오는 회한 등이 모두 끝나고 새로운 삶이 시작될 것이다. 그 새로운 삶은 그녀가 모르는 것이라는 점에서 두려운 마음을 갖지 않을 수 없었다. 하지만 두렵든 두렵지 않든, 그 새로운 것은 이미 육 주 전에 그녀의 마음속에서 이미 실현되었고, 지금은 이미 그녀의 영혼 속에서 결정되었던 것이 환히 빛날 뿐이었다.

다시 성서대로 돌아온 사제는 키티가 준비한 자그마한 반지를 간신히 쥐고서 레빈에게 한쪽 손을 달라고 한 뒤 그의 손가락의 첫 번째 마디에 반지를 끼워 주었다.

"하느님의 남종 콘스탄친과 하느님의 여종 카체리나가 혼인을 했습니다."

그런 다음 사제는 커다란 반지를 키티의 가련할 정도로 연약하고 작은 분홍빛 손가락에 끼워 준 뒤 같은 말을 했다.

혼인을 한 두 사람은 무엇을 해야 할지 여러 차례 맞혀 보려 했지만 매번 실수를 저질렀고, 사제는 귓속말로 그들의 실수를 바로잡아 주었다. 마침내 필요한 절차를 끝낸 사제는 반지로 그들에게 성호를 그어 주고 나서, 다시 키티에게는 큰 반지를 레빈에게는 작은 반지를 건네주었다. 하지만 그들은 여전히 갈피를 못 잡고 손에서 손으로 반지를 두 차례 건넸지만, 그들이 요구받은 것은 여전히 제대로 이루어지지 않았다.

돌리와 치리코프와 스테판 아르카지치는 그들을 바로잡으려고 앞으로 나갔다. 술렁임과 속삭임과 미소가 번졌다. 그러나 결혼하는 두 사람의 얼굴에 떠오른 엄숙하고 감동에 찬 표정은 조금도 변함이 없었다. 오히려 그들의 손놀림은 더욱 뒤죽박죽되었지만 그들은 더 진지하고 엄숙한 눈길로 서로를 바라보았다. 스테판 아르카지치가 이제는 각자 자신의 반지를 끼라고 속삭이려다 지은 미소는 한순간에 그의 입술에서 굳어 버리고 말았다. 그는 어떤 미소라도 그들을 모욕하는 셈이 될 거라고 느꼈다.

"당신이 태초에 이들을 남자와 여자로 만드셨으매……."

사제는 반지 교환에 이어 기도문을 낭송했다.

"당신은 여자와 남자를 결합시켜 여자가 남자를 돕게 하시고 인류를 번창하도록 하셨습니다. 우리 주 하느님, 당신의 유산에, 그리고 당신이

택하신 종에게 주신 언약에 대대로 진리를 내려 주소서. 그리고 당신의 남종 콘스탄친과 당신의 여종 카체리나를 보살펴 주시고 그들의 혼인을 믿음과 진실 안에서, 같은 생각 안에서, 진리 안에서, 사랑 안에서 견고하게 하시며……."

레빈은 결혼에 대한 자신의 생각, 자신이 삶을 어떻게 세워 나갈지에 대한 공상, 이 모든 것들이 어린아이의 장난이었으며 그 모든 것을 여태 이해하지 못했다는 느낌이 점점 강하게 들었다. 그의 마음속에서 일어나는 전율은 점점 더 강도가 높아졌고 스스로도 주체할 수 없는 눈물이 눈에 고였다.

5

교회 안에는 모스크바 전체, 친척과 지인들이 와 있었다. 그리고 결혼식이 진행되는 동안 교회 안의 밝은 촛불 속에서 성장을 한 부인들, 아가씨들, 하얀 넥타이를 매고 연미복과 제복을 입은 남자들이 예의에 어긋나지 않게 점잖고 조용한 어투로 쉴 새 없이 이야기를 주고받았다. 주로 남자들이 이야기를 했고, 여자들은 언제나 그들에게 깊은 감동을 주는 성스러운 의식을 하나하나 관찰하느라 정신이 없었다.

신부와 가장 가까이 있는 사람은 그녀의 두 언니였다. 맏언니인 돌리와 외국에서 돌아온 차분하고 아름다운 리보바였다.

"어째서 마리는 결혼식에 보라색, 아니 정확히 말해 검은색 옷을 입고 왔을까요?"

코르순스카야 부인이 말했다.

"그녀의 얼굴색 때문에 그렇지요."

드루베츠카야 부인이 대답했다.

"내가 놀란 건 왜 결혼식을 저녁에 하느냐는 거예요. 상인들처럼……."

"더 아름답잖아요. 나도 저녁에 결혼식을 했어요."

코르순스카야 부인은 이렇게 대답하고는 한숨을 쉬었다. 결혼식 날 자신이 무척 아름다웠고 남편이 우스꽝스러울 정도로 자신에게 푹 빠져 있었지만 지금은 달라진 것을 떠올린 것이다.

"들러리를 열 번 이상 한 사람은 결혼을 못 한다는 말이 있지요. 난 이번에 보험을 드는 심정으로 열 번을 채울까 했지만 자리가 꽉 찼더군요."

시냐빈 백작은 자신이 염두에 두고 있는 아름다운 차르스카야 공작 영애에게 이렇게 말했다.

차르스카야는 그의 말에 그저 미소로 답할 뿐이었다. 그녀는 키티를 바라보며 자신은 언제 어떻게 키티의 자리에서 시냐빈 백작과 나란히 서게 될까, 그때가 되면 그에게 어떤 식으로 지금의 농담을 상기시켜 줄까 생각했다.

쉐르바츠키는 늙은 궁중 시녀 니콜라예브나에게 자신은 키티가 행복해지도록 딸의 가발 위에 관을 씌워 줄 생각이라고 말했다.

"가발은 쓰지 않아도 좋을 텐데요."

니콜라예브나는 이렇게 대답했다. 그녀는 아주 오래전부터 자신이 마음에 둔 나이 많은 총각과 결혼하게 되면 결혼식을 아주 간소하게 올려야겠다고 작정했었다.

"난 이런 요란스러운 치장은 싫어요."

세르게이 이바노비치는 다리야 드미트리예브나와 이야기를 주고받으며, 결혼 후 여행을 가는 풍습이 퍼지고 있는 것은 신랑 신부라면 으레 조금은 부끄러워하기 때문이라며 농담을 섞어 말했다.

"동생분은 자랑스럽겠어요. 신부가 저리도 아리따우니 말이에요. 부럽지 않나요?"

"부러워할 나이는 지났지요, 다리야 드미트리예브나."

그는 이렇게 대답했다. 그의 얼굴은 생각과는 달리 우울하고 진지했다.

"화관을 바로잡아 줘야겠어요."

그녀는 그의 말을 듣지도 않고 이렇게 대답했다.

"키티의 안색이 저렇게 나빠지다니, 정말 안됐어요."

노르츠톤 백작 부인이 리보바에게 말했다.

"그래도 신랑은 신부 발끝에도 못 미치는군요. 그렇지 않나요?"

"그렇지 않아요, 난 그가 아주 마음에 들어요. 저 사람이 제부가 되기 때문이 아니라 행동이 훌륭하잖아요. 이런 상황에서 올바르게 처신하고 우스꽝스럽게 보이지 않는 것이 얼마나 어렵겠어요. 그런데 레빈은 우스꽝스럽지도 긴장하지도 않고 있어요. 그래요, 감동한 것 같아요."

"당신은 이렇게 되길 기대했나 보군요?"

"그렇다고 할 수 있지요. 키티는 언제나 그를 사랑한걸요."

"자, 누가 먼저 양탄자를 밟는지 봅시다. 내가 키티에게 조언을 해 주었는데."

"어떻게 되든 마찬가지예요."

리보바가 말했다.

"우리는 모두 순종적인 아내예요. 그게 우리 집안의 가풍이지요."

"난 일부러 바실리보다 먼저 양탄자를 밟았어요. 돌리, 당신은요?"

돌리는 그들 옆에 서서 그들의 이야기를 듣고 있었으나 아무 대답도 하지 않았다. 그녀는 감동해 눈에 눈물이 그렁그렁 맺혔고 입을 열 때마다 울음이 나올 듯했다. 그녀는 키티와 레빈을 보며 기뻐했다. 그리고 자신의 결혼식에 생각이 미치자 얼굴이 훤한 스테판 아르카지치를 쳐다보며 현재의 일은 모두 잊은 채 자신의 순수한 첫사랑만을 기억했다. 그녀는 자신만이 아니라 친구들과 지인들을 비롯해 그녀가 가깝게 알고 지낸 모든 여자들을 떠올렸다. 그리고 그녀는 그들에게 단 한 번뿐인 그 엄숙한 순간에 그들이 어떠했는지를 기억해 냈다. 키티처럼 화관 아래 서서 사랑과 희망, 공포를 느끼며 과거와 작별하고 비밀스러운 미래로 들어서는, 인생에서 단 한 번뿐인 엄숙한 시간을 지나는 그들의 모습을 떠올렸다. 그녀는 기억 속에 떠오른 그 신부들 가운데 사랑하는 안나도 떠올렸다. 그녀는 얼마 전 안나가 이혼할 것 같다는 이야기를 전해 들었다. 그녀도 똑같이 오렌지 꽃과 베일에 싸인 순결한 모습으로 서 있었다. 그런데 지금은 어떤가?

"믿어지지 않아."

그녀는 중얼거렸다.

성스러운 예식을 하나도 빠짐없이 세세하게 지켜본 사람은 자매와 친구들 그리고 친지들만이 아니었다. 아무 관계도 없는 처녀들과 아낙들은 숨을 죽인 채 흥분하며 신랑 신부의 동작과 얼굴 표정을 하나라도 놓칠까 두려워 두 사람에게서 잠시도 눈을 떼지 않았다. 그리고 익살스러운 농담이나 아무 상관 없는 말을 지껄여 대는 무심한 남자들의 이야기에 짜증을 내며 대꾸도 하지 않았고 때로는 아예 들은 척도 하지 않았다.

"그런데 신부는 왜 저렇게 눈이 퉁퉁 부은 걸까? 설마 마음에도 없는 결혼을 하는 건 아니겠지?"

"저렇게 훌륭한 젊은이와 결혼하는데 싫을 이유가 있겠어요? 신랑이 공작이라면서요, 그렇죠?"

"하얀 공단 드레스를 입은 여자가 언니죠? 쉿, 들어 보세요. 부제가 이제 '남편을 두려워할지어다.'라고 읊을 거예요."

"추도프 수도원 성가대인가요?"

"교회에서 온 성가대예요."

"내가 하인에게 물어봤어요. 하인은 신랑이 신부를 자기 영지로 곧 데려갈 거라고 하더군요. 굉장한 부자래요. 그래서 키티를 저 남자에게 시집보냈나 봐요."

"무슨 말씀을요, 아주 잘 어울리는 쌍인데요."

"그런데, 마리야 블라시예브나, 당신은 크리놀린을 느슨하게 입어야 한다고 말했지요. 그렇지만 저기 퓨스 옷을 입은 대사 부인 좀 보세요. 저 부인도 저렇게 입었잖아요."

"신부가 정말 참하네요! 꼭 예쁘게 차려입은 어린 양 같네요! 당신이 뭐라고 하든 우리는 여자 쪽에 마음이 가네요."

교회 문으로 들어가는 데 성공한 여자 구경꾼들 사이에서는 이런 말들이 오갔다.

6

결혼식이 끝나자, 교회지기는 교회 중앙에 놓인 독경대 앞에 장밋빛 비단 조각을 깔았고 성가대는 베이스와 테너가 번갈아 노래하는 기교적이고 복잡한 성가를 부르기 시작했다. 그러자 사제는 고개를 돌리고 결혼한 두 사람에게 바닥에 깐 장밋빛 천 조각을 가리켰다. 두 사람 모두 양탄자를 먼저 밟는 사람이 집안의 머리가 된다는 풍설을 수도 없이 들었지만 이미 몇 발자국을 떼어놓은 레빈과 키티는 누구도 그걸 기억하지 못했다. 어떤 사람들은 레빈이 먼저 밟았다고 하고 또 어떤 사람들은 둘이 함께 밟았다고 하지만, 두 사람에게는 그 시끄러운 말이나 말다툼이 전혀 들리지 않았다.

두 사람에게 결혼 의사가 있는지, 그들이 다른 사람에게 결혼을 약속한 적 없는지에 대한 의례적인 질문들과 그 자신들에게도 낯설게 울리는 대답들이 오고 간 후, 새로운 예배가 시작되었다. 키티는 기도문의 의미를 이해하고 싶어 귀를 기울였지만 아무것도 이해할 수 없었다. 예식의 완벽함에 비례해 엄숙함과 밝은 기쁨의 감정이 차올라 도무지 주의를 기울일 수가 없었다.

"이들에게 정숙함을 주시고 아들과 딸을 보는 기쁨을 누리게 하소서."

라는 기도문이 낭송되었다. 또한 하느님이 아담의 갈비뼈로 아내를 창조했고 더불어 "이러므로 남자가 부모를 떠나 그 아내와 한 몸을 이룰지니라."라는 구절과 "이 신비는 위대하도다."라는 구절이 언급되었다. 그리고 하느님이 도우사 이삭과 리브가에게, 요셉에게, 모세와 십보라에게 주신 것처럼 두 사람에게 다산과 축복을 내리시기를, 두 사람이 아들의 아들을 볼 수 있기를 바라는 기도문이 낭송되었다.

'모든 것이 너무 아름다워.'

키티는 그 말을 들으며 생각했다.

'이 모든 말은 완벽하고 이루어지지 않을 리 없어.'

그녀의 밝아진 얼굴에서는 기쁨의 미소가 빛났고, 그녀를 바라보는 모든 사람들에게 무의식중에 전달되었다.

"제대로 씌워요!"

사제가 신랑 신부에게 왕관을 씌우려 할 때 여기저기서 이런 조언들이 들려왔다. 그러자 쉐르바츠키는 단추가 셋 달린 장갑을 낀 손을 덜덜 떨면서 관을 키티의 머리 위로 높이 들었다.

"씌워 주세요!"

그녀는 미소를 지으며 속삭였다.

레빈은 그녀를 돌아보며 기쁨으로 빛나는 얼굴에 깊은 감동을 받았다. 그리고 그 감정은 무의식중에 그에게로 전해졌다. 그도 그녀와 똑같이 밝고 행복한 기분을 느꼈다.

그들은 사도행전 낭독을 듣는 것도, 바깥에 서 있는 관중들이 그토록 초조하게 기다리던 마지막 시에서 부제의 구르는 듯한 목소리를 듣는 것도 행복했다. 바닥이 평평한 찻잔으로 물을 탄 따뜻한 적포도주를 마시는 것이 즐거웠다. 〈이사야여, 기뻐할지어다〉를 부르는 베이스의 목소리가 울려 퍼지는 가운데 사제복을 벗은 사제가 그들과 손을 맞잡고서 신랑 신부를 이끌고 독경대 주위를 돌았다. 신랑과 신부의 머리 위로 관을 받쳐 들고 따라다니던 쉐르바츠키와 치리코프는 신부의 치맛자락에 걸려 웃기도 하고 무언가에 기뻐하기도 했으며, 사제가 걸음을 멈출 때면 관을 쓴 신랑 신부와 부딪치기도 했다. 키티 안에서 불붙기 시작한 기쁨의 불꽃은 교회에 있는 모든 사람에게 전염된 것 같았다. 레빈이 보기에는 사제와 부제도 그처럼 미소 짓고 싶어 하는 듯 보였다.

사제는 두 사람의 머리에서 관을 벗기고 마지막 기도문을 낭독한 후 신랑 신부를 축하해 주었다. 레빈은 키티를 쳐다보았다. 그는 지금까지 한 번도 그녀의 그런 모습을 본 적이 없었다. 그녀 얼굴에 어린 행복의 빛은 너무도 아름다웠다. 레빈은 그녀에게 뭔가 말하고 싶었지만 식이 끝났는지 어떤지 알 수 없었다. 사제가 그를 곤경에서 구해 주었다. 그는 선량한 입매로 웃음을 지으며 조용히 말했다.

"아내에게 키스하십시오. 그리고 신부도 남편에게 키스하세요."

그는 이렇게 말하고 그들의 손에서 양초를 받았다.

레빈은 조심스럽게 미소 띤 그녀의 입술에 키스하고 손을 내밀었다. 그리고 새로우면서도 이상한 친밀감을 느끼며 교회를 빠져나왔다. 그에게는 이것이 사실이라는 게 믿기지 않았다. 아니, 믿을 수 없었다. 수줍고 놀라워하는 그들의 눈길이 마주쳤을 때 비로소 레빈은 믿게 되었다. 이제 그들은 하나가 되었기 때문이었다.

그날 밤 저녁을 먹고 바로 신혼부부는 시골로 떠났다.

7

브론스키와 안나는 벌써 석 달째 유럽을 여행하고 있었다. 두 사람은 베네치아와 로마, 나폴리를 돌아다니다 이탈리아의 작은 도시에 막 도착했다. 그들은 그곳에서 얼마간 정착할 예정이었다. 숱이 많은 머리카락에 포마드를 발라 목덜미에서부터 가르마를 타고 연미복 밖으로 삼베로 지은 하얀 와이셔츠의 가슴께를 훤하게 드러내고 둥그런 배 위에 장식 줄을 늘어뜨린 잘생긴 급사장이 주머니에 양손을 꽂고서 경멸하듯 실눈을 뜬 채 그의 앞에 서 있는 한 신사에게 냉랭한 태도로 뭐라고 대답하고 있었다. 급사장은 입구 다른 쪽에서 계단을 올라오는 발소리를 듣고는 고개를 돌렸다. 그는 그 호텔에서 가장 좋은 방을 차지한 러시아 백작을 보자 주머니에서 손을 빼고 공손하게 고개를 숙이며 심부름꾼이 다녀갔다는 것과 팔라초를 빌리는 문제가 해결되었다는 것을 알렸다. 지배인은 계약서에 서명할 준비를 갖추어 놓았다.

"아! 그거 잘됐군."

브론스키가 말했다.

"그런데 부인은 안에 계신가, 아니면 밖으로 나갔는가?"

"부인은 산책하러 나가셨다가 지금은 돌아와 계십니다."

급사장이 대답했다.

브론스키는 챙이 넓은 부드러운 모자를 벗고 손수건으로 땀에 젖은 이마와 귀 위로 어중간하게 자란, 머리가 빠진 부분을 감추기 위해 뒤로 빗어 넘긴 머리카락을 손수건으로 닦았다. 그런 뒤 아직도 자신을 바라보는 신사를 무심히 쳐다보고는 그 옆을 지나치려 했다.

"이 신사분도 러시아 분이신데 손님에 대해 묻는군요."

급사장이 말했다.

어딜 가나 아는 사람들로부터 벗어날 수 없다는 짜증과 자신의 무미건조한 생활에서 탈출하고 싶다는 바람이 뒤섞인 마음으로 브론스키는 옆에 서 있는 그 신사를 한 번 더 돌아보았다. 그러자 두 사람의 눈이 동시에 반짝였다.

"골레니셰프!"

"브론스키!"

그는 중앙 육군사관학교 시절의 동료인 골레니셰프였다. 골레니셰프는 사관학교 시절에 자유주의파에 속해 있었는데 문관 자격으로 졸업한 뒤 어느 곳에서도 근무하지 않았다. 두 사람은 학교를 졸업한 뒤 헤어진 후 단 한 번 만났을 뿐이었다.

그 만남에서 브론스키는 골레니셰프가 어떤 고결한 자유주의 활동을 하게 되면서 브론스키가 하는 일과 관등을 무시한다는 것을 알아차렸다. 그래서 브론스키는 골레니셰프를 만났을 때 그에게 차갑고 거만한 태도를 보였다. 그는 사람들에게 '내 생활 방식이 당신 마음에 들든 안 들든 나는 전혀 상관하지 않는다. 만일 나를 알고 싶다면 나를 존중해야 한다.'라는 의미의 반격을 가하는 데 능숙했다. 골레니셰프도 브론스키의 태도를 경멸하며 얕잡아 보았다. 결국 두 사람은 사이가 더욱 멀어졌다. 하지만 지금 그들은 서로를 알아보고 얼굴을 빛내며 기쁨으로 소리를 질렀다. 브론스키는 자신이 이렇게 골레니셰프를 반기리라고는 상상

도 못 했다. 그건 아마도 자신이 지금 얼마나 무료한 생활을 하고 있는
지 그 스스로 알지 못했기 때문일 터였다. 그는 마지막 만남에서 받은 불
쾌한 인상을 잊어버리고 허물없이 기쁜 낯빛으로 옛 친구에게 손을 내
밀었다. 골레니셰프는 조금 전에는 걱정하는 얼굴빛이었으나 이제 그도
기쁜 표정을 지었다.

"자네를 만나 얼마나 기쁜지 모르겠네!"

단단하고 하얀 이를 드러내며 사람 좋은 미소를 지은 브론스키가 말
했다.

"브론스키란 이름을 듣긴 했지만 어느 브론스킨지 알 수 있어야지. 정
말 너무 반갑군!"

"어서 들어가지. 그래, 자네는 무슨 일을 하나?"

"난 이곳에서 벌써 이 년째 살고 있어. 하고 있는 일 때문에 말이야."

"아!"

브론스키는 관심을 보이며 말했다.

"자, 어서 들어가지."

그리고 그는 러시아인이 평소 그러듯 하인들에게 숨기고 싶은 내용을
러시아어 대신 프랑스어로 이야기하기 시작했다.

"자네, 카레니나 부인을 알고 있는가? 우린 함께 여행 중이야."

그는 프랑스어로 말하며 골레니셰프의 얼굴을 주의 깊게 쳐다보았다.

"아, 그런가! 난 몰랐었네. (사실은 알고 있었다.)"

골레니셰프는 무심하게 대답했다.

"그런데 이곳에 도착한 지 오래됐나?"

그는 이렇게 덧붙였다.

"나? 오늘이 나흘째야."

브론스키는 이렇게 대답하며 다시 한 번 동료의 얼굴을 주의 깊게 쳐
다보았다.

'그래, 이 친구는 예의를 아는 친구야. 사태를 올바르게 보고 있군.'

브론스키는 골레니셰프의 표정과 그가 화제를 바꾼 의미를 알아채고 속으로 중얼거렸다.

'이 친구를 안나에게 소개해도 되겠지. 그는 우리 일을 올바르게 볼 줄 아니까.'

안나와 외국에서 함께 보낸 석 달 동안, 브론스키는 새로운 사람을 만날 때마다 그 새로운 인물이 그와 안나의 관계를 어떻게 바라볼지 늘 스스로에게 질문을 던졌고, 대부분의 경우 남자들에게서는 제대로 된 이해심을 발견했다. 그러나 대체 '제대로'가 무슨 뜻이냐고 그에게 묻거나 아니면 그렇게 이해하는 사람들에게 묻는다면 그들은 다들 몹시 난처했을 것이다.

사실 브론스키가 생각하기에, '제대로' 이해한 사람들은—그게 뭔지 이해하지 못했지만—다만 복잡하고 풀리지 않는 문제를 대하는, 교육을 잘 받는 사람들처럼 행동하는 것뿐이며 인생의 모든 측면을 살펴보고 불쾌한 질문이나 암시는 피하면서 점잖게 행동했다. 그들은 브론스키의 현재 처지를 모두 이해하며 인정하고 심지어는 그를 위로하는 척했지만 이런저런 이유를 대며 설명을 하는 것은 불필요한 행동이라고 여겼다.

브론스키는 골레니셰프가 그러한 사람임을 곧장 알아차렸기에 그를 만난 것이 배로 기뻤다. 실제로 골레니셰프는 카레니나에게로 인도되었을 때 브론스키가 바란 그대로 행동했다. 그는 거북한 상황에서 생기는 곤란한 일과 화제를 무리 없이 피해 가는 것 같았다.

그는 안나를 처음 보았는데 그녀의 아름다움과 더욱이 자신의 처지를 받아들이는 그녀의 꾸밈없는 모습에 강한 인상을 받았다. 브론스키가 골레니셰프를 데려오자 안나는 얼굴이 빨개졌다. 그런데 골레니셰프는 그녀의 솔직하고 아름다운 얼굴을 뒤덮은 그 어린아이 같은 홍조가 마음에 들었다. 무엇보다 그의 마음에 들었던 것은, 그녀가 낯선 사람 앞에서도 타인에게 오해를 불러일으키지 않으려는 듯 머뭇거리지 않고 브론스키를 편안하게 알렉세이라고 부르고, 여기서 이곳 사람들이 팔라초라고 부르는 새로 세낸 집으로 거처를 옮길 거라고 말한 점이었다. 골레니셰프는 이처럼 자신의 처지에 대해 직설적이고 솔직한 태도를 가진 안나가 마음에 들었다. 그녀의 선량하고 명랑하고 활기찬 모습을 보는 동안, 알렉세이 알렉산드로비치와 브론스키를 둘 다 알던 골레니셰프는 그녀의 행동을 충분히 이해할 것 같았다. 그녀 자신은 절대로 이해하지 못하는 것들을 이해할 만하다고 생각했다. 즉, 남편을 불행하게 만들고, 남편과 아들을 버림으로써 좋은 평판을 잃었지만 열정적이고 명랑하며 행복할 수 있다는 행동이 그러했다.

"관광 안내서에 그 집이 있더군."

골레니셰프는 브론스키가 세낸 그 팔라초에 대해 말했다.

"그곳에는 틴토레토의 훌륭한 명화가 있지. 그의 말년 작품이야."

"자, 이러면 어떨까? 날씨도 좋으니 그곳에 가서 한 번 더 보고 옵시다."

브론스키는 안나를 돌아보며 말했다.

"좋아요. 지금 당장 가서 모자를 쓰고 올게요. 날씨가 덥다고 했죠?"

그녀는 문가에 서서 무엇인가를 묻는 듯한 눈길로 브론스키를 바라보았다. 다시금 새빨간 홍조가 그녀의 얼굴을 덮었다.

안나의 얼굴을 본 브론스키는 그녀가 골레니셰프와 어떤 관계를 설정해야 할지 모르고 있으며, 그래서 그가 바라는 대로 그녀가 처신하고 있는지 어떤지 몰라 걱정하고 있다는 것을 알아차렸다.

그는 다정한 눈길로 지그시 그녀를 바라보았다.

"아니, 그다지 덥지는 않아요."

그가 말했다.

그러자 그녀는 모든 것, 특히 그가 그녀에게 만족하고 있다는 것을 알아차렸다. 그녀는 그에게 미소를 던지며 빠른 걸음으로 문을 나섰다.

두 친구는 서로를 바라보았고, 그들의 얼굴에는 어색한 빛이 떠올랐다. 안나에게 좋은 인상을 받은 골레니셰프는 그녀에 대해 무언가를 말하고 싶어 하면서도 할 말을 찾지 못하는 것 같았고, 브론스키는 그것을 원하면서도 내심 두려워하는 것 같았다.

"그러니까……."

브론스키는 어떤 대화를 시작해야겠기에 말문을 열었다.

"그래서 자네는 이곳에 정착을 한 거야? 일은 여전히 같은 일을 하고 있고?"

그는 사람들에게서 골레니셰프가 무언가를 쓰고 있다는 이야기를 떠올리며 계속 말을 이었다.

"응, 《두 개의 기원》의 2부를 쓰고 있어."

골레니셰프는 브론스키의 질문이 마음에 들었는지 얼굴을 붉히며 말했다.

"정확히 말하자면 아직 쓰지는 않고 자료를 준비하고 수집하는 중이야. 이번 책은 훨씬 광범위해서 거의 모든 문제를 다루게 될 거야. 우리 러시아 사람들은 우리가 비잔틴의 후예라는 것을 이해하고 싶어 하지 않지만."

그는 길고 열정적인 설명을 늘어놓기 시작했다.

브론스키는 저자 자신이 무슨 유명한 작품을 논하듯 《두 개의 기원》을 이야기하자 처음에는 자신이 그 책을 전혀 모른다는 사실에 겸연쩍었다. 하지만 곧 골레니셰프가 자신의 생각을 설명하고 브론스키도 그의 설명을 따라갈 수 있게 되자 《두 개의 기원》을 모르는 브론스키도 흥미를 갖고 그의 말에 귀를 기울였다. 골레니셰프는 그만큼 말솜씨가 워낙 뛰어났다. 하지만 골레니셰프가 자신의 마음을 사로잡은 주제에 대해 보인 초조한 흥분이 브론스키를 놀라게도 하고 슬프게도 했다. 이야기를 하면 할수록, 그의 눈동자는 더욱 불타올랐고, 가상의 반대자들에게 성마른 반론을 펼쳤으며, 더욱 조급한 얼굴로 화를 냈다. 마르고 생기발랄하고 착하고 고상한 소년으로 사관학교에서 언제나 수석을 도맡았던 골레니셰프를 떠올리자, 브론스키는 그가 흥분하는 이유를 도저히 납득할 수 없었고 그의 편을 들기도 어려웠다. 특히 마음에 들지 않았던 것은, 훌륭한 계층에서 태어나 자란 사람인 골레니셰프가 삼류 작가들과 같은 선상에 서서 그들이 성질나게 했다면서 똑같이 화를 내고 있다는 점이었다. 과연 그럴 만한 가치가 있을까? 브론스키는 그런 사실이 마음에 들지 않았다. 또 그가 불행하다고 생각했고 심지어는 불쌍했다. 골레니셰프는 안나가 들어오는 것도 모른 채 계속해서 열띤 목소리로 자신의 생각을 계속 늘어놓았다. 그의 매우 잘생긴 얼굴에서는 거의 정신병을 의심케 하는 표정이 보였다.

모자와 망토를 걸친 안나가 아름다운 두 손으로 양산을 빠르게 돌리며 옆에 서자, 브론스키는 안도감을 느끼며 뚫어지게 자신을 바라보는 호소하는 듯한 골레니셰프의 시선에서 편안함을 느끼며 벗어났고, 생명과 기쁨으로 충만한 아름다운 연인을 새로운 사랑의 눈길로 바라보았다. 겨우 정신을 차린 골레니셰프는 처음에는 우울하고 어두워 보였다. 하지만 모든 사람들을 부드럽고 편안하게 대하는 안나―그 무렵 안나의 모습대로―의 꾸밈없고 쾌활한 태도가 곧 그의 기분을 편안하게 해 주었다. 안나는 여러 가지 다양한 화제를 꺼내다가 그림에 관한 화제로 대화를 이끌었다. 그는 그림에 대해 많은 이야기를 했고, 그녀는 그의 이야기를 주의 깊게 들었다. 그들은 세낸 집까지 걸어가 그 집을 둘러보았다.

"아주 기쁘고 좋은 일이 있어요."

안나는 돌아오는 길에 골레니셰프에게 말했다.

"곧 알렉세이에게 멋진 아틀리에가 생길 거예요. 당신, 꼭 그 방을 써요."

그녀는 브론스키를 친근하게 부르며 러시아어로 말했다. 그녀는 골레니셰프가 그들과 가까운 사람이 되리라는 것과 그의 앞에서는 굳이 감출 필요가 없다는 것을 알아차렸던 것이다.

"정말 자네가 그림을 그린단 말이야?"

골레니셰프가 재빨리 브론스키를 돌아보며 말했다.

"응, 오래전에 그림을 그렸지. 그리고 요즘 들어 다시 조금씩 손을 대기 시작했어."

브론스키는 얼굴을 붉히며 말했다.

"이이는 굉장한 재능을 갖고 있어요."

안나는 기쁨에 찬 미소를 지으며 말했다.

"물론 전 비평가는 아니에요! 하지만 전문 비평가들도 그렇게 말했답니다."

8

안나는 남편에게서 벗어나 빠르게 건강을 회복하던 중, 처음에는 용서가 안 될 정도로 행복하고 생의 기쁨으로 충만한 생활을 누린다고 생각했다. 남편이 불행하다는 사실을 기억한다 해도 행복에 금이 가진 않았다. 한편으로 그 기억은 생각하고 싶지 않을 만큼 너무나 끔찍한 것이었다. 다른 한편으로 남편의 불행으로 말미암아 후회하기에는 현재가 너무나 행복했다. 병을 앓은 뒤 그녀에게 일어난 일들, 즉 남편과의 화해, 불화, 브론스키의 부상 소식, 그의 출현, 이혼 준비, 남편의 집을 떠난 것, 아들과의 작별, 이 모든 일들이 그녀에게는 열에 달뜬 꿈처럼 여겨졌고, 그 꿈에서 깨어나니 브론스키와 외국에 있는 것이었다. 남편의 악행을 떠올리면 혐오 비슷한 감정이 생겼고, 그건 자신의 몸에 들러붙어 있던 줄을 끊어 버리고 물에 빠진 사람이 느꼈음 직한 감정이었다. 그 사람은 물에 빠져 죽었다. 물론 그것은 나쁜 짓이었다. 하지만 그것만이 유일한 구원이었고, 그런 무시무시한 일들은 상세히 기억하지 않는 편이 나았다.

그녀는 자신의 행동에서 단 하나 위안이 되는 점을 찾아냈다. 그리고 이제 그녀는 과거의 모든 일들을 기억할 때면 그 생각을 떠올렸다.

'내가 그 사람을 불행하게 만든 건 어쩔 수 없는 일이었어. 하지만 난 그 불행을 이용하고 싶지 않아. 나 역시 괴로워할 것이고 앞으로도 그럴 거야. 난 내가 무엇보다 소중히 여기던 것을 잃었어. 난 명예로운 이름과 아들을 잃었잖아. 난 잘못을 저질렀어. 그러니 행복도 바라지 않고 이혼도 바라지 않아. 난 멸시를 참고 아들과의 이별을 견뎌 낼 거야.'

그녀는 생각했다. 하지만 아무리 진심으로 괴로워하려 해도 전혀 괴롭지 않았다. 수치심도 생기지 않았다. 두 사람은 외국에 머무는 동안 온갖 풍부한 기술을 동원해 러시아인을 피해 다녔고 스스로를 기만해야 하는 처지에 빠지지도 않았다. 그리고 여기저기서 만나는 사람들은 본인들보다 그들 처지를 더 잘 이해했다. 사랑하는 아들과 헤어진 것도 처음에는 그녀를 괴롭히지 않았다. 브론스키의 자식인 딸만 남은 뒤로, 안나는 그 딸이 너무나 사랑스러워 아들을 별로 생각하지 않았다.

안나는 건강을 되찾은 뒤로 삶에 대한 욕구가 너무도 강렬해짐과 동시에 삶의 조건도 새롭고 즐겁기만 해서 그녀 스스로가 용서가 안 될 만큼 행복했다. 그녀는 브론스키를 알면 알수록 더욱더 그를 사랑하게 되었다. 브론스키라는 인간을 사랑했고, 그가 자신을 사랑하기 때문에도 그를 더 사랑했다. 그를 완전히 소유했다는 사실이 그녀에게 끊임없는 기쁨을 안겨 주었다. 그가 가까이 있어서 그녀는 언제나 즐거웠다. 그리고 점차 알게 된 그의 성격 모두가 그녀에게는 말할 수 없을 만큼 사랑스러웠다. 군복을 벗은 뒤 달라진 그의 모습은 사랑에 빠진 젊은 여자가 그러하듯 그녀에게는 매력적으로 느껴졌다. 그가 말하고 생각하고 행동하는 모든 것 속에서, 그녀는 매우 고결하면서도 고상한 무언가를 보았다. 그에게서 황홀함을 느끼는 자신의 모습에 안나는 종종 겁이 났다. 그녀는 그에게서 아름답지 않은 무언가를 찾아보려 했지만 도저히 찾을 수 없었다. 그녀는 그 앞에서 자신의 초라함을 쉽게 드러낼 수 없었다. 만일 그가 알게 된다면 그녀에 대한 그의 사랑이 금세 식으리라 생각했다. 그녀로서는 그의 사랑을 잃을 아무 근거나 이유도 없었지만, 현재 그녀에게는 그보다 두려운 것도 없었다. 하지만 그녀는 자신을 대하는 그의 태도에 감사하지 않을 수 없었고, 자신이 그것을 얼마나 고맙게 생각하는지 드러내지 않을 수 없었다. 그녀가 보기에 그는 정부 일에 특별한 사명감을 가지고 있고 또 그 속에서 돋보이는 역할을 할 수 있는 사람이었다. 그런 그가 자신을 위해 야심을 버리고도 아무런 후회도 드러내지 않았다. 그는 전보다 더 그녀에게 정중했으며 사랑을 쏟았다. 그리고 그녀가 자신의 처지 때문에 결코 불편해하지 않기를 바라는 마음이 그의 머릿속에서 단 한 순간도 떠나지 않았다. 그는 남성적인 사람이었지만 그녀 의견에는 언제나 존중의 뜻을 보였다. 아니 아예 자신의 의지를 갖지 않았다. 그의 정신은 온통 그녀가 바라는 욕구에만 집중되어 있는 것 같았다. 그래서 그녀는 그것에 감사하지 않을 수 없었다. 비록 지나친 관심과 그녀 주위에 둘러싸인 배려의 분위기가 부담스럽긴 했지만 말이다.

한편 브론스키는 그가 그토록 오랜 시간 동안 간절히 바라던 것이 완전히 이루어졌음에도 완벽한 행복을 느끼지 못했다. 욕망의 실현은 그가 기대했던 행복이라는 산에서 겨우 모래 한 알을 주운 것에 지나지 않다고 생각했다. 결국 욕망을 실현하는 것이 행복이라고 믿는 사람들이 저지르는 영원불변의 실수라고 생각했다. 그녀와 함께 지내며 평복을 입게 된 후 처음 얼마 동안, 그는 이전에 몰랐던 자유의 매력을 대부분 맛보았고 사랑의 자유가 가진 매력도 느꼈다. 그는 만족해했다. 그러나 그것은 오래가지 않았다. 그는 곧 자신의 마음속에서 욕망을 바라는 욕망, 즉 고뇌가 조용히 꿈틀거리는 것을 느꼈다. 그는 자신의 의지와 상관없이 매 순간마다 발생하는 변덕을 욕망과 목적으로 간주하고 그것을 붙잡으려 했다. 하루의 열여섯 시간을 무언가로 채워야 했다. 왜냐하면 그들은 페테르부르크에서 그들의 시간을 차지하던 사회생활의 틀을 벗어나 외국에서 완전히 자유롭게 살고 있었기 때문이었다. 예전 외국 여행에서 브론스키의 마음을 사로잡았던 독신 생활의 즐거움과 자유에 대해서는 꿈도 꿀 수 없었다. 왜냐하면 그런 종류의 향락을 시도하기만 해도, 지인들과 늦게까지 저녁 식사를 하고 오기만 해도, 안나가 심각한 우울증을 보였기 때문이다. 또한 그들은 자신들의 불분명한 처지로 인해 그 고장의 사교계나 러시아인의 모임도 접하기가 어려웠다. 이미 볼 곳은 다 찾아본 명승지를 둘러보는 일도 그처럼 똑똑한 러시아인에게는 별 의미가 없었다. 영국인은 이 경우에 표현하기 어려운 의미를 잘도 부여하지만 말이다.

굶주린 짐승이 먹이를 찾으려는 일념으로 자기 앞에 떨어진 것이라면 뭐든 물고 늘어지듯, 브론스키도 무의식적으로 정치에, 때로는 새로 나온 책에, 때로는 그림에 몰두했다.

브론스키는 어려서부터 그림에 소질을 보인 데다 자신의 돈을 어디에 써야 할지 몰라 판화를 수집하기 시작했다. 그래서 그는 회화를 선택해 그것을 공부하기 시작했다. 거기에 만족을 원하는, 채워지지 않는 욕망을 쏟아부었다.

그는 예술을 이해하고 그것을 능숙한 솜씨로 세련되게 모사하는 재능이 있었다. 그래서 그는 화가로서 필요한 바로 그것이 자신에게 있다고 생각해, 한동안은 어떤 종류의 회화를 그릴까 고민했다. 그는 종교화든, 역사화든, 리얼리즘 회화든 일단 그림을 그리기로 결심했다. 그는 모든 종류를 이해했고, 이런저런 것들에 영감을 얻었다. 그러나 회화의 유파에 신경도 쓰지 않거나, 또 자신이 그리는 그림이 이미 어떤 장르에 속할지 괘념치 않으면서, 마음속에서 떠오르는 대로 직접 영감을 받을 수도 있다는 것은 상상할 수도 없었다. 결국 삶 자체에서 영감을 받는 것이 아니라, 이미 예술로 표현된 삶으로부터 간접적인 영감을 받았다. 그래서 매우 빠르고 쉽게 영감을 얻었고 그만큼이나 빠르고 쉽게 목적을 달성해 그의 그림은 그가 모방하려는 유파와 매우 비슷해지고 말았다.

여러 유파 가운데 그가 가장 마음에 들어 했던 것은 우아하고 인상적인 프랑스풍이었다. 그래서 그는 그 화법에 따라 이탈리아 의상을 입은 안나의 초상화를 그렸다. 그 초상화는 자신을 포함한 그림을 본 사람들 모두가 썩 훌륭하다고 말했다.

9

버려진 고성의 높다란 천장은 돋을새김으로 마감되어 있었고 벽에는 프레스코화가 가득했으며 바닥은 모자이크화로 수놓아 있었다. 높은 창문에는 육중하고 노란 다마스크 커튼이 드리워져 있었으며 콘솔과 벽난로의 선반 위에는 꽃병이 놓여 있었을 뿐만 아니라 조각으로 장식된 문들과 어두침침한 홀들은 그림들로 가득 차 있었다. 브론스키는 거처로 정한 팔라초의 외관에 넋을 잃었다. 마치 자신이 러시아 지주나 퇴직한 장교라기보다는 사실 자신은 겸손한 화가이면서도 사랑하는 여인을 위해 모든 연줄과 명예심을 버린 교양 있는 미술 애호가라는 환상에 사로잡혔다.

브론스키가 팔라초로 이사하며 선택한 역할은 완벽하게 성공적이었다. 그리고 골레니셰프의 소개로 몇몇 흥미로운 사람들과 교류하면서 처음 얼마 동안 그는 평화로움을 느꼈다. 그는 이탈리아인 회화 교수의 지도로 자연을 대상으로 스케치했고 중세 이탈리아 생활을 공부했다. 최근 브론스키는 중세 이탈리아의 생활에 마음을 빼앗긴 나머지 중세풍의 모자와 어깨 위에 걸치는 망토까지 입고 다닐 정도였다. 그러한 복장은 그에게 아주 잘 어울렸다.

"그런데 우리는 이곳에 살면서도 아무것도 모르고 있으니……."

어느 날 아침 브론스키는 그를 찾아온 골레니셰프에게 이렇게 말했다.

"자네, 미하일로프의 그림을 본 적 있나?"

그는 아침에 배달된 러시아 신문을 골레니셰프에게 건네며, 그 도시에 살면서 그림 한 점을 완성한 어느 러시아인 화가에 대한 기사를 가리켰다. 화가의 그림은 오래전부터 소문이 돌았고 완성도 되기 전에 팔렸다고 했다. 신문 기사에는 그 뛰어난 화가가 어떠한 장려금이나 원조도 받지 못하는 것에 대해 정부와 아카데미를 비난하는 내용이 실려 있었다.

"봤지."

골레니셰프가 말했다.

"물론 그 화가에게 재능이 없는 것은 아니야. 하지만 그는 완전히 다른 방향으로 가고 있어. 그리스도와 종교화 쪽으로 이바노프, 슈트라우스, 르낭과 같은 입장을 견지하고 있거든."

"그림은 무엇을 묘사하고 있나요?"

안나가 물었다.

"빌라도 앞에 선 그리스도입니다. 새 유파가 주창하는 사실주의를 극대화해서 그리스도를 유대인으로 그렸지요."

골레니셰프는 그림이 어떤 내용이냐는 질문 덕에 자신이 가장 좋아하는 주제 가운데 하나로 관심이 옮겨 가자 이에 대한 설명을 늘어놓기 시작했다.

"나는 그들이 저지른 엄청난 실수를 이해할 수 없어. 그리스도는 이미 위대한 선인들의 예술 작품 속에 뚜렷이 구현되어 있어. 그 사람들이 신이 아닌 혁명가나 현자들을 묘사하고 싶다면, 역사 속에서 가령 소크라테스, 프랭클린, 샤를로트 코데를 선택하면 되는 거야. 하지만 그리스도는 안 돼. 그들은 예술을 위해 택해서는 안 될 인물을 택한 거야. 그리고……."

"그건 그렇고 미하일로프라는 화가가 그렇게 가난하다니 사실인가?"

브론스키는 러시아 예술 후원자로서 그의 그림이 좋든 나쁘든 상관없이 화가를 도와야 한다고 생각하며 이렇게 물었다.

"그럴 것 같지 않은데. 그는 뛰어난 초상화가야. 그가 그린 바실리치코바야의 초상화를 본 적이 있을걸? 하지만 그는 더 이상 초상화를 그리고 싶어 하지 않는다는군. 그러니 어쩌면 그가 가난하다는 말이 사실인지도 모르지. 내 말은……."

"그에게 안나 아르카지예브나의 초상화를 그려 달라고 부탁하면 안될까?"

브론스키가 말했다.

"뭣 때문에 내 초상화를 그려요?"

안나가 말했다.

"당신이 그려 준 초상화가 있잖아요. 다른 초상화는 갖고 싶지 않아요. 아냐—그녀는 자기 딸을 그렇게 불렀다.—를 그리는 게 낫겠어요. 아, 저기, 그 애가 있네요."

창문 너머 아름다운 이탈리아 유모가 아기를 데리고 정원으로 나오자 안나가 말했다. 그리고 동시에 그녀는 브론스키를 힐끗 돌아보았다. 브론스키가 자신의 그림을 위해 얼굴을 그린 적 있는 아름다운 유모는 안나의 생활 속에 숨은 단 하나의 슬픔이었다. 브론스키는 그녀를 그리는 동안 그녀의 아름다움과 중세적인 분위기에 넋을 잃었다. 그러나 안나는 자신이 그 유모를 질투할까 두려워하고 있다고 감히 고백할 수 없었다. 그래서 안나는 그녀와 그녀의 어린 아들을 유별나게 예뻐해 주었고 그 때문에 그들의 버릇을 망쳐 놓았다.

브론스키도 창문 밖을 바라보았다. 그러고는 안나의 눈동자를 쳐다보다 곧 골레니셰프에게 시선을 돌리며 말했다.

"그런데 자네는 그 미하일로프라는 사람을 아나?"

"그래, 그를 만난 적 있지. 하지만 그는 괴짜인 데다 아주 무식한 인간이야. 그게 말이지, 요즘 자주 볼 수 있는 야만스러운 사람 중 하나라니까. 불신과 부정, 그리고 물질주의 관념을 자기 맘대로 받아들인 자유사상가 중 하나지. 예전에는…….""

골레니셰프는 안나와 브론스키가 무엇인가 말하고 싶어 하는 것을 눈치채지 못하는 건지 아니면 눈치채고 싶지 않은 것인지 상관않고 말했다.

"예전의 자유사상가는 말이야. 종교와 법률과 윤리의 개념 속에서 교육받고 투쟁과 노력을 통해 자유사상에 이른 사람이었지. 하지만 요즘에는 타고난 자유사상가라는 새로운 유형의 인간들이 나타났어. 이런 인간들은 자라면서 윤리와 종교의 법칙이 있다는 것, 권위라는 게 있다는 것을 들어 본 적도 없고, 일체의 부정이라는 개념 속에서 이른바 야만인으로 성장한 인간들이지. 그 작자가 바로 그런 사람이야. 그는 모스크바의 어느 집사의 아들로 교육을 전혀 받지 않은 것 같아. 그런데 아카데미에 들어가 명성을 쌓게 되었지. 그래, 멍청하지 않았던 그는 교육을 받고 싶어 했지. 그래서 교양의 근원이라고 여긴 잡지에 의지했지 뭔가. 어때, 이해하겠나? 그러니까 옛날에 교육을 받고자 하는 사람은, 가령 프랑스인은 말이야, 고전을 익히는 것부터 시작했어. 신학, 비극, 역사, 철학 등 자신의 앞에 놓인 모든 정신적 산물을 연구했단 말이지. 하지만 오늘날 우리나라 사람들은 니힐리즘 문학으로 직접 접근하고 니힐리즘 학문의 온갖 요약본들을 매우 빠른 속도로 습득하고 나면 준비 끝이란 말이지. 그것으로는 부족해. 이십 년 전에는 이런 문학에서 권위와 투쟁하고, 구태의연한 견해와 투쟁하는 징후를 찾아냈을지 몰라. 그리고 그 투쟁에서 무언가 다른 것이 있다는 것을 깨달았을지도 모르지. 하지만 오늘날 사람들은 낡은 견해와 논쟁하려고도 않는 그런 학문에 곧장 빠져들고 거침없이 이렇게 말하지. '아무것도 없다. 진화, 적자생존, 생존 투쟁, 이게 전부다.' 난 내가 쓴 글에서 말이야…….""

"잠깐만요, 그런데 말이에요."

안나는 벌써 오랫동안 조심스럽게 브론스키를 쳐다보며 그가 화가의 교양에는 관심이 없고 오직 화가를 돕기 위해 초상화를 주문해야겠다는 생각만 하고 있다는 것을 알아채고 말했다.

"잠깐만요."

그녀는 이야기에 열중한 골레니셰프를 단호히 가로막았다.

"그 사람에게 가 보기로 해요!"

골레니셰프는 정신을 차리고 그녀의 말에 기꺼이 찬성했다. 그 화가가 멀리 떨어진 구역에 살고 있었기 때문에, 그들은 마차를 타기로 결정했다.

한 시간 후, 나란히 앉은 안나와 골레니셰프, 그리고 마차의 앞좌석에 앉은 브론스키는 먼 구역에 자리 잡은 새로 지은 아름다운 집에 도착했다. 그들을 맞으러 나온 관리인 아내는, 미하일로프가 평소 자신의 작업실에서 손님을 맞이하긴 하지만 지금은 바로 옆에 위치한 집에 있다고 말했다. 그래서 일행은 그림을 보게 해 달라고 부탁하며 명함을 건네 그녀를 화가에게 보냈다.

10

브론스키 백작과 골레니셰프의 명함을 받았을 때, 화가 미하일로프는 언제나 그랬듯 일을 하고 있었다. 그는 아침에 작업실에서 큰 그림을 그렸다. 그리고 집에 돌아와서는 돈을 청구하러 온 집주인을 잘 다루지 못했다는 이유로 아내에게 화를 냈다.

"당신에게 스무 번이나 말했잖아. 이제는 변명하지 마. 당신은 지금 그대로도 바보멍청이야. 그런데 이탈리아어로 변명을 늘어놓기 시작하면 세 배는 더 멍청해 보여."

그는 긴 말싸움 끝에 그녀에게 이렇게 말했다.

"그러니까 당신도 그렇게 내버려 두면 안 돼요. 내 잘못이 아니란 말이에요. 나도 돈만 있으면······."

"날 좀 가만히 내버려 둬, 제발!"

미하일로프는 눈물을 머금으며 소리치더니 귀를 막고서 칸막이 뒤 작업실로 들어가 문을 잠가 버렸다.

'멍청한 여자 같으니!'

그는 이렇게 중얼거리며 테이블 앞에 앉았다. 그러고는 화첩을 펼치고는 곧 굉장한 열정으로 그리다 만 그림에 매달리기 시작했다.

삶이 피곤할 때, 특히나 아내와 싸운 후처럼 그가 열정적으로 일에 매달리는 때는 없었다.

'아, 어디론가 사라져 버렸으면!'

그는 이렇게 생각하며 계속 작업을 했다. 그는 분노로 일그러진 사람의 형상을 그리고 있었다. 예전에 그런 그림이었다. 그러나 그의 마음에는 들지 않았다.

'아냐, 그 그림이 더 좋았어…… 그게 어디 있지?'

그는 아내 쪽으로 다가갔다. 그러나 그는 미간을 찌푸리더니, 아내를 외면한 채 맏딸에게 몸을 돌리며 얼마 전에 준 종이가 어디에 있느냐고 물었다. 그림을 그리다 만 종이를 찾긴 했지만 스테아린으로 온통 더럽혀지고 얼룩져 있었다. 그래도 그는 그 그림을 집어 테이블에 올려놓고는 뒤로 몇 발자국 물러나 눈을 가늘게 뜨고 그림을 바라보기 시작했다. 그러고는 갑자기 빙긋 웃으며 기쁜 듯 양손을 저었다.

"그래, 바로 그거야!"

그는 이렇게 중얼거리더니 곧바로 연필을 쥐고 재빨리 그림을 그리기 시작했다. 스테아린의 얼룩이 인물에게 새로운 포즈를 만들어 줬다.

그는 이 새로운 포즈를 그리다 문득 자신이 시가를 사러 다니는 상점 주인의 생기발랄한 주걱턱 얼굴을 떠올렸다. 그러자 그는 즉시 그 얼굴을, 그 턱을 그림 속 인물에 그려 넣었다. 그러고는 기쁨에 찬 웃음을 터뜨렸다. 죽어 있던 사람, 만들어 낸 듯한 형상이, 갑자기 이제는 고칠 필요가 없는 온전하면서도 생생한 인물이 되었던 것이다. 그 형상은 살아 있었고 분명하고도 의심할 여지 없는 명확성을 얻었다. 그는 그 형상의 요구에 따라 그림을 고칠 수 있었다. 그는 다리를 다른 방식으로 배치하고 왼손의 위치를 완전히 바꾸고 머리카락을 뒤로 젖힐 수 있었다. 하지만 그는 그렇게 수정하면서도 그 형상을 바꾸지 않았으며 그저 그 형상을 덮고 있던 것을 던져 버릴 뿐이었다. 그것은 마치 그 형상을 가리고 있던 덮개를 벗기는 것 같았다. 새로 긋는 각각의 새로운 선들은 생생한 힘을 부여해 전체 모습을 더 잘 드러나게 했다. 스테아린 얼룩 덕에 그 형태가 그대로 드러난 것이었다. 그가 명함을 받은 것은 그 형상을 조심스럽게 마무리할 때였다.

"잠깐만, 이제 끝난다고!"

그는 아내에게 갔다.

"이제 그만해, 사샤, 화내지 마!"

그는 어색하나마 부드럽게 웃으며 그녀에게 말했다.

"당신이 잘못했어. 나도 잘못했고 말이야. 이제 내가 모든 것을 처리할게."

이렇게 아내와 화해한 후, 그는 벨벳 칼라가 달린 올리브색 외투와 모자를 갖춰 입고 작업실로 갔다. 성공적인 형상에 대한 생각은 벌써 잊은 상태였다. 지금 그를 기쁘게 하고 흥분시킨 것은 지체 높은 러시아의 고위층 인사들이 마차를 타고 자신의 작업실을 방문했다는 사실이었다.

지금 이젤에 놓인 자신의 그림에 대해서 그는 마음 깊이 단 하나의 확신만을 생각했다. 그것은 지금까지 그 누구도 그와 비슷한 그림을 그린 적이 없다는 생각이었다. 그는 자신의 그림이 라파엘로의 작품보다 낫다고는 생각하지 않았다. 그러나 그는 자신이 이 그림에서 표현하고자 했고 또 표현한 것은 지금까지 그 누구도 표현하지 않은 것이라는 점을 알고 있었다. 그는 그것을 분명히 알고 있었다. 그 그림을 시작할 때부터 그가 알고 있던 것이었다. 하지만 누가 되었든 사람들의 견해는 중요했고 그의 마음을 깊게 뒤흔들었다. 아무리 보잘것없는 의견이라도 그의 마음을 깊이 흔들어 놓았던 것이다. 그는 그들이 자신보다 더 넓고 깊은 이해력을 가지고 있다고 판단했고 스스로 보지 못했던 뭔가를 그들이 봐 주기를 늘 기대했다. 그리고 관객들의 평에서 그것을 찾았다고 생각했다.

그는 작업실 문을 향해 빠른 걸음으로 걸어갔다. 무엇인가 열을 내며 정열적으로 말하는 골레니셰프의 이야기를 입구 그늘에 서서 들으면서 동시에 다가오는 화가를 돌아보고 싶어 하는 것이 분명한 안나의 아름다운 모습은 그에게 충격을 가져다주었다. 그는 그들에게 다가가는 동안, 시가를 파는 상인의 턱을 어딘가에 몰래 감추었다가 필요할 때면 꺼내는 것과도 마찬가지로 그들 인상을 언젠가 필요할 때 꺼내 볼 수 있도록 담아 두었다는 것을 그 자신도 알지 못했다. 골레니셰프의 이야기로 이미 화가에 대한 환상이 깨진 방문객들은 그의 용모를 보고는 한층 더 실망했다. 중간 키에 통통하고 행동이 점잖지 못한 미하일로프가 갈색 모자에 올리브색 외투를 입고 이미 오래전부터 품이 넓은 바지가 유행임에도 불구하고 몸에 꽉 끼는 통 좁은 바지를 입고 나타나, 더구나 평범하고 넓적한 얼굴로 부끄러워하면서도 위엄을 갖추려는 기색을 띠자 방문객들은 그만 불쾌한 인상을 받고 말았다.

"자, 어서 들어오십시오."

그는 무심한 표정을 띠려고 애쓰며 이렇게 말하고는, 현관 안으로 들어서며 주머니에서 열쇠를 꺼내 문을 열었다.

11

화가 미하일로프는 작업실로 들어가며 다시 한 번 손님들을 훑어보고는 브론스키의 얼굴 표정, 특히 그의 광대뼈를 자신의 상상 속에서 그려 보았다. 그의 예술 감각은 끊임없이 재료를 수집하고 있었다. 작품에 대한 심판의 시간이 다가오자 점점 흥분했지만, 마음속으로는 사소한 표식들을 통해 세 사람의 정체를 빠르고 섬세하게 파악해 갔다. 골레니셰프는 이 지방에 사는 러시아인이었다. 미하일로프는 그의 이름은 물론, 어디에서 그를 만났고, 그와 무슨 이야기를 나누었는지도 기억하지 못했다. 기억하는 것이라고는 오직 얼굴뿐이었는데, 사실 그는 만났던 모든 사람의 얼굴을 기억했다. 하지만 또 기억하는 것이 있었으니, 그 얼굴이 거짓으로 잘난 체하며 표정은 빈약한, 무수히 많은 얼굴 중 하나로 그의 상상 속에서 뒷전에 밀려나 있다는 사실이었다. 숱이 많은 머리카락과 무척이나 넓은 이마가 그 인물에게 외양적 특색을 부여했지만 그의 얼굴에는 좁은 콧날에 쏠린, 어린애 같은 하찮고 불안한 표정만이 있을 뿐이었다. 미하일로프가 상상하기에 브론스키와 카레니나는 신분이 높고 부유한 러시아인으로, 그런 부유한 러시아인이 다들 그렇듯 예술을 전혀 이해하지 못하면서 예술 애호가에, 감식가라도 되는 양 하는 사람들임에 틀림없었다.

'분명 옛날 것들을 다 둘러보고 이제 신인들의 작업실을 둘러보는 중이겠지. 독일 뜨내기나 영국의 라파엘 전파를 따라서 하는 바보들, 그러다가 모두 섭렵해 보겠다는 이유로 나에게도 찾아온 거야.'

그는 생각했다. 애호가들의 행동거지—그들은 똑똑할수록 더욱 골치가 아팠다.—를 잘 알고 있었다. 그들이 현대 화가들의 화실을 찾아와 둘러보는 이유는 단 하나였다. 예술은 타락했으며 새 화가들을 볼수록 고대 거장들이 얼마나 모방하기 어려운 존재인지를 알 수 있다, 라고 말하려는 것이었다. 그는 그 모든 것을 예상했다. 그들의 얼굴이며 자기들끼리 이야기를 주고받으면서 마네킹과 반신상을 보며 자유롭게 거닐면서 그가 그림을 보여 주기를 기대하며 얼굴에 띠우는 무심하면서도 자연스러운 표정으로 알 수 있었다. 하지만 자신의 습작을 넘겨 훑어보다가 커튼을 올리고 덮개를 벗기는 동안 그는 극도의 긴장을 느꼈다. 더구나 신분이 높고 부유한 러시아인은 모두가 짐승에다 바보라고 생각하면서도 브론스키가, 특히 안나가 그의 마음에 들었기 때문에 그러한 흥분은 더욱 강렬해졌다.

"자, 마음에 드십니까?"

그는 경박한 걸음으로 옆으로 물러나 그림을 가리키며 물었다.

"이것은 〈빌라도의 심문〉입니다. 마태복음서 27장이지요."

그는 자신의 입술이 흥분으로 떨리는 것을 느끼며 말했다. 그는 물러나 그들 뒤에 섰다.

방문객들이 말없이 그림을 바라보는 그 몇 초 동안, 미하일로프도 무심한 눈길로 그림을 바라보았다. 그것도 무관심한 제삼자의 눈으로. 그 몇 초 동안의 순간에 가장 위대하면서도 공정하기 그지없는 판단이 그들, 즉 그가 몇 분 전만 해도 그처럼 무시했던 방문객들을 통해 내려지리라고 미리 믿어 버리는 것이었다. 그는 그 그림을 그리던 삼 년 동안 그것에 대해 생각한 것들을 완전히 잊었다. 그 또한 그들처럼 무심한 타인의 시선으로 새롭게 그림을 바라보았다. 그림 속에서 훌륭한 점은 하나도 보이지 않았다. 그는 그림 앞쪽에서 빌라도의 성난 얼굴과 그리스도의 평화로운 얼굴을, 배경에서 빌라도의 종들의 모습과 무슨 일이 일어나고 있는지 주시하는 요한의 얼굴을 보았다. 수많은 실수와 수정을 통해 꾸준히 노력한 결과 각각의 개성적인 성격을 갖게 된 얼굴 하나하나, 너무나 큰 고통과 기쁨을 주었던 얼굴 하나하나, 그리고 전체와 조화를 이루기 위해 수없이 수정했던 모든 얼굴과 무척이나 힘들게 성취한 뉘앙스, 색깔, 음영, 이 모든 것들이 이제 새로운 눈으로 바라보니 이미 많이 우려먹은 진부한 것으로 느껴졌다. 그림의 중심이자 그가 가장 소중하게 여기는 그리스도의 얼굴은 그렸을 때 크나큰 기쁨을 가져다주었는데 지금 다시 보자 모든 것이 사라져 버렸다. 잘 그리긴 했지만—아니면 잘 그렸다고 볼 수도 없는 것이 이제 보니 무수히 많은 단점이 확연히 드러나는 것이었다.—티치아노, 라파엘로, 루벤스가 그린 헤아릴 수 없이 많은 그리스도와 똑같은 병사들, 빌라도를 되풀이한 것에 지나지 않았다. 모든 것이 진부하고 허술했고 심지어 잘 그린 것도 아니었다. 빈약했으며 유치찬란했다. 그들이 화가 앞에서는 짐짓 정중한 말들을 하고는 자기들끼리 남으면 그를 불쌍히 여기고 조롱한다 해도, 그는 그들을 탓할 수 없을 것 같았다.

그에게 이 침묵이 너무나 고통스러워지기 시작했다.—침묵은 기껏해야 일 분에 지나지 않았지만.—침묵을 깨뜨리고 자신이 흥분하지 않았다는 것을 보여 주기 위해, 그는 자신을 억누르며 골레니셰프에게 말을 걸었다.

"그런데 저는 당신을 만난 적이 있는 것 같습니다."

그는 불안한 마음으로 그들의 얼굴 표정에 나타난 특징을 하나도 놓치지 않기 위해 안나와 번갈아 쳐다보며 말했다.

"물론입니다! 로시의 집에서 만났지요. 기억하실 겁니다. 그 이탈리아 아가씨, 그러니까 새로 온 라셸이 낭독을 하던 그 파티 말입니다."

골레니셰프가 조금의 미련도 없이 그림에서 눈을 떼고 화가를 돌아보며 거리낌 없이 말했다.

그러나 그는 미하일로프가 그림에 대한 비평을 기다리고 있음을 눈치채고 이렇게 말했다.

"당신의 그림은 내가 지난번에 본 이후로 상당히 발전했습니다. 그리고 그때나 지금이나 빌라도의 모습은 깊은 감동을 줍니다. 사람들은 흔히들 이 사람을 선량하고 착하지만 영혼 깊숙한 곳까지 관료적인 인물이었다고, 자신이 무엇을 하는지 모르는 사람이었다고 생각합니다. 하지만 내가 생각하기에는……."

표정이 풍부한 미하일로프의 얼굴 전체가 갑자기 환하게 빛났다. 그리고 눈동자가 반짝이기 시작했다. 그는 무언가를 말하고 싶었으나 흥분으로 말을 꺼낼 수 없어 대신 기침을 하는 척했다. 아무리 골레니셰프의 능력을 낮게 평가했다 해도, 빌라도의 표정이 관리 같다는 정당한 지적이 아무리 하찮아도, 또한 다른 중요한 점들은 제쳐 두고 맨 먼저 그런 하찮은 것을 지적하는 게 아무리 모욕적이라 해도 미하일로프는 미친 듯 기뻐했다. 그 자신도 빌라도의 형상에 대해서는 골레니셰프와 똑같이 생각했다. 그 해석이 미하일로프가 굳게 믿다시피 한 수백만 개의 옳은 해석 중 하나에 불과할지라도 골레니셰프가 내놓은 의견의 가치가 떨어지는 건 아니었다. 그는 그 의견 때문에 골레니셰프를 좋아하게 되었고, 갑자기 우울한 기분에서 벗어나 환희에 빠졌다. 그 순간 그림 전체가 말로는 표현하기 힘든 복잡함을 띠고 되살아났다. 미하일로프는 다시금 자기도 빌라도를 그렇게 이해하고 있다고 말하려 했다. 하지만 입술이 제멋대로 떨리는 바람에 그는 그 말을 입 밖에 낼 수 없었다. 브론스키와 안나도 무슨 말인가 조용한 목소리로 이야기하고 있었다. 작은 목소리로 말한 이유는, 한편으로는 화가의 기분을 상하지 않도록 하기 위해서였고, 또 한편으로는 사람들이 미술 전람회에서 흔히 그러듯 예술을 논할 때 무심코 내뱉는 어리석은 말들을 큰 소리로 떠들지 않기 위해서였다. 미하일로프가 보기에는 그 그림이 그들에게도 어떤 인상을 불러일으킨 것 같았다. 그는 그들에게 다가갔다.

"그리스도의 표정이 너무나 놀라워요!"

안나가 말했다. 그녀는 자신이 본 것 가운데 그 표정이 가장 마음에 들었다. 그리고 그것이 그림의 중심이라고 생각했기에 그에 대한 칭찬에 화가도 기뻐할 것이라고 생각한 것이다.

"그리스도가 빌라도를 불쌍히 여기는 것처럼 보여요."

그것 역시 그의 그림과 그리스도의 형상에서 발견할 수 있는 정확한 의견 가운데 하나였다. 그녀는 그리스도가 빌라도를 불쌍히 여기고 있다고 말했다. 그리스도의 표정에는 당연히 연민의 표정이 있어야만 했다. 왜냐하면 거기에는 사랑, 천상의 평화, 죽음을 맞는 자세와 각오, 그리고 말의 공허함에 대한 자각의 표정이 있기 때문이었다. 물론 빌라도에게는 관료의 표정이, 그리스도에게는 연민의 표정이 있다. 당연한 것이 전자는 육욕적 삶의 구현이고, 다른 하나는 영적 삶의 구현이기 때문이었다. 이런 말과 함께 많은 생각이 미하일로프의 머릿속에 번쩍 떠올랐다. 그러자 다시 그의 얼굴이 기쁨으로 환하게 빛났다.

"그렇습니다. 그리고 이 인물이 어떻게 그려졌는지 보세요. 공기(空氣)가 많아요. 그 주위를 걸을 수도 있을 것 같죠."

골레니셰프는 이렇게 말함으로써 자신이 그 형상의 내용과 사상에 찬성하지 않는다는 것을 분명히 드러냈다.

"아니, 놀라운 솜씨야!"

브론스키가 말했다.

"뒤쪽에 있는 이 형상은 너무나 뛰어나군! 이건 정말 대단한 기교야."

그는 골레니셰프를 돌아보며 이렇게 말했다. 그는 골레니셰프를 향해 이렇게 말하며 그들이 주고받은 대화, 즉 브론스키 자신이 이러한 기교를 단념했다고 한 말을 넌지시 비쳤다.

"네, 그래요, 놀랍고 대단해요!"

골레니셰프와 안나가 맞장구를 쳤다. 미하일로프는 흥분 상태에 빠져 있었지만, 기교에 대한 말은 그의 가슴에 쓰리게 와 닿았다. 그래서 그는 브론스키를 화가 난 눈빛으로 바라보다 갑자기 이맛살을 찌푸렸다. 그는 '기교'라는 말을 종종 들었으나 이 말이 무슨 뜻인지 정확히 몰랐다. 이제 그는 이 말이 '내용과 전혀 무관한 것을 스케치하고 그리는 기계적 능력'이란 뜻으로 사용된다는 것을 깨달았다. 그는 지금의 칭찬처럼 사람들이 기교를 내적인 가치와 상반된 것으로 여긴다는 사실을 종종 알아채곤 했다. 마치 나쁜 것을 잘 그릴 수 있다고 믿는 것과 같았다. 작품 자체를 망가지지 않게 하면서 덮개를 걷어 내려면, 또 모든 덮개를 다 걷어 내려면 세심한 주의가 필요하다는 것을 그는 알고 있었다. 하지만 그림을 그리는 데에는 어떤 기교도 존재하지 않았다. 가령 그가 본 것이 어린아이나 밥을 짓는 하녀에게도 똑같이 보인다면, 그들도 자신이 본 것을 잘 드러낼 수 있을 것이다. 하지만 제아무리 노련하고 솜씨가 있는 전문 화가라 할지라도 내용이라는 것이 무엇인지, 우선 윤곽이 제시되어야지 기계적인 재능만으로는 아무것도 그릴 수 없을 것이다. 게다가 기교에 대해 굳이 말한다면, 자신을 기교가 뛰어나다고 칭찬하는 것은 어불성설이었다. 그가 완성한 그림, 또 작업 중인 그림들에서 그는 눈을 찌르는 듯한 아픈 결점들을 봤다. 그것은 덮개를 조심스럽게 걷지 않아 생긴 단점이고 이제는 작품 전체를 망가뜨리지 않고서는 도저히 수정할 수 없는 단점이었다. 그리고 거의 모든 형상과 얼굴에서 그는 충분히 걷어 내지 못한 덮개의 흔적을 보고 말았다. 그것이 그림을 망치고 있었다.

"한 가지 더 말할 수 있습니다. 이런 말을 해도 괜찮다면……."

골레니셰프가 말했다.

"아, 그럼요. 정말 기쁜 마음으로 듣겠습니다. 말씀해 주시지요."

미하일로프는 억지웃음을 지으며 말했다.

"그것은 당신이 그린 그리스도가 인신이지 신인이 아니라는 점입니다. 하지만 난 그것이 당신이 의도한 바라는 것을 압니다."

"내 마음속에 존재하지 않는 그리스도를 그릴 수는 없습니다."

미하일로프는 우울한 목소리로 말했다.

"그렇겠지요. 하지만 그런 경우, 내 생각을 말해도 괜찮다면……. 당신의 그림은 너무나 훌륭해서 내 의견 때문에 누를 끼치지는 않을 겁니다. 그리고 이건 나의 개인적인 의견입니다. 물론 당신의 생각은 다르겠지요. 모티프 자체가 다르니까요. 하지만 이바노프를 예로 들어 보겠습니다. 나는 이바노프가 그리스도를 역사적인 인물의 차원으로 끌어내릴 바에 아직 아무도 다룬 적 없는 다른 참신한 테마를 선택하는 편이 나았을 거라고 생각합니다."

"하지만 그것이 예술 앞에 주어진 가장 크고 위대한 테마라면요?"

"찾아보면 다른 테마들도 찾을 수 있을 겁니다. 하지만 문제는 예술이 논쟁이나 이론을 허용하지 않는다는 것입니다. 하지만 이바노프의 그림 앞에 서면 신자든 무신론자든 이런 의문을 품게 되지요. 이것은 신일까, 신이 아닐까? 그리고 그러한 질문은 감상의 전일성을 깨뜨립니다."

"왜 그렇지요? 내가 생각하기에……."

미하일로프가 말했다.

"교육받은 지식인들에게 그런 문제는 논쟁거리가 아닐 텐데."

골레니셰프는 이 말에 동의하지 않았다. 그는 예술에 감상의 전일성이 필요하다는 의견을 견지하며 미하일로프를 논파했다.

미하일로프는 흥분했지만 자신의 생각을 변호할 만한 말을 한마디도 하지 못했다.

12

브론스키는 친구의 번드르르한 수다를 못마땅해하는 시선을 안나와 한참 교환하다 결국 주인장을 기다리다 못해 다음 그림으로 걸음을 옮겼다. 그리 크지 않은 그림이었다.

"아, 이렇게 멋질 수가! 정말로 아름답군요! 놀라워요! 이렇게 아름답다니!"

두 사람은 한목소리로 말했다.

'무엇이 그토록 저들의 마음에 들었을까?'

미하일로프는 생각했다. 그는 삼 년 전에 그린 그 그림을 잊고 있었다. 그는 몇 달간 밤낮으로 그림을 그리며 겪었던 모든 고통과 희열을 잊고 있었다. 한번 끝낸 그림은 잊어버리는 것이 그의 습관이었다. 그는 그 그림을 보기 싫었지만, 그걸 구매하겠다는 영국인이 있어 그를 기다리며 꺼내 놓은 그림이었다.

"이것은 그냥 오래된 습작일 뿐입니다."

그가 말했다.

"정말 훌륭합니다!"

골레니셰프도 진정으로 아름다움에 빠져드는 기색을 보이며 말했다.

버드나무 그늘 아래 두 소년이 낚시질을 하고 있다. 나이가 더 많아 보이는 소년은 이제 막 낚싯줄을 던지고 열심히 덤불에서 찌를 잡아당기고 있었는데 그 일에 완전히 몰입해 있었다. 그보다 더 어린 소년은 풀밭에서 헝클어진 금발 머리를 팔에 괴고 누워 생각에 잠긴 듯한 푸른 눈으로 수면을 바라보고 있었다. 그는 무슨 생각을 하고 있을까?

이 그림에 대한 찬탄은 미하일로프의 마음속에 예전의 흥분을 불러일으켰다. 하지만 과거에 대한 그런 무익한 감정을 두려워했고 좋아하지도 않았기 때문에 방문객들의 관심을 세 번째 그림으로 안내하려 했다.

그러나 브론스키는 그 그림을 팔지 않겠느냐고 물었다. 방문객들 때문에 흥분한 미하일로프에게 돈 이야기는 매우 불쾌하기만 했다.

"그 그림은 팔려고 내놓인 겁니다."

그는 우울한 표정으로 얼굴을 찌푸리며 대답했다.

방문객 모두가 돌아가자, 미하일로프는 빌라도와 그리스도의 그림 앞에 앉아 그들이 한 말과, 입 밖에 내지는 않았어도 짐작이 가는 말들을 머릿속에서 되씹어 보았다. 그런데 이상했다. 그들이 이곳에 있을 때는, 그리고 그들의 입장에서 생각했을 때는 그처럼 무게를 지녔던 것들이 갑자기 아무 의미도 없게 된 것이었다. 그는 자신의 그림을 완전히 예술적 시각으로 바라보기 시작했고 그림의 중요성을 인식하게 되었다. 그런 마음은 다른 관심사를 제쳐 놓고 긴장감을 유지하는 데 필요했고 그럴 때라야만 작업을 할 수 있었다.

하지만 원근법으로 그려진 그리스도의 한쪽 다리는 제대로 되지 않았다. 그는 팔레트를 쥐고 작업을 시작했다. 그는 한쪽 다리를 고쳐 그리면서 배경에 있는 요한의 형상을 오랫동안 눈여겨보았다. 방문객들은 요한을 눈여겨보지 않았지만 그가 생각하기에 요한의 모습은 완벽의 극치였다. 한쪽 발을 끝낸 그는 그 형상에 매달리려 했지만 그러기에는 자신이 몹시도 흥분해 있다는 사실을 깨달았다. 그는 감정이 지나치게 넘쳐 이성이 바로 설 때나 그렇지 않을 때나 똑같이 작업을 하기 힘들었다. 작업을 시작할 수 있는 상태는 오직 냉정에서 영감으로 넘어가는 단계뿐이었다. 하지만 지금 그는 너무 흥분한 상태였다. 그는 그림을 덮으려다가 멈추고는 손에 캔버스를 든 채 행복한 미소를 지으며 오랫동안 요한의 모습을 바라보았다. 마침내 그는 그림과 떨어지는 것이 슬프다는 듯 덮개를 내리고 지쳤지만 행복한 기분에 젖어 집으로 갔다.

브론스키와 안나와 골레니셰프는 집으로 돌아오는 동안 유난히 활기차고 명랑했다. 그들은 미하일로프와 그의 그림에 대해 이야기를 나누었다. '재능'이라는 말을 마치 육체적인 능력처럼 지능이나 마음과는 다르게 타고나는 것으로 해석했다. 그들은 화가가 체험하는 많은 것들을 재능이라는 말로 칭하고 싶어 했으며, 전혀 이해하지 못하지만 말하려는 무엇인가를 지칭하기 위해서는 꼭 필요했기에 특별히 이 말이 대화에 자주 등장했다. 그들은 미하일로프에게 재능이 있다는 것을 인정하지 않을 수 없지만 교육이 턱없이 부족한 탓에—러시아 화가들 공통의 불행이다.—재능이 발전하지 못했다고 말했다. 그러나 두 소년을 그린 그림은 그들의 기억 속에 깊이 새겨졌다. 그래서 그들은 종종 그 그림에 대한 이야기로 다시 돌아가곤 했다.

"정말로 멋지고 아름다웠어! 게다가 얼마나 단순하냔 말이야! 그런데 화가 양반은 그 그림이 얼마나 훌륭한지 모르고 있어. 그래, 놓쳐서는 안돼. 꼭 사야겠어."

브론스키는 말했다.

13

미하일로프는 브론스키에게 그림을 팔고 안나의 초상을 그리기로 했다. 그는 약속한 날에 찾아와 작업을 시작했다.

다섯 번째 찾아왔을 때부터 사람들은 초상화를 보고 놀랐다. 특히나 브론스키가 놀랐는데 초상화가 실물과 닮았다는 점 때문만이 아니라 특별한 아름다움 때문에 그랬다. 미하일로프가 어떻게 그녀의 아름다움을 찾아낼 수 있었는지 신기했다.

'그녀의 가장 사랑스러운 점을 찾아내다니, 그러려면 나만큼 그녀를 잘 알고 사랑해야만 해.'

브론스키는 생각했지만, 사실 그는 이 초상화를 보고서야 안나의 내면에서 가장 사랑스러운 점을 알게 되었다. 하지만 그 표정이 실물과 너무나도 닮아 그나 다른 사람들에게는 오랫동안 자신들이 그 표정을 잘 알고 있었던 것처럼 여겨졌다.

"난 아주 오랫동안 고생했는데도 아무것도 이루지 못했어."

브론스키는 자기가 그린 안나의 초상화에 대해 말했다.

"그런데 그 사람은 보자마자 그려 냈어. 그게 바로 기교라는 거지."

"자네도 그렇게 될 거야."

골레니셰프는 그를 위로했다. 그가 생각하기에 브론스키는 재능도 있었고 무엇보다 예술에 대한 고상한 안목을 길러 주는 교양도 갖췄다. 브론스키의 재능에 대한 골레니셰프의 확신은 그가 자신의 논문과 사상에 대해 브론스키의 공감과 찬사를 필요로 한다는 이유 때문에도 필요했다. 그는 칭찬과 협력은 상호적이어야 한다고 생각했다.

타인의 집, 특히 브론스키의 팔라초에서 미하일로프는 자신의 작업실에 있을 때와는 전혀 다른 사람이 되었다. 그는 마치 자신이 존경하지 않는 사람들과 가까워지는 것을 꺼리듯 부자연스럽게 공손했다. 그는 브론스키를 '각하'라고 불렀다. 안나와 브론스키가 저녁 식사에 초대해도 결코 응하지 않았다. 그는 초상화를 그릴 때가 아니면 오지도 않았다. 안나는 다른 누구보다 그에게 친절하게 대했고 초상화를 그려 준 일에 고마워했다. 브론스키 또한 그를 정중하게 대했으며 자신의 그림에 대한 미하일로프의 견해를 궁금해했다. 골레니셰프는 미하일로프에게 기회만 생기면 진정한 예술의 참된 개념을 말했으나 미하일로프는 모두에게 똑같이 차가웠다. 안나는 그의 시선을 통해 그가 자기를 바라보는 것을 좋아한다고 느꼈다. 하지만 그는 그녀와의 대화를 피했다. 그는 브론스키가 그의 그림에 대해 이야기할 때도 아무 말 하지 않았고, 사람들이 그에게 브론스키의 그림을 보였을 때도 말없이 이야기를 듣기만 했다. 그는 분명 골레니셰프의 이야기를 듣고 괴로워했으나 마찬가지로 반박하지 않았다.

대부분의 사람들은 미하일로프를 알면 알수록 그의 부자연스러우면서도 기분 나쁜 태도, 마치 적의를 품은 듯한 태도 때문에 그와 어울리는 것을 꺼려 했다. 그래서 초상화 작업이 끝나 그들의 손에 훌륭한 초상화가 남고 그의 발길이 끊어지자 그들은 기뻐했다.

모두가 품고 있던 생각을 처음 입 밖에 낸 사람은 골레니셰프였다. 즉 미하일로프가 브론스키를 질투했을 것이란 이야기였다.

"그가 재능을 질투하는 것은 아니라고 칩시다. 하지만 지체 높고 부유한, 게다가 백작인 사람이—그런 사람들은 이 모든 것을 증오하잖아.—특별한 노력도 없이 자신이 평생 몸 바쳐 온 일을 자기처럼은 아니더라도 같은 일은 한다는 것 자체가 배가 아플 수밖에 없겠지요. 무엇보다 중요한 것은 교양인데 그는 그런 교양이 없지."

브론스키는 미하일로프를 변호했지만 마음속 깊은 곳에서는 그도 그렇게 생각하고 있었다. 왜냐하면 그가 생각하기에 천한 신분을 가진 사람들은 자신을 부러워할 수밖에 없었기 때문이었다.

안나의 초상화, 브론스키와 미하일로프가 실물을 보고 그린 똑같은 그림은 브론스키에게 분명 자신과 미하일로프의 차이를 보여 주었을 것이다. 그러나 브론스키는 애써 외면했다. 그는 그저 미하일로프가 안나의 초상화를 끝내자 자기가 그리던 안나의 초상화는 이제 필요가 없다는 결정을 내린 뒤 그림 작업을 중단했다. 자신도, 골레니셰프도, 특히 안나도 그의 그림이 매우 훌륭하다고 생각했다. 왜냐하면 그의 그림이 미하일로프의 그림보다 훨씬 더 명화와 비슷했기 때문이다.

한편 미하일로프는 안나의 초상화가에 끌렸음에도 불구하고, 작업이 끝나서 골레니셰프의 설교를 더 이상 들을 필요도 없고 브론스키의 그림에 대해서도 잊을 수 있게 돼서 그들보다 훨씬 더 기뻐했다. 그는 브론스키가 그림을 가지고 노는 것을 말릴 수 없다는 것을 알았다. 브론스키를 비롯한 모든 애호가들이 자신의 기분대로 자유롭게 그림을 그릴 수 있었지만 그래도 미하일로프의 마음은 불편했다. 자신이 만든 커다란 밀랍 인형에 키스하는 남자를 말릴 수는 없었다. 하지만 그 사람이 사랑에 빠진 연인들 앞에 자리를 잡고 앉아 연인들이 애무하듯 인형을 쓰다듬는다면 사랑에 빠진 사람들은 불쾌할 것이다. 미하일로프는 브론스키의 그림을 보고 그와 똑같은 감정을 느꼈다. 우스웠으며 화가 났고 또 한편으로는 불쌍했다.

회화와 중세 시대에 대한 브론스키의 열정은 그다지 오래가지 않았다. 그는 회화에 어느 정도 취미를 갖고는 있었지만 자신의 그림을 완성할 만큼의 열정은 가지고 있지 않았고, 그림 작업은 곧 중단되었다. 막연하게나마 그는 자기 그림의 단점이 처음에는 별로 돋보이지 않지만 오랜 시간 그림을 그린다면 눈에 확 띄리라는 것을 느꼈다. 브론스키에게 일어난 일은 골레니셰프에게 일어난 일과 같았다. 골레니셰프는 아무 할 말이 없으면서도 생각이 무르익지 않아 그렇다고, 자신은 지금 생각을 성숙시키며 자료를 준비하고 있다고 말하며 스스로를 기만했다. 그러면서 골레니셰프는 화를 참지 못해 분노하거나 괴로워한 반면 브론스키는 스스로를 속일 수도, 괴롭힐 수도, 분노할 수도 없었다. 그는 결단력 있는 특유의 성격에 따라 아무런 변명과 설명도 하지 않고 그림 그리는 일을 중단했다.

하지만 소일거리가 없어지자 안나와의 생활이 지루해졌다. 브론스키가 그림 작업을 중단하자, 안나의 눈에는 팔라초가 갑자기 눈에 띄게 낡고 더러워 보이기 시작했다. 커튼의 얼룩이며 마룻바닥의 갈라진 틈, 천장의 깨진 조각 장식이 너무도 보기 싫어졌다. 늘 똑같은 골레니셰프며 이탈리아인 교수, 독일인 여행객도 견딜 수 없이 따분하게 느껴졌다. 그들은 생활에 변화를 주지 않을 수 없었다. 그들은 러시아 시골로 떠나기로 결정했다. 페테르부르크에서 브론스키는 형과 재산을 나눌 계획이었고, 안나는 아들을 만나 볼 생각이었다. 그리고 여름은 브론스키가의 넓은 영지에서 보낼 계획이었다.

14

레빈이 결혼한 지도 석 달이 지났다. 그는 행복했지만, 생활은 기대한 것과는 전연 달랐다. 그는 하는 일마다 전에 가졌던 꿈은 사라지고 예상 밖의 매력을 발견했다. 레빈은 행복했지만 가정생활을 시작한 후 내딛는 발걸음마다 상상과는 완전히 다르다는 것을 깨닫게 되었다. 그는 매 순간 호수 위에 떠가는 조각배의 유려하고 행복해 보이는 흐름을 즐겁게 바라보던 사람이 스스로 그 배에 타게 됐을 때 겪는 경험을 했다. 게다가 흔들리지 않고 반듯하게 앉아 있는 것만으로는 부족하다는 것을 깨달았다. 어디로 흘러가고 있는지, 또 발아래는 물이고 노를 저어야 한다는 것도 잊어서는 안 되었다. 노 젓기에 익숙하지 않은 팔은 아팠다. 이 모든 것은 보고만 있을 때는 쉬워 보였지만 그것을 직접 해 보면 무척 즐겁기는 해도 고역이었다. 독신이었을 때, 다른 이들이 결혼 생활을 하며 별것도 아닌 일로 다투고 질투하는 것을 지켜보며 그는 속으로 비웃기만 했다. 그는 확신했다. 앞으로 그의 결혼 생활은 그렇지 않을 것이라 생각했고 심지어는 겉모습조차도 다른 사람들의 생활과 완전히 다르리라 생각했다. 그러나 뜻밖에도 그의 결혼 생활 역시 별반 다르지 않았고, 전에 그처럼 멸시했던 사소한 일들로 가득했으며, 자신의 의지와는 반대로 사소한 일들이 특별하고도 뭐라 말하기 어려운 중요성을 띠었다. 레빈도 차차 그 모든 사소한 일을 처리하는 것이 결코 쉬운 일이 아님을 알게 되었다. 레빈은 스스로가 가정생활에 대해 정확히 꿰뚫고 있다 생각했지만 사실은 다른 남자들과 별반 다르지 않았다. 결국 레빈도 자신도 다른 남자들과 마찬가지로, 결혼 생활을 그저 사랑을 즐기는 것이라고, 누구도 그것을 방해하지 못하며 사소한 문제들이 그로부터 관심을 돌리게 하지는 못하리라고 생각했다. 그의 생각에 따르면, 그는 자신의 일을 해야 했고 사랑의 행복 속에서 휴식을 얻어야 했다. 그녀는 사랑받아야만 했다. 그뿐이었다. 그러나 그는 다른 남자들과 마찬가지로 그녀도 일을 해야 한다는 사실을 잊고 있었다. 그래서 그녀가, 그 시적이고 아름다운 키티가 가정생활의 첫 주는커녕 첫날부터 식탁보에 대해, 가구에 대해, 손님용 매트리스에 대해, 쟁반에 대해, 요리사와 식사 등에 신경을 쓰며 법석을 피우는 데 놀라고 말았다. 결혼식을 올리기 전, 그녀가 신혼여행을 외국으로 가지 않고 시골로 가기로 결정했을 때, 즉 마치 사랑 외의 부차적인 문제도 생각할 수 있으며 뭘 해야 할지 안다는 듯이 결정을 내렸을 때 그는 놀랐다. 그때 그는 그 일로 기분이 상했다. 그리고 이제는 별것도 아닌 일로 수선을 피우며 걱정하는 그녀의 태도가 여러 번 그를 불쾌하게 했다. 하지만 그는 그녀에게 그런 것이 필요하다는 것을 알았다. 그리고 그는 그녀를 사랑했기 때문에, 정확한 이유는 몰랐고 그래서 그런 걱정거리를 속으로 비웃었지만, 그는 그런 모습에 감탄하지 않을 수 없었다. 레빈은 그녀가 모스크바에서 가져온 가구들을 배치하고, 자신의 방과 그의 방을 새롭게 장식하고, 커튼을 달고, 손님들과 돌리를 위해 방을 미리 꾸미고, 자기의 새 하녀를 위해 방을 마련하고, 늙은 요리사 영감에게 식사를 지시하고, 식료품 담당인 아가피야 미하일로브나를 자리에서 물러나게 하여 그녀와 말다툼을 벌이는 것 등을 그냥 웃어넘겼다. 그는 늙은 요리사 영감이 그녀를 감탄하며 바라보며 해 본 적도 없고 할 수도 없는 일을 시키는 그녀의 본부를 듣고는 빙긋 웃는 것을 보았다. 그리고 아가피야 미하일로브나가 식료품 저장실에서 젊은 마님의 새 분부를 듣고는 생각에 잠겨 부드럽게 고개를 내젓는 모습을 보았다. 또한 키티가 웃기도 하고 울기도 하면서 그에게 하녀인 마샤가 자기를 어린애 취급하고 그 때문에 아무도 자기 말을 듣지 않는다고 하소연할 때는 그녀가 사랑스러워 보였다. 그것은 그에게 사랑스러워 보였지만, 한편으로는 이상하게도 보였다. 그는 그런 일은 없는 편이 더 나았을 거라고 생각했다.

그는 아내가 경험하고 있는 감정의 변화를 알지 못했다. 친정에서 살 때는 이따금씩 크바스를 곁들인 절인 양배추나 사탕을 먹고 싶어도 어느 것 하나 쉽게 손에 넣을 수 없었다. 하지만 이제 그녀는 원하는 것은 뭐든지 주문할 수 있고 사탕도 산더미같이 사들일 수 있으며 돈도 얼마든지 쓸 수 있고 그녀가 좋아하는 케이크도 마음껏 시킬 수 있었다.

키티는 이제 돌리가 아이들을 데리고 오는 것을 즐겁게 상상했는데, 그 이유는 아이들에게 각자 좋아하는 케이크를 사 줄 수 있고 돌리는 그녀가 꾸민 것들을 빠짐없이 칭찬해 주리라는 것을 알고 있었기 때문이었다. 왜 그런지, 또 무엇 때문인지 몰라도 키티는 가사 생활에 무한한 재미를 느꼈다. 본능적으로 봄이 다가옴을 느끼고 날씨가 나빠지리라는 것을 알았던 그녀는 최대한 정성껏 자신의 보금자리를 지었고 그와 동시에 어떻게 이것을 만들지 익히느라 늘 허둥대며 바빴다.

키티의 이러한 사소한 걱정과 법석은 레빈이 처음 품은 이상과는 너무도 동떨어진 행동이었기에 실망스러웠다. 왜 그러는지 이해가 안 되면서도 사랑할 수밖에 없는 귀여운 소동은 새로운 매력이기도 했다.

말다툼은 또 하나의 환멸이자 매력이었다. 레빈은 자신과 아내 사이에는 다정함과 존경 그리고 사랑 이외에는 다른 관계가 끼어들 수 없다고 굳게 믿었다. 그런데 생각지도 않게 그들은 결혼 초부터 말다툼을 벌이고 말았다. 왜냐하면 그녀가 그는 그녀를 사랑하지 않고 자신만을 사랑한다고 말하면서 울음을 터뜨리며 두 손을 내저었기 때문이다.

그들 최초의 싸움은 레빈이 새 농장에 가던 길에 지름길로 가려다 길을 잘못 들어 삼십 분 늦게 돌아오는 바람에 일어났다. 그는 온통 아내와 사랑과 자신의 행복만을 생각하며 집으로 돌아왔다. 그래서 집이 가까워질수록 그녀에 대한 애정은 뜨거워졌다. 그는 청혼을 하러 쉐르바츠키 집을 방문했을 때와 같은, 아니 그보다 더 강렬한 감정을 안고 방으로 뛰어 들어갔다. 그런데 뜻밖에도 그를 맞이한 것은 지금까지 그녀에게서 한 번도 본 적 없는 침울한 얼굴이었다. 그가 그녀에게 키스하려 하자 그녀가 그를 밀쳤다.

"왜 그래?"

"당신은 기분이 좋아 보이네요……."

그녀는 차분하면서도 가시 돋친 태도를 보이려 애쓰며 말했다.

창가에 앉아 꼼짝 않고 그를 기다리던 삼십 분 동안 그녀를 괴롭힌, 부질없이 시샘하는 비난의 말이 쏟아져 나왔다. 처음으로 레빈은 결혼식 후 그녀를 교회에서 데리고 나올 때 자신이 이해할 수 없었던 것을 그제야 비로소 분명히 깨달았다. 그는 그녀가 그에게 가까운 존재라는 사실뿐 아니라 이제는 어디까지가 그녀이고 어디서부터가 자기인지 모르게 됐다는 것을 깨달았다. 그것은 그 순간 경험한 둘로 나뉘는 고통스러운 감정에 의해 깨달았다. 처음에는 그도 마음이 아팠지만 바로 그 순간 아내 때문에 아파할 수 없다고 느꼈다. 그녀가 곧 자신이라는 것을 알게 된 것이다. 처음에 그는 어떤 사람이 갑자기 뒤통수를 세게 한 대 맞은 후 화가 나서 복수하려고 때린 사람을 찾아 뒤를 돌아보았을 때, 그 자신이 무심코 자신을 친 것일 뿐 누구에게도 화를 낼 수 없고 그저 아픔을 참을 수밖에 없다는 것을 확인했을 때 느끼는 것과 비슷한 감정을 느끼게 되었다.

그는 그 이후로 그처럼 강렬하게 느낀 적은 없지만, 그 첫 번째 싸움에서 오랫동안 정신을 차리기 힘들었다. 레빈은 자신을 변호하고 그녀에게 그녀의 잘못을 알려 주고 싶은 것이 그의 솔직한 심정이었다. 하지만 그녀의 죄를 알려 주는 것은 그녀를 더욱 흥분케 하고 고통의 원인인 불화를 더욱 키울 뿐이었다. 다만 흔히 생기는 습관적인 감정 하나는 그녀에게 잘못을 떠넘기라고 속삭였다. 보다 강력한 또 다른 감정은 불화가 커지기 전에 빨리, 가능한 한 빨리 그것을 진정시키도록 그를 이끌었다. 그런 부당한 비난을 받고도 가만히 있는 것은 괴로운 일이었다. 하지만 자신을 정당화하느라 그녀에 상처를 주는 것은 더욱더 못할 짓이었다. 온전히 잠들지 않고 반쯤 잠든 상태에서 통증으로 괴로워하는 사람처럼 그는 자신에게서 아픈 부분을 도려내 버리고 싶었다. 그러나 이성을 찾은 그는 아픈 부분이 자기 자신이라는 것을 깨달았다. 그는 그저 상처가 아픔을 견디도록 애써 돕는 수밖에 없었다. 그래서 그는 그렇게 하려고 힘껏 노력했다.

그들은 화해했다. 키티는 자신의 잘못을 깨달았지만 그것을 입 밖에 내지는 않고 그에게 더 상냥하게 굴었다. 그리고 그들은 피어나는 사랑 속에서 다시금 새롭게 커진 행복을 경험할 수 있었다. 하지만 충돌이 그친 것은 아니었다. 생각지도 않게 그들은 전혀 예상하지 못한 소소한 이유로 더 자주 싸웠다. 아직은 무엇이 서로에게 중요한 것인지 모르고 있었고 또 결혼 초기에 둘 다 기분이 안 좋을 때가 자주 있었기 때문에 부딪쳤다. 둘 중 한 사람의 기분이 좋고 다른 한 사람의 기분이 나쁠 때는 평화가 깨지지 않았지만 두 사람 모두 기분이 안 좋을 때는 나중에는 원인도 기억하지 못할 정도로 말도 안 되는 하찮은 일로 다투었다. 둘 다 기분이 좋을 때는 삶의 기쁨이 두 배로 커졌다. 그러나 역시 이 신혼 시기는 그들에게 힘든 시간이었다.

신혼 시간을 통틀어 그들이 생생하게 느낀 감정은 그들을 연결하는 사슬이 마치 양쪽에서 잡아당기는 듯한 팽팽한 긴장감이었다. 전반적으로 신혼은, 그러니까 결혼 후 한 달 동안 레빈은 너무도 많은 것을 기대했지만, 달콤하기는커녕 두 사람의 기억 속에서 가장 괴롭고 힘든 시간으로 남았다. 나중에 그들은 둘 다 정상적인 기분이거나 원래 제 모습인 적이 별로 없었던 그 병들고 힘든 시기의 추하고 창피한 기억을 지우려고 노력했다.

결혼 생활이 석 달째 접어들고 두 사람이 모스크바에서 한 달을 보내고 돌아온 후에야 그들의 삶은 평탄해지기 시작했다.

15

그들은 이제 막 모스크바에서 돌아와 오붓하니 둘만 있게 되어 기뻐하고 있었다. 레빈은 서재의 책상에 앉아 글을 썼다. 그녀는 신혼 초에 입던 색이 짙은 라일락색 드레스, 레빈이 특별한 기억으로 소중히 여기는 그 드레스를 다시 꺼내 입고 소파에 앉아 영국 자수를 놓았다. 그 낡은 가죽 소파는 레빈의 할아버지와 아버지의 서재에 놓여 있던 것이다. 레빈은 아내가 옆에 있다는 느낌에 줄곧 기뻐하며 상념에 잠기기도 하고 글을 쓰기도 했다. 또 새로운 농사법의 기초를 설명하기 위한 원고 작업도 꾸준히 했다. 하지만 이러한 일들이 전에는 그의 삶을 에워싼 어둠과 비교해 작고 하찮게 여겨졌던 것처럼, 지금은 삶을 채우는 선명한 행복의 넘치는 빛과 비교해 시시하고 작게 여겨졌다. 그는 자신의 일에 꾸준히 매달렸지만 이제는 관심의 무게중심이 다른 것으로 옮겨 갔고, 그 결과 자신이 사물을 완전히 다른 눈으로 더욱 선명하게 보게 되었다는 것을 깨달았다. 예전에 그에게는 그 일이 삶으로부터의 구원이었다. 예전에 그는 그 일이 없는 자신의 삶은 무척이나 어두울 것이라고 생각했다. 하지만 지금은 삶이 너무나도 유쾌하기만 한 것을 방지하기 위해 필요한 일이 되었다. 예전에 썼던 원고를 다시 읽어 보니 그 일은 오랫동안 작업할 만한 가치가 있어 보여 그는 기분이 좋았다. 그가 보기에 이전의 생각들 가운데는 지나치고 극단적인 부분이 많은 것 같았다. 하지만 기억 속에서 전체적으로 새롭게 환기시켜 보자 빠진 것이 무엇인지 선명하게 보였다. 지금 쓰는 새 장(章)에서는 러시아 농업이 손해를 보는 처지에 놓인 원인을 찾아보는 중이었다. 그는 러시아가 가난해진 까닭은, 농지를 제대로 배분하지 못하고 방향을 잘못 잡은 것에도 이유가 있지만 최근 들어 러시아에 무턱대고 처방한 외부 문명도 큰 이유라고 생각했다. 특히 도시 집중을 몰고 온 통신과 철도, 사치, 그에 따른 농업의 피폐, 공업 발달, 신용 거래 증가와 그 부산물인 투기 활성화가 문제였다. 그는 농업에 끊임없는 노력을 기울여 제대로 된 조건, 적어도 일정한 여건이 형성되었을 때 국부(國富)가 정상적으로 발전하면서 위와 같은 현상이 일어나야 한다고 보았다. 또한 국부는 제대로 된 균형을 맞추며 성장해야 하고 무엇보다 다른 부문이 농업을 앞서서는 안 된다고 생각했다. 제반 농업 환경과 보조를 맞추어 그에 상응하도록 통신이 운용되어야 하고, 지금처럼 국토가 잘못 사용되고 있는 현실에서 경제적 필요 때문이 아니라 정치적 필요 때문에 도입된 철도는 시기상조로, 원래 의도와는 달리 농업에 기여하는 것이 아니라 농업을 추월하여 공업과 대출을 촉진하는 결과를 낳아 농업의 발전을 막는다고 생각했다. 그래서 마치 생물체의 한 기관만 빠르게 성장하면 전체 발육을 저해하듯이, 러시아의 부의 증대 측면에서 보자면, 유럽에서 현재 실행되고 있으며 의심의 여지 없이 꼭 필요한 신용 대출과 통신과 공업 발전이 러시아에서는 농업 건설이라는 시급한 과제를 도외시하는 부작용만을 낳는다고 생각했다.

한편 레빈이 글을 쓰는 동안, 그녀는 남편이 젊은 차르스키 공작에게 얼마나 부자연스러울 정도로 친절했는지를 생각했다. 차르스키 공작은 그들이 떠나기 전날 밤에 너무 눈치 없이 그녀를 친절하게 대했다.

'저이는 질투하고 있는 게 분명해. 아, 어쩜 저이는 그렇게 귀엽고 바보

같을까. 그는 나 때문에 질투하는 거야! 나에게는 그 사람들 모두 표트르 요리사와 마찬가지라는 것을 그가 안다면.'

이렇게 생각하며 키티는 자신조차 이상하게 느껴지는 소유욕을 품고 그의 목덜미와 붉은 목을 바라보며 생각에 잠겼다.

'일하는 것을 방해해서 미안하지만, 그렇지만 시간은 충분하니까, 저 이 얼굴을 봐야겠어. 내가 자기를 보고 있다는 것을 알고 있을까? 제발 몸을 돌려 나를 보면 좋으련만……. 아, 제발!'

그리고 그녀는 더 강한 시선을 보내려고 눈동자를 크게 떴다.

"그래, 단물은 자기들이 다 빨아먹고 속 빈 강정만 주는 거지."

그는 글쓰기를 멈추고 중얼거리다 아내가 그를 바라보는 것을 알고는 빙긋 웃으며 그녀를 돌아보았다.

"왜?"

그는 미소 띤 얼굴로 일어서며 물었다.

'돌아봤어.'

그녀는 생각했다.

"아무것도 아녜요. 난 그저 당신이 돌아봐 주었으면 했어요."

그녀는 그를 바라보면서 자기가 그의 일을 방해한 것 때문에 그의 기분이 상했는지 아닌지를 가늠하려 했다.

"아, 우리 둘만 있으니 정말 좋아! 나는 그래."

그는 행복의 미소를 지으며 그녀에게 다가왔다.

"나도 너무 좋아요! 이제 아무 데도 가지 않겠어요. 특히 모스크바 에는."

"그런데 무슨 생각을 하고 있었어?"

"나요? 내가 생각한 것은……. 아니에요, 가서 글이나 써요. 딴 데 신경 쓰지 말고."

그녀는 입술을 오므리며 말했다.

"나도 지금 이 작은 구멍을 오려야 되거든요. 보이죠?"

그녀는 가위를 들고 구멍을 오리기 시작했다.

"아니, 그러지 말고 말해 봐. 무슨 생각 했어?"

그는 그녀 옆에 나란히 앉아 작은 가위의 둥그런 움직임을 눈으로 좇으며 말했다.

"아, 무슨 생각을 하고 있었느냐고요? 모스크바와 당신의 목덜미에 대해 생각하고 있었어요."

"어쩌다 내게 이런 행복이 온 걸까? 부자연스러울 정도로 너무 좋단 말이야."

그는 그녀의 손에 입을 맞추며 말했다.

"난 오히려 좋을수록 자연스러워지던데."

"그런데 당신 머리카락이 약간 꼬였어."

그는 그녀의 머리를 조심스럽게 돌리며 말했다.

"약간 꼬였지. 봐, 바로 여기. 아냐, 아냐. 우리, 일이나 합시다."

하지만 일은 더 이상 계속되지 않았다. 그리고 그들은 쿠지마가 차가 준비됐다고 알리러 들어오자 마치 죄라도 진 것처럼 깜짝 놀라 서로에게서 떨어졌다.

"그런데 다들 마을에서 돌아왔나?"

레빈은 쿠지마에게 물었다.

"지금 막 도착해 짐을 풀고 있습니다."

"어서 오세요."

그녀가 서재에서 나가며 그에게 말했다.

"안 그러면 나 혼자 편지를 읽겠어요. 그러고 나서 함께 피아노를 연주해요."

레빈은 혼자 남아 아내가 사 준 새 서류첩에 공책을 넣고 새 세면기에서 손을 씻기 시작했다. 그 세면기에는 그녀와 함께 나타난 우아한 새 부속품들이 달려 있었다. 레빈은 혼자 생각에 잠겼다가 싱긋 웃었고 그 생각을 떨쳐 내듯 고개를 흔들었다. 후회 비슷한 느낌이 그를 괴롭혔다. 지금 그의 생활에는 무엇인가 수치스럽고 연약하며 소위 카푸아적인 것이 자리 잡고 있었다.

'이렇게 사는 것은 좋지 않아. 이제 곧 석 달이 돼. 하지만 난 거의 아무것도 하지 않았어. 오늘에야 진지하게 일을 했지만 이게 뭐야? 시작만 하고 내팽개치고 말이지. 다른 일상 업무조차도, 그마저도 거의 방치하다시피 했어. 농지만 해도 그래. 난 걸어서든 말을 타고서든 그곳에 거의 나가 보지도 않았어. 아내를 혼자 두는 것이 안됐거나 그녀가 심심해하는 걸 보게 되니까 말이지. 난 결혼 전까지 삶은 그저 그렇고 어떻게든 흘러가고 별로 대수롭지 않은 거라고 생각했어. 그리고 진정한 삶은 결혼 후에야 시작된다고 생각했지. 그런데 이제 곧 석 달이 되는데 난 이제껏 이렇게 즐겁게 무익한 시간을 보낸 적이 없어. 아냐. 이래서는 안 돼. 일을 시작해야 해. 물론 그녀에게는 잘못이 없어. 그녀를 비난할 이유는 전혀 없어. 내가 좀 더 단호하게 남자의 독립심을 지켜야 해. 안 그러면 나 스스로도 이런 생활에 익숙해질 테고 그녀도 역시 배우게 되겠지……. 물론 그녀는 잘못이 없어.'

그는 속으로 중얼거렸다.

그러나 사람이 불만을 가졌을 때 그에 대해 누군가를, 특히 가장 가까이 있는 사람을 탓하지 않기란 어려운 법이다. 레빈 역시 그녀 자신의 잘못이 아니라—그 무엇도 그녀의 탓일 수는 없다.—그녀가 받은 너무나 피상적이고 경박한 교육 탓이라는 생각이 들긴 했다.

'그 멍청한 차르스키, 그녀가 그를 제지하려고 했지만 그러지 못했다는 것을 나도 알아. 그래, 집에 관심—그녀에게도 그런 것이 있다.—을 갖고 외모와 영국 자수에 관심을 쏟는 것 말고는 진지한 관심사가 없단 말이지. 내 일에 대해서도, 농사에 대해서도, 농부들에 대해서도, 그녀가 상당한 재능을 보인 음악에 대해서도, 독서에 대해서도 전혀 관심이 없단 말이야. 하지만 그녀는 아무것도 하지 않으면서 완전히 만족하고 있어.'

레빈은 마음속으로 그것을 비난했다. 하지만 그는 그녀가 한 남자의 아내인 동시에 집안의 안주인이 되어 아이들을 낳아 젖을 먹이고 키울 시기에 대비하고 있다는 것을 아직 깨닫지 못했다. 또 그는 그녀가 그것을 본능적으로 알고 앞으로 다가올 그 무시무시한 노동에 대비해 사랑이 넘치는 행복과 평안의 순간들 속에서 근심 없이 즐겁게 미래의 보금자리를 꾸미고 있다는 것을 이해하지 못했다.

16

레빈이 2층에 올라왔을 때, 그의 아내는 새 은제 사모바르와 다른 찻잔 세트 옆에 앉아 있었다. 그녀는 차가 가득한 찻잔을 든 늙은 아가피야 미하일로브나를 작은 테이블 앞에 앉힌 후 그녀와 자주 편지를 나누고 있는 돌리에게서 온 편지를 읽고 있었다.

"보세요, 마님이 절 여기에 앉히셨어요. 제게 마님 옆에 앉으라고 분부하셨답니다."

아가피야 미하일로브나는 키티에게 다정한 미소를 보내며 말했다.

레빈은 최근 아가피야 미하일로브나와 키티 사이에 벌어졌던 드라마가 끝났음을 깨달았다. 새로운 안주인이 집안의 실권을 가져가면서 아가피야 미하일로브나는 뭔가 못마땅해했었는데도 어쨌든 키티가 이겼고 그녀에게 호의를 얻어 냈음을 레빈은 알아차렸다.

"내가 당신에게 온 편지도 봤어요."

키티는 철자와 문법이 엉망인 편지를 건네며 말했다.

"그 여자에게서 온 편지인 것 같아요. 당신 형님의······."

그녀가 말했다.

"다 읽지 않았어요. 그리고 이것은 친정과 돌리에게서 온 거예요. 들어

봐요. 돌리가 그리샤와 타냐를 사르마츠키 댁의 어린이 무도회에 데리고 갔대요. 타냐는 후작 부인 차림을 했다네요."

하지만 레빈은 그녀의 말을 듣고 있지 않았다. 얼굴이 붉어진 그는 니콜라이 형의 정부였던 마리야 니콜라예브나에게서 온 편지를 받아 읽기 시작했다. 그것은 마리야 니콜라예브나가 보낸 두 번째 편지였다. 첫 번째 편지에서 마리야 니콜라예브나는 형이 아무 잘못 없는 자신을 쫓아냈다고 썼다. 그리고 감동적이고 순박한 어조로 자신은 다시 곤궁에 시달리게 됐지만 아무것도 부탁하거나 바라지는 않으며, 다만 니콜라이 드미트리치가 그녀가 없으면 허약한 건강 탓에 어떻게 될지 모르니 아우가 와서 형을 좀 보살펴 달라고 부탁했다. 그런데 이번에 쓴 내용은 달랐다. 그녀는 니콜라이 드미트리치를 우연히 모스크바에서 만나 다시 그와 함께 살게 되었으며 그와 함께 어느 현청 소재지로 가서 일자리를 얻었다는 것이었다. 그러나 거기서 그는 상관과 한바탕 싸움을 벌이고는 다시 모스크바로 되돌아오던 중 병에 걸려 아마도 다시는 자리에서 일어날 수 없을 것 같다는 내용이었다. 그녀는 이렇게 썼다.

'계속 당신 이야기만 하고 있어요. 게다가 저는 이제 돈도 없어요.'

"이것 좀 읽어 봐요. 돌리가 당신에 대해 썼어요."

키티는 생글거리며 말을 꺼냈다가 남편의 얼굴 표정이 변한 것을 눈치채고 말을 멈췄다.

"왜 그래요? 무슨 일이에요?"

"니콜라이 형이 위독하다고 적혀 있어. 내가 가 봐야겠어."

키티의 안색이 변했다. 후작 부인으로 분장한 타냐에 대한 생각도, 돌리에 대한 생각도 모두 지워졌다.

"언제 떠날 거예요?"

그녀가 말했다.

"내일 당장 가야지."

"그럼 나도 같이 가요. 괜찮죠?"

그녀가 말했다.

"키티! 그게 무슨 소리야?"

그가 나무라듯 말했다.

"무슨 소리라니요?"

그녀는 자신의 말을 언짢아하는 듯한 그의 성난 태도에 모욕을 느꼈다.

"왜 난 가면 안 되는 거죠? 내가 당신을 방해라도 할 것 같아 그러는 거예요?"

"내가 가는 건 형이 죽어 가고 있기 때문이야."

레빈이 말했다.

"그런데 왜 당신이……."

"뭣 때문이냐고요? 당신과 똑같은 이유 때문이죠."

'이토록 중요한 순간에도 그녀는 단지 혼자 적적할 거란 생각만 하고 있어.'

레빈은 생각했다. 그리고 이처럼 중요한 상황에서 그런 핑계를 듣고 있자니 화가 치밀었다.

"그럴 순 없어."

그는 엄한 목소리로 말했다.

아가피야 미하일로브나는 사태가 싸움으로 번질 기미를 보이자 조용히 찻잔을 내려놓은 후 방에서 나갔다. 키티는 그녀가 나가는 것도 알아채지 못했다. 마지막으로 내뱉은 남편의 말투가 특히 그녀에게 모욕감을 느끼게 했다.

"내 말은, 당신이 가면 나도 같이 가겠다고 말하는 거예요. 난 꼭 가겠어요."

그녀는 분노에 찬 목소리로 빠르게 쏘아붙였다.

"왜 말도 안 되는데요? 왜 안 된다고 말하는 거죠?"

"왜냐하면 내가 어디로 갈지, 어떤 길로 갈지 또 어떤 호텔에 묵을지는 하느님만이 아시기 때문이지. 당신은 나에게 방해가 될 거야."

레빈은 냉정을 유지하려 애쓰며 말했다.

"전혀 그렇지 않아요. 난 아무것도 필요 없어요. 당신이 있는 곳이라면 나도……."

"하지만 그곳에는 당신과 어울릴 수 없는 여자가 있다는 사실만으로도 안 돼."

"거기에 누가 있고 뭘 하는지는 아무것도 모르고 알고 싶지도 않아요. 내가 아는 사실은 내 남편의 형이 죽어 가고 있고 남편이 형에게 가려고 하고 나도 남편을 따라가겠다는 것뿐이에요. 가서……."

"키티! 화내지 마. 하지만 생각해 봐. 이 일은 무척 중요한 문제야. 그런데 당신이 혼자 남는 걸 싫어하는 나약한 마음을 이 문제에 연결하는 게 나로서는 마음이 아파. 혼자 있는 것이 싫으면 모스크바를 다녀오든지."

"이것 봐요. 당신은 '언제나' 내가 지혜롭지 못한 일만 한다고 생각해요."

그녀는 모욕과 분노로 눈물을 글썽이며 말했다.

"난 그렇지 않아요. 전혀 나약하지 않단 말이에요. 난 괜찮아요. 난 남편이 괴로울 때 남편과 함께 있는 것이 내 의무라고 생각해요. 그런데 당신은 일부러 내게 상처를 주려고 하네요. 당신은 일부러 이해하려 하지 않는 거예요."

"아니, 정말 끔찍해. 무슨 노예가 된 기분이야!"

화를 참지 못한 레빈은 벌떡 일어나며 소리쳤다. 하지만 바로 그 순간 그는 자기가 스스로를 때리고 있다고 느꼈다.

"대체 당신은 왜 결혼을 했죠? 그냥 자유롭게 살지 그랬어요. 이렇게 후회할 거라면 결혼은 왜 했느냐고요?"

그녀는 이렇게 말하고는 벌떡 일어나 응접실로 뛰쳐나갔다.

레빈이 따라가 보니, 그녀는 흐느껴 울고 있었다.

레빈은 그녀를 단념시킬 말보다는 그녀를 달랠 수 있는 말을 찾으려 애쓰며 입을 열었다. 하지만 그녀는 그의 말을 듣지 않고 어떤 말도 받아들이지 않았다. 그는 몸을 굽히며 자신을 밀쳐 내는 그녀의 손을 잡았다. 그는 그녀의 손에 입을 맞추고 머리카락에 입을 맞추고 다시 손에 입을 맞추었다. 그녀는 오랫동안 입을 열지 않았다. 그러나 그가 그녀의 얼굴을 두 손으로 감싸며 "키티!"라고 부르자, 그녀는 갑자기 제정신이 든 듯 잠시 울다가 화해했다.

두 사람은 이튿날 함께 떠나기로 결정했다. 레빈은 아내가 자신에게 도움을 주고 싶어 따라간다는 말을 믿기로 했으며 마리야 니콜라예브나가 형 옆에 있는 것이 전혀 문제가 되지 않는다는 것에 동의했다. 하지만 떠나는 기간 내내 그의 마음속 깊은 곳에서는 그녀와 자신에게 불만이 남아 있었다. 그가 그녀에게 불만을 느낀 까닭은, 그녀가 그를 마음 편히 놓아주지 않았기 때문이었고—얼마 전만 해도 그녀가 그를 사랑하게 될지, 그런 행복을 감히 믿지 못하던 그였는데 지금은 지나치게 사랑한다고, 그래서 불행하다고 느끼게 되니 얼마나 기묘한가!—자기 자신에게 불만을 가진 이유는 자신의 뜻을 이루지 못했기 때문이었다. 더군다나 키티가 형의 동거녀와 아무 일도 없을 것이라고 한 말을 마음속 깊이 믿지는 않았다. 그래서 앞으로 벌어질 온갖 충돌을 두려운 심정으로 생각해 보았다. 그의 아내, 키티가 그런 여자와 한방에 있게 된다는 생각만으로도 그는 혐오감과 두려움이 밀려와 온몸이 떨렸다.

17

니콜라이 레빈이 앓아누워 있는 현청 소재 도시의 호텔은 근처 모텔과 다를 바가 없는 호텔 중 하나였다. 그런 호텔의 특징은 청결과 안락함 그리고 우아함을 추구한다는 최상의 목적으로 세워졌지만 빈번하게 드나드는 투숙객들로 인해 순식간에 겉으로만 현대식인 지저분한 술집으로 변했다. 더군다나 그럴싸하게 내건 이런저런 수식어 때문에 그저 지저분하기만 한 낡은 호텔들보다 더 흉했다. 이 호텔은 이미 그런 상태였다. 더러운 군복을 입은 수위는 호텔 입구에서 담배를 피우고 있었고, 철제 계단은 음침하고 불쾌했으며, 더러운 연미복을 입은 직원은 무례했다. 로비 테이블을 장식하기 위해 갖다 놓은 조화에는 먼지가 수북했다. 모든 것들이 더럽고 불결했다. 이런 것들과 이 호텔이 뭔가 새롭고 현대식이라 자부하는 것 등이 레빈 부부에게 신혼 이후 가장 괴로운 감정을 불러일으켰다. 특히 호텔이 주는 위선적인 인상이 그들을 기다리는 것과 전혀 조화를 이루지 않았기 때문에 더욱 그러했다.

언제나 그렇듯, 호텔 측은 그들이 얼마짜리 방을 원하는지 묻고는 좋은 방은 하나도 남아 있지 않다고 말했다. 좋은 방 하나는 철도 감독관이 차지했고 또 하나는 모스크바에서 온 변호사가, 나머지 하나는 시골에서 온 아스타피예바 공작 부인이 차지하고 있었다. 남아 있는 방은 지저분한 방 하나뿐이고, 그 옆방은 저녁 무렵에나 빈다고 했다. 레빈은 짜증이 났다. 지금 자신은 도착하자마자 형에게 달려갔어야 했는데 형은 고사하고 아내를 보살피기 위한 시간을 내야 했기 때문이었다. 레빈은 지정된 방으로 아내를 데려갔다.

"가요, 어서요!"

그녀는 안타깝고 미안해하는 표정으로 그를 바라보며 말했다.

그는 말없이 방에서 나왔다. 그 순간, 그는 그가 도착한 것을 알고도 감히 그의 방으로 들어오지 못하는 마리야 니콜라예브나와 마주쳤다. 그녀는 모스크바에서 보았던 모습과 다르지 않았다. 똑같은 모직 옷에 드러낸 팔과 목, 그리고 옛날과 다름없이 선량하면서도 멍청해 보이는 얽은 얼굴은 살이 쪄 보였다.

"어떻습니까? 형은 어때요? 어떤가요?"

"아주 안 좋아요. 병상에서 일어나지 못해요. 그분은 오랫동안 당신만 기다렸어요. 그분은…… 당신이……그러니까 부인과 함께 오신다고……."

처음에 레빈은 그녀가 무엇 때문에 전전긍긍하는지 알아차리지 못했다. 그러나 그녀는 곧 그에게 이유를 설명했다.

"전 나가 있을게요. 부엌으로 갈게요."

그녀는 어렵게 입을 열었다.

"그분이 기뻐할 거예요. 그분은 부인에 대해 이미 들어서 알고 있어요. 그리고 외국에서 부인을 만난 일도 기억하고 있어요."

레빈은 그녀가 아내를 알고 있다는 것을 깨달았지만 뭐라고 대답해야 할지 몰랐다.

"자, 갑시다!"

그는 말했다.

그러나 그가 발을 떼어 놓자마자, 호텔 방문이 열리며 키티가 얼굴을 내밀었다. 레빈은 자신은 물론 남편까지 곤란한 상황에 빠뜨린 아내에 대한 분노와 수치심으로 얼굴이 벌겋게 달아올랐다. 하지만 마리야 니콜라예브나의 얼굴은 훨씬 더 빨개졌다. 그녀는 눈물이 나도록 몸을 움츠렸다. 그러고는 무슨 말을 해야 할지, 어떻게 해야 할지 몰라 두 손으로 스카프 끝을 움켜쥔 채 붉은 손가락으로 솔 끄트머리를 비비 꼬았다.

순간 레빈은 키티가 그녀로서는 이해가 안 되는 그 무서운 여자를 바라보는 시선에서 탐욕스러운 호기심을 보았다. 하지만 그것은 다만 한순간에 지나지 않았다.

"그래, 어떻게 됐어요? 형님은 어떠세요?"

키티는 남편을, 그리고 마리야를 돌아보았다.

"복도에서 이야기할 수는 없잖아!"

레빈은 찡그린 얼굴로 마침 복도를 지나가는 한 신사를 바라보며 말했다.

"참, 그럼 들어오세요."

키티는 침착함을 되찾은 마리야 니콜라예브나를 돌아보며 말했다. 하지만 남편의 놀란 표정을 눈치챈 키티는 "아니요, 가세요, 어서 가 보세요, 나중에 절 부르러 사람을 보내세요." 하며 방으로 들어갔다. 레빈은 형에게 갔다.

그는 형의 방에서 전혀 예상하지 못한 상황을 겪었다. 그는 결핵 환자들에게 자주 일어나고 형 또한 지난가을 집에 왔을 때 보여 줘 자신을 놀라게 했던, 자기기만의 상태를 예상했다. 더 뚜렷이 다가온 죽음의 징후가 육체적으로 더 분명해졌으리라고 짐작했다. 더 쇠약해지고 더 초췌해졌을 것이라 예상했다. 그는 자신이 경험한 것과 똑같은 감정, 즉 사랑하는 형을 잃는 것에 대한 애석한 감정과 죽음에 대한 공포의 감정을 단지 좀 더 심하게 겪을 것이라고 예상했다. 그래서 그는 그것에 대한 준비를 했다. 그러나 그가 발견한 것은 전혀 다른 것이었다.

비좁고 더러운 방의 페인트칠된 벽 곳곳에 침 자국이 있고, 얇은 칸막이 너머에서 하는 말소리가 그대로 들렸으며, 공기는 질식할 만큼 지독한 악취가 배어 있었다. 벽에서 떨어뜨려 놓은 침대에는 이불을 덮은 육체가 누워 있었다. 육체의 한쪽 팔은 담요 위에 있고, 그 팔의 갈퀴 같은 커다란 손은 손목부터 팔꿈치까지 가늘고 곧게 뻗은 긴 팔뼈에 불가해한 모습으로 붙어 있었다. 머리는 베개 위에 옆으로 뉘어 있었다. 땀에 젖은 듬성한 머리카락이 관자놀이와 투명하기까지 한 넓은 이마에 달라붙어 있는 것이 레빈의 눈에 들어왔다.

'이 무시무시한 육체가 니콜라이 형이라니, 그럴 리 없어.'

레빈은 생각했다. 그러나 가까이 다가가 그 얼굴을 보고 나서, 그는 더 이상 의심할 수 없었다. 끔찍한 변화에도 불구하고 그가 들어서자 형형한 눈을 들어 바라보는 것이나 달라붙은 콧수염 아래서 희미하게 움직이는 입을 한 번 쳐다보는 것만으로도 레빈은 끔찍한 진실, 즉 그 송장이 살아 있는 형이라는 것을 알아보았다.

형형한 눈동자는 방에 들어온 동생을 마치 비난하듯 엄하게 쳐다보았다. 그러자 바로 그 순간 그 시선이 산 사람들 사이의 살아 있는 관계를 맺어 줬다. 레빈은 자신을 뚫어지게 쳐다보는 눈길에서 비난을 감지했고 자신의 행복에 대해 미안함을 느꼈다.

콘스탄친이 손을 잡자, 니콜라이가 미소 지었다. 미소는 알아차리지 못할 만큼 희미했고 그 미소에도 불구하고 눈에 어린 준엄한 빛은 사라지지 않았다.

"이런 나를 보게 될 거라고는 짐작도 못 했겠지."

그가 힘겹게 말했다.

"응……, 아니."

레빈은 말을 더듬었다.

"왜 미리 알려 주지 않았어? 그러니까 내가 결혼식을 올릴 무렵에 말이야. 내가 얼마나 여기저기 물어봤는데."

침묵을 피하기 위해 말은 했지만, 레빈은 무슨 말을 꺼내야 할지 몰랐다. 특히 형이 아무 말도 하지 않은 채 그에게서 눈을 떼지 않고 그저 바라보기만 하면서 자기 말의 의미를 한 마디 한 마디 꼼꼼히 새겨 보는 것 같아 더욱 그랬다. 레빈은 형에게 아내도 함께 왔다고 전했다. 니콜라이는 만족한 기색을 보였지만 그녀가 자신의 처지를 보고 놀랄까 두렵다고 말했다. 침묵이 찾아왔다. 갑자기 니콜라이가 몸을 움직이더니 뭔가 말하기 시작했다. 레빈은 그의 표정을 보며 특별히 중요한 말이 시작되겠거니 하고 기다렸지만 니콜라이는 자신의 건강에 대한 이야기를 꺼냈다. 그는 의사를 욕하며 모스크바에 저명한 의사가 없는 것을 불평했다. 레빈은 그가 아직 희망을 품고 있다는 것을 알아차렸다.

말이 끊어진 사이 레빈은 단 일 분이라도 고통에서 벗어나고 싶어 자리에서 일어나 아내를 데리러 가겠다고 말했다.

"그래, 알았다. 그럼 난 이곳을 깨끗이 치우라고 말해야겠다. 여긴 지저분한 데다 악취도 나는 것 같아. 마샤, 여기 좀 치워."

병자는 힘겹게 말했다.

"그리고 다 치운 다음에는 나가 있어."

그는 캐묻는 듯한 눈초리로 동생을 바라보며 이렇게 덧붙였다.

레빈은 아무 대답도 하지 않았다. 그는 복도로 나오자 자리에 멈춰 섰다. 그는 아내를 데려오겠다고 말했다. 하지만 자신이 느낀 감정을 헤아려 보고는 아내가 환자에게 가지 못하게 말려야겠다는 결심을 했다.

'뭣 때문에 그녀가 나와 똑같은 고통을 겪어야 하나?'

그는 생각했다.

"그래, 어때요?"

키티가 겁먹은 표정으로 물었다.

"아, 끔찍한 일이야, 끔찍해! 당신은 뭣 때문에 따라온 거야?"

레빈이 말했다.

키티는 겁에 질린 슬픈 표정으로 그를 바라보며 잠시 침묵했다. 그러고는 그에게 다가가 두 팔로 그의 팔꿈치를 붙잡았다.

"코스챠! 날 형님에게 데려다줘요. 그것이 우리 둘 다 마음이 더 편해지는 길이에요. 당신은 그저 날 데리고 가 주기만 하면 돼요. 제발, 날 데려다 주고 당신은 밖에 있어요. 생각해 보세요, 당신은 내가 형님을 보지 않으면 더 괴로울 거예요. 내가 그곳에 있으면 당신과 형님 모두에게 도움이 될지 몰라요. 제발, 부탁이에요!"

그녀는 마치 인생의 행복이 그것에 달려 있다는 듯 남편에게 애원했다.

레빈은 승낙하지 않을 수 없었다. 그는 냉정을 되찾고 마리야 니콜라예브나에 대한 생각은 깡그리 잊은 채, 키티를 데리고 다시 형에게 갔다.

그녀는 걸음을 재촉하며, 쉴 새 없이 남편을 흘깃거렸다. 그러고는 레빈에게 씩씩하면서도 연민이 넘치는 얼굴을 보이면서 환자의 방으로 들어갔다. 그녀는 침착하게 돌아서서 소리 나지 않게 문을 닫았다. 그녀는 발소리를 죽이고 재빨리 환자의 침상에 다가갔다. 그리고 병자가 고개를 돌리지 않아도 되는 곳에 자리를 잡고는 자신의 싱싱하고 젊은 손으로 그의 해골 같은 큰 손을 꼭 잡았다. 그리고 남의 감정을 상하게 하지 않으면서도 동정 어린, 여성 특유의 잔잔하고 생기 넘치는 말투로 그와 이야기를 나누기 시작했다.

"우린 소덴에서 만난 적이 있죠. 물론 그때는 인사도 드리지 못했지요."

그녀가 말했다.

"제가 당신의 제수가 되리라고는 생각도 못 하셨겠죠."

"당신은 날 알아보지 못할 텐데요?"

그는 환한 미소를 지으며 말했다.

"무슨 말씀을요. 알아요. 이렇게 저희에게 연락을 주시다니, 정말 잘

하셨어요! 코스챠가 당신을 떠올리며 걱정하지 않은 날이 하루도 없었어요."

하지만 병자의 생기는 오래가지 않았다.

그녀가 미처 말을 끝내기도 전에, 그의 얼굴에는 죽어 가는 사람이 산 사람을 부러워하며 질투하는 예의 엄하고 꾸짖는 듯한 표정이 떠올랐다.

"제 생각에 이 방은 당신에게 그다지 좋을 것 같지 않아요."

그녀는 뚫어지게 바라보는 그의 시선을 피해 방 안을 둘러보며 말했다.

"호텔 주인에게 말해서 다른 방을 달라고 해야겠어요."

그녀는 남편에게 말했다.

"이왕이면 우리 방과 더 가까운 곳으로요."

18

레빈은 편안한 마음으로 형을 볼 수 없었고, 형 앞에서는 자연스럽고 침착하게 있을 수도 없었다. 병자의 방으로 들어갈 때면, 그의 눈과 신경은 무의식적으로 흐려져 형의 상태를 자세히 볼 수도 없었고 판단할 수도 없었다. 그는 악취를 맡고, 더러움과 난잡함과 고통스러워하는 모습을 보고, 신음 소리를 들으며, 형을 살리기는 어렵다고 생각했다. 그의 머릿속에는 아무것도 떠오르지 않았다. 병자의 상태를 자세하게 살펴봐야겠다는 생각, 즉 그 육체가 담요 아래에서 어떻게 누워 있는지, 그 깡마른 종아리와 넓적다리와 등이 어떻게 구부러져 놓여 있는지, 어떻게든 더 편하게 눕힐 수 없는지, 더 편하게 눕힐 수 없다면 적어도 덜 불편하도록 무슨 대책을 세울 수는 없는지에 대한 것들을 생각하지 못했다. 또 그런 것들을 세세하게 생각하기 시작하면 그의 등을 따라 냉기가 흘렀다. 그는 그 무엇으로도 생명을 연장하거나 고통을 줄일 수 없다고 굳게 믿었다. 하지만 병자는 그 어떤 도움도 불가능하다고 믿고 있는 레빈의 인식을 알고 화를 냈다. 그래서 레빈은 더욱 괴로웠다. 그는 병자의 방에 머무는 것이 고통스러웠다. 그러나 방에서 나오는 일은 훨씬 더 고통스러웠다. 결국 그는 갖은 핑계를 대고 방을 나왔지만 혼자 있을 수 없어 다시 들어갔다.

그러나 키티는 달랐다. 레빈과는 전혀 다르게 생각하고 느끼며 행동했다. 그녀는 병자를 보자 불쌍한 마음을 느꼈다. 연민은 남편의 마음속에 두려움과 혐오감을 불러일으켰다. 하지만 여성스러운 영혼을 가진 그녀가 느낀 연민은 어서 빨리 병자의 상태를 꼼꼼하게 확인한 뒤 그를 도와야겠다는 생각이었다. 그리고 그녀의 마음속에는 그를 도와야 한다는 것에 대해 한 점 의심도 없었다. 전혀 따지지도 않았다. 그래서 즉시 그 일에 매달렸다. 남편을 공포로 몰고 갔던 모든 사항들을 이제는 그녀가 떠맡기로 했다. 그녀는 의사를 부르고 약국에 사람을 보냈으며 자신이 데려온 하녀와 마리야 니콜라예브나에게 먼지를 쓸고 닦게 했으며 걸레질을 시켰다. 그녀 자신도 뭔가를 씻거나 빨래를 하기도 하고 담요 밑에 무언가를 넣기도 했다. 그녀의 지시로 무엇인가가 환자의 방에 들어가고 나왔다. 그녀 스스로도 몇 번에 걸쳐 자기 방에 갔다가 그녀 옆을 지나는 신사들을 아랑곳 않고 침대 시트며 베갯잇, 수건, 셔츠 등을 옮겼다.

홀에서 기술자들의 식사 시중을 들던 사환은 그녀의 호출에 화가 난 얼굴로 몇 번씩이나 다녀갔다. 하지만 그녀는 거절할 수 없을 만큼 너무도 부드럽고 완강하게 도움을 청했다. 결국 사환은 그녀의 청을 뿌리칠수 없었다. 레빈은 그 모든 것에 찬성하지 않았다. 그는 그 어떤 것도 병자에게 도움이 되지 않을 것이란 생각을 했다. 무엇보다 그는 병자가 화를 내지나 않을까 두려웠다. 그러나 병자는 무심한 듯 별다른 반응을 보이지 않았다. 화도 내지 않았고 그저 창피해했다. 또 한편으로는 키티의 행동을 흥미롭게 지켜보았다. 키티가 시키는 대로 의사를 부르러 다녀온 레빈은 문을 연 순간 키티의 지시에 따라 병자의 속옷을 갈아입히는 장면을 보았다. 길쭉한 흰 등뼈와 툭 불거져 나온 큼직한 견갑골 그리고 앙상한 갈비뼈와 척추가 드러나 있었고, 마리야 니콜라예브나와 사환은 축늘어진 긴 팔을 루바슈카 소매에 넣지 못해 애를 먹고 있었다. 키티는 그쪽을 보지 않고서 황급히 레빈의 등 뒤에 있는 문을 닫았다. 하지만 병자가 신음하자, 그녀는 재빨리 그에게로 갔다.

"빨리 좀 해 드리세요."

그녀가 말했다.

"아, 오지 마."

병자는 화를 내며 말했다.

"나 혼자⋯⋯."

"뭐라고 하셨어요?"

마리야 니콜라예브나가 되물었다.

하지만 키티는 그의 말을 듣고 그가 그녀 앞에 몸을 드러내는 것을 부끄러워하고 불쾌해한다는 것을 알아차렸다.

"안 봐요. 안 본다니까요!"

그녀는 한쪽 손을 바로잡아 주며 말했다.

"마리야 니콜라예브나, 당신이 저쪽으로 돌아가서 바로잡아 주세요."

그녀는 이렇게 덧붙였다.

그녀는 남편을 돌아보았다.

"어서 내 방에 다녀와요. 내 작은 손가방에 조그만 유리병이 있어요. 거기, 옆 주머니에 있어요. 제발 그것 좀 갖다 줘요. 그동안 여기를 깨끗이 정돈해 놓을게요."

유리병을 가지고 돌아온 레빈은 병자가 이미 눕혀져 있고 그 주위의 모든 것이 정리가 되었다는 것을 알았다. 불쾌한 냄새는 향수가 섞인 식초 냄새로 바뀌었다. 키티는 입술을 내밀고는 발그레한 볼을 볼록하게 부풀린 채 작은 대롱으로 그것을 뿜었다. 먼지는 어디에도 보이지 않고, 침대 아래에는 양탄자가 깔려 있었다. 탁자 위에는 유리병과 물병이 가지런히 놓여 있었고 필요한 내복이 개켜 있을뿐더러 키티의 영국 자수도 있었다. 병자의 침대 옆 또 다른 테이블에는 음료와 양초와 가루약

이 있었다. 병자는 깨끗이 씻기고 머리를 빗은 모습으로 깨끗한 시트 위에 높은 베개를 베고 누워 있었다. 그는 가느다란 목 주위로 부자연스럽게 세운 하얀 칼라를 단 셔츠를 입었다. 또한 희망에 찬 표정으로 키티에게서 눈길을 떼지 않았다.

레빈이 클럽에서 찾아 데려온 의사는 니콜라이 레빈이 불만스럽게 여겼던 의사가 아니었다. 새 의사는 청진기를 꺼내 환자를 진찰하고는 고개를 흔들더니 약을 처방했다. 그리고 약을 복용하는 방법과, 어떤 식이 요법을 해야 하는지를 무척 상세하게 설명했다. 그는 날달걀이나 반숙 달걀, 젤테르 광천수, 일정한 온도의 갓 짠 우유를 권했다. 의사가 떠나자, 병자는 동생에게 뭐라고 말했다. 그러나 레빈은 '너의 카챠'라는 말만을 알아들었다. 레빈은 형이 그녀를 바라보는 눈길에서 그가 그녀를 칭찬하고 있다는 것을 알아차렸다. 형이 그녀를 부르자 레빈이 아내를 가까이 오라고 불렀다.

"훨씬 좋아졌어."

그가 말했다.

"당신과 있었다면 벌써 오래전에 나았을 거야. 아주 기분이 좋아."

그는 그녀의 손을 잡아 자신의 입술에 가져갔다. 그러나 그녀가 그것을 불쾌하게 여길까 두려운 듯, 다시 손을 놓았다. 그러고는 손을 쓰다듬었다. 키티는 두 손으로 그의 손을 힘주어 잡았다.

"이제 날 왼쪽으로 돌려 눕혀 주고 어서 가서 자요."

그가 중얼거렸다.

아무도 그의 말을 알아듣지 못했다. 오직 키티만이 그의 말을 알아들었다. 그녀가 그의 말을 이해할 수 있었던 까닭은 그녀가 조금도 쉬지 않고 그가 무엇을 원하는지 생각했기에 가능했다.

"반대편으로 눕혀 줘요."

그녀가 남편에게 말했다.

"형님은 언제나 그쪽을 보고 주무세요. 형님을 돌려 눕혀요. 사환을 부르는 건 내키지 않아요. 난 못 해요. 당신은 할 수 있겠소?"

그녀가 마리야 니콜라예브나를 돌아보았다.

"저는 무서워요."

마리야 니콜라예브나가 대답했다.

레빈은 그 끔찍한 육체를 두 팔로 안는다는 것이, 전혀 알고 싶지 않던 담요 아래 몸에 손을 대는 것이 너무나 두려웠지만, 아내의 기세에 눌리고 말았다. 레빈은 아내가 아는 그만의 결연한 표정으로 팔을 내려 형을 안았다. 그러나 힘이 센 그도 그 쇠약한 사지의 기이한 무거움에 깜짝 놀라고 말았다. 자신의 목을 감고 있는 크고 마른 손을 느끼며 형을 돌려 눕히는 동안, 키티는 잽싸게 또 소리가 안 나게 베개를 돌려놓고 두들기고는 병자의 머리와 관자놀이에 들러붙은 성긴 머리칼을 바로잡아 주었다.

병자는 동생의 손을 꼭 쥐고 있었다. 레빈은 형이 자기 손을 잡고 무엇인가 하고 싶어 하는 눈치라고, 그래서 자기 손을 어디론가 끌고 간다고 생각했다. 레빈은 정신이 아득해지는 것을 느끼며 손을 내맡겼다. 그러자 형은 레빈의 손을 자신의 입으로 가져와 입을 맞추었다. 레빈은 흐느끼며 몸을 들썩였다. 그러고는 아무 말도 하지 못한 채 방에서 나왔다.

19

'가장 지혜로운 현자에게는 숨기시고 어린아이와 우둔한 자들에게는 나타내셨도다.'

레빈은 그날 밤 아내와 이야기를 나누면서 그녀에 대해 이렇게 생각했다.

레빈이 복음서의 잠언을 떠올린 것은, 자신이 가장 지혜로운 현자라고 생각해서가 아니었다. 그는 자신을 가장 지혜로운 현자라고 생각하지 않았다. 하지만 자신이 아내와 아가피야 미하일로브나보다는 똑똑하다고 생각하지 않을 수 없었다. 그리고 그가 죽음에 대해 생각할 때 온 힘을 다해 생각했다는 사실을 인식하지 않을 수 없었다. 또한 그가 알기로 높은 지성을 겸비한 많은 남성들이 죽음에 대해 생각했고 자신도 그들의 사상이 적힌 책을 보았지만 그들은 이 문제에 관한 한 아내와 아가피야 미하일로브나가 아는 것의 백분의 일도 모른다는 것을 깨달았다. 아가피야 미하일로브나와 카챠―니콜라이 형이 그렇게 불렀고 지금도 레빈은 그렇게 부르는 것이 무척 즐거웠다.―는 서로 많이 달랐지만 이 문제에 대해서는 아주 비슷했다. 그리고 레빈이 생각하는 문제들에 대답도 못 하고 아예 이해를 못 한다 할지라도 둘 다 이 현상의 중요성을 의심하지 않았고 둘만이 아니라 몇백만 명의 사람들과 같은 시각을 공유하며 한결같은 자세로 이 문제를 바라보았다. 죽음이란 것이 무엇인지 그들이 알고 있다는 증거는 바로 죽어 가는 사람을 두려워하지 않고 어떻게 대해야 하는지, 단 일 초도 헷갈리지 않고 분명히 안다는 것에 있었다. 레빈을 포함해서 다른 사람들은 죽음에 대한 말은 많이 할 수 있을지 몰라도 아는 것은 없었다. 왜냐하면 그들 모두 죽음을 두려워했고, 사람이 죽어 갈 때 무엇을 해야 하는지 아무것도 알지 못했기 때문이다. 만일 지금 레빈이 니콜라이 형과 단둘이 있다면 그는 두려움을 가지고 형을 바라보았을 것이고, 더 큰 공포심을 가지고 기다리다가 결국 아무 일도 하지 못했을 터였다.

지금 그는 무슨 말을 어떻게 해야 하는지, 또 어떻게 바라봐야 하는지, 어떻게 걸어야 할지 몰랐다. 형에게 전혀 상관없는 이야기를 하는 것은 모욕으로 느껴질 것 같아 아예 불가능하다고 생각했다. 침묵하는 것 또한 불가능하다. 그는 생각했다.

'내가 바라본다면, 형은 내가 자기를 연구하고 있다고 생각하겠지. 하지만 바라보지 않으면, 형은 내가 다른 생각을 하고 있다고 여기겠지. 발꿈치를 들고 걸어 다닌다면 기분 나빠할 거야. 하지만 그렇다고 요란스럽게 걷자니 내가 미안하고.'

그러나 키티는 자신에 대한 생각도 하지 않고 생각할 시간도 없어 보였다. 그녀는 형을 보살필 생각만 했고 그래서 무엇인가를 알게 되고 모두 좋은 결과를 냈다. 그녀는 자신의 결혼식에 대해 이야기했다. 그녀는 미소를 지으며 그를 불쌍히 여겼고 때론 그를 쓰다듬으며 병이 완쾌됐을 경우에 대해 이야기하기도 했다. 그녀는 자신이 어떻게 해야 하는지 알고 있는 것 같았다. 그녀와 아가피야 미하일로브나가 직관과 감성, 그리고 비이성적으로 이런 일을 하는 것이 아니라는 증거는 아가피야 미하일로브나와 키티가 육체를 간호하고 고통을 덜어 주는 것 외에도 육체와는 아무런 상관이 없는 것을 요구하는 데서 찾아볼 수 있었다. 아가피야 미하일로브나는 죽은 노인에 대해 이야기하면서 이렇게 말했다.

"아, 다행히도 그 사람은 성찬식과 종유성사를 받았어요. 하느님, 모든 이들이 그렇게 죽게 해 주시옵소서."

카챠 역시 속옷이며 욕창이며 음료를 챙기면서도 첫날 당장 환자에게 성찬식과 종유성사를 받아야 할 필요성을 설득했다.

밤이 되어 병자의 방에서 자신의 방으로 돌아온 레빈은 고개를 숙이고 생각에 잠겨 있었다. 레빈은 무엇을 해야 할지 몰랐다. 그는 저녁 식사를 한다든지, 잠자리를 준비한다든지, 또 앞으로 무엇을 할지 고민하는 것은 고사하고 아내에게도 아무 말도 할 수 없었다. 그는 부끄러웠다. 하지만 그녀는 평소보다 훨씬 더 생기발랄했다. 그녀는 저녁 식사를 준비하라고 지시하고 손수 짐을 풀기도 했으며, 자신이 직접 침대 시트를 까는 것을 돕고 더불어 페르시아산 가루를 뿌리는 것도 잊지 않았다. 그녀 마음속에는 흥분과 함께 판단의 신속함이 있었다. 그것은 마치 남자가 전투와 전쟁, 즉 일생에 단 한 번 자신의 가치를 입증하고 지난 세월이 헛되지 않았음을, 그 순간을 위한 준비였음을 영원히 남기려 하는 행동과 같았다.

그녀의 손에서 모든 일은 순조롭게 이루어졌다. 자정이 되지도 않은 시각에 모든 짐은 깨끗하고 가지런히 정돈되었다. 호텔 방은 그녀의 깨끗한 방과 비슷해졌다. 침대 시트가 깔리고 솔이며 빗, 거울과 작은 테이블보도 펼쳐졌다.

레빈에게는 아직도 먹고 자고 이야기를 하는 것이 죄스럽게 느껴졌다. 그리고 자신의 행동 하나하나가 모두 부적절하고 무례하게 느껴졌다. 하지만 그녀는 솔들을 정리했고, 자신의 행동이 다른 사람의 감정을 상하게 할 만한 점이 전혀 없다는 듯 일을 처리했다.

하지만 둘 모두 아무것도 먹을 수 없었고 오랫동안 잠을 이룰 수 없었다. 심지어 오랫동안 잠자리에 들지 않았다.

"형님이 내일 종유성사를 받겠다고 해서 너무 기뻐요."

잠옷을 입고 거울 앞에 앉은 그녀는 접이식 빗으로 부드럽고 향기로운 머리카락을 빗고 있었다.

"난 한 번도 그런 것을 본 적은 없지만 엄마가 말씀하셨어요. 종유성사는 치료에 관한 기도라고요."

"당신은 정말 형이 나을 수 있다고 생각해?"

레빈은 그녀가 빗을 가져갈 때마다 늘 사라지는, 동그란 머리 뒤쪽의 좁은 가르마를 바라보며 말했다.

"의사에게 물어봤어요. 형님은 사흘을 못 넘길 거라고 하더라고요. 하지만 난 당신 형님을 설득한 것이 기뻐요."

그녀는 머리카락 사이로 남편을 곁눈질하며 말했다.

"무슨 일이든 일어날 수 있어요."

그녀는 종교에 대해 이야기할 때마다 얼굴에 늘 떠올리는 그 독특하고 다소 미묘한 표정을 지으며 이렇게 덧붙였다.

약혼 시절 종교에 대한 이야기를 나눈 이후, 그도 그녀도 지금까지 한 번도 그것에 대한 이야기를 꺼낸 적이 없었다. 하지만 키티는 교회에 참석하며 기도를 했고, 그 일은 매우 필요한 일이라는 변함없고 침착한 생각을 갖고 있었다. 그리고 남편이 종교에 관해 말하는 것이 그가 영국 자수를 두고 선량한 사람들은 구멍을 깁는데 그녀는 일부러 구멍을 낸다고 말하는 것처럼 그저 우스꽝스러운 짓이라고 여겼다.

"그래, 그 여자, 마리야 니콜라예브나는 이런 일들을 처리할 수 없었을 거야."

레빈이 말했다.

"그리고……, 당신에게 고백할 말이 있는데, 난 당신이 함께 와 줘서 정말, 정말 기뻐. 당신은 너무나 순수해서……."

그는 그녀의 손을 잡았다. 하지만 손에 입을 맞추지는 않고—이렇게 죽음이 임박한 상황에서 그녀의 손에 입을 맞춘다는 것은 그에게 너무나 상스러운 짓으로 느껴졌다.—그녀의 투명한 눈망울을 바라보며 죄를 지은 듯한 표정으로 그녀의 손을 꼭 잡았다.

"당신 혼자였다면 몹시 힘들었을 거예요."

그녀는 말했다. 그리고 만족감으로 빨갛게 상기된 뺨을 가리고 있던 손을 높이 치켜들어 뒤통수에 땋은 머리를 빙빙 돌려 핀으로 고정했다.

"아니에요."

그녀는 계속해서 말했다.

"그녀는 몰라서……. 난 다행히 소덴에 있을 때 많은 것을 배웠어요."

"정말 그곳에 아픈 사람들이 그렇게 많아?"

"건강이 더 안 좋은 사람도 있어요."

"나로서는 젊었을 때의 형을 떠올릴 수밖에 없어 힘들어. 당신은 믿지 못할 거야. 형이 얼마나 멋진 청년이었는지, 하지만 그때는 형을 이해하지 못했지."

"믿어요, 믿고말고요. 난 정말 그분과 내가 친한 사이가 되었을 거라고 느껴요."

그녀는 이렇게 말하고는 자신의 말에 깜짝 놀라 남편을 돌아보았다. 그녀의 눈에 눈물이 고였다.

"그래, 그랬겠지."

그는 슬픈 목소리로 말했다.

"착한 사람은 하늘이 먼저 데려간다고 했지. 형이야말로 바로 그런 사람이야."

"하지만 우리 앞에는 많은 날들이 있어요. 이제는 잠을 자도록 하세요."

키티는 자신의 조그마한 시계를 들여다보며 말했다.

20

　이튿날 환자는 성찬식과 성유식을 받았다. 의식이 진행되는 동안 니콜라이 레빈은 뜨겁게 기도했다. 꽃무늬 테이블보가 덮인 카드놀이용 테이블 위 성상을 향한 그의 큰 눈동자에는 레빈이 바라보기가 두려울 정도로 강렬한 애원과 소망이 담겨 있었다. 레빈은 이 강렬한 애원과 소망으로 인해 니콜라이가 그토록 사랑하는 삶과의 이별이 더욱 힘들어진다고 생각했다. 레빈은 형을 알고 있었고 형의 생각의 방향도 알고 있었다. 그는 형이 신앙을 부정한 이유는 신앙 없이 사는 것이 편해서가 아니라 현대 과학이 세계 현상을 하나씩 밝혀낸 바를 따라가다 보면 종교가 설 자리가 없기 때문이었다. 결국 지금 형이 종교로 회귀한 것은 위와 같은 사상의 경로를 통해 이루어진 완결이 아니라, 오직 자신의 병을 고치고 싶은 광기 어린 희망에서 나온 찰나적이고 탐욕스러운 희망에 불과한 것임을 알고 있었다. 또한 키티가 어디선가 듣고 말한 희귀한 완치 사례를 형에게 이야기함으로써 그 희망을 더욱 강하게 만들었다는 사실도 알고 있었다. 레빈은 그 모든 것을 알고 있었다. 그래서 그 희망으로 가득 찬 눈으로 삶을 간구하는 형을, 뻣뻣하게 들어 올린 이마 위로 간신히 십자를 긋고 있는 앙상한 손을, 툭 불거져 나온 어깨와 더 이상 환자가 그토록 원하는 생명을 담아 둘 수 없는 그 헐떡이는 가슴을 바라보는 것이 그는 너무도 고통스러웠다. 성례식을 하는 동안, 레빈 역시 기도를 드리며 무신론자로서 이미 수천 번이나 했던 일을 되풀이했다. 그는 하느님을 향해 중얼거렸다.

'당신이 정말로 존재한다면, 이 남자를 낫게 해 주십시오.─그 말은 정말로 수없이 되풀이되었다.─그럼 당신은 그와 나를 구원할 것입니다.'

종유성사가 끝난 뒤 환자의 상태가 훨씬 좋아졌다. 그는 한 시간 내내 기침 한 번 하지 않았다. 그는 미소를 짓기도 했고 키티의 손에 입을 맞추고 눈물을 흘리며 그녀에게 고마워했다. 또 자신은 식욕과 기력이 솟는 것을 느낀다고 말하며 더불어 건강하며 아무 곳도 아프지 않다고 했다. 그는 도움 없이 혼자 일어나기까지 했고 커틀릿도 달라고 했다. 그가 아무리 가망이 없다 해도, 곁에서 보기에 그가 회복될 수 없다는 것이 아무리 분명하다 해도, 그 한 시간 동안 레빈과 키티는 자신들이 무엇인가를 잘못 생각하고 있는 것이 아닐까 하는 두려움과 행복이 뒤섞인 흥분을 똑같이 느끼고 있었다.

"더 나아졌어요."

"그래요, 훨씬 좋아졌어요."

"정말 놀랍군."

"조금도 놀라울 일이 아니랍니다."

"어찌 되었든 더 좋아졌어."

그들은 서로 미소를 주고받으며 속삭였다.

하지만 환상은 오래가지 않았다. 환자는 편안하게 잠들었으나, 삼십 분이 지나자 기침을 하며 잠에서 깨어났다. 결국은 그를 둘러싼 사람들도 그 스스로도 희망을 잃고 말았다. 조금 전 가졌던 희망의 기억마저 잃을 만큼 의혹의 여지가 없는 고통의 실재성이, 레빈과 키티는 물론 환자 자신의 희망을 깨뜨려 버렸다.

환자는 삼십 분 전, 자신이 믿었던 것은 모두 잊은 채, 그리고 그것을 다시 생각하는 것이 창피한 듯, 종이에 싸여 구멍이 뚫린 유리병 속 흡입용 요오드를 달라고 말했다. 레빈은 그에게 유리병을 건네주었다. 형은 종유성사를 할 때 보였던 그 열렬하고 희망에 찬 시선을 이제 동생에게 고정시키고 요오드를 흡입하면 기적이 일어날 것이라고 한 의사 말을 확인시켜 주기를 원하고 있었다.

"카챠는 없지?"

레빈이 마지못해 의사의 말을 확증해 주자, 그는 주위를 둘러보며 쉰 목소리로 말했다.

"없구나. 그럼 말해도 되겠지……, 내가 그런 희극을 벌인 이유는 그녀를 위해서였어. 그녀는 너무나도 사랑스럽단다. 하지만 너와 나 둘이 서 있을 때는 나 스스로를 속일 필요는 없겠지. 바로 이것이 내가 믿는 거야."

그는 이렇게 말하고는 앙상한 손으로 병을 움켜쥐며 그 위로 숨을 몰아쉬기 시작했다.

저녁 일곱 시가 조금 넘은 시간, 레빈은 아내와 함께 자신의 방에서 차를 마시고 있었다. 그때 마리야 니콜라예브나가 숨을 헐떡이며 그들의 방으로 뛰어 들어왔다. 그녀의 얼굴은 창백했고, 그녀의 입술은 덜덜 떨리고 있었다.

"그가, 죽어 가고 있어요!"

그녀가 속삭였다.

"무서워요, 이제 곧 죽을 것 같아요."

두 사람은 그에게로 달려갔다. 니콜라이는 일어나 앉아 손을 머리에 괸 채 침대 위에서 긴 허리를 굽히고 고개를 아래로 숙이고 있었다.

"기분은 어때?"

침묵 뒤에 레빈이 속삭이듯 물었다.

"곧 떠날 것 같아."

힘겹게, 하지만 대단히 명확하게, 자신의 안에서 천천히 말을 쥐어짜 내며 니콜라이가 말했다. 그는 머리를 들지 않은 채 그저 눈만 위로 향했 고 그나마 동생의 얼굴까지도 시선이 닿지 않았다.

"카챠, 나가 있어요!"

그는 다시 말했다.

레빈은 벌떡 일어나 조용하지만 단호하게 속삭여 아내를 밖으로 내 보냈다.

"세상을 뜨는구나."

그는 다시 말했다.

"왜 그런 생각을 해?"

레빈은 무슨 말이든 해야 했기에 이렇게 말했다.

"왜냐하면 곧 떠날 테니까."

그는 마치 이 표현이 마음에 드는 듯 되풀이했다.

"끝이구나."

마리야 니콜라예브나가 그에게 다가왔다.

"눕는 게 좋겠어요. 그럼 더 편할 거예요."

그녀가 말했다.

"곧 조용히 눕게 될 거야."

그가 중얼거렸다.

"시체가 돼서."

그는 조롱하듯 화난 목소리로 말했다.

"그래, 원한다면 눕게 해 줄게."

레빈은 형을 반듯이 눕히고 그 옆에 앉아 숨을 죽인 채 그의 얼굴을 바 라보았다. 죽어 가는 사람은 눈을 감고 누워 있었다. 하지만 이마의 근육 은 마치 깊은 생각에 치열하게 빠진 사람처럼 이따금씩 살짝 움직였다.

레빈은 자신도 모르게 형과 함께 현재 그의 안에서 일어나고 있는 일에 대한 생각에 빠졌다. 하지만 형의 생각과 진도를 맞추려고 아무리 노력해도 그 평온하고 준엄한 얼굴과 눈썹 위에서 꿈틀대는 근육의 움직임을 보고 판단컨대 죽어 가는 형에게는 똑똑히 보이는 것이 자신에게는 여전히 어둡게만 느껴졌다.

"그래, 그래, 그렇지."

죽어 가는 자는 띄엄띄엄 천천히 말했다.

"잠깐."

그는 다시 침묵에 잠겼다.

"그렇지!"

갑자기 그가 편안하게 몸을 쭉 뻗었다. 마치 모든 것이 해결됐다는 것처럼, "오, 주여!" 그는 이렇게 말하고는 무겁게 숨을 몰아쉬었다.

마리야 니콜라예브나가 그의 발을 만졌다.

"차가워지고 있어요."

그녀가 속삭였다.

오랫동안, 아주 오랫동안—레빈에게는 그렇게 느껴졌다.—환자는 꼼짝 않고 누워 있었다. 하지만 그는 아직 살아 있었고 이따금 숨을 쉬었다. 레빈은 너무도 긴장한 탓에 지쳐 있었다. 그는 아무리 생각을 쥐어짜도 뭐가 '그렇다.'라는 건지 이해할 수 없었다. 그는 이미 오래전부터 죽어 가는 사람에게 뒤처지고 있다는 느낌을 받았다. 그는 더 이상 죽음에 대한 문제를 생각할 힘이 없었다. 점차 그의 머릿속에는 이 순간 자신이 하지 않으면 안 될 일들이 떠올랐다. 눈을 감기고, 옷을 갈아입히고, 관을 주문해야 할 것이다. 이상하게도 그 자신은 무척 냉정했고 슬픔이나 그 어떤 상실감도 느껴지지 않았다. 하지만 형을 불쌍히 여기는 것도 아니었다. 현재 형에게 드는 감정이 있다면, 그것은 죽어 가는 형이 알게 된 그 지식에 대한 부러움이었다. 스스로는 그것을 인식할 수 없었던 것이다.

오랜 시간 동안 그는 형을 내려다보는 자세로 앉아 있었다. 하지만 최후는 오지 않았다. 문이 열리고 키티가 얼굴을 내밀었다. 레빈은 그녀를 멈추게 하려고 일어났다. 그러나 자리에서 일어서는 그 순간, 그는 죽은 자가 움직이는 소리를 들었다.

"가지 마."

니콜라이는 말하며 한쪽 팔을 뻗었다. 레빈은 형에게 자신의 손을 내밀고 아내에게는 나가 있으라고 성난 몸짓으로 손을 흔들었다.

그는 시체의 손을 잡고 삼십 분, 한 시간, 또 한 시간을 앉아 있었다. 이제는 더 이상 죽음에 대한 생각을 하지 않았다. 그는 키티가 무엇을 하고 있을까, 옆방에는 누가 살까, 의사가 사는 집은 자기 소유의 집일까에 대해 생각했다. 그는 식사를 하고 잠을 자고 싶었다. 그는 조심스럽게 손을 놓고서 형의 발을 만져 보았다. 두 발은 차가웠다. 하지만 환자는 숨을 쉬고 있었다. 레빈은 다시 발뒤꿈치를 들고 나가려 했다. 하지만 환자가 다시 몸을 꿈틀거리며 말했다.

"가지 마라."

먼동이 텄다. 환자의 상태는 변함이 없었다. 레빈은 죽어 가는 사람을 쳐다보지 않은 채 몰래 손을 놓고 자기 방으로 가서 잠을 잤다. 잠에서 깼을 때 들은 소식은 기다리던 형의 죽음이 아닌 환자가 예전 상태로 돌아갔다는 소식이었다. 형은 다시 일어나 앉아 기침을 하기 시작했고, 다시 식사를 하며 말했다. 그는 죽음에 대한 이야기를 다시 중단하고, 회복에 대한 희망을 내비치기 시작했다. 그리고 예전보다 훨씬 더 신경질적이고 어두웠다. 동생도, 키티도 그 누구도 그를 진정시킬 수 없었다. 그는 모두에게 화를 내며 불쾌한 말을 했고 자신의 고통이 다른 사람들 때문이라고 비난했다. 그러고는 모스크바에서 유명한 의사를 데려오라고 요구했다. 또한 기분이 좀 어떠냐고 물으면 그는 적개심에 찬 비난하는 투로 똑같은 대답만 했다.

"괴로워, 견딜 수 없을 만큼 끔찍하게 괴로워!"

환자는 점점 더 고통스러워했다. 특히 이미 손을 쓸 수 없게 된 욕창이 그를 더 힘들게 했다. 그리고 주변 사람들에게 화를 내는 일이 잦아졌고 그들을 끝없이 비난했다. 특히 모스크바에서 의사를 데려오지 않는다는 것이 그를 더욱 분노케 만들었다. 키티는 그를 돕고 그를 진정시키기 위해 온갖 노력을 기울였다. 그러나 모든 노력은 헛수고로 돌아갔다. 키티의 고백을 듣지 않고서도 레빈은 그녀 자신이 육체적으로 그리고 정신적으로 몹시 지쳤다는 것을 알고 있었다. 니콜라이가 동생을 불러낸 그날 밤, 그가 삶과 작별을 고할 때 모두의 마음에 생겨난 죽음에 대한 감정은 완전히 깨지고 말았다. 모든 사람들은 그가 반드시 죽으리라는 것, 그가 이미 반쯤 죽은 상태라는 것을 알고 있었다. 사람들이 바라는 것은 오직 한 가지였다. 그가 최대한 빨리 죽는 것이었다. 하지만 사람들은 이 사실을 감춘 채 그에게 병에 든 약을 주기도 하고 약과 의사를 찾기도 하면서, 그와 자신을 서로 속이고 있었다. 이 모든 것은 기만, 혐오스럽고 모욕적이고 불경스러운 거짓이었다. 레빈은 성격상, 죽어 가는 형을 그 누구보다 사랑했기에, 이러한 거짓된 행동을 매우 괴롭게 생각했다.

죽음을 앞둔 상황이었지만, 두 형을 화해시켜야겠다는 생각을 오래전부터 하고 있던 레빈은 형 세르게이 이바노비치에게 편지를 썼다. 그리고 그의 답장을 받자 그것을 환자에게 읽어 주었다. 세르게이 이바노비치는 그곳에 갈 수 없다고 썼다. 하지만 감동적인 말로 동생의 용서를 구했다.

환자는 아무 말도 하지 않았다.

"형에게 뭐라고 쓸까?"

레빈이 물었다.

"큰형에게 화가 난 건 아니지? 그랬으면 좋겠는데."

"아니, 전혀!"

니콜라이는 그 질문에 화를 내며 대답했다.

"형에게 써라. 나한테 의사나 보내라고."

다시 괴로운 사흘이 지나갔다. 환자는 여전히 똑같은 상태였다. 호텔의 사환들, 호텔 주인, 손님들, 의사, 마리야 니콜라예브나, 레빈, 그리고 키티까지도 그의 죽음을 바라고 있었다. 하지만 그런 감정을 드러내지 않는 사람은 오직 환자뿐이었다. 오히려 그는 의사를 데려오지 않는다고 화를 냈고 쉬지 않고 약을 복용했으며 삶에 대한 이야기를 했다. 아편이 끊임없는 고통을 잠시나마 잊게 해 줄 때에만, 그리고 그런 드문 경우에만 그는 반쯤 잠든 상태에서 이따금 다른 사람들보다 자신이 더 강하게 깨닫는 바를 말하곤 했다. "아, 제발 끝났으면!"이나, "언제 이것은 끝나나."라고.

고통은 더욱 강해지면서 제 할 일을 해 그를 죽음으로 몰고 갔다. 그가 고통스러워하지 않는 순간은 없었고, 그가 고통을 잊는 순간도 없었으며, 그의 몸뚱이 가운데 아프지 않거나 그를 괴롭히지 않는 곳은 단 한 군데도 없었다. 그 육체에 대한 추억, 인상, 생각조차도 이제는 육체와 마찬가지로 혐오감을 불러일으켰다.

다른 사람들의 모습, 그들의 말, 자신의 추억들, 그 모두가 고통스러웠다. 주위 사람들도 그 사실을 눈치채고는 무의식적으로 그의 앞에서는 자유롭게 행동하거나 말하지 않았다. 그의 생활은 오직 고통과 그것에서 벗어나고 싶다는 욕망으로 집중되었다.

그의 마음에 어떤 변화가 일어나고 있는 것이 확실했다. 죽음이 그의 바람을 실현시켜 주리라 보고 죽음을 행복으로 여기는 변화였다. 예전에는 굶주림, 피로, 갈증 같은 고통이나 결핍으로 생기는 욕망을 쾌락을 주는 육신의 기능을 이용해 만족시켰다. 하지만 이제는 그러한 결핍과 고통을 충족시킬 수 없었고 충족을 얻으려는 시도는 새로운 고통만 불러일으킬 뿐이었다. 결국 모든 고통과 고통의 기원인 육체로부터 벗어나고 싶다는 욕망으로 녹아들었다. 하지만 그는 이런 욕망을 표현할 말을 찾지 못했고 그래서 이에 관해 아예 말도 꺼내지 않았으며 대신 습관대로 이제 더 이상 채워지지 않는 욕망을 만족시켜 달라고 요구하는 것이었다. 그는 "날 옆으로 눕혀 주시오."라고 말하자마자 원래대로 눕혀 달라고 요구하곤 했다. "수프를 좀 줘요. 수프를 치워요. 어서 무슨 말이든 해라, 왜 입을 다물고 있는 거니."라고 해서 사람들이 말을 꺼내려 하면, 그는 곧 눈을 감고는 피곤하고 짜증이 난다는 표정을 지었다.

이 도시에 온 지 열흘째 되는 날 키티는 병에 걸리고 말았다. 그녀는 두통과 구토 증세를 일으켰고 아침 내내 침대에서 일어나지 못했다.

의사는 근심과 피로 때문에 생긴 병이라 설명하며 그녀에게 정신적 안정을 취해야 한다고 지시했다.

하지만 점심 식사 후 키티는 침대에서 일어나 평소 때처럼 일감을 가지고 환자에게 갔다. 그녀가 들어가자, 그는 그녀를 엄한 눈초리로 쏘아보았다. 그러고는 그녀가 아팠다고 말하자 경멸하듯 미소를 지었다. 그날 그는 쉴 새 없이 코를 풀었고 애처롭게 신음했다.

"기분은 좀 어떠세요?"

그녀가 그에게 물었다.

"더 나빠졌소."

그는 힘겹게 말했다.

"아파요!"

"어디가 아프세요?"

"모든 곳이 다 아파요."

"오늘 돌아가실 것 같아요. 잘 보세요."

마리야 니콜라예브나는 조용히 말했다. 그러나 레빈이 눈치챈 대로 환자는 매우 예민해 있었기 때문에 분명 그녀의 말을 들은 것 같았다. 레빈은 그녀에게 조용히 하라는 신호를 보내고는 환자를 돌아보았다. 니콜라이는 그 말을 들었다. 그러나 그 말은 그에게 어떤 느낌도 불러일으키지 않았다. 그의 시선은 여전히 절박했고 모든 사람들을 원망하는 듯했다.

"왜 그렇게 생각하지요?"

마리야 니콜라예브나가 레빈을 뒤따라 복도로 나오자, 그는 그녀에게 물었다.

"자기 몸을 쥐어뜯기 시작했어요."

마리야 니콜라예브나가 말했다.

"쥐어뜯다니?"

"이렇게요."

그녀는 자신의 모직 옷의 주름을 쥐어뜯으며 말했다. 사실 그는 환자가 그날 온종일 자신의 몸을 움켜쥐는 것을 보았다. 마치 무언가를 잡아떼려는 것 같았다.

마리야 니콜라예브나의 예언은 옳았다. 밤이 되자, 환자는 이미 손을 들어 올릴 기력조차 없었다. 그리고 그는 시선을 한곳에 골똘히 집중한 채 앞만 바라볼 뿐이었다. 동생과 키티가 자신들을 보게 하려고 몸을 굽혀도 그는 여전히 앞만 바라보았다. 키티는 임종식를 거행할 사제를 부르기 위해 사람을 보냈다.

사제가 기도문을 읽는 동안, 죽어 가는 사람은 그 어떤 살아 있다는 징후도 보이지 않았다. 그의 눈은 감겨 있었다. 레빈과 키티와 마리야 니콜라예브나는 침대 옆에 서 있었다. 사제가 기도문을 채 다 읽기도 전에, 죽어 가는 자는 몸을 쭉 펴더니 한숨을 쉬고 눈을 떴다. 사제는 기도문을 다 읽은 후 차가운 이마에 십자가를 댔다. 그리고 말없이 이 분쯤 서 있다가 싸늘해지기 시작한 핏기 없는 커다란 손을 만졌다.

"임종하셨습니다."

사제는 말하고 자리를 뜨려 했다. 그런데 불현듯 시체에 붙은 수염이 조금 움직이는가 싶더니, 가슴 깊은 곳에서 울리는 날카롭고 또렷한 소리가 정적을 깨고 울렸다.

"아직은 아니오······, 이제 곧."

그러고 나서 일 분쯤 지나자 그의 얼굴이 환하게 빛나며 수염 밑으로 미소가 떠올랐다. 그 자리에 모인 여자들은 바쁘게 고인의 입관 준비를 시작했다.

형의 모습을 보고 죽음을 가까운 거리에서 접하며 레빈은 죽음의 불가해성과 근접성, 그리고 필연성 앞에서 드러나는 공포를 또다시 느꼈다. 지금 그 감정은 예전보다 더욱 강렬해졌다. 그는 스스로가 예전보다 죽음의 의미를 더 이해하지 못한다고 여겼다. 그리고 죽음의 불가피함이 더욱 두려워졌다. 하지만 지금은 아내가 옆에 있는 덕에 그러한 감정도 그를 절망 끝으로 몰아내지는 않았다. 그는 죽음이 존재하더라도 지금은 살고 사랑하지 않으면 안 된다는 사실을 깨달았다. 그는 사랑이 그를 절망과 고통으로부터 구원했다는 사실과 그 사랑이 절망의 위협 아래에서 더욱 강해지고 숭고해졌다는 것을 깨달았다.

바로 자신의 눈앞에서 비밀이 풀리지 않은 채 죽음이라는 신비가 일어나자마자 그만큼 불가해진 또 다른 신비가 사랑과 삶으로 그를 이끌었다.

의사가 키티에 대해 자신이 추측했던 바를 확인해 주었다. 키티가 건강이 좋지 않았던 이유는 임신 때문이었다.

21

알렉세이 알렉산드로비치는 벳시나 스테판 아르카지치와 이야기를 나눈 결과 자신에게 원하는 것이 오로지 아내를 조용히 내버려 두는 것이며 자기 존재가 아내를 힘들게 할 뿐이라는 사실을 알게 되었다. 아내도 그것을 원하고 있다는 것을 알게 된 순간부터 무엇을 어떻게 해야 할지 감을 잡을 수 없어 결국 혼자서는 아무 결정도 내리지 못하고, 원하는 것이 무엇인지 모르게 되어 그의 일을 좋다고 하며 떠맡은 사람들에게 자신을 내맡긴 채 모든 일을 동의해 주고 있었다. 그리고 안나가 이미 그의 집을 나간 후 영국인 가정교사가 전보를 보내 그가 혼자 식사를 할지, 아니면 그녀와 함께 해야 할지 물었을 때야 비로소 처음으로 자신이 처한 처지를 분명히 인식하고는 그 사실에 경악을 금치 못했다.

그 상황에서 무엇보다 어려운 점은, 그가 자신의 과거를 현재와 하나로 붙여 조화롭게 할 수가 없다는 점이었다. 아내와 행복하게 살았던 과거가 문제는 아니었다. 아내의 부정으로 인해 겪은 괴로움도 이미 지나갔다. 그 상태가 힘들긴 했지만 그가 납득할 수 있는 상황이었다. 만약 아내가 자신의 부정을 털어놓고 그를 떠났다면, 그는 비록 괴롭고 불행할지언정 지금 느끼는 이런 막막하면서도 이해하기 힘든 상황에는 처하지 않았을 것이다. 그는 자신이 최근에 행한 용서, 다정함, 병든 아내와 남의 자식에게 보여 주었던 극진한 사랑을 지금 일어나는 일들, 그러니까 자신이 행한 일들에 대한 보상이라도 되는 듯 혼자 모욕을 느끼고 조롱당하고 아무에게도 필요가 없는 인간으로 모두에게 멸시받는 현재 상황과 도무지 연결할 수 없었다.

아내가 떠난 후 처음 이틀 동안, 알렉세이 알렉산드로비치는 청원자들과 사무장을 만났으며 위원회에 다녀오고 평소와 다름없이 식사를 했다. 왜 그렇게 하는지는 깊이 생각하지 않았다. 다만 이틀 동안 침착하고, 심지어는 무심한 표정까지 지으려고 온 정신을 집중했다. 안나 아르카지예브나의 물건과 방을 어떻게 처리할지 대답할 때도, 그는 마치 그 사건이 예기치 못한 것도 아니고 그것이 보통의 사건들보다 별다를 것도 없다고 생각하는 것처럼 표정을 지으려 안간힘을 썼다. 그리고 그는 자신의 목적을 달성했다. 즉 아무도 절망에 빠진 그의 심정을 알아차리지 못했다. 그러나 아내가 집을 떠난 지 사흘째 되는 날, 코르네이가 안나가 잊고 지불하지 않은 의상실 영수증을 가져왔다. 코르네이는 가게 점원이 직접 찾아왔다고 보고했고 알렉세이 알렉산드로비치는 그 직원을 불러오라고 지시했다.

"각하, 갑자기 불쑥 찾아뵈어 죄송합니다. 만일 마님에게 얘기하라고 분부하실 거라면 마님 주소를 알려 주시기를 부탁드립니다."

알렉세이 알렉산드로비치는 생각에 잠겼다. 직원이 보기에는 그랬다. 그런데 갑자기 그가 돌아서서 책상 앞에 앉았다. 그는 두 손 위로 고개를 떨어뜨린 채 오랫동안 그 자세로 앉아 있었다. 그는 몇 번이고 입을 떼려다 멈추었다.

주인의 감정을 눈치챈 코르네이는 직원에게 다음에 다시 오라고 부탁했다. 다시 혼자 남게 된 알렉세이 알렉산드로비치는 더 이상은 의연하면서도 평정심을 유지할 수 있는 힘이 남아 있지 않음을 깨달았다. 그는 대기 중이던 마차를 취소한 뒤, 아무도 들이지 말라고 지시한 후 식사도 하지 않았다.

그는 그 직원과 코르네이의 얼굴에서, 그리고 지난 이틀 동안 만난 사람들의 얼굴에서 똑똑히 보았던 경멸과 잔혹의 압력을 더 이상 버틸 수 없다고 느꼈다. 왜냐하면 그 증오는 자신이 나빠서 생긴 것이 아니라—만약 그렇다면 그도 더 나아지려고 애쓸 수 있었지만—그가 수치스러우면서도 끔찍한 불행을 겪고 있어서 생겼기 때문이다. 그는 그것 때문에, 그의 심장을 갈기갈기 찢어 놓은 바로 그것 때문에 사람들이 그에게 무자비하게 대하리라는 것을 알아차렸다. 그는 여러 마리의 개들이 상처를 입어 아픔으로 울부짖는 한 마리의 개를 죽이듯 사람들 또한 그를 매장할 것이라고 생각했다. 그는 사람들로부터 벗어나는 유일한 방법은 사람들에게 자신의 상처를 숨기는 것임을 알았다. 그래서 그는 이틀 동안 무의식적으로 그렇게 행동하고자 노력한 것이다. 하지만 이제는 그런 힘든 싸움을 계속할 기력이 없음을 느끼기 시작했다.

슬픔을 나눌 사람 하나 없이 철저히 혼자라는 생각이 그의 절망감을 더 크게 만들었다. 그가 사는 페테르부르크에는 자신의 경험 모두를 털어놓을 수 있는 사람 즉, 그를 고위 관리나 사회의 일원이 아닌 단순히 고통받는 한 인간으로 여겨 줄 사람이 단 한 명도 없었다. 그리고 그런 사람은 페테르부르크뿐만 아니라 그 어디에도 없었다.

알렉세이 알렉산드로비치는 고아로 자랐다. 그의 혈육이라고는 형 한 명뿐이었다. 형제는 아버지를 기억하지 못했다. 어머니는 알렉세이 알렉산드로비치가 열 살 때 죽었다. 재산은 별로 없었다. 작고한 황제의 총아이자 고관이었던 카레닌의 아저씨뻘 되는 사람이 그들을 데려다 키웠다.

김나지움과 대학을 최우수 성적으로 졸업한 후 카레닌은 삼촌의 도움으로 곧 전도유망한 관직의 길에 발을 내디뎠고 그 후로 오로지 정치적 야심에만 온몸을 던졌다. 김나지움에서도, 대학에서도, 관직에 오른 후에도, 알렉세이 알렉산드로비치는 그 누구와도 우정의 관계를 맺지 않았다. 그와 마음이 잘 맞는 형은 외무부에서 일했고 늘 외국에서 살다가 알렉세이 알렉산드로비치가 결혼한 지 얼마 안 되어 외국에서 죽고 말았다.

그가 도지사로 있을 때 부유한 귀부인이었던 안나의 숙모가 이미 나이가 꽤 든, 하지만 도지사로서는 젊은 그를 자신의 조카에게 소개했고 그가 청혼을 하거나, 아니면 도시를 떠나거나 하는 상황으로 급히 몰고 갔다. 알렉세이 알렉산드로비치는 오랜 시간 망설였다. 그때 당시 결혼을 할 만한 이유만큼이나 반대할 이유도 많았고 그가 평소 생각했던, '의심스럽다면 하지 않는다.'라는 원칙을 바꿔야 할 결정적인 이유도 없었다. 하지만 안나의 숙모는 그가 이미 처녀의 명예를 더럽혔으니 명예의 의무에 따라 청혼을 하지 않으면 안 된다는 생각을 조용히 알려 주었다. 결국 그는 청혼을 했고 약혼녀에게 그가 할 수 있는 한 모든 감정을 쏟았다. 그리고 그녀가 아내가 된 이후에도 마찬가지였다.

그는 안나에게 애착을 느꼈기 때문에 더 이상 사람들과 진심 어린 관계를 맺을 필요성을 느끼지 않았다. 그래서 이제 와 아는 사람 모두를 둘러봐도 가까운 친구가 하나도 없었다. 그에게는 인맥이라 부를 만한 것은 많았지만 친구라고 할 만한 관계는 없었다. 식사를 하러 오라거나 그가 관심을 갖고 있는 업무에 참여해 달라고, 혹은 어떤 청원인을 보호해 달라고 부탁하고, 다른 사람들 일이나 정부 사업에 대해 편하게 의논할 사람들은 많았다. 하지만 그런 사람들과의 관계는 관례와 습관에 따라 견고하게 한정된 영역에 국한되었고 거기서 벗어나는 것은 쉽지 않았다. 대학 졸업 후 친해져서 사적인 슬픔을 털어놓을 수 있는 대학 동창이 한 명 있기는 했다. 하지만 그 친구는 멀리 떨어진 학군의 장학관을 맡고 있었다. 페테르부르크에 사는 사람들 가운데 가장 가깝고 적당한 사람은 사무장과 의사가 전부였다.

사무장 미하일 바실리예비치 슐류진은 현명하고 선량할 뿐 아니라 양심적인 사람이었다. 알렉세이 알렉산드로비치는 그가 자신에 대해 개인적인 호감을 가지고 있음을 느꼈다. 하지만 그들이 오 년간 함께 일하면서 그들 사이에는 친밀한 대화를 가로막는 장벽이 생겼다.

알렉세이 알렉산드로비치는 모든 서류에 서명을 끝내고 오랫동안 말없이 미하일 바실리예비치를 쳐다보았다. 그는 몇 번이고 말을 꺼내려고 했지만 아무 말도 할 수 없었다. 그는 이미 이런 문장까지 준비해 두고 있었다. '당신도 나의 불행에 대한 이야기를 들었겠지?' 하지만 평소처럼 "그럼 이것을 준비해 주게."라고 말한 뒤 그를 내보냈다.

또 한 사람은 의사로, 그 역시 알렉세이 알렉산드로비치에게 호감을 갖고 있었다. 하지만 그들 사이에는 이미 예전부터 공공연하게 무언의 동의가 존재했다. 둘 다 일에 치여 살았고 또 바빴다.

여자 친구들, 그리고 그들 가운데 가장 절친한 리디야 이바노브나 백작 부인에 대해서는 아예 생각도 하지 않았다. 모든 여자가 단지 여자라는 이유만으로도 그에게는 두렵고 끔찍하게 여겨졌기 때문이었다.

22

알렉세이 알렉산드로비치는 리디야 이바노브나 백작 부인을 잊었지만, 그녀는 잊지 않았다. 그가 홀로 절망의 가장 힘겨운 시간을 보내고 있을 때 그녀는 그를 찾아와 그에게 왔다고 알리지도 않은 채 그의 서재로 들어왔다. 그녀는 그가 책상 앞에 앉아 두 손 위에 머리를 얹고 있는 모습을 발견했다.

"제가 실례를 무릅쓰고 들어왔어요."

재빠른 걸음으로 들어온 그녀가 말했다. 그녀는 흥분한 것도 모자라 급히 움직이느라 숨을 몰아쉬었다.

"모두 다 들었어요! 알렉세이 알렉산드로비치! 나의 벗!"

그녀는 두 손으로 그의 한 손을 꼭 쥐고서는 생각에 잠긴 듯한 아름다운 눈으로 그를 바라보며 말을 계속했다.

알렉세이 알렉산드로비치는 미간을 찌푸리며 일어나 자기 손을 빼낸 후 그녀에게 의자를 밀어 주었다.

"앉으시겠습니까, 백작 부인? 지금 전 몸이 좋지 않아서 손님맞이를 못 합니다, 백작 부인."

그는 이렇게 말했고 곧이어 그의 입술이 바르르 떨리기 시작했다.

"나의 친구!"

리디야 이바노브나 백작 부인은 그에게서 눈을 떼지 않고 같은 말을 되풀이했다. 그에게서 눈을 떼지 않은 상태에서 그녀의 눈썹 안쪽이 갑자기 위로 들려 이마에 삼각형이 만들어졌다. 그러자 그녀의 아름답지 않은 누런 얼굴이 한층 더 못생겨 보였다. 하지만 알렉세이 알렉산드로비치는 그녀가 자신을 가엾게 느끼고 있으며 울기 직전이라고 생각했다. 그리고 그는 감동했다. 결국 알렉세이 알렉산드로비치는 그녀의 통통한 손에 입을 맞추었다.

"나의 친구여!"

그녀는 흥분으로 더듬거리며 말했다.

"슬픔에 굴복해서는 안 돼요. 슬픔이 크긴 하겠지만, 위안을 찾아야 해요."

"난 부서지고 망가졌습니다. 난 더 이상 인간이 아닙니다!"

알렉세이 알렉산드로비치는 그녀의 손을 놓으며 말했다. 그는 계속해서 눈물 가득한 그녀의 눈을 바라보고 있었다.

"내 처지는 그 어디에서도, 심지어 내 안에서도 의지할 곳을 찾을 수 없다는 점 때문에 더욱 끔찍합니다."

"당신은 의지할 곳을 찾게 될 거예요. 내 안에서는 그것을 찾지 말아요. 물론 나도 당신이 내 우정을 믿어 주길 바라지만."

그녀는 한숨을 쉬며 말했다.

"당신과 내가 의지할 것은 사랑이에요. 하느님이 유산으로 남기신 그 사랑이지요. 주님의 짐은 가벼워요."

그녀는 알렉세이 알렉산드로비치가 익히 잘 아는 환희에 찬 표정을 짓고 말했다.

"그가 당신을 붙잡아 주시고 당신을 도와주실 거예요."

이 말 속에는 자신의 고양된 감정에서 느끼는 부드러움과 최근 들어 페테르부르크에 퍼진 새롭고 열성적인 신비주의 분위기가 느껴졌다. 지금의 알렉세이 알렉산드로비치로서는 그 말을 듣는 것이 기분 좋았다.

"나는 약합니다. 난 보잘것없는 사람이에요. 난 아무것도 생각지 못했습니다. 그리고 지금은 아무것도 모르겠습니다."

"나의 친구."

리디야 이바노브나는 똑같은 말을 거듭 말했다.

"지금 이곳에 존재하지 않는 것에 대해 말하는 게 아닙니다. 그런 게 아니에요."

알렉세이 알렉산드로비치는 말을 이었다.

"나는 아쉬워하지 않습니다. 하지만 난 사람들 앞에서 수치심을 느끼지 않을 수가 없습니다. 한심하고 처량한 일이지요. 그러나 어쩔 수가 없습니다. 어쩔 수가 없어요."

"나와 모든 사람들이 감탄한 그 위대한 용서를 실천한 건 당신이 아니랍니다. 그건 당신 안에 계신 하느님이 하신 일이세요."

리디야 이바노브나 백작 부인은 환희에 차서 눈을 들며 말했다.

"그러니 당신은 자신의 행동을 부끄러워하지 않아도 돼요."

알렉세이 알렉산드로비치는 얼굴을 찌푸렸다. 그러고는 두 손을 구부려 손가락을 소리 내어 꺾기 시작했다.

"모든 자세한 사정을 아셔야 합니다."

그는 날카로운 소리로 말했다.

"사람의 능력에는 한계가 있습니다, 백작 부인. 그리고 난 내가 처한 능력의 한계를 깨달았습니다. 오늘 난 하루 종일 지시를 내려야 했습니다. 새로운 독신 생활에서 발생한—그는 '발생한'이라는 단어를 강조했다.—집안 문제에 대해 그랬지요. 하인들, 가정교사, 청구서들……. 이런 작고 소소한 불꽃들이 나를 태워 버렸습니다. 이제는 버텨 낼 힘이 없습니다. 점심을 먹는데……. 어제는 식사를 하다 뛰쳐나올 뻔했습니다. 날 바라보는 아들의 눈길을 참을 수가 없었습니다. 아들은 이 모든 일이 대체 어찌 된 거냐며 묻진 않았지만 사실은 묻고 싶어 하는 얼굴이었습니다. 난 그 시선을 견딜 수 없었습니다. 그 애는 날 보는 걸 두려워했습니다. 하지만 그게 전부가 아닙니다."

알렉세이 알렉산드로비치는 하인이 가져온 청구서에 대해 말하고 싶었지만, 목소리가 떨려 입을 다물었다. 그는 자신에 대한 연민 없이 모자와 리본 값이 적힌 푸른 청구서를 떠올릴 수가 없었다.

"이해하고 있어요, 나의 친구."

리디야 이바노브나 백작 부인이 말했다.

"모두 다 이해해요, 나의 친구. 당신은 내게서 도움과 위로를 찾지 못할 거예요. 그래도 난 당신을 돕겠다는 마음으로 이곳에 왔어요. 내가 당신의 그 모든 자질구레하고 부담스러운 걱정거리를 덜어 줄 수만 있다면……. 난 당신에게 여자의 말과 여자의 지시가 필요하다는 것을 알아요. 내게 맡겨 주겠어요?"

알렉세이 알렉산드로비치는 말없이 감사하며 그녀의 손을 잡았다.

"우리, 함께 세료쟈를 돌봐요. 난 실무에는 강하지 않아요. 하지만 내가 맡아서 해 볼게요. 내가 당신의 가정부가 되어 드리죠. 나에게 고마워하지 말아요. 이 일을 하는 건 내가 아니라……."

"어떻게 당신에게 감사하지 않을 수 있습니까."

"하지만, 나의 친구, 당신이 말한 그런 감정에 굴복해서는 안 돼요. '자기를 낮추는 사람은 높아질 것이다.'라는 가장 고매한 기독교 정신을 실행하고도 그 사실을 부끄러워하시다니요. 그리고 나에게 고마워해서는 안 돼요. 주님께 감사하고 그분께 도움을 구하셔야 해요. 우리는 오직 그에게서 평온과 위로와 구원과 사랑을 찾게 될 거예요."

그녀는 이렇게 말한 후, 눈을 들어 하늘을 보며 기도를 하기 시작했다. 알렉세이 알렉산드로비치는 그녀의 침묵을 통해 그것을 알아차렸다.

예전에 알렉세이 알렉산드로비치는 그녀가 하는 말을 군이 불쾌할 것까지는 없어도 불필요하다고 느꼈다. 하지만 지금은 자연스럽게 그녀의 말을 경청했고 그녀로부터 위로를 받았다. 그는 그 열성적인 분위기를 좋아하지 않았다. 그는 신자였지만 주로 정치사상에 초점을 맞춘 종교에 관심을 가졌었다. 그런데 이른바 새로운 가르침은 몇 가지 새로운 해석을 허용하는 고로 논쟁과 분석에 취약했고, 그는 원칙상 그것을 못마땅해했다. 그는 예전에 이 새로운 교의에 차갑고 심지어 적대적인 태도를 취했다. 그리고 그 교의에 흠뻑 빠진 리디야 이바노브나 백작 부인과는 지금껏 단 한 번도 논쟁을 벌인 적이 없었고, 그녀의 도전을 침묵으로 힘들게 피해 왔다. 그런데 지금 처음으로 그녀의 말을 가슴속 깊이 기꺼이 듣고 그것을 반박하지 않은 것이다.

"정말 대단히, 대단히 고맙습니다. 당신의 행동도, 당신의 말도 함께요."

그녀가 기도를 마치자, 그는 이렇게 말했다.

리디야 이바노브나 백작 부인은 친구의 두 손을 다시 한 번 잡았다.

"이제 난 일을 시작하겠어요."

그녀는 잠시 침묵한 후 얼굴에서 눈물 자국을 닦아 내고는 웃으며 이렇게 말했다.

"난 세료자에게 갈게요. 그리고 최악의 경우에만 당신을 찾을 거예요."

그리고 그녀는 일어나 서재에서 나갔다.

리디야 이바노브나 백작 부인은 세료자의 방으로 갔다. 그리고 그곳에서 겁을 먹은 아이의 뺨을 눈물로 적시며 아버지는 성인이고 어머니는 죽었다고 말했다.

리디야 이바노브나 백작 부인은 자신의 약속을 지켰다. 정말로 그녀는 알렉세이 알렉산드로비치의 집안을 꾸려 나가고 관리하는 일을 떠맡았다. 하지만 그녀가 실무에 약하다고 한 말은 과장이 아니었다. 그녀의 지시는 실행하기 어려운 탓에 모두 바꿔야 했다. 그리고 그 지시들을 바꾼 사람은 알렉세이 알렉산드로비치의 시종 코르네이였다. 이제 그는 아무도 눈치채지 못하게 카레닌가의 집안일을 처리했고, 주인이 옷을 갈아입는 동안 필요한 것을 침착하고 조심스럽게 보고했다. 하지만 리디야 이바노브나의 도움은 대단히 효과가 있었다. 그녀는 알렉세이 알렉산드로비치에게 그에 대한 자신의 존경과 사랑을 인식시킴으로써 정신적 지주가 되어 주었다. 특히 다행스럽게 여겼던 점은 그를 거의 완전한 기독교도로 개종시켰다는 것이었다. 다시 말하자면, 무관심하고 냉담하던 신자였던 그가 최근 페테르부르크에 퍼진 새로운 기독교 가르침을 열렬히 신봉하게 된 것이다. 세계관을 함께 나누는 리디야 이바노브나나 다른 사람들처럼 심오한 상상력, 상상력으로 피어난 생각이 현실과 동화되어 현실성을 갖는 정신 능력을 알렉세이 알렉산드로비치에게는 도무지 찾을 수 없었다. 신을 믿지 않는 자들에게는 존재하는 죽음이 그에게는 존재하지 않으며, 자신이 완벽한 믿음을 갖게 되었다고 믿으면서 마음속에 이제 한 점 죄가 없다고, 이미 이 지상에서 완벽한 구원을 경험하고 있다고 생각하면서 그게 불가능하다거나 말이 안 된다는 것을 전혀 알지 못했다.

사실 알렉세이 알렉산드로비치는 자신의 믿음이 경솔하고 잘못되었다는 것을 어렴풋이 느끼고 있었다. 그리고 그는 알고 있었다. 요즘 자주 그랬듯이 매 순간 마음속에 그리스도가 살아 있다고 기억하고 또 서류에 사인을 하며 그리스도의 뜻을 실행하고 있다고 생각할 때보다, 자신의 용서가 전지전능한 힘의 작용이라는 생각을 아예 하지 않을 때야 비로소 처음부터 가지고 있던 자발적인 감정을 느끼며 더 행복했다. 그러나 알렉세이 알렉산드로비치로서는 그렇게 생각할 필요가 있었다. 위신이 깎여 모욕적인 처지에 놓인 그로서는 비록 거짓으로 꾸며 낸 고매함

일지라도 그렇게 함으로써 사람들에게 멸시받는 그가 다른 사람들을 멸시할 수 있기 때문이었다. 그래서 그는 진정한 구원이라도 되는 양 자신이 상상해 낸 가상의 구원에 매달렸다.

리디야 이바노브나 백작 부인은 아주 젊고 쉽게 열광하는 처녀 시절, 부유하고 가문이 좋은 대단히 선량하고 방탕하기 이를 데 없는 호남아와 결혼했다. 결혼하고 두 달째 접어들었을 때, 남편은 그녀를 버렸고 그녀가 다정한 감정을 열정적으로 써 보내자 그저 조소로 심지어는 적대적인 태도로 답할 뿐이었다. 백작의 선량한 마음을 알고 열정적인 리디야에게서 어떤 단점도 알지 못하는 사람들에겐 이해할 수 없는 일이었다. 그들은 비록 이혼을 하지는 않았지만 따로 살았다. 그리고 남편은 아내를 만날 때면 변함없는 악의에 찬 조소로 대했는데 그 이유는 도무지 알 수 없었다.

리디야 이바노브나 백작 부인은 오래전 남편에 대한 사랑을 접었다. 하지만 그 후에도 누군가를 사랑하지 않은 적이 없었다. 그녀는 동시에 몇 사람을 사랑하기도 했고 남자든 여자든 가리지 않았다. 어떤 면에서 특별히 두각을 나타내는 사람이 보이면 거의 예외 없이 사랑에 빠졌다. 그녀는 차르의 가문과 친인척 관계를 맺게 된 새로운 왕자와 왕녀들에게 사랑을 느꼈다. 대주교와 사제도 사랑했다. 기자에게, 세 명의 슬라브인에게, 코미사로프에게 사랑을 느꼈다. 또한 그녀는 외교관에게, 의사에게, 영국인 선교사에게, 그리고 알렉세이 알렉산드로비치에게 사랑을 느꼈다. 때로는 이 모든 사랑이 시들해졌다 커졌다 하면서 그녀의 마음을 가득 채웠고, 그녀에게 일거리를 가져다주었다. 그리고 그러한 사랑은 그녀가 궁정과 사교계에서 대단히 폭넓고 복잡한 관계를 꾸려 나가는 것을 방해하지 않았다. 그러나 카레닌에게 불행이 닥친 후 그리고 그를 자신의 특별한 보호 아래 두게 된 후부터, 그녀는 그 밖의 모든 사랑은 가짜이고 이제 카레닌만을 진실로 사랑하고 있다고 느꼈다. 그녀가 지금 느끼는 감정은 예전에 느꼈던 감정보다 훨씬 더 강렬했다. 자신의 감정을 분석하고 그 감정을 예전의 감정들과 비교하면서, 그녀는 분명히 깨달았다. 만약 코미사로프가 군주의 목숨을 구하지 않았더라면 자신은 그를 사랑하지 않았으리라는 것을, 만약 슬라브 문제가 없었더라면 자신은 리스티치―쿠쥐치기를 사랑하지 않았으리라는 것을 깨달았다. 하지만 카레닌을 사랑하는 까닭은, 그의 높고 불가해한 영혼 때문이었고 그녀에게 사랑스럽게 느껴지는 그의 가는 목소리와 느린 억양, 지친 듯한 시선, 그리고 그의 성격과 핏줄이 솟은 부드럽고 하얀 손을 사랑하고 있다는 것을 알게 되었다. 그녀는 그와 만남을 기뻐했을 뿐만 아니라 그의 얼굴을 보면서 자신이 그에게 어떤 인상을 주었는지 알아내고 싶어 했다. 그녀는 자신의 말뿐만이 아니라 자신만이 가진 모든 것으로 그의 마음에 들기를 원했다. 요즘 그녀는 그를 위해 지난 어느 때보다 더 몸치장에 공을 들였다. 그녀는 곧잘 자신도 결혼을 하지 않은 처녀이고 그도 자유로운 총각의 몸이었으면 하는 공상에 빠지곤 했다. 그가 방에 들어서면 그녀는 흥분으로 얼굴이 빨개졌고, 그가 그녀에게 즐거운 이야기를 들려줄 때면 기쁨의 미소를 참지 못했다.

이미 며칠째 리디야 이바노브나 백작 부인은 극심한 불안에 사로잡혀 있었다. 그녀는 안나와 브론스키가 페테르부르크에 함께 있다는 사실을 알았다. 알렉세이 알렉산드로비치가 그녀와 만나는 것을 막아야 했다. 그 끔찍한 여자가 그와 한 도시에 있다는 것과 또 그가 어느 순간에라도 그녀와 마주칠 수 있다는 것을 아는 고통에서도 그를 구해야 했다.

리디야 이바노브나는 안나와 브론스키를 '혐오스러운 인간들'이라고 불렀는데 아는 사람들을 통해 그들이 무엇을 할 작정인지를 알아보고는 며칠 동안 자신의 벗이 그들을 마주치지 않도록 그의 동선을 모두 막으려고 애썼다. 그녀는 브론스키의 친구인 젊은 부관을 통해 소식을 알아냈고 그는 그녀를 통해 다른 어떤 이익을 얻어 내려 했다. 그 부관은 그들이 일을 다 보았고 다음 날 도시를 떠난다고 알려 주었다. 리디야 이바노브나는 겨우 마음을 놓았다. 그런데 다음 날 아침, 그녀에게 편지 한 통이 배달되었다. 그녀는 그 필적을 알아보고 경악했다. 그것은 다름 아닌 안나 카레니나의 필적이었다. 봉투는 마치 자작나무 껍질처럼 두툼한 종이로 만들어진 것이었다. 직사각형의 노란 종이 위에는 커다란 머리글자가 적혀 있었고, 편지에서는 향기로운 냄새가 풍겼다.

"누가 가져왔지?"

"호텔 심부름꾼입니다."

리디야 이바노브나 백작 부인이 의자에 앉아서 편지를 읽기까지는 오랜 시간이 걸렸다. 그녀는 겨우 진정하고 프랑스어로 적힌 다음과 같은 편지를 읽었다.

백작 부인, 부인의 마음을 가득 채운 그리스도교의 정신이 제게 감히 용서받을 길 없는 용기와 대담함을 주어 이렇게 편지를 씁니다. 전 아들과의 이별로 인해 불행을 겪고 있습니다. 간절히 부탁드립니다. 떠나기 전에 그 애를 한 번 볼 수 있게 허락해 주세요. 부인에게 제 일을 떠올리게 해서 죄송합니다. 제가 알렉세이 알렉산드로비치가 아닌 부인에게 호소하는 것은, 다만 그 관대한 분을 나에 대한 기억으로 고통스럽게 하고 싶지 않아서입니다. 그분과 친하신 분이니 저를 이해하시리라 믿습니다. 세료자를 내게 보내 주세요. 혹 그 일이 불편하시다면 제가 집 밖 어딘가에서 아들을 만나면 어떨까요. 거절하지 않으리라 믿고 있습니다. 결정하는 분의 관대함을 알기 때문이지요. 부인은 제가 느끼는 이 갈망을, 아들을 보고 싶어 하는 이 마음을 상상도 못 할 거예요. 그러기에 당신의 도움이 내 안에 불러일으킬 감사도 상상하지 못 할 거예요.

안나

편지에 적힌 모든 내용이 리디야 이바노브나 백작 부인을 화나게 만들었다. 내용도, 관대함에 대한 암시도, 특히 그녀에게 허물없는 말투가 더욱 그랬다.

"답장은 없을 거라고 일러라."

리디야 이바노브나 백작 부인은 이렇게 말하고는 즉시 알렉세이 알렉산드로비치에게 정오에서 한 시 사이에 궁전의 축하연에서 만나고 싶다는 편지를 썼다.

중대하고도 슬픈 문제가 생겨 당신과 꼭 의논을 해야겠습니다. 어디서 만날지는 궁전에서 만나 정하도록 해요. 가장 좋은 것은 제가 '당신'과 차를 마시면서 내 집에서 이야기하는 것입니다. 꼭 만나야 해요. 주님이 십자가를 내리셨어요. 하지만 그는 우리에게 견딜 힘도 주시지요.

리디야 이바노브나 백작 부인은 알렉세이 알렉산드로비치에게 보통 하루에 두세 통의 편지를 보내곤 했다. 그녀는 자신의 사적인 관계에서는 찾아볼 수 없는, 우아하고 신비스러운 그와의 연락 과정을 좋아했다.

24

축하연이 끝났다. 궁전을 나서던 사람들은 서로를 붙잡고 그날의 최신 소식, 새로 수여된 상이며 고관들의 인사이동에 관해 이야기했다.

"마리야 보리소브나 백작 부인이 국방장관직을 맡고 바트고프스카야 공작 부인이 참모장직을 맡으면 어떻게 될까요?"

금실로 수놓은 제복을 입은 백발노인이 인사이동에 관해 묻는 늘씬하고 아름다운 궁녀를 향해 이렇게 말했다.

"그럼 저는 부관이고요."

궁녀는 미소 지으며 대답했다.

"당신의 자리는 이미 정해졌어요. 당신은 종교부입니다. 그리고 당신의 보좌관은 카레닌이고요."

"안녕하십니까, 공작!"

노인은 그에게 다가온 남자의 손을 잡으며 말했다.

"카레닌에 대해 무슨 이야기를 하고 계셨습니까?"

공작이 물었다.

"그 사람과 푸차토프가 알렉산드르 네프스키 훈장을 받았습니다."

"난 그 사람이 이미 받은 걸로 알고 있습니다만."

"아닙니다. 그를 보세요."

노인은 국가위원회에 속한 영향력 있는 위원들 가운데 한 명과 서 있는 카레닌을 자수가 놓인 모자로 가리켰다. 그는 궁정 예복을 입고 어깨에 붉은색 새 띠를 두르고 있었다.

"행복해하는 모습이 마치 구리 동전 같지 않습니까?"

그는 운동선수 같은 체격의 미남 시종과 악수를 하기 위해 걸음을 멈추며 이렇게 말했다.

"아니요, 그도 늙었지요."

시종이 말했다.

"걱정 때문에 그렇지요. 카레닌은 요즘 온갖 의안을 새로 만들고 있습니다. 그는 지금도 저 위원을 붙잡고 항목별로 조목조목 설명하기 전까지는 놔주지 않을 겁니다."

"늙었다고요? 그분은 인기가 있는걸요. 내 생각에, 리디야 이바노브나 백작 부인은 지금 저 사람의 부인을 질투하고 있어요."

"아니, 무슨 소릴 하십니까! 제발, 리디야 이바노브나 백작 부인에 대해서는 그런 상스러운 말을 하지 말아 주세요."

"백작 부인이 사랑에 빠진 것이 나쁜 일인가요?"

"그런데 카레니나가 이곳에 있다는 게 사실입니까?"

"이곳 궁정이 아니라 페테르부르크에 있어요. 어제 내가 그 여자를 봤어요. 모르스카야 거리에서 알렉세이 브론스키와 팔짱을 끼고 있더군요."

"그에게 없는 것이……."

시종은 말을 꺼내는가 싶더니 차르 가문의 지체 높은 사람에게 길을 비켜 주며 허리를 굽혔다.

그렇게 사람들은 알렉세이 알렉산드로비치를 비난함과 동시에 비웃기도 하면서 쉼 없이 그에 대해 떠들어 댔다. 그러는 사이 그는 어느 국무 의원을 붙잡고는 그의 길을 막아섰다. 그리고 그를 놓치지 않기 위해 잠시도 말을 쉬지 않으며 자신의 재정 계획에 대해 차근차근 설명했다.

아내가 알렉세이 알렉산드로비치를 떠난 것과 거의 동시에, 관리로서 가장 쓰라린 사건이 발생했다. 즉 승진이 멈춘 것이다. 그것은 이미 일어난 사실이었고, 모든 이들이 그 사실을 재빨리 눈치챘다. 그러나 알렉세이 알렉산드로비치 자신만은 출세의 문이 닫혔다는 것을 깨닫지 못했다. 스트레모프와의 충돌 때문이든, 아내와의 불행 때문이든, 그도 아니면 단지 알렉세이 알렉산드로비치가 그에게 예정된 한계에 다다랐기 때문이든, 그의 관리 경력이 끝났다는 사실은 올해 들어 모든 사람들의 눈에 분명하게 비쳤다. 그는 아직도 요직을 맡고 있었고 수많은 위원회와 회의에 관여했다. 그러나 그는 자신의 모든 것을 소모해 버렸다. 더 이상은 아무것도 기대할 것이 없는 사람이 된 것이다. 그가 무슨 말을 하든, 그가 무엇을 제안하든, 사람들은 그가 제안하는 것을 이미 오래전부터 알고 있었거나 필요가 없는 말을 듣는 것처럼 그를 대했다.

하지만 알렉세이 알렉산드로비치는 그것을 눈치채지 못했다. 오히려 정부 일에 직접 관여하지 못하자 예전보다 다른 사람들의 결점과 실수가 더 잘 보여 그것들을 바로잡아 알려 주는 것이 자신의 의무라고 생각하게 되었다. 아내와 헤어진 후 그는 모든 행정기관을 상대로 원래 쓰려고 했던, 아무에게도 필요 없는 수많은 안 중 하나인 새 재판부에 대한 첫 번째 안을 써 나가기 시작했다.

알렉세이 알렉산드로비치는 관직 사회에서 이제는 가망이 없는 자신의 처지를 깨닫지 못했고 그로 인해 힘들어하지도 않았다. 오히려 예전보다 자신이 하는 일에 만족하고 있었다.

'유부남은 어떻게 하면 자기 아내를 기쁘게 할 수 있을까, 세속적인 곳에 신경을 쓰지만 미혼남은 어떻게 하면 하느님을 기쁘게 할까, 하느님의 나라에 신경을 쓴다.'

사도 바울은 이렇게 말한 적이 있는데 이제 모든 일을 성경대로 처리하는 그는 자주 사도 바울의 말을 떠올렸다. 그가 느끼기에, 아내 없이 혼자 남은 후부터 자신이 이러한 계획 자체로 예전보다 더 많이 하느님에게 봉사하고 있는 것 같았다.

그에게서 벗어나고 싶어 하는 의원의 초조한 모습이 눈에 뻔히 보였지만 알렉세이 알렉산드로비치를 방해하지 못했다. 그는 차르 가문의 인물이 옆으로 지나가는 틈을 이용해 의원이 도망쳤을 때야 비로소 설명을 멈추었다.

혼자 남은 알렉세이 알렉산드로비치는 고개를 숙이고 생각을 가다듬었다. 그런 다음 무심히 주위를 둘러본 후 문 쪽으로 갔다. 그는 그곳에서 리디야 이바노브나 백작 부인을 만나기로 했다.

'어쩌면 다들 저렇게 건강하고 힘이 넘칠까!'

알렉세이 알렉산드로비치는 풍성하니 숱이 많은 구레나룻을 기른 시종관과 제복을 입은 공작의 불그스름한 목을 바라보며 이렇게 생각했다. 그는 그들 옆을 지나가야만 했다.

'세상에 존재하는 모든 것들이 악이라는 말은 맞는 말이야.'

그는 시종의 종아리를 한 번 더 곁눈질하며 이렇게 생각했다.

서두르지 않고 걸음을 옮기면서, 알렉세이 알렉산드로비치는 평상시에 짓는 피로하고 위엄 있는 모습으로, 자신에 대해 이야기를 나누는 신사들을 향해 인사를 했다. 그리고 문 쪽을 쳐다보며 눈으로 리디야 이바노브나 백작 부인을 찾았다.

"아! 알렉세이 알렉산드로비치!"

카레닌이 노인 옆으로 지나가며 차가운 몸짓으로 고개를 숙이자, 노인이 눈을 매섭게 빛내며 말했다.

"당신에게 아직 축하 인사를 못 드렸습니다."

그는 카레닌이 받은 새 훈장을 가리키며 말했다.

"감사합니다."

알렉세이 알렉산드로비치가 대답했다.

"오늘 날씨가 정말 화창하지요!"

그는 습관대로 '화창'이란 단어를 특별히 강조하며 이렇게 덧붙였다.

그는 그들이 자신을 비웃고 있다는 것을 알고 있었다. 사실 그는 그들에게서 적의 외에 아무것도 기대하지 않았다. 그는 이미 이런 것들에 익숙해져 있었다.

코르셋 위로 올라온 리디야 이바노브나 백작 부인의 노란 어깨가 문에 들어선 순간, 그리고 자신을 부르는 그녀의 그윽한 눈동자를 발견한 알렉세이 알렉산드로비치는 퇴색하지 않은 하얀 이를 드러내며 미소 짓고는 그녀에게 다가갔다.

리디야 이바노브나는 요즘 늘 그랬듯 외모를 치장하는 데 굉장한 시간과 노력을 들였다. 이제 그녀가 몸치장을 하는 목적은 그녀가 삼십 년 전에 추구하던 목적과는 정반대였다. 그때 그녀는 어떻게든 자신을 아름답게 치장하고 싶어 했고, 공을 들일수록 아름다워 보였다. 하지만 지금은 그녀가 의무적으로 꾸미는 치장이 그녀의 나이와 외모와는 너무나도 어울리지 않았기에, 그녀의 유일한 걱정거리는 그러한 치장과 외모의 대조가 너무 심하지 않기만을 바랐다. 그리고 알렉세이 알렉산드로비치에 관한 한, 그녀는 원하던 목적을 얻어 냈고 그에게만은 매력적으로 보였다. 그녀는 그를 에워싼 적의와 조소의 바다에 유일한 우호적인 섬일 뿐만 아니라 유일한 사랑의 섬이기도 했다.

사람들의 조롱기 어린 시선의 대열을 지나가며 그는 식물이 빛을 찾아가듯 사랑이 담긴 그녀의 시선을 자연스럽게 맞아들였다.

"축하해요."

그녀는 눈으로 훈장을 보며 그에게 말했다.

그는 만족하는 미소를 참으며 어깨를 들썩였다. 무엇이 기쁘냐는 투였다. 하지만 리디야 이바노브나 백작 부인은 그가 한 번도 그것을 인정하지는 않았지만 그것이 그의 기쁨 가운데 하나라는 것을 잘 알고 있었다.

"우리 천사는 어떻게 지내나요?"

리디야 이바노브나 백작 부인은 세료쟈를 생각하며 말했다.

"완전히 만족스럽다고는 말할 수 없군요."

알렉세이 알렉산드로비치는 눈썹을 추어올렸다.

"시트니코프도 그 아이를 못마땅하게 생각합니다.—시트니코프는 세료쟈의 보통 교육을 맡은 교사였다.—제가 말씀드린 대로, 제 아들은 아이들을 비롯해 사람이라면 당연히 가슴에 와 닿는 중요한 문제들에 어쩐지 싸늘하게 대하는 구석이 있어요."

알렉세이 알렉산드로비치가 관청 일 외에 유일하게 흥미를 가지는 문제가 하나 있었는데 그건 아들의 교육 문제였다. 그는 아들의 양육에 대해 설명하기 시작했다.

리디야 이바노브나의 도움으로 다시 생활과 일로 돌아온 알렉세이 알렉산드로비치는 자신의 손에 남겨진 아들의 교육 문제를 살펴봐야겠다는 의무감을 느꼈다. 그 전에는 교육 문제에 관심을 가져 본 적이 없는 그였지만 이제는 얼마간의 시간을 들여 그 분야의 이론을 공부했다. 그리고 인류학, 교육학, 교수법에 대한 많은 책을 읽으며 직접 교육 계획을 세웠고, 지도를 맡길 페테르부르크 최고의 교사를 초빙하여 그 일에 착수했다. 그리고 그 일은 끊임없이 그의 흥미를 끌었다.

"그렇군요. 하지만 마음은요? 난 그 아이에게서 아버지의 마음을 보았어요. 그런 마음을 가진 아이는 절대로 잘못될 리 없어요."

리디야 이바노브나 백작 부인은 환희에 넘쳐 말했다.

"그런가요, 네, 어쩌면 그럴지도 모르죠……, 나로 말하자면, 난 나의 의무를 수행하고 있습니다. 이것이 내가 할 수 있는 전부입니다."

"우리 집으로 오세요."

리디야 이바노브나 백작 부인은 잠시 침묵하다가 이렇게 말했다.

"당신이 슬프게 여길 문제에 관해 함께 의논해야겠어요. 당신을 몇몇 기억에서 벗어나게 하기 위해 난 무슨 일이든 하겠지만, 다른 사람들은 그렇게 생각하지 않아요. 그녀에게 편지를 받았어요. 그녀가 이곳 페테르부르크에 있어요."

알렉세이 알렉산드로비치는 아내 말이 나오자 몸을 떨었다. 하지만 한편으로는 얼굴이 굳어 버렸다. 그건 그가 이 문제에 관해 마치 죽은 사람처럼 아무 힘도 쓸 수 없다는 말이었다.

"예상하고 있었습니다."

그가 말했다.

리디야 이바노브나 백작 부인은 환희에 찬 눈으로 그를 바라보았다. 그러자 그녀의 눈에서는 그가 지닌 영혼의 위대함에 감동하는 눈물이 흘러내렸다.

25

리디야 이바노브나 백작 부인의 작고 아담한 서재는 오래된 골동품 도자기와 초상화로 장식되어 있었다. 알렉세이 알렉산드로비치가 들어섰을 때 백작 부인은 아직 그곳에 와 있지 않았다. 그녀는 옷을 갈아입는 중이었다.

둥근 테이블에는 식탁보가 깔려 있고, 알코올램프가 딸린 은제 찻주전자와 중국산 다기 세트가 놓여 있었다. 알렉세이 알렉산드로비치는 서재를 장식한 무수한 지인들의 초상화를 별생각 없이 멍하니 바라보다 테이블 앞에 앉아 그 위에 놓인 복음서를 펼쳤다. 백작 부인의 비단 드레스가 스치는 소리에 그는 복음서에서 눈을 들었다.

"자, 그럼, 이제 편안히 앉아 이야기를 해 볼까요."

리디야 이바노브나 백작 부인은 테이블과 소파 사이를 서둘러 빠져나오며 상기된 얼굴로 미소 지었다.

"차라도 마시며 이야기하죠."

몇 마디 던진 후, 리디야 이바노브나 백작 부인은 무겁게 한숨을 쉬고는 얼굴이 붉어진 채로 자신이 받은 편지를 건넸다.

그는 편지를 읽으며 오랫동안 침묵했다.

"난 그녀의 청을 거절할 권리가 내게는 없다고 생각되는데요."

그는 눈을 들며 어렵게 말했다.

"나의 친구여, 당신은 그 어떤 것도 악하다고 보지 않으시는군요!"

"그 반대입니다. 저는 모든 것이 악하다고 봅니다. 하지만 그렇게 보는 것이 정당한 일일까요?"

그의 얼굴에는 망설이는 그리고 불가해한 일에 대한 조언과 지지, 지도를 구하는 표정이 보였다.

"아니요."

리디야 이바노브나 백작 부인이 그의 말을 가로막았다.

"모든 일에는 한계가 있어요. 나도 부도덕은 이해할 수 있어요."

그녀의 말에는 진심이 빠져 있었다. 여자를 부도덕하게 만드는 것이 무엇인지 전혀 이해하지 못했기 때문이다.

"하지만 난 잔인함은 이해할 수 없어요. 누구에게요? 바로 당신에게요! 어떻게 감히 당신이 있는 이 도시에 머물 수 있죠? 아뇨, 사람이라면 사는 내내 공부하라고 했어요. 그리고 난 지금 당신의 숭고함과 그녀의 천박함을 이해하는 법을 배우고 있고요."

"하지만 누가 돌을 던진단 말입니까?"

알렉세이 알렉산드로비치가 말했다. 분명 그는 자신의 역할에 만족스러워하는 듯 보였다.

"난 모든 것을 용서했습니다. 그래서 그녀가 요구하는 것, 즉 아들에 대한 애정을 막을 수가 없습니다."

"그것이 과연 사랑일까요, 나의 친구? 그것이 진심이긴 할까요? 당신은 오래전에도 용서했고 지금도 용서를 한다고 쳐요. 하지만 그 천사의 영혼에 영향을 끼칠 권리가 과연 우리에게 있을까요? 그 아이는 엄마가 죽은 줄 알아요. 그 아이는 그 여자를 위해 기도를 하고 또 그녀의 죄를 용서해 달라고 빌고 있는데……. 그리고 그러는 편이 더 좋아요. 그런데 이제 와서 이러면 그 애가 어떻게 생각하겠어요?"

"그 생각은 못 했습니다."

알렉세이 알렉산드로비치는 동의의 빛을 보이며 말했다.

리디야 이바노브나 백작 부인은 두 손으로 얼굴을 가리고 잠시 침묵했다. 그녀는 기도를 하고 있었다.

"만약 당신께서 나의 조언을 구하신다면······."

그녀는 잠시 기도한 후 얼굴에서 손을 떼고 말했다.

"난 그렇게 하지 말라고 말하겠어요. 이 일로 당신이 고통받고 또 이 일이 당신의 깊은 상처를 헤집어 놓을 것이 뻔하니까요. 아니, 당신이 언제나 그렇듯 자기 자신을 잊는다고 쳐요. 하지만 어떤 결과를 가져올까요? 당신에게는 새로운 괴로움을 아이에게는 고통을 주지 않을까요? 만약 그 여자에게 인간다운 것이 남아 있다면 스스로 그런 결과를 원해서는 안 되지요. 아니에요, 난 망설임 없이 그렇게 하지 말라고 권하겠어요. 그리고 당신이 허락한다면, 내가 그녀에게 편지를 쓰겠어요."

알렉세이 알렉산드로비치도 그녀의 말에 동의했다. 그래서 리디야 백작 부인은 프랑스어로 다음과 같은 편지를 썼다.

친애하는 부인,

부인의 아들에게 당신을 이야기하면 아이가 궁금해할 것이고, 그에 대한 대답을 하자면 아이의 마음에 고이 남아 있어야 할 것들이 망가지고 훼손될 수밖에 없어 당신의 남편이 기독교적 사랑에 입각해 청을 거절함을 부디 이해해 주세요. 당신에게 자비를 베풀어 주시길 전능하신 분께 기도하겠습니다.

리디야 백작 부인

이 편지는 리디야 이바노브나 백작 부인이 자기 자신에게도 숨겼던 비밀스러운 목적을 이루었다. 편지는 철저하게 안나를 모욕하는 것이었다.

리디야 이바노브나의 집에서 돌아온 알렉세이 알렉산드로비치는 그날 평소처럼 일에 열중할 수도, 그가 예전에 느낀 신자로서의, 구원받은 사람으로서의 정신적 평화를 누리기도 힘들었다.

아내는 그에게 많은 죄를 저질렀고, 리디야 이바노브나 백작 부인의 말처럼, 그의 마음은 평정을 잃어서는 안 되었다. 하지만 그는 침착할 수 없었다. 그는 자신이 읽고 있는 책을 이해할 수도 없었고, 아내와의 관계며 지금 생각하니 그녀에게 저지른 실수 등이 아픈 기억으로 되살아났고 또 그 기억들을 떨치기 힘들었다. 그가 경마에서 돌아오는 길에 부정을 털어놓는 그녀의 고백을 어떻게 받아들였던가에 대한 기억, 특히 그가 그녀에게 표면적인 예의만을 요구하고 결투를 신청하지 않은 기억은 그의 마음을 괴롭혔다. 그녀에게 쓴 편지 역시 고통스러운 기억을 가져왔다. 특히 누구에게도 필요치 않았던 자신의 용서와 남의 아이를 귀여워하며 돌봤던 기억이 가슴을 수치심과 후회로 불태웠다.

그리고 그녀와 보냈던 과거를 생각하며, 또 오랜 망설임 끝에 그녀에게 청혼하며 한 어색한 말들을 떠올렸다.

'그렇지만 도대체 내게 무슨 잘못이 있단 말인가?'

그는 속으로 중얼거렸다. 그리고 그 질문은 언제나 그의 마음속에 또 다른 질문을 불러일으켰다. 그들은 나와 느끼는 방식이 다른 것일까, 아니면 사랑하는 방법이 다른 것일까, 결혼하는 방식이 다른가, 그 다른 사람들은, 브론스키 같은 사람들은, 오블론스키 같은 사람들은 어떨까……, 뚱뚱한 장딴지를 지닌 그 시종은? 그러자 그의 마음속에 그 원기 왕성하고 건강하며 의심할 줄 모르는 사람들, 자기도 모르게 언제 어디서나 그의 호기심 어린 시선을 끌었던 사람들이 한꺼번에 떠올랐다. 그는 이러한 생각을 밀어냈다. 그리고 자신은 순간에 불과한 속세의 삶이 아니라 영원한 삶을 위해 살며 마음속에는 평화와 사랑이 있다고 믿으려 애썼다. 하지만 순간에 불과한 이 보잘것없는 삶을 살면서 몇 가지 하찮은 실수를 저질렀기에 영원한 구원이란 존재하지 않을 것이란 생각이 들었다. 그러나 그 유혹은 오래가지 않았고 곧 알렉세이 알렉산드로비치의 마음속에는 평온과 숭고함이 다시 부활했다. 그 덕분에 그는 기억하고 싶지 않은 것을 잊을 수 있었다.

26

"어떻게 됐어, 카피토니치?"

자신의 생일 전날, 붉게 상기된 명랑한 모습으로 산책에서 돌아온 세료쟈는, 꼬마를 내려다보며 웃고 있는 키 크고 나이 든 수위에게 자기의 주름 잡힌 코트를 건네며 이렇게 물었다.

"그러니까 어떻게 됐어? 그 붕대 감은 관리가 오늘 왔어? 아빠가 그 사람을 만나셨대?"

"만나 주셨습니다. 사무장이 나가자마자, 제가 보고를 했지요."

수위는 쾌활하게 한쪽 눈을 찡긋하며 말했다.

"자, 제가 벗겨 드리죠."

"세료쟈!"

슬라브인 남자 가정교사가 안쪽 방들로 들어가는 문에 서서 말했다.

"혼자 벗으세요."

하지만 세료쟈는 가정교사의 가느다란 목소리를 듣고서도 그에게 고개를 돌리지 않았다. 그는 한 손으로 수위의 멜빵을 잡고 서서 그의 얼굴을 올려다보았다.

"그래서, 아빠가 그 사람한테 해야 할 일을 해 주셨어?"

수위는 그렇다는 뜻으로 고개를 끄덕였다.

알렉세이 알렉산드로비치에게 무엇인가를 청원하기 위해 이미 일곱 번이나 찾아온 그 붕대 감은 관리는 세료쟈와 수위의 관심을 끌었다. 한 번은 세료쟈가 현관에서 그를 만났다. 그 남자는 수위에게 자신과 아이들이 곧 죽게 되었다고 말하며 카레닌을 만나게 해 달라고 부탁했다.

그 후로 세료쟈는 그 관리를 현관에서 다시 마주쳤고 그에게 관심을 갖기 시작했다.

"그래서? 그 사람이 많이 좋아했어?"

세료쟈가 물었다.

"그럼요! 어떻게 좋아하지 않을 수 있겠어요! 그 사람은 거의 뛰다시피 하며 이곳에서 나갔답니다."

세료쟈는 잠시 가만히 있다가 물었다.

"그리고 뭐 온 거 없어?"

"글쎄요, 도련님."

수위는 고개를 저으며 조용히 말했다.

"백작 부인이 보내신 게 있네요."

세료쟈는 수위가 말한 것이 리디야 이바노브나 백작 부인이 보낸 생일 선물이라는 것을 금방 알아차렸다.

"그래? 어디?"

"코르네이가 아버님 방에 가져갔어요. 틀림없이 근사한 선물일 거예요!"

"얼마나 큰데? 이만큼?"

"아니, 조금 더 작아요. 그래도 좋은 거예요."

"책이야?"

"아니요, 물건이에요. 가세요, 어서 가 보세요. 바실리 루키치가 부르고 있어요."

가정교사가 다가오는 발소리를 들으며 수위가 말했다. 그러고는 장갑이 반쯤 벗겨진 채로 그의 멜빵을 붙잡고 있는 자그마한 손을 조심스럽게 폈다. 그리고 다시 한쪽 눈을 찡긋하며 머리로 루키치를 가리켰다.

"바실리 루키치, 지금 가요!"

명랑하고 사랑스러운 미소를 띠고 세료쟈가 대답했다. 그 미소는 진지한 바실리 루키치에게 언제나 효과가 있었다.

세료쟈는 너무나 즐겁고 행복해서 친구인 수위와 집안 경사를 함께 나누지 않을 수가 없었다. 그는 여름 정원에서 산책을 하던 중 리디야 이바노브나 백작 부인의 조카딸에게 그 소식을 들었다. 그것은 관리의 기쁨과 장난감을 받은 자신의 기쁨에 합쳐져 그에게 더욱 특별하게 느껴졌다. 세료쟈에게는 오늘이 누구나 기뻐하고 즐거워해야 하는 그런 날로 여겨졌다.

"알고 있어? 아빠가 알렉산드르 네프스키를 받았대."

"모를 리가 있나요! 벌써 사람들이 축하하기 위해 왔답니다."

"그래? 아빠는 기뻐서?"

"차르의 은총에 어찌 기뻐하지 않을 수 있나요! 사실을 말하자면, 그것을 받을 만한 분이라는 말이지요."

수위는 엄숙한 말투로 진지하게 말했다.

세료쟈는 수위의 얼굴에서 그 무엇도 놓치지 않으려고 골똘히 들여다보며 생각에 잠겼다. 특히 희끗희끗한 턱수염 사이로 늘어진 턱을 뚫어지게 바라보았다. 그 턱은 언제나 아래쪽에서 그를 바라보아야만 하는 세료쟈 외에 아무도 본 적이 없었다.

"그럼, 할아범 딸은 할아범 집에 다녀간 지 오래됐어?"

수위의 딸은 발레리나였다.

"평일에 오는 건 힘들지요. 그 아이도 수업을 받아야 하니까요. 도련님도 마찬가지로 수업을 받아야 하고요. 자, 도련님, 어서 가세요."

방으로 들어간 세료쟈는 수업을 받으러 가는 대신 교사에게 오늘 온 선물은 틀림없이 기계일 것이라며 자신의 추측을 이야기했다.

"선생님은 어떻게 생각하세요?"

그가 물었다.

하지만 바실리 루키치는 두 시에 오기로 한 교사를 위해 문법 과목을 준비시켜야겠다는 생각만 하고 있었다.

"아뇨, 그럼 이것만 말해 주세요, 바실리 루키치."

세료쟈는 불쑥 질문을 던졌다. 이미 학습용 테이블 앞에 앉아 두 손에 책을 쥐고 있었다.

"알렉산드르 네프스키보다 더 높은 훈장은 뭐예요? 아빠가 알렉산드르 네프스키를 받았어요. 선생님은 알고 계세요?"

바실리 루키치는 알렉산드르 네프스키보다 높은 것은 블라지미르 훈장이라고 대답했다.

"그럼 그것보다 더 높은 것은 뭐예요?"

"가장 높은 것은 안드레이 페르보즈반니예요."

"안드레이보다 더 높은 건요?"

"모르겠어요."

"네? 선생님도 모르신다고요?"

세료쟈는 두 손으로 턱을 괴고 생각에 잠겼다.

세료쟈는 굉장히 복잡하고 다양한 생각에 빠져들었다. 그는 아버지가 갑자기 블라지미르와 안드레이를 받는 상상, 아버지가 그 때문에 오늘 수업에서 훨씬 더 다정하게 대하는 상상, 자기가 어른이 되면 모든 훈장을 받을 것이라는 상상, 언젠가 안드레이보다 더 높은 것이 만들어지리라는 상상을 했다. 그것이 만들어지기만 하면, 자기는 당장 그것을 받게 될 것이다. 사람들이 그보다 더 높은 것을 만들면, 자기는 또 그것을 받게 될 것이다.

공상을 하는 사이에 시간이 흘러갔다. 그래서 선생님이 올 때까지 때와 장소와 동작의 부사에 대한 수업 준비를 해 두지 못했다. 선생님은 이를 못마땅해할 뿐만 아니라 슬퍼하기까지 했다. 선생님의 비탄은 세료쟈의 마음을 흔들었다. 그는 그 과를 다 공부해 놓지 못한 것이 자기의 잘못이라고 생각하지 않았다. 아무리 노력해도 도저히 다 해 놓을 수 없었다. 선생님이 설명하는 동안에는 이해가 되는 것 같았지만 혼자 남으면 '갑자기'라는 짧고 이해하기 쉬운 말이 어떻게 '동작의 양상을 나타내는 부사'가 되어 버리는지 도통 이해도 안 되고 기억도 하지 못했다. 하지만 그는 선생님을 슬프게 한 것이 미안하여 선생님을 위로해 주고 싶었다.

세료쟈는 선생님이 조용히 책을 바라보는 순간을 택했다.

"미하일 이비니치, 선생님의 명명일은 언제예요?"

그는 갑자기 이렇게 물었다.

"공부에나 신경을 써요. 그리고 이성이 있는 존재에게 명명일은 아무런 의미가 없습니다. 그날도 마찬가지로 공부를 해야 합니다."

세료쟈는 선생님의 얼굴을, 그의 듬성듬성한 수염을, 콧잔등의 자국 아래로 내려온 안경을 유심히 바라보았다. 그리고 선생님이 설명을 해도 아무 소리도 안 들릴 정도로 깊은 생각에 잠겼다. 그는 선생님이 자기가 하는 말에 대해 생각하고 있지 않다는 것을 알아차렸다. 그것을 그는 선생님의 어조를 통해 느꼈다.

'하지만 왜 다들 이렇게 똑같이, 지루하고 쓸모없는 말을 하는 거지? 선생님은 왜 나를 멀리할까? 왜 나를 사랑하지 않는 것일까?'

세료쟈는 서글픈 마음으로 스스로에게 물었다. 그러나 도저히 그 대답을 생각해 낼 수 없었다.

27

교사 수업이 끝난 다음에는 아버지의 수업이 있었다. 아버지가 올 때까지 세료쟈는 책상에 앉아 주머니칼을 만지작거리며 생각에 잠기기 시작했다. 세료쟈가 좋아하는 일 중 하나는 산책하는 동안 어머니를 찾는 일이었다. 아이는 죽음 자체를 믿지 않았고 특히 어머니의 죽음은 더더욱 믿지 않았다. 리디야 이바노브나가 그에게 말해 주었고, 아버지가 그 말을 확인해 주었음에도 그랬다. 그래서 어머니가 죽었다는 말을 들은 후에도 산책을 나가면 어머니를 찾곤 했다. 풍만하고 우아한 검은 머리칼을 가진 여자는 모두 어머니였다. 그런 여자를 보면 세료쟈의 마음은 부드럽게 따뜻해지고 숨이 막혔으며 눈물이 고였다. 그러면 그는 그녀가 곧 자기에게 다가와 베일을 들어 올리기를 기다렸다. 그녀의 얼굴이 전부 드러나면 어머니는 빙그레 웃으며 그를 안아 줄 것이다. 세료쟈는 어머니의 향기를 맡고 손의 부드러움을 느끼고는 행복에 겨워 훌쩍거릴 것이다. 그녀의 발치에 누워 있다가 그녀가 간지럼을 태우는 바람에 깔깔거리며 반지가 끼워진 그녀의 하얀 손을 깨문 어느 날 저녁처럼 말이다. 나중에 보모가 어머니는 죽은 것이 아니며, 어머니가 나쁜 여자라―그 사실을 세료쟈는 믿을 수가 없었다. 어머니를 사랑했기 때문이다.―아버지와 리디야 이바노브나가 그를 위해 거짓말을 한 것이라고 말해 주자 세료쟈는 어김없이 어머니를 찾으며 기다리게 되었다. 오늘은 여름 정원에 보랏빛 베일을 쓴 어느 부인이 있었다. 그는 죄어드는 가슴을 안고 그녀가 어머니이기를 기대하며 그녀가 오솔길을 따라 자기 쪽으로 걸어오는 것을 지켜보았다. 하지만 부인은 세료쟈가 있는 곳에 도착하기도 전에 어디론가 모습을 감추었다. 어느 때보다도 오늘 세료쟈는 어머니를 향한 북받치는 애정을 느꼈고 지금 아버지를 기다리고 있다는 사실도 잊은 채 주머니칼로 책상 모서리를 긋고 있었다.

"아버님이 오십니다!"

바실리 루키치가 그의 주의를 환기시켰다.

세료쟈는 벌떡 일어나 아버지에게 다가갔다. 그는 아버지의 손에 입을 맞추고는 그를 유심히 바라보며 알렉산드르 네프스키를 받은 기쁨의 흔적을 주의 깊게 찾아보았다.

"그래, 산책은 좋았니?"

알렉세이 알렉산드로비치는 안락의자에 앉아《구약성서》를 자기 쪽으로 끌어당겨 책장을 펼치면서 말했다. 알렉세이 알렉산드로비치는 세료쟈에게 모든 그리스도인은 거룩한 역사를 확실하게 알고 있어야 한다고 수차례 말했지만, 그 자신도 종종《구약성서》를 참고했고 세료쟈도 그것을 눈치채고 있었다.

"네, 너무 즐거웠어요, 아빠."

세료쟈는 의자에 비스듬히 앉아 의자를 건들건들 움직이며 말했다. 그러나 그것은 금지된 행동이었다.

"나젠카—나젠카는 리디야 이바노브나가 양육하는 그녀의 조카딸이었다.—를 봤어요. 아빠가 새 훈장을 받으셨다고 그 애가 말해 주었어요. 기쁘시죠, 아빠?"

"첫째, 제발 의자를 흔들지 마라."

알렉세이 알렉산드로비치가 말했다.

"둘째, 중요한 건 상이 아니라 일이란다. 그리고 난 네가 그것을 이해하면 좋겠구나. 네가 상을 받기 위해 일하고 공부한다면, 그 일은 네게 괴로움이 될 것이다. 하지만 내가 그 일을 좋아하며 한다면—알렉세이 알렉산드로비치는 오늘 아침 백팔십 장의 서류에 서명하는 지루한 일을 하는 동안 자신이 어떻게 의무감으로 버티어 냈는지를 떠올리며 말했다.—넌 그 속에서 자신을 위한 상을 발견하게 될 거다."

다정함과 명랑함으로 반짝이던 세료쟈의 눈동자는 아버지의 시선 아래서 빛을 잃고 떨어졌다. 그것은 아버지가 그를 대할 때마다 늘 보이던, 세료쟈가 오래전부터 아주 잘 아는 익숙한 말투였다. 세료쟈는 이미 그 말투에 비위 맞추는 법을 터득하고 있었다. 아버지가 세료쟈에게 말할 때면, 무슨 상상 속에서 만들어 낸 아이를 두고 말을 하는 듯했다. 책 속에서나 있을 아이, 하지만 세료쟈와는 닮은 곳이 하나도 없는 아이. 그래서 세료쟈는 아버지와 이야기할 때면 늘 그 책 속 아이가 되려고 노력했다.

"이해하겠니? 그랬으면 좋겠다만."

아버지가 말했다.

"네, 아빠."

세료쟈는 상상 속의 남자아이인 척하면서 대답했다.

수업은 복음서의 시 몇 편을 외우고 《구약성서》의 시작 부분을 복습하는 것으로 이루어졌다. 복음서의 시는 세료쟈도 아주 잘 알고 있었다. 하지만 관자놀이 부근에서 너무 가파른 곡선을 그리고 있는 아버지의 이마 뼈를 보는 데 정신이 팔린 나머지 똑같은 단어의 반복에 갈피를 잃고 한 시의 끝 부분을 다른 시의 시작 부분으로 뒤바꾸어 버렸다. 알렉세이 알렉산드로비치가 보기에는 분명 세료쟈가 자신의 말을 이해하지 못하는 것 같았고, 그 점이 그를 화나게 만들었다.

그는 얼굴을 찌푸리고 설명을 했다. 그 설명은 '갑자기'가 동작을 한정하는 부사라는 것처럼 세료쟈가 수업에서 몇 번이나 들어 잘 알고 있었기에 더욱 외워지지 않는 말이었다. 세료쟈는 두려움이 깔린 놀란 눈으로 아버지를 바라보며 오직 한 가지만을 생각했다. 이따금 그랬던 것처럼 아버지가 자신이 말한 것을 그에게 되풀이해 보라고 시키지 않을까 하는 생각 말이다. 또한 그 생각이 어찌나 세료쟈를 두렵게 만들었던지 그는 더 이상 아무것도 이해할 수 없었다. 다행스럽게도 아버지는 되풀이해 보라고 시키지 않고 《구약성서》 수업으로 넘어갔다. 세료쟈는 사건 자체에 대해서는 잘 이야기했다. 그러나 몇몇 사건들이 예시하는 바가 무엇인지 대답할 차례가 되자, 전에도 이미 이 부분 때문에 벌을 받았음에도 아무것도 대답하지 못했다. 몸을 꼼지락대며 책상을 칼로 그어 대고 의자를 흔들기 시작한 것은 노아 방주 시대 이전의 가장(家長)들 내용에서였다. 그는 그들 가운데 살아 있는 상태로 승천했다는 에녹 말고는 아무도 기억하지 못했다. 오래전에는 그 이름 모두를 기억하고 있었지만 지금은 완전히 잊어버리고 말았다. 왜냐하면 그가 《구약성서》에서 가장 좋아하는 인물이 에녹인 데다, 에녹이 산 채로 승천했다는 사실이 그의 머릿속에서 아버지의 시곗줄과 절반 정도 채워진 조끼 단추에 시선을 고정한 채 몰두해 있는 상념의 긴 꼬리와 합쳐졌기 때문이다.

사람들에게 너무나 자주 들어 왔던 죽음에 대해 세료쟈는 전혀 믿지 않았다. 사랑하는 사람들이 죽을 수도 있다는 사실을 믿지 않았고 자기 자신이 죽을 것이라는 사실은 더더욱 믿지 않았다. 그건 절대 있을 수 없는 일이었으며 이해가 불가능한 일이었다. 하지만 그는 사람은 누구나 죽는다는 말을 들었다. 세료쟈는 자기가 믿고 따르는 사람들에게 물어봤지만 대답은 한결같았다. 보모도 마지못해 그렇게 대답했다. 하지만 에녹은 죽지 않았다. 따라서 모든 사람이 죽는 것은 아니다.

'그렇다면 왜 모든 사람들이 하느님 앞에서 똑같이 인정받아 살아 있

는 상태로 천국에 갈 수 없는 걸까?'

세료쟈는 생각했다. 나쁜 사람들, 즉 세료쟈가 사랑하지 않는 사람들은 죽을 수 있어도, 착한 사람들은 모두 에녹처럼 될 수 있을 것이다.

"자, 그럼 어떤 족장들이 있었지?"

"에녹, 에노스."

"그것은 벌써 말했잖니. 좋지 않아, 세료쟈, 아주 좋지 않아. 만약 네가 그리스도인에게 가장 필요한 것을 알려고 노력하지 않으면……."

아버지는 일어나며 말했다.

"도대체 무엇이 너의 흥미를 끌 수 있겠니? 난 네가 못마땅하다. 표도르 이그나티—그는 주임 교사였다.—도 너에게 실망했다고 말하더구나. 네게 벌을 내려야겠다."

아버지와 교사 둘 모두 세료쟈를 못마땅하게 생각했다. 사실 세료쟈는 배우는 자세가 좋지 못했다. 하지만 결코 그를 재능 없는 아이라고는 말할 수 없었다. 오히려 세료쟈는 선생들이 본보기로 말하는 아이들보다 훨씬 더 재능이 많았다. 아버지에 대해 말하자면, 세료쟈는 아버지가 가르치는 것을 배우고 싶은 마음이 없었다. 아무리 노력해도 배울 수가 없었다. 사실 그가 배울 수 없었던 이유는, 세료쟈의 마음속에는 아버지와 선생님이 말하며 내세우는 것보다 더욱 절실한 요구가 있었기 때문이었다. 그 요구라는 것들이 선생님들의 요구와 대립하는 것이었기에, 그는 그들과 정면으로 맞섰다.

그는 아홉 살 어린아이였다. 그러나 자신의 마음을 알았고 또 그것이 소중했기에 눈꺼풀이 눈동자를 보호하듯 마음을 지켰다. 그리고 사랑이라는 열쇠 없이는 아무도 자신의 영혼 속에 들여놓지 않았다. 그의 선생들은 그가 배우고 싶어 하지 않는다고 불평했지만, 그의 영혼은 인식과 배움에 대한 열망으로 넘쳤다. 그래서 그는 교사가 아니라 카피토니치에게서, 보모에게서, 나젠카에게서, 바실리 루키치에게서 배웠다. 아버지와 교육가가 자신들의 물레방아 바퀴를 돌리기 위해 기대하던 물은 이미 오래전에 새어 나가 다른 곳에서 바퀴를 돌리고 있었다.

아버지는 벌로 세료쟈에게 리디야 이바노브나의 조카딸인 나젠카를 보러 가지 못하게 했다. 하지만 그 벌은 세료쟈에게 행복을 가져다주었다. 바실리 루키치가 기분이 좋아 그에게 풍차 만드는 법을 가르쳐 주었던 것이다. 저녁 시간 동안 세료쟈는 풍차에 매달려서 어떻게 하면 풍차를 만들어 그것을 타고 돌 수 있을지 골똘히 생각했다. 손으로 풍차 날개를 잡든지 아니면 자기 몸을 거기 묶어서 돌 생각이었다. 저녁 내내 어머니에 대한 생각은 전혀 하지 않았다. 하지만 잠자리에 들자 갑자기 어머니가 떠올랐다. 그래서 그는 어머니가 내일 자기 생일에는 더 이상 숨지 말고 그에게 와 주기를 기도했다.

"바실리 루키치, 평소 기도하던 것 말고 뭘 또 기도했는지 아세요?"

"공부를 더 잘하게 해 달라고 빌었나요?"

"아니요."

"그럼, 장난감?"

"아니에요. 선생님은 상상도 하지 못할 거예요. 멋진 거예요. 하지만 비밀이에요! 제 기도가 이루어지면 말씀드릴게요. 모르시겠죠?"

"네, 모르겠네요. 말해 봐요."

바실리 루키치가 미소 지으며 말했다. 그것은 그에게서 좀처럼 볼 수 없는 모습이었다.

"자, 누워요. 촛불을 끄겠어요."

"난 촛불이 없어도 내가 지금 보는 것이나 기도하는 것을 더 잘 볼 수 있어요. 이런, 지금 비밀을 말할 뻔했네요!"

세료쟈는 명랑하게 웃으며 말했다.

루키치가 촛불을 들고 나가자, 세료쟈는 어머니의 음성을 듣고 어머니를 느꼈다. 그녀는 서서 그를 내려다보며 애정 어린 시선으로 그를 어루

만져 주었다. 하지만 풍차와 주머니칼이 나타나고 모든 것이 뒤섞이는 사이, 세료쟈는 어느새 잠에 빠져들었다.

28

브론스키와 안나는 페테르부르크에 도착한 후 일류 호텔에 묵었다. 브론스키는 따로 아래층에 묵고, 안나는 아기와 유모와 하녀와 함께 위층의 방이 네 개인 큰 객실에 묵었다.

도착한 첫날, 브론스키는 형의 집으로 갔다. 거기서 그는 볼일이 있어 모스크바에서 온 어머니를 만났다. 어머니와 형수는 여느 때처럼 그를 맞이했다. 그들은 그에게 외국 여행에 대해 묻기도 하고 모두가 아는 지인들에 대해 이야기하기도 했다. 그러나 그와 안나의 관계에 대해서는 한마디도 말하지 않았다. 하지만 형은 이튿날 아침 브론스키를 찾아와 그에게 안나에 대해서 물었다. 그래서 알렉세이 브론스키는 자신이 카레니나와의 관계를 결혼으로 본다고 분명하게 말했다. 그리고 자신은 이혼 문제가 해결되기를 바라고 그때가 되면 그녀와 결혼할 계획이며 다른 모든 아내들과 마찬가지로 그녀를 아내로 생각할 테니 어머니와 형수에게도 그렇게 전해 주었으면 한다고 부탁했다.

"세상이 인정하지 않는다 해도, 난 상관없어."

브론스키는 말했다.

"하지만 내 식구들이 나와 가족 관계를 유지하고 싶다면 내 아내와도 똑같은 관계를 맺어야 할 거야."

언제나 동생의 의견을 존중해 온 형은 세상이 이 문제를 해결하기 전까지 그가 옳은지 그른지 판단할 수 없었다. 그러나 자신의 입장에서는 그것에 반대할 이유가 전혀 없었기에 알렉세이와 함께 안나에게 갔다.

형이 있는 자리에서 브론스키는 다른 사람들 앞에서 그랬듯이 안나를 가까운 지인처럼 대하며 존칭을 사용했다. 하지만 형이 그들 관계를 알고 있다는 것을 넌지시 알려 주었고 안나가 브론스키의 영지에 간다는 이야기도 나왔다.

사회 경험이 많음에도 불구하고 브론스키는 자신이 처한 새로운 처지로 인해 이상한 혼돈에 빠져 버렸다. 이제 브론스키는 사교계의 문이 그와 안나에게 닫혔다는 사실을 알고 있어야 했다. 하지만 지금 그의 머릿속에는 다른 생각이 어렴풋이 떠올랐다. 그런 것은 옛날이야기에나 나오는 것이고, 빠르게 진보하는―지금 그는 자기도 모르는 사이에 진보의 지지자가 되어 있었다.―오늘날에는 사교계의 시각도 바뀌었으며, 사교계가 그들을 받아들일지 어떨지는 아직 결정되지 않았다는 생각이었다.

'물론 궁정 사회는 그녀를 받아들이지 않겠지. 하지만 가까운 사람들은 그것을 이해할 수 있을 테고, 또 마땅히 이해해야만 해.'

그는 생각했다.

사람이 자세를 바꿔도 된다는 것을 아는 상태에서는 다리를 같은 쪽으로 두고 몇 시간이나 앉아 있을 수 있지만 만약 그럴 수 없다는 사실을 알게 된다면 다리에 쥐가 나고 경련이 오면서 그가 뻗고 싶어 하는 쪽으로 뒤틀릴 것이다. 바로 그것이 브론스키가 사교계에 대해 느끼는 것이었다. 그는 비록 사교계가 그들에게 빗장을 걸었다는 사실은 이미 알고 있었지만, 지금도 사교계가 변하지 않았는지 어떤지, 그들을 받아들일지 어떤지를 다시 경험해 보고 싶었다. 하지만 그에게는 사교계가 문을 열어 줄지라도 안나에게는 절대 열어 주지 않으리라는 것을 금방 알아차렸다. 고양이와 쥐 놀이처럼, 그를 위해서 들어 올려진 팔이 안나 앞에서는 즉시 내려지는 것이었다.

페테르부르크 사교계의 부인들 가운데 브론스키가 가장 먼저 만난 사람은 그의 사촌 누이인 벳시였다.

"드디어 돌아왔군요!"

그녀는 기쁘게 그를 맞이했다.

"그런데 안나는요? 정말 기뻐요! 그런데 안나는 어디에서 묵고 있나요? 멋진 여행을 한 다음이라 우리 페테르부르크가 끔찍하게 보이겠죠. 로마에서 보낸 당신의 신혼여행도 상상이 가네요. 이혼은요? 모두 해결됐나요?"

이혼 문제가 아직 해결되지 않았다는 말을 듣자, 벳시의 기쁨이 줄어든 것을 브론스키는 눈치챘다.

"사람들은 나에게 돌을 던지겠죠. 나도 알고 있어요."

그녀가 말했다.

"하지만 난 꼭 안나를 보러 가겠어요. 당신들은 이곳에 오래 있지 않겠죠?"

그리고 실제로 그녀는 그날로 바로 안나를 만나러 갔다. 하지만 그녀의 태도는 옛날과 전혀 달랐다. 그녀는 자신의 대담함을 자랑스러워하고 안나가 자신의 우정을 고마워하기를 바라고 있었다. 그녀는 채 십 분도 머물지 않았다. 그녀는 사교계의 소식을 들려주고는 그곳을 떠나며 이렇게 말했다.

"당신은 내게 언제쯤 이혼할지 말해 주지 않았어요. 난 자존심을 버렸다 해도 콧대 높은 다른 사람들은 당신이 결혼하지 않는 한 당신을 차갑게 대할 거예요. 게다가 요즘은 아주 간단하잖아요. 흔히 있는 일이죠. 그러니까 금요일에 떠난다고요? 안타깝지만 다시 만나지 못하겠네요."

브론스키는 벳시의 말투에서 자신이 사교계로부터 무엇을 기대해야 할지 알 수 있었을 것이다. 하지만 그는 가족 안에서 한 번 더 실험을 해 보았다. 어머니에게는 기대도 하지 않았다. 처음 안나를 알게 되었을 때 그녀에게 반했지만 아들의 출세를 망가뜨렸다는 이유로 그녀를 용서하지 않을 것이었다. 하지만 그는 형수인 바랴에게 큰 희망을 걸고 있었다. 그녀는 돌을 던지는 대신 솔직하고도 결단성 있게 안나를 찾아가고 받아 줄 것만 같았다.

페테르부르크에 도착한 다음 날, 브론스키는 바랴를 찾아갔다. 그는 혼자 있는 그녀를 발견하고 솔직하게 자신의 희망을 밝혔다.

"알잖아요, 알렉세이."

그녀는 그의 말을 다 들은 후 입을 열었다.

"내가 도련님을 얼마나 좋아하는지, 그리고 도련님을 위해서라면 무엇이든 할 준비가 되어 있다는 것을 말이에요. 하지만 난 아무 말도 하지 않았지요. 내가 도련님과 안나 아르카지예브나에게 도움을 줄 수 없다는 것을 알았기 때문이에요."

그녀는 '안나 아르카지예브나'를 특별히 신경 써서 발음하며 말했다.

"내가 비난한다고 생각지는 마세요, 제발 부탁이에요. 절대 그렇지 않아요. 내가 그녀 입장이었다면 아마도 같은 행동을 했을 거예요. 더 자세히 들어가지는 않겠어요. 그럴 수도 없고요."

그녀는 그의 우울한 얼굴을 겸연쩍게 쳐다보며 말했다.

"그렇지만 모든 일에는 그에 맞는 태도가 있어요. 도련님은 내가 그분을 찾아가고 또 우리 집에서 받아들여 사회에 복권시켜 주기를 바라지만 양해해 주세요. 내가 그렇게 '할 수 없다.'는 사실을 말이에요. 내게는 자라나는 딸들이 있어요. 또 사교계에서 남편을 위해 살아야 하고요. 안나 아르카지예브나에게 가긴 하겠어요. 그분도 이해할 거예요. 내가 그분을 집에 초대할 수 없다는 사실과 또 초대한다 해도 그분을 다른 눈으로 보는 사람들과 마주치게 해서는 안 된다는 것을요. 그러면 그분은 모욕감을 느끼겠지요. 하지만 나는 높여 줄 수가 없어요, 그분의……."

"무슨 말인지 알겠어요. 하지만 형수님이 집에 초대하는 여자들보다 그녀가 더 타락했다고 생각하지는 않아요!"

브론스키는 한층 어두운 얼굴로 그녀의 말을 가로막았다. 그리고 형수의 결정이 변하지 않으리라는 것을 깨닫자 조용히 일어났다.

"알렉세이! 화내지 말아요. 제발 나를 이해해 줘요. 나는 잘못이 없어요." 바랴는 겸연쩍은 미소를 지으며 입을 열었다.

"형수님에게 화를 내는 것이 아니에요."

그는 여전히 어두운 얼굴로 말했다.

"그렇지만 저는 두 배로 고통을 느낍니다. 이 일로 우리의 우정이 망가지는 것도 괴롭고요. 그래요, 망가지는 것이 아니라 약해진다고 해 두죠. 저로서는 이럴 수밖에 없다는 것을 형수님도 이해하시겠지요."

그는 이 말과 함께 그녀를 떠났다. 브론스키는 더 이상의 시도는 헛될 것이라는 것을 느꼈다. 그리고 자신이 겪은 불쾌감과 모욕을 당하지 않으려면 페테르부르크에서 보내는 며칠 동안은 예전의 사교계와의 모든 관계를 피하며 낯선 도시에 있는 것처럼 지내야 한다는 사실을 깨달았다. 페테르부르크에서 가장 불쾌한 것 중 하나는 알렉세이 알렉산드로비치와 그의 이름이었다. 그와 그의 이름은 어딜 가나 존재하는 것만 같았다. 어떤 말을 하든 대화는 알렉세이 알렉산드로비치에게 향했고 어디를 가든 그를 마주치지 않을 수가 없었다. 적어도 브론스키에게는 그렇게 느껴졌다. 그건 마치 손가락을 다친 사람이 일부러 그러는 것처럼 온 사방에 아픈 손가락을 부딪치고 다니는 것과 같았다.

페테르부르크에서 지내는 동안 브론스키가 더 괴로웠던 이유는, 안나에게서 줄곧 자신이 이해할 수 없는 어떤 새로운 분위기와 기분을 보았기 때문이었다. 어느 때 그녀는 그에게 푹 빠진 것처럼 보이기도 했고, 또 어느 때는 차가운 모습으로 걸핏하면 화를 내는, 그 속내를 도무지 알 수 없는 사람이 되기도 했다. 그녀는 무엇인가에 시달리며 괴로워했고 또 무엇인가를 감추고 있었다. 그러면서 그의 삶을 지치게 하고, 섬세하면서도 예민한 이해력을 가진 그녀에게는 더욱더 고통스러운 모욕을 알아차리지 못하는 듯했다.

29

안나가 러시아에 온 목적 가운데 하나는 아들과 만나는 것이었다. 이탈리아를 떠난 그날부터 안나는 아들을 만날 생각에 잠시도 마음을 진정시킬 수 없었다. 그래서 페테르부르크가 가까워질수록, 그녀에게는 이만남의 기쁨과 의미가 더욱더 크게 느껴졌다. 그녀는 어떻게 이 만남을 성사시킬 것인가 하는 문제에 대해 자문하지 않았다. 아들과 한 도시에 머물게 되면 아들을 보는 일도 자연스러울 것이라 생각했다. 하지만 페테르부르크에 도착하자 불현듯 사교계에서 자신의 처지를 바로 보게 되었고, 아들과 만나는 것도 쉽지 않다는 것을 깨달았다.

그녀는 페테르부르크에서 벌써 이틀째를 맞고 있었다. 아들에 대한 생각은 단 한 순간도 그녀를 떠나지 않았다. 그러나 그녀는 아직 아들을 만나지 못했다. 집으로 찾아가면 알렉세이 알렉산드로비치와 마주칠 수 있고, 또 자신에게 그럴 권리가 없다고 느꼈다. 사람들은 그녀를 집 안에 들이지 않고 모욕을 줄지도 몰랐다. 편지를 써서 교섭을 갖는다는 것은 생각만으로도 괴로운 일이었다. 그녀는 남편 생각을 하지 않을 때야 비로소 평정을 유지했다. 아들이 언제 어디로 산책하러 가는지 알아내 그곳에서 아들을 만난다는 것이 그녀에게는 성에 차지 않았다. 그녀는 너무도 이 만남을 기다려 왔기 때문에 할 말이 많았고, 아들을 안고 입을 맞추고 싶은 생각이 간절했다. 어쩌면 세료쟈의 늙은 보모가 도움을 주며 방법을 알려 줄지도 몰랐다. 하지만 보모는 이제 알렉세이 알렉산드로비치의 집에 있지 않았다. 이렇게 망설이고 보모를 찾는 사이 이틀이 지나가고 말았다.

알렉세이 알렉산드로비치와 리디야 이바노브나 백작 부인의 친밀한 관계를 알게 된 후, 안나는 사흘째 되는 날 그녀로서는 쓰기 힘든 편지를 보내기로 결심했다. 편지에서 그녀는 일부러 아들과의 만남을 허락하는 것은 남편의 관대함에 달려 있다고 말했다. 만약 편지를 남편에게 보여 준다면 남편이 관대한 역할을 계속하느라 그녀의 청을 거절하지 않으리라 생각했던 것이다.

편지를 가지고 간 심부름꾼은 답장은 없을 것이라는, 너무나도 잔인하고 예상하지 못한 대답을 전했다. 안나는 심부름꾼을 불렀다. 그러고는 심부름꾼에게 자세한 이야기를 들었다. 그리고 그에게서 그가 어떤 모습으로 기다렸는지, 그가 어떤 식으로 '답장은 없을 것'이라는 말을 들었는지에 대한 자세한 이야기를 전해 듣는 순간, 그녀는 태어나 한 번도 느껴 보지 못한 심한 모욕을 느꼈다. 안나는 모욕감과 굴욕감을 느꼈다. 하지만 그녀는 자신의 관점에서 보아도 리디야 이바노브나 백작 부인이 옳다는 것을 알았다. 그녀는 슬픔을 같이 나눌 사람이 없다는 사실에 더욱 슬퍼졌다. 그녀는 자신의 슬픔을 브론스키와 나눌 수 없었고 그렇게 하고 싶지도 않았다. 그녀의 불행은 결국 브론스키 때문이었는데도 모자의 만남이 그에게는 대수롭지 않은 일로 여겨지리라는 것을 안나는 알고 있었다. 자신의 고통의 깊이를 그는 결코 알아차리지 못할 터였다. 또 이런 일이기에 그가 무관심하고 냉담하게 반응한다면 자신은 그를 증오하게 되리라는 사실도 알고 있었다. 안나는 그것을 세상에서 가장 두려워했기 때문에 아들에 관한 모든 일을 그에게 숨겼다.

그녀는 하루 종일 집 안에 앉아서 아들과 만날 방법을 궁리하다가 남편에게 편지를 쓰기로 했다. 리디야 이바노브나의 편지가 그녀에게 전달된 것은 그녀가 이미 그 편지를 쓰고 있을 때였다. 백작 부인의 침묵은 그녀를 굴복시킴과 동시에 복종하게 만들었다. 그러나 그 편지는, 그녀가 행간에서 읽은 모든 것은 그녀를 너무나도 분노케 만들었다. 아들에 대한 자신의 열렬하고 정당한 애정과 비교해 백작 부인의 악의는 너무나도 잔인하게 느껴졌다. 결국 그녀는 사람들에게 분노를 느꼈고 더 이상 자신을 탓하지 않게 되었다.

'자신들의 속마음을 숨기느라 이렇게 매정하게 구는 거야!'

그녀는 속으로 중얼거렸다.

'그들은 그저 날 모욕하고 아이를 괴롭히고 싶을 뿐이야. 그런데도 내가 그들에게 복종해야 하다니! 어림도 없는 소리야! 그 여자는 나보다 나빠. 난 적어도 거짓말은 하지 않거든.'

그녀는 내일 바로 세료쟈의 생일날 직접 남편 집으로 찾아가 사람들을 속이든 매수하든, 무슨 수를 써서라도 아들을 보겠다고, 그래서 그들이 가련한 아이 주위에 두른 끔찍한 허위와 기만을 깨부수겠다고 결심했다.

그녀는 장난감 가게로 가서 장난감 몇 개를 사고 아들을 만날 작전을 구상했다. 그녀는 아침 일찍, 알렉세이 알렉산드로비치가 아직 일어나지 않을 시각인 여덟 시에 도착할 것이다. 그녀는 돈을 준비할 것이다. 그리고 수위와 하인을 돈으로 매수한 뒤 안으로 들어갈 것이다. 베일을 벗지 않은 채, 자기는 세료쟈의 대부가 보낸 사람으로 세료쟈의 생일을 축하하러 왔으며 침대 맡에 장난감을 두고 오라는 부탁을 받았다고 말할 것이다. 하지만 아들에게 할 이야기는 준비하지 않았다. 아무리 생각해도, 아들에게 해 줄 말이 전혀 떠오르지 않았다.

이튿날 아침 여덟 시에 안나는 혼자 삯마차에서 내린 후 자신이 살던 저택의 큰 현관문에 달린 초인종을 눌렀다.

"가서 무슨 일인지 알아봐. 어떤 귀부인이 오셨어."

아직 옷을 갖춰 입지 않은 채 외투와 덧신만 걸친 카피토니치가 창문 너머로 현관 앞에 서 있는 베일을 쓴 부인을 쳐다보며 말했다.

안나와는 초면인 젊은 수위의 조수가 문을 열자마자 그녀는 안으로 들어와 머프에서 삼 루블짜리 지폐를 꺼내 황급히 그의 손에 쥐어 주었다.

"세료쟈……, 그러니까 세르게이 알렉세이치."

그녀는 이렇게 말하고 앞으로 나아갔다. 지폐를 살펴보던 수위 조수는 유리문 앞에서 그녀를 멈춰 세웠다.

"어느 분께 용무가 있으십니까?"

그가 물었다.

안나는 그의 말이 들리지 않았고 그래서 아무런 대꾸도 하지 않았다. 낯선 부인이 당황해하는 것을 눈치챈 카피토니치가 직접 나와 그녀를 문 안으로 들이고는 무슨 일이냐고 물었다.

"스코로두모프 공작님의 심부름으로 세르게이 알렉세이치를 만나러 왔어요."

그녀가 말했다.

"아직 일어나지 않으셨습니다."

수위는 그녀를 유심히 쳐다보며 말했다.

안나는 자신이 구 년이나 살았던 집의 전혀 변하지 않은 현관 모습이 그렇게 강렬한 충격을 주리라고는 전혀 예상하지 못했다. 즐겁고 괴로운 기억들이 꼬리를 물고 마음속에 떠올랐다. 그래서 그녀는 순간적으로 자기가 왜 이곳에 있는지 잊고 말았다.

"잠깐 기다리시겠습니까?"

카피토니치는 그녀의 외투를 벗겨 주며 말했다.

외투를 벗겨 준 후, 카피토니치는 그녀의 얼굴을 힐끔 쳐다보다 그녀를 알아보았다. 그는 말없이 그녀에게 공손히 허리를 숙였다.

"어서 오십시오, 마님."

그는 그녀에게 말했다.

그녀는 뭔가 말하고 싶었지만, 어떤 말도 나오지 않아 아무 소리도 낼수 없었다. 그녀는 죄를 진 표정으로 애원하듯 노인을 쳐다보고는 빠르고 가벼운 걸음으로 계단을 올라갔다. 몸을 온통 앞으로 숙인 카피토니치는 덧신이 계단참에서 자꾸 걸리는 바람에 휘청거리면서도 그녀를 따라잡고자 안간힘을 쓰며 그녀를 쫓아갔다.

"그곳에는 가정교사가 있습니다. 아마 옷을 입지 않았을 겁니다. 제가마님이 오셨다고 알리겠습니다."

안나는 노인이 무슨 말을 하는지도 모르고 눈에 익숙한 계단을 쉬지않고 올라갔다.

"이쪽입니다. 왼쪽으로 가십시오. 지저분해서 죄송합니다. 도련님은지금 예전에 소파가 있던 방에 계십니다."

수위는 숨을 헐떡이며 말했다.

"잠시만 기다려 주십시오, 마님. 제가 잠깐 보고 오겠습니다."

그는 이렇게 말하고 그녀를 앞질러 가더니 높은 문을 열고 그 뒤로 사라져 버렸다. 안나는 그를 기다리며 서 있었다.

"지금 막 깨셨습니다."

그는 다시 문밖으로 나오며 말했다.

수위가 그 말을 하는 순간, 안나는 아이가 하품하는 소리를 들었다. 하품 소리만으로도 그녀는 아들을 알아보았고 눈앞에서 움직이는 아들의모습을 보았다.

"들여보내 줘, 들여보내 달라니까, 저리 가게!"

그녀는 이렇게 말하고 큰 문 안으로 들어갔다. 문 오른쪽으로 침대가놓여 있고, 그 위에는 단추 풀린 셔츠만 입은 사내아이가 앉아 있었다. 아이는 자그마한 몸을 한껏 구부렸다 쭉 펴면서 하품을 끝냈다. 그의 입술이 하나로 맞붙는 순간, 아이는 행복한 미소를 지었고 다시 달콤한 기분에 젖어 천천히 드러누웠다.

"세료쟈!"

그녀는 살그머니 그에게 다가가며 속삭였다.

아들과 헤어지고 최근 들어 계속 아들에 대한 넘치는 애정을 느낄 때마다 그녀는 네 살짜리 소년을 그려 보곤 했다. 바로 그녀가 아들을 가장 아끼고 사랑하던 때였다. 그런데 이제 세료쟈는 자신이 두고 간 그 아들이 아니었다. 그랬다, 네 살짜리는 아니었다. 아들은 키가 더 컸고 살이 약간 빠졌다. 아, 어쩜 이럴 수가! 아들의 얼굴이 이렇게 핼쑥해지다니! 머리카락도 이렇게 짧아지고! 손은 어쩌면 이렇게 길까! 그녀가 떼어 놓고 떠난 뒤로 아들의 모습은 너무나 변해 버렸다! 그러나 세료쟈가 맞았다. 머리 모양, 입술, 부드러운 목덜미, 넓은 어깨.

"세료쟈!"

그녀는 아이의 귀에 입을 대고 다시 한 번 불렀다. 아이는 다시 팔을 괴고 일어나 마치 무언가를 찾는 듯 양옆을 돌아보더니 눈을 떴다. 그는 자기 앞에 꼼짝 않고 서 있는 어머니를 조용히, 그리고 몇 초 동안 의아한 눈빛으로 쳐다보았다. 그러고는 갑자기 행복한 미소를 지으며 다시 졸음에 겨운 눈을 감고 쓰러졌다. 그러나 뒤가 아닌 그녀 쪽으로, 그녀의 팔 쪽으로 쓰러졌다.

"세료쟈! 나의 귀여운 아기!"

그녀는 숨을 가쁘게 몰아쉬며 그의 포동포동한 몸을 두 팔로 끌어안았다.

"엄마!"

어머니 손에 자기 몸 곳곳을 닿게 하려고 그녀의 팔 아래서 움직이며 세료쟈가 말했다.

졸음에 겨운 미소를 지으며 여전히 눈을 감은 채로 세료쟈는 침대 너머로 통통한 팔을 뻗어 안나의 어깨를 잡고서 그녀에게 달라붙었다. 잠에서 덜 깬 아이 특유의 달콤한 냄새와 온기가 그녀를 사로잡았고 세료쟈는 그녀의 목과 어깨에 얼굴을 비비기 시작했다.

"나는 알고 있었어."

그가 눈을 뜨며 말했다.

"오늘은 내 생일이잖아. 난 엄마가 올 거라는 것을 알고 있었어. 지금 일어날게."

이렇게 말하면서 그는 다시 잠에 빠져들었다.

안나는 아이를 구석구석 탐욕스럽게 쳐다보았다. 그녀가 없는 동안 아들은 훌쩍 자라 변해 있었다. 담요 밑으로 빠져나온 커다란 맨발을 알아볼 듯도 하고 못 알아볼 듯도 했다. 조금은 야윈 홀쭉한 두 뺨과 자신이 입 맞추기를 즐겼던 아들의 목덜미에 붙은 짧은 곱슬머리를 그녀는 알아보았다. 그 모든 것을 어루만지면서 아무 말도 하지 못했다. 너무나 감정에 복받쳐 목이 메었기 때문이었다.

"왜 울어, 엄마?"

세료쟈가 물었다. 그는 이제 완전히 잠에서 깨어났다.

"엄마, 왜 울어?"

그는 울먹이는 소리로 물었다.

"나? 이제 안 울 거야. 엄마는 좋아서 우는 거야. 너를 너무 오랫동안 보지 못했잖아. 이젠 안 울게. 안 울 거야."

그녀는 눈물을 삼키고 고개를 돌리며 말했다.

"자, 이제 옷을 갈아입어야지."

그녀는 정신을 차리고는 잠시 침묵한 뒤 이렇게 말했다. 그리고 그의 손을 잡은 채 침대 옆에 놓인 의자에 앉았다. 의자 위에는 옷이 준비되어 있었다.

"엄마도 없는데 어떻게 옷을 갈아입었지? 어떻게……."

그녀는 꾸밈없이 명랑하게 이야기를 시작하고 싶었지만 아무 말도 못 하고 다시 고개를 돌렸다.

"난 찬물로 씻지 않아. 아빠가 그러면 안 된다고 했거든. 그런데 엄마는 바실리 루키치를 본 적이 없지? 이제 곧 올 거야. 어, 엄마가 내 옷을 깔고 앉았어!"

세료쟈는 웃음을 터뜨렸다.

그녀는 그를 바라보다 미소를 지었다.

"엄마, 예쁜 엄마, 사랑하는 엄마!"

그는 다시 그녀에게 몸을 던져 그녀를 껴안으며 소리쳤다. 그녀의 미소를 보자 이제야 겨우 무슨 일이 생겼는지 깨달은 것 같았다.

"이런 건 필요 없어."

그는 그녀의 모자를 벗기며 말했다. 그리고 마치 모자를 벗은 엄마의 모습을 처음 보았다는 듯이, 다시 그녀에게 달려들어 뽀뽀하려고 했다.

"그런데 넌 엄마에 대해 어떤 생각을 했니? 엄마가 죽었다고 생각했어?"

"엄마가 죽었단 말은 믿지 않았어."

"귀여운 아들, 그 말을 믿지 않았단 말이지?"

"난 알고 있었어, 알고 있었단 말이야!"

그는 자신이 좋아하는 문구를 되풀이했다. 그리고 자기의 머리카락을 어루만지는 엄마의 손을 잡아 손바닥에 자기 입술을 갖다 대고 입을 맞추기 시작했다.

30

한편 바실리 루키치는 처음에는 그 부인이 누군지 몰랐으나 두 사람의 대화를 통해 그녀가 바로 남편을 버리고 떠난 어머니라는 사실을 알게 되었다. 그는 안나가 나간 뒤 그 집에 들어왔기 때문에 그녀를 몰랐다. 그는 아이의 방에 들어가야 할지 말아야 할지, 또 알렉세이 알렉산드로비치에게 알려야 할지 말아야 할지 고민에 빠졌다. 마침내 자신의 의무가 세료쟈를 정해진 시간에 깨우는 것이고 따라서 거기 누가 있는지, 어머니나 다른 누가 있든 자신이 관여할 바는 아니라는 결정을 내린 뒤 의무를 행하기 위해 옷을 입고 문 쪽으로 다가가 문을 열었다.

하지만 어머니와 아들의 상봉, 그들 목소리의 울림, 그들이 주고받는 말들, 이 모든 것이 그의 계획을 바꾸게 만들었다. 그는 고개를 저으며 한숨을 쉬고는 문을 닫았다.

'십 분만 더 기다리자.'

그는 헛기침을 하고 눈물을 닦으며 혼잣말을 했다.

그 시간, 집 안의 하인들 사이에서는 난리 법석이 벌어졌다. 집을 나간 마님이 왔다는 것, 카피토니치가 그녀를 들였다는 것, 그녀가 지금 아이 방에 있다는 것을 알게 되었다. 한편 바깥주인은 언제나 여덟 시가 넘은 시각에 아들의 방에 들르는데 안주인이 지금 아들 방에 있다는 것을 모두가 알게 되었고, 부부가 결코 만나서는 안 되며 그녀를 막아야 한다고 생각했다. 시종인 코르네이는 수위실로 내려가 누가, 어떻게 그녀를 들여보냈는지 물었다. 그는 카피토니치가 그녀를 집으로 맞이하여 안내했다는 것을 알고는 노인을 질책했다. 수위는 고집스럽게 입을 다물고 있었다. 하지만 코르네이가 이 일로 그를 쫓아내야 한다고 말하자, 카피토니치는 그에게 달려들어 그의 얼굴 앞에 두 손을 휘두르며 이렇게 내뱉었다.

"그래, 자네 같으면 들여보내지 않았겠지! 내가 마님을 십 년 동안 모셨지만, 한 번도 매정하게 나를 대하신 적이 없었어! 그래, 넌 지금이라도 가서 '자, 나가 주십시오!'라고 말하겠지. 넌 정치 따위에 훤한 놈이잖아! 암, 그렇고말고! 너도 자신에 대해 신경을 써야겠지. 주인을 우려먹는 것도 모자라 속이고, 너구리 털외투 따위나 훔치는 놈이니까!"

"성질머리하고는!"

코르네이는 경멸조로 이렇게 내뱉고는 안으로 들어오는 보모를 돌아보았다.

"자, 생각해 봐요, 마리야 예피모브나. 이 사람이 마님을 들여보내 놓고 아무에게도 말하지 않았습니다."

코르네이는 그녀에게 말을 걸었다.

"주인 나리가 곧 방에서 나와 어린이 방으로 가실 겁니다."

"이 일을 어째요, 큰일 났군, 큰일 났어!"

보모가 말했다.

"당신은 말이에요, 코르네이 바실리예비치, 어떻게든 그분을, 주인 나리를 붙잡아 둬야 해요. 난 달려가 어떻게든 마님을 밖으로 모셔 갈 테니. 일 났군, 일 났어!"

보모가 어린이 방으로 들어갔을 때, 세료자는 나젠카와 산에서 썰매를 타고 내려오다 넘어져 세 번이나 구른 이야기를 어머니에게 들려주고 있었다. 그녀는 아들의 목소리를 듣고, 얼굴과 표정의 변화를 바라보며 그의 손을 어루만졌다. 그러나 그가 무슨 말을 하는지 전혀 알아듣지 못했다. 떠나야만 한다. 아들을 두고 가야 한다. 그녀는 오직 이것만을 생각하고 느끼고 있었다. 그녀는 바실리 루키치가 문가에 다가와 기침하는 소리며 보모가 다가오는 발소리도 들었다. 하지만 그녀는 말을 꺼낼 힘도, 일어날 기력도 없어서 마치 돌로 굳은 것처럼 꼼짝도 하지 않았다.

"마님, 아, 가련한 분!"

보모는 안나에게 다가와 그녀의 손과 어깨에 입을 맞추며 말했다.

"하느님이 도련님 생일을 위해 기쁨을 보내 주셨군요. 마님은 하나도 변하지 않으셨어요."

"아, 보모, 당신이 집에 있는 줄 몰랐어요."

안나는 순간 정신을 차리고 이렇게 말했다.

"지금은 이곳에서 살고 있지 않아요. 딸과 함께 지내고 있지요. 오늘은 도련님을 축하해 드리려고 왔답니다. 안나 아르카지예브나. 아, 가련한 분!"

보모는 갑자기 울음을 터뜨리며 그녀의 손에 다시 입을 맞추었다.

눈을 반짝이며 미소를 짓고 있던 세료쟈는 한 손으로는 어머니를 잡고 다른 한 손으로는 보모를 잡고서 통통하고 조그만 맨발로 양탄자 위를 굴렀다. 자기가 좋아하는 보모가 어머니에게 애정을 보이자 기분이 좋아졌던 것이다.

"엄마! 보모는 자주 날 보러 와. 그리고 오면……."

세료쟈는 말을 꺼냈다가, 보모가 어머니에게 귓속말로 뭐라고 속삭이고 어머니의 얼굴에 놀라움과 수치심이 함께 떠오르는 것을 발견하고는 입을 다물었다.

그녀는 그에게 다가갔다.

"사랑하는 아들!"

그녀가 말했다.

그녀는 안녕이라는 말을 차마 할 수 없었다. 그러나 그녀의 얼굴 표정은 그것을 말하고 있었고, 그도 그것을 알아차렸다.

"사랑하는, 사랑하는 쿠치크!"

그녀는 아들을 어린 시절의 이름으로 불렀다.

"넌 날 잊지 않겠지? 넌……."

하지만 그녀는 더 이상 말을 잇지 못했다.

그때 아들에게 뭐라고 말하면 됐을지 나중에 그녀는 얼마나 많은 생각을 했는지 모른다! 하지만 지금 그녀는 아무 말도 못 했고, 할 수도 없었다. 그러나 세료쟈는 엄마가 말하고 싶어 한 모든 것을 알아차렸다. 그는 어머니가 불행하다는 것, 어머니가 자기를 사랑한다는 것을 이해했다. 심지어 보모가 귓속말로 이야기한 것까지 이해했다. 그는 '언제나 여덟 시에'라는 말을 들었고, 그 말이 아버지에 관한 말이라는 것을, 어머니가 아버지와 만나서는 안 된다는 것을 이해했다. 그것은 그도 이해할 수 있는 것이었다. 하지만 한 가지, 그가 이해할 수 없는 것이 있었다. 어째서 엄마의 얼굴에는 두려움과 수치심이 떠올랐을까? 엄마에게는 아무 잘못도 없다. 그런데도 엄마는 아버지를 두려워하며 무언가를 감추며 부끄러워한다. 그는 자기에게 이 의혹을 풀어 줄 질문을 하고 싶었다. 하지만 차마 그렇게 할 수 없었다. 세료쟈는 엄마가 괴로워하는 것을 보았다. 그러자 그녀가 불쌍하게 생각되었다. 그는 입을 다문 채 어머니에게 가까이 기대며 속삭였다.

"아직 가지 마. 아버지는 금방 오시지 않아."

어머니는 세료쟈가 지금 한 말을 생각 없이 내뱉은 건지 아닌지 알기 위해 그를 자신에게서 떼어 놓았다. 그리고 세료쟈의 놀란 표정에서 그녀는 아들이 아버지에 대해 말하고 있을 뿐 아니라 자신이 아버지에 대해 어떻게 생각해야 하는지 그녀에게 묻고 있다는 점을 알아차렸다.

"세료쟈, 사랑하는 나의 아들."

그녀는 말했다.

"아버지를 사랑하거라. 아버지는 나보다 훨씬 훌륭하고 바른 분이셔. 난 아버지에게 죄를 지었단다. 네가 어른이 되면 옳게 판단할 수 있을 거야."

"엄마보다 좋은 사람은 없어!"

그는 눈물을 흘리며 절망적으로 외쳤다. 그러고는 긴장 때문에 심하게 떨리는 두 팔로 그녀를 와락 껴안았다.

"나의 귀염둥이, 나의 꼬마!"

안나는 아들과 똑같이 슬픈 목소리로 울음을 터트리며 소리쳤다.

바로 그때 문이 열리며 바실리 루키치가 들어왔다. 그리고 또 다른 문에서 발소리가 들리자, 보모는 두려움이 깃든 목소리로 말했다.

"오십니다."

그러고는 안나에게 모자를 건넸다.

세료쟈는 침대 위에 풀썩 주저앉아 두 손으로 얼굴을 가리고 훌쩍거렸다. 안나는 아들의 손을 떼어 냈다. 그리고 다시 한 번 아들의 젖은 얼굴에 입을 맞추고는 빠른 걸음으로 문을 나섰다. 알렉세이 알렉산드로비치가 그녀의 맞은편에서 걸어오고 있었다. 그녀를 알아본 그는 걸음을 멈추고 고개를 숙였다.

안나는 남편이 자신보다 선하고 좋은 사람이라고 조금 전에 말해 놓고도 순간 그의 모습을 보자 혐오감과 적개심, 그리고 아들을 데리고 있는 것에 대한 질투심에 사로잡히고 말았다. 그녀는 재빨리 베일을 내리고 걸음을 재촉하여 거의 뛰다시피 방을 나왔다.

그녀는 어제 가게에서 그토록 큰 사랑과 슬픔을 안고 골랐던 그 장난감들을 미처 꺼내 보지도 못하고 그렇게 호텔로 가져오고 말았다.

31

안나가 아들과 만나기를 아무리 간절히 바랐다 해도, 그녀가 아무리 오랫동안 그 만남에 대해 생각하며 준비했다 해도, 그녀는 그 만남이 자신에게 그토록 강렬한 충격을 주리라고는 전혀 생각지 못했다. 그녀는 쓸쓸한 호텔 객실에 돌아온 후에도 오랫동안 자기가 왜 여기에 있는지 깨닫지 못했다.

'그래, 모든 것이 끝났어. 그리고 난 다시 혼자야.'

그녀는 모자도 벗지 않은 채 혼잣말을 하고는 벽난로 옆 안락의자에 앉았다. 그녀는 창문들 사이에 놓인 테이블 위 청동 시계를 꼼짝 않고 바라보며 생각에 잠겼다.

외국에서 데려온 프랑스인 하녀가 그녀에게 옷을 갈아입으라고 권하러 들어왔다. 그녀는 깜짝 놀라 하녀를 바라보며 말했다.

"나중에."

하인이 커피를 권했다.

"나중에."

그녀가 말했다.

이탈리아인 유모가 예쁘게 꾸민 딸아이를 데리고 들어왔다. 잘 먹어 통통하게 살이 오른 아기는 엄마를 보자 언제나처럼 실로 가장자리를 잡아맨 것처럼 볼록한 손의 손바닥을 아래로 하고는, 이가 나지 않은 입으로 방글방글 웃으며 물고기가 찌를 당기듯 손을 놀려 수가 놓인 치마의 풀 먹인 주름을 사락사락 소리를 내며 잡아당겼다. 안나는 어린 딸에게 미소 지으며 입을 맞추지 않을 수 없었고, 손가락을 내밀지 않을 수 없었다. 손가락을 내밀자 아기는 큰 소리로 꺅꺅 소리를 지르며 온몸으로 팔짝 뛰어 매달린다. 또한 아기에게 입술을 내밀지 않을 수도 없었다. 또 그렇게 하면 아기는 뽀뽀라도 하듯 자기 입으로 안나의 입술을 물었다. 안나도 그 모든 것을 했다. 아기의 손을 잡고 아기를 깡충깡충 뛰게도 하고, 아기의 생기 있는 뺨과 드러난 팔꿈치에 입을 맞추기도 했다. 하지만 그녀는 아기를 볼 때마다 세료쟈에게 느끼는 감정과 비교해 딸아이에게 느끼는 감정은 사랑조차 아니라는 사실을 깨달았다. 아기의 모든 점이 사랑스러웠지만, 어쩐 일인지 그 어떤 것도 그녀의 마음을 움직이지 않았다. 첫아이는 비록 사랑하지 않는 사람의 아이이긴 했지만, 모든 사랑의 힘을 쏟았다. 그러나 몹시 힘든 상황에서 태어난 딸아이에게는 첫아이에게 쏟은 정성의 백분의 일도 기울이지 않았다. 게다가 딸아이는 모든 것이 미지수인 어린 아기지만 세료쟈는 벌써 많이 커서 사랑스러운 한 인간이 되어 있었다.

그녀 안에서는 이미 생각과 감정이 싸우고 있었다. 그리고 아들의 말과 눈길을 떠올려 보니 그는 그녀를 사랑했으며 그녀에 대해 판단도 하는 것 같았다. 하지만 안나는 육체만이 아니라 정신적으로도 그와 영원히 떨어져 버렸고, 이제는 그것을 되돌릴 길이 없었다.

안나는 딸아이를 유모에게 건네고 그녀를 내보냈다. 그리고 세료쟈의 사진이 든 목걸이를 열었다. 사진은 세료쟈가 거의 딸아이만 할 때 찍은 것이다. 그녀는 모자를 벗고 일어나 작은 테이블 위에 놓인 사진첩을 집어 들었다. 사진첩에는 다른 나이 때의 아들 사진이 여러 장 들어 있었다.

그녀는 사진들을 비교해 보고 싶은 생각에 사진첩에서 그 사진들을 하나씩 꺼내기 시작했다. 마지막으로 최근에 찍은 가장 잘 나온 사진 한 장만 남았다. 사진 속의 세료쟈는 하얀 셔츠를 입고 말 탄 자세로 의자에 앉아 눈을 찡그리며 씩 웃고 있었다. 그의 가장 독특하고 멋진 표정이었다. 그녀는 작고 민첩한 두 손가락으로 몇 번이나 사진 가장자리를 건드려 보았지만 사진이 자꾸 옆으로 움직이는 바람에 꺼내기가 힘들었다. 아쉽게도 테이블 위에는 페이퍼 나이프가 없었다. 그래서 그녀는 옆에 있는 사진—그것은 로마에서 찍은, 둥근 모자 아래로 머리카락을 길게 늘어뜨린 브론스키의 사진이었다.—을 빼내어 그것으로 아들의 사진을 밀어 냈다.

"어머, 그 사람이네!"

그녀는 브론스키의 사진을 쳐다보며 중얼거렸다. 그러고는 문득 지금 자신이 겪고 있는 슬픔의 원인이 무엇인지 생각해 냈다. 그녀는 이날 아침 내내 그를 한 번도 떠올리지 않았다. 그러나 지금 문득 남자답고 고상하며, 그녀에게 너무나 익숙하고 사랑스러운 그의 얼굴을 보자, 불현듯 그녀는 생각지도 않게 그에 대한 사랑이 밀물처럼 차오르는 것을 느꼈다.

'도대체 그는 어디에 있는 거지? 어째서 그는 나를 고통 속에 혼자 내버려 두는 걸까?'

문득 그녀는 비난하는 심정으로 생각했다. 그녀는 자신의 아들에 관한 일을 그에게 모두 숨겼다는 사실을 잊어버리고 있었다. 그녀는 지금 곧 와 달라며 그에게 사람을 보냈다. 그리고 가슴이 죄어드는 심정으로 무슨 말을 할지, 또 자신을 위로해 줄 그의 사랑의 말을 생각하며 기다렸다. 심부름꾼은 브론스키로부터 손님이 와 있지만 지금 곧 가겠다는 답변과 페테르부르크에 온 야쉬빈 공작도 함께 맞이해 줄 수 있느냐는 질문을 갖고 돌아왔다.

'혼자 오지 않겠다는 말이네. 어제 저녁 식사 이후로 날 보지 못했으

면서.'

그녀는 생각했다.

'야쉬빈과 함께 온다면 그이에게 모두 말할 수 없는데.'

그러자 갑자기 그녀의 머리에 이상한 생각이 떠올랐다.

'만약 그가 나를 더 이상 사랑하지 않는다면 어쩌지?'

그리고 지난 며칠간의 일들을 하나하나 떠올리자 그녀는 그 두려운 생각이 맞는 것 같았다. 그가 어제 밖에서 식사를 한 것이며, 페테르부르크에 머무는 동안 각방을 써야 한다고 말했던 것이며, 심지어 지금도 마치 둘만의 만남을 피하기라도 하듯 그녀에게 혼자 오지 않는 일이며…….

'만일 그렇다면 내게 말을 해야지. 난 알아야 해. 정말 그렇다면 무슨 일을 해야 할지도 난 알고 있어.'

안나는 브론스키의 마음이 변한 것을 확신하면서 자신이 앞으로 어떻게 될지, 그런 상황을 차마 상상도 못 하면서 그렇게 생각했다. 그의 변심을 생각하자 안나는 상심에 가까운 감정을 느끼며 심하게 마음이 출렁였다. 안나는 하녀를 불러 옷을 갈아입으러 갔다. 그리고 최근 어느 때보다 공을 들여 외모를 치장했다. 그의 마음이 혹 떠났다 하더라도 그녀에게 잘 어울리는 옷과 머리를 보면 그가 다시 그녀를 사랑하게 되기라도 할 것처럼.

그녀는 미처 준비를 마치기도 전에 벨 소리를 들었다.

응접실로 내려가자, 그가 아닌 야쉬빈이 눈인사로 그녀를 맞아 주었다. 브론스키는 그녀가 테이블 위에 두고 잊어버린 아들의 사진들을 보느라 그녀에게 눈길을 주지 않았다.

"우리는 전에 만난 적이 있죠."

그녀는 불편해하는 야쉬빈의—그 큰 키와 투박한 얼굴에 어울리지 않는 이상한 모습이었다.—큼지막한 손에 자신의 작은 손을 밀어 넣으며 말했다.

"작년에 경마장에서 만났었죠. 이리 줘요."

그녀는 브론스키가 보고 있던 아들 사진을 재빨리 빼앗으며 의미심장하게 반짝이는 눈길로 그를 쳐다보았다.

"올해 경마는 멋졌나요? 전 그 대신 로마의 코르소에서 열리는 경마를 보았어요. 참, 당신은 외국 생활을 좋아하지 않지요."

그녀는 상냥하게 미소 지으며 말했다.

"당신을 만난 적은 거의 없지만, 전 당신과 당신의 취미에 대해 모두 알고 있답니다."

"그것 참 유감이군요. 제 취미가 모두 형편없어서요."

야쉬빈은 왼쪽 콧수염을 잘근잘근 물어뜯으며 말했다.

야쉬빈은 잠시 이야기를 나누다 브론스키가 시계를 흘깃 쳐다보는 걸 눈치채고 그녀에게 페테르부르크에는 얼마나 더 머물지 물었다. 그러고는 커다란 몸을 똑바로 펴고 군모를 집었다.

그녀는 브론스키를 잠시 쳐다보고는 망설이며 말했다.

"아마도 오래 있을 것 같지 않아요."

"그럼 이제 못 보는 겁니까?"

야쉬빈은 일어나 브론스키를 돌아보았다.

"자네는 어디에서 식사를 할 건가?"

"이곳에 오셔서 함께 식사하세요."

안나는 자신의 당황한 모습에 화라도 난 듯 단호하게 말했다. 하지만 새로운 사람 앞에서 자신의 처지를 드러낼 때면 늘 그랬듯이 얼굴이 빨개졌다.

"이곳 식사가 훌륭하지는 않지만, 적어도 그이를 볼 수 있잖아요. 알렉세이는 군대 사람들 가운데 당신을 가장 좋아한답니다."

"정말 기쁜데요."

야쉬빈이 씩 웃으며 말했다. 브론스키는 그 미소를 보며 그가 안나를 몹시 좋아하게 됐다는 것을 알았다.

야쉬빈은 인사를 하고 나갔고, 브론스키는 뒤에 남았다.

"당신도 갈 거예요?"

그녀는 물었다.

"벌써 늦었어요."

그가 대답했다.

"먼저 가! 곧 뒤따라갈 테니."

그가 야쉬빈에게 소리쳤다.

그녀는 브론스키의 손을 잡고 그에게서 눈을 떼지 않은 채 무슨 말을 하며 그를 붙잡을까 궁리했다.

"잠깐만요, 당신에게 꼭 할 말이 있어요."

그녀는 그의 뭉툭한 손을 잡아 자신의 뺨에 갖다 대며 말했다.

"저, 내가 야쉬빈을 식사에 초대한 거 괜찮아요?"

"아주 잘했어요."

그는 고른 이를 드러내고 그녀의 손에 입을 맞추며 온화한 미소를 지었다.

"알렉세이, 나에 대한 마음이 변한 건 아니죠?"

그녀는 두 손으로 그의 한 손을 꼭 감싸 쥐며 말했다.

"알렉세이, 난 이곳에 있는 게 괴로워요. 우리는 언제 떠나나요?"

"곧 떠나도록 합시다. 당신은 이곳 생활이 내게 얼마나 괴롭고 힘든지 믿지 못할 거예요."

그는 이렇게 말하며 손을 뺐다.

"그래요, 가요, 가라고요!"

그녀는 화가 나 이렇게 말하고는 재빨리 그의 곁을 떠났다.

32

브론스키가 돌아왔을 때, 안나는 없었다. 그가 나가자마자 곧 어떤 부인이 찾아와 그녀와 함께 나갔다는 것이다. 그녀가 어디 가는지 말도 없이 나가 버린 것, 지금도 돌아오지 않은 것, 아침에도 한마디 말도 없이 어딘가에 다녀온 것, 이 모든 것들이 오늘 아침 이상할 만큼 상기되어 있던 그녀의 얼굴 표정이며, 야쉬빈 앞에서 그의 손에 든 아들의 사진을 거의 잡아채다시피 할 때의 그 적의에 찬 태도에 대한 기억과 더불어 그를 깊은 생각에 잠기게 했다. 그는 바쁜 일이 생겨도 그녀와 이야기를 나누어야겠다고 결심했다. 그는 응접실에서 그녀가 오기를 기다렸다. 하지만 안나는 혼자가 아닌, 친척 아주머니인 노처녀 오블론스카야 공작 영애와 돌아왔다. 안나와 함께 아침에 장을 보러 간 그 부인이었다. 안나는 브론스키의 걱정스러운, 캐묻는 듯한 표정을 눈치채지 못한 듯 오늘 아침 무엇을 샀는지 그에게 명랑한 말투로 말했다. 그는 그녀 안에서 무엇인가 특별한 일이 일어나고 있다는 것을 알았다. 순간순간 그녀의 시선이 그에게 머무를 때면, 그 빛나는 눈동자 속에는 긴장감이 엿보였고, 말과 행동에는 신경질적인 민첩함과 우아함이 깃들어 있었다. 처음 그들의 사이가 가까워질 때에는 그러한 점들이 대단히 매혹적이었지만, 이제는 그를 불안하고 두렵게 만들었다.

식사는 사 인분이 차려졌다. 모두가 함께 식당으로 가려는데 투슈케비치가 안나에게 벳시 공작 부인의 전갈을 가지고 왔다. 벳시 공작 부인은 작별 인사를 하러 오지 못해 미안하다고 전했다. 몸이 좋지 않은 것이 이유였다. 그리고 그녀는 안나에게 여섯 시 반에서 아홉 시 사이에 자기 집으로 와 달라는 부탁을 했다. 이같이 말한 이유는 그 시간에 안나가 다른 사람과 만나지 않도록 미리 조치를 취했음을 뜻했다. 브론스키는 안나를 슬쩍 쳐다보았다. 하지만 안나는 아무것도 눈치채지 못한 듯했다.

"정말 유감스럽군요. 나도 여섯 시 반에서 아홉 시 사이에는 못 가거든요."

그녀는 보일 듯 말 듯 한 미소를 지으며 말했다.

"공작 부인도 매우 서운해하실 겁니다."

"저도 그래요."

"당신은 파티 노래를 들으러 가시는 거죠?"

투슈케비치가 말했다.

"파티요? 당신이 내게 아이디어를 줬네요. 특별석을 구할 수만 있다면 가겠어요."

"제가 구해 드리지요."

투슈케비치가 말했다.

"그렇게 해 주신다니 정말 고마워요."

안나가 말했다.

"그럼 이제 우리와 식사하시지 않겠어요?"

브론스키는 아무도 모르게 어깨를 으쓱했다. 그는 안나의 행동을 이해하기 힘들었다. 무엇 때문에 그녀는 늙은 공작 영애를 데려온 걸까? 그리고 어째서 투슈케비치를 초대한 뒤 식사하는 자리에 남게 한 것일까? 무엇보다 놀라운 것은 왜 그에게 특별석 자리를 구해 달라고 했는지. 그녀의 처지에서 그녀가 아는 사교계 사람들이 모두 모이는 파티 공연에 가도 괜찮다고, 정말 그래도 된다고 생각하는 것일까? 그는 심각한 눈빛으로 그녀를 바라보았다. 하지만 그녀 또한 똑같은 시선으로, 즐거운 것인지 도전적인 것인지 도저히 그 의미를 알 수 없는 시선으로 그를 쳐다보았다. 식사를 하는 동안, 안나는 공격적으로 느껴질 만큼 유쾌했다. 그녀는 마치 투슈케비치와 야쉬빈에게 교태를 부리는 것 같았다. 식사가 끝나 모두가 일어서고 투슈케비치는 특별석을 구하러 갔다. 야쉬빈은 담배를 피우러 갔고, 브론스키는 그와 함께 자기 방으로 갔다. 그는 잠시 앉아 있다 다시 위층으로 올라왔다. 안나는 이미 파리에서 맞춘, 가슴이 깊게 파인 벨벳을 두른 환한 비단 드레스를 입고 있었다. 머리에는 얼굴을 에워싸 그녀의 빛나는 아름다움을 특히나 돋보이게 하는 값비싼 흰색 레이스를 꽂았다.

"정말 극장에 갈 거예요?"

그는 그녀를 보지 않으려고 애쓰며 말했다.

"왜 그렇게 겁먹은 표정으로 묻는 거죠?"

그녀는 그가 자기를 보지 않는다는 사실에 다시금 상처를 받으며 이렇게 물었다.

"왜 내가 가면 안 된다는 거지요?"

그녀는 그의 말을 이해하지 못하는 것 같았다.

"물론 그럴 이유는 없지만."

그는 얼굴을 찌푸리며 말했다.

"내 말이 그 말이에요."

그녀는 일부러 그의 비아냥거리는 말투를 알아듣지 못한 척하며 향기로운 냄새가 나는 긴 장갑을 침착하게 접으며 말했다.

"안나, 제발! 왜 이러는 거예요?"

그는 언젠가 그녀의 남편이 그랬던 것처럼 그녀를 일깨우려고 애쓰며 말했다.

"당신이 뭘 물어보려는지 난 모르겠어요."

"그곳에 갈 수 없다는 것은 당신도 알잖아요."

"어째서요? 난 혼자 가는 게 아니에요. 바르바라 공작 영애는 옷을 갈아입으러 가셨어요. 그분이 나와 함께 갈 거예요."

그는 믿을 수 없다는 투로 절망스러운 기색을 드러내며 어깨를 으쓱했다.

"당신은 정말 모른단 말인가요……."

그가 말을 꺼내려 했다.

"네, 알고 싶지 않아요!"

그녀는 거의 소리를 지르다시피 말했다.

"알고 싶지 않아요. 내가 한 일을 반성하냐고요? 아뇨, 그렇지 않아요, 정말 아니에요. 다시 똑같은 상황으로 돌아간다 해도, 지금처럼 똑같이 할 거예요. 우리에게, 나에게, 그리고 당신에게 중요한 것은 오직 하나예요. 그건 우리가 서로 사랑하느냐죠. 다른 것은 생각할 것도 없어요. 도대체 무엇 때문에 우리는 이곳에서 따로 지내며 서로 만나지도 않는 거죠? 왜 난 갈 수 없다는 거예요? 난 당신을 사랑해요. 전 아무래도 상관없어요."

안나의 눈동자에는 그가 이해할 수 없는 독특한 광채가 번뜩였고 그런 눈동자로 그를 쳐다보며 러시아어로 말했다.

"만약 당신의 마음이 변하지 않았다면요. 당신은 도대체 왜 날 바라보지 않는 거죠?"

그는 그녀를 바라보았다. 그는 그녀의 얼굴과 옷차림이 지닌 모든 아름다움을 똑똑히 보았다. 그녀의 옷차림은 언제나 그녀에게 잘 어울렸다. 그러나 지금은 그녀의 그러한 아름다움과 우아함이 그의 신경을 건드렸다.

"당신도 알겠지만 내 감정은 변할 수 없어요. 하지만 당신에게 가지 말라고 부탁하겠어요. 다시 이렇게 부탁해요."

그는 다시 불어로 말했다. 목소리에는 부드러운 간청이 담겨 있었지만 눈빛은 싸늘했다.

그녀는 그의 말은 듣지 못했지만 그 눈빛에 어린 싸늘함은 보았다. 그래서 화를 내며 이렇게 대답했다.

"난 도저히 이해하기 힘들어요. 왜 내가 가면 안 되는지 말해 보세요."

"왜냐하면, 그로 인해 당신에게 일어날……."

그는 끝까지 말을 잇지 못했다.

"무슨 말인지 모르겠어요. 야쉬빈은 상대로서 품위가 떨어지지 않아요. 그리고 바르바라 공작 영애도 다른 사람들에 비해 못할 것 없는 사람이에요. 아, 저기 공작 영애가 오네요."

33

브론스키는 처음으로 안나 때문에 화가 났고 그녀가 자신의 처지를 일부러 모르는 척하자 증오에 가까운 분노를 느꼈다. 그러한 감정은 자신의 분노를 그녀에게 표현할 수 없어 더욱 컸다. 혹 그녀에게 자신의 생각을 있는 그대로 말했다면, 이랬을 것이다.

'그런 차림으로 모두가 아는 공작 영애와 함께 극장에 간다는 것, 그것은 곧 스스로가 타락한 여자라는 것을 인정하는 것일 뿐 아니라 사교계에 도전하는 것, 즉 사교계와 영원히 인연을 끊겠다는 것을 의미해요.'

그는 차마 그녀에게 말할 수 없었다.

'하지만 그녀는 이 모든 것을 어떻게 모를 수 있단 말인가? 도대체 그녀 안에서는 무슨 일이 일어나고 있는 걸까?'

그는 속으로 중얼거렸다. 그는 그녀에 대한 존경이 줄어들었지만 동시에 그녀가 더욱 아름답게 느껴졌다.

그는 찌푸린 얼굴로 자기 방으로 돌아왔다. 그리고 의자 위에 길게 다리를 뻗고 코냑에 젤테르 광천수를 타서 마시고 있던 야쉬빈 옆에 앉아, 자기에게도 똑같은 것을 가져오라고 말했다.

"자네, 란코프스키의 모구치에 대해 말한 적 있지. 그 말은 좋은 말이야. 난 자네에게 그 말을 사라고 권하겠어."

야쉬빈은 친구의 어두운 얼굴을 힐끗 보며 말했다.

"엉덩이가 처지긴 했지만, 다리와 머리는 최고지."

"안 그래도 그 말을 살 생각이네."

브론스키가 대꾸했다.

말 이야기가 마음을 사로잡았지만 그는 단 한 순간도 안나를 잊지 않았고, 자기도 모르게 복도에서 들리는 발소리에 귀를 기울이며 벽난로 위에 놓인 시계를 쳐다보았다.

"안나 아르카지예브나가 일행과 함께 극장에 간다고 전하라 하셨습니다."

야쉬빈은 거품이 이는 탄산수에 코냑 한 잔을 또 부어 들이켜고는 단추를 잠그면서 일어섰다.

"어때? 우리도 가지."

그는 콧수염 아래로 희미한 미소를 지으며 말했다. 그 미소는 브론스키가 우울한 이유를 알고 있지만 그다지 신경 쓰지 않는다는 뜻이었다.

"난 가지 않겠어."

브론스키가 우울하게 대답했다.

"어쩌지, 난 가야 해. 약속을 했거든. 그럼, 다음에 보세. 혹 올 생각이 있거든, 1층 정면 일등석으로 와서 크라신스키의 좌석에 앉아."

야쉬빈은 나가면서 이렇게 덧붙였다.

"아냐, 난 할 일이 있어."

'아내가 있으면 골치가 아프지. 하지만 아내가 아닌 여자는 더 골치가 아픈 법이야.'

야쉬빈은 호텔을 나서며 생각했다.

브론스키는 혼자 남게 되자 의자에서 일어나 방 안을 이리저리 걷기 시작했다.

"그런데 오늘은 뭐더라? 네 번째 공연······. 예고르 형과 형수, 그리고 어머니도 거기 있겠군. 그 말은 곧 페테르부르크 사람들이 전부 그곳에 있을 거라는 이야기인데······. 지금쯤 그녀는 극장에 들어가 외투를 벗고 밝은 곳으로 나가겠지. 투슈케비치, 야쉬빈, 바르바라 공작 영애······."

그는 머릿속에 그려 보았다.

'그런데 도대체 난 뭐지? 내가 두려워하고 있단 말인가? 아니면 그녀를 보호하는 일을 투슈케비치에게 떠넘겨 버린 건가? 아무리 봐도, 그건 멍청한 짓이야, 멍청한 짓······. 그런데 그녀는 왜 날 이런 상황으로 몰고 가는 거지?'

그는 한 손을 휘두르며 말했다.

그러다가 그는 탄산수와 코냑 병이 놓인 작은 테이블에 부딪쳤다. 하마터면 그는 테이블을 엎을 뻔했다. 그는 병을 잡으려고 했지만 떨어뜨리고 말았다. 그는 화가 치밀어 발로 테이블을 걷어차고는 벨을 울렸다.

"내 집에서 계속 일하고 싶다면······."

그는 안으로 들어온 시종에게 말했다.

"일을 잘하란 말이야. 앞으로는 이런 일이 없도록. 자네가 치우도록 해."

하인은 자기 잘못이 아니라고 생각했기에 변명하려 했으나, 주인의 얼굴을 한 번 쳐다보고는 침묵하는 편이 낫다는 생각이 들어 입을 다물었다. 그러고는 얼른 용서를 구하며 양탄자로 몸을 굽혀 성한 잔과 병이며 깨진 조각들을 치웠다.

"그건 자네 일이 아니야. 어서 하인을 불러 치우라고 해. 그리고 자넨 내 연미복을 준비해."

브론스키가 극장에 들어간 시간은 여덟 시 반이었다. 공연은 최고조에 달해 있었다. 좌석을 안내하던 노인은 브론스키의 외투를 벗기다 그를 알아보고 '각하'라고 불렀다. 그러고는 좌석 번호를 구하는 대신 그냥 표도르를 부르라고 권했다. 밝은 복도에는 좌석 안내원과 외투를 손에 들고 문가에서 공연을 듣고 있는 급사 둘 이외에는 아무도 없었다. 굳게 닫힌 문 안쪽에서 오케스트라가 조심스럽게 스타카토로 반주하는 소리와 한 여자의 목소리가 들렸다. 문이 열리고 좌석 안내원이 미끄러지듯 안으로 들어갔다. 그러자 막바지로 치닫는 악절이 브론스키의 귀에 선명하게 부딪쳤다. 그러나 문은 곧 닫혔고, 브론스키는 악절의 마지막 부분과 반주의 마무리를 듣지 못했다. 하지만 그는 문 안에서 들리는 우레와 같은 박수 소리에 곡이 끝났다는 것을 알아차렸다. 그가 샹들리에와 청동 가스등을 환하게 밝힌 홀에 들어갔을 때도, 박수 소리는 계속해서 들렸다. 무대 위 여가수는 드러낸 어깨와 보석을 빛내면서 허리를 굽힌 채 미소 띤 얼굴로 그녀의 손을 잡고 있는 테너의 도움을 받으며 풋라이트 너머로 서툴게 던져진 꽃다발을 줍고 있었다. 그리고 포마드를 발라 반질반질 광이 나는 머리 중앙에 가르마를 탄 남자가 긴 손을 무대 너머로 뻗어 뭔가를 내밀자 그에게 다가갔다. 그는 손에 무언가를 쥔 채 무대 너머로 긴 팔을 뻗고 있었다. 그러자 특별석뿐 아니라 아래층 일반석의 관중들도 다들 야단법석을 떨면서 앞으로 몸을 내밀고 환호성을 지르고 박수를 쳤다. 오케스트라 단 위에 서 있던 지휘자는 그것을 건네는 것을 돕고는 자신의 흰 넥타이를 바로잡았다. 브론스키는 1층 일반석 한가운데로 들어가 서서 주위를 둘러보기 시작했다. 그는 익숙하고 낯익은 무대 장치에, 무대와 소음에, 초만원을 이룬 극장 안의 모든 시시하고 잡다한 낯익은 관객의 무리에 그 어느 때보다 관심이 가지 않았다.

평소와 똑같이 특별석에는 비슷한 부류의 부인들이 그들 뒤에 비슷한 부류의 장교들을 대동하고 앉아 있었다. 신만이 누구인지 알아볼 그 똑같은 형형색색의 여자들과 제복들과 프록코트들……. 맨 위층 가장 싼 관람석에는 늘 그랬듯 너절한 군중들이 있고, 그 군중들 가운데 특별석과 앞줄에는 마흔 명가량의 진짜 남자와 진짜 여자가 있었다. 그리고 브론스키는 그 오아시스 쪽으로 즉시 관심을 돌렸고, 이내 그들과 이야기를 나누기 시작했다.

그가 들어갔을 때 막이 방금 끝난 상태였다. 그래서 그는 형의 지정석에 들르지 않고 첫째 줄로 나가서 세르푸호프스키와 나란히 무대 옆에 섰다. 그는 한쪽 무릎을 구부리고 뒤꿈치로 무대를 툭툭 치다가 멀리서 그를 알아보고는 빙긋 웃으며 그를 자기 쪽으로 오라며 손짓했다.

브론스키는 아직 안나를 만나지 못했다. 그는 일부러 그녀가 있는 곳을 쳐다보지 않았다. 하지만 그는 사람들의 시선 방향으로 그녀가 어디에 있는지 알았다. 그는 남몰래 주위를 둘러보았으나 그녀를 찾지는 않았다. 그는 최악의 상황을 예상하며 알렉세이 알렉산드로비치를 찾고 있었다. 다행스럽게도 이번에는 알렉세이 알렉산드로비치는 극장에 오지 않았다.

"자네에게는 군인의 면모가 거의 남아 있지 않군!"

세르푸호프스키가 그에게 말했다.

"외교관, 화가, 그 비슷한 부류의 사람 같아 보여."

"그렇지, 난 제대하자마자 연미복을 입었으니까."

브론스키는 웃는 얼굴로 천천히 오페라글라스를 꺼내며 대답했다.

"솔직히 고백하는데……, 난 그 점에서 자네가 부러워. 나도 외국에서 돌아와 이것을 달 때……."

그는 견장을 만지작거렸다.

"자유가 아쉬웠지."

세르푸호프스키는 이미 오래전부터 브론스키를 관직에 끌어들이려 애썼다. 그러나 그는 예전처럼 그를 좋아했고 지금도 그에게 매우 친절히 대했다.

"자네가 1막을 놓쳐 유감이군."

브론스키는 한 귀로만 들으면서 1층 특등석부터 2층 특등석에 이르기까지 오페라글라스를 돌리며 특별석을 유심히 바라보았다. 움직이는 오페라글라스 렌즈 안에 들어온 것은 화가 난 표정으로 잔뜩 찡그린 대머리 노인과 터번을 쓴 귀부인이었다. 그리고 그들 옆에서 안나를 발견했다. 안나는 놀랄 만큼 당당했고 아름다웠으며 레이스를 두른 채 미소 짓고 있었다. 그녀는 그에게서 스무 걸음 떨어진 1층의 다섯 번째 특등석에 앉아 있었다. 그녀는 맨 앞에 앉아 고개를 살짝 돌리고 야쉬빈에게 뭔가를 말하고 있었다. 아름답고 넓은 어깨 위의 머리 모양, 그리고 눈동자와 얼굴 전체에서 빛나는 긴장과 흥분의 빛은 모스크바 무도회에서 본 그녀의 모습과 똑같았다. 그러나 안나의 아름다움은 이제 전혀 다르게 느껴졌다. 지금 그녀에 대한 그의 느낌 속에는 신비로움이란 것이 사라졌다. 그녀의 아름다움은 비록 과거보다 훨씬 더 강렬하게 그를 사로잡기는 했으나, 그와 동시에 그의 마음에 상처를 입혔다. 그녀는 그가 있는 쪽을 바라보지 않았지만, 브론스키는 그녀가 이미 자기를 보았다고 느꼈다.

다시 그쪽으로 오페라글라스를 돌렸을 때, 브론스키는 바르바라 공작 영애가 새빨개진 얼굴로 부자연스럽게 웃으며 끊임없이 옆쪽의 특별석을 쳐다보는 것을 발견했다. 그러나 안나는 부채를 접어서 그걸로 빨간 벨벳을 두드리며 어딘가를 뚫어지게 바라볼 뿐, 옆 좌석에서 벌어지고 있는 일을 보지도 않았고 보고 싶어 하지도 않았다. 야쉬빈의 얼굴에는 그가 도박에서 질 때면 짓는 표정이 떠올라 있었다. 그는 이맛살을 찌푸린 채 왼쪽 콧수염을 입 속으로 점점 더 깊이 밀어 넣으며 그 옆자리를 힐끔힐끔 곁눈질하고 있었다.

왼쪽 옆의 그 특별석에는 카르타소프 부부가 있었다. 브론스키는 그들을 알고 있었고, 안나가 그들과 아는 사이라는 것도 알고 있었다. 카르타소프 부인은 작고 마른 체형의 여자였는데 안나에게 등을 돌린 채 남편이 건네주는 망토를 걸치고 있었다. 그녀는 창백하고 화난 얼굴로 흥분해 뭐라고 지껄이고 있었다. 뚱뚱한 대머리 신사 카르타소프는 계속 안나를 힐끔거리면서 아내를 진정시키려고 애쓰고 있었다. 아내가 밖으로 나가자, 남편은 안나에게 인사를 하고 싶은 듯한 눈으로 안나의 시선을 구하면서 오랫동안 미적거렸다. 그러나 안나는 눈에 띄게 일부러 그를 외면하고, 고개를 뒤로 돌린 채 짧게 깎은 머리를 그녀 쪽으로 숙인 야쉬빈에게 무언가 말하고 있었다. 카르타소프는 인사 없이 나가 버렸고, 그 특별석은 비고 말았다.

브론스키는 카르타소바와 안나 사이에 도대체 무슨 일이 있었는지 몰랐지만, 안나에게 무엇인가 모욕적인 일이 일어났다는 것을 알아챘다. 그는 자신이 본 장면과 안나의 표정을 통해 알았다. 그는 그녀가 스스로 선택한 역할을 견디기 위해 마지막 힘까지 모아 애쓰고 있다는 사실을 알았다. 그리고 그녀는 아무렇지도 않은 듯 행동하며 그 역할을 성공적으로 해냈다. 안나와 주변 상황을 잘 모르는 사람들에게는 그녀가 레이스 장식과 자신의 모든 아름다움을 동원한 모습으로 사교계에 등장했다는 것에 대해 동정과 분노, 놀라움을 표하는 다른 사람들 말이 들리지 않았으며 다들 그 침착함과 미모에 감탄했다. 그들은 사람들의 구경거리가 되어 창피를 당하는 기분을 그녀가 알고 있으리라고는 상상도 하지 못했다.

무슨 일인가 일어났지만 그것이 무엇인지 정확히 모르는 브론스키는 심한 불안감을 느끼며 무엇이든 알아볼 생각으로 형이 있는 박스석으로 다가갔다. 그는 일부러 안나의 특별석 맞은편에 있는 1층 일반석의 통로를 골라 지나가다 전에 모셨던 연대장과 마주쳤다. 연대장은 지인 두 사람과 이야기를 나누고 있었다. 브론스키는 그들이 나누는 대화에서 카레닌 부부가 화제가 된 것을 들었고, 연대장이 사람들에게 눈치를 주고는 큰 목소리로 황급하게 자기를 부르는 것을 눈치챘다.

"아, 브론스키! 연대에는 언제 올 건가? 환송식 없이 자네를 순순히 보낼 수는 없네. 자네는 우리 연대 사람이 아닌가."

연대장이 말했다.

"지금은 시간이 없습니다. 정말 유감스럽군요. 다음에……."

브론스키는 이렇게 말하고 형의 특별석을 향해 계단을 뛰어 올라갔다.

브론스키의 모친인 늙은 백작 부인은 쳇빛 곱슬머리를 하고 형의 박스석에 앉아 있었다. 바랴는 소로키나 공작 영애와 함께 2층 복도에 있다가 그와 마주쳤다.

소로키나 공작 영애를 어머니에게 데려다 준 후, 바랴는 시동생에게 손을 내밀고 곧 그가 궁금해하는 일에 대해 말하기 시작했다. 그녀는 몹시 흥분해 있었다. 브론스키는 그녀의 그런 모습을 거의 본 적이 없었다.

"정말 비열하고 추악하다고 생각해요. 카르타소바 부인에게는 그럴 자격이 없어요. 카레니나는……."

그녀는 말을 꺼냈다.

"무슨 일입니까? 난 아무것도 모릅니다."

"어머, 못 들었어요?"

"당신도 알잖습니까, 이런 일은 내 귀에 가장 늦게 들어온다는 사실을 말입니다."

"그 카르타소바만큼 나쁜 인간이 또 있을까요?"

"그 여자가 무슨 짓을 했지요?"

"남편이 내게 말해 준 이야기인데요……. 그 여자가 카레니나를 모욕했어요. 그녀의 남편이 특별석 너머로 안나와 이야기를 나누기 시작하자, 카르타소바가 남편에게 야단법석을 떨었다고 하더군요. 사람들 말로는, 그 여자가 큰 소리로 뭔가 모욕적인 말을 내뱉고는 나가 버렸대요."

"백작님, 당신의 어머님이 부르세요."

소로키나 공작 영애가 특별석 문 뒤에서 얼굴을 내밀고 말했다.

"난 줄곧 널 기다렸다."

어머니는 조롱 섞인 미소를 띠며 말했다.

"넌 어디에도 보이지 않더구나."

아들은 어머니가 기쁨의 미소를 참지 못하는 것을 보았다.

"안녕하세요, 지금 이렇게 어머니를 보러 왔습니다."

그가 차갑게 대답했다.

"왜 카레니나 부인에게 가지 않았니?"

소로키나 공작 영애가 자리를 비켜 주자, 백작 부인은 이렇게 덧붙였다.

"아주 대담하더구나. 그 여자 때문에 사람들이 파티는 잊어버렸단다."

"어머니, 제가 부탁드렸잖아요. 그 일에 관해서는 아무 말씀도 하지 마시라고요."

그는 얼굴을 찌푸리며 말했다.

"난 사람들이 이야기하고 있는 것을 말할 뿐이다."

브론스키는 아무런 대꾸도 하지 않고 소로키나 공작 영애에게 몇 마디 건네고 나가 버렸다. 그는 문을 나가다가 형을 만났다.

"아, 알렉세이!"

형이 말했다.

"그렇게 고약할 수가! 멍청한 여자 같으니, 그 이상 아무것도 아니다…… 난 지금 그녀에게 가려고 했다. 같이 가자."

브론스키는 형의 말을 듣고 있지 않았다. 그는 빠른 걸음으로 아래층을 향해 내려갔다. 그는 무엇인가를 해야 한다고 느꼈지만, 그것이 무엇인지 알 수 없었다. 안나가 그녀 자신과 그를 이런 부자연스러운 상태로 몰아넣은 것에 화가 치밀었지만 불쌍한 생각도 들었다. 그는 아래층의 일반석으로 내려가 곧장 안나의 특별석으로 향했다. 그녀의 특별석에는 스트레모프가 서서 그녀와 이야기를 나누고 있었다.

"더 이상 테너들은 없습니다. 졌습니다."

브론스키는 그녀에게 고개를 숙이고는 그 자리에 서서 스트레모프와 인사를 나누었다.

"당신은 늦게 도착하는 바람에 최고의 아리아를 듣지 못한 것 같군요."

안나는 조롱하듯—그렇게 느껴졌다.—브론스키를 쳐다보며 말했다.

"난 음악에 관해서는 알지 못합니다."

그는 그녀를 매섭게 쏘아보며 말했다.

"야쉬빈 공작처럼 말이죠."

그녀는 빙긋 웃으며 말했다.

"야쉬빈 공작은 파티가 노래를 너무 크게 부른다고 생각해요."

"고마워요."

그녀는 브론스키가 건넨 공연 프로그램을 긴 장갑을 낀 작은 손에 받아 들며 말했다. 그런데 그 순간 그녀의 아름다운 얼굴이 바르르 떨렸다. 그녀는 일어나 특별석의 후미진 구석으로 갔다.

다음 막이 시작될 때 그녀의 특별석이 텅 비어 있는 것을 눈치챈 브론스키는, 카바티나의 선율에 숨죽인 극장에 '쉿' 하는 비난을 불러일으키며 1층 일반석을 나와 집으로 향했다.

안나는 이미 집에 와 있었다. 브론스키가 그녀의 방으로 들어갔을 때, 그녀는 극장에 입고 간 옷차림 그대로 혼자 있었다. 그녀는 벽에 가까이 붙은 첫 번째 안락의자에 앉아 앞을 바라보고 있었다. 그녀는 그를 흘깃 쳐다보았지만 곧 본래 자세로 돌아갔다.

"안나."

그가 말했다.

"이 모든 일에 대한 책임은 당신에게 있어요!"

그녀는 일어나며 실망과 분노, 눈물이 어린 목소리로 이렇게 외쳤다.

"내가 부탁했잖아요, 당신에게 제발 가지 말라고 애원했잖아요. 난 당신이 안 좋은 꼴을 당하리라는 것을 알고 있었어요……."

"불쾌해요!"

그녀는 소리쳤다.

"끔찍해요! 내가 사는 동안, 결코 이 일은 잊지 않을 거예요. 그 여자는 내 옆에 앉는 게 수치스럽다고 말했어요."

"어리석은 여자의 말이에요."

그가 말했다.

"하지만 왜 그런 모험을 했는지, 어째서 그런 도전을……."

"난 당신의 그 냉정함을 증오해요. 당신은 날 그런 상황까지 몰고 가지
말았어야 했어요. 만약 당신이 날 사랑한다면……."

"안나! 여기서 왜, 나의 사랑에 대한 문제를……."

"그래요, 당신이 날 사랑했다면, 지금 나처럼 말예요. 그리고 당신이 나
만큼 괴로워했다면……."

그녀는 두려운 표정으로 그를 쳐다보며 말했다.

브론스키는 안나가 가여웠으나, 그럼에도 그녀에게 화가 났다. 자신은
그녀에게 사랑을 맹세했다. 왜냐하면 그것만이 그녀를 진정시키며 달랠
수 있었기 때문이다. 그는 말은 하지 않았지만 마음속으로는 그녀를 비
난하고 있었다.

그리고 안나는 그가 입에 담기 창피할 만큼 저속하게 느끼는 그 사랑
의 맹세를 들이마시고 침착해졌다. 이튿날 그들은 화해한 뒤 시골로 떠
났다.

안나 카레니나

옮긴이 장영재

조선대학교 러시아어과를 졸업하고 한양대학교 콘텐츠학과 석사를 마쳤다. 학부 때부터 러시아 문학과 어학에 깊은 관심을 가져 대학원 입학 후부터 다수의 러시아 관련 도서 집필 및 번역을 하기 시작했다. 지은 책으로 《러시아어 회화급소 80》《여행 러시아어》《러시아 여행》《패턴 러시아어 101》《후다닥 러시아어 회화》《러시아어 처음 글자 쓰기》 등이 있으며, 옮긴 책으로는 《톨스토이 단편선》《고골단편선》 등이 있다. 현재 국내에 아직 소개되지 않은 톨스토이 단편을 번역하는 중이다.

안나 카레니나 2

개정 1쇄 펴낸 날 2021년 1월 30일

지 은 이 레프 니콜라예비치 톨스토이
옮 긴 이 장영재
펴 낸 이 장영재
펴 낸 곳 (주)미르북컴퍼니
자 회 사 더클래식
전   화 02)3141-4421
팩   스 02)3141-4428
등   록 2012년 3월 16일(제313-2012-81호)
주   소 서울시 마포구 성미산로32길 12, 2층 (우 03983)
E-mail sanhonjinju@naver.com
카   페 cafe.naver.com/mirbookcompany

더클래식

세계문학
컬렉션

* 더클래식 세계문학 컬렉션은 계속 출간될 예정입니다.